카라마조프가의 형제들 4

옮긴이 장한

한국외국어대학교에서 체호프 연구로 문학 석사, 박사 학위를 받았다. 현재 한국외국어대학교에서 러시아어와 러시아 문학을 강의하며 초빙 연구원으로 활동 중이다. 주요 논문으로 〈안톤 체홉의 '초원' 연구〉(1994) 〈체호프의 심리묘사 연구〉(1999) 〈체홉 산문에 나오는 깨달음의 테마〉(2000) 〈체홉의 문학과 생태공경 사상〉(2000) 〈체홉 소설에 나타난 자연과 자연관 연구〉(2000) 〈체홉의 롯실드의 바이얼린 연구〉(2001) 〈불가코프의 거장과 마르가리타: 풍자와 알레고리의 환상소설〉(2006) 이 있다. 번역서로는 《톨스토이의 세 가지 질문》 《신의 입맞춤, 도스토옙스키 소설 번역집》 《초원, 체홉 소설 번역 선집》, 저서로는 《러시아문학사》 《러시아어, 이제 동사로 표현하자》가 있다.

카라마조프가의 형제들 4

초판 1쇄 펴낸 날 2018년 12월 7일
초판 2쇄 펴낸 날 2021년 1월 10일

지 은 이   표도르 도스토옙스키
옮 긴 이   장한
펴 낸 이   장영재
펴 낸 곳   (주)미르북컴퍼니
자 회 사   더클래식
전   화   02)3141-4421
팩   스   02)3141-4428
등   록   2012년 3월 16일(제313-2012-81호)
주   소   서울시 마포구 성미산로32길 12, 2층 (우 03983)
E-mail   sanhonjinju@naver.com
카   페   cafe.naver.com/mirbookcompany

카라마조프가의 형제들 4

표도르 도스토옙스키 지음 | 장한 옮김

더클래식

차례

제4부

제10편 | 소년들

1. 콜랴 크라소트킨   9

2. 꼬맹이들   19

3. 학교 아이들   30

4. 잃어버린 개 '주치카'   46

5. 일류샤의 침대 곁에서   61

6. 조숙   93

7. 일류샤   107

제11편 | 이반

1. 그루셴카의 집에서   117

2. 아픈 발   136

3. 꼬마 악마   156

4. 찬송가와 비밀   170

5. 형님이 아니에요!   198

6. 스메르자코프와의 첫 만남   211

7. 두 번째 만남   231

8. 스메르자코프와의 세 번째이자 마지막 만남   250

9. 악마, 이반의 악몽   280

10. '그자가 그렇게 말했어!'   315

제12편 | 오판

　1. 운명의 날 　　　　　　　　　　　　　　329

　2. 위험한 증인 　　　　　　　　　　　　　343

　3. 의학 감정과 호두 한 자루 　　　　　　362

　4. 행운이 미차에게 미소를 던지다 　　　373

　5. 뜻밖의 파국 　　　　　　　　　　　　392

　6. 검사의 논고, 성격 묘사 　　　　　　　412

　7. 범행의 경로 　　　　　　　　　　　　432

　8. 스메르자코프론 　　　　　　　　　　443

　9. 질주하는 트로이카, 검사 논고의 결론 　462

　10. 변호사의 변론, 양 날의 검 　　　　　485

　11. 돈은 없었다, 강도 행위도 없었다 　　494

　12. 더욱이 살인도 없었다 　　　　　　　507

　13. 사상의 밀통자 　　　　　　　　　　　523

　14. 농부들이 고집을 부리다 　　　　　　539

에필로그

　1. 미차의 탈주 계획 　　　　　　　　　　555

　2. 한 순간의 거짓이 진실이 되다 　　　　566

　3. 일류샤의 장례식, 바위 옆에서의 인사 　582

　작품 해설 　　　　　　　　　　　　　　602
　작가 연보 　　　　　　　　　　　　　　614

제4부

제10편 | 소년들

1. 콜랴 크라소트킨

11월 초였다. 영하 11도의 추위가 닥치면서 살얼음이 생겼고, 밤이면 꽁꽁 얼어붙은 땅 위에 싸락눈이 내렸다. 살을 에는듯한 차가운 바람이 눈가루를 뿌리며 이 작은 도시의 쓸쓸한 거리에 세차게 불었다. 장터의 광장은 특히 더 그랬다. 아침에도 하늘은 여전히 흐렸지만 눈은 그쳤다.

광장에서 멀지 않은 곳, 플로트니코프 상점 주변에 아담하고 깨끗한 집이 한 채 있었는데 그곳에는 관리를 했던 크라소트킨의 부인이 살았다. 이 고장의 현청(縣廳) 서기관을 했던 크라소트킨은 벌써 오래 전, 14여 년 전에 죽었지만, 그의 부인은 이제 서른 두세 살 먹은, 아직 미인으로 아담하고 깨끗한 집에서 자신의 재산으로 살았다. 그녀는 상냥하고 활기찬 성격이었는데 조심스럽고 정직하게 살고 있었다. 그녀가 남편과 결혼 생활을 한 건 고작 1년이 었다. 열여덟 살 무렵 아들을 하나 낳은 뒤, 곧 남편이 죽었던 것이 다.

그 뒤, 즉 남편이 죽은 뒤부터 그녀는 자신의 소중한 보물인 콜랴(니콜라이의 애칭)를 키우는 데 전부를 바쳤다. 그녀는 지난 14년간 눈에 넣어도 안 아플 정도로 아들을 사랑했지만, 기쁨보다는 훨씬 더 많은 고생을 했다. 혹시 아들이 병에 걸리지는 않을지, 감기에 걸리지는 않을지, 못된 장난을 하지는 않을지, 의자에 올라갔다가 굴러 떨어지는 건 아닐지 하는 걱정 등으로 안절부절 하며 한순간도 마음을 놓을 수 없었다.

콜랴가 초등학생이 되고, 다시 읍내에 있는 중학교에 다니게 되자 어머니는 곧 아들과 함께 다시 공부를 시작해서 예습과 복습을 도왔고, 선생님들과 그 부인들과도 친하게 지냈다. 더불어 콜랴의 학교 친구들도 잘 구슬리고 그들의 마음을 맞춰 가며, 콜랴를 놀리거나 괴롭히거나 때리는 일이 없게 다방면으로 신경을 썼다. 그래서 아이들은 어머니 때문에 오히려 콜랴를 놀렸고, 응석받이라고 흉을 보았다.

그러나 콜랴는 자신을 꿋꿋하게 지켰다. 그는 담력이 센 소년이었다. 얼마 뒤, 학교에는 '어마어마하게 센 놈'이라는 소문이 퍼져서, 모든 사람이 그렇게 인정하게 되었다. 그는 민첩했고, 지는 것을 싫어했으며, 대담하고 모험적인 기질이 있었다. 학교 성적도 우수했고, 수학과 세계사는 선생님인 다르다넬로프까지 쩔쩔매게 할 정도라고 소문이 날 정도였다. 그는 모든 동급생들을 눈 아래로 보았지만, 좋은 친구였고 결코 잘난 척하지는 않았다. 그는 자신의 동급생들에게 존경받는 것을 매우 당연하게 생각했지만, 그러면서도 누구에게나 친절했다.

무엇보다 감탄할 만한 것은, 그가 모든 일에 분수를 알아서 상황에 따라서 자신을 억누르는 방법을 알고 있다는 것이었다. 선생님에 대해서도, 선생님과 제자 사이에 어떤 마지막 한계점을 결코 넘지 않았다. 그 선을 함부로 넘으면 용서받을 수 없는 실수를 하게 되어, 무질서와 소란과 불법으로 변질된다는 것을 잘 알고 있었던 것이다.

그러나 기회가 생기면 장난꾸러기처럼 제법 장난을 쳤다. 학교에서 으뜸인 불량소년처럼 나쁜 장난을 치기도 했다. 그러나 단순한 장난이 아니라 오히려 엉터리 이론을 선보이거나, 재치 있는 말과 행동을 해서 사람들을 바보로 만들고 우쭐거리는 때가 많았다.

그는 자존심이 무척 강했다. 어머니까지 자신에게 무조건 복종시키며 거의 폭군처럼 지배했다. 어머니도 기꺼이 아들에게 복종했다. 아니, 이미 오래전부터 아들에게 복종하고 있었다. 그러나 단지 한 가지 아들이 '자신을 거의 사랑하지 않는다'는 것은 도무지 참을 수 없었다. 그녀는 콜랴가 자신에게 무정하다고 생각했다. 그래서 가끔 히스테릭하게 눈물을 흘리며 아들의 냉정함을 원망했다.

콜랴는 그런 점이 싫었다. 그래서 어머니가 자신에게 애틋한 사랑을 요구하면 일부러 그러는 것이 아닐까 생각할 정도로 더 고집을 부렸다. 그러나 그것은 일부러 그러는 것이 아니라 자신도 모르게 그렇게 하는 것이었다. 그는 원래 그런 성격이었다. 사실 그의 어머니는 아들에 대해 잘못 생각하고 있었다. 콜랴는 어머니를 무척 사랑했으나, 단지 그의 중학생다운 표현을 빌리면 '양처럼 나약한 감정'이 싫은 것뿐이었다.

아버지의 유품 중에는 책장이 한 개 있었는데, 책장에는 책 몇 권이 보관되어 있었다. 콜랴는 독서를 좋아해서 이미 그중의 몇 권은 몰래 다 읽은 터였다. 어머니는 그것에 대해 별로 신경을 쓰지는 않았지만, 아이가 놀러나가지 않고 책장 곁에서 몇 시간씩이나 무슨 책을 저토록 열심히 읽는 걸까, 하고 때로 이상하게 생각했다. 콜랴는 이런 식으로 또래의 아이들이 아직 읽지 말아야 할 책까지 읽어 버렸다. 보통 그는 지나친 장난은 좋아하지 않았지만, 요즘 들어서는 어머니를 깜짝 놀라게 하는 장난을 곧잘 했다. 그렇다고 나쁜 짓을 하는 것은 아니었지만 간혹 아이가 없을 정도로 흉악하고 무모한 장난을 하기도했다.

그해 여름, 7월 방학 때였다. 어머니와 아들은 70킬로미터 떨어진 이웃 군(郡)에 사는 먼 친척 집에서 일주일 동안 지냈다. 그 집 바깥주인은 그곳의 철도역에서 근무했다. 그 역은 이 고장에서 가장 가까운 역으로, 한 달 뒤에 이반 카라마조프도 그곳에서 기차를 타고 모스크바로 떠난 곳이었다. 콜랴는 그곳에서 철도를 자세히 살펴보고 그 구조를 연구했다. 집으로 돌아가면 친구들에게 자신이 새로 얻은 지식을 자랑하려는 것이었다.

때마침 그곳에는 아이들 몇 명이 있어서 그는 곧 그들과 친구가 되었다. 그들 중 몇 명은 역사(驛舍)에 살았고, 다른 몇 명은 그 주변에 살았다. 그들은 모두 열두어 살에서 열다섯 살까지의 비슷한 나이로, 그중 둘은 이 고장에서 간 아이들이었다. 소년들은 함께 어울려 놀고 장난을 쳤다. 4, 5일쯤 역 주변에서 지내면서 철부지 소년들 사이에는 상상도 못할 엉뚱한 내기, 거기다 2루블이라는 돈을 건 내기가 시작됐다. 그 내기는 다음과 같았다.

콜랴는 소년들 중에서 나이가 가장 어려서 평소 나이 많은 아이들에게 무시를 당하고 있었으므로 자존심인지 무모한 용기인지는 모르겠지만 밤 10시 야간열차가 전속력으로 달리는 동안, 레일 사이에 움직이지 않고 엎드려 있을 수 있다고 호언장담했다. 그는 물론 미리 조사해 보고 레일 사이에 엎드리면 기차가 무사히 통과할 수 있다는 것을 알았다. 그러나 레일 사이에 엎드려 있을 때의 느낌은 어떨까! 콜랴는 자신은 충분히 해낼 수 있다고 고집을 부렸다. 처음에는 모두 비웃으면서 허풍이나 우쭐거리려고 그러는 것이라며 콜랴를 놀렸다. 그러나 그런 말들은 그의 모험심에 더 부채질을 하는 결과를 낳았다. 무엇보다 열다섯 살 소년들이 콜랴를 '어린애' 취급하며 거만하게 굴고, 친구로 생각하지 않는 것이 콜랴는 크게 분했던 것이다. 그래서 결국 밤에 역에서 1킬로미터 떨어진 곳으로 가는 걸로 결정했다. 기차는 그곳에서부터 역 구내를 완전히 벗어나 속력을 내기 시작하곤 했던 것이다. 그날 밤은 달이

뜨지 않았기 때문에 어두운 편이 아니라 깜깜할 정도였다. 콜랴는 아이들이 모이자 약속대로 레일 사이에 엎드렸다. 내기에 참가한 다섯 아이들은 둑 밑에 있는 철길 옆의 숲 속으로 들어갔다. 그들은 처음에는 마음을 졸였지만 나중에는 밀려오는 공포와 후회 속에서 기차를 기다렸다. 마침내 역을 출발한 기차의 우렁찬 소리가 먼 곳에서 들려왔다. 빨간 두 개의 불빛이 어둠 속에서 반짝이더니 가까이 다가오면서 그 괴물은 우렁찬 소리를 냈다.

"도망쳐, 도망쳐. 레일에서 도망치란 말이야!"

아이들은 숲 속에서 덜덜 떨며 콜랴에게 외쳤다. 그러나 때는 이미 늦었다. 기차는 눈 깜짝할 사이에 휙 그들을 지나쳤다. 아이들은 모두 콜랴에게 달려갔다. 그는 움직이지 않고 누워 있었다. 그는 갑자기 벌떡 일어나서 아무런 말도 하지 않고 둑에서 내려갔다. 그는 둑 밑으로 내려와서 아이들을 향해 깜짝 놀라게 하려고 일부러 기절한 척 한 거라고 말했다. 그러나 시간이 흐른 뒤, 그가 자신의 어머니에게 고백한 것에 따르면 그는 정말로 기절을 한 것이었다. 그래서 그는 '용감하다'는 말을 영원히 듣게 되었다. 그는 백지장처럼 창백한 얼굴로 역에서 집으로 돌아갔다. 다음날, 약한 신경성 미열이 있었지만 기분은 유쾌했고 만족스러운 것처럼 보였다.

이 일은 바로 알려지지는 않았지만, 그들이 읍내로 돌아온 뒤 이 고장에까지 소문이 나서 학생들 사이에 화제가 되었다. 뿐만 아니라 마침내 선생님들까지 이 사실을 알게 되었다. 콜랴의 어머니는 아들이 벌을 받을까 봐 학교에 가서 선생들에게 눈물을 흘리며 애원했다. 마침내 존경받는 교사 다르다넬로프가 콜랴를 위해 열심히 변호해서 이 사건은 그냥 넘어갈 수 있었다. 다르다넬로프 선생은 중년의 홀아비였는데, 이미 오래전부터 크라소트키나 부인을 깊이 사랑했다. 이미 1년이 지난 일이지만, 그는 너무 소심했던지라 두려움을 안고 심장이 얼어붙을 정도로 긴장해서, 뻣뻣한 태도로 구혼했었다. 그러나 부인은 이 청혼을 받아들이면 아들을 배신하는 것이라고 생각해서 단호하게 거절했다. 그러나 다르다넬로프는 두세 가지 기묘한 징후로 판단할 때, 아름답고 지나칠 정도로 정숙하고 얌전한 부인이 자신을 아주 싫어하는 것은 아니라는 공상에 빠졌다. 콜랴의 지나칠 정도로 무모한 장난은 도리어 그에게 한 줄기의 빛이 열린 것 같은 느낌이었다. 다르다넬로프가 한 노력에 대해서 분명하게 언급한 것은 아니지만, 부인이 희망적인 암시를 했기 때문이다. 그러나 다르다넬로프는 고결한 신사였기 때문에, 일단은 그것만으로 충분히 행복했다.

그는 콜랴를 사랑했지만, 지나치게 감싸는 것은 비굴하다고 생각해서 교실에서는 엄격했다. 그리고 콜랴도 존경을 지킬 수 있는 거리에서 그를 대했다. 콜랴는 공부를 잘해서 학급에서는 2등이었지만 다르다넬로프에게는 차가운 태도를 취했다. 동급생들은 콜랴가 세계사에서는 다르다넬로프도 '어찌할 줄 모를' 정도의 실력을 가졌다고 굳게 믿었다.

언젠가 콜랴는 그에게 "트로이는 누가 만들었습니까?"라는 질문을 한 적이 있었다. 다르다넬로프는 단순히 그 민족이 어떤 민족이었는지, 그들이 어떻게 이동했는지, 그 시대가 얼마나 오래전의 옛날이었는지, 신화는 얼마나 황당무계한 것인지를 대충 설명했을 뿐, 누가 트로이를 만들었는지는 전혀 대답하지 못했다. 뿐만 아니라 이 질문을 무엇 때문인지는 모르지만 장난처럼 불성실한 질문으로 생각하는 것 같았다. 그러나 아이들은 다르다넬로프가 트로이의 창건자를 모른다고 확신했다. 그런데 콜랴는 아버지가 남긴 책장에 보관된 스마라그도프의 책을 읽고 트로이를 창건한 사람이 누구인지 알고 있었다. 나중에는 모든 학생들이 트로이를 창건한 사람이 누구인지 하는 것에 흥미를 느꼈지만 콜랴는 자신의 비밀을 결코 말하지 않았다. 그런 일이 있은 뒤, '모르는 것이 없다'는 그에 대한 평판은 더욱 확실해졌다.

철도 사건이 있은 뒤, 어머니에 대한 콜랴의 태도는 조금 변했다. 안나 표드로브나(크라소트키나 부인)은 아들의 이야기를 듣고 공포 때문에 기절할 지경이었다. 그녀는 심한 히스테리 발작이 생겼다. 그 발작은 며칠씩 간헐적으로 이어졌기 때문에 콜랴도 이번에는 놀라서, 다시는 그런 장난을 하지 않겠다고 맹세했다. 그는 어머니가 시키는 대로 성상 앞에 무릎을 꿇고 돌아가신 아버지의 사진 앞에서 그 맹세를 반복했다. 그때는 '용감한' 콜랴도 감동해서 마치 대여섯 살 먹은 아이처럼 큰소리로 울었다. 어머니와 아들은 그날 종일 부둥켜안고 몸을 떨면서 계속 울었다.

그러나 다음날 아침, 일어난 콜랴는 여전히 '냉정한' 아들이었다. 그래도 전보다는 훨씬 말수가 적고, 점잖고, 근엄하고, 차분해졌다. 한 달 반이 지났을 때 그는 또다시 어떤 나쁜 장난꾸러기들과 어울려서 읍내의 치안판사에게까지 이름이 알려졌지만, 그 장난도 이제는 전과는 전혀 다른 어리석고 우스운 것이었다. 더불어 콜랴가 벌인 것이 아니라 어쩌다 그 장난에 끼어든 것에 불과했다. 그러나 이 사건에 대해서는 뒤에서 다시 언급하겠다.

어쨌든 콜랴의 어머니는 여전히 안절부절못하며, 애를 태웠다. 그러나 다르다넬로프는 그녀의 근심이 강해질수록 희망을 가졌다. 미리 말해 두자면, 콜랴도 다르다넬로프의 마음을 다 알고 있었기 때문에 다르다넬로프의 이런 '감정'을 당연히 무척 경멸했다. 전에는 그도 자신의 이러한 경멸을 어머니 앞에서 주저하지 않고 드러내기도 했다. 그는 자신이 다르다넬로프의 속셈을 다 알고 있음을 은근히 내비쳤던 것이다. 그러나 철도 사건이 있은 뒤부터 그는 이 점에 대해 태도를 바꾸었다. 은근한 암시를 통해서 비아냥거리는 것을 철저히 금하고, 어머니 앞에서 다르다넬로프 이야기를 하게 되면 공손한 태도를 취했다. 예민한 크라소트키나 부인은 곧 아들의 마음을 이해하고 무척 고마워했다. 그러나 콜랴가 있는 곳에서 누군가 다르다넬로프의 이야기를 하면 그녀는 수줍어서 얼굴을 붉혔다. 콜랴도 이런 때는 얼굴을 찡그리며 창 쪽으로 고개를 돌리거나, 자신의 구두가 해지지 않았는지 살펴보는 척하거나, '페레즈본'을 외쳐 불렀다.

페레즈본은 한 달 전에 어디선가 데려온, 털이 덥수룩하고 큰 개였다. 콜랴는 그 개를 집에 데리고 와서 무슨 이유인지 몰래 방 안에서 기르며 친구들이나 다른 사람에게 보여주지 않았다. 그는 개에게 무서운 폭군이라도 된 것처럼 엄격하게 굴면서 여러 가지 재주를 가르쳤다. 그래서 결국 이 불쌍한 개는 주인이 학교에 가면 계속 낑낑대다가 콜랴가 집에 돌아오면 기뻐서 어쩔 줄 몰라 하며 마구 짖고, 미친 듯이 날뛰면서 주인의 심부름을 하고, 바닥에 늘어져서 죽은 것처럼 흉내도 냈다. 주인의 명령 때문이 아니라 오로지 감사와 기쁨으로, 알게 된 모든 재주를 시키지 않아도 스스로 부린 것이다.

참고로 한 마디 덧붙이자면, 독자들이 이미 아는 퇴역 대위 스네기료프의 아들 일류샤가, 자신의 아버지를 '수세미'라고 놀렸다고 화가 나서 칼로 찌른 사람이 바로 이 콜랴였던 것이다.

2. 꼬맹이들

눈보라와 북풍이 사납게 부는 11월의 어느 추운 아침, 콜랴 크
라소트킨은 집안에 앉아 있었다. 일요일이었기 때문에 수업은 없
었지만 그는 꼭 필요한 '중요한 볼일' 때문에 11시에 외출을 해야
했다. 그러나 그는 그 시각 혼자서 집을 보는 중이었다. 왜냐하면
이 집에 사는 어른들이 특별하고 이상한 어떤 사건이 벌어져서 모
두 집을 비웠기 때문이었다.

크라소트니카 부인의 집에는 그들이 쓰는 방에서 현관을 사이
에 두고 떨어져 있는 두 개의 작은 방이 있었다. 그 방은 아이가 두
명 있는 어떤 의사 부인이 빌려서 살았다. 의사 부인은 크라소트키
나 부인과 연배가 비슷해서 두 사람은 무척 사이좋게 지냈다. 남편
인 의사는 이미 1년 전부터 여행을 떠나서 집에 없었다. 소문에 따

르면 처음에는 오렌부르크로, 다음에는 타슈켄트로 갔다고 했지만 그 뒤에는 벌써 반년이 넘도록 소식이 오지 않았다. 크라소트키나 부인이 이 버려진 의사 부인의 슬픔을 위로하지 않았다면 그녀는 아마 슬픔에 겨워 울다가 지쳐서 죽었을 수도 있다.

그런데 운명은 온갖 잔인한 짓을 다 부리려는 속셈인지 토요일에서 일요일 사이의 밤에, 의사 부인의 하나뿐인 하녀 카체리나가 갑자기 새벽이 오기 전에 아이를 낳을 것 같다는 소식을 알렸다. 어떻게 그때까지 아무도 알지 못했는지 그것은 거의 기적에 가까웠다. 어쨌든 깜짝 놀란 의사 부인은 시간 여유가 있을 때 조산원에 카체리나를 데려가야겠다고 생각했다. 그녀는 이 하녀를 소중하게 생각했기 때문에 주저하지 않고 카체리나를 조산원으로 데리고 갔다. 뿐만 아니라 그곳에 남아서 시중을 들기로 했다. 그런데 아침이 되자, 무슨 이유에서인지는 모르지만 크라소트키나 부인까지 도와주어야 하는 상황이 되었다. 이런 경우 부인은 다른 사람에게 도움을 구하거나 여러 가지로 친절하게 돌봐줄 수 있는 사람이었다. 그래서 두 부인은 모두 외출해서 집에 없었다. 게다가 크라소트키나 부인의 하녀 아가피아까지 시장에 가서 집에 없었다.

그래서 콜랴는 잠시 '꼬맹이들', 즉 집에 남은 그 의사 부인의 아들과 딸의 보호자이자 감시자가 되었다. 콜랴는 집을 지키는 것은 전혀 무섭지 않았다. 더구나 페레즈본도 함께였다. 페레즈본은 응접실 의자 아래에서 '움직이지 않고' 자라는 명령을 받았다. 그래서 집안을 여기저기 돌아다니는 콜랴가 응접실로 들어올 때마다 머리를 흔들며 애교를 부리는 것처럼 꼬리로 두세 번 마루를 쳤다. 그러나 가련하게도 주인을 따라오라는 휘파람은 들리지 않았다. 콜랴가 위협하는 것처럼 노려보면, 이 불쌍한 개는 얌전하게 몸을 움츠렸다.

콜랴를 난감하게 하는 것이라면 단지 '꼬맹이들'뿐이었다. 그는 카체리나에 대한 예상 밖의 사건을 경멸어린 시선으로 바라보았다. 하지만 그는 의지할 데 없는 아이들을 아주 귀여워해서 이미 동화책 한 권을 가져다주었다. 누나 나스차는 여덟 살이었는데 책을 읽을 수 있었다. 동생인 '꼬맹이', 즉 코스차는 일곱 살이었는데 나스차가 책을 읽어 주는 것을 무척 좋아했다. 콜랴는 물론 이 두 아이들을 더 재미있게 놀게 할 수도 있었다. 그들을 나란히 세우고 군대놀이를 하거나, 온 집안을 뛰어다니며 숨바꼭질을 할 수도 있었다. 예전에는 자주 그렇게 놀았을 뿐 아니라 콜랴도 그것을 그리 싫어하지 않았다. 그래서 학교에는 콜랴가 자신의 집에 세 들어 사는 꼬마들과 말 타기를 하면서, 말이 되어 뛰기도 하고 머리를 숙이기도 한다는 소문이 퍼지기도 했다. 그러나 콜랴는 이런 공격에 대해 거만하게 반박했다. 만일 자신과 비슷한 열세 살 아이들과 말 타는 놀이를 하면 그것은 '내 나이'에 수치스러운 짓이다. 하지만 자신이 그런 놀이를 하는 것은 '꼬맹이들'을 위해서이고 그들을 사랑하기 때문에, 자신의 애정에 대해서는 누구도 왈가왈부할 수 없다고 일소했다.

'꼬맹이'두 명은 그를 존경했다. 그러나 오늘만은 그런 놀이를 할 형편이 아니었다. 그에게는 매우 중요한, 얼핏 보면 거의 비밀스러운 어떤 볼일이 기다리고 있었다. 게다가 시간은 흐르고 있는데 아이들을 부탁하려고 마음먹은 아가피야는 시장에서 돌아오지 않았다. 그는 벌써 몇 번이나 현관을 거쳐 의사 부인의 방문을 열고 걱정스러운 것처럼 '꼬맹이들'을 들여다보았다. 꼬마들은 콜랴가 시킨 대로 책을 읽었지만, 그가 문을 열 때마다 조용히 콜랴를 바라보며, 입을 커다랗게 벌리고 방실방실 웃었다. 왜냐하면 그가 들어와서 재미있는 놀이를 할 것이라고 기대했기 때문이었다.

그러나 콜랴는 마음이 초조해서 방안으로는 들어갈 생각조차 하지 못했다. 결국 시계가 11시를 알렸다. 그는 앞으로 10분이 지나도 아가피야가 돌아오지 않으면, 더는 기다리지 않고 기필코 출발할 것이라고 마음먹었다. 물론 '꼬맹이들'에게 자신이 없다고 괜스레 겁을 먹거나, 장난을 하거나, 울면 안 된다고 다짐을 받아야 하는 것은 당연했다. 그는 이런 생각을 하며 해달 털가죽으로 깃을 대고 솜을 넣어서 만든 겨울 외투를 입고, 어깨에는 가방을 멨다. 이렇게 추운 날에는 털신을 신으라는 어머니의 간절한 여러 번의 당부가 있었지만, 응접실을 지나면서 그 털신을 경멸하듯이 한 번 바라보고 장화만 신고 나갔다.

페레즈본은 그가 외투를 입은 것을 보고 신경질적으로 몸을 떨면서, 꼬리로 강하게 마룻바닥을 치면서 불쌍한 신음을 했다. 그러나 콜랴는 자신의 개가 이렇게 흥분해서 자신에게 달려드는 것은 비록 단 1분일지언정 규율을 망치는 것이라고 생각했다. 그래서 그는 개를 그대로 의자 밑에 엎드려 있게 하고 현관문을 열고서야 비로소 휘파람을 불었다. 개는 미친 듯이 일어나서 좋아서 어쩔 줄 몰라 하며 앞장서서 달렸다.

콜랴는 현관을 지나며 꼬마들이 있는 방문을 열었다. 두 꼬마는 테이블에 앉아 있었지만 책은 읽지않고 서로 열띤 논쟁을 벌이는 중이었다. 아이들은 세상의 여러가지 일에 대해서 서로 싸우는 일이 때로 있었는데 그럴 때마다 누나 나스챠가 이겼다. 그러나 코스챠는 누나의 주장에 동의할 수 없으면 늘 콜랴에게 하소연했다. 그리고 콜랴의 판결은 두 아이에게 절대적인 판결이 되었다. 오늘 '꼬맹이들'의 말다툼은 콜랴에게 흥미로워서 그는 문 앞에서 엿들었다. 아이들은 그가 엿듣는 것을 알고 더욱 신나게 논쟁을 했다.

"그런 게 어디 있어, 난 절대로 믿지 않아." 나스챠가 약이 올라서 말했다. "산파 할머니가 갓난아기는 양배추 밭고랑에서 주워온다고 누가 그랬어? 지금은 겨울인데? 양배추가 어있어? 그러니까 산파 할머니가 카체리나에게 어떻게 딸을 줄 수 있냐고."

"휘익!"

콜랴는 휘파람을 불었다.

"아마 이런 걸 거야. 산파 할머니는 어디서 아기를 가져오는데, 결혼한 사람에게만 줄 거야."

코스챠는 나스챠를 물끄러미 보았다. 진지하게 들으면서 무엇을 깊게 생각하는 것 같았다.

"누나는 정말 멍청해." 마침내 코스차는 침착한 어투로 이렇게 말했다. "카체리나는 결혼을 안했는데 어떻게 아기를 낳을 수 있다는 거야?"

"넌 아무것도 모르는구나." 나스차가 화를 내면서 말을 가로막았다. "아마 카체리나는 남편이 있었겠지. 지금은 감옥에 있을지도 몰라. 그러니까 카체리나는 아기를 낳은 거야."

"하지만 카체리나의 남편은 정말 감옥에 있을까?"

무엇이든 따지길 잘하는 코스차는 거들먹거리며 물었다.

"어쩌면 이럴 수도 있어." 나스차는 자신이 처음 세운 가설은 전혀 잊은 것처럼 포기하고 재빨리 이렇게 말을 가로막았다. "네가 말한 대로 카체리나에게는 남편이 없을 거야. 그건 네 말이 맞을 수도 있어. 하지만 카체리나는 결혼하고 싶어서, 늘 결혼하는 것만 생각했겠지. 계속 그런 생각만 해서 남편 대신 아기가 생긴거야."

"맞다, 그럴수도 있어." 완전히 설득당한 코스차는 이렇게 동의했다. "누나가 처음부터 그렇게 말해주지 않았으니 난 알 턱이 없잖아."

"자, 꼬맹이들아." 콜랴는 방으로 들어서며 말했다. "너희는 정말 위험한 아이들이구나, 응!"

"페레즈본도 데려왔어?"

코스차는 웃으면서, 손가락을 탁탁 튀기며 페레즈본을 불렀다.

"얘들아, 난감한 일이 생겼어." 콜랴는 으스대며 말했다. "그래서 너희가 도와줘야 할 것 같구나. 아가피야가 지금까지 오지않는 걸 보니, 다리가 부러진 것 같아. 분명히 그럴 거야. 그런데 나는 꼭 외출해야 해. 어떠니, 내가 나가도 되지?"

아이들은 걱정스러운 것처럼 서로 마주 보았다. 미소를 지은 얼굴에는 불안한 기운이 감돌았지만 두 아이는 콜랴가 자신들에게 무엇을 원하는지 금세 알아채지 못했다.

"내가 없어도 장난을 치면 안 돼. 장롱에 올라갔다가 다리를 다치진 않겠지? 단둘이 있는 게 무서워서 울지 않겠지?"

아이들의 얼굴은 아주 불안해 보였다.

"대신에 내가 좋은 걸 보여 줄게. 구리로 만든 대포란다. 진짜 화약으로 쏠 수 있지!"

아이들의 얼굴이 금세 환해졌다.

"그 대포를 보여 줘."

신이 난 코스챠가 말했다.

콜랴는 자신의 가방에 손을 집어넣어서 청동으로 만든 작은 대포를 꺼내서 테이블 위에 올려놓았다.

"자, 이거야! 잘 봐라, 바퀴도 있어." 그는 대포를 테이블 위에서 굴렸다. "쏠 수도 있어. 총알을 넣은 다음 쏘면 돼."

"그럼 사람을 죽일 수도 있는 거야?"

"그럼, 누구든지 죽일 수 있지. 겨눈 다음에 쏘면 되는 거야."

콜랴는 이렇게 말한 뒤에 화약을 넣고 어디에 총알을 넣으면 되는지 설명했다. 점화구처럼 생긴 구멍을 보여주기도 하고, 반동에 대해서도 설명해 주었다. 아이들은 호기심을 느끼며 집중해서 들었다. 특히 그들을 놀라게 한 것은 반동이었다.

"그럼 화약도 있어?"

나스차가 물었다.

"그럼, 있고말고."

"그럼 화약도 보여줘, 제발."

나스차는 애원하는 것처럼 미소를 지으며 말꼬리를 길게 늘였다.

콜랴는 다시 가방에 손을 넣고 작은 병을 한 개 꺼냈다. 그 안에는 진짜 화약이 약간 들어 있었다. 종이 봉지에서는 산탄(散彈)도 몇 개 나왔다. 그는 병을 열고 화약을 손바닥에 조금 꺼냈다.

"잘 봐. 하지만 주변에 불이 없어야 돼. 그렇지 않으면 꽝 소리를 내면서 폭발하거든. 그럼 우린 모두 죽게 돼."

콜랴는 효과적으로 말하기위해 일부러 이런 경고를 했다.

아이들은 두려워하며 진지한 태도로 화약을 살펴보았다. 그러나 공포심이 오히려 그들의 흥미를 더욱 자극했다. 코스차는 화약보다 산탄에 더 관심있어 했다.

"산탄은 불이 붙지않아?"

"응, 그건 불이 붙지않아."

"그럼, 나 조금만 주면 안 돼, 응?"

아이는 애원하듯이 이렇게 말했다.

"알았어, 조금만 줄게. 하지만 내가 돌아올 때까지 엄마에게 보여주면 안 된다, 알았지? 엄마는 화약인 줄 알고 깜짝 놀라서 기절할지도 몰라. 그렇게 되면 너희는 세게 얻어맞을 거야."

"엄마는 우릴 한 번도 때리지 않았어."

나스차가 재빨리 대답했다.

"그건 나도 알지. 그냥 말을 재미있게 하려고 그렇게 말한 거야. 물론 엄마를 속이면 절대 안 돼. 하지만 이번만, 내가 돌아올 때까지만, 알았지? 얘들아, 그럼 난 나가도 되지, 응? 내가 없다고 무서워서 우는 건 아니지?"

"싫어, 울 거야."

코스차는 금세 울음을 터트릴 것처럼 말꼬리를 늘였다.

"울 거야, 분명히 울고 말 거란 말이야."

나스차도 겁을 먹은 것처럼 빠르게 말하며 동조했다.

"이거 원, 골치 아픈 녀석들이네. 정말 너희 같은 꼬마들은 위험하단 말이야. 어쩔 수 없지, 병아리들아, 조금만 더, 얼마가 될지 모르지만 너희랑 함께 있어야겠다. 하지만 시간이, 시간이 자꾸 흐르는데 어떡하면 좋을까?"

"페레즈본에게 죽은 척 하라고 시켜 봐, 응?"

코스차가 부탁했다.

"그렇군, 어쩔 수 없지, 페레즈본을 이용하는 수밖에. 이리 오렴, 페레즈본."

콜랴는 개에게 명령을 내렸다. 개는 자신이 아는 재주를 전부 부렸다. 페레즈본은 곱슬거리는 털로 뒤덮인 평범한 크기의 개였다. 푸르스름한 잿빛이었는데, 무슨 이유인지는 모르지만 오른쪽 눈이 애꾸였고, 왼쪽 귀는 찢어져 있었다. 페레즈본은 짖기도 하고,

뛰기도 하고, 심부름도 하고, 뒷발로 걷거나 네 다리를 들고 눕기
도 하고, 죽은 듯이 움직이지 않고 눕기도 했다. 마지막 재주를 부
리고 있을 때, 방문이 열리면서 크라소트키나 부인의 하녀인 아가
피야가 등장했다. 아가피야는 뚱뚱하게 살이 찐 마흔 살 정도의 여
자였다. 그녀는 식료품을 가득 산 바구니를 들고 시장에서 돌아오
는 터였다. 아가피야는 그 자리에 멈춰 서서, 왼손에 바구니를 들
고 개가 재주 부리는 걸 구경했다. 콜랴는 눈이 빠지게 아가피야를
기다리고 있었지만, 개가 재주 부리는 걸 멈추게 하지 않았다. 마
침내 얼마간 페레즈본에게 죽은 시늉을 시킨 뒤에야 개에게 휘파
람을 불었다. 개는 일어나서 자신의 임무를 다했다는 기쁨을 감추
지 못하는 것처럼 주변을 맴돌며 깡충깡충 뛰었다.

"저 개새끼가!"

아가피야가 꾸짖는 것처럼 말했다.

"뭐 하느라 이렇게 늦은 거야?"

콜랴는 화가 나서 물었다.

"꼬마 주제에 말버릇이 그게 뭐야?"

"꼬마?"

"네가 꼬마지 뭐야. 도대체 내가 늦은 게 너랑 무슨 상관이니?
다 이유가 있어서 늦은 건데."

아가피야는 난로 주변을 서성거리며 중얼거렸다. 그러나 화가
났다거나 못마땅한 목소리는 아니었다. 오히려 쾌활한 도련님과
농담을 할 수 있는 기회가 생긴 것이 무척 반가운 기색이었다.

"이봐, 주책바가지 할멈." 콜랴는 소파에서 일어나며 말했다. "내가 없는동안 이 꼬마들을 잘 돌봐줄 수 있어? 이 세상의 모든 성스러운 것의 이름을 걸고 맹세할 수 있냐고? 난 이제 나가봐야 해서."

"내가 왜 너한테 맹세를 해야되니?" 아가피야는 크게 웃었다. "맹세는 안 해도 내가 잘 돌볼게."

"안 돼. 당신 영혼의 영원한 구원을 걸고 맹세하지 못한다면 나는 나가지 못해."

"그럼, 나가지 마. 내가 상관할 바 아니잖아. 밖은 추우니까 그냥 집에 있어."

"얘들아." 콜랴는 아이들에게 말했다. "내가 돌아오거나, 너희 엄마가 돌아오거나 할 때까지, 이 아줌마가 너희와 함께 있을 거야. 엄마도 벌써 돌아왔어야 하는데……. 이 아줌마가 점심도 주실 거야. 아가피야, 저 꼬맹이들에게 먹을 것 좀 줄 수 있지?"

"그 정도는 할 수 있지."

"그럼, 병아리들아, 잘 있어라. 난 마음 놓고 나간다. 그런데 할멈." 그는 아가피야 곁을 지나며 속삭이듯이 거드름을 피우며 말했다. "철없는 아이들의 나이를 생각해서 주책을 부리면서 카체리나에 대해서 필요 없는 말을 하면 안 돼, 알겠지? 자, 페레즈본, 가자!"

"어서 꺼져!" 아가피야가 화가 나서 소리를 질렀다. "나 원 참, 별 웃기는 애도 다 있네! 그런 소리를 하는 네가 먼저 혼쭐이 나야 돼."

3. 학교 아이들

그러나 콜랴에게는 이미 이 말이 들리지 않았다. 그는 겨우 밖으로 나갈 수 있었다. 문 밖으로 나가자 그는 주변을 둘러보고 어깨를 움츠리며 "무척 춥군!" 이렇게 중얼거리고 큰길을 걸었다. 그는 어느 길모퉁이에서 오른쪽 골목길로 들어서서 시장이 열린 광장 쪽으로 걸었다. 광장에 나서기 바로 한 집 전에 이르자 그는 그 집 문 곁으로 섰다. 그리고 주머니에서 호루라기를 꺼내서 신호를 주는 듯이 힘차게 한 번 불었다. 1분이 지나기 전에, 문에서 혈색이 좋은 한 남자아이가 뛰어나왔다. 나이는 열한 살 정도로, 깨끗하고 따뜻할 것 같은, 사치스러워 보이는 멋진 외투를 입고 있었다. 예과에 다니는 스무로프라는 아이였는데, 부유한 관리의 아들이었고 콜랴보다 두 학년 아래였다. 그의 부모는 자신의 자식이 위험한 장난꾸러기 콜랴와 함께 노는 것을 허락하지 않았다. 그래서 스무로프는 몰래 나온 것이 확실했다. 독자들이 기억하고 있듯이, 이 스무로프는 두 달 전 개울 반대편에서 일류샤에게 돌을 던진 소년들 가운데 한 명으로 그때 일류샤에 대해 알료샤에게 말한 그 아이였다.

"콜랴, 난 1시간이나 기다렸어."

스무로프가 단호하게 말했다. 두 소년은 광장을 향해 걸었다.

"늦었네." 콜랴가 대답했다. "어쩔 수 없는 사정 때문에. 그런데 나와 함께 어울리다가 나중에 매 맞는 거 아니야?"

"무슨 소리야, 난 매를 맞아본 적이 없어. 그런데 페레즈본도 데려왔어?"

"데려왔지."

"그럼 거기 가는거지?"

"응, 거기."

"아, 주치카가 있었다면!"

"주치카 이야기는 해서 뭐해. 주치카는 이미 이 세상에 없잖아. 주치카는 이미 미지의 암흑 속으로 사라졌어."

"아, 이렇게 하면 어떨까?" 스무로프가 갑자기 걸음을 멈췄다. "일류샤가 말하길 주치카도 털이 곱슬곱슬하면서 푸르스름한 잿빛이었다고 하잖아, 페레즈본을 주치카라고 하면 안 돼? 혹시 믿을 수도 있는데."

"학생이 거짓말을 하면 안 돼. 이게 첫 번째 이유고, 둘째는 아무

31

리 좋은 목적이라도 거짓말을 하는 건 나빠. 그건 그렇고, 너는 내가 간다고 말한 건 아니겠지?"

"천만에, 나도 내가 뭘 해야 하는지는 알아. 하지만 페레즈본으로는 그 아이를 위로할 수 없을 거야." 스무로프는 한숨을 쉬었다. "그런데 그 애의 아버지가, 그 '수세미' 대위가, 오늘 코가 검은 마스티프 종(種) 강아지를 얻어서 일류샤에게 준다고 우리에게 말했어. 그는 그 강아지로 일류샤의 마음을 달래려고 하겠지만, 아마 어려울 걸."

"그건 그렇고 일류샤는 어떤 것 같아?"

"나빠, 정말 나빠! 난 그 애가 병에 걸린 것 같아. 정신은 분명한데 숨 쉬는 게 이상해. 그 숨 쉬는 소리가 안 좋아! 저번에도 걷게 해달라고 해서 구두를 신겨 주었는데, 한 발자국 걷고는 쓰러졌지 뭐야. 그런데도 '아빠, 이 장화는 처음부터 이상해서 이걸 신으면 제대로 걷지 못한다고 전에도 말했잖아요?' 이렇게 말하는 거야. 그 애는 자신이 쓰러진 걸 구두 때문이라고 하지만, 사실은 몸이 쇠약해져서 그런거야. 아마 일주일도 버티지 못할 거 같아. 게르첸시투베가 그 애를 돌보고 있어. 이젠 그 집은 다시 돈이 생겼어. 돈이 많은 것 같아."

"전부 사기꾼들이야."

"누가?"

"의사나 의술을 팔아먹는 사람들은 전부 그래. 물론 일반적으로 그렇다는 얘기지만, 개별적으로도 당연히 그래. 난 의학을 인정할 수 없어. 소용없는 짓이거든. 내가 전부 자세하게 조사해 보려고 해. 그런데 너희는 어떻게 감상적인 짓을 시작한 거야? 학급 전체가 날마다 거길 간다는 거지?"

"학급 전부는 아니야. 열 명 정도만 날마다 그 애를 보러 다녀. 그게 뭐가 어떻다고 그래?"

"이번 일에서 이해가 가지 않는 건, 알렉세이 카라마조프가 하는 짓이야. 자신의 형님이 모레 그런 범죄 사건으로 재판을 받는데, 어떻게 아이들과 어울려 감상적인 일로 시간을 보내는 걸까!"

"이번 일은 감상적인 게 아니야. 너도 지금 일류샤와 화해를 하러 가는 거잖아."

"화해? 웃기는군! 난 어느 누구도 행동을 분석하는 건 용납 못해."

"하지만 일류샤가 너를 보면 얼마나 기뻐할까. 그 애는 네가 올거라고는 생각도 못하고 있을 거야. 너는 왜 그동안 가볼 생각을 안 했어?"

스무로프는 문득 흥분해서 외쳤다.

"이봐, 그건 내 일이니까 넌 상관하지 마. 난 내가 가기로 결정해서 가는 것뿐이야. 하지만 너희는 모두가 알렉세이 카라마조프에게 끌려서 거기 간 거지? 바로 그 점이 다르지. 뿐만 아니라 내가 화해를 하러 가는 건지 그렇지 않은지 네가 어떻게 알아? 화해라는 표현 자체가 우스워."

"우리는 카라마조프에게 끌려서 간 게 아니라고, 절대 아니야. 우리는 그 애에게 가려고 가기 시작한 거야. 물론 처음에는 카라마조프 씨와 함께 갔지만, 바보처럼 끌려간 건 아니었어. 처음엔 한 명이 갔고, 다음에 또 한 명이, 이런 식으로 다니게 된 거지. 그 애의 아버지는 우리를 보고 무척 반겼어. 그런데 만약 일류샤가 정말 죽는다면 그 애의 아버지는 미쳐 버릴지도 몰라. 그 애 아버지는 일류샤가 죽을 거라는 걸 이미 알고 있어. 그래서 우리가 일류샤와 화해했을 때 많이 기뻐했지. 일류샤는 너의 얘기를 물었지만 단지 그것뿐이었어. 물은 뒤에는 아무 말도 안 했어. 어쨌든 그 애 아버지는 분명히 미치거나, 목을 매어 죽을 거야. 그는 예전에도 미친 사람 같은 짓을 하고 다닌 적이 있었어. 하지만 너도 그가 결백하다는 것을 알 거야. 그때는 우리가 오해한 거야. 자신의 아버지를 죽인 그 살인자가 그때 그 사람을 때린 게 잘못이었지."

"하지만 카라마조프 씨는 어쨌든 내게 아직도 수수께끼야. 이미 오래전에 그와 친구가 될 수 있었지만, 나는 왜 그런지 경우에 따라서 자존심을 내세우길 좋아하는 편이라서. 게다가 난 그에 대한 내 생각을 정리했어. 하지만 그건 조금 더 연구하고 밝히려고 해."

콜랴는 거들먹거리며 입을 다물었다. 스무로프도 아무 말 하지 않았다. 물론 스무로프는 콜랴 크라소트킨을 숭배했으므로 그와 대등해지는 것은 상상도 못할 일이었다. 이때도 그는 콜랴에게 큰 흥미를 가졌다. 왜냐하면 콜랴가 '스스로' 일류샤를 만나러 가는 거라고 말했기 때문이다. 그래서 콜랴가 오늘 갑자기 거길 가려고 결심한 것은, 반드시 무슨 이유가 있을 거라고 생각했다. 두 소년은 시장이 열린 광장을 걸었다. 시장에는 시골에서 온 짐마차가 이곳저곳에 세워져 있었고, 거위들이 몰려 있었다. 장사꾼 아낙네들은 천막을 드리운 점포에서 빵이나 실 같은 것을 팔았다. 일요일에 열리는 이런 시장을 이 고장에서는 좀 부풀려서 정기시(定期市)라고 불렀다. 이런 정기시는 1년에 여러 번씩 열렸다. 페레즈본은 길의 이곳저곳을, 코를 킁킁거리며 신나게 뛰었다. 그러다가 다른 개를 보면, 개들의 법칙에 따라서 서로 열심히 냄새를 맡았다.

"스무로프, 난 현실을 관찰하는 게 좋아." 갑자기 콜랴가 이렇게 말했다. "넌 개들이 만나면 서로의 냄새를 맡는 걸 봤을 거야. 거기에는 공통적인 그들의 자연법칙이 있는 거야."

"맞아, 좀 웃긴 법칙이지만."

"전혀, 절대 웃기지 않아. 너는 잘 모르는구나. 편견으로 가득한 인간에게는 어떻게 보일지 모르지만, 자연에는 우스운 게 전혀 없어. 만일 개가 생각도 할 수 있고, 무언가를 비판할 수 있는 존재라고 생각해 봐. 개들도 역시 자신들의 명령자인 인간들의 사회적 관계에서 거의 그와 마찬가지인, 아니 더 많은 우스운 점들을 발견하겠지. 아, 많으면 많았지 적지는 않을걸. 내가 이렇게 강조하는 건 우리 인간이 훨씬 더 멍청한 습관이 많다는 걸 확신하기 때문이야. 이건 라키친의 생각이지만, 정말 훌륭한 사상이야. 스무로프, 난 사회주의자야."

"사회주의가 뭐야?"

"모든 인간이 평등하고, 모두 재산을 공동으로 가지고, 결혼을 하지 않고, 자신이 좋아하는 종교와 법을 갖고……. 모든 것이 다 이런 식이야. 넌 아직 덜 자라서 이해할 수 없어. 그런데 무척 춥다."

"응, 영하 12도야. 아까 아버지가 온도계를 보고 말해 줬어."

"스무로프, 넌 영하 15도나 18도 되는 한겨울보다는 지금처럼 갑자기 추워지는 초겨울의 영하 12도가, 아직 눈이 오지 않은 초겨울이 더 춥다는 걸 느끼지 못했니? 사람들이 아직 추위에 익숙해지지 않아서 그런 거야. 사람은 어찌 됐든 습관의 동물이기 때문이지. 사회적이나 정치적 관계에서도 마찬가지로 그렇고. 습관은 위대한 원동력이야. 그런데 저 농부 행색이 정말 웃긴다!"

콜랴는 안에 양털을 덧댄 외투를 입은, 얼굴이 착하게 생긴 키 큰 농부를 가리켰다. 그는 추위를 막기 위해 자신의 마차 옆에 서서 가죽장갑을 낀 손을 부딪치고 있었다. 그의 길게 자란 잿빛 수염에는 서리가 하얗게 생겨 있었다.

"농부의 턱수염이 꽁꽁 얼어붙었네."

콜랴는 그의 곁을 지나며 시비라도 거는 것처럼 크게 말했다.

"누구 수염이든 다 얼 수밖에 없어." 농부는 경구라도 외는 것처럼 조용히 중얼거렸다.

"그렇게 놀리지 마."

스무로프가 주의를 주며 말했다.

"괜찮아. 사람이 착해서 화를 내진 않을거야."

"잘 가라."

"그럼, 아저씨 이름은 마트베이인가요?"

"맞아, 내 이름도 모른 채 부른거니?"

"몰랐어요. 그냥 그래 본 거예요."

"원 참, 이상한 아이로구나! 너 학교에 다니니?"

"네."

"선생님께 매도 맞았겠네?"

"매라고 할 것까지는 없지만 가끔은……."

"많이 아팠지?"

"아프지 않다고는 말할 수 없죠."

"이런! 가엾은 인생이네."

농부는 진심으로 한숨을 내쉬었다.

"안녕, 마트베이."

"안녕, 귀여운 녀석이네."

두 소년은 다시 걸었다.

"좋은 농부 같지?" 콜랴는 스무로프에게 말했다. "난 민중과 얘기하는 게 좋아. 늘 흔쾌히 그들의 장점을 인정하지."

"그런데 왜 우리가 매를 맞는다고 거짓말한 거야?"

"그를 위로해줘야 했으니까."

"위로라니 무슨 뜻이야?"

"스무로프, 난 똑같은 말을 두 번 물어보는 걸 싫어해. 난 처음 한 말을 이해하는 사람이 좋아. 어떤 사람은 아무리 설명해 줘도 이해를 못하거든. 농부들은 학생은 늘 매를 맞는다고, 그리고 매를 맞아야 한다고 생각한단 말이야. 그러니까 만일 학생이 매를 맞지 않는다면 그게 무슨 학생이냐고 생각하지. 그래서 내가 매를 맞지 않는다고 말하면, 그 사람은 얼마나 실망하겠어? 하지만 넌 아직 이해 못할 거야. 농부들과 얘기를 나누려면 말하는 법을 알아야 해."

"하지만 제발 덤벼드는 건 그만해. 잘못하면 또 그 거위 사건과 같은 일이 벌어질 거야."

"너는 그게 무서워?"

"웃지 마, 콜랴. 난 정말 무섭단 말이야. 아버지가 무척 화를 내시니까. 아버지는 내가 너와 어울리는 것을 금지했어."

"걱정하지 마. 오늘은 절대로 그런 일은 일어나지 않을 테니까. 나타샤, 안녕하세요!"

콜랴는 물건을 파는 어떤 여자에게 이렇게 외쳤다.

"난 나타샤가 아니야, 나는 마리야야."

장사꾼 여자가 외쳤다. 그녀는 그리 늙은 편은 아니었다.

"아, 마리야였군. 안녕!"

"저런, 망나니 같은 녀석! 머리에 피도 안 마른 녀석이 말버릇이 그게 뭐야."

"갈 길이 멀어서 당신과 얘기할 시간이 없네요. 다음 일요일에 얘기해요."

마치 장사꾼 여자가 말을 걸기라도 한 것처럼 콜랴는 손을 저었다.

"다음 일요일에도 너랑은 할 얘기가 없어. 네가 먼저 수작을 부리고는 건방지게 무슨 말이야!" 마리야는 고함을 질렀다. "한 대 맞을래? 망나니 녀석아!"

마리야와 나란히 가게를 벌이던 다른 여자들이 크게 웃었다. 그때 갑자기 이때까지 근처에 있는 상점에서 엿듣던 남자 한 명이 화를 내며 뛰어왔다. 그는 가게 지배인 같았지만 이 고장 사람이 아니라 다른 지역에서 온 사람이었다. 그는 진한 아마빛 곱슬머리에 얼굴은 창백하고 길었으며, 곰보였다. 긴 푸른색 외투를 입고 차양이 달린 모자를 쓴 그는 젊었는데, 크게 흥분해서 주먹을 휘두르며 콜랴를 위협했다.

"난 네 놈을 알아." 그는 화가 나서 외쳤다. "너를 잘 안다고!"

콜랴는 차분하게 상대를 바라보았다. 그러나 자신이 그와 언제, 어떻게 싸웠는지 전혀 기억이 나지 않았다. 길에서 싸운 것이 한두 번이 아니었기 때문에 전부 기억할 수가 없었다.

"날 안다고요?"

콜랴가 비아냥대며 물었다.

"나는 너를 알아! 나는 네놈을 알아!"

그는 바보처럼 반복해서 말했다.

"잘 됐네요. 하지만 난 시간이 없어서 가야겠어요."

"무슨 이유로 그런 건방진 말을 하는 거지?" 그가 외쳤다. "난 너를 알아. 또 그런 건방진 말을 할 거냐, 응?"

"이것 보세요, 내가 건방진 말을 하든 말든 그게 당신과 무슨 상관인데?"

콜랴는 여전히 서서 그를 노려보며 말했다.

"왜 그게 나와 상관이 없다는 거지?"

"없어요. 그건 당신이 상관할 바 아니에요."

"그럼 누가 상관해야 하냐? 누가 상관할 문제인 거야? 누가 상관할 문제냐고?"

"그건 트리폰 니키치치가 할 일이지 당신이 상관할 문제는 아니에요."

"트리폰 니키치치는 누구지?"

그는 여전히 화가 난 채였지만 바보처럼 멍한 표정으로 콜랴에게 따졌다. 콜랴는 거들먹거리며 남자를 빤히 바라보았다.

"부활절에 교회에 갔었나요?"

콜랴가 문득 근엄하게 물었다.

"부활절에? 뭐 하러? 안 갔다!"

그는 약간 당황하며 말했다.

"그럼 사바네예프는 아니요?"

콜랴는 더욱 엄하고 끈질기게 계속 물었다.

"사바네예프가 누구지? 나는 모른다."

"흥, 그럼 상대할 필요가 없겠군." 콜랴는 갑자기 얘기를 자르고 오른쪽으로 돌아서서, 흡사 사바네예프도 모르는 바보와는 더 말할 수 없다는 듯이 걸어가 버렸다.

"이봐, 거기 서라! 도대체 사바네예프가 누구야, 응?" 젊은이는 순간적으로 마취에서 깨어나 다시 흥분해서 이렇게 소리쳤다. "저놈이 대체 무슨 소리를 하는거요?" 그는 장사꾼 여자들을 보면서 멍한 얼굴로 물었다.

여자들은 웃음을 터트렸다.

"이상한 아이야."

누군가 말했다.

"저놈이 말하는 사바네예프가 대체 누구요?" 그는 여전히 오른팔을 휘두르며 험악하게 되물었다.

"그건 아마 쿠지미체프네 집에서 일했던 그 사바네예프일 거야. 분명해."

한 여자가 갑자기 말했다.

남자는 눈이 커져서 그녀를 바라보았다.

"쿠지미……체프네?" 다른 여자가 말했다. "하지만 그는 트리폰이 아니야. 그는 트리폰이 아니라 쿠지마였어. 그런데 그 애는 트리폰 니키치치라고 하진 않았으니까 다른 사람이야."

"전혀, 그는 트리폰도 사바네예프도 아닌 치조프라고."

그때까지 아무말없이 진지하게 듣던 다른 여자가 재빨리 이렇게 참견했다. "그는 알렉세이 이바느이치 치조프야."

"맞아, 정말 치조프였어."

또 다른 여자가 자신있게 동조했다.

남자는 어리둥절해서 여자들을 번갈아가며 쳐다보았다.

"그런데 그놈은 왜 그런 걸 물어봤을까? 왜 물었던 걸까?" 그는 거의 절망에 빠져 외쳤다. "그런데 사바네예프는 대체 누구지? 도대체 누굴 말하는 걸까."

"에이, 당신도 참 둔하네. 사바네예프가 아니라 치조프라니까.

알렉세이 이바느이치 치조프야. 그게 그의 이름이야."

여자 중의 한 명이 훈계하듯이 그에게 말했다.

"치조프는 어떤 사람이오? 대체 그는 누구요? 안다면 말해 주시오."

"키가 크고, 콧물을 흘리며 여름에 장터에 나와 앉아 있는 남자라오."

"그런데 그 치조프가 나와 무슨 상관이라는 거요?"

"무슨 상관인지 내가 어떻게 알아?" 또 다른 여자가 말했다. "그렇게 말하는 당신이야말로 알고 있어야 하는 거 아니오? 그 애가 당신에게 말했지, 우리에게 말한 게 아니잖소. 당신도 어지간히 멍청하군. 그래서 정말로 모르오?"

"누구를?"

"치조프 말이오."

"치조프는 귀신이 잡아가라지, 당신이랑 같이! 그놈을 실컷 때려 줘야지. 나를 놀리다니."

"치조프를 때리겠다고? 도리어 얻어맞지나 마시오. 어쩌면 저렇게 멍청할까?"

"치조프가 아니야, 치조프는 아니라고. 짓궂은 여편네야. 난 그 꼬마를 때리겠다는 거야. 그 녀석을 잡아 와, 그 녀석을 잡아 오라니까! 감히 나를 놀려먹다니."

여자들은 크게 웃었다. 그러나 이때 콜랴는 의기양양하게 멀어져서 걷는 중이었다. 스무로프는 뒤에서 떠드는 사람들을 돌아보며 콜랴를 따르고 있었다. 그는 콜랴와 한 패거리로 엮일까 봐 겁이 났지만, 그래도 기분은 좋았다.

"사바네예프는 누구야?"

그는 콜랴가 어떤 대답을 할지 예상하면서 물었다.

"누군지 내가 어떻게 알아? 저들은 종일 저렇게 떠들 거야. 이렇게 사회 각계각층의 바보들을 놀리는 게 정말 재미있어. 저기 또 한 명의 멍청한 녀석이 있네. 저기 농부 말이야. '못난 프랑스인보다 멍청한 놈은 없다'는 말이 있지만, 멍청한 러시아인은 얼굴에 자신이 바보라고 써서 다니지. 저 농부의 얼굴에 바보라고 써있는 게 보이지, 어때?"

"내버려 둬, 그냥 지나가자."

"절대로 그냥 내버려 둘 수 없어. 자, 어디 또 한 번 놀려 볼까. 안녕하세요, 농부님!"

우람한 체격의 농부가 그들 곁을 지나는 중이었다. 둥글고 순박한 얼굴에 희끗희끗한 턱수염이 수북했다. 그는 콜랴를 바라보았다. 술을 한 잔 마신 것 같았다.

"어, 안녕! 하지만 날 놀리는 건 아니겠지?" 그는 느리게 대답했다.

"혹시 놀리는 거라면 어떡하죠?"

콜랴는 웃으며 말했다.

"놀리거나 말거나 상관없어. 뭐, 마음대로 하라지. 하고 싶으면 얼마든지 해라."

"미안합니다. 그냥 농담한 거예요."

"그래? 하느님께서 용서하실 거다!"

"그럼 아저씨도 용서하시는 거죠?"

"당연히 용서하지. 어서 가라."

"아저씨는 참 현명한 농부네요."

"너보다는 조금 현명하지."

그 농부는 예상 밖에 여전히 점잖게 대답했다.

"설마."

콜랴는 속으로 약간 놀랐다.

"거짓말이 아니란다."

"그럴 수도 있겠죠."

"정말 그래."

"잘 가요, 농부님!"

"잘 가라!"

"농부도 참 여러 가지야." 콜랴는 잠깐 말없이 걷다가 스무로프에게 이렇게 말했다. "설마 저렇게 현명한 사람을 만날 줄이야. 난 이렇게 늘 농부들의 지혜를 주저하지 않고 인정하고 있지."

11시를 알리는 교회의 종소리가 멀리서 들렸다. 두 소년은 걸음을 서둘렀다. 그들은 아직도 꽤 먼 곳에 있는 퇴역 대위 스네기료프의 집까지 최선을 다해 아무 말도 하지 않고 걸었다. 그 집까지 20걸음 정도 남은 곳에서 콜랴는 갑자기 걸음을 멈추고, 스무로프에게 먼저 가서 카라마조프를 부르라고 명령했다.

"일단 눈치를 좀 살펴야지."

그가 스무로프에게 말했다.

"왜 불러내는 건데?" 스무로프가 항의하듯 말했다. "그냥 들어가도 모두 기뻐할 텐데. 왜 이렇게 추운 밖에서 인사를 하겠다는 거야?"

"그를 이렇게 추운 곳에서 만나자고 하는 데는 나만의 이유가 있어." 콜랴는 '어린 소년들'에 대해 그가 주로 쓰는 고압적인 말투로 단호하게 말했다. 스무로프는 그의 명령을 따르기 위해 달려 갔다.

4. 잃어버린 개 '주치카'

콜랴는 거만하게 울타리에 기댄 채 알료샤를 기다렸다. 그는 이미 오래전부터 알료샤를 만나고 싶어했다. 지금까지 아이들에게서 알료샤에 대해 많은 이야기를 들었지만, 그럴 때마다 그는 항상 냉정하게 경멸하는 표정을 짓고, 다 들은 뒤에는 알료샤를 비판했다. 그러나 마음속으로는 알료샤와 가까워지기를 너무 간절하게 바랐다. 알료샤에 대해 들은 모든 얘기에 그는 항상 공감과 매력을 느꼈다. 그래서 그에게는 바로 지금이 매우 중요한 순간이었다. 먼저 자신의 체면을 손상시키지 않고 독립적이고 대등한 인간이라는 것을 보여주고 싶었다.

'그는 나를 열세 살 먹은 어린애로 생각하고 저런 꼬마들처럼 대할 수 있다. 알료샤는 그 애들을 어떻게 생각할까? 이번에 가까워지면 한 번 물어봐야겠다. 하지만 내 키가 작아서 영 불리해. 나보다 어린 투지코프는 키가 나보다 세 치나 더 크니까 말이야. 하지만 내 얼굴이 영리하게 생겼으니까 상관없을 거야. 물론 잘생긴건 아니야. 내가 못생겼다는 건 나도 알아. 하지만 영리하게 생겼지. 너무 말을 많이 하지 말아야지. 그렇지 않으면 알료샤는 나를 안으면서 어린애 취급을 하려고 할 테니까. 젠장! 어린애 취급을 받으면 얼마나 창피할까.'

콜랴는 점점 흥분하면서 마지막까지 독립적인 태도를 보려고 노력했다. 그를 가장 괴롭힌 것은 그의 키가 작다는 것이었다. 얼굴이 못생긴 것은 키가 작은 것보다는 덜 걱정스러웠다. 그의 집 벽 한 모퉁이에는 지난해부터 연필로 그은 줄이 있었다. 그것은 그가 자신의 키를 표시한 흔적이었다. 안타깝게도 그의 키는 조금만 자랐을 뿐이었다. 그는 이것 때문에 때로 절망스러워지기까지 했다. 결코 얼굴은 못생기지 않았다. 창백해서 흰 피부에 주근깨가 있었지만 제법 귀엽게 생긴 얼굴이었다. 그의 작고 활기 가득한 회색 눈은 대담한 표정을 지녔고, 때로 강렬한 감정에 불타곤 했다. 광대뼈는 약간 넓었고, 입술은 작고, 아주 붉었지만 그렇게 두껍지 않았다. 작은 코는 위를 향해 들린 편이었다.

'내 코는 틀림없는 들창코야, 틀림없는 들창코라고!'

콜랴는 거울을 볼 때면 늘 이렇게 중얼대며 분한 듯이 거울 앞에서 물러났다.

'이제 보니 얼굴도 그리 영리해 보이는 것 같지 않아!'

그는 때로 이렇게 의심하기도 했다. 그러나 얼굴이나 키에 대한 걱정이 그의 마음을 전부 점령했다고 생각하면 안 된다. 오히려 반대로 거울 앞에 선 순간에는 아무리 쓸쓸한 기분이 되어도, 그는 금방 잊어버리고(때로는 아주 오랫동안 잊기도 했었다) 그가 스스로 자신의 행동을 정의한 것처럼 '사상(思想)과 현실의 여러 가지 문제에 완전히 몰입하고' 있었던 것이다.

잠시 뒤, 알료샤가 나타나 빠르게 걸어서 콜랴 앞으로 다가왔다. 알료샤가 곁에 다가오기 전부터 콜랴는 그가 무척 기뻐한다는 것을 눈치챘다. '나를 만나는 게 저토록 기쁠까?' 콜랴는 흐뭇했지만 좀 이상한 생각이 들었다. 여기서 한 가지 언급해 두자면, 우리가 알료샤에 대한 이야기를 그만둔 뒤에, 알료샤의 모습은 완전히 변했다는 것이다. 그는 수도복을 벗은 뒤, 지금은 프록코트를 입고 짧게 깎은 머리에 중절모를 썼다. 그에게 이런 것들이 꽤 잘 어울려서 아주 멋진 미남으로 보였다. 그의 사랑스러운 얼굴은 언제나 활발해 보였지만, 그 활발은 이를테면 고요한 침착함을 가지고 있었다. 콜랴를 놀라게 한 것은 알료샤가 방안에 있던 차림 그대로 외투도 입지 않고 나왔다는 것이었다. 그는 서둘러서 급히 달려 나온 것이 확실했다. 그는 곁에 오자마자 콜랴에게 손을 내밀었다.

"마침내 자네도 왔군! 우리 전부 자네를 손꼽아 기다렸다네!"

"이제 곧 말하겠지만, 사정이 좀 생겨서요. 어쨌든 이렇게 만나게 되어 반갑습니다. 오래전부터 기회를 기다렸고, 또 당신에 대한 이야기도 많이 들었어요."

콜랴는 조금 숨을 헐떡이며 말했다.

"어쨌든 우리는 오래전부터 알았어야 했어. 나도 자네에 대해서는 여러 가지 들은 게 있네. 하지만 여기에는 좀 늦게 왔군."

"그런데 이곳 사정은 좀 어떤가요?"

"일류샤의 병세가 아주 안 좋아, 아마 죽게 될 것 같아."

"뭐라고요? 결국 의학도 아무 소용이 없군요? 그런 거죠?"

콜랴는 흥분해서 소리쳤다.

"일류샤는 늘 자네 얘기를 했어. 자면서 잠꼬대도 하더군. 자네는 분명히 그 나이프 사건이 일어나기 전까지, 일류샤에게 굉장히 중요한 존재였던 것 같군. 그리고 또 다른 이유가 있어. 이 개는 자네의 개인가?"

"네, 페레즈본이에요."

"그럼, 주치카는 아닌 건가?" 알료샤는 유감스러운 듯이 콜랴를 보았다. "그럼, 그 개는 잃어버린 거군?"

"난 모두가 주치카를 원한다는 걸 알아요. 이야기를 들었거든요."

콜랴는 수수께끼처럼 히죽거리며 웃었다.

"카라마조프 씨, 들어 보세요. 당신에게 모든 상황을 설명해 드릴게요. 내가 이곳에 온 이유도 바로 그래서니까요. 내가 안으로 들어가기 전에 그동안의 일을 전부 설명하기 위해서, 일부러 당신을 불러낸 거예요."

그는 활기차게 이야기를 시작했다.

"다름이 아니라 일류샤는 지난봄에 예과에 입학했어요. 그런데 예과의 학생들은 대부분 어린애들이지요. 그래서 곧 일류샤를 놀려댔습니다. 난 두 학년이나 위였기 때문에 멀리서 지켜보기만 했었지요. 일류샤는 몸집이 작고, 힘도 약하지만 그들에게 쉽게 굴복하지 않았어요. 자존심이 무척 강했기 때문에 자주 싸웠고 눈에는 불이 붙은 것 같았지요. 나는 그런 아이를 좋아해요. 그런데 아이들은 더 심하게 그 애를 괴롭혔어요. 특히 그때 일류샤는 허름한 외투를 입었고 바지는 짧아서 발목 위로 올라오고 구두는 구멍이 났지요. 그래서 아이들은 그걸 가지고 놀렸습니다. 아이들이 그 애를 모욕한 거지요. 난 그런 짓을 가장 싫어합니다. 그래서 난 곧 그의 편을 들고 그 아이들에게 야단을 치고 때렸습니다. 그래도 아이들은 나를 숭배하지요, 아시겠나요?"

콜랴는 신나게 자랑했다.

"하지만 대부분 난 아이들을 좋아합니다. 요즘도 집에서 꼬맹이 둘을 돌보는데, 오늘 늦게 된 것도 그 녀석들 때문입니다. 그건 그렇고, 그래서 그들은 일류샤를 더 이상 때리지 않았습니다. 내가 보호해 준 것이죠. 그런데 일류샤는 보통내기가 아니었어요. 당신에게만 하는 말이지만, 그 애는 정말 여간내기가 아니에요. 하지만 마침내 그 애도 내게 노예처럼 복종하며 내가 내리는 명령이면 어떤 것이라도 듣게 됐어요. 마치 내가 하느님이라도 되는 것 마냥 내 말을 따랐고 모든 일에 내 흉내를 냈지요. 공부 시간이 끝나면 그는 내게 왔고, 난 항상 그 애와 함께 다녔어요. 일요일도 그랬지요. 우리 학교에서는 상급생이 어린 하급생과 친하게 지내면 모두 비웃지만, 그건 편견에 불과합니다. 내 생각이 이렇기 때문에 다른 사람들이 뭐라고 해도 신경 쓰지 않습니다.

난 그 애를 가르치고 깨우쳤습니다. 그 애가 내 마음에 들었기 때문에 그를 깨우쳐 주고 싶은 마음이 드는 건 당연한 일이지요? 카라마조프 씨, 당신도 저런 어린애들과 친하게 지내지만, 이를 테면 젊은 세대에 영향을 주어 그들을 유익하게 발전시키려고 그러는 거잖아요? 당신의 그런 성격을 소문으로 듣고 그 점이 몹시 흥미로웠습니다.

이제 본론을 얘기하지요. 사실 그 애의 내면에 어떤 감수성, 일종의 감상적인 면이 자라는 걸 나는 알고 있었습니다. 그런데 난 원래 그런 '나약한 양 같은 감정'은 몹시 꺼립니다. 또한 일류샤에게는 모순이 있었어요. 그 애는 자부심이 강하지만, 내게는 노예처럼 복종했지요. 노예처럼 굴다가도 어떤 때는 문득 눈을 번쩍이며, 자신의 생각을 주장하면서 달려들었습니다. 내가 때로 여러 가지 생각을 가르쳐 주면 그 애는 내 생각에 동의하지 않는 것이 아니라 나에 대해 개인적으로 반항하는 거예요. 나도 그걸 매우 잘 알았지요. 내가 그 애의 '순한 양 같은 나약한 감정'에 대해 매우 냉정하게 군다는 게 마음에 들지 않았겠지요. 그래서 난 그 애를 단련시키려고 그 애가 다정하게 굴수록 더욱더 냉정하게 대했습니다. 일부러 그렇게 했어요. 그것이 내 신념이니까요. 내 목적은 냉철한 성격을 갖춰서 인간을 만드는 것이니까요. 그리고 또…… 물론 당신은 내가 전부 얘기하지 않아도 내 마음을 이해할 거라고 생각합니다.

그런데 어느 날 갑자기 나는 그가 사흘 동안 슬퍼하고 고민에 빠진 걸 알았어요. 게다가 그것은 '양 같은 감정' 때문이 아니라, 뭔가 더 강하고 차원이 높은 일 때문이었지요. 도대체 무슨 일이 생긴건지 나는 궁금했습니다. 그래서 그 애에게 물어보니, 그 애가 어떤 기회가 생겨서 당신의 아버님 – 그때는 아직 돌아가시기 전이었지요 – 의 하인인 스메르자코프를 알게 되었다고 했어요. 마침내 나는 스메르자코프가 그 애에게 바보 같은 장난, 아주 잔인하고 야비한 장난을 가르친 걸 알 수 있었습니다. 그것은 부드러운 빵에 바늘을 넣어서 누구네 집 개에게 던지면 배가 고픈 개는 씹지 않고 그것을 삼킬 테니 어떤 일이 벌어지는지 구경하라고 한 것이었지요. 그래서 둘은 그런 빵을 만들고 지금 문제가 되는 그 복슬개 주치카에게, 종일 짖어도 집안에서 아무도 먹을 것을 안 주는 그 주치카에게 던졌지요. 카라마조프 씨, 당신은 그 개가 바보처럼 짖는 소리를 좋아하나요? 난 도무지 견딜 수가 없습니다. 주치카는 빵에 달려들어서 꿀꺽 삼켰으니 어떻게 됐을까요. 주치카는 비명을 지르기 시작했어요. 온몸을 비틀고 빙글빙글 돌다가 아무데로나 달렸어요. 낑낑거리며 비명을 지르면서 결국 사라지고 말았지요. 일류샤는 나에게 이렇게 고백하고, 괴로워하며 울었어요. 그 애는 날 꼭 부둥켜안고 온몸을 떨면서 '울면서 도망갔어, 울면서 도망갔어.' 연달아 넋두리처럼 반복했습니다. 그 애는 그 개의 모습에 강한 충격을 받은 거였죠. 양심의 가책을 받는다는 걸 알 수 있어서, 나는 진지하게 그 얘기를 들었어요. 그 전에 다른 일도 있었고, 이번 기회에 확실하게 버릇을 고쳐 주려고 나는 일부러 화가 난 척하며 말했어요.

'넌 비겁한 짓을 저질렀어. 너는 치사한 녀석이야. 난 누구에게도 이 얘기는 안 할 거지만, 당분간 너와는 절교해야겠어. 난 이 문제를 고민해 보고 스무로프 ─ 방금 전 나와 같이 온 아이입니다. 그 애는 항상 내게 복종하지요 ─ 를 통해 너와 다시 어울릴 것인지, 비열한 놈으로 영원히 생각할 것인지 알려주겠다.'

그 애에게는 이 말이 엄청난 충격이었던 것 같습니다. 그때 난 너무 심한 게 아닐까 하는 생각도 했지만 그게 그때의 신념이었으니 달리 방법이 없었습니다. 이삼일이 지난 뒤, 나는 스무로프를 일류샤에게 보내서 '이제 말도 하지 않겠다'고 알렸습니다. 이건 우리 사이에서 절교를 하겠다는 말입니다. 제 마음은, 다만 그 애를 며칠 동안 혼내서 조금이라도 후회하는 것 같으면 다시 손을 내밀려고 했습니다. 그것이 내가 굳은 결심을 한 계획이었지요. 그런데 무슨 일이 벌어졌는지 아세요? 그는 스무로프가 전한 말을 듣자 눈을 번득이며 외쳤답니다.

'크라소트킨에게 전해 줘. 난 모든 빵에 바늘을 넣어서 개들에게 다 던질 거야.'

그래서 나도 '쳇, 조금도 굽히지 않는군. 그 애를 아주 따돌려야겠다'라고 생각하고 그 뒤에는 대놓고 그 애를 경멸했죠. 만날 때마다 슬며시 외면하고, 비아냥대는 것처럼 웃었습니다. 그러는 동안에 그 애의 아버지 사건이 생겼습니다. 아시는 대로, 그 '수세미' 사건입니다. 이런 일 때문에 이미 그 애에게 무서운 신경증의 원인이 발생했다는 걸 아셔야 해요. 아이들은 내가 그 애와 절교한 것을 알고 전부 그 애에게 달려들어서 "수세미, 수세미"라고 놀렸습니다. 바로 그때부터 아이들 사이에 싸움이 벌어졌는데 나는 안타까울 뿐입니다.

한번은 일류샤가 호되게 맞은 것 같았습니다. 어느 날 아이들이 학교에서 나오자마자 일류샤가 아이들 전부를 상대로 달려들었습니다. 난 열 발자국 정도 떨어진 곳에서 지켜보았습니다. 하늘에 맹세코, 난 그때 절대로 웃지 않았습니다. 아니, 오히려 그때 나는 그 애가 불쌍해서 참을 수 없었습니다. 그래서 달려가서 그 애를 도우려고 했습니다. 그런데 그 애는 그 순간, 무슨 생각인지 갑자기 연필 깎는 칼을 들고 내 넓적다리를 찔렀습니다. 바로 여기 오른쪽 다리를요. 난 움직이지 않았습니다. 카라마조프 씨, 사실을 말하면 난 때로 용감할 때가 있거든요. 그때 나는 단지, '이게 내가 너에게 친절을 베푼 것에 대한 너의 보답이냐! 원한다면 한 번 더 찔러, 가만히 있을 거니까 실컷 해!'하는 것처럼 경멸하는 듯한 시선으로 그를 바라보았습니다. 그러자 그 애도 두 번은 찌르지 못했습니다. 스스로 버틸 수가 없었던 것입니다. 자신이 한 일에 겁을 먹었는지, 그 애는 칼을 던지고 큰소리로 울면서 달아났습니다. 물론 난 고자질을 하지 않았고, 선생님이 알지 못하도록 아이들에게 단단히 명령해 두었습니다. 어머니에게조차 상처가 다 나은 뒤,

결국 이야기를 했으니까요. 상처도 대단한 것이 아니었습니다.

　나중에 들기로는, 바로 그날 그 애는 돌팔매질을 하며 싸우다가 당신의 손가락까지 깨물었다고 하더군요. 하지만 그때 그 마음이 어땠을지는 당신도 이해하리라 생각합니다. 그때 그 애의 마음이 어땠을지! 어쩔 수 없죠, 내가 바보 같았어요. 그 애가 앓아누웠을 때 찾아가서 용서한다고 말해 주지 못한 것이, 그 애와 화해하지 못한 것이 지금은 후회스럽습니다. 하지만 거기에는 특별한 목적이 있었어요. 내가 당신에게 하고 싶은 얘기는 이것뿐입니다……. 단지 내가 너무 바보 같은 짓을 한 것 같아서……."

　"아, 정말 유감이네." 알료샤는 흥분해서 외쳤다. "자네와 그 애의 관계를 지금까지 몰랐던 게 참 유감이야. 그걸 알았으면 이미 자네 집에 가서 그 애 집에 함께 가자고 부탁했을 텐데. 정말 그 애는 열이 심해지면 잠꼬대에서도 자네 얘기를 했어. 나는 자네가 그 애에게 얼마나 소중한 사람인지 몰랐다네. 자네는 주치카를 못 찾은 건가? 그 애의 아버지는 물론이고 아이들까지 전부 나서서 읍내를 모두 찾아봤지만 허탕이었어. 그 애는 앓아누워서도 '아빠, 내가 병이 든 건 그때 주치카를 죽여서예요. 그래서 하느님께서 내게 벌을 내리셨어요.' 이렇게 눈물을 흘리면서 내가 아는 것만으로도 세 번씩이나 반복해서 말했어. 아무래도 그 애는 그 생각을 지울 수 없을 거야. 그래서 만일 주치카가 발견되어 그 개가 살아 있는 걸 보여주면 혹시 그 애의 병이 나을지도 모른다는 한 줄기 희망을 갖고 있는 것뿐이라네. 우리는 전부 자네에게 기대를 걸고 있어."

"그런데 왜 주치카를 찾아낼 사람이 나라고 생각한 거지요?" 콜 랴는 굉장한 호기심을 느끼며 물었다. "왜 다른 사람이 아니라 나 라고 생각한 거예요?"

"자네가 그 개를 찾는다거나, 또 찾으면 데려올 거라고 말을 들 었어. 스무로프도 비슷한 말을 했고. 어쨌든 우리는 전부 어떻게 해서든지 주치카가 살아 있는 것처럼, 어디선가 본 사람이 있는 듯 이 일류샤에게 믿게 하려고 노력 중이야. 저번에 아이들이 어디서 토끼를 사로잡았는데, 그 애는 토끼를 보고 희미한 미소를 지으며 들에 놓아주라고 했어. 그래서 우리는 그 애의 말대로 했지. 방금 전에 그 애의 아버지가 마스티프 종 강아지를 얻어와서 그걸로 그 애를 위로하려고 했지만, 내 생각에는 더 좋지 않은 결과를 낳은 것 같아."

"그럼 카라마조프 씨, 한 가지 묻겠는데요, 그 애의 아버지는 도 대체 어떤 사람인가요? 나도 그를 알고 있지만, 당신은 어떻게 생 각하시나요? 어릿광대 같은가요?"

"전혀, 세상에는 깊은 감성을 가진 사람들이 있어. 그들 중에는 늘 억압을 받는 사람들이 있는데, 그런 사람들의 어릿광대짓은 가 끔 정말 비극적이야. 지금 그 아버지는 이 세상의 모든 희망을 일 류샤에게 걸고 있어. 그러니까 만약 죽기라도 한다면 그 애의 아버 지는 슬픔을 견디지 못하고 미쳐버리든가, 아니면 자살하고 말 거 야. 난 요즘 그를 보면 그런 생각만 들어."

"카라마조프 씨, 당신의 생각은 잘 알겠습니다. 당신은 정말 인간에 대해 잘 알고 계시네요."

콜랴는 감동해서 말했다.

"그런데 나는 자네가 개를 데려온 걸 본 순간, 주치카를 데리고 온 걸로 알았네."

"카라마조프 씨, 기다려 보세요. 어쩌면 우린 그 개를 찾을 수도 있어요. 하지만 이 개는 페레즈본입니다. 나는 이제 이 개를 그 애에게 데려 갈 생각이에요. 아마 그 마스티프 종 강아지보다 이 개가 일류샤를 더 기쁘게 할 거예요. 기다려 보세요, 카라마조프 씨. 곧 여러 가지 일들을 알게 되실 거예요. 아, 내가 당신을 너무 오래 붙들고 있었네요!" 콜랴는 문득 힘차게 말했다. "이렇게 추운 날씨에 외투도 입지 않은 당신을 밖에서 이렇게 오래 붙잡았다니, 난 이기적이에요! 카라마조프 씨, 사실 우린 전부 이기주의자예요!"

"걱정하지 마. 날씨는 춥지만 난 웬만해서는 감기가 걸리지 않아. 어쨌든 들어가자. 그런데, 자네 이름이 뭐였지? 콜랴라고 부르는 건 알지만, 정식 이름은 뭔가?"

"니콜라이 이바노프 크라소트킨입니다. 관청 식으로 하면 '크라소트킨 2세'죠." 콜랴는 무슨 이유에서인지 소리를 내어 웃고 재빨리 이렇게 덧붙였다. "물론 나는 니콜라이라는 이름이 싫어요."

"왜 싫어하지?"

"평범하지만 관청 냄새가 나잖아요."

"나이는 열세 살인가?" 알료샤가 물었다. "세는 나이로는 열네 살입니다. 이제 두 주일이 지나면 만으로 열네 살이 돼요. 카라마조프 씨, 당신에게 미리 내 약점을 고백할게요. 그러면 내 성격을 한 번에 파악하실 테니까요. 다름이 아니라 나는 내 나이를 묻는 게 정말 싫어요. 아니 싫은 정도가 아닙니다. 그리고 또 한 가지…… 내가 지난주에 예과 애들과 술래잡기 놀이를 했다는, 나에 대한 어이없는 소문이 퍼졌어요. 내가 그런 놀이를 한 건 맞지만 단지 나를 위해서, 내가 즐겁게 놀기 위해서 그런 놀이를 했다는 건 정말 중상모략입니다. 난 당신이 이 말을 들었다는 확실한 근거가 있어요. 하지만 그건 나 자신을 위해서 한 일이 아닙니다. 그 애들은 내가 없으면 아무것도 생각할 수 없어요. 이 고장은 언제나 허황된 소문만 퍼뜨려요. 즉 유언비어의 고장이라고 할 수 있죠."

"하지만 스스로를 위해 놀았다고 해도 그리 나쁜 건 아니지 않니?"

"스스로를 위해서…… 그렇지만 당신도 말타기 놀이를 하는 건 아니겠지요?"

"하지만 이렇게 생각하는 건 어떠니?" 알료샤가 미소를 지으며 말했다. "예를 들어서 어른들은 연극을 보기 위해서 극장을 가는데 극장에서는 갖가지 주인공들의 모험이 펼쳐지지. 때로는 강도질이나 싸움도 벌어지곤 해. 이런 것도 역시 일종의 놀이라고 생각해야 하지 않을까? 그러니까 아이들이 쉬는 시간에 하는 전쟁놀이나 술래잡기 놀이 역시 예술의 첫 단계인 거야. 그것은 어린 마음속에 자라는 예술적 욕구의 표현인 거지. 때로는 그런 놀이가 극장에서 상연되는 연극보다 더 잘 짜일 때가 있어. 단지 다른 점이라면 어른들은 배우를 보러 극장에 가는데, 놀이에서 아이들은 자신이 배우라는 점이지. 게다가 이건 아주 자연스러운 일이야."

"당신은 그렇게 생각하나요? 그게 당신의 신념인가요?" 콜랴는 알료샤를 물끄러미 바라보았다. "당신의 말은 정말 흥미로운 생각이에요. 나도 오늘 집으로 돌아가면 이 문제에 대해 더 생각해 볼게요. 사실은 당신에게 무언가 배울 수 있을 것이라고 기대했어요. 카라마조프 씨, 난 당신에게 가르침을 받기 위해 온 거예요."

콜랴는 진심으로 감동받은 목소리로 이렇게 말했다.

"나도 자네에게 배울 게 있네." 알료샤는 그의 손을 잡고 웃으며 말했다.

콜랴는 알료샤가 무척 마음에 들었다. 특히 콜랴에게 감동을 준 것은 알료샤가 그를 대등하게 대해 줄 뿐만 아니라 '어른'과 말하듯이 그와 대화를 하는 것이었다.

"카라마조프 씨, 곧 내가 당신에게 '재주' 한 가지를 보여드릴게요. 연극의 일종이죠." 그는 기이하게 신경질적으로 웃었다. "실은 내가 여기에 온 이유도 바로 이 점 때문이에요."

"일단 왼쪽으로 돌아가서, 이 집의 주인이 있는 곳으로 가자. 방이 작고 더워서 외투를 벗어야 하니까."

"괜찮아요. 잠시 들어갔다가 나올 거라서 외투를 입고 있을게요. 페레즈본은 현관에 두고 죽은 시늉을 하고 있게 할게요. '이리와, 페레즈본. 여기 누워서 죽은 척해!' 어떤가요, 죽은 거 같죠? 이제 내가 먼저 들어가서 상황을 살펴본 뒤, 적당한 순간에 휘파람을 불면, 그때 보세요. 저놈이 바로 미친 듯이 달려올 테니까요. 스무로프가 그 순간에 빨리 문을 열기만 하면 돼요. 내가 모든 준비를 하고, 그 '재주'를 보여드릴게요."

5. 일류샤의 침대 곁에서

독자 여러분도 퇴역 대위 스네기료프의 가족이 사는 방은 이미 알 것이다. 이때 좁은 방안은 이미 문병을 온 손님들로 꽉 차서 숨이 막힐 정도였다. 소년 몇 명이 일류샤 곁에 앉아 있었다. 그들은 전부 알료샤에게 끌려와서 일류샤와 화해를 했지만, 그들 역시 스무로프처럼 그것을 부정할 것이다. 알료샤는 능수능란한 솜씨를 보였는데, 그것은 양과 같은 나약한 감정에 호소하는 것이 아니라, 또 의도적이지도 않고, 우연히 그렇게 된 것처럼 보이면서 그들 모두를 데려와서 일류샤와 화해를 시킨 것이다. 예전에는 자신의 적이었던 아이들이 모두 깊은 우정과 동정을 드러내자, 앓던 일류샤는 크게 감동했다. 다만 콜랴가 오지 않은 것은 그의 마음에 무거운 짐으로 남았다. 만일 일류샤의 쓸쓸한 추억 중에서도 가장 쓸쓸한 것이라면 그것은 자신의 하나뿐인 친구였을 뿐 아니라 보호자였던 콜랴에게 칼을 들고 덤볐던 것이었다. 명석한 스무로프도 역시 그런 생각을 했다. '그는 일류샤와 가장 먼저 화해한 아이였다.'

콜랴는 스무로프를 통해 알료샤가 '어떤 용무'로 그를 찾아오고 싶어 한다고 들었을 때 일언지하에 거절했다. 그는 자신이 취해야 할 행동은 스스로 잘 아는 만큼 누구의 충고도 받고 싶지 않았고 만약 일류샤에게 가야 한다면 스스로 문병을 언제 갈 것인지 결정하겠다고 말했다. 그리고 스무로프를 시켜서 바로 '카라마조프'에게 그렇게 전하라고 말했다. 그것이 바로 2주일 전이었다. 그래서 알료샤는 크라소트킨을 찾아갈 계획을 포기했지만, 그래도 다시한 번 콜랴에게 스무로프를 보냈다. 이번에도 콜랴는 무척 화를 내며 격렬한 어조로 그 요구를 거절했다. 만약 알료샤가 자신을 찾아오면 일류샤에게 절대로 가지 않을 것이니 더는 귀찮게 하지 말아달라고 대답했다. 그래서 스무로프는 어제만 해도 콜랴가 이날 아침 일류샤를 찾아갈 계획이라는 것을 전혀 몰랐던 것이다. 그런데 바로 엊저녁에 콜랴는 스무로프와 헤어지면서 갑자기, 내일 함께 스네기료프 씨 집에 갈 것이니 집에서 기다리라고 했다. 그리고 자신은 예고하지 않고 찾아가고 싶으니 아무에게도 말하지 말라고 해서 스무로프는 콜랴가 시키는 대로 했다.

스무로프는 언젠가 콜랴가 "만일 주치카가 살아 있는데 그 개를 찾지 못한다면 모두 멍청한 거야."하고 무심하게 지껄인 말을 근거 삼아서 콜랴가 분명히 행방불명된 주치카를 데려올 것이라고 예상했다. 그러나 스무로프가 기회를 엿봐서 그 개에 대한 자신의 추측을 슬며시 표하자, 콜랴는 무척 화를 냈다.

"나에겐 페레즈본이 있어. 그런데 내가 남의 개를 찾아서 거리를 헤맬 바보 같아? 그리고 도대체 너는 바늘을 삼킨 개가 어떻게 살아 있을 거라고 상상하는 거야! 그건 바로 '양 같은 나약한 감정'이야!"

일류샤는 이미 2주일 동안 방 한구석 성상 옆의 작은 침대에 누워 있었다. 알료샤를 만나서 손가락을 깨문 뒤, 학교에도 가지 않았다. 바로 그날부터 앓아누운 것이다. 처음 한 달 정도는 침대에서 일어나서 방안이나 현관을 걸을 정도는 되었지만, 지금은 완전히 쇠약해져서 아버지의 부축을 받지 않으면 움직일 수도 없었다.

아버지는 아들을 몹시 걱정했다. 그는 이제는 술도 끊고 혹여 아들이 죽지나 않을까 걱정이 돼서 거의 미쳐버릴 지경이었다. 특히 아들의 팔을 부축해서 방안을 조금 걷게 하고 침대에 누인 뒤에는 현관의 어두운 구석으로 달려가 이마를 벽에 대고, 일류샤가 듣지 못하게 소리를 죽인 채 온몸을 떨면서 흐느끼는 일이 잦았다.

방으로 돌아오면 소중한 아들을 즐겁게 하고 위로하기 위해서, 옛날 얘기나 재미있는 얘기를 들려주고, 자신이 본 웃긴 사람들의 흉내를 내고 심지어 동물의 울음소리를 흉내내며 우스꽝스러움을 자아냈다.

그러나 일류샤는 아버지가 일부러 얼굴을 찡그리거나 어릿광대 노릇을 하는 게 아주 싫었다. 소년은 불쾌한 내색을 하지 않으려고 노력했지만, 자신의 아버지가 세상 사람들에게 놀림을 받는 사실을 가슴 아프게 의식했다. 또 '수세미'나, '무서운 그날'의 기억이 자꾸만 머릿속에 떠올랐다.

일류샤의 조용하고 온순한 절름발이 누나 니노치카도 역시 아버지의 어릿광대 노릇을 싫어했다(바르바라 니콜라예브나는 벌써 오래전에 페테르부르크에 있는 대학에 공부하러 떠났기 때문에 없었다). 그러나 거의 미친 것이나 다를 바 없는 어머니는 그의 어릿광대 노릇을 무척 좋아했다. 남편이 어떤 흉내를 내거나 웃긴 몸짓을 시작하면, 재미있는지 박수를 치며 웃었다. 그녀에게 위안을 주는 것은 오직 그것뿐이었다. 다른 때는 이제 모두 자기를 잊어버렸느니, 아무도 자신을 존중하지 않는다느니, 모두 자신을 무시한다느니 하고 투덜거리며 항상 울었다.

그러나 요즘은 그녀도 문득 변한 것 같았다. 방의 구석에 있는 일류샤의 침대를 보면서 때로 깊은 생각에 빠지곤 했다. 그녀는 점점 말수가 적어지고 얌전해졌다. 울 때도 거의 남이 듣지 못하도록 조용하게 흐느꼈다. 퇴역 대위는 아내의 이런 변화를 알고 무척 당황스러워 했다.

그녀는 처음에는 아이들이 찾아오는 것이 못마땅해서 화를 내기도 했지만, 마침내 그들을 아주 좋아하게 되었다. 만일 아이들이 갑자기 찾아오지 않으면 그녀는 분명히 몹시 외로울 것이라고 여겨질 정도였다. 아이들이 무슨 얘기를 하거나 놀이를 하면 그녀는 웃으며 박수를 쳤고, 이따금 자신의 곁으로 가까이 불러서 아이들에게 입을 맞추기도 했다. 그녀는 특히 스무로프를 아꼈다.

퇴역 대위는 처음부터 일류샤를 위로하러 방문하는 아이들을 열렬하게 환영했다. 그렇게 해서 일류샤가 마음의 상처를 잊고 병이 회복될 것이라는 기대를 했던 것이다. 그는 일류샤의 병세가 불안했지만 마지막 순간까지 아들의 병이 어느 날 문득 회복될 것이라고 한 치의 의심도 없이 믿었다. 그래서 그는 어린 손님들을 정중하게 맞고, 그들 주변을 오가며 성의 있게 시중을 들었다. 그리고 아이들의 말이 되어 등에 태우려고까지 했다. 그러나 일류샤가 싫어해서 그런 일은 곧 그만두었다. 그는 아이들을 위해서 생강과자나 호두를 사왔고, 차를 끓이거나 샌드위치를 만들기도 했다.

여기서 지적하자면, 그는 그 무렵 경제적으로 넉넉했다. 알료샤의 예언대로 그는 카체리나가 주는 2백 루블을 결국 받았던 것이다. 얼마 뒤, 카체리나는 그의 집안 형편과 일류샤의 병에 대해 자세히 알게 되었다. 그래서 그의 집을 직접 찾아가 모든 가족과 사귀고, 반쯤은 미친 대위의 부인까지 꼬이는 데 성공했다. 그렇게한 뒤부터 카체리나는 그들을 돕는 데 돈을 아끼지 않았다. 아들이죽는 건 아닌지 두려움에 휩싸인 퇴역 대위는 예전의 자존심은 잊고 순순히 그녀가 주는 도움의 손길을 받았다.

그동안 의사 게르첸시투베는 카체리나의 부탁으로 이틀에 한번 꼴로 주기적인 왕진을 왔지만 치료 효과는 별로 보이지 않았다. 그는 환자에게 약만 엄청나게 먹였다.

그러나 바로 이날 일요일 아침, 퇴역 대위 집에는 모스크바에서 온 의사가 오기로 했다. 그 의사는 모스크바에서 유명한 의사여서 카체리나가 일부러 편지를 쓰고 큰 비용을 들여서 불러온 것이었다. 물론 일류샤만 위해서 부른 것은 아니고 다른 목적이 있기도 했지만, 그 얘기는 다음에 적당한 곳에서 다루기로 하겠다. 어쨌든 의사가 도착하고 카체리나는 일류샤의 진찰까지 부탁했다. 물론 대위도 미리 통지를 받아서 알고 있었다. 그는 자신의 아들 일류샤가 마음 쓰는 콜랴 크라소트킨이 와주기를 예전부터 기대했지만, 이렇게 갑자기 찾아올 것이라고는 예상하지 못했었다.

크라소트킨이 문을 열고 방에 들어섰을 때, 대위를 포함한 아이들 전부는 환자의 침대 주변에 모여 방금 가져온 마스티프 종 강아지를 보고 있었다. 그 강아지는 태어난 지 겨우 하루가 됐을 뿐이지만, 행방불명되어 이제는 죽었을 주치카 때문에 늘 괴로워하는 일류샤를 위로하고 즐겁게 해주려고 대위가 벌써 2주일 전부터 미리 부탁한 강아지였다. 그래서 이미 2, 3일 전부터 작은 강아지를, 그것도 일반적인 강아지가 아닌 순종 마스티프(이것이 물론 가장 중요했다)를 자신을 위해 가져다주겠다는 한 것을 이미 들어서 알던 일류샤는 그 세심하고 착한 마음에 겉으로 이 선물을 기뻐하는 듯이 보이려고 노력하고 있었다. 하지만 이 새 강아지가 오히려 일류샤에게 전에 그가 죽인 불쌍한 주치카에 대한 기억을 더 새롭게 하리라는 것을 아버지는 물론, 아이들도 깨닫는 중이었다.

강아지는 일류샤 곁에서 꿈틀대며 엎드려 있었다. 일류샤는 병색이 완연한 미소를 지으며, 마르고 가냘픈 창백한 손으로 강아지를 쓰다듬었다. 강아지가 마음에 든 것처럼 보이기도 했다. 그러나…… 역시 주치카는 아니었다. 만일 주치카와 그 강아지가 전부 있었다면 그는 완벽한 행복을 느꼈을 것이다!

"크라소트킨!"

콜랴가 들어오는 것을 처음으로 발견한 아이가 이렇게 소리쳤다. 콜랴의 등장은 방 안에 파문을 일으켰다. 아이들이 재빨리 침대 양쪽으로 갈라졌기 때문에 콜랴에게는 누워있는 일류샤의 모습이 보였다. 대위는 반갑게 맞으려고 빠르게 콜랴에게 달려갔다.

"어서 와라, 어서 와……. 정말 귀한 손님이 왔어." 그는 혀가 잘 움직이지 않는 듯한 소리로 말했다. "일류샤, 크라소트킨이 널 만나려고 왔다!"

그러나 콜랴는 빨리 대위에게 손을 내밀어 자신이 사교적인 예절을 잘 알고 있음을 보여주었다. 그는 맨 처음 안락의자에 앉아 있는 대위의 부인에게(이때 그녀는 아이들이 일류샤의 침대를 막고 자신에게는 새 강아지를 보여주지 않는다고 투덜거리며 몹시 화가 난 상태였다) 아주 예의바르게 한쪽 발을 뒤로 빼면서 절을 한 뒤, 다음에는 니노치카를 향해 역시 귀부인에게 하는 인사를 했다. 이 예의바른 행동은 병에 걸린 대위 부인에게 매우 좋은 인상을 남겼다.

"나이는 어리지만 훌륭한 가정교육을 받은 도련님이란 걸 알 수 있어요." 부인은 두 팔을 벌리며 크게 말했다. "그런데 여기 오는 다른 손님들은 서로 목말을 타고 들어오지."

"서로 목말을 탄다니, 그게 대체 무슨 말이요?"

대위는 부드럽게 말했지만 아내가 조금 걱정스러운 듯한 기색이었다.

"현관에서부터 서로 목말을 타는 것처럼 밀고 들어오잖아요. 점잖은 집에 그렇게 들어오다니, 그런 손님들이 어디 있어!"

"대체 누가 그렇게 들어왔다는 거요, 여보."

"오늘도 저 애는 이 애의 어깨를 타고 들어왔고 또 저쪽의 저 애는 이 애의 어깨를 타고……."

그러나 콜랴는 벌써 일류샤의 침대 옆에 서 있었다. 환자의 얼굴이 갑자기 창백해졌다. 일류샤는 침대에서 일어나 앉아 콜랴를 주의 깊게 바라보았다. 콜랴는 이미 두 달 동안 자신의 어린 친구를 만나지 못해서, 일류샤를 보고 큰 충격을 받고 문득 그 앞에서 걸음을 멈췄다. 그는 설마 이렇게 누렇게 마른 얼굴을, 이처럼 열이 나서 퀭한 눈을, 그리고 이렇게 뼈만 남은 손을 보게 될 것이라고는 상상조차 할 수 없었던 것이다.

그는 일류샤의 몹시 거칠고 가쁜 숨과 마른 입술을 슬프고 놀라움에 찬 눈으로 바라보았다. 그는 일류샤에게 한 걸음 다가가 손을 내밀고 어떻게 해야 할지 모른 채 말문을 열었다.

"영감…… 그동안 잘 지냈니, 응?"

그러나 목소리가 자꾸 끊기려고 해서 좀처럼 평정을 유지하기 힘들었다. 갑자기 얼굴이 일그러지고, 입술 끝이 떨렸다. 일류샤는 병색이 짙은 채 미소를 지었지만, 역시 아무 말을 하지 못했다.

콜랴는 무슨 생각인지 갑자기 손을 들어서 일류샤의 머리를 쓰다듬었다.

"괜찮아질 거야!"

그는 낮은 목소리로 일류샤에게 속삭였지만, 일류샤를 위로하려고 그렇게 말한 건 아니었다. 무슨 의미로 그런 말을 했는지, 자신도 몰랐다.

두 소년은 다시 잠시 말을 하지 않았다.

"이건 뭐야, 새 강아지구나."

콜랴는 문득 무덤덤하게 물었다.

"으응…… 맞아……."

일류샤는 숨을 몰아쉬며 느리게 속삭이며 대답했다.

"코끝이 검은 걸 보니 사납겠네. 쇠줄에 매야 해." 흡사 강아지와 그 까만 코끝이 당장에 해결할 중요한 문제라도 되는 것처럼, 콜랴는 정색을 하고 근엄하게 말했다. 그러나 그는 '어린아이'처럼 눈물이 나올 것 같아서, 내면에서 솟아오르는 감정을 억누르려고 애를 썼지만, 좀처럼 태연해질 수 없었다. "커지면 쇠줄에 매야 할 거야. 분명해!"

"저 개는 무척 커질 거야!"

소년들 중의 한 명이 외쳤다.

"당연히 커질 거야."

"순종 마스티프잖아."

"굉장하겠네."

"송아지만 할거야."

여러 명의 목소리가 한꺼번에 쏟아졌다.

"송아지처럼 커지고말고, 정말 송아지처럼."

대위가 맞장구를 쳤다. "그래서 내가 일부러 사나운 개를 데려왔지. 저 강아지의 어미도 굉장히 크고 사나워. 일어나면 이 바닥에서 이 정도나 높단다. 자, 어서 앉아라, 일류샤의 침대 끝이나 여기 의자에라도. 이렇게 와줘서 정말 고맙구나. 우린 오래전부터 널 기다렸단다. 그래, 알렉세이 카라마조프 씨와 함께 온 거니?"

크라소트킨은 일류샤의 침대 한쪽 끝에 걸터앉았다. 그는 여기 오는 도중에 어색하지 않게 말을 하려고 미리 준비했지만, 이제는 완전히 말을 잊어버린 상태였다.

"아니에요……. 페레즈본과 함께 왔어요. 난 지금 페레즈본이라는 개를 키우거든요. 슬라브 식 이름이에요(페레즈본은 종소리가 울린다는 뜻). 밖에 있어요……. 내가 휘파람을 불면 여기로 달려들어올 거예요. 나도 개를 데려왔어." 그는 문득 일류샤를 돌아보며 말했다. "너 주치카를 기억하지?"

콜랴가 갑자기 이렇게 묻자 일류샤는 흠칫 놀랐다. 그 순간 일류샤의 작은 얼굴이 굳었다. 그는 괴로운 듯이 콜랴를 바라보았다. 문 쪽에 서 있던 알료샤는 얼굴을 찡그리며 주치카에 대한 말은 하지 말라는 신호를 보냈지만, 콜랴는 알지 못했다. 아니, 일부러 모르는 척하는 것인지도 몰랐다.

"대체 어디에 있는 거야…… 주치카는?"

일류샤가 괴로운 듯이 물었다.

"그래, 너의 주치카…… 너의 주치카, 사라졌잖아!"

일류샤는 말을 하지 않았지만, 다시 한 번 콜랴를 주의 깊게 바라보았다. 알료샤는 다시 콜랴의 시선을 붙잡고 고개를 저으면서 눈짓을 했지만, 여전히 콜랴는 못 본 척 외면했다.

"어디론가 도망가서 아주 사라졌어. 그런 빵을 먹었으니 사라진 게 당연해." 콜랴는 잔인하게 말하긴 했지만, 그도 몹시 숨이 찼다. "그 대신 나에게는 페레즈본이란 개가 있어……. 슬라브 식 이름이야……. 너에게 보여주려고 여기 데리고 왔어."

"아, 하지 마!"

일류샤는 내뱉는 듯이 외쳤다.

"아니야, 너는 꼭 봐야 돼……. 너도 보면 기분이 좋아질 거야. 그래서 내가 데려왔어. 주치카처럼 털이 복슬복슬해. 그런데 아주머니, 개를 여기에 불러도 될까요?"

그는 알 수 없는 흥분에 싸인 채 스네기료프 부인에게 물었다.

"안 돼, 필요 없어!"

일류샤는 슬픔에 겨워 목이 메어서 외쳤다. 그의 눈에는 비난이 가득했다.

"부탁하지만……," 대위가 벽 옆에 있는 궤짝에 앉으려다가 갑자기 일어나서 다가왔다. "부탁한다만…… 그건 다음에……."

그는 애원하는 것처럼 중얼거렸다.

그러나 이미 자제력을 잃은 콜랴는 서둘러 스무로프에게 외쳤다.

"스무로프, 문을 열어!"

스무로프가 문을 열자 그는 휘파람을 불었다. 페레즈본이 바람같이 방안으로 뛰어 들어왔다.

"일어나, 페레즈본, 재주를 부려, 재주를!"

콜랴는 자리에서 벌떡 일어나서 외쳤다. 그러자 개는 일류샤의 침대 앞에서 뒷발을 딛고 일어섰다. 그때 전부 예상하지 못한 일이 벌어졌다. 일류샤는 몸을 떨더니 겨우 페레즈본 쪽으로 윗몸을 내밀고 숨을 가쁘게 몰아쉬며 개를 바라보았다.

"이건…… 주치카야!"

그는 문득 고통과 기쁨이 섞인 목소리로 외쳤다.

"그럼 넌 어떤 개라고 생각했니?"

콜랴는 행복한 목소리로 힘껏 외쳤다. 그리고 허리를 숙여서 개를 붙잡고 일류샤에게 번쩍 들어서 보여주었다.

"자, 이것 봐! 한쪽 눈은 안 보이고, 왼쪽 귀는 찢어져 있고, 네가 나에게 말해 준 특징과 똑같아. 난 이런 특징을 보고 이 개를 찾을 수 있었지. 그때 바로 찾았어. 주인이 없는 개였으니까." 그는 빠르게 대위와 대위 부인, 그리고 알료샤와 일류샤를 차례로 훑어보며 빠른 말투로 설명했다. "이 개는 페도토프 씨 집 뒷마당에 있었어. 그곳에 있었지만, 그들은 개에게 먹을 것을 주지 않았지. 이 개는 시골에서 도망친 개였으니까……. 그때 내가 발견한 거야. 그런데, 이 개는 네가 던진 빵을 삼키지 않았어. 삼켰으면 진짜 죽었을 거야. 죽고말고! 이렇게 아직도 살아 있는 걸 보면, 그때 이 녀석이 곧바로 뱉은 것 같아. 다만 넌 그걸 못 봤을 뿐이고. 뱉긴 했지만 혓바닥을 찔려서 비명을 지른 거야. 비명을 지르며 도망가니까, 넌 아주 삼켜 버린 줄 알았던 거야. 이 녀석이 비명을 지른 것도 당연하지. 개의 입안 피부는 아주 연약하거든. 사람의 입 속보다 더 약해. 훨씬 더 부드럽지!"

콜랴는 신나게 외쳤다. 그의 얼굴은 기쁨에 들떠 뜨겁게 불타오르며 붉게 빛났다.

일류샤는 아무런 말을 할 수 없었다. 얼굴은 백지장처럼 창백해졌고, 입은 멍하니 벌리고 금방이라도 눈이 튀어나올 것처럼 커져서 콜랴를 바라보았다. 만일 콜랴가 이런 순간이 이 환자에게 얼마나 무섭고 치명적인 영향을 주는지 알았다면, 어떤 일이 있어도 이렇게 심하게는 하지 않았을 것이다. 그러나 방안에 있는 사람들 중에서 그것을 아는 사람은 알료샤뿐이었다. 대위는 어린아이로 되돌아가기라도 한 것 같았다.

"주치카, 그럼 이게 주치카인 거지?" 그는 기쁨에 겨워 외쳤다. "일류샤, 이게 주치카야, 네 주치카라고. 여보, 이게 주치카라고 하는군!" 그는 금방 울음을 터트리기라도 할 듯이 말했다.

"난 꿈에도 몰랐어!" 스무로프가 유감인 듯이 외쳤다. "역시 크라소트킨이야! 내가 뭐랬어. 크라소트킨이 찾아낼 거라고 했잖아. 이것 봐, 정말로 찾아냈어."

"정말 찾아냈어!"

다른 아이가 기쁘다는 듯이 외쳤다.

"크라소트킨, 정말 대단해!"

또 다른 아이가 말했다.

"최고야, 정말 최고!"

아이들은 환호성을 지르며 전부 박수를 쳤다.

"그만들 해, 그만!" 콜랴는 아이들의 환호성을 멈추려고 힘껏 소리쳤다. "내가 그동안 있었던 일을 얘기할게. 다른 건 하지 않고 어떻게 이렇게 된 건지 그것만 말할 거야! 나는 이 개를 찾아 집으로 데리고 와서 남이 보지 못하게 숨겼어. 집안에 가두고 자물쇠를 채운 뒤에 지금까지 누구에게도 보여주지 않았어. 스무로프만 이 주일 전부터 알았지만 내가 페레즈본이라고 속였기 때문에 전혀 눈치채지 못했지. 그동안 나는 이 녀석에게 여러 가지 재주를 가르쳤어. 이제 곧 이 녀석이 어떤 재주를 부리는지 모두 지켜봐! 일류샤, 나는 이 녀석을 훈련시킨 뒤에 너에게 데려오고 싶었어. 그래서 '자, 이것 봐, 너의 주치카가 얼마나 근사한지' 이렇게 너에게 자랑하고 싶었어. 그런데 여기 혹시 고기가 있습니까? 이제 이 녀석이 여러분의 배꼽을 빠지게 할 재주를 부릴 거예요. 댁에 고기가 없나요?"

대위는 현관을 지나, 그들의 식사를 맡는 안주인의 집으로 달렸다. 콜랴는 소중한 시간을 낭비하지 않기 위해 서둘러 페레즈본을 향해 "죽어!"라고 외쳤다. 그러자 개는 몸을 비틀면서 반듯하게 눕더니 네 발을 위로 들고 죽은 척했다. 아이들은 좋아서 웃었다. 일류샤는 여전히 괴로운 미소를 지으며 바라보았다. 그러나 페레즈본의 재주를 보고 가장 재미있어 한 사람은 엄마였다. 그녀는 그것을 보고 크게 웃으면서 손가락을 튕겨서 개를 불렀다.

"페레즈본, 페레즈본!"

"누가 말해도 절대 일어나지 않아요." 콜랴는 자랑스럽고 기세 등등하게 외쳤다. "온 세상이 전부 고함을 쳐도 움직이지 않아요. 하지만 내가 부르면 금방 일어나죠. 일어나, 페레즈본!"

개는 벌떡 일어나서 기쁘게 킁킁대며 뛰었다. 그때 대위가 쇠고 기 한 조각을 들고 들어왔다.

"안 뜨겁나요?" 콜랴는 고기를 받으며 기계적으로 재빨리 물 었다. "음, 뜨겁지는 않네. 개는 뜨거운 것을 싫어해. 자, 그럼 여 러분 보세요……. 일류샤, 너도 봐, 보라고. 왜 안 보는 거지? 내가 이렇게 일부러 데리고 왔는데. 일류샤, 넌 별로 보고 싶은 않은 것 같다!"

새로운 재주는 조용히 서 있는 개의 콧등에 고기를 올려놓은 뒤, 개는 콧등에 고기를 올려놓은 채 주인이 명령하지 않으면 30분이 든 1시간이든 움직이지 않고 서 있어야 하는 것이었다. 그러나 페 레즈본의 기다림은 오래 걸리지 않았다.

"먹어!"

콜랴가 외치자, 고기는 어느새 페레즈본의 코에서 입안으로 들 어갔다. 구경하는 사람들은 모두 감탄했다.

"그럼 너는 그동안 개를 훈련시키느라 여기에 오지 않았던 거 니?"

알료샤는 무의식중에 나무라는 듯이 외쳤다.

"당연하죠!" 콜랴는 아주 태연하게 말했다. "나는 이 녀석이 멋지게 훈련된 모습을 일류샤에게 보여주려고 했어요."

"페레즈본! 페레즈본!"

갑자기 일류샤는 마른 손가락을 튕기며 개를 불렀다.

"왜 그래? 이 녀석을 네 침대 위에 뛰어오르게 하자! 이리 와, 페레즈본!" 콜랴가 손바닥으로 침대 위를 치자, 페레즈본은 빠르게 일류샤의 옆으로 뛰어올랐다. 일류샤는 무턱대고 두 팔로 개의 머리를 부둥켜안았다. 개도 금세 그의 뺨을 핥았다. 일류샤는 개를 꼭 안고 침대에 눕더니 그 덥수룩한 털에 얼굴을 묻었다.

"아, 아!"

대위는 단지 소리만 지를 뿐이었다.

콜랴는 다시 일류샤의 침대 어귀에 앉았다.

"일류샤, 또 보여 줄 게 있어. 작은 대포 한 개를 가져왔어. 기억나? 내가 언젠가 대포 얘기를 하니 보고 싶다고 했었잖아. 그래서 오늘은 가져왔어."

콜랴는 이렇게 말한 뒤, 서둘러 가방에서 청동으로 만들어진 대포를 꺼냈다. 그가 서두른 것은 자신도 한없이 행복해서였다. 다른 때였으면 그는 페레즈본 때문에 생긴 흥분이 가라앉을 때까지 기다렸겠지만, 지금은 그럴 수 없을 정도였다. '이것만으로 지금 넌 기뻐하지만, 더 기쁘게 해 줄 게 남았어!' 콜랴는 이런 생각으로 온갖 자제심을 내팽개치고 서두른 것이다. 그래서 그는 자신에게 완벽하게 도취되어 있었다.

"난 이미 오래전부터 모조로프라는 관리의 집에서 대포를 보고 눈여겨 봐 두었어. 일류샤, 너를 위해서, 너에게 주기 위해 말이야. 이건 모조로프가 자신의 형에게 얻은 것인데, 그 사람에게는 아무 소용도 없는 물건이었지. 그래서 나는 아버지의 책장에서 《무함마드의 친족, 또는 유익한 바보짓》이란 책과 이 대포를 바꿨어. 그 책은 검열이 없었던 약 100년 전에 모스크바에서 출판된 책인데 아주 음탕한 내용이야. 그런데 모조로프는 그런 걸 수집하는 게 취미라서 나한테 고맙다는 말까지 하더라."

콜랴는 모두 좋아할 것을 기대하며 대포를 사람들에게 내밀었다. 일류샤도 몸을 일으켜 세웠다. 오른손에는 아직도 페레즈본을 안고, 그만 넋을 잃고 그 장난감을 바라보았다. 콜랴가 화약이 있으니, '만약 여성들이 놀라지 않으면' 당장이라도 여기서 쏠 수 있다고 설명했을 때, 모두의 흥분은 꼭대기까지 치솟았다. 일류샤의 어머니는 곧 그 장난감을 가까이서 보길 원했고, 콜랴는 그 요구를 허락했다. 그녀는 바퀴가 달린 청동 대포가 아주 마음에 드는지 그것을 자신의 무릎 위에 놓고 굴렸다. 그녀는 대포를 쏴도 좋으냐는 질문에 금세 동의했지만, 그러면서도 무엇을 하겠다는 것인지 전혀 알지 못했다.

콜랴는 화약과 산탄을 꺼내어 보여주었다. 대위는 전에 군인이었기 때문에 화약을 조금만 넣도록 직접 도와주었지만, 산탄을 쏘는 것은 다음으로 미루자고 했다. 콜랴는 대포의 포구를 사람이 없는 방향으로 돌리고 그것을 마룻바닥에 놓았다. 그리고 화약 세 알을 포구에 채우고, 성냥으로 불을 붙였다. 그러자 대포는 휘황찬란하게 발사되었다.

'엄마'는 꿈틀대며 몸을 떨었지만, 곧 즐거운 것처럼 웃었다. 아이들은 흥분해서 아무런 말없이 구경했다. 가장 기뻐한 사람은 일류샤를 지켜보던 대위였다. 콜랴는 대포를 들어서, 화약과 총탄도 함께 일류샤에게 건넸다.

"널 주려고 가져왔어! 이건 네 거야. 이미 오래 전부터 널 주려고 준비했어."

콜랴는 행복한 듯이 똑같은 말을 반복했다.

"아, 날 주면 안 돼? 그 대포는 나한테 줘!"

문득 어머니가 어린아이처럼 졸랐다. 그녀의 얼굴에는 자신에게 주지 않을까 봐 불안해하는 기운이 감돌았다. 콜랴는 주저했고, 대위도 불안한 것처럼 안절부절못했다.

"여보, 거 참." 대위는 아내 곁으로 다가갔다. "대포는 당신 거야. 그럼 당신 것이지. 하지만 일류샤에게 가지고 있으라고 합시다. 일류샤가 받은 선물이잖소. 그렇지만 당신 것이나 마찬가지인 셈이야. 일류샤는 언제라도 당신이 그걸 가지고 놀 수 있게 할 테니까. 그건 당신 것이기도 하고, 일류샤 것이기도 하단 말이오."

"싫어, 함께 가져야 하는 건 싫어요. 나는 혼자만 갖고 싶어. 일류샤 것이 아니야."

어머니는 금방 울음을 터트릴 것처럼 떼를 쓰기 시작했다.

"엄마, 엄마에게 드릴게요. 자, 가지세요." 문득 일류샤가 외쳤다. "크라소트킨, 우리 엄마에게 줘도 괜찮아?"

그가 애원하는 것처럼 콜랴를 바라보았다. 마치 자신에게 준 선물을 다른 사람에게 준다고 화를 내진 않을지 걱정하는 기색이었다.

"물론이야!"

콜랴는 진심을 다해 동의하고, 일류샤의 손에서 대포를 받아서 예의 바르게 절을 하며 일류샤의 어머니에게 직접 건넸다. 그녀는 기뻐하며 눈물을 흘렸다.

"아, 귀여운 일류샤는 어쩜 저리 착할까. 엄마를 위하는 사람은 정말 너뿐이구나!"

그녀는 감격에 겨워서 이렇게 말하고, 곧 다시 무릎 위에 대포를 놓고 이리저리 굴렸다.

"여보, 당신 손에 입을 맞추어야겠군."

남편은 아내 곁으로 가서 입을 맞추었다.

"그리고 또 한 명, 아주 귀여운 아이는, 여기 있는 이 착한 소년 이에요!"

부인은 고마운 마음을 담아서 콜랴를 가리키며 말했다.

콜랴는 다시 일류샤에게 말했다.

"일류샤, 앞으로 네가 원하면 화약은 얼마든지 갖다 줄게. 이젠 우리가 직접 화약을 만들 수 있으니까. 보로비코프가 만드는 방법을 알았거든. 초석 24에 유황 10, 자작나무 숯 6을 전부 섞어서 빻은 다음 물에 부드럽게 짓이겨서 고운 체로 거르면 화약이 만들어져."

"스무로프에게 그 화약 얘기는 들었는데, 아버지가 한 말에 따르면 그건 진짜 화약은 아니라고 하더라."

일류샤가 말했다.

"뭐, 진짜가 아니야?" 콜랴는 얼굴이 붉어졌다. "하지만 발화가 되잖아? 하지만 나도 잘 모르지."

"아니, 그건 아니고, 내 말은 그러니까." 퇴역대위가 미안한 표정으로 얼른 달려왔다. "진짜 화약은 그런 조성으로는 만들 수 없다는 말을 하긴 했지만 아무려면 어떠냐, 그렇게도 만들 수 없는 건 아니야."

"나는 잘 몰라요. 아저씨가 더 잘 아시겠지요. 그런데 사기로 만든 병에 불을 붙이니 멋지게 타더군요. 거의 다 타고 재가 조금 남았어요. 하지만 그건 물에 섞은 반죽이었어요. 만약 그걸 체에 걸렀으면……. 하지만 아저씨가 더 잘 아시겠지요. 나는 잘 몰라요. 그런데 불킨은 그 화약 때문에 아버지에게 매를 맞았어요. 이 얘기 들었니?"

콜랴는 문득 일류샤를 돌아보며 말했다.

"나도 들었어."

일류샤가 대답했다. 그는 큰 흥미와 기쁨을 느끼며 콜랴의 말에 집중했다.

"우리는 화약을 한 병 가득 만들었는데, 침대 밑에 그걸 숨겼다가 아버지에게 들켰어. 폭발하면 어쩌냐며 당장 불킨을 때렸지. 그리고 학교에 나를 고자질하려고 했어. 그래서 불킨은 지금 나와 놀지도 못해. 다른 아이들의 부모님도 나와 놀지 못하게 하고, 스무로프도 역시 나하고 노는 걸 부모님이 알면 큰일 나. 나는 모든 사람들에게 나쁜 소문이 나서 그들은 나를 '망나니 녀석'이라고 불러. 그때 그 철도 사건이 생긴 뒤부터 이렇게 되었지."

콜랴는 경멸하는 것처럼 히죽거리며 웃었다.

"맞아! 우리도 그 모험에 대해선 들었어." 대위가 외쳤다. "철로 위에 누웠을 때 기분은 어땠어? 기차가 지나갈 때 괜찮았어? 무섭지 않았어? 그래도 약간은 무서웠지?"

대위는 콜랴의 기분을 맞추느라 바빴다.

"특별히 그런 건 아니었어요." 콜랴는 대수롭지 않다는 듯이 말했다. "하지만 이곳에서 내 평판을 떨어지게 한 건 그 망할 거위 사건이었어."

그는 다시 일류샤를 돌아보며 말했다. 그는 자신이 하는 말에 무관심하게 굴었지만, 그래도 역시 자신을 억누를 수 없어서 때로 앞뒤가 안 맞을 말을 하곤 했다.

"맞아, 나도 그 거위 얘긴 들었어!" 일류샤는 밝게 웃었다. "얘기는 들었는데, 무슨 얘긴지는 잘 몰라. 정말 그 사람들이 널 재판소에 끌고 갔어?"

"전혀 문제가 아닌 아주 사소한 일이야. 그런 걸로 여기 사람들은 항상 그렇게 크게 떠든단 말이지." 콜랴는 아무렇게나 지껄이는 것처럼 이야기를 시작했다. "어느 날, 내가 장터를 지나는데 사람들이 마침 거위를 몰고 오더라. 나는 멈춰서서 거위를 바라보았지. 그런데 그때 플로트니코프 상점에서 점원을 하는 비쉬냐코프가 나를 보면서 '왜 거위를 그렇게 보는 거니?'하는 거야. 난 그를 올려다봤어. 얼굴은 둥글고 멍청하게 생긴 스무 살 정도의 애송이였어. 너도 알다시피 나는 결코 민중을 무시하면 안 된다는 주의잖아. 난 민중과 함께 있는 걸 좋아해. 우리가 민중과 너무 떨어져 있다는 건 분명해. 카라마조프 씨, 왜 웃는 거죠?"

"아니야, 웃었다니……. 난 진지하게 듣고 있어."

알료샤가 진지한 표정으로 대답하자, 의심이 많은 콜랴도 금세 기운을 차렸다.

"카라마조프 씨, 내 이론은 단순하고 명쾌해요." 그는 다시 기쁜 것처럼 빠르게 말했다. "난 민중을 믿고, 그리고 항상 그들을 정당하게 인정합니다. 하지만 절대로 일정한 선을 넘도록 내버려 두지 않습니다. 이것이 Sine qua non(필수 조건)입니다. 아 참, 나는 거위 얘기를 하던 중이었지요. 그래서 나는 그 바보를 돌아보며 '거위는 무슨 생각을 할까, 그걸 생각하는 중이야'라고 대답했어요. 그러니까 그 녀석은 바보 같은 얼굴로 나를 쳐다보며 '거위가 무슨 생각을 하고 있을 것 같니?'라고 내게 물었어. 그래서 나는 '저쪽에 귀리를 잔뜩 실은 마차가 보여? 지금 부대에서 귀리가 새는데, 거위 한 마리가 바퀴 바로 밑에 고개를 넣고 귀리를 쪼아먹고 있잖아. 보여?' 이렇게 말하니까 그 녀석이 '당연히 보이지' 하더군. 그래서 내가 '그럼 지금 마차를 앞으로 밀면, 바퀴에 거위 목이 잘릴까, 잘리지 않을까?'라고 물었더니, 녀석은 '당연히 잘릴 거야'라면서 웃는 거야. '그럼 우리 그렇게 해 볼까?' 했더니 '그렇게 하자'고 대답했어.

뭐, 우린 준비하는데 시간이 오래 걸리지도 않았어. 그 녀석은 슬며시 말고삐 옆에 붙어 있고, 난 거위가 바퀴 밑에 들어가게 옆으로 가서 섰지. 그리고 때마침 이때, 귀리 주인인 농부가 누군가와 이야기를 하느라 한눈을 팔고 있어서 난 일부러 거위를 바퀴 밑으로 몰 필요도 없었지. 거위는 귀리를 먹으려고 마차 밑으로, 바로 바퀴 밑에 목을 들이밀었지. 그래서 내가 그 녀석에게 눈짓을 했고 그 녀석은 바로 고삐를 잡아당겼어. 바지직 하는 소리가 나고 거위 목은 두 동강이 났어!

그런데 하필 농부들이 그걸 보고 그 친구에게 '네가 일부러 그런 거지?'하면서 소동이 벌어졌어. '아니요, 일부러 그런 게 아니에요.' '뭐야, 일부러 그런 거잖아!' 그러더니 '저놈을 치안판사에게 데리고 가자!'하고 야단법석이 났어. 당연히 나도 잡혔지. '너도 거기 있었으니 함께 저지른 짓일 거야. 너를 시장에서 모르는 사람이 없어!' 무슨 이유에서인지는 모르겠지만 시장 근처에서 나를 모르는 사람이 없는 건 맞아." 콜랴는 자랑스러운 것처럼 이렇게 덧붙였다.

"그래서 우리는 판사에게 갔어. 그 거위도 가져갔어. 그 녀석은 겁이 났는지 큰소리로 울더군. 마치 여자애처럼 훌쩍거리며 울었어. 거위 장수는 '이런 장난을 그냥 두면 거위가 한 마리도 살아남지 않겠어!' 라고 고함을 질렀어. 물론 증인들도 있었어. 하지만 치안판사는 눈 깜짝할 사이에 처리했지. 즉 그 녀석은 거위 주인에게 거위 값으로 1루블을 주고 그 대신 죽은 거위를 가지라는 거야. 그리고 다시 이런 장난을 하면 안 된다고 훈계했어. 그 녀석은 여전히 여자애처럼 울면서 '나는 죄가 없어요. 저 녀석이 시켜서 한 것뿐이에요'하면서 나를 가리켰어. 난 냉정하게 '나는 절대로 시키지 않았습니다. 나는 다만 일반적인 명제(命題)를 내세우고 그것을 가정해서 말한 것뿐입니다.'라고 대답했어. 그러니까 네페도프라는 그 판사가 빙그레 웃었어. 그러나 곧 자신이 웃은 것에 대해 화를 내면서 '나는 네가 앞으로 다시 그런 일반적인 명제로 시간을 허투루 쓰지 않고, 얌전하게 집에서 책을 읽고 공부를 할 수 있도록 학교에 알리겠다'라고 말하더군. 하지만 학교에 알리지는 않았어. 그저 농담을 한 건가봐.

하지만 이 사건은 곧 시끄럽게 퍼져서, 마침내 선생님들도 알게 되었지. 학교 선생님들은 귀가 엄청나게 넓잖아! 특히 이 일을 문제 삼아 떠든 것은 라틴어 선생 콜바스니코프야. 그러나 이번에도 다르다넬로프 선생님이 나를 편들어 줬어. 그런데 그 콜바스니코프는 요즘 마음이 뒤틀어진 당나귀처럼 누구든 못살게 굴어. 그런데 일류샤, 너 그 선생이 결혼한 건 알고 있니? 미하일로프 집안에서 1천 루블의 지참금을 받았는데, 신부는 세상에 둘도 없는 추녀라고 하더라. 그래서 3학년 아이들은 금세 이런 풍자시를 만들었어.

미남 콜바스니코프가 결혼했네

3학년 학생들은 깜짝 놀랐네

이렇게 계속 이어지는데, 어쨌든 굉장히 웃겨. 다음에 너에게 가져다줄게. 다르다넬로프 선생에 대해서는 난 아무것도 말하지 않을래. 그는 학식을 갖춘 사람이야. 그 사실은 의심할 필요가 없을 정도지. 난 그런 사람을 존경하잖아. 그가 내 편을 들어 줘서 존경하는 건 절대 아니야⋯⋯."

"하지만 트로이의 창건자에 대한 문제로 그 선생을 망신 줬잖아!"

스무로프는 콜랴가 무척 자랑스러운 것처럼 자신의 일인 것 마냥 참견했다. 그는 거위 얘기 때문에 매우 만족스러웠던 것이다.

"맞아, 정말로 망신을 줬니?" 대위가 비위를 맞춰 가며 물었다. "트로이를 창건한 사람이 누구인지 하는 문제 때문이었지? 우리도 그 얘기는 들었다. 그때 일류샤가 얘기를 해줬어."

"아버지, 저 애는 모르는 게 없어요. 우리 학교에서 가장 많이 아는 아이에요." 일류샤도 맞장구를 쳤다. "겉으로는 일부러 내색하지 않지만 전 과목에서 일등을 하는걸요." 일류샤는 무한한 행복감에 빠져 콜랴를 바라보았다.

"트로이는 아무것도 아니지요. 그런 건 문제 삼을 것도 못 된다고 생각해요."

콜랴는 겸손하면서도 자랑스러운 듯이 대답했다. 그는 이제 완전히 위엄을 찾았지만 아직도 조금은 불안해 보였다. 그는 자신이 지나치게 흥분해서, 예를 들어 거위에 대한 얘기에서도 지나치게 취해 있었다고 느꼈다. 게다가 알료샤가 계속 한 마디도 하지 않고 신중한 태도를 보였으므로, 자존심이 강한 이 소년은 조금씩 불안해지기 시작했다.

'저 사람은 나를 경멸하기 때문에 침묵하는 것일까? 내가 자신의 칭찬을 바란다고 생각할까? 만일 저 사람이 그런 식으로 생각한다면 나는……'

"난 그런 건 사소한 일이라고 생각해요."

그는 다시 한 번 자신 있게 확신했다.

"나는 트로이의 창건자가 누구인지 알아."

지금까지 말을 하지 않던 소년 한 명이, 문득 이렇게 말해서 모두 깜짝 놀랐다. 그는 평소에도 말수가 적고, 부끄러워하며 아주 귀엽게 생긴 열한 살의 소년으로 성은 카르타쇼프였다. 그는 문 앞에 앉아 있었다. 콜랴는 놀라서 엄한 표정으로 그를 바라보았다. 트로이의 창건자가 누구인지는 모든 학생들에게 비밀이었고, 그 비밀은 스마라그도프의 역사책을 읽은 사람만이 알 수 있었다. 그리고 콜랴 외에는 아무도 그 책을 읽은 사람이 없었다. 그런데 어느 날, 콜랴가 한눈을 파는 사이에 카르타쇼프는 다른 책 사이에 있는 그 책을 살짝 읽어 보았던 것이다. 때마침 트로이의 창건자에 대해서 쓴 바로 그 대목이 그의 눈에 띄었다. 이것은 이미 오래전의 일이었지만, 그는 웬일인지 쑥스러워서 자신이 안다는 사실을 밝히기가 어려웠다. 혹시 무슨 일이 생기지는 않을지, 혹여 크라소트킨이 무안을 주지는 않을지 걱정이 되어서 입 밖에 꺼낼 용기가 생기지 않았던 것이다. 그러나 오늘은 더 이상 참지 못하고 그만 그것을 말해 버렸다. 그는 아까부터 그 말이 하고 싶어서 참을 수 없었다.

"그래? 그럼 누가 세운 건데?"

콜랴는 무시하는 듯이 오만하게 그를 돌아보면서 물었다. 그러나 그는 카르타쇼프의 표정에서 그가 정말 알고 있음을 빠르게 눈치 채고, 곧 이 일을 어떻게 해결할지 생각했다. 모두의 마음속에서 무언지 어색하고, 부자연스러운 기운이 감돌았다.

"트로이를 세운 건 테우크로스 · 다르다노스 · 일로스 · 트로스야." 소년은 순식간에 말했다. 그리고 그는 얼굴이 붉어졌다. 보기 민망할 정도로 붉어졌지만 아이들은 모두 그를 뚫어져라 바라보았다. 거의 1분 정도 그렇게 보던 모두의 시선이 이번에는 전부 콜랴에게 옮겨 갔다. 콜랴는 경멸을 띤 차가운 시선으로, 여전히 이 용감한 소년을 훑어 내리며 노려보았다.

"그럼 그 사람들은 도대체 어떻게 그걸 세웠지?" 그는 느리게 말했다. "도시나 나라를 세운다는 건 어떤 의미일까? 그들이 그곳에 찾아와서 벽돌을 하나씩 쌓아올렸을까?"

큰 웃음소리가 들렸다. 민망해하는 소년의 얼굴은 붉은 빛에서 다시 더 붉은 빛깔로 변했다. 아무 말을 하지 못하는 그는 금세 눈물을 흘릴 것 같았다. 콜랴는 1분 가량 소년을 그렇게 방치했다.

"한 나라의 창설 같은 역사상의 사건을 설명하기 위해서는, 먼저 그것이 어떤 의미를 갖는지 이해하는 것이 필요해." 그는 설교를 하는 것처럼 엄격하게 말했다. "하긴 난 그런 감상적인 옛날이야기는 중요하게 생각하지 않아. 게다가, 나는 대체로 세계사를 존중하지 않아." 그는 모두를 향해 대담하게 이렇게 말했다.

"뭐, 세계의 역사를 존중하지 않는다는 말이냐?"

대위가 크게 놀라면서 물었다.

"맞습니다. 세계사요. 세계사란 단지 인류가 저지른 수많은 멍청한 행동에 대해 연구하는 학문입니다. 내가 존중하는 것은 수학과 자연과학뿐입니다."

콜랴는 오만하게 말하고 알료샤를 슬며시 바라보았다. 그가 지금 두려운 것은 오로지 알료샤의 생각이었다.

그러나 알료샤는 여전히 말이 없었고 진지한 표정이었다. 알료샤가 한 마디만 하면 그것으로 끝났겠지만, 그는 아무런 말도 하지 않았다.

'그의 침묵은 어쩌면 경멸의 표시인지도 몰라.'

콜랴는 화가 나버렸다.

"우리 학교의 고전어 수업도 마찬가지예요. 그건 아무리 생각해봐도 미친 짓 같아요. 카라마조프 씨, 당신은 내 의견에 동의하지 않으시나요?"

"난 동의할 수 없어."

알료샤는 겸손하게 웃으며 말했다.

"하지만 고전은, 만약 원하신다면 제 생각을 말씀드릴게요, 치안 확보를 위한 수단일 뿐이지요. 오직 그렇기 때문에 그런 학문을 넣은 거예요." 콜랴는 다시 숨을 헐떡이기 시작했다. "라틴어나 그리스어를 들여온 것은 그것이 따분해서이고, 재능을 둔하게 만들기 때문입니다. 원래 따분했지만, 어떻게 하면 더 따분하게 만들 수 있을까? 원래 의미가 없지만, 어떻게 하면 더 의미 없게 할까? 이렇게 생각하고 그들은 고전을 생각해 낸 거예요. 이게 저의 생각입니다. 그리고 앞으로도 이 생각은 변하지 않을 거예요." 콜랴가 날카롭게 말을 마쳤다. 그의 두 뺨은 서서히 붉어지기 시작했다.

"그건 맞는 말이야."

스무로프가 열심히 듣다가 문득 확신에 차서 크게 울리는 목소리로 동의했다.

"하지만 콜랴는 라틴어도 역시 일등이에요."

문득 한 아이가 외쳤다.

"맞아요, 아버지, 저 애가 말은 저렇게 하지만 라틴어도 전교에서 가장 잘하지요."

일류샤가 맞장구를 쳤다.

"그게 뭐가 어쨌다는 건데?" 콜랴는 칭찬을 받아서 기분이 좋았지만, 그래도 역시 변명을 해야겠다고 생각했다. "물론 나도 라틴어를 열심히 공부해. 하지만 그것이 필요하기 때문이야. 시험에 통과하겠다고 어머니와 약속했거든. 또 나는 무엇이든지 한 번 시작하면 훌륭히 해야 한다고 생각해. 하지만 마음속에는, 고전주의

같은 하찮은 것들을 경멸해. 카라마조프 씨, 당신은 어떻게 생각하세요?"

"그게 왜 '하찮은 것'이지?"

알료샤는 다시 미소 지었다.

"고전은 모두 각 나라 말로 번역되어 있어서 라틴어를 공부할 필요가 없기 때문이에요. 다만 치안을 확보하기 위한 수단으로서, 사람의 재능을 둔하게 만드는 데 필요할 뿐이에요. 그러니 어떻게 '하찮은 것'이라고 하지 않을 수 있을까요?"

"도대체 누가 자네에게 그렇게 가르쳤니?"

결국 알료샤는 놀라며 물었다.

"첫 번째, 난 누가 가르쳐 주지 않아도 이 정도는 스스로 알 수 있어요. 두 번째, 내가 모든 고전은 다 번역되어 있다고 말한 건 콜바스니코프 선생님이 3학년 학생 전부에게 한 말이에요."

"의사 선생님이 왔어요!"

지금까지 가만히 있던 니노치카가 문득 외쳤다.

호흘라코바 부인의 마차가 대문 앞으로 다가오고 있었다. 아침부터 기다리던 대위는 헐레벌떡 그를 맞으러 뛰어나갔다. 알료샤는 일류샤의 곁으로 가서 베개를 손봐주었다. 니노치카는 안락의자에 앉아서 걱정스럽게 침대 쪽을 지켜보았다. 소년들은 황급히 인사를 하고 돌아갈 채비를 했다. 그들 중에는 저녁에 다시 온다고 약속하는 아이도 있었다. 콜랴는 페레즈본을 불렀다. 개는 침대에서 급히 뛰어내렸다.

"난 가지 않아, 가지 않겠어." 콜랴는 일류샤에게 외쳤다. "현관에서 기다리다가 의사 선생님이 가시면 다시 올게. 페레즈본을 데리고 다시 올 거야."

이때 의사는 이미 방안에 들어서는 중이었다. 곰 가죽으로 만든 외투를 입고, 길고 검은 구레나룻에 턱을 깨끗하게 면도한 모습은 자못 그럴듯해 보였다. 그는 방안에 들어선 뒤, 어리둥절해서 그 자리에 멈췄다. 아마도 방을 잘못 찾은 걸로 생각한 것 같았다.

"응? 이상하네. 여기가 어디지?"

그는 외투를 벗지 않고 물개 가죽 차양이 달린 모자도 쓴 채로 중얼거렸다. 많은 사람들, 누추한 방안, 구석의 빨랫줄에 매달린 빨래들, 이런 것들로 그는 매우 놀란 것 같았다. 퇴역대위는 의사에게 공손하게 허리를 숙여서 절했다.

"선생님, 여기에요. 바로 여깁니다." 그는 황송해서 어쩔 줄 몰라 하는 기색이었다. "여깁니다. 잘못 찾으신 게 아니에요. 선생님은 저희 집에 오시기로 되어 있었습니다."

"당신이 스……네……기료프?" 의사는 거만하고 큰 목소리로 말했다.

"스네기료프 씨가 당신인가요?"

"맞아요, 접니다!"

"그런가요?"

의사는 다시 한 번 꺼림칙한 시선으로 방안을 둘러본 뒤, 외투를 벗었다. 그의 목에 걸린 커다란 훈장이 모두에게 보였다. 대위는 외투가 떨어지기 전에 냉큼 받아들었다. 의사는 모자도 벗었다.

"환자는 어디에 있나요?"

그는 큰 목소리로 채근하는 듯이 물었다.

6. 조숙

"의사가 무슨 말을 할까요?" 콜랴는 밖으로 나오자 재빨리 물었다. "그건 그렇고 얼굴이 어쩌면 그런지! 그렇지요? 나는 의학이 정말 싫어요!"

"일류샤는 희망이 없어. 내 생각에는 아무래도 그럴 것 같아."

알료샤는 무척 슬프게 대답했다.

"사기꾼들! 의학은 전부 사기예요! 하지만 카라마조프 씨, 난 당신을 알게 된 것이 정말 기뻐요. 난 이미 오래 전부터 당신과 사귀고 싶었어요. 다만 유감인 것은, 우리가 이렇게 슬픈 상황에 만났다는 것이지요."

콜랴는 좀 더 열렬하고, 좀 더 과장되게 말을 하고 싶었지만 왠지 부끄러웠다. 알료샤는 그것을 알고 미소를 지으며 그의 손을 꼭 잡았다.

"난 예전부터 당신을 세상에 드문 분이라고 생각하고 존경했어요." 콜랴는 다시 혼란스러운 듯 말을 더듬으며 중얼거렸다. "나는 당신이 신비주의자이고, 수도원에 있었다는 얘기를 들었어요. 당신이 신비주의자라는 걸 알지만…… 내 마음은 달라지지 않았어요. 아마 현실 속에서 그것을 바로잡을 수 있을 거라고…… 당신과 비슷한 성격을 가진 사람들이 그렇게 되는 것은 당연하잖아요."

"자네가 말하는 신비주의란 무엇이지? 그리고 무엇을 바로잡을 수 있다는 건가?"

알료샤는 조금 놀라서 물었다.

"예를 들어 신(神) 같은 것에 열중하는 것 말이에요."

"아니, 그렇다면 자네는 하느님을 믿지 않는가?"

"꼭 그렇지는 않아요. 나도 신을 반대하는 건 아니에요. 물론 신은 가설의 하나이지만…… 나도 신이 필요하다는 건 인정해요……. 세계의 질서와 그 밖의 것들을 위해서 말이에요. 그러므로 만약 신이 없다면 신을 만들기라도 해야 할 거라고 생각해요."

콜랴는 점점 얼굴이 붉어지며 이렇게 덧붙였다. 그는 갑자기 알료샤가 '넌 네 지식을 자랑해서 네가 어른이라고 내게 증명하고 싶어하는구나' 이렇게 생각할 것처럼 느꼈다. '하지만 난 전혀 그에게 내 지식을 자랑하고 싶지 않다'는 생각을 하자 콜랴는 형언할 수 없이 기분이 나빠졌다.

"솔직히 난 이런 토론이 무척 싫어요." 콜랴는 무뚝뚝하게 말했다. "신을 믿지 않아도 인류를 사랑할 수 있잖아요, 그렇지 않나요? 볼테르는 신을 안 믿었지만 인류를 사랑했어요."

'앗, 내가 이런 말을 또 꺼냈군.'

그는 마음속으로 이렇게 생각했다.

"볼테르는 신을 믿었어. 단지 그 믿음이 그리 깊지 않았던 거야. 또 인류도 그다지 사랑하지는 않았고."

알료샤는 겸손하고 자연스럽게 낮은 목소리로 말했다. 흡사 자기 또래나 손윗사람을 대하는 것 같은 어조였다. 콜랴는 알료샤가 마치 볼테르에 대한 자신의 생각에 자신이 없는 것처럼, 자신보다 어린 콜랴에게 이 문제의 해결을 맡기는 것 같은 태도를 보이자 깜짝 놀랐다.

"그런데 볼테르를 읽었나?"

알료샤가 물었다.

"아니, 읽은 건 아니지만……. 《캉디드》는 러시아어로 번역된 걸 읽었어요. 오래된 번역이라서 이상하고 우스꽝스럽게 만들어져서……."(앗, 또 이런 소리를 하다니!)

"그럼, 이해했나?"

"네, 대충은요……. 그러니까, 그런데 당신은 왜 내가 그걸 이해하지 못할 거라고 생각하나요? 사실 그 책에는 저속한 부분이 많아요. 나도 물론 그 책이 철학소설이고, 사상을 나타내기 위해서 쓴 책이라는 건 이해해요." 콜랴는 이미 횡설수설하는 중이었다. "카라마조프 씨, 나는 사회주의자예요, 나는 완벽한 사회주의자예요." 문득 그는 뜬금없는 말을 한 뒤 이유 없이 입을 다물었다.

"사회주의자?" 알료샤는 웃었다. "아니, 언제 그렇게 된 건가? 아직 열세 살인데?"

콜랴는 얼굴이 굳었다.

"나는 열세 살이 아니고, 열네 살이에요. 2주일이 지나면 만으로 열네 살입니다." 그는 화가 나서 얼굴이 시뻘게졌다. "그리고 내 나이와 이 문제가 무슨 상관이 있습니까? 문제는 내 나이가 아니라, 내 신념입니다. 아닌가요?"

"자네가 나이가 좀 더 들면 그때는 나이가 사람의 신념에 어떤 영향을 주는지 스스로 깨달을 수 있을 거야. 그리고 나는 자네의 말이 아무래도 자네 자신의 생각이 아닌 것처럼 여겨지네."

알료샤는 겸손하게 침착하게 대답했지만 콜랴는 맹렬하게 그의 말을 가로막았다.

"전혀요, 당신은 복종과 신비주의를 원하는군요. 예를 들어 그리스도교가 천민 계급을 노예로 만들려고 부자와 권력을 가진 사람에게만 봉사해 온 것은 당신도 인정하시죠. 맞지요?"

"아, 난 자네가 어디서 그런 내용을 읽었는지 알겠네. 아니면 분명히 누군가 자네에게 그런 걸 가르쳐 주었겠지!"

알료샤는 외쳤다.

"천만에요. 당신은 왜 내가 책에서 읽었다고 생각하나요? 그리고 아무도 내게 가르쳐 주지 않았어요. 나도 그 정도는 스스로 알 수 있어요. 그리고 만약 원하시면 말하겠지만, 나는 굳이 그리스도를 반대하는 건 아니에요. 그리스도는 가장 인도주의적인 인격자였어요. 그가 만일 현대에 태어났다면, 분명히 혁명가의 대열에서 찬란한 활약을 했을 거예요. 분명히 그랬을 거라고요."

"자네는 도대체 어디서 그런 얘기를 들은 건가? 대체 어떤 바보와 사귄 건가?"

알료샤가 외쳤다.

"별 수 없네요, 사실을 말하면 우연하게 라키친 씨를 알게 되어서 자주 얘길 했어요. 하지만 벨린스키 노인도 그렇게 말했다고 하던데요?"

"벨린스키? 전혀 기억이 나질 않는데……. 그 사람은 어디에도 그런 말을 쓰지 않았어."

"쓰지 않았다면 말했겠지요. 나는 그걸 누군가에게 들었어요. 하지만 그런 건 어쨌든 좋아요."

"그럼 자네는 벨린스키를 읽은 건가?"

"아니요, 그건…… 조금만 읽었어요. 하지만…… 타치아나가 왜 오네긴(《예브게니 오네긴》의 여주인공과 남주인공)과 함께 떠나지 않았는지 하는 부분은 읽었어요."

"왜 오네긴과 함께 떠나지 않았는지…… 자네는 벌써 그런 것도 이해하나?"

"당신은 나를 스무로프 같은 조무래기라고 생각했군요?" 콜랴는 신경질적으로 웃으며 말했다. "하지만 나를 그런 과격한 혁명가로 여기지 마세요. 난 라키친과도 가끔 의견이 부딪칠 때가 많앉어요. 조금 전에 타치아나 얘기를 했지만, 난 절대로 여성 해방론자는 아니에요. 여성이란 종속적인 존재이기 때문에 순종해야 하는 게 당연하다고 생각해요. 나폴레옹이 한 말처럼, Les femmes tricottent(여자는 뜨개질이나 해라)지요." 콜랴는 이렇게 말하고 무슨 이유인지 히죽 웃었다. "나는 이 점에 대해서는 적어도 그 사이비 위인의 의견에 절대적으로 찬성해요. 또 나는 조국을 버리고 미국으로 떠나는 건 야비한 짓이라고 생각해요. 아니, 야비하다 못해 멍청한 짓입니다. 러시아에서도 얼마든지 인류를 위한 유익한 일을 할 수 있는데 왜 미국에 가야 하지요? 게다가 요즘 같은 시기에 말이지요. 지금 우리에게는 유익한 활동을 할 분야가 얼마든지 많습니다. 난 이렇게 대답했어요."

"그게 무슨 말인가? 누구에게 대답했지? 누가 자네에게 미국에 가자고 한 건가?"

"솔직히 말하면 그런 제의를 받긴 했지만 거절했지요. 카라마조프 씨, 이건 우리끼리만 하는 얘기입니다. 그러니까 누구에게도 말하지 마세요. 당신에게만 털어놓는 거니까요. 나는 비밀경찰에 걸려서 체프노이 다리 옆의 건물에서 심하게 심문받기는 싫거든요.

체프노이 다리 곁의 그 집을
그대는 영원히 기억하리라!

기억하시나요? 참 멋진 시예요! 왜 웃으시는 거죠? 설마 내가 헛소리를 한다고 생각하는 건 아니죠?"

'하지만 만약 그가 우리 아버지의 책장에는 《경종(警鐘)》(게르르젠이 런던에서 만든 잡지) 한 권뿐이고, 내가 그 잡지의 그 부분밖에는 아무것도 안 읽었다는 걸 알면 어떻게 할까?'

콜랴는 갑자기 이런 생각이 들자 자신도 모르게 몸을 떨었다.

"아니, 그건 아니야, 웃다니. 또, 나는 자네가 거짓말을 한다고 절대 생각하지 않아. 이건 진심이야. 왜냐하면 슬픈 일이지만, 자네가 있는 그대로의 진실을 말했으니까. 그런데 자네, 푸시킨을 읽었나? 예를 들어 《예브게니 오네긴》 말이야. 자네는 조금 전에 타치아나를 얘기했었지?"

"아직 읽지는 않았지만, 읽고 싶다고 생각했어요. 카라마조프 씨, 난 편견을 갖지 않았으니까요. 모든 의견을 다 알고 싶은 거예요. 그런데 왜 그걸 물으시는 건가요?"

"아, 그냥 좀……."

"카라마조프 씨. 당신은 날 무척 경멸하지요?" 콜랴는 내뱉는 것처럼 말한 뒤, 방어 태세를 취하는 것처럼 알료샤 앞에 섰다. "그렇게 친절하게만 굴지말고 솔직하게 말씀해 보세요."

"내가 자네를 경멸한다고?" 알료샤는 놀라서 콜랴를 바라보았다. "왜 그런 소리를 하는 거야? 나는 단지 아직 생활의 때가 안 묻은 자네의 훌륭한 천성이, 그런 허황되고 멍청한 이론 때문에 비뚤어지는 것이 슬펐을 뿐이야."

"내 천성은 걱정하지 않아도 돼요." 콜랴는 어느 정도의 만족감을 느끼며 알료샤의 말을 가로막았다. "하지만 내가 의심이 많은 건 사실이에요. 멍청하고 무모할 정도로 의심이 많지요. 조금 전에 당신이 웃은 걸 보니, 당신이 아무래도⋯⋯."

"아, 내가 웃은 건 전혀 다른 이유 때문이야. 내가 왜 웃었는지 얘기해 줄게. 얼마 전에 나는 러시아에 사는 어떤 독일인이 현대 러시아 학생들에 대해 쓴 비평을 읽었네. 거기에는 이런 구절이 있었지. '만일 천체(天體)를 전혀 모르는 러시아 학생에게 처음으로 천체도를 보여주면 그 학생은 다음날 이미 그 천체도를 고쳐서 돌려줄 것이다.' 이 독일인은 우리 러시아 학생들이 지식이 전혀 없으면서 어처구니없이 자신감에 차 있다는 걸 지적했어."

"맞아요, 그건 정말 맞는 말이에요." 콜랴는 문득 소리 내어 웃었다. "아주 핵심을 꿰뚫은 말이에요! 그 독일 친구, 말 한 번 잘했네요! 하지만 그 친구는 좋은 면은 못 봤군요. 당신은 어떻게 생각하시죠? 자신감, 그게 뭐 어떤가요? 자신감은 젊음에서 생기는 것이에요. 만일 그걸 고쳐야 한다면 나이를 먹으면서 자연스럽게 고칠 수 있을 거예요. 그렇지만 거기에는 소시지 족속(독일인)의 노예근성과는 다른, 불굴의 정신과 사상, 신념의 대담함이 있어요. 어쨌든 그 독일 친구는 멋진 말을 했어요! 정말 그럴듯하네요. 하지만 독일인은 역시 목을 졸라야 해요. 그들은 과학과 학문에는 뛰어나지만, 역시 목을 졸라서 죽여야⋯⋯."

"왜 목을 졸라 죽여야 하지?"

알료샤는 미소를 지으며 말했다.

"내가 또 헛소리를 했는지도 모르겠네요. 아니라고 우기진 않겠습니다. 때로 나는 형편없는 어린애가 될 때가 있어요. 기분이 아주 좋으면 나 자신을 억누르지 못하고 헛소리를 지껄이곤 하지요. 그런데 우리는 여기서 필요없는 얘기만 하고 있었네요. 의사는 안에서 뭘 이리 오래 꾸물거릴까요? 일류샤 어머니와 절름발이 니노치카까지 치료하는지도 모르겠네요. 나는 니노치카가 마음에 들어요. 방금 전에도 내가 나올 때 문득 '왜 더 일찍 오지 않았어?'라고 속삭였어요. 그 목소리는 비난을 담고 있었어요! 한없이 착하고 불쌍한 여자 같아요."

"맞아! 자네도 여길 자주 오면, 니노치카가 어떤 처녀인지 잘 알수 있을 거야! 그런 사람들을 알고, 또 그런 사람들과 친해지지 않으면 알 수 없는 많은 것을 이해할 수 있게 될 거야." 알료샤는 열을 올리면서 충고했다. "그런 것들이 자네를 다른 것보다 더 새롭게 훈련시킬 거야."

"아, 내가 왜 더 일찍 찾아오지 않았는지 후회가 되네요. 그 일에 대해서는 나를 때려주고 싶어요."

콜랴는 비통한 듯이 말했다.

"정말 유감스럽네. 그 불쌍한 아이에게 자네가 얼마나 큰 기쁨을 주었는지 자네 스스로 분명히 보았을 거야! 그 애는 자네가 오기를 정말 기다렸다네!"

"이제 그 얘기는 관두세요! 그런 말을 들으면 괴롭네요. 하지만자업자득이겠지요. 내가 지금까지 오지 않은 건 자존심 때문이었어요. 이기적인 자존심과 야비한 고집 때문이었어요. 나는 아무리 노력해도 이 자존심을 떨치지 못할 것 같아요. 지금에야 난 그걸 알았어요. 카라마조프 씨, 나는 많은 점에서 야비한 놈입니다!"

"아니네, 비록 비뚤어지긴 했지만, 자네는 훌륭한 천성을 지녔어. 난 자네가 착하고 병적으로 예민한 소년에게 어떻게 그런 영향을 줄 수 있었는지 너무 잘 알아!"

알료샤는 흥분해서 말했다.

"아, 그렇게 말씀하시다니!" 콜랴는 외쳤다. "하지만 내가 어떤 생각을 했는지 아세요? 난 이미 몇 번이나 지금 이 자리에서도 당신이 나를 경멸한다고 생각했어요. 아, 내가 당신의 생각을 얼마나 드높게 생각하는지 당신이 알아주기만 한다면 기쁠텐데!"

"아니, 자네는 왜 그렇게 의심이 많은가? 아직 어린 나이에? 자네가 믿을지 모르겠지만, 솔직히 말하면 난 자네가 아까 방에서 얘기하는 것을 들으며, '아, 저 학생은 남을 무척 의심하는구나' 생각했네!"

"그런 생각을 했어요? 정말 예리한 눈이군요. 역시 예리해요, 역시. 분명히 내가 거위 얘기를 할 때였겠죠? 맹세하건대, 나도 그때는 스스로 지나칠 정도로 잘난 체하려고 해서 당신이 날 경멸할 거라고 생각했어요. 그래서 문득 나는 내가 미워서 그런 헛소리를 마구 지껄인 거예요.

그리고 방금 전 바로 여기서 '만약 신이 없다면 그것을 만들기라도 해야 할 것'이라고 말했을 때도, 내가 너무 급하게 내 지식을 자랑한다는 생각이 들었어요. 사실 난 그 구절을 어떤 책에서 보고 외웠으니까요. 하지만 맹세컨대 내가 그런 소리를 한 건 허영심 때문이 아닙니다. 왜 그랬는지는 잘 모르겠지만, 아마 너무 기쁜 나머지 그랬을 거예요. 물론 나도 기뻐서 이성을 잃고 남을 부둥켜안는 짓은 수치스러운 일이라는 걸 잘 알지만, 어쨌든 분명히 기뻐서 그랬어요.

그렇지만 난 지금 당신이 날 경멸하지 않는다는 걸 확신할 수 있어요. 그건 전부 내 망상이었어요. 아, 카라마조프 씨, 나는 무척 불행해요. 때로 나는 전부가, 온 세상 사람들이 나를 비웃는다는 망상에 빠지곤 해요. 그럴때는 이 세상의 모든 질서를 어지럽히고 싶어져요."

"그리고 주변 사람들을 괴롭히지?"

알료샤는 미소를 지으며 말했다.

"그래요, 주변 사람들을 괴롭혀요. 특히 어머니요. 카라마조프 씨, 이런 내가 정말 우습지요?"

"그렇게 생각하지 마. 그런 생각은 안 하는 게 좋아!" 알료샤가 외쳤다. "우습다는 게 대체 뭐지? 사람이 우습게 되거나 우습게 보이는 일은 얼마든지 있어. 요즘 재능있는 사람들은 거의 모두 우스워질까 봐 겁을 내서 스스로 불행해지는 거야. 다만 내가 놀란 건 자네가 그것을 빨리 알기 시작했다는 거야. 난 이미 오래 전부터, 자네뿐만이 아니라 다른 사람들에게서도 그런 점을 발견했어. 요즘 들어서는 아이들도 그것 때문에 괴로워하니 이건 도무지 정상적이라고 할 수 없지. 악마가 자존심이라는 탈을 쓴 채 모든 세대를 망치는 거야. 정말, 악마의 짓이 분명해!" 그를 주의깊게 바라보던 콜랴의 예상과는 달리 알료샤는 웃지 않고 이렇게 덧붙였다. "자네도 다른 사람과 마찬가지야." 알료샤는 이렇게 말을 끝맺었다. "즉 대부분의 사람들과 비슷하다는 거야. 하지만 대부분의 사람들과 같은 인간이 되어서는 안 돼, 알았니?"

"혹여 모든 사람이 다 그렇더라도요?"

"그래, 모든 사람이 다 그렇더라도 자네는 그러면 안 돼. 사실 자네는 다른 사람들과 달라. 지금도 자네는 자신의 나쁜 점과 우스운 점을 인정하는 걸 부끄러워하지 않았네. 지금 세상에 이런 걸 깨달을 수 있는 사람이 있을까? 아무도 없을 거야. 뿐만 아니라 사람들은 비판의 필요도 못 느끼지. 자네는 다른 모든 사람처럼 되지 말게나. 비록 그들과 다른 사람이 자네 혼자뿐이라도."

"정말 멋져요! 역시 내가 당신을 제대로 봤군요. 당신은 사람의 마음을 어떻게 위로해야 하는지 알고 있어요. 아, 카라마조프 씨, 난 당신을 무척 동경해요. 예전부터 당신을 만나기를 얼마나 기다렸는데요! 당신도 내 생각을 했나요? 아까 당신은, 당신도 날 생각하고 있었다고 했었죠?"

"물론, 나도 자네 얘기를 듣고, 자네를 생각했었어. 자넨 어느 정도 자존심 때문에 그렇게 물은 거겠지만, 난 아무래도 괜찮아."

"카라마조프 씨, 우리의 대화가 마치 사랑 고백과 비슷하다고 생각하지 않나요?" 콜랴는 친근하면서도 어딘가 모르게 수줍은 목소리로 말했다. "이건 우스꽝스럽지 않지요, 맞죠?"

"전혀 우스꽝스럽지도 않고, 그렇다고 해도 상관없어. 이건 좋은 일이잖아."

알료샤는 밝게 웃었다.

"하지만 카라마조프 씨, 당신도 조금 수줍은 것 같군요. 당신의 눈을 보면 알 것 같아요."

콜랴는 능청스러우면서도 행복을 느끼는 것처럼 미소 지었다.

"무엇이 수줍어서?"

"그런데 왜 얼굴이 붉어지나요?"

"그건 자네가 얼굴을 붉어지게 만드는 거야." 알료샤는 큰소리를 내며 웃었다. 알료샤의 얼굴은 정말 붉게 물들었다. "그런데 조금 부끄러운 것 같아. 하지만 왜 그런지는 나도 모르겠어." 그는 부끄러워하며 중얼거렸다.

"아, 당신이 나와 함께 있는 걸 부끄러워해서 오히려 지금 당신을 사랑하고 존경할 수 있어요! 그건 당신도 나와 같기 때문이에요!" 콜랴는 완벽한 환희에 휩싸여 소리쳤다. 그의 두 뺨은 붉게 물들고 눈은 빛났다.

"하지만 콜랴, 자네는 앞으로 많이 불행해질 거야."

문득 알료샤는 무엇 때문인지 이렇게 말했다.

"알아요, 나도 알아요. 아, 당신은 전부 미리 알고 있군요!"

콜랴는 곧 맞장구를 쳤다.

"그러나 전체적으로는 역시 인생을 축복할 거지?"

"물론이죠! 만세! 당신은 예언자예요! 아, 카라마조프 씨, 우린 마음이 정말 잘 맞네요. 지금 내가 무엇보다 기쁜 것은, 당신이 나를 당신과 대등한 인간으로 대해 주는 것이에요. 그렇지만 나와 당신은 대등할 수가 없지요. 그럼요, 대등할 수 없고말고요. 당신이 훨씬 높으니까요. 하지만 우린 서로 마음이 잘 맞을 거예요. 지난 한달 간 나는 자신에게 계속 이렇게 말했어요. '나와 카라마조프 씨는 단번에 마음이 맞아서 영원한 친구가 되지 않으면, 죽을 때까지 영원한 원수가 될 것이다!'라고 말이에요."

"그렇게 말하면서 이미 자네는 날 좋아했던 거야!"

알료샤는 즐겁게 웃었다.

"그래요, 무서울 정도로 사랑했어요! 당신을 사랑했고, 당신이 너무 좋아서 수많은 상상을 했어요. 그런데 당신은 어떻게 미래를 잘 아나요? 아, 의사 선생님이 나왔네요. 할 말이 있는 것 같아요, 얼마나 끔찍한지 얼굴을 보세요!"

7. 일류샤

의사는 다시 털가죽 외투를 입고 모자를 쓴 채 방에서 나왔다. 그는 화가 난 것처럼 불쾌한 표정이었다. 무언가 더러운 것을 만지게 될 것 같아서 끝없이 두려워하는 듯했다. 그는 현관을 바라보았다가 험악한 눈으로 알료샤와 콜랴를 바라보았다. 알료샤는 문에서 마부에게 손짓을 했다. 그러자 의사를 태우고 온 마차가 입구로 다가왔다.

대위는 의사를 따라서 달려 나와서 사죄하듯이 허리를 굽히며 마지막 말을 들으려고 그를 붙잡았다. 불쌍한 대위의 얼굴은 죽은 사람과 마찬가지였고 그의 눈은 겁을 먹고 있었다.

"선생님, 선생님…… 방금 그 말씀이 사실인가요?"

그는 이렇게 말했지만 말을 다 맺지 못하고 절망적으로 손뼉을 마주칠 뿐이었다. 그리고 의사의 말로 불쌍한 자식에게 내려진 선고가 바뀔지도 모른다는 마지막 희망을 담아서 간절하게 의사를 바라보았다.

"어쩔 수가 없네요. 나는 신이 아닙니다."

의사는 무성의하게 판에 박힌 조용한 목소리로 대답했다.

"의사 선생님…… 그럼 이제 얼마 남지 않았다는 말인가요……. 머지않았나요?"

"마음을 단단히 하는 것이 좋을 겁니다."

의사는 한 마디 한 마디 힘주어서 말하고 고개를 돌린 채 마차를 향해서 현관을 나오려고 했다.

"선생님, 제발!" 대위는 두려워하며 다시 한 번 의사를 붙잡았다. "선생님…… 그럼 이제는 어떻게 해도 가망이 없다는 말씀인가요?"

"나로서는 도저히 방법이…… 없소!" 의사는 짜증을 내며 대답했다. "그렇지만, 음……." 그는 문득 걸음을 멈췄다. "당신이 혹시 지금 잠시도 주저하지 않고(이 '지금 잠시도 주저하지 않고'라는 말에는 엄격함이 아닌 분노가 담겨 있어서 대위는 자신도 모르는 사이 몸을 떨기까지 했다)…… 환자를 시라쿠사로 데리고 가면…… 이곳과는 다른 따뜻한 날씨 때문에 어쩌면…… 혹시라도……."

"시라쿠사요!" 대위는 말을 잘 알아듣지 못한 것처럼 외쳤다.

"시라쿠사는 시칠리아에 있지요."

콜랴가 설명을 해주려고 갑자기 큰소리로 말했다. 의사가 그를 바라보았다.

"시칠리아요? 의사 선생님." 대위는 영문을 몰라서 외쳤다. "아시다시피, 형편이 이렇습니다!" 그는 방안의 살림살이를 가리켰다. "아이들 엄마와 가족들은 어쩌고요?"

"아니, 가족들은 시칠리아에 가지 않아도 되오. 당신 가족은 카프카스로 가는 거요. 이른 봄에……. 딸은 카프카스로 보내고 부인도 류머티즘을 고치려면 역시 카프카스에서 규칙대로 온천 요양을 끝내고, 그런 뒤에 곧 파리로 가서 레펠레티에 선생의 정신과 병원에 입원하는 것이 좋을거요. 내가 그에게 소개장을 써 줄 수 있어요. 그러면 혹시라도……."

"선생님, 선생님! 아시다시피 형편이 이렇잖습니까."

대위는 아무것도 칠하지 않은 현관의 통나무 벽을 가리키며 절망적으로 두 손을 내저으며 말했다.

"그건 내 알 바 아니오." 의사는 소리 내지 않고 웃었다. "나는 단지 마지막 방법이 뭐냐고 당신이 물었기 때문에 의학이 대답할 수 있는 것을 말한 것뿐이오. 그러니 그 외의 것은, 미안하지만……."

"걱정하지 마세요, 의원님. 그 개는 물지 않아요."

의사가 문간에 서 있는 페레즈본을 불안해하며 바라보는 것을 안 콜랴가 무뚝뚝하게 외쳤다. 콜랴의 목소리에는 분노가 담겨 있었다. 그거 선생님이라고 하지 않고 일부러 '의원님'이라고 한 것은 나중에 그가 말한 것처럼 '모욕을 주기 위해서'였다.

"뭐라고?" 의사는 놀라서 고개를 들고 콜랴를 노려보았다. "이 아이는 대체 누구요?"

의사는 알료샤에게 해명을 바라는 것처럼 그쪽으로 고개를 돌리며 말했다.

"페레즈본의 주인이에요, 의원님, 저의 인격에 대해서는 걱정하지 마세요."

콜랴는 다시 분명하게 말했다.

"즈본?"

의사는 반복해서 말했다. 페레즈본이 무엇인지 몰랐기 때문이었다.

"아, 여기가 어딘지도 모르시나 보네. 잘 가시오, 의원님. 시라쿠사에서 만납시다."

"뭐 하는 녀석이야, 이 녀석은? 대체 뭐 하는 놈인 거요?"

의사는 무척 화를 내며 물었다.

"선생님, 저 아이는 이 읍내의 중학생입니다. 장난꾸러기입니다. 신경 쓰지 마세요." 알료샤는 얼굴을 찡그리며 재빨리 말했다. "콜랴, 이젠 그만해!" 그는 크라소트킨에게 외쳤다. "선생님, 신경 쓰지 않으셔도 됩니다." 이번에는 다소 초조한 듯 반복해서 말했다.

"이 녀석을 때려줘야겠어. 채찍으로 때릴 테다!"

의사는 무척 격분해서 방을 크게 쾅쾅 구리며 외쳤다.

"하지만 의원님, 페레즈본은 정말로 물 수도 있어요!" 콜랴는 파랗게 질린 얼굴로 눈을 빛내며 목소리를 떨면서 말했다. "이리 오렴, 페레즈본!"

"콜랴, 한 마디만 더하면 나는 너와 영원히 절교할 거야!"

알료샤는 명령하는 것처럼 외쳤다.

"의원님, 니콜라이 크라소트킨에게 이 세상에서 명령을 할 수 있는 사람은 딱 한 명입니다. 바로 이분입니다." 콜랴는 알료샤를 가리켰다. "나는 이분의 말을 들으려고 합니다. 안녕히 가세요!"

그는 번개처럼 그 자리를 떠나서 문을 열고 방으로 들어갔다. 페레즈본도 그의 뒤를 따라서 달려갔다. 의사는 어이가 없다는 듯 알료샤를 보면서 그대로 5초 정도 서 있더니 마침내 갑자기 침을 소리 내어 뱉고는 고함을 크게 지르며 마차 쪽으로 서둘러 걸어갔다.

"도대체 뭐 하는 녀석이야, 응? 이거 원, 어이가 없군!"

대위는 의사가 마차에 오르는 것을 도왔다. 알료샤는 콜랴를 따라서 방으로 들어갔다. 콜랴는 이미 일류샤의 침대 곁에 서 있었다. 일류샤는 그의 손을 잡고 아버지를 부르는 중이었다. 곧이어 대위도 돌아왔다.

"아버지, 아버지, 여기로 오세요. 우리는……."

일류샤는 이상한 흥분에 휩싸여 중얼거렸지만 더는 말할 기운이 없는 것처럼, 갑자기 여윈 두 팔을 앞으로 내밀어 있는 힘을 다해 두 사람, 콜랴와 아버지를 서로 안게 한 뒤 자신도 그들을 부둥켜안았다.

대위는 문득 몸을 떨면서 소리 없이 울기 시작했다. 콜랴는 입술과 턱을 떨었다.

"아버지! 아버지! 가련한 우리 아버지!"

일류샤는 고통스러운 것처럼 신음소리를 냈다.

"일류샤. 애야…… 방금 의사 선생님이 그러셨는데 넌 나을 수 있대. 행복해질 거라고…… 의사 선생님이…….."

대위는 이 부분에서 말을 중단했다.

"아, 아버지! 나는 방금 의사가 한 말을 알아요…… 내가 봤어요!"

일류샤는 이렇게 외치고 아버지의 어깨에 얼굴을 묻고 두 사람을 세게 안았다.

"아버지, 울지 마세요…… 내가 죽으면 다른 착한 애를 데려오세요. 내 친구들 중에서 마음에 드는 애를 골라서 일류샤라는 이름을 붙이고 나 대신 사랑해 주세요."

"그런 말 하지 마, 영감. 넌 반드시 나을 거야!" 크라소트킨은 화가 난 것처럼 외쳤다.

"하지만 아버지, 절대로 나를 잊지 마세요." 일류샤는 말을 계속했다. "내 무덤에도 오셔야 해요. 그리고 아버지, 항상 같이 산책했던 그 큰 바위 옆에 묻어 주세요. 그리고 저녁때가 되면 크라소트킨과 함께 찾아오세요. 페레즈본도 함께. 내가 기다릴 테니까. 아버지, 아버지!"

일류샤의 목소리가 갑자기 끊겼고 세 사람은 서로 부둥켜안은 채 말이 없었다. 니노치카는 안락의자에 앉은 채 소리 없이 울고 있었다. 모두 우는 것을 보고 어머니도 문득 눈물을 펑펑 흘리기 시작했다.

"일류샤, 일류샤!"

그녀는 울부짖었다. 크라소트킨은 갑자기 일류샤와 안고 있는 상태에서 벗어났다.

"잘 있어라, 영감, 어머니가 식사 준비를 하고 나를 기다리실 거야."그는 빨리 말했다. "어머니에게 미리 말하고 왔으면 좋았을 걸. 정말 유감이야! 아마 무척 걱정하고 계실 거야! 밥 먹고 빨리 올게. 하루 종일, 밤새도록 옆에 있을게. 그리고 많은 얘기를 해 줄게. 페레즈본도 데리고 올게. 하지만 지금은 데리고 가야겠다. 내가 없으면 엄청 짖어서 귀찮게 할 거야. 그럼, 다녀올게!"

그는 이렇게 말한 뒤, 현관으로 달려갔다. 그는 울지 않으려고 했지만 현관으로 나가자 끝내 울고 말았다. 알료샤가 그런 모습을 보았다.

"콜랴, 자네는 약속대로 꼭 올 거지? 오지 않으면 일류샤가 크게 실망할 거야."

알료샤는 다짐을 받는 것처럼 물었다.

"반드시 올 거예요! 아, 내가 왜 미리 오지 않았는지 나 자신이 미워요."

콜랴는 울면서 말했다. 이제는 우는 걸 부끄럽게 생각하지 않았다.

때마침 이때, 대위가 갑자기 방에서 구르듯이 달려오더니 등 뒤로 문을 닫았다. 그는 넋이 나간 것처럼 입술을 떨었다. 그리고 두 젊은이 앞에 서서 두 손을 위로 높이 올렸다.

"아무리 좋은 애라고 해도 싫다! 다른 애는 싫다!" 그는 이를 악물고 사나운 목소리로 소곤댔다. '예루살렘아, 내가 너를 잊는다면, 내 오른손이…….'(구약성서 〈시편〉 137장 5절 중에서)

그는 목이 메어서 말을 맺지 못 했다. 그는 힘없이 나무 벤치 앞에 무릎을 꿇고 두 주먹으로 머리를 쥐면서 어린애처럼 울기 시작했다. 그러면서도 울음소리가 방에 들리지 않게 무척 애를 쓰며 목소리를 낮췄다. 콜랴는 큰길로 뛰어갔다.

"안녕, 카라마조프 씨! 당신도 오시는 거죠?"

그는 무뚝뚝한 목소리로 화가 난 것처럼 알료샤에게 외쳤다.

"밤에는 꼭 올게."

"저분이 예루살렘에 대해서 말했는데…… 그게 뭔가요?"

"성경에 있는 말씀이야. '예루살렘아, 내가 너를 잊는다면' 즉, 내가, 만약 내가 가진 가장 소중한 것을 잊어버리거나, 그 대신 다른 것과 바꾸면 나를 벌하라는 의미지."

"그만하면 알았습니다! 그럼 꼭 오세요! 자, 이제 가자, 페레즈본!"

콜랴는 사납게 개를 부르더니 큰 보폭으로 성큼성큼 집으로 걸었다.

제4부

제11편 | 이반

1. 그루셴카의 집에서

알료샤는 중앙 광장 방향으로 걸었다. 모로조바 주인집에 사는 그루셴카를 만나기 위해서였다. 그녀는 아침 일찍 페냐를 알료샤에게 보내 꼭 와달라고 간청했다. 페냐가 말하길, 그녀가 왠지 어제부터 뭔가 큰 불안에 휩싸여 안절부절 못한다고 했다.

미차가 체포되고 두달 간 알료샤는 마음이 동할 때나, 미차의 부탁도 있어서 이미 여러 번 모로조바의 집에 갔다. 미차가 잡히고 사흘 만에 그루셴카는 큰 병에 걸려서 거의 5주 동안 누워 있었다. 그중 일주일은 혼수상태였다.

그녀의 모습은 전혀 다르게 변해 있었다. 외출할 수 있게 된 뒤부터 벌써 2주일 정도가 흘렀지만 그녀의 얼굴은 아직도 마르고, 안색은 누런 빛이었다. 그러나 알료샤에게는 오히려 그런 모습이 더 매력적이었다. 그는 그루셴카의 방에 들어갈 때, 그녀가 주는 첫 시선을 좋아했다. 그녀의 눈빛에는 사람의 마음을 꿰뚫는 무언가가 분명히 드러나 있었다. 무언가 정신적인 변화가 느껴졌고, 겸손하지만 흔들리지 않는 기쁜 결심의 기운이 나타나 있기도 했다. 미간에는 그리 크지 않은 주름이 만들어져서 그녀의 아름다운 얼굴에 뭔가 깊이 고민하는 듯한 기운이 깃들었고, 얼핏 보면 지나치게 엄숙한 느낌을 주기도 했다. 예전의 경박한 표정과 언행의 흔적은 사라졌다.

그리고 또 알료샤가 이상하게 여기는 것이 있었다. 이 불쌍한 여자는 그토록 불행한 일을 겪고도, 다시 말해 약혼한 바로 그 순간에 남자가 무서운 범죄 혐의로 체포되고, 자신은 병에 걸리고, 또 미차에게 내려질 불가피한 법원의 유죄 판결로 장래가 불투명한 상황이지만, 생동감 넘치는 명랑함을 유지하고 있다는 것이었다. 예전에는 거만했던 그녀의 눈빛에 이제는 평화로움이 반짝였다.

때로 그 눈에는 불길한 기운이 떠오르기도 했다. 여전히 변하지 않는 한 가지의 불안이 그녀에게 닥쳐서 쉽게 사라지지 않기도 했고, 점점 더 그녀의 마음속에서 크고 있었다. 이 불안의 원인이 되는 것은 바로 카체리나였다. 그루셴카는 앓으면서도 카체리나에 대한 헛소리를 하기까지 했다. 그녀가 카체리나와 미차의 관계를 의심해서 무섭게 질투한다는 것은 알료샤도 잘 아는 사실이었다. 하지만 카체리나는 자유롭게 옥중의 미차를 찾아갈 수 있었지만 한 번도 면회를 가지 않았다. 이런 일들이 알료샤를 곤란하게 만들었다. 그루센카가 오직 알료샤에게만 마음을 털어놓고 항상 여러 가지 의논을 했지만, 그는 단 한 마디도 대답하지 못하는 일이 자주 있었기 때문이다.

그는 걱정스러운 표정으로 그녀의 방에 들어갔다. 그녀는 집에 있었는데, 미챠를 만나고 30분 전에 돌아와 있었다. 그녀가 테이블 앞의 안락의자에서 일어나서 그를 맞이한 그 빠른 동작으로 생각해 볼 때, 알료샤는 그녀가 자신을 무척 기다렸다는 것을 알 수 있었다.

테이블 위에는 트럼프가 있어서 '바보게임'을 한 것을 알 수 있었다. 테이블 한쪽에 놓인 가죽이 씌워진 긴 의자에는 이불이 펼쳐져 있었고 그 위에 잠옷을 입고 모자를 쓴 막시모프가 누워 있었다. 그는 행복한 미소를 지었지만, 아프고 쇠약한 모습이었다.

두 달 전, 이 집 없는 노인은 그루센카와 함께 모크로예에서 돌아온 뒤부터 계속 여기에서 지내며 그녀 곁을 떠나지 않았다. 그때 그는 그녀와 함께 진눈깨비를 맞고 젖어서 돌아와서 긴 의자에 주저앉았다. 그리고 겁을 먹은 듯이 애원하는 것 같은 미소를 지은 채 그녀를 바라보았다. 그루센카는 슬픔에 잠겨 있었고, 열이 나고, 더구나 많은 걱정거리들 때문에 집에 돌아와서도 30분이 넘도록 막시모프의 존재를 잊고 있었다. 그녀는 갑자기 깨닫고 그를 조용히 바라보았다. 막시모프는 비굴한 표정을 지으며 그녀의 눈을 보면서 갑자기 히히히 웃었다.

그녀는 페냐를 불러서 그에게 음식을 주라고 당부했다. 그는 이

날 하루 종일 거의 움직이지 않고 앉아 있었다. 해가 지고 덧문을 닫은 페냐가 안주인에게 물었다.

"아씨, 이 분은 주무시고 가시는 건가요?"

"그래, 긴 의자에 잠자리를 봐드려."

그루센카는 노인에게 이것저것 물어본 결과, 그가 이제는 정말 갈 곳이 전혀 없는 사람인 것을 깨달았다.

"제 은인인 칼가노프 씨도 이제 나를 돌볼 수 없다고 분명히 말하면서 5루블을 주더이다."

"그럼 어쩔 수 없네요. 우리 집에서 지내세요."

그루센카는 가여운 듯이 미소를 지으며 쓸쓸히 말했다. 노인은 그 미소를 보고 자신도 모르게 울상을 지으며 고마워서 입술을 떨었다. 그래서 그때부터 이 방랑자는 그녀의 집에 식객으로 남았던 것이다.

그녀가 아픈 동안에도 그는 이 집에서 지냈다. 페냐와 음식을 만드는 그녀의 할머니도 그를 내쫓지 않고 먹여주고, 긴 의자 위에 이불을 펴주기도 했다. 그루센카도 나중에는 그와 친해져서 미차를 찾아보고 돌아온 날은(그녀는 몸이 조금 나아지자 아직 다 낫지 않았는데도 미차를 면회했다) 슬픔을 잊으려고 '막시모프 아저씨'를 상대로 온갖 하찮은 일에 대해 이야기했다. 노인도 예상 밖으로 여러 가지 재미있는 이야기를 해주었으므로 이제는 그녀에게 없어서는 안 되는 사람이 되었다.

가끔 들르는 알료샤 이외에 그루센카는 거의 아무도 만나지 않앉다. 한편 그녀의 늙은 상인은 이 무렵 병세가 매우 나빠져서 누워 지냈다. 거리에서 들리는 소문대로 그는 이제 '관에 한쪽 발을 넣고' 있었다. 그는 미차의 공판이 있고 나서 1주일 만에 죽었다.

죽기 3주일 전, 그는 죽음이 다가온 것을 알고 아들과 며느리 그리고 아이들을 이층으로 불러서 한시도 자신의 곁을 떠나지 말라고 지시했다. 그러나 그루센카는 절대로 오지 못하게 하고 만일 오면 '부디 오래오래 행복하게 살고 나는 전부 잊으라'고 전하라고 하인들에게 지시해 두었다. 그러나 그루센카는 거의 날마다 그의 상태를 살피러 사람을 보냈다.

"마침내 오셨네요! 막시모프 아저씨, 좀 보세요." 그녀는 트럼프를 던지고 알료샤의 손을 잡으며 막시모프에게 기쁘게 외쳤다. "당신이 이제는 다시 안 올 거라고 날 막 놀렸다니까요. 아, 정말 당신이 꼭 와야 하는 곤란한 일이 생겼어요. 자, 이쪽에 앉으세요. 커피 드릴까요?"

"네, 주세요." 알료샤는 테이블 옆 의자에 앉으며 말했다. "아, 배가 고프네요."

"그럴 것 같아요. 페냐, 페냐, 커피 가져오렴!" 그루센카가 외쳤다. "아까부터 벌써 물이 끓어서 당신이 오기를 기다렸답니다. 피로시키(러시아 만두)를 가져와요, 뜨거운 걸로! 참, 알료샤, 오늘 이 피로시키 때문에 큰 소동이 벌어졌어요. 오늘 내가 피로시키를 그에게 가져갔어요. 그런데 참 어이가 없게도, 그는 피로시키를 나에게 던지고 먹으려고 하지 않았어요. 한 개는 바닥에 던지더니 마구 짓밟았어요. 그래서 나는 '이걸 교도관에게 맡길 테니 만약 밤까지 먹지 않으면 당신을 사람에 대한 증오를 먹는 사람으로 생각하겠어요!' 하고 그냥 돌아왔어요. 그래서 또 싸웠지 뭐예요. 이 일을 어떻게 하지요, 찾아갈 때마다 꼭 이렇게 싸우게 되니."

그루센카는 흥분해서 숨도 쉬지 않고 말했다. 막시모프는 겁을 먹었는지 눈을 아래로 깔고 미소를 지었다.

"이번에는 왜 싸우신 겁니까?"

알료사가 물었다.

"정말 어이없는 일 때문이었어요! 글쎄 그는 '옛 애인'에게 질투를 해서 '너는 왜 그놈을 몰래 숨겨두었지? 왜 그놈을 돌봐주는 거지?' 하는 거예요. 밤낮 질투를 한다니까요, 항상 질투를 해요! 언제나 질투! 지난주에는 심지어 삼소노프까지 질투를 했어요."

"하지만 형님은 '옛 애인'에 대해서는 알고 계시잖아요!"

"물론이죠, 알고 있어요. 처음부터 오늘까지 전부 다 알아요. 그런데 오늘 갑자기 화를 내잖아요. 그가 한 말은 정말 창피해서 말도 못하겠어요. 정말 어리석다니까! 내가 나올 때 라키친이 들어갔는데 혹시 그 사람이 부추기는 걸 수도 있어요. 어떻게 생각해요?"

그녀는 난처한 표정을 지으며 덧붙였다.

"형님은 당신을 사랑하세요. 정말 마음 깊이 사랑하세요. 하지만 오늘은 공교롭게도 초조했던 것 같아요."

"물론 초조할 수밖에 없지요. 내일이 공판이니까요. 내가 간 것도 내일 일 때문에 할 말이 있어서였어요. 알료샤, 내일은 어떻게 될까요? 생각만으로도 무서워요! 그가 초조할 거라고 하지만, 나부터가 정말 초조해요. 그런데 그는 엉뚱하게 옛 애인 이야기나 꺼내고! 정말 바보 같아! 그런데 막시모프 아저씨에 대해서는 왜 질투를 안 하는지 몰라!"

"제 안사람도 질투가 대단했지요."

막시모프가 말했다.

"어머나, 영감님에게?" 그루센카는 자신도 모르게 웃었다. "누구 때문에 질투를 했나요?"

"하녀들 때문이지요."

"막시모프 아저씨, 이제 그만해요. 농담할 시기가 아니에요. 속에서 불이 난다니까요. 그렇게 피로시키를 노려봐도 어쩔 수 없어요, 안 드릴 거예요. 건강에 나빠요, 보드카도 안 돼요. 정말 이 양반에게도 신경을 엄청 써야 한다니까. 우리 집은 마치 양로원 같지요?"

그녀는 큰소리로 웃었다.

"난 보살핌을 받을 가치가 없어요. 어디에도 쓸모없는 인간이지요." 막시모프는 울먹이며 말했다. "나보다 훨씬 쓸모 있는 사람에게 인정을 베푸셔야 하는데."

"어머나, 막시모프 아저씨, 어떤 사람이든 쓸모가 있어요. 누가 누구보다 더 쓸모 있는지, 어떻게 판단할 수 있나요? 알료샤, 난 그 폴란드 사람들이 빨리 없어졌으면 좋겠어요. 이번에는 그 사람들까지 앓을 것 같아요. 무슨 꿍꿍이인지 모르겠어요. 난 그 사람에게도 다녀왔어요. 사실은 미차에게 보여 주려고 일부러 그 사람에게 피로시키를 보내려고 했어요. 난 그러지도 않았는데 미차는 내가 그 사람에게 피로시키를 보냈다고 난리였어요. 그래서 일부러 보내려는 거예요. 얄밉잖아요! 어머, 페냐가 편지를 가지고 왔네. 그럼 그렇지, 역시나 그 폴란드 사람이 보낸 편지네요. 또 돈 달라는 내용이네!"

실제로 무샬로비치는 평상시처럼 미사여구를 장황하게 붙인 어처구니없이 긴 편지를 써서 3루블을 빌려달라고 부탁했다. 석 달 안에 갚을 거라는 차용증까지 함께 보냈는데, 차용증에는 브루블레프스키까지 연명으로 서명했다. 그루센카는 지금까지 '옛 애인'에게 이런 편지와 차용증을 여러 통 받았었다. 그녀가 완쾌하기 대략 2주일 전부터 이런 일이 시작되었다. 그녀는 자신이 앓고 있을 때 두 신사가 문병을 온 것을 잘 알고 있었다.

그녀가 받은 첫 번째 편지는 큰 편지지에 구구절절한 사연을 알아보기 힘들 정도로 장황하게 썼고 가문의 문장(紋章)을 새긴 도장을 찍었는데, 이해할 수 없는 어려운 미사여구가 지루하게 쓰여 있었다. 그루센카는 반 정도 읽다가 무슨 소리인지 이해하기 어려워서 그만 집어던져 버렸다. 게다가 그 무렵의 그녀는 편지를 읽을 만한 여력이 없었다. 그 다음 날, 두 번째 편지가 도착했다. 그것은 무샬로비치가 잠시 동안 2천 루블을 빌려 달라는 내용의 편지였다. 그루센카는 이 편지에도 답장을 보내지 않았다. 그러고 난 뒤,

연이어 하루에 한 통씩 온 편지는 전부 거창하고 지루한 사연들이 었는데 빌려 달라는 금액은 100루블, 25루블, 10루블로 계속 줄어 들어서 마지막 편지에는 단 1루블을 빌려 달라고 두 사람이 서명한 차용증을 함께 넣어서 보냈다.

문득 그루센카는 그가 불쌍해져서 저녁때 직접 그들이 있는 곳으로 달려갔다. 그녀는 두 폴란드인이 몹시 가난해져서 거지처럼, 음식도 없고 땔감도 떨어지고 담배도 없었으며 하숙집 주인에게 빚을 져서 오도 가도 못하는 상황인 것을 알게 되었다. 모크로예에서 미차에게 받아낸 200루블은 금세 사라져 버린 뒤였다.

그러나 그루센카는 두 폴란드인이 그런 상황임에도 거만하게 거들먹거리며 그녀를 맞이하고 최상급 형용사를 남발하면서 마구 허풍을 떠는 것에 놀랐다. 그녀는 그냥 웃고 '옛 애인'에게 10루블을 주었다. 그녀는 그때 이 사실을 즉시 미차에게 이야기했지만 미차는 전혀 질투하지 않았다.

그러나 그때부터 두 폴란드인은 그루센카에게 매달려 날마다 돈을 빌려달라는 편지로 그녀를 '집중 공격'했고, 그녀는 그때마다 돈을 조금씩 보내 주었다. 그런데 오늘 별안간 미차가 맹렬하게 질투를 하기 시작한 것이었다.

"내가 어리석었어요. 난 미차를 만나러 가다가 그들에게도 잠시 들렀어요. 그 신사도 병에 걸려 앓고 있더군요." 그루센카는 다급하게 다시 말했다. "난 웃으면서 이 이야기를 미차에게 전했죠. 그리고 그 폴란드인이 전에 내게 잘 불러주던 노래를 기타에 맞춰서

하더라고, 아마 그렇게 하면 내가 옛정이 생각나서 마음이 기울기라도 할 줄 알았나 보다고 했어요. 그랬더니 미차는 화를 크게 내면서 갖은 욕을 퍼부었어요. 그러니 나는 그 신사들에게 피로시키를 보낼 거예요! 페냐, 뭐라고 했니? 또 그 여자애를 보내온 거니? 그럼 그 애에게 3루블과 피로시키를 열 개 정도 종이에 포장해서 보내 줘. 그러니까 알료샤, 내가 신사들에게 피로시키를 보냈다고 미차에게 꼭 전해 줘요.”

“아니요, 절대로 얘기할 수 없습니다.”

알료샤는 웃으며 말했다.

“어머, 그가 괴로워하는 것 같아요? 그는 일부러 질투하는 거예요. 그러니까 그로서는 어떻게 했든 상관없을 거예요.”

그루센카는 괴로워하며 말했다.

“어째서 ‘일부러’ 질투하는 걸까요?”

알료샤가 물었다.

“알료샤, 당신도 이해를 못하는군요. 그렇게 똑똑하면서 이 일은 도무지 이해할 수 없나요? 나는, 그가 나 같은 여자에게 질투를 해서 기분이 상한 게 아니에요. 만일 그가 조금도 질투하지 않았다면 그게 오히려 약 올랐을 거예요. 나는 그런 여자예요. 나는 질투를 한다고 화가 나지는 않아요. 내 마음에도 잔인한 면이 숨어 있어서 질투가 심하니까요. 다만 내가 약이 오른 건 그는 조금도 나를 사랑하지 않으면서 일부러 질투를 한다는 거예요. 내가 아무리 바보 같아도 장님이 아닌데 다 알 수 있는 일이잖아요. 그는 오늘 갑자기 그 카차(카체리나) 이야기를 꺼냈어요. 그녀는 이런 여자인데 내 재판을 위해 모스크바에서 의사를 불러왔고, 학식이 있는 일류 변호사를 불러 주었고 하는 얘기들을 늘어놓는 거예요. 내 앞에서 그녀를 칭찬하는 거예요. 미차는 그녀를 사랑해요, 뻔뻔하게도! 정작 자신이 나에게 미안한 짓을 하면서, 오히려 나에게 엉뚱한 트집을 잡아서 나를 먼저 나쁜 사람으로 만들려고 한다고요. '네가 먼저 폴란드인과 관계를 가졌으니 내가 카차와 관계를 가져도 괜찮다'면서 나에게만 죄를 뒤집어씌울 생각인 거야. 맞아요, 분명해요! 나한테만 죄를 뒤집어씌울 생각을 하는 거라고요! 일부러 트집을 잡아서, 맞아, 분명해, 그럼, 난……."

그루센카는 자신이 어떻게 하겠다는 말도 하기 전에 눈에 손수건을 대고 흐느꼈다.

"형님은 카체리나 씨를 사랑하지 않습니다."

알료샤는 확고하게 말했다.

"사랑하는지 아닌지는 내가 스스로 확인하겠어요."

그루센카는 눈에서 손수건을 떼고 서슬이 퍼렇게 말했다. 얼굴도 찡그리고 있었다. 상냥하고, 조용하고, 명랑한 그녀의 얼굴이 갑자기 험상궂고 표독스럽게 변하는 것을 보고 알료샤는 슬퍼졌다.

"이런 어리석은 소리는 이제 그만해야지!" 그녀는 문득 무뚝뚝하게 말했다. "이런 일 때문에 오시게 한 건 아니에요. 알료샤, 내일은, 내일은 어떻게 될까요? 난 그게 걱정이 돼서 견딜 수 없어요! 나만 애태우는 것 같아요! 이 일을 걱정하는 사람은 아무도 없어요. 모두 모르는 척 하잖아요. 하지만 알료샤는 걱정하겠죠? 내일이 바로 공판이잖아요? 공판 결과는 어떻게 나올까요? 얘기해 주세요. 그건 하인이 저지른 짓이에요. 하인이 죽인 거야, 하인! 아, 하느님 그는 하인 대신 재판을 받네요. 그를 변호해 줄 사람은 아무도 없을까요? 그런데 재판소에서는 그 하인을 한 번도 조사하지 않았잖아요, 그렇죠?"

"그도 엄격한 심문을 받았습니다." 알료샤는 무거운 목소리로 말했다. "하지만 모두 범인이 아니라는 결론을 내렸지요. 지금 그는 지병을 앓고 있어요. 그때부터 병이 난 거예요. 간질을 일으킨 그때부터 정말 아파요."

"아, 어쩌면 좋을까! 그럼, 그 변호사를 만나서 사정을 직접 얘기해 주세요. 페테르부르크에서 3천 루블을 주기로 하고 데려온 사람이잖아요?"

"그 3천 루블은 우리 세 명이 냈습니다. 이반 형님, 나, 그리고 카체리나 씨 이렇게 세 명이지요. 하지만 모스크바에서 의사를 부른 2천 루블의 비용은 카체리나 씨 혼자 부담했습니다. 변호사 페추코비치는 돈을 더 달라고 할 수도 있는데, 이 사건이 러시아에 크게 알려졌고 그래서 자신의 이름이 신문과 잡지에 화려하게 알려질 것 같아서 명예를 위해 허락한 거지요. 이 사건은 워낙 유명하니까요. 나는 어제 그를 만났습니다."

"어땠나요? 그 사람에게 말하셨나요?"

그루센카는 다급하게 외쳤다.

"그는 그저 듣고만 있고, 아무런 말도 없었습니다. 이미 분명한 견해가 있지만 내 말도 참고하겠다고 약속했습니다."

"참고하겠다니! 아, 전부 사기꾼들이야! 전부 몰려와서 그를 파멸시킬 거예요! 그런데 의사는, 카체리나 아가씨는 의사를 왜 불렀을까?"

"감정인으로 불렀습니다. 형님은 정신병자이고 발작을 해서 무의식중에 살인을 저질렀다, 이렇게 꾸미자는 것입니다." 알료샤는 조용히 미소를 지으며 말했다. "그런데 형님이 그걸 원하지 않으십니다."

"맞아요, 그래요, 만일 그가 죽였다면 그건 사실일 거예요!" 그루센카는 외쳤다. "그때 그는 정말 미쳐 있었어요! 그리고 그건 바로 나, 못된 나 때문이었어요! 하지만, 그가 죽인 건 아니에요, 그는 죽이지 않았어요! 그런데 마을 사람들은 전부 그를 원수로 생각하고 그가 죽였다고 진술을 했어요. 가게 점원, 관리, 게다가 술집 사람들도 전에 그런 말을 들었다고 말한답니다! 전부 그를 파멸시키고 이 일을 요란하게 소문내고 있어요."

"증거가 너무 많이 생겼어요."

알료샤가 우울한 표정으로 말했다.

"그리고 그리고리 말이에요, 그리고리도 문이 열려 있었다고 우기는 중이에요. 자신이 분명히 보았다고 고집을 부리면서 좀처럼 물러서지 않아요. 내가 달려가서 바로 따졌지만, 오히려 소리를 질렀다고요!"

"맞아요, 그게 형님에게 가장 불리한 증거가 될 수도 있습니다."

"그런데 미차가 미쳤다는 말이 나와서 그런데, 정말 그는 지금 그런 것 같아요." 그루셴카는 큰 걱정거리라도 있는 듯이 비밀을 털어놓는 것처럼 속삭였다. "알료샤, 예전부터 말하고 싶었는데, 난 매일 그에게 갈 때마다 이상한 생각이 들어요. 어떻게 생각하세요? 그가 요즘 이상한 소리를 하기 시작했거든요. 무언가 자꾸 말하는데 무슨 소리인지 이해할 수 없어요. 그는 뭔가 매우 고매한 말을 하는데 내가 바보라서 이해를 못하는 건가 보다, 이렇게도 생각해 봤어요. 그런데 갑자기 무슨 아귀 이야기를 하면서, '왜 아귀는 이렇게 비참한 걸까? 나는 아귀 때문에 시베리아에 간다. 나는 아무도 죽이지 않았지만 시베리아에 가야 한다!' 이런 말을 한답니다. 무슨 일이 벌어지는 걸까요? 아귀가 뭐지요? 난 도무지 뭐가 뭔지 모르겠어요. 나는 그 말을 듣고 그냥 울었어요. 그가 말을 잘하는데다가 그도 우는 거예요. 그래서 나도 함께 울어버린 거예요. 그리고 그는 갑자기 내게 입을 맞추고 한 손으로 성호를 그어요. 무슨 의미일까요, 알료샤. 얘기해 주세요. '아귀'가 도대체 뭔가요?"

"라키친이 형님에게 가는 게 이상하다 했더니만……."

알료샤는 빙긋이 웃었다. "하지만, 그건 라키친 때문은 아닙니다. 어제는 형님에게 가지 않았으니 오늘은 이만 가봐야겠습니다."

"그래요, 그건 라키친 때문은 아니에요. 동생 이반이 그의 마음을 어지럽힌 거예요. 이반 씨가 그를 자주 찾아갔으니까, 그래서……."

그루센카는 이 대목에서 갑자기 말을 멈추었다.

알료샤는 크게 놀라서 그루센카를 바라보았다.

"찾아갔다고요? 정말 이반 형님이 그곳에 찾아갔습니까? 미차는 이반이 한 번도 오지 않았다고 나에게 말했는데."

"어머…… 어머나, 나는 왜 이럴까! 그만 말해 버렸네!" 그루센카는 갑자기 얼굴이 붉어져서 당황하면서 외쳤다. "잠시만요, 알료샤. 가만 계세요. 이제 어쩔 수 없지요, 그만 말해 버렸으니 사실대로 전부 얘기하겠어요. 이반 씨는 그를 두 번 찾아갔어요. 한 번은 이곳에 도착하자마자 바로 갔지요. 그는 즉시 모스크바에서 달려왔어요. 내가 앓아눕기 전이에요. 두 번째는 바로 1주일 전이에요. 그리고 미차에게는 자신이 온 것을 알료샤에게 알려서는 안 된다, 누구에게도 말하지 마라, 몰래 온 것이니 아무에게도 말하지 말라고 신신당부를 했대요."

알료샤는 깊은 생각에 잠겨 조용히 앉아 있었다. 그리고 무언가 고민하는 것 같았다. 그는 그루센카가 한 말에 큰 충격을 받았다.

"이반 형은 미차의 사건에 대해 한 번도 말하지 않았습니다." 그는 조용히 말했다. "지난 두 달 동안 형님은 나에게 말을 거의 하지 않았어요. 찾아가면 항상 싫은 내색이지요. 그래서 벌써 3주일이나 형님에게 가지 않았어요. 어디 보자. 만약 이반이 1주일 전에 미차에게 갔다면……. 지난 1주일 동안 미차의 마음에 변화가 생긴 것 같더군요."

"그래요, 변화가 생긴 거예요!" 그루센카는 곧 맞장구를 쳤다. "그 두 사람 간에는 틀림없이 비밀이 있는 거예요. 예전부터 그랬을 거예요! 미차도 언젠가 나에게 비밀이 있다고 말한 적이 있어요. 그건 아마 미차가 말할 수 없는 비밀일지도 몰라요. 예전에는 활발한 사람이었으니까요. 지금도 활발하지만. 그런데 미차가 머리를 내젓거나 방안을 돌아다니고, 오른쪽 손가락으로 관자놀이의 머리를 잡아당길 때는 무슨 고민이 있는 거예요. 나는 잘 아니까요. 그렇지 않고서는 그렇게 활발한 사람이, 오늘도 역시 활발해 보이긴 했지만요."

"아까는 형님이 초조해했다고 하지 않았나요?"

"초조하면서도 활발했어요. 그는 늘 초조하지만, 그건 잠시뿐이고 곧 활발해진답니다. 하지만 문득 다시 초조해지지요. 알료샤, 그는 정말 이해할 수 없는 사람이에요. 바로 눈앞에 무서운 일이 기다리고 있는데 때로는 아주 시시한 농담을 하면서 재미있는 것처럼 크게 웃어요. 마치 아이처럼 말이에요."

"미차가 이반에 대해서는 나에게 말하지 말라고 한 게 사실인가요? 말하면 안 된다고, 정말 그렇게 말한 건가요?"

"정말 그렇게 말했어요. 말하면 안 된다고. 미차는 누구보다 알료샤를 두려워해요. 그러니까 분명히 무슨 비밀이 있는 거예요. 자신도 비밀이라고 그랬어요. 알료샤, 그들에게 무슨 비밀이 있는지 알아낸 뒤에 나에게 알려주세요."그루센카는 갑자기 일어나서 애원하는 것처럼 말했다. "비참한 내가 어떤 운명의 저주를 받는지 좀 알려 주세요! 오늘 오시라고 한 이유가 바로 이것이에요."

"당신은 그것이 당신과 관련되어 있다고 생각하는군요? 만약 그렇다면 형님이 당신 앞에서 그런 비밀 얘기를 하지는 않았을 거예요."

"그럴까요? 그는 내게 얘기하고 싶었는데 솔직하게 말할 수 없었을 수도 있어요. 그래서 비밀이 있다고 살짝 언급하기만 하고 어떤 비밀인지 알려주지 않았던 거예요."

"그럼, 당신은 어떻게 생각하시나요?"

"어떻게 생각하냐고요? 결국 올 것이 오고야 말았다고 생각해요. 그 세 명이 나를 궁지에 몰아넣는 거예요. 카차가 있기 때문이죠. 이건 모두 카차가 벌인 짓이에요. 카차 때문에 일어난 일이지요. 미차가 카차를 '이렇고 저렇고'해 가며 칭찬하는 것도 내가 그렇지 않다고 비꼬아서 한 말이지요. 그건 그가 나를 버리려는 속마음을 미리 알려준 거랍니다. 비밀은 바로 이거예요! 세 명이 한 패가 돼서 꾸민 거예요. 미차와 카차와 이반 세 명이 말이죠. 알료샤, 이건 예전부터 물어보려고 생각하고 있었어요. 그는 한 1주일 전에 갑자기 나에게 이런 말을 했어요. 이반은 카차에게 반해서 항상 그 여자를 찾아간다고요. 그게 사실일까요? 거짓말일까요? 나를 신경 쓰지말고 솔직하게 당장 결론을 말해 주세요."

"나는 거짓말은 하지 않아요. 이반은 카체리나를 사랑하지 않아요. 내 생각은 이렇습니다."

"그래요. 나도 그렇게 생각했어요! 그는 나를 속였어요. 뻔뻔한 사람! 그가 지금 나에게 질투를 하는 건 나중에 트집을 잡으려는 거예요. 그는 정말 바보 같아요. 머리만 감추고 꼬리는 숨기지 않는 것과 같아요. 그는 뭘 숨기지 못하는 사람이니까요. 하지만 두고 보세요, 두고 보라고요! 그는 글쎄, '넌 내가 죽인 것 같지?' 이렇게 말했어요, 나에게 말이에요. 그런 말로 나를 꾸짖는 거예요! 마음대로 하라고 해! 두고 보세요, 재판 때 내가 카차를 혼내주겠어요. 그 자리에서 날카롭게 한 마디 할 거예요. 아니, 전부 털어놓을 거예요!"

그녀는 다시 서글프게 울었다.

"그루셴카, 나는 이것만은 확실하게 말할 수 있습니다." 알료샤는 일어나며 말했다. "첫 번째, 형님은 당신을 사랑하고 있습니다. 형님은 이 세상의 그 누구보다 당신을 가장 사랑합니다. 오직 당신만을 사랑하지요. 그 점은 내 말을 믿으셔야 합니다. 두 번째는, 나는 형님의 비밀을 폭로하는 걸 원하지 않습니다. 하지만 만약 형님이 오늘 스스로 그걸 털어놓으시면, 나는 그것을 당신에게 얘기해주기로 약속했다고 솔직하게 말하겠습니다. 그리고 오늘 곧바로 여기에 와서 알려드리겠습니다. 하지만…… 그 비밀은…… 아무래도…… 카체리나와는 상관이 없는 일인 것 같네요. 그건 아마도 다른 일일 거예요. 확실합니다. 아무래도…… 내 생각에는 카체리나에 대한 것은 아닌 것 같아요. 그럼, 잠시 다녀오겠습니다!"

알료샤는 그루센카의 손을 잡았다. 그녀는 아직도 울고 있었다. 그녀는 알료샤가 건넨 위로의 말을 그렇게 믿는 것 같지 않았지만 슬픔을 밖으로 드러낸 것만으로도 기분이 한결 좋아보였다. 알료샤는 이대로 그녀와 헤어지는 것이 아쉬웠지만 아직 할 일이 많았기 때문에 서둘러 자리를 떠났다.

2. 아픈 발

첫 번째로 해야 할 일은 호흘라코바 부인의 집에 가야 하는 것이었다. 알료샤는 한시바삐 그 집에서 볼일을 마치고 면회 시간에 늦지 않게 미차를 방문하려고 걸음을 서둘렀다. 호흘라코바 부인은 벌써 병이 난 지 3주일이나 되었다. 한쪽 발이 부었는데, 부인은 아직 자리에 누운 건 아니지만 낮에는 매력적이면서 예의에 맞는 잠옷을 입고 침실 소파에 편안하게 기대어 있었다.

알료샤는 호흘라코바 부인이 환자이면서 오히려 전보다 더 멋을 부리는 걸 알아채고 자신도 모르게 악의 없는 미소를 짓기도 했다. 다양한 실내모를 쓰기도 하고, 나비 모양의 리본 장식을 달기도 하고, 가슴이 패인 옷을 입기도 했다. 알료샤는 부인이 이렇게 멋을 부리는 이유를 알았지만 천박하다고 생각해서 항상 애써 잊으려 노력했다. 그러나 요즘 두달 간 호흘라코바 부인을 찾아오는 손님 중에서 젊은 관리인 페르호친이 있는 것은 사실이었다.

알료샤는 벌써 나흘째 들르지 않아서 집에 들어가자마자 빨리 리즈에게 가려고 했다. 그의 볼일은 바로 리즈에게 있었다. 리즈는 어제 그에게 하녀를 보내서 '매우 중요한 일이 생겼으니' 빨리 와달라고 부탁했다. 그것이 어떤 이유 때문에 알료샤의 흥미를 끌었다. 그런데 하녀가 리즈의 방으로 알리러 간 사이, 호흘라코바 부인이 누구에게 들었는지 벌써 알료샤가 온 것을 알고 '1분만이라도 좋으니' 자신의 방으로 와달라고 부탁했다.

알료샤는 먼저 부인의 부탁을 들어주는 것이 좋을 거라고 생각했다. 그가 리즈 곁에 있는 동안 부인은 계속 사람을 보낼 것이 분명했기 때문이었다. 호흘라코바 부인은 유별나게 화려한 옷을 입고 소파에 누워 있었는데, 꽤 흥분한 것 같았다. 그녀는 탄성을 지르며 알료샤를 맞이했다.

"어머, 오랜만이에요. 정말 오랜만이에요! 일주일동안, 어머, 아니야, 나흘 전, 수요일에 오셨었지. 오늘도 리즈를 찾아오셨나요? 나 모르게 살금살금 그 애에게 가려고 했죠? 분명해요. 이봐요, 알렉세이 씨, 그 애가 얼마나 내 속을 썩이는지 당신은 모를 거예요. 하지만 그 얘기는 나중에 하기로 하죠. 그 얘기가 가장 중요하지만 나중에 하지요.

귀여운 알렉세이 씨, 내가 리즈에 대한 걸 전부 털어놓겠어요. 조시마 장로가 돌아가신 후에 하느님, 제발 그분의 영혼에 평화를! (그녀는 성호를 그었다) 그분이 돌아가신 뒤에 나는 당신을 성자처럼 생각해요. 새 양복이 제법 잘 어울리는데 어디서 그런 재봉사를 찾았나요? 하지만, 이것도 중요한 일은 아니지요. 나중에 얘기하기로 해요. 제발 내가 때로 당신을 알료샤라고 부르는 걸 용서해 주세요. 나는 이제 할머니가 다 됐으니까, 무슨 말을 해도 괜찮잖아요." 그녀는 요염한 미소를 지었다. "하지만 이것도 역시 나중에 합시다. 나에게 가장 중요한 건, 중요한 일을 잊어버리지 않는 것이니까. 제발 내가 조금이라도 필요 없는 말을 하면은 그쪽에서 주의를 주세요. '그 중요한 일은 뭐예요?'하고 물어보라고요. 아, 지금 무엇이 중요한지 내가 어떻게 알 수 있겠어요! 알렉세이 씨, 리즈가 당신과 약속을 어긴 뒤, 당신과 결혼하겠다던 저 어린애 같은 약속을 깬 뒤부터, 전부 오랫동안 바퀴의자에 앉았던 허약한 소녀의 어린애 같은 공상 속의 장난이었음을 물론 당신도 이해하셨을 걸로 알아요. 덕분에 저 애도 지금은 걸을 수 있게 되었지요. 카차가 당신의 그 불행한 형님을 위해 모스크바에서 부른 새 의사 선생님이…… 아, 내일은…… 이런, 왜 내일 얘기를 꺼냈지! 내일 일은 생각만으로도 현기증이 나요! 호기심 때문이지만……. 간략하게 말하면, 그 의사 선생님이 어제 우리 집에 오셔서 리즈를 진찰해 주셨어요. 왕진료를 50루블이나 내야 했죠.

그런데, 이것도 엉뚱한 소리네요. 또 엉뚱한 이야기를 꺼냈어요. 이제 그만 정신이 얼떨떨하네요. 나는 당황해서 정말 이제 뭐가 뭔지 모르겠어요. 모두 뒤엉켜 버려서. 나는 당신이 지루해져서 갑자기 도망가지 않을지 걱정이 되어서 견딜 수 없어요. 이제 다시는 못 만나게 되지 않을까 싶어서요. 어머, 이 일을 어째! 내 정신 좀 봐, 이렇게 얘기만 하고 앉아서, 먼저 커피를 드려야 하는데. 율리 아, 글라피라, 커피 좀 내오렴!"

알료샤는 방금 커피를 마셨다면서 재빨리 사양했다.

"어디서 마셨나요?"

"그루센카 씨 집에서요."

"그럼…… 그럼 그 여자에게 가셨군요? 아, 그 여자가 모든 사람을 파멸시킨 거예요. 하긴 난 잘 모르긴 하지만, 사람들은 그 여자가 뭐 지금은 성녀가 되었다고 하대요. 좀 늦었지만, 그 전에 필요할 때 성녀가 되었다면 더 좋았을 것을. 이제 와서 무슨 소용이 있어요. 그래요, 가만히 들어 주세요. 알렉세이 씨, 가만히 들어 주세요. 나는 지금 할 말이 무척 많은데, 결국 아무 말도 못하는 꼴이되고 말 것 같아요. 아, 이 무서운 재판…… 나는 꼭 갈 거예요. 의자에 앉은 채로 데려다 달라고 하려고요. 앉아 있을 수는 있어요. 누가 함께 가주면 아무 일도 없을 거예요. 아시겠지만, 나도 증인의 한 명이잖아요. 아, 나는 뭐라고 말해야 할까. 뭐라고 말하면 좋을까요? 정말 뭐라고 말해야 좋을지 모르겠어요. 나도 선서를 해야 하잖아요. 네, 그렇죠, 맞죠?"

"맞습니다. 하지만 부인은 못 가실 것 같아요."

"앉아 있을 수 있으면 나는 괜찮아요. 아, 당신은 계속 나를 뒷전에 두려고만 하시네! 아, 그 무서운 재판, 그 야만적인 범죄, 머지않아서 전부 시베리아로 떠나고 말 거예요. 결혼하는 사람도 있을 것이고, 세월은 쏜살같이 흘러서 모든 것들이 금세 변할 테지요. 그러다가 결국 모두 어쩔 수 없이 나이가 들어서 관에 들어가는 거지요. 다 어쩔 수 없는 일이에요. 아, 나는 이제 지쳤어요. 그 카챠…… cette charmante personne(그 매혹적인 인물)이 내 희망을 전부 부숴 버렸어요. 그 사람은 형님의 뒤를 따라서 시베리아로 떠날 거예요. 그러면 또 다른 형님은 다시 그 뒤를 따라서 이웃 마을에 가서 살면서 세 사람이 서로를 괴롭히면서 살겠지요. 나는 그렇게 생각하면 미쳐 버릴 것 같아요. 하지만 무엇보다 곤란한 것은 저 귀찮은 세상의 소문들이에요. 페테르부르크나 모스크바 같은 곳의 신문에도 몇천 번은 실렸을 거예요. 참 그렇지, 나에 대해서도 썼어요. 내가 형님의 '정부'라고요. 나는 그런 천박한 말을 입에 담을 수 없어요. 어떻게 이럴 수 있어요? 네? 어떻게 이럴 수 있나요?"

"그건 도무지 있을 수 없는 일입니다. 어디에 어떻게 실렸나요?"

"곧 보여드릴게요. 어제 받아서 바로 읽었어요. 이거 보세요, 페테르부르크의 신문 〈슬루히(風聞)〉예요. 이 〈슬루히〉는 올해부터 발행되었는데, 나는 세상의 소문을 좋아해서 구독을 신청했어요. 그런데 이번에는 내 머리 위에 벼락이 떨어졌어요. 네, 이런 소문이에요. 이곳, 이 부분에 실렸어요. 읽어 보세요."

그녀는 베개 밑에 넣어 둔 신문을 알료샤에게 건넸다.

그녀는 낙담하기보다 완전히 두들겨 맞고 지친 모습이었다. 사실 그녀의 머릿속은 엉망진창이 되었을 수도 있다. 신문 기사는 매우 눈에 잘 띄게 편집되었으며, 그녀에게는 물론 매우 낯간지러운 인상을 주는 것이었지만, 다행스럽게도 이 순간 그녀는 한 가지 일에 계속 주의를 집중할 수 없었기 때문에 1분이 지나자 신문은 까맣게 잊고 전혀 다른 화제로 옮겨 갈 수 있었다.

무서운 재판 사건에 대한 소문이 이미 러시아 전역에 퍼졌다는 것은 알료샤도 이미 알고 있었다. 아, 그는 지난 두달 간 형에 대한 것, 카라마조프 집안에 대한 것, 그리고 자신에 대한 이야기를 정확한 보도나 어처구니없는 엉터리 보도로 읽어야만 했다.

어떤 신문에는 알료샤가 형의 범행 뒤, 겁을 먹고 집을 나가서 수도원에 들어갔다는 등의 이야기가 쓰여 있었다. 어떤 신문은 이것을 반박해서, 반대로 그가 조시마 장로와 함께 수도원의 금고를 훔쳐서 '줄행랑을 쳤다'고 썼다.

참고로 〈슬루히〉에 난 이번 기사는 '스코트프리고니예프스크(슬프지만 우리의 도시는 이렇게 이름 붙여졌다. 필자는 이 이름을 오랫동안 숨겨 왔다) 특파원 발 카라마조프 사건에 대하여'라는 제목이 붙어 있었다.

기사는 짧았으며 호흘라코바 부인의 이름이 직접 언급된 대목은 없었다. 그리고 대부분 고유명사는 숨겨져 있었다. 이 소문이 풍성한 재판 사건의 피고는 퇴역 육군대위이며 뻔뻔하고 잔인한 게으름뱅이인데, 농노제 지지자이며 호색한이었고 특히 '독수공

방을 힘들어하는 귀부인'들에게 인기가 많았다고 쓰여 있을 뿐이었다. '독수공방을 힘들어하는 미망인' 중에 이미 다 큰 딸까지 있지만 지나치게 젊음으로 치장하는 한 부인은 이 사람에게 반해서 범행 불과 두 시간 전에 그에게 3천 루블을 주었다. 그것은 곧 자신과 함께 시베리아의 금광으로 도망치기를 바랐기 때문이었다. 그런데 이 범죄자는 마흔이 넘은 고뇌하는 중년 여인과 시베리아에 가기보다 차라리 아버지를 살해해서 3천 루블을 빼앗고 범행의 흔적을 지우는 것이 더 현명하다고 생각했다는 것이다. 이 어이없는 기사는 당연한 결론으로, 친아버지를 죽인 죄와 낡은 농노 제도의 악폐에 대해서 심하게 비난했다. 알료샤는 호기심으로 끝까지 읽고 다시 접어서 호흘라코바 부인에게 돌려주었다.

"네, 맞죠? 나를 지칭하는 말이 아니라면 누구겠어요?" 그녀는 다시 말을 시작했다. "그건 나예요. 나는 그 한 시간 전에 그에게 금광으로 가라고 권유했으니까요. 그런데 그걸 새삼 '마흔이 넘은 고뇌하는 중년 여인'이라고 하다니! 나는 그런 일로 권한 건 아니었어요. 이건 분명히 그 사람이 억지로 쓴 거라고요! 하느님, 제발 그 사람을 용서하소서. 저도 용서하겠습니다. 하지만 이게…… 대체 누가 한 짓인지 아시겠어요? 당신의 친구 라키친이랍니다."

"그럴 수도 있겠군요. 저는 아무것도 듣지 못했습니다만."

"그 사람이 맞아요, 그 사람. '그럴 수도 있겠군요'가 아니에요! 내가 그 사람을 집에서 쫓아냈어요. 그 이야기를 다 아시잖아요?"

"부인께서 그에게 앞으로 찾아오지 말라고 하신 건 압니다. 하

지만 무슨 이유 때문에 그렇게 말씀하셨는지…… 부인에게서는
못 들었습니다만."

"그럼, 그에게서 들으셨나 보네요! 그 사람이 내 욕을 했죠? 심
하게 욕한 거죠?"

"네, 맞습니다. 그 사람은 밤낮없이 누군가를 욕하고 있는걸요.
그런데 부인이 그 사람의 방문을 금지하신 이유는 그 사람에게서
도 못 들었습니다. 그리고 저는 요즘 그와 거의 만나지 않습니다.
우리는 친한 친구가 아닙니다."

"그럼 그 이유에 대해서 속 시원히 말해 드리죠. 어쩔 수 없군요.
나도 지금은 후회해요. 그 일에 대해서는 나에게도 책임이 있거든
요. 하지만 그것은 아주 사소한 것, 정말 하찮은 거라서 어쩌면 잘
못이 전혀 없을 수도 있어요.

사실은(호흘라코바 부인은 문득 장난기가 가득한 표정으로 입가
에 사랑스럽지만 어딘지 모를 수수께끼 같은 미소를 지었다), 나는
이런 의아함을 가지고 있어요…… 용서하세요, 알료샤, 나는 당신
에게 어머니 같은…… 아니, 아니 정반대예요. 지금 나는 당신을
내 아버지라고 생각하고 말할게요. 이런 경우에는 어머니는 전혀
관계가 없으니까요. 마치 조시마 장로님에게 참회하는 기분이에
요. 맞아요, 그게 가장 적당하네요. 아까 나는 당신은 숨은 성자라
고 했으니까요.

그런데 그 불쌍한 젊은이, 당신 친구 라키친 말이에요(아, 곤란
해라 나는 그 사람에게 좀처럼 화를 낼 수 없어요! 물론 화나고 밉지

만 하찮은 일이에요), 한마디로 그 경솔한 젊은이가, 글쎄, 무슨 일이 생겼는지 아세요? 갑자기 나를 사랑하게 된 거예요.

나는 시간이 흐른 뒤에야 갑자기 그걸 깨달았죠. 우리는 전부터 서로 아는 사이지만, 한 달 전부터 그 사람은 자주, 거의 날마다 우리 집을 찾아왔어요. 하지만 나는 전혀 몰랐어요. 그러다가 갑자기 머릿속에 불이 켜진 것처럼 눈치를 채고 깜짝 놀랐어요.

아시는 대로, 나는 이미 두 달 전부터 그 겸손하고 멋진 청년, 이곳 관청에 근무하는 표트르 페르호친을 우리 집에 드나들게 했어요. 당신도 그를 자주 만나셨을 거예요. 정말 멋지고 성실한 청년이지요. 그는 날마다 오는 것은 아니고 사흘에 한 번 정도 오지만 (날마다 와도 상관없지요), 항상 깨끗한 옷차림이에요.

원래 나는, 알료샤, 당신처럼 재능 있고 겸손한 젊은이를 좋아해요. 그는 나라의 정치를 맡길 만한 두뇌에, 말솜씨가 아주 훌륭해요. 나는 언젠가 꼭 그를 위해 힘이 될 생각이에요. 그는 미래의 외교관이니까요. 그 무서운 날에도 한밤중에 나에게 달려와서 거의 다 죽어가는 나를 도와주었어요. 그런데 당신 친구 라키친은 항상 뭉툭한 구두를 신고 들어와서 융단 위를 질질 끌며 다녀요. 암튼 그는 나에게 암시를 주려고 했어요. 한 번은 돌아갈 때 내 손을 무섭게 꽉 쥐었어요. 그에게 손을 잡힌 뒤부터 문득 한쪽 발이 아파 왔어요.

그는 전에도 우리 집에서 페르호친 씨와 만났는데, 얼마나 심하게 대했는지 그를 조롱하고 무른 소린지는 알 수 없지만 호통도

쳤어요. 나는 무슨 일이 생길까 봐 겁이 났지만 두 사람을 바라보고 속으로는 미소 지었답니다. 그런데 언젠가 나 혼자 앉아 있었는데…… 아니, 아니야, 그때 나는 이미 병이 났어요. 그래서 나 혼자 누워 있었는데 라키친이 찾아와서, 이 일을 어떻게 하면 좋죠, 자신이 쓴 시를 보여주었어요. 내가 앓는 발을 노래한 짧은 시였어요. 다시 말해서 내 아픈 발에 대해 시를 쓴 것인데, 잠시 기다려주세요, 뭐라고 썼더라?

예쁜 이 발이
살포시 병이 나서 앓고 있네……

뭐 이런 내용인데…… 나는 도저히 시를 외울 수 없어요…… 저기 놓아두었으니, 이따가 보여드릴게요. 정말 훌륭한 시였죠. 그건 내 발을 노래하기만 한 시가 아니고 멋진 생각이 깃든 교훈적인 시였는데 그만 잊어버렸어요. 한 마디로 말하면 앨범에라도 간직하고 싶어지는 시였어요. 물론 감사의 인사를 전했지요.

그래서 그도 아주 기분이 좋아진 것 같았는데, 내가 감사의 인사를 끝내기도 전에 갑자기 페르호친 씨가 들어왔어요. 그러자 라키친의 얼굴이 갑자기 흐려졌어요. 나는 페르호친 씨가 뭔가 그 사람에게 방해가 됐다는 것을 알 수 있었어요. 왜냐하면 라키친은 시를 다 읽은 뒤, 나에게 무슨 말을 하려고 생각했을 테니까요. 나는 이미 그것을 눈치 채고 있었답니다. 그런데 바로 그때, 페르호친 씨가 들어왔던 것이지요.

나는 곧 그 시를 보여줬어요. 하지만 누가 썼는지는 말하지 않았어요. 그는 지금도 시치미를 떼고 누가 시인인지 그때는 몰랐다고 하지만, 실은 그때 눈치 챈 것이 분명해요. 맞아요, 틀림없어요. 그는 일부러 모른 척하고 있었어요. 페르호친 씨는 곧 웃었고, 웃으면서 비평을 했어요. 터무니없는 시다, 아마 신학생이나 누가 썼나 보군, 하면서 말이에요. 정말 형편없이 혹독한 비판이었어요! 그러자 당신 친구는 웃으면 그만인 일을, 마치 미치광이처럼 되어버렸어요. 나는 그때 두 사람이 싸우지 않을까 겁이 났어요.

라키친은 대뜸 '그건 내가 썼어요'하고 말했어요. '내가 장난삼아서 쓴 시요. 물론 시를 쓰는 건 저속한 일이라고 생각하지만. 그래도 내 시는 꽤 훌륭하단 말이오! 푸시킨이 여자의 발에 대한 시를 썼다고 세상은 기념비를 세운다고 야단법석이지만, 내 시는 사상적 경향이 확실하단 말이오. 그러나 당신 같은 농노제 지지자에게는 휴머니즘 같은 것을 전혀 찾을 수 없어. 현대의 문화적 감정을 전혀 느끼지 못하거든. 당신은 시대와는 동떨어진 사람이야. 뇌물이나 받는 관리란 말이오!' 이렇게 말했답니다.

그래서 나도 크게 소리 지르며 두 사람을 말렸어요. 하지만 페르호친 씨는 아시는 것처럼 침착한 사람이라서 문득 천연덕스럽게 고상한 태도로 변하더니 조롱하는 것처럼 상대를 바라보며 듣다가 결국 이렇게 사과했어요. '나는 당신 작품인 줄 몰랐습니다. 만일 알았다면 그런 말은 하지 않았을 것입니다. 만일 알았다면 큰 칭찬을 했겠지요. 시인은 걸핏하면 화를 잘 내니까요.' 한 마디로 매우 훌륭한 태도를 가장하면서 실제로는 실컷 조롱했어요. 페르호친 씨도 나중에 그가 한 말이 모두 조롱해서 한 말이라고 했지만, 나는 그때는 그 사람이 정말 사과하는 것인 줄 알았어요.

그래서 나는 지금 꼭 당신 앞에서 이렇게 하듯이 그때도 가만히 누워서 라키친이 내 집에서 내 손님에게 욕지거리를 했으니 쫓아 낸다면 그건 정당한 행위일 거라고 생각했지요. 진심이에요. 이렇게 옆으로 누워서 눈을 감고 정당한지 고민해 봤지만 답이 나오지 않았어요. 한동안 이렇게 저렇게 고민하다 보니 가슴이 두근거리더군요. 호통을 쳐야 할지 말아야 할지, 한쪽에서는 호통을 치라고 하고 다른 쪽에서는 호통을 치면 안 된다고 하고 말이에요.

그러다가 결국 또 소리가 들리자 나는 발작하는 것처럼 고함을 외치고는 그대로 기절했어요. 당연히 큰 소란이 일었지요. 그때 갑자기 나는 일어나서 라키친에게 말했어요. '당신에게 이런 말을 하는 건 가슴이 아프지만, 이제 우리 집에 오지 않았으면 좋겠어요.' 그렇게 그 사람을 쫓아냈어요. 알료샤, 내가 생각해도 정말 어리석은 짓을 저질렀어요. 사실은 그에게는 별로 화가 나지 않았으니까요. 그저 갑자기, 이 '문득 갑자기'라는 것이 중요하지만, 그렇게 하는 게 좋겠다고 생각했던 거예요. 다시 말하면 그 연극은……
아무튼 그 연극은 무척 자연스러웠어요. 내가 울음을 터트릴 지경이었으니까요. 그 뒤로 며칠 동안 울었어요. 그리고 어느 날, 식사를 마친 뒤 문득 전부 잊었어요.

그 사람이 오지 않은 지 이미 2주일이나 되었는데, 이제 정말 그 사람은 오지 않는지 하는 생각이 들었어요. 그런데 바로 어제 저녁 무렵, 이 〈슬루히〉가 배달된 거예요. 난 읽고 나서 깜짝 놀랐지요. 누가 이런 걸 쓸 수 있겠어요? 그가 쓴 것이 확실해요. 그날 집에 가서 바로 그걸 쓴 다음 투고한 것이 신문에 실린 거죠. 이건 2주일 전에 있었던 일이에요. 그런데 알료샤, 내가 도대체 무슨 말을 하는 거죠? 정작 해야 할 중요한 이야기는 아직 한 마디도 안 했어요. 아, 왜 이런지 그런 말이 나도 모르는 사이 저절로 나오네요!"

"저는 오늘 무슨 일이 있어도 제시간에 형님에게 가야 해요."

알료샤는 모호하게 말했다.

"참, 그 말을 들으니 지금 전부 생각났어요. 그런데 알료샤, '심신상실'은 무슨 의미예요?"

"'심신상실'이요?"

알료샤가 놀라며 되물었다.

"법정 용어로서 심신상실이요. 어떤 일도 용서받는다는 심신상실, 이걸 일으킨 게 밝혀지면 무슨 일을 해도 용서받을 수 있대요."

"그런데 그건 왜 물으시죠?"

"그러니까 카차가 말이에요…… 아, 그 사람은 정말 사랑스러운 아가씨예요. 단지 그 아가씨가 누구를 사랑하는지 도대체 모르겠어요. 얼마 전에도 찾아왔는데 물어보지 못했어요. 더구나 그 사람이 요즘 들어서 나한테 꽤 서먹하게 구는지라, 단지 내 건강만 물어보고 다른 말은 아예 하지 않아요. 더구나 그 말하는 투는 정말

차가워서 '에잇 모르겠다, 될 대로 되라' 이런 생각까지 들 정도였어요. 참, 심신상실 이야기를 하던 중이었지요. 그 의사가 온 건 아시지요? 미친 사람을 감정할 수 있는 의사가 온 거요. 하긴 당신이 모를 이유가 없지. 당신이 부른 거잖아요. 아니, 당신이 아니라, 카차야! 전부 카차군요!

자, 예를 들어 여기 제정신인 사람이 있다고 해요. 그런데 그 사람에게 갑자기 심신상실이 일어났어요. 머리도 똑똑하고 자신이 무엇을 하는지도 잘 아는데, 그런데도 심신상실 상태인 거예요. 그래서 드미트리에게 일어난 것도 이 심신상실이 확실하다는 얘기지요. 새 재판이 열린 뒤부터 처음으로 이 심신상실이 알려지게 되었어요. 이것은 새 재판 제도의 혜택이지요.

그 의사는 그날 밤의 일을 나에게 물었어요. 그 금광에 대한 이야기를요. 그 당시 그 사람의 상태가 어땠는지 묻더군요. 그게 바로 심신상실 상태였을까요? 들어오자마자 '돈, 돈, 3천 루블, 3천 루블을 빌려 달라고' 떠들더니, 그대로 뛰어나가서 갑자기 사람을 죽였잖아요. '죽이고 싶지 않아, 죽이고 싶지 않아' 하면서도 그냥 죽인 거예요. 즉 이렇게 죽이지 않겠다, 죽이지 않겠다고 마음속으로는 싸우면서 죽인 거죠. 바로 그 점 때문에 그 사람은 용서받을 수 있어요."

"하지만 실제로도 형님은 죽이지 않았습니다."

알료샤는 조금 무뚝뚝하게 말을 가로챘다. 그의 불안과 초조는 점차 커지고 있었다.

149

"나도 그건 알아요. 그리고리 영감이 죽였을 거예요······."

"아니, 그리고리가!"

알료샤는 외쳤다.

"그에요, 바로 그 자에요. 그리고리 영감이 맞아요. 드미트리에게 맞아서 쓰러졌다가, 한참 후에 일어나서 문이 열린 걸 보고 안으로 들어가서 표도르 씨를 죽였을 거예요."

"왜 죽인 겁니까? 왜 죽였을까요?"

"이를테면 심신상실이었을 거예요. 드미트리에게 머리를 맞고 다시 정신이 들었을 때, 이미 심신상실 상태였겠지요. 그리고 들어가서 죽였어요. 그 영감은 자신이 죽인 게 아니라고 주장하지만, 그건 아마 기억을 못해서 그런 거 같아요. 하지만, 만일 드미트리가 죽였다면 오히려 그 편이 더 나아요, 훨씬 낫지요. 사실은 역시 드미트리가 죽인 게 확실해요. 그 편이 훨씬, 훨씬 좋아요! 물론 나도 자식이 부모를 죽인 걸 좋다는 건 아니에요. 나도 그런 일을 칭찬할 수는 없어요. 오히려 자식은 부모를 존경해야 하니까요.

하지만 역시 그 사람이 죽인 것이 낫다고 생각해요. 왜냐하면, 만약 그렇다면 당신도 슬퍼하지 않아도 되니까요. 그는 의식을 잃고, 아니, 의식은 있지만 자신이 무엇을 하는지 알지 못하고 죽였다고 말할 수 있으니까요. 아마 분명히 그 사람은 용서받을 거예요. 그 편이 인도적이에요. 그리고 사람들에게 새로운 재판 제도의 이런 혜택을 알려 주는 거예요.

나는 전혀 몰랐지만, 사람들이 하는 말을 들으니 그건 이미 옛날부터 그랬다고 하더군요. 어제 그 얘기를 듣고 많이 놀라서 곧 당신에게 사람을 보내야겠다고 생각했을 정도예요. 만약 그 사람이 용서받을 수 있다면 그 사람을 법정에서 바로 집으로 불러서 만찬에 초대해야겠어요. 아는 사람들을 불러서 새 재판 제도를 위해 전부 건배를 들 거예요. 나는 그 사람이 위험하지 않다고 생각해요. 더구나 무척 많은 손님들을 부를 거니까요. 그가 혹시라도 무슨 짓을 저지른다면 언제라도 바로 끌어낼 수 있을 거예요. 그 사람은 그 뒤에 어디 다른 도시의 치안판사가 되면 좋을 것 같아요. 스스로 불행을 겪은 사람은 누구보다 다른 사람의 옳고 그름에 대해 잘 판단할 테니까요.

하지만 도대체 지금 세상에 심신상실이 아닌 사람은 누가 있을까요? 당신도, 나도 우리 모두 심신상실인 거예요. 그런 예는 많아요. 어떤 사람은 앉아서 달콤한 노래를 부르다가 문득 노여움이 들어서 갑자기 권총을 뽑아서 때마침 옆에 있던 사람을 쏘아서 죽였다고 해요. 하지만 나중에 그는 용서받았지요. 나는 요즘 그런 이야기를 읽었는데 의사들도 전부 증명했어요. 요즘 의사들은 전부 그런 것을 증명한대요. 그런데 안타깝게도 우리 리즈도 지금 심신상실 상태랍니다. 어제도, 그저께도 나는 그 애 때문에 눈물을 흘렸어요. 그런데 오늘에야 그 아이가 심신상실 상태라는 걸 알았어요. 아, 정말 리즈는 지나치게 속을 썩인답니다. 그 애는 완전히 미친 것 같아요. 그 애가 왜 당신을 오라고 한 거지? 그 애가 오라고 한 건가요? 당신이 그 애를 보러 온 건가요?”

"그 애가 와달라고 했어요. 이제 그 애에게 가봐야 할 것 같습니다."

알료샤는 단호하게 말하며 일어났다.

"아니, 잠시만요 알료샤, 어쩌면 이게 가장 중요한 거예요." 부인은 갑자기 울음을 터뜨리면서 외쳤다. "나는 맹세하지만, 진심으로 당신을 믿고 리즈를 맡겨요. 그 애가 나 몰래 당신을 불러도 그런 건 괜찮아요. 하지만 당신의 형님 이반에게는 쉽게 딸을 맡길 수 없어요. 나는 지금도 역시 그 사람을 남자다운 멋진 청년이라고 생각하지만. 그런데 어떻게 해요, 나도 모르게 그 양반이 갑자기 리즈를 만나러 왔었어요."

"네? 뭐라고요? 언제 왔었나요?"

알료샤는 깜짝 놀라서 물었다. 그는 이제 자리에 앉으려고 하지 않고 서서 들었다.

"지금 이야기할게요. 혹시 그 일 때문에 당신을 오라고 했을 수도 있겠네요. 정말 왜 오라고 했는지 모르게 되어버렸지만요. 이야기는 이렇답니다. 이반은 모스크바에서 돌아와서 우리 집에 두 번 정도 왔어요. 한 번은 친척으로 찾아왔고, 한 번은 며칠 전이지만 때마침 카챠가 와서 카챠를 만나려고 찾아온 거였어요. 물론 나는 그가 매우 바쁜 것을 알고 있어서 늘 오는 걸 바라지 않았어요. Vous comprenez, cette aftaire et la mort terrible de votre papa(당신도 알다시피, 그 일과 당신 아버지의 무서운 죽음 말이에요) 그런데 우연히 듣게 됐는데 그가 문득 찾아왔어요. 그것도 나를 보러

152

온 것이 아니라 리즈를 만나러 말이에요.

한 엿새쯤 전에 5분 정도 있다가 가셨다고 하는데, 나는 사흘이 지난 뒤 글라피야에게서 그 얘기를 듣고 정말 큰 충격에 빠졌어요. 그래서 바로 리즈를 불렀더니 그 애는 웃고 있는 거예요. 그리고 그는 내가 누워 있는 줄 알고 리즈에게 내 건강 상태를 물어보러 왔다고 했어요. 그건 당연히 그랬겠지요. 그런데 대체 리즈는, 리즈는, 아, 주여, 그 애 때문에 얼마나 속을 썩이는지! 상상할 수 있으세요? 언제였는지…… 나흘 전 밤이었어요. 지난번에 당신이 다녀간 바로 뒤에, 그 애는 한밤중에 갑자기 발작을 일으켜서 소리를 지르고, 비명을 지르고, 히스테리 발작을 일으켰어요. 나는 어째서 한 번도 히스테리를 일으키지 않았을까요.

리즈는 그다음 날도, 또 그다음 날에도 발작을 일으켜서 그만 어제처럼 심신상실 상태가 되어버렸어요. 그리고 갑자기 '나는 이반이 미워요, 어머니, 그 사람을 집에 들여놓지 마세요. 집에 들어오지 못하게 거절하세요!'하면서 우는 거예요.

나는 영문을 몰라서 이렇게 말했어요. '그 훌륭한 청년의 방문을 왜 거절하겠니? 그분은 그토록 똑똑하고 게다가 그런 불행을 겪고 있잖아'라고요. 왜냐하면 그런 소동은 역시 불행한 일일뿐 행복한 일은 결코 될 수 없잖아요. 그렇지요? 그런데 그 애는 내 말을 듣더니 큰 소리로 웃었어요. 더구나 무척 경멸하는 듯이 웃었지요. 하지만 나는 '웃어서 다행이다. 이제 발작도 나을 거야' 생각하고 기뻐했어요. 그리고 형님은 나한테 말도 하지 않고 그 애를 방문하거나 이상하게 굴면 해명을 듣고 확실하게 드나들지 못하게 하려고 했어요.

그런데 오늘 아침, 리즈는 일어나자마자 갑자기 율리아에게 신경질을 부리더니, 맞아요, 이 일을 어떻게 하면 좋을까요, 뺨을 때린 거예요. 얼마나 끔찍한 일인가요? 나는 우리 집 하녀에게 말도 조심해서 하는데 말이에요. 그리고 1시간 정도 지나서 그 애는 율리아의 다리를 안고 입을 맞췄어요. 그리고 율리아를 내게 보내서 '이제 엄마에게는 다시 안 간다, 앞으로 절대로 가지 않을 것이다.' 이런 말을 전하라고 했대요. 그리고 내가 아픈 다리를 끌면서 제 방을 찾아갔더니 나에게 달려들어 입을 맞추고 울다가 그만 또 아무런 말도 하지 않고 밖으로 뛰어나가는 거예요. 도대체 왜 그러는지 모르겠어요.

알렉세이 씨, 난 지금 의지할 데라고는 당신뿐이에요. 내 인생의 운명이 당신에게 달려 있어요. 제발 리즈에게 가서 얘기를 전부 들어주지 않을래요? 당신만 그걸 할 수 있어요. 그리고 돌아와서 나에게, 그 애의 엄마인 나에게 얘기해 주세요. 당신도 예상하시겠지만, 만일 이런 일이 오래 지속되면 나는 죽을 수밖에 없어요. 죽거나 집을 나가는 수밖에요. 나도 이제는 더 견딜 수 없어요. 지금까지 너그럽게 견뎌왔어요. 견디는 것도 끝이 있는 거잖아요? 그 한계에 이르면…… 그때가 무서워요. 아, 페르호친 씨가 오셨네요!" 호흘라코바 부인은 페르호친이 들어오자 문득 얼굴이 빛나면서 외쳤다. "늦었네요, 늦으셨어요! 어서 앉으세요. 그리고 빨리 얘기를 해 줘요. 내 운명을 결정해 주세요. 그래, 그 변호사는 어떻던가요? 아니, 어디 가시는 거예요, 알렉세이 씨?"

"리즈에게요."

"그래요. 잊지 마세요. 방금 내가 부탁한 걸 잊으면 안 돼요. 내 운명이 결정되는 일이니까요, 정말로 내 운명이!"

"당연히 잊지 않을 거예요, 그리고 가능하다면…… 그나저나 너무 늦었네요."

알료샤는 황급히 걸어 나가며 중얼거렸다.

"아니에요, 돌아가는 길에 꼭 들르셔야 해요. '가능하다면'이 아니라 꼭이요. 그렇지 않으면 난 죽을 거예요!"

호흘라코바 부인은 알료샤의 등 뒤에서 외쳤지만 그는 벌써 방에서 나간 뒤였다.

3. 꼬마 악마

알료샤가 리즈의 방에 들어서자, 그녀는 항상 쓰던 바퀴의자에
비스듬하게 누워 있는 상태였다. 그녀가 아직 걸어 다니지 못할 때
쓰던 그 의자였다. 그녀는 알료샤를 맞기 위해서 몸을 움직이지 않
고 단지 찌르는 듯이 예리한 시선으로 뚫어지게 그를 바라보고 있
었다. 눈은 약간 빨갛게 부은 듯 했고, 얼굴은 창백하고 누랬다. 알
료샤는 지난 사흘간 그녀의 모습이 완전히 바뀌어서 여위어 보이
는 것에 놀랐다. 그녀는 손을 내밀지 않았다. 그래서 그는 옆에 다
가가 옷 위에 늘어진 그녀의 가는 손가락을 살며시 건드리고 아무
말도 하지 않고 그녀의 앞에 앉았다.

"난 전부 알아요. 당신이 바쁘게 감옥에 가려고 하는데도." 리즈
는 날카로운 말투로 말했다. "어머니가 당신을 두 시간 동안 붙잡

아서 방금 전에 나와 율리아 이야기를 한 것도 알아요."

"그걸 어떻게 알지요?"

알료샤가 물었다.

"엿들었어요. 아니, 왜 그렇게 날 뚫어지게 보세요? 난 엿듣고 싶으면 엿들어요. 그게 나쁜 건가요? 그래서 사과는 안 할 거예요."

"기분이 나쁜가 봐요?"

"아니요, 오히려 기뻐요. 조금 전에도 서른 번이나 반복해서 생각했지만, 나는 당신과 결혼하지 않기로 결정한 것이 정말 다행이라고 생각해요. 당신은 남편으로는 적합하지 않아요. 내가 당신에게 시집을 간다면, 결혼 뒤에 사랑하게 된 어떤 남자에게 편지를 전해 달라고 부탁해도 아마 당신은 분명히 전해 줄 거예요. 게다가 답장까지 받아다 줄 거야. 당신은 마흔 살이 되어도 역시 그런 편지를 이리저리 들고 다닐 거 같아요."

그녀는 갑자기 웃었다.

"당신은 무척 심술궂고 솔직하네요."

알료샤는 미소를 지으며 말했다.

"당신에게는 부끄럽지 않아서 솔직할 수 있어요. 나는, 부끄럽지도 않고 부끄러울 생각도 안 해요. 맞아요, 당신에게 말이에요, 당신에 대해서 말이에요. 알료샤, 왜 나는 당신을 존경할 수 없을까요? 난 당신을 무척 사랑하지만 존경은 전혀 하지 않아요. 만약 존경한다면 당신 앞에서 부끄러워하지 않고 이런 말은 하지 않겠죠? 그렇잖아요, 네?"

"그렇죠."

"그럼 내가 당신에게 부끄러워하지 않는다는 말을 믿으세요?"

"아니요, 믿지 않습니다."

리즈는 다시 신경질적으로 웃었다. 그녀는 빠르고 거칠게 얘기했다.

"나는, 감옥에 있는 당신 형님 드미트리에게 과자를 보냈어요. 알료샤, 당신은 정말 착해요! 당신에 대한 마음이 식은 걸 이렇게 빨리 인정하시니 말이에요. 그래서 오히려 당신을 더 사랑할 것 같아요."

"리즈, 오늘은 무슨 일 때문에 오라고 한 거죠?"

"당신에게 내 희망 한 가지를 말하려고요. 나는, 누군가에게 짓밟혀야 해요. 나와 결혼해서 나를 짓밟고 나를 속여서 도망쳤으면 좋겠어요. 나는 행복해지는 걸 원하지 않아요!"

"차라리 엉망진창이 되어서 망가지는 게 좋겠네요?"

"네, 망가지고 싶어요. 집에 불 지르고 싶어요. 나는 조용히 기어가서 집에 불을 지르는 걸 상상해요. 꼭 조용히 해야 해요. 전부 불을 끄려고 하지만 집은 계속 불에 타요. 나는 알고서도 모른 척하죠. 아, 모든 게 하찮고 지루해요!"

그녀는 혐오스러운 기색을 드러내며 한쪽 손을 저었다.

"그건 아무런 어려움을 겪지 않고 풍족하게 살기 때문입니다."

알료샤가 조용하게 말했다.

"그럼 가난하게 사는 게 낫다는 건가요?"

"맞아요."

"그건 돌아가신 장로님이 당신에게 가르쳐 주었겠군요. 그건 틀린 거예요. 다른 사람이 모두 가난해도 내가 부자면 전혀 상관없어요. 난 혼자서 과자를 먹고, 크림을 핥고 아무에게도 주지 않을 거야. 아, 아무 말도 하지 마세요. 아무 말도 하지 마세요." 알료샤가 말을 하려고 하지 않았지만 그녀는 손을 저으며 멈추려고 했다. "당신은 예전에도 그렇게 말하곤 했죠. 난 전부 기억해요. 이젠 지겨워요. 만일 내가 가난해지면 누군가를 죽일 거예요. 또 부자가 되어도 죽일 수도 있어요. 도무지 가만히 있을 수가 없어! 난 곡식을 수확하고 싶어요. 귀리를 수확하고 싶어요. 난 당신에게 시집을 갈 테니, 당신은 농사꾼이, 정말 농사꾼이 되면 좋을 것 같아요. 우리 함께 망아지를 길러요. 네! 당신은 칼가노프를 아세요?"

"알지요."

"그는 늘 걸어 다니면서 공상을 한다고 하더군요. 그 사람의 이론에 따르면, 사람은 왜 참다운 생활을 해야 하는가, 공상하는 게 훨씬 낫다, 공상을 하면 어떤 유쾌한 일이라도 다 하지만, 공상이 없는 생활은 지루하다는 거죠. 그렇지만 그도 곧 결혼해요. 나에게도 구애를 했어요. 팽이 칠 줄 아시나요?"

"압니다."

"그는 마치 팽이 같아요. 있는 힘을 다해 돌리고 채로 후려쳐야 해요. 난 그에게 시집가서 한평생 팽이처럼 돌릴 거야. 당신은 나와 있는 게 부끄럽지 않은가요?"

"전혀요."

"당신은 내가 거룩한 얘기를 하지 않아서 무척 화가 나지요? 하지만 난 성인이 되기 싫어요. 무서운 죄를 지은 사람은 저세상에서 어떤 벌을 받나요? 당신은 잘 알겠지요?"

"하느님이 꾸짖으십니다."

알료샤는 가만히 그녀를 바라보았다.

"그건 내가 원하는 거예요. 내가 저승에 가면 전부 나를 꾸짖겠지요. 그렇게 되면 나는 그들 앞에서 갑자기 웃어 버릴 거예요. 알료샤, 나는 집을, 우리 집을 불태우고 싶어요. 내 말 전부 믿지 않으시는 거죠?"

"왜죠? 세상에는 그런 아이들이 흔해요. 열두 살 정도 되는 아이가 항상 무언가를 태우고 싶어서 실제로도 불을 지르지요. 그것도 병의 일종입니다."

"거짓말, 거짓말. 그런 애가 있지만, 난 그런 걸 말하는 게 아니잖아요."

"당신은 나쁜 것과 좋은 것을 착각하고 있어요. 그건 순간적인 위기입니다만, 아마 당신이 전에 앓았던 병 때문일 수도 있어요."

"어머나, 나를 경멸하시네요! 나는 단지 좋은 일은 하기 싫고 나쁜 짓만 하고 싶은 것뿐이에요. 병에 걸린 게 아니에요."

"왜 나쁜 짓이 하고 싶은 겁니까?"

"이 세상에 좋은 일은 아무것도 남기고 싶지 않으니까요. 아, 전부 남김없이 사라져 버리면 얼마나 좋을까! 이봐요, 알료샤. 나는

160

닥치는 대로 나쁜 짓을 해보려고 생각할 때가 있어요. 아무도 모르게 오랫동안 나쁜 짓을 하면 마침내 모두 알고 나를 따돌리겠죠? 그런 때가 되면 나는 아무렇지 않게 그들을 비웃을 거예요. 이런 생각을 하면 정말 즐거워요. 알료샤, 어째서 그게 그렇게 즐거울 수 있죠?"

"글쎄요. 그건 무언가 좋은 것을 눌러버리고 싶거나, 혹은 지금 당신이 말한 것처럼 불을 지르고 싶은 욕구일 것입니다. 그것도 흔한 일이지요."

"나는 말만 하는 게 아니에요. 실제로 저지를 거예요."

"그럴 수 있지요."

"아, 나는 당신이 '그럴 수 있지요'라고 말해서 더 당신이 좋아졌어요. 당신은 결코, 전혀 거짓말을 하지 않는 분이에요. 그런데 당신은 혹시 내가 당신을 놀리려고 일부러 이런 말을 한다고 생각할 수도 있겠네요."

"아니요. 그렇게 생각하지 않습니다. 어쩌면 당신은 약간 그런 욕구가 있을 수 있겠군요."

"네, 조금은요. 나는 절대로 당신에게 거짓말은 안 하니까요."

그녀는 기묘하게 눈을 반짝거리며 말했다.

알료샤는 그녀의 진지함에 무엇보다 놀랐다. 그녀는 지금까지 아무리 '진지한' 순간에도 명랑함과 장난기를 유지했는데 이때의 그녀에게는 익살스러움이나 장난기는 전혀 찾을 수 없었다.

"인간은 이따금 죄악을 사랑할 때가 있습니다."

알료샤는 깊은 생각에 빠져서 말했다.

"그래요, 맞아요! 당신은 내가 생각하는 것을 그대로 말했어요. 사람은 죄악을 좋아해요. 누구든지 전부 좋아하지요. 순간이 아니라 항상 좋아하는 거예요. 사람들은 이 일에 대해 마치 어느 날 거짓말을 하기로 약속하고 그때부터 계속 거짓말을 하는 것 같아요. 사람들은 모두 나쁜 짓을 미워한다고 하지만 마음속으로는 모두 나쁜 짓을 사랑하는 거예요."

"당신은 지금도 나쁜 책을 읽네요?"

"읽는 중이에요. 엄마가 읽고 베개 밑에 감춘 걸 몰래 가져다가 읽어요."

"그렇게 자신을 망치는 짓을 하면서 양심의 가책을 못 느끼나요?"

"나는 내 자신을 망치고 싶은걸요. 어떤 남자아이는 달리는 기차 밑에 누워 있었다고 하잖아요. 참 행운아야! 지금 당신의 형님은 아버지를 죽여서 재판을 받을 예정이지요. 그런데 사람들은 형님이 아버지를 죽인 걸 기뻐한답니다."

"아버지를 죽인 것을 기뻐한다고요?"

"기뻐해요, 전부 기뻐해요! 다들 끔찍하다고 말하지만 마음속으로는 무척 기뻐해요. 내가 그 누구보다 가장 기뻐요."

"여러 사람들이 기뻐한다는 당신의 말은 어느 정도 진실하군요."

알료샤는 조용하게 말했다.

"아, 당신도 그렇게 생각하다니!" 리즈는 감동해서 외쳤다. "정말 그 말이 수도사가 한 말인가요? 알료샤, 당신은 안 믿을 수도 있지만 난 당신을 정말 존경해요. 당신은 결코 거짓말을 하지 않으니까요. 내가 우스운 꿈을 꾸었는데 그 얘기를 해드릴까요? 나는, 때로 악마의 꿈을 잘 꾼답니다. 때로 밤중에 촛불을 켜고 방에 혼자 앉아 있으면 갑자기 주변에 악마가 잔뜩 나타나요. 방구석이나 테이블 밑에서 나타난답니다. 그리고 문을 열려고 하지요. 문밖에는 수많은 악마들이 방에 들어와서 나를 덮치려고 하지요. 드디어 살며시 다가와서 금방이라도 나에게 달려들 것 같아서 내가 빨리 성호를 그었더니 마귀 새끼들은 전부 기겁을 하며 뒤로 물러났어요. 하지만 아주 도망가지는 않고 문간에 서 있거나 구석에 앉아서 기다렸지요. 그러다가 내가 갑자기 큰소리로 하느님 욕이 하고 싶어서 욕지거리를 퍼붓자, 악마들이 금세 다시 내 주변에 몰려들어서 기쁜 얼굴로 나를 붙잡으려고 했어요. 그래서 다시 재빨리 성호를 그었더니 악마들은 뒤로 전부 물러났어요. 그게 재미있어서 숨이 막힐 것 같았어요."

"나도 똑같은 꿈을 자주 꾸었습니다."

문득 알료샤가 말했다.

"진짜요?" 리즈는 깜짝 놀라서 외쳤다. "알료샤, 날 놀리는 건 싫어요. 이건 매우 중요한 일이니까요. 전혀 다른 두 사람이 똑같은 꿈을 꾸는 게 있을 수 있는 일일까요?"

"있을 수 있다고 생각합니다."

"알료샤, 나는 농담하는 게 아니에요. 정말 이건 중요한 일이에요." 리즈는 무척 놀라서 말을 이었다. "중요하다는 건 꿈을 말하는 게 아니라 당신이 나와 같은 꿈을 꾸었다는 거예요. 당신은 나에게 거짓말을 한 적이 없잖아요. 그러니까 지금도 거짓말하면 안 돼요. 정말 그랬나요? 나를 놀리는 건 아니겠죠?"

"정말이에요."

리즈는 큰 충격을 받았는지 잠시 아무 말도 하지 않았다.

"알료샤, 나에게 놀러와 주세요. 네? 더 자주요."

갑자기 그녀는 간절하게 말했다.

"나는 언제든지, 평생 이곳에 오겠습니다."

알료샤는 확실하게 말했다.

"당신에게만 얘기하는 거지만." 리즈가 다시 말문을 열었다. "나 스스로와 또 한 사람 당신에게만 이 세상에서, 오직 당신에게만 말하는 거예요. 나 자신에게 말하는 것보다 당신에게 말하는 게 마음이 훨씬 더 편해요. 당신에게라면 조금도 부끄럽지 않으니까요. 알료샤, 정말 조금도 어째서 당신에게는 부끄럽지 않은 걸까요, 네? 알료샤, 부활제 때 유대인은 아이를 훔쳐서 죽인다고 들었는데 그게 사실일까요?"

"잘 모르겠습니다."

"어느 책에서 어떤 재판에 대해 읽었어요. 한 유대인이 네 살짜리 남자아이를 잡아서 양손의 손가락을 모두 자르고 벽에 못 박아서 죽였대요. 그리고 나중에 조사를 받을 때 아이는 금세 네 시간 만에 죽었다고 말했어요. 네 시간이 걸렸는데 금세라니요. 유대인은 아이가 괴로워서 신음하는 동안 그 옆에 서서 황홀하게 지켜봤대요. 훌륭한 얘기죠?"

"훌륭한 얘기라고요?"

"맞아요. 나는 때로 그런 생각을 해요. 내가 그 아이를 못 받은 건 아닌가 하고요. 아이가 매달려서 신음하면 나는 그 앞에서 설탕에 절인 파인애플을 먹는 거예요. 나는 그걸 굉장히 좋아해요. 당신도 좋아하죠?"

알료샤는 가만히 아무런 말도 없이 그녀를 바라보았다. 그 창백하고 누런 얼굴이 문득 일그러지고 눈이 빛나기 시작했다.

"하지만 나는 이 유대인 이야기를 읽은 밤에, 밤새 눈물을 흘리며 떨었어요. 어린아이가 울고 신음하는 것을 상상하면서 말이에요. 네 살이면 아이도 이미 알 만한 것은 알 나이거든요. 그런데 내머리에서 이 파인애플 절임이 도대체 떠나지 않았어요. 날이 밝자, 나는 어떤 사람에게 편지를 써서 꼭 와달라고 간청했어요. 그가 왔을 때 나는 갑자기 남자아이 이야기와 파인애플 설탕 절임 이야기를 했어요. 전부 말했어요. 하나도 빼지 않고 전부. 그리고 이렇게 말했어요. '참 훌륭한 얘기죠?' 그러니까 그는 문득 웃으면서 이렇게 말했어요. '정말 멋진 얘기군요.' 그리고 벌떡 일어나서 나갔어요. 단지 5분 있었는데 말이에요. 그 사람이 나를 경멸한 거죠? 네, 알료샤? 말해 보세요. 그 사람이 나를 경멸한 걸까요? 아닐까요?"

그녀는 눈을 빛내며 의자 위에서 몸을 똑바로 폈다.

"그럼." 동요한 알료샤가 말했다. "당신이 스스로 그 사람을 부른 겁니까?"

"내가 부른 거예요."

"그 사람에게 편지를 썼나요?"

"네, 편지를 썼어요."

"그 아이 얘기를 일부러 하기 위해서?"

"아니요, 그건 전혀 아니에요. 그런데 그가 들어오자마자 바로 그걸 물었어요. 그러자 그 사람은 그런 대답을 하고 웃으며 일어나서 나갔어요."

"그는 당신에게 성실하게 굴었네요."

알료샤가 조용하게 말했다.

"하지만 그는 나를 경멸한 걸까요? 웃은 건 아닐까요?"

"그렇지 않습니다. 아마 그 사람도 파인애플 절임 이야기를 믿을 수 있으니까요. 리즈, 그 사람도 지금 심한 병을 앓고 있습니다."

"맞아요, 그도 믿을 거예요!"

리즈는 눈을 반짝였다.

"그는 아무도 경멸하지 않습니다. 단지 그는 아무도 믿지 않는 것뿐입니다. 믿지 않으니까 즉 경멸하는 것이 되지요."

"그럼 나도요, 나도 경멸할까요?"

"당신도 물론입니다."

"그것도 좋아요." 리즈는 이상하게 이를 갈면서 말했다. "그가 방에 들어와서 웃을 때, 난 경멸당하는 것도 좋구나, 하고 갑자기 생각했어요. 손가락이 잘린 남자아이도 좋고, 경멸당하는 것도 좋아요."

그녀는 이렇게 말한 뒤 알료샤를 똑바로 바라보며 이상하게 짓궂은 웃음을 엄청나게 웃어댔다.

"알료샤, 나는…… 사실은 나는, 알료샤, 나를 좀 도와주세요." 갑자기 그녀는 안락의자에서 벌떡 일어나서 그에게 몸을 던지며 팔을 벌려서 그를 부둥켜안았다. "나를 도와주세요." 그녀는 신음하는 것처럼 중얼거렸다. "방금 전에 말한 그런 얘기를 이 세상에서 당신 이외에 그 누구에게 할 수 있겠어요? 나는 정말, 정말, 사실을 말했어요! 나는 죽고 싶어요! 전부 싫증이 났어요! 난 더는 살고 싶은 마음이 없어요, 전부 싫어요! 알료샤, 왜 당신은, 나를 조금도, 조금도 사랑하지 않는 거죠?" 그녀는 무아지경 상태로 말을 끝맺었다.

"아닙니다. 사랑해요!"

알료샤도 있는 힘을 다해 대답했다.

"그럼, 나를 위해 울 수 있어요, 울어 주시겠어요?"

"물론입니다."

"내가 당신의 아내가 되고 싶지 않다고 해서가 아닌, 오로지 나를 위해서 울어 주시겠어요?"

"물론입니다."

"그래요, 고마워요! 나는 당신의 눈물 이외에는 모두 필요 없어요! 다른 사람들은 전부 나를 괴롭히든지 말든지, 전부, 전부, 한 사람도 빠지지 않고 나를 짓밟든지 말든지 상관없어요! 나는 아무도 사랑하지 않아요. 정말 그 누구도 사랑하지 않아요. 사랑하기는 커녕 미워해요! 자, 이제 가세요, 알료샤. 이제 형님에게 가실 시간이 됐어요!" 문득 그녀는 알료샤에게서 몸을 떼었다.

"당신만 이대로 남겨 둔 채?"

알료샤는 겁이 나는 것처럼 말했다.

"형님에게 가세요. 면회 시간에 늦을 것 같아요. 가세요. 자, 모자. 미차에게나 대신 입 맞춰 주세요. 자, 가세요. 어서!"

그녀는 이렇게 말한 뒤, 거의 억지로 알료샤를 문으로 밀었다. 알료샤는 걱정스러운 표정으로 망설이면서 리즈를 바라보았다. 그때 갑자기 자신의 오른손에 편지가 쥐어진 것을 깨달았다. 고이 접어서 봉인한 작은 편지였다.

살며시 보니 '이반 카라마조프 님에게'라고 쓰여 있었다. 그는 문득 리즈를 바라보았다. 그의 얼굴은 위협적인 표정으로 변해 있었다.

"전해 줘요, 꼭 전해 주셔야 해요!" 그녀는 전신을 떨면서 미친 듯이 지시했다. "오늘 안으로 곧! 안 그러면 나는 독약을 먹고 죽어버릴 거야! 내가 당신을 부른 건 바로 그것 때문이에요!"

그녀는 이렇게 말한 뒤 문을 재빨리 닫았다. 고리쇠 소리가 달그락거리며 들렸다. 알료샤는 편지를 주머니에 넣고, 호흘라코바 부인에게 들르지 않고 곧바로 층계 쪽으로 갔다. 그는 실제로 부인에 대해서는 까맣게 잊은 채였다.

리즈는 알료샤가 나가자 곧장 고리쇠를 벗기고 문을 약간 열어서 그 틈에 자신의 손가락을 넣고는 있는 힘껏 문을 닫아서 손가락을 짓이겼다. 그녀는 10초 정도 지난 뒤에 손가락을 빼고 느리고 조용하게 바퀴의자로 되돌아가서 앉았다. 그녀는 허리를 곧게 펴고 까맣게 변한 손가락과 손톱 사이에서 흐르는 피를 조용히 들여다보았다. 그녀는 입술을 떨면서 재빨리 혼자 속삭였다.

"아, 나는 인간도 아니야, 인간도 아니야, 인간도 아니야!"

4. 찬송가와 비밀

알료샤가 감옥 문의 벨을 울렸을 때는 꽤 늦은 시간이어서 땅거미가 지는 중이었다(더구나 11월이어도 짧았다).

그러나 알료샤는 아무런 제재를 받지 않고 미차를 면회할 수 있음을 알고 있었다. 이런 일은 전부 이 도시도 다른 도시와 비슷했다. 예심 종결 뒤 처음 한동안은 친척이나 그 밖의 사람들의 면회도 정해진 수속을 밟아야 했지만, 그 뒤 점차 너그러워졌다. 아니, 너그러워졌다고는 할 수 없었지만 미차를 찾아오는 사람들에 대해서는 적어도 어느새 몇 가지의 예외가 생겼다. 때로 이 정해진 방에서 미결수와 단둘이 면회가 이루어지기도 했다. 그러나 그런 사람들은 매우 희귀했고 그루센카와 알료샤, 라키친 정도만 가능했다.

그루센카에게는 경찰서장 미하일 마카라포그가 특별히 호의를 베풀었다. 모크로예에서 그루센카에게 호통을 친 것 때문에 항상 이 노인은 가슴이 아팠던 것이다. 그 뒤, 그는 진상을 알아가면서 그녀에 대한 생각을 바꾸었다.

그는 이상하게도 미차의 범죄를 굳게 믿으면서도 그가 수감될 때부터 점차 그를 보는 시선이 부드러워졌다.

"원래 선량한 사람이었는데 술과 여자 때문에 스웨덴 사람처럼 신세를 망쳤어."

그리고 그가 마음속으로 품었던 그전의 공포심은 어떤 동정으로 변했다.

한편 알료샤에 대해서는, 두 사람이 이미 오래 전부터 잘 알고 지냈기 때문에 서장이 그를 무척 좋아했다. 그 뒤 자주 감옥에 드나드는 라키친도 그의 이른바 '서장 따님'의 가장 친한 친구의 한 사람이기 때문에 거의 매일 그 집에 드나들었다. 더구나 그는 평생을 성실하고 믿음직스럽게 근무한, 사람 좋은 노인인 간수장 집에서 가정교사를 하는 중이었다.

알료샤도 예전부터 이 간수장을 알았다. 알료샤는 대부분 '고상한 이야기'를 좋아하는 이 간수장과는 오래전부터 특별히 친하게 지내며 그의 이야기 상대가 되어 주었다. 서장은 이반에 대해서는 결코 그를 존경하지 않았지만 그의 날카로운 주장을 두려워했다. 간수장 자신도, 물론 '스스로 깨달은 것'이긴 하지만 대단한 철학자였다. 그는 마음속으로 알료샤에 대한 어떤 억제할 수 없는 호감을 가졌다.

　그는 지난 1년간 때마침 복음서의 외전을 연구하고 있었기 때문에, 항상 자신의 느낌을 이 젊은 친구에게 전했다. 전에는 자주 알료샤를 만나러 수도원까지 찾아가서 그를 비롯한 많은 사제들과 몇 시간 동안 이야기를 나누기도 했다. 그랬기 때문에 알료샤가 다소 늦은 시간이더라도 간수장을 찾아가면 잘 처리해 주었다.

　게다가 감옥에서는 하급 교도관까지도 전부 알료샤와 친한 사이였다. 그래서 교도관도 상사의 허락만 있으면 엄격하게 굴지 않았다. 미차는 항상 호출을 받으면 감방에서 아래층의 면회실로 내려왔다.

　알료샤는 방으로 들어가다가 때마침 미차를 만나고 나오는 라키친을 만났다. 두 사람은 무언가 크게 이야기하는 중이었다. 미차는 라키친을 배웅하면서 무슨 이유인지 몹시 웃었지만 라키친은 왠지 투덜거리는 것처럼 보였다. 라키친은 요즘 특히 알료샤와 만나는 걸 피했고 만나게 되도 거의 말을 하지 않고 그저 이상하게 어색한 인사만 했다. 지금도 알료샤가 들어오는 걸 보고 미간을 찡그리며 못 본 척했다. 모피 깃이 달린 크고 따뜻한 외투의 단추가 잘 끼워지지 않아서 그곳에만 정신이 팔린 척 하는 것처럼 보였다. 그리고 그는 자신의 우산을 찾았다.

　"물건을 잊어버리면 안 돼."

　그는 아무 말이라도 해야겠다고 생각하고 혼잣말을 했다.

　"남의 물건도 잊어버리면 안 되지!"

미차는 익살스럽게 말하고 자신의 익살이 우스워서 크게 웃었다. 라키친은 단박에 화를 냈다.

　"그런 말은 당신네 카라마조프 사람들 같은 농노제의 풋내기들에게나 하시오. 이 라키친에게는 그렇게 말하지 마시오!"

　그는 증오로 몸을 떨면서 갑자기 버럭 소리를 질렀다.

　"왜 그리 화를 내는 건가? 나는 그저 농담을 한 것뿐인데!" 미차도 크게 말했다. "참, 어이가 없네! 저런 녀석들은 모두 똑같아."

　미차는 서둘러 밖으로 나가는 라키친의 뒷모습을 턱짓으로 가리키며 알료샤에게 말했다.

　"지금까지 앉아서 재미있게 웃던 녀석이 금방 저렇게 화를 낸다니! 너에게는 인사도 안 하잖아. 왜 그러는 거냐, 싸운 거니? 그것보다 너는 왜 이렇게 늦은 거냐? 나는 너를 기다리다가 점심도 굶었어. 하지만 괜찮아! 이제라도 보충하면 되겠지."

　"저 사람은 왜 형님을 찾아오는 겁니까? 이제 서로 친해진 겁니까?"

　알료샤는 라키친이 나간 문을 턱으로 가리키며 물었다.

　"라키친과 친해졌냐고? 그렇지 않아. 저 녀석은 돼지 같아! 저 녀석은 나를…… 비열한 인간이라고 무시하려고 하지. 그래서 약간만 농담을 해도 사력을 다해 덤벼들거든. 저런 녀석은 익살을 좀처럼 이해하지 못해. 그게 가장 흠이야. 저런 놈의 영혼은 어떻게 저리 무미건조할 수 있을까. 평평하고 건조해. 마치 내가 처음 이곳에 끌려와서 감옥의 벽을 보았을 때 느꼈던 기분이 들어. 하지만 꽤 똑똑한 녀석이지. 그런데 알렉세이, 이제 결국 내 머리도 끝났어!"

그는 긴 의자에 앉으며 알료샤도 옆에 앉도록 했다.

"네, 마침내 내일이 공판이네요. 그럼 형님은 이제 완벽하게 희망을 잃으신 건가요?"

알료샤는 조심스럽게 물었다.

"너 무슨 소리 하는 거냐?" 미차는 기이하게 멍한 표정으로 알료샤를 바라보았다. "맞아, 공판 얘기를 하는 거구나! 쯧쯧, 어이없는 얘기다! 우린 지금까지 늘 필요 없는 얘기만, 항상 이 공판 얘기만 하면서 진짜 중요한 일은 이야기를 하지 않았어. 물론 내일은 공판이 있지. 그러나 지금 머리가 끝났다고 한 건 그 얘기가 아니야. 머리는 그대로지만 그 머릿속에 들어 있었던 알맹이가 없어졌어. 왜 그렇게 비난하는 시선으로 나를 보는 거지?"

"형님, 그게 무슨 말씀이세요?"

"사상 말이다, 사상! 즉 에티(윤리) 말이야. 도대체 에티카는 무엇일까?"

"에티카요?"

알료샤는 놀라서 물었다.

"맞아. 그런 학문이 있니?"

"네, 있어요. 하지만 솔직히 말하면 어떤 학문인지 설명하기 힘듭니다."

"라키친은 알아. 라키친은 많은 걸 알고 있단 말이야. 젠장! 녀석은 수도사가 되려고 하지 않아. 페테르부르크에 가고 싶어 하지. 거기서 평론 분야에서 한 몫 하겠다는 거야. 고상한 경향을 지닌 평론을 말하는 걸 테지. 그래서 사회에 크게 기여하고 출세할 수도 있어. 저런 놈들은 출세하는데 타고났거든! 에티카가 뭐든지 간에 아무래도 상관없다. 나는 이제 끝이다. 알렉세이, 나는 이제 끝이야. 넌 하느님에게 사랑을 받는 사람이다! 나는 누구보다 너를 사랑한다. 널 보면 심장이 두근거린다. 그런데 카를 베르나르는 도대체 누구지?"

"카를 베르나르요?"

알료샤는 다시 놀라며 물었다.

"아니다, 카를이 아니구나. 가만히 있어라. 내가 아무렇게나 지껄였네. 클로드 베르나르(19세기 프랑스의 생리학자)야. 클로드 베르나르가 누구야? 화학자인가?"

"아마도 학자일 거예요. 하지만 실은 저도 그에 대해서는 잘 모르겠습니다. 그저 학자라고 들었을 뿐 어떤 학자인지는 모르겠어요."

"그런 인간 따위 아무래도 좋다. 나도 모르니까." 미챠는 외쳤다. "어차피 하찮은 놈팡이겠지. 그게 가장 사실에 가까울 것 같구나. 어차피 전부 놈팡이들이니까 말이야. 그런데 라키친은 캐내려고 할 거야. 작은 틈만 있어도 녀석은 캐내려 하니까. 그놈도 역시 베르나르 같아. 빌어먹을 베르나르 같으니라고! 필요 없는 녀석들만 늘어나는구나!"

"형님, 대체 왜 그러세요?"

알료샤가 다그쳐 물었다.

"그 녀석은 나와 내 사건에 대한 것을 기사로 발표하고 문단에 나설 작정이더구나. 그래서 나를 찾아오는 거지. 자신의 입으로 그렇게 말하더군. 무언가 경향성을 띤 걸 쓰고 싶다고 그랬나? '그는 살인을 할 수밖에 없었다. 왜냐하면 환경 때문에 병들고 있었기 때문이다.' 이런 식이라고 하더군. 나한테 설명해 주더라. 사회주의를 칠한다고 하더라. 하지만 그런 건 어쨌든 상관없어. 사회주의 색깔이든 뭐든 간에 그런 건 상관없지만 그 녀석은 이반을 싫어하고 증오하지. 너도 별로 좋아하는 것 같지 않더라. 그런데 내가 그를 쫓아내지 않는 건 녀석이 똑똑하기 때문이야. 그런데 그놈은 너무 으스대더군. 그래서 지금도 이렇게 말했어. '카라마조프네 인간들은 비겁한 게 아니라 철학적인 사람들이다. 왜냐하면 진짜 러시아인은 전부 철학자니까. 그러나 너 같은 인간은 학문을 배웠겠지만 철학자가 아니라 농노다' 이렇게 말해 줬지. 그러자 녀석은 증오가 가득한 표정으로 나를 보고 웃었어. 그래서 또 이렇게 말했어. 사상에 대해서는 nonest disputandum(논쟁하면 안 된다)고 말이야. 꽤 재치 있는 이유잖아? 그래서 나도 적어도 고전주의에 한 몫 끼어들게 되었어."

미챠는 문득 크게 웃었다.

"왜 형님은 끝났다고 생각하세요? 조금 전에 형님이 그렇게 말하셨지요?"

알료샤가 말을 가로막았다.

"왜 끝났냐고? 음! 사실은 한 마디로 요약하면, 나는 요즘 하느님이 불쌍하다. 그래서 그런 거야!"

"하느님이 불쌍하다고요?"

"상상해 봐. 그건 바로 이곳, 머릿속에 있는 신경에 대한 거지, 즉 뇌수 속 어딘가에 신경이 있어. -뭐, 아무래도 상관없어!- 꼬리 같이 생긴 것, 즉, 그 신경에 꼬리가 있어. 그래서 그 꼬리가 떨리면, 이를테면, 내가 눈으로 무엇을 본다고 가정하자. 이렇게 말이야. 그러면 그게 떨리기 시작해. 바로 그 꼬리가 말이지. 이렇게 떨리면 이미지가 나타나는 거야. 금방 나타나는 것은 아니고 잠시 한 순간, 1초가 지난 뒤에 나타나지. 그러면 일종의 장면이 나타나. 아니다, 장면이 아니야. 장면은 무슨 빌어먹을! 어떤 이미지, 이를테면 어떤 물체나 사건이 나타나는 거야. 젠장, 왜 이렇게 복잡해! 그래서 나는 사물을 보고 생각하지. 왜냐하면, 그건 꼬리가 있으니까, 내게 영혼이 있어서 그런 게 아니라 내 안에 신이 있어서 그런 것도 아니야. 그런 건 모두 엉터리 같은 얘기야. 어제 라키친이 와서 설명해 줬어. 그 얘기를 들으니 마치 불에 덴 것 같았어. 알료샤, 이건 멋진 학문이야! 새 인간이 연이어 나오는 거야. 그건 나도 알아. 하지만 그래도 하느님은 불쌍해!"

"하지만 뭐, 나쁘지 않네요."

알료샤가 말했다.

"하느님이 불쌍하다는 거 말이냐? 그런데 화학이 있어. 알료샤, 화학이다! 어쩔 수 없지. 수도사님, 옆으로 조금만 비켜 주세요, 화학님이 오십니다! 라키친은 하느님을 싫어해, 소름 끼치게 싫어해! 이것이 그 놈의 약점이야! 그런데 녀석은 그걸 감추지. 거짓말을 하는 거야. 연기를 하지. 이런 일도 있었다. '그래서, 자네는 평론가가 되더라도 연기를 할 생각인가?' 내가 물으니까 그 녀석은 '아니, 그렇게 드러나게는 허용하지 않을 거예요.' 하고는 웃더라. 그래서 내가 다시 물었다. '하지만, 그렇게 되면 인간은 도대체 어떻게 되는 거지? 하느님도 내세(來世)도 없으면 말이야. 그렇게 되면, 인간은 어떤 짓을 해도 괜찮다, 이런 말이 되나?' 녀석은 '아니, 그럼 당신은 그것도 몰랐나요?'하고 웃는 거야. '똑똑한 인간은 무엇이든 할 수 있어요. 똑똑한 인간은 교묘하게 단물을 빨 수 있습니다. 그런데 당신은 살인을 했지만 어쩔 수 없이 덫에 걸려서 감옥에서 썩고 있잖아요!' 이렇게 나에게 대놓고 말을 하더군, 정말 돼지 같은 놈이야! 나도 예전 같았으면 곧바로 들어 올려서 밖으로 내던졌겠지만, 지금은 가만히 듣는 수밖에 없었다. 그 녀석은 여러 방면에서 꽤 똑똑하고 글도 꽤 잘 쓰니까. 한 주 전에 그 녀석이 어떤 기사를 나에게 읽어 주었는데, 그때 거기서 세 줄 정도를 옮겨 써 두었지. 잠시 기다려라. 바로 이거야."

미차는 황급히 조끼 주머니에서 쪽지를 꺼내서 읽었다

"'이 문제를 해결하기 위해서는, 우선 자신의 개성을 자신의 현실과 대치시켜야 한다.' 어떠냐, 너는 알 수 있니?"

"모르겠습니다."

알료샤는 호기심을 느끼고 미차를 바라보며 그의 말에 집중했다.

"나도 모르겠다. 애매하고 막연해. 하지만 그 대신 꽤 재치 있어. '지금은 전부 이렇게 써요. 왜냐하면 환경이 그러니까.' 녀석은 이렇게 말했어. 그러니까 환경이 무서운 거야. 게다가 그 녀석은 시도 쓰지, 그 비열한 놈이 말이야. 호흘라코바 부인의 발을 찬양하지, 하하하!"

"그 얘기는 들었습니다."

알료샤가 말했다.

"들었다고? 그 시를 들었다는 거니?"

"아니요."

"그 시는 내가 가지고 있어. 내가 한번 읽어 줄게. 아직 너에게는 얘기하지 않아서 모르겠지만, 거기에는 재미있는 한 가지 이야기가 있어. 그 녀석은 정말 나쁜 놈이야! 3주일 전에 그 녀석이 나를 놀리려고 '당신은 3천 루블 때문에 붙잡혔지만, 나는 어느 과부와 결혼해서 15만 루블을 갖게 되면 페테르부르크에 석조 가옥을 살 거라오.' 이렇게 말하더군.

그리고 호흘라코바 부인을 구슬리고 있다는 얘기를 하면서, 그녀는 젊었을 때부터 그렇게 똑똑하지 않았지만 마흔이 되고 완전히 바보가 되었다고 말했어. '그렇지만 매우 감상적인 여자죠. 그 점을 이용해서 그 여자를 내 여자로 만들려고 합니다. 그런 뒤, 페테르부르크에 가서 신문을 발행하려고요.' 이렇게 말하면서 추잡하고 음탕하게 침을 흘리더군. 호흘라코바 부인에게 침을 흘리는 게 아니라 15만 루블의 돈에 침을 흘리는 거지. 그 녀석이 날마다 나에게 와서는 문제없다, 문제없어, 분명히 몰락시킬 테니 두고 보라면서 잘난 척했지. 그러면서 천박하게 웃었어.

그런데 그 녀석이 갑자기 쫓겨났어. 그 표트르 페르호친이 선수를 친 거지. 페르호친, 대단해! 녀석을 쫓아낸 상으로 그 바보 같은 여자에게 입을 몇 번이라도 맞추고 싶다니까! 녀석이 그 시를 쓴 것도 계속 나에게 드나들 시기였어. '이렇게 시를 써서 손을 더럽히는 건 처음 있는 일이오. 여자를 유혹하기 위해서요. 즉 유익한 사업을 위한 일이오. 그 바보 같은 여자에게서 돈을 끌어내서 공익을 위해 크게 기여하려는 것이니까.' 이따위 소리를 하면서 말이야. 그런 놈들은 아무리 더러운 짓을 해도 꼭 공익을 위한 것이라고 떠들어대더군.

그러면서 '하지만 어쨌든 당신의 그 푸시킨보다는 잘 썼을 거요. 우스운 시에 시민적 비애를 교묘하게 보냈거든.' 이렇게 말하더군. 푸시킨에 대해서 얘기한 것은 나도 이해하지. 정말로 재치 있는 사람이면 여자의 발에 대해서만 쓰지는 않을 테니까. 그러면서 그 녀석 자신의 그 시를 엄청 자랑해! 그런 놈의 자기 자랑은 정말 들을 수가 없어. 어지간해야 말이지.

〈사모하는 님의 아픈 발이 낫기를 바라면서〉, 이런 제목이더군. 보통 꾀가 많은 게 아냐!

어떤 발인가 이 발은
약간 부은 이 발은!

의사에게 치료를 부탁하면
붕대나 감아서 병신으로 만드네.

나는 발을 두고 한탄하지 않으니
그것은 푸시킨에게 맡기면 된다.
내가 슬퍼하는 것은 머리 때문
사상을 이해하지 못하는 머리 때문.

약간 이해한 것처럼 보였을 때
발이 그것을 방해했다!
발을 고치지 않고는
어떻게 머리가 똑똑해질까.

그 녀석은 돼지야, 정말 돼지야. 하지만 그 바보 같은 자식, 꽤 재미있게 만들었어! 사실 '시민적 비애'도 재빠르게 보태져 있거든. 그러니까 쫓겨났을 때는 엄청 화가 났을거야. 아마 이를 뿌드득 소리를 내며 갔을테지!"

"그는 이미 복수를 했어요. 호흘라코바 부인에 대한 기사를 투고했으니까요."

알료샤는 〈슬루히〉에 실린 기사를 미차에게 간략하게 말해 주었다.

"맞아. 그 녀석이 분명해. 바로 그 녀석이네!" 미차는 미간을 찡그리며 맞장구를 쳤다. "그건 그 녀석이 맞아! 그 투서는…… 나는 알지…… 그루센카에 대해서도 매우 추잡한 기사를 써서 투서했어……. 그리고 그녀, 카차에 대해서도 그랬고…… 음!"

그는 마음에 걸리는 게 있는 것처럼 방안을 걸었다.

"형님, 저는 여유롭게 이럴 시간이 없습니다." 잠시 말이없던 알료샤가 말했다. "내일은 형님에게 매우 중요한 날입니다. 형님에 대한 하느님의 심판이 내려지는 날이니까요. 그런데 형님은 아무렇지도 않은 듯이 건들거리면서 필요없는 얘기만 하시니, 전 놀랐습니다."

"놀랄 거 없다." 미챠는 흥분해서 알료샤의 말을 가로챘다. "그래서 그 역겨운 짐승 같은 놈 얘기를 하라는 거냐? 그 살인자 얘기를 하라는 거야? 그 얘기라면 이제 지겹도록 했잖아. 저 역겨운 스메르자시차야의 아들 얘기는 이제 더는 하고 싶지 않아! 하느님이 그놈에게 벌을 내리실 거니까 지켜봐라. 이제는 아무 말도 하지 마라!"

미챠는 흥분해서 알료샤에게 다가와서 갑자기 입을 맞추었다. 그의 눈은 불타오르고 있었다.

"라키친은 이걸 몰라." 그는 미친 듯이 힘차게 말했다. "그러나 너는, 너는 무엇이든 이해하지. 그래서 너를 무척 기다렸단다. 사실은 예전부터 이 낡은 벽 안에서 너에게 하고 싶은 얘기가 많았는데 정말 가장 중요한 얘기는 못했어. 아직 때가 아니라는 생각이 들었기 때문이야. 이제 마침내 그때가 왔으니 마음속을 다 얘기하고 싶구나. 알료샤, 나는 지난 두 달간 내 안에서 새로운 인간을 느졌다. 내 안에 새 인간이 태어났다! 이 인간은 지금까지 내 안에 단단하게 갇혀 있어서 만약 이번 타격이 없었으면 결코 밖으로 나오지 못했겠지. 무서운 일이야!

나는 광산에 유배되어 20년 동안 쇠망치로 금을 캐내는 것 따위는 아무렇지도 않아. 그까짓 일은 전혀 두렵지 않아. 지금은 다른 것이 무서워. 이 새로운 인간이 어디로 가버릴까 봐 무서워! 나는 거기로 가서, 광산의 흙 밑에서 나와 비슷한 죄수나 살인자에게서도 인간의 마음을 발견하고 얼마든지 그들과 어울릴 수 있어. 왜냐하면 그곳에서도 생활하고, 사랑하고, 괴로워할 수 있으니까 나는 이 죄수들의 언 마음을 녹일 수 있어. 몇 년이 걸리든 그들을 위해 노력하고 갱도 속에서 거룩한 정신과 헌신적인 정신을 세상에 내보낼 거야. 천사를 태어나게 하고 영웅을 되살릴 수 있다고!

그런 사람들은 몇 백 명이나 될 정도로 많아. 우리는 전부 그들에게 죄를 짓고 있어! 왜 나는 그때 그 순간에 '아귀(餓鬼)'의 꿈을 꾸었는지 아니? '왜 아귀는 저렇게 참혹할까?' 이 질문은 그 때, 내게는 예언이었어. 나는 그 '아귀'를 위해서 갈 거야. 왜냐하면 우리는 전부 모든 사람에게, 모든 '아귀'에게 죄를 지었기 때문이야. 인간은 전부 '아귀'거든.

나는 모든 사람을 위해서 갈 거야. 사실 누구든지 한 사람은 다른 사람을 위해서 가야겠지? 나는 아버지를 죽이지 않았지만, 역시 가야 한다. 가만히 운명을 받아들일 거야! 나는 이곳에서 이런 생각을 하게 되었어. 이 칠이 벗겨진 벽에 둘러싸인 채로 말이야. 그러나 그런 인간은 많아. 땅 밑에서 쇠망치를 손에 든 인간들은 몇 백 명이나 돼. 아, 맞아, 우리는 쇠사슬에 묶여서 자유도 없어! 그러나 그때 우리는 큰 슬픔 속에서 다시 태어나서 기쁨을 얻는 거야. 인간은 그런 기쁨이 없으면 살아갈 수 없고, 하느님도 존재할 수 없어. 왜냐하면 신은 기쁨을 분배하시기 때문이야. 기쁨은 신의 거룩한 특권이야. 아, 인간이여, 기도 속에서 녹아라!

나는 하느님이 없이 땅 밑에서 어떻게 살 수 있을까? 라키친이 한 말은 전부 거짓말이야. 만약에 하느님이 지상에서 쫓겨나면 우리는 땅 밑에서 하느님을 만날 수 있어! 유형수는 하느님이 없으면 살 수 없어. 유형수가 아닌 사람들보다 더 불가능하지. 그러니까 우리 지하의 인간들은 땅의 깊은 곳에서 기쁨의 소유자인 신에게 비극적인 송가(頌歌)를 부른다! 기쁨의 원천인 신에게 영광이 있을지어다! 신과 신의 기쁨, 만세! 나는 신을 사랑해."

미차는 숨을 몰아쉬며 이 격렬한 이야기를 끝맺었다. 얼굴은 창백하고 입술은 떨고 있었으며 눈에서는 눈물이 흘렀다.

"맞아, 생활은 충만해. 땅 밑에도 생활은 존재해!" 그는 다시 말했다. "알렉세이, 내가 지금 얼마나 살고 싶은지, 이 칠이 벗겨진 벽에 둘러싸인 채 존재와 의식에 대해서 얼마나 열망하는지, 너는 도무지 믿을 수 없을 거야! 라키친은 이걸 모르지. 그 녀석은 집을 짓고 사람들에게 세를 주면 끝이거든. 어쨌든 나는 너를 기다렸다. 그런데 고통이 도대체 무엇이냐? 나는 설사 수많은 고통이 오더라도 결코 무서워하지 않을 거야. 예전에는 무서웠지만 지금은 무서워하지 않아. 그래서 난 법정에서도 전부 대답하지 않을 수 있어.
내 안에는 지금 무엇이든지 어떤 고통이든지 이길 수 있는 힘이
생긴 것 같아. 단지 그 어떤 순간에도 '나는 존재한다!'고 내 자신
에게 말할 수 있다면 말이야. 나는 수천 가지 괴로움 안에서도 존
재할 수 있다는 거야. 나는 고문에 시달리면서도 존재하는 거야!
나는 형틀에 매달린 상태에서도 역시 존재하고 태양을 볼 수 있어.
설사 보이지 않아도 태양이 있다는 것을 알아. 태양이 있다는 것,
그것은 바로 온 생명인 거야. 알료샤, 나의 천사야. 난 수많은 철학
때문에 질식할 것 같아, 젠장! 이반이……."

"이반 형님이 뭐요?"

미차는 알료샤의 말을 듣지 못한 것 같았다.

"사실은 난 예전에는 이런 의문을 전혀 갖지 않았지만, 전부 나
의 내부에 잠복해 있었지. 나의 내부에서 정체 모를 이상이 날뛰었
기 때문에 나는 주정을 부리고, 싸움질을 하고, 난폭한 짓을 일삼
은 것인지도 몰라. 내가 싸움질을 한 것은 나의 내부에 있는 그 이
상을 가라앉히려고 그랬던 거야. 이상을 가라앉히고 억제하기 위
해서였던 거야. 이반은 라키친과 다르지. 그 녀석은 자신의 사상
을 숨기고 있어. 그는 스핑크스 같아. 아무 말이 없거든. 늘 조용
히 있지. 그런데 나는 신을 두고 괴로워해. 오로지 이 문제가 나를
괴롭히고 있어. 만약 신이 없다면 어떻게 될까? 만약 라키친이 하
는 말처럼 신이 인류가 만든 인공적인 관념일 뿐이라면 어떻게 될
까? 그때는, 신이 없다면 그때는 인간이 땅과 세계의 으뜸이 될 거

야. 괜찮네! 하지만 신이 없이 어떻게 인간이 선량할 수 있단 말이냐? 이것이 문제야! 나는 항상 이걸 생각하지. 그렇게 되면 인간은 누구를 사랑하면 될까? 누구에게 감사해야 될까? 그리고 누구에게 감사해야 하는 걸까? 라키친은 비웃으면서 신이 없어도 인류는 사랑할 수 있다고 했지만, 그건 그 콧물 흘리는 녀석이 주장하는 것이고, 나는 그런 건 이해할 수 없어. 라키친에게는 사는 것이 아무것도 아니야. 그 녀석은 오늘도 나에게 이런 말을 했어. '당신은 무엇보다도 시민권의 확장에 대해 노력하는 것이 좋겠어요. 아니면 쇠고기 가격이 오르지 않도록 노력하든지. 인류에게 사랑을 표현하는 데는 철학보다 그게 훨씬 간단하고 가까우니까.' 그래서 나는 이렇게 놀려 댔지. '자네라면 신이 없어도 자신의 이득이 되면 아마 쇠고기 값을 올릴 거야. 1코페이카를 가지고 2루블을 벌 수 있을 거야.' 그러자 녀석은 몹시 화를 냈지. 그런데 도대체 선행은 무엇일까? 알렉세이, 가르쳐 주렴. 내게는 내 나름의 선행이 있고 중국인에게는 중국인만의 선행이 있어. 그러니까 선행은 상대적인 거야. 어떠니? 안 그래? 상대적인 것이 아니란 말이야? 꽤 복잡하지? 웃지 말고 들으렴. 나는 이 문제로 벌써 이틀 밤이나 잠을 못 자고 있단다. 나는 지금 세상 사람들이 살면서 이 문제를 전혀 심각하지 않게 생각하는 것에 놀라고 있어. 그냥 공허한 생활에 정신이 팔려 있다고! 이반은 신을 섬기지 않아. 그 녀석에게는 이상이 있지. 나 따위는 발밑도 못 따라갈 이상이 있어. 하지만 어쨌든 녀석은 말이 없어. 아무래도 이반은 프리메이슨인 것 같아. 무엇을 물어봐도 말을 하지 않거든. 녀석이 가진 지혜의 샘물을 좀 얻어 마시려고 아무리 물어도 대답을 하지 않는구나. 한 마디 하기는 했지만."

"어떤 말을 했어요?"

알료샤는 다급하게 말했다.

"내가 만약 그렇다면 전부 용서받는 거냐고 말하니까 그 녀석이 얼굴을 찡그리고 '우리 아버지 표도르 카라마조프는 돼지 같은 존재였지만 생각은 제대로 했지요.' 이렇게 딴 소리를 했어. 이 말뿐이었어. 그 애는 라키친보다 한 수 위인 것 같아."

"맞아요." 알료샤는 씁쓸하게 인정했다. "그런데, 이반 형님은 언제 이곳에 왔었나요?"

"그건 나중에 얘기해 주마. 지금은 다른 얘기를 하자꾸나. 나는 지금까지 이반 얘기를 너에게 전혀 하지 않았어. 항상 뒤로 미루었지. 내 문제가 정리되고 선고가 끝나면 그때는 얘기해 주마. 전부 얘기할게. 거기에는 무서운 문제가 한 가지 있어. 너는 거기에 대해 내 재판관이 되겠지? 그러나 지금은 그 얘기를 하고 싶지 않다. 지금은 말할 수 없다. 넌 내일 있을 공판 얘기를 하지만, 솔직히 나는 거기에 대해서 아무것도 모른다."

"변호사와 이야기해 보셨어요?"

"변호사가 무슨 소용이냐? 난 그 친구에게 전부 얘기했어. 그는 물렁한 도시인이야. 역시 베르나르 같은 놈이지. 내 말을 전혀 믿지 않아. 처음부터 아예 내가 죽인 것으로 정하고 덤벼들었지. 나는 전부 알아. '그렇다면 내 변호는 왜 하는거요?' 내가 물었지. 그런 녀석은 쇠똥이나 먹으라고 해. 게다가 의사까지 불러서 나를 정신병자로 만들려고 하나 봐. 내가 용납할 줄 알았나 봐. 카체리나는 또 '자신의 의무'를 끝까지 다하려고 하지만 그건 무리지." 미차는 쓸쓸한 미소를 지었다. "본성을 감추는 여자! 차가운 여자야! 그 여자는 내가 그때 모크로예에서 '말하지 못하는 분노를 숨긴 여자'라고 자기를 부른 걸 알고 있어! 누군가가 얘기한 거야.

어쨌든 좋아, 이제 증거는 해변의 모래알만큼 많아졌어. 그리고 리도 자신의 주장을 여전히 내세우고 있고. 그는 정직하지만 바보 같아. 세상에는 바보라서 정직한 인간이 참 많아. 이건 라키친의 생각이지만 말이야. 나에게 그리고리는 적이야. 때로는 친구가 되기보다 적이 되는 게 유리한 상대가 있어. 이건 카체리나에게 하는 얘기야. 하지만 걱정이야. 아, 정말 걱정이 되는구나. 그녀가 나에게 4천 5백 루블을 빌리려고 머리가 땅에 닿게 절을 한 이야기를 법정에서 할까 봐 말이야. 그녀는 끝까지 마지막 부채까지 다 안 갚으면 분이 풀리지 않을 거야. 나는 그런 희생은 원하지 않아. 그 인간들은 법정에서 나를 욕보일 것이 확실해. 정말 기가 차는구나.

알료샤, 너 그 여자에게 가서 그 일을 법정에서 말하지 말아달라고 부탁할 수 있니? 안 되니? 쳇, 어쩔 수 없지. 어쨌든 견뎌 봐야지! 하지만 난 그 여자를 불쌍하다고 생각하지 않아. 자신이 그런 걸 원했으니 자업자득인 거야. 알렉세이, 난 일장연설을 할 거야." 그는 거기서 다시 소리 내지 않고 웃었다. "단지…… 단지 그루셴카가, 그루센카가, 아! 그 여자는 지금 무엇 때문에 그런 고통을 자기가 짊어지려는 걸까?" 그는 눈물을 글썽이면서 외쳤다. "그루샤 때문에 괴로워서, 그 여자를 생각하면 몹시 괴로워서 죽을 것 같구나. 그 여자는 조금 전에도 나에게 와서……."

"나에게도 말했어요. 그 여자는 오늘 형님 때문에 몹시 화가 났어요."

"나도 알아. 내 성격은 도대체 왜 이리 못됐을까. 난 질투가 났어. 하지만 곧 후회하고 그 여자가 돌아갈 때는 입을 맞췄지. 하지만 사과는 하지 않았다."

"왜 사과하지 않으셨어요?"

알료샤가 외쳤다.

미차가 갑자기 유쾌하게 웃었다.

"말도 안 돼, 알료샤, 좋아하는 여자에게는 미안하다고 사과하는 것이 아니야! 특히 좋아하는 여자에게는 말이야. 아무리 죄를 지었어도 말이다! 여자는 알료샤, 여자는 도대체 정체를 알 수 없는 부류들이야. 하지만 난 여자에 대해서는 조금 알지! 시험 삼아 여자 앞에서 자신의 죄를 시인하고, '잘못했소, 제발 용서하시오!' 하고 말해 봐. 그럼 즉시 우박 같은 잔소리가 쏟아질 테니까! 여자는 결코 순순히 용서하지 않는 성질을 가지고 있단다. 도리어 형편 없이 욕지거리를 하고 엉뚱한 말을 꺼낸데다 결코 무엇 하나 잊어버리려고 하지 않고, 하고 싶은 말을 실컷 해야 겨우 용서해 주지. 그래도 그건 아주 괜찮은 거야! 있는 것, 없는 것, 전부 들춰서 모두 남자 쪽에 넘겨씌운단 말이야.

너에게 말해 두지만, 여자에게는 잔인함이 있단다. 우리가 사는데 없어서는 안 되는 천사 같은 여자가 한 명도 빠지지 않고 이렇게 잔인함을 가지고 있어! 이봐, 알료샤. 드러내놓고 솔직하게 말하지만, 남자는 아무리 신분이 훌륭해도 반드시 여자 엉덩이 밑에 눌려서 살 수밖에 없어. 이건 내 신념이야. 아니, 신념이 아니라 체험이지. 남자는 마음이 너그러워야 해. 여자에게 너그럽다고 해서 남자의 체면이 깎이는 건 아니야. 그건 영웅도 마찬가지란다, 그 좋은 예가 카이사르지! 하지만 그래도 무슨 일이 있어도 사과는 절대 하면 안 돼. 이 법칙을 잘 기억해라. 여자 때문에 인생을 망친 너의 형 미차가 너에게 가르쳐 주는 거니까.

나는 사과를 하지않고 어떻게든 그루셴카를 위해 뭔가 해 줄 거야. 나는 그 여자에게 경건한 마음이야. 알료샤, 경건한 마음 말이야! 그런데 그 여자는 그걸 모르고 있어. 내 사랑이 아직 부족하다고 계속 믿고 있지. 그래서 나를 괴롭히는 거야. 사랑으로 괴롭히는 거야. 예전에는 어땠을까? 예전에 나를 괴롭힌 것은 요부와 같은 육체의 곡선뿐이었지만, 이제 나는 그녀의 영혼을 전부 내 영혼에 받아들여서 그 여자를 통해 인간으로 태어나게 된 거야! 우리가 결혼할 수 있을까? 안 그래도 질투 때문에 죽을 것 같은데. 날마다 그런 꿈을 꿔. 그 여자, 나에 대해 뭐라고 하더냐?"

알료샤는 그루셴카가 한 말을 그대로 반복했다. 미차는 열심히 들으면서 질문도 몇 번이나 했지만 결국은 만족한 표정을 지었다.

"그럼, 내가 질투하는 것에 대해 많이 화가 난 건 아니었구나?"
그는 외쳤다. "그럼, 그래야지! '저도 잔인한 마음이 있어요'라고
말했다는 거지? 아, 나는 그런 잔인한 여자가 좋아. 하긴 지나치게
질투가 심해도 곤란하지, 싸움을 하게 되니까. 하지만, 그래도 사
랑해. 끝없이 사랑한다. 우리가 결혼할 수 있을까? 유형수에게도
결혼이 허락될까? 난 그게 궁금하구나. 나는 그 여자 없이는 살 수
없어."

미차는 어두운 표정으로 방안을 거닐었다. 방안은 꽤 어두워졌
다. 그는 문득 매우 걱정스러워졌다.

"비밀이라고, 그 여자가 비밀이 있다고 했냐? 우리 세 사람이 저
에게 어떤 음모를 꾸민다고? 카차도 관계가 있다고 했단 말이지?
아니야, 그루셴카, 아니야. 잘못 생각한 거야. 그건 여자의 지혜롭
지 못한 오해일 뿐이야! 알료샤, 이제 어떻게 되도 괜찮아! 너에게
우리의 비밀을 털어놓을 거야!"

그는 주변을 한 바퀴 둘러보고 자신의 앞에 서 있는 알료샤에게
다가와서 꽤 은밀하게 속삭였다. 그러나 실제로 아무도 두 사람의
말을 엿듣지 않았다. 늙은 교도관은 구석의 나무의자에 앉아서 조
는 중이었고, 감시원이 서 있는 곳은 두 사람의 말소리가 들리지
않았다.

"우리의 비밀을 전부 얘기하마!" 미차는 급하게 속삭였다. "사
실은 나중에 밝히려고 했어. 너와 의논하지 않고 내가 뭘 결정할
수 있겠니? 너는 내가 가진 모든 것이야. 난 이반이 한 수 위라고

했지만, 너는 내게 천사야. 네 생각이 전부를 결정하는 거야. 어쩌면 너는 최고의 인간이고 이반은 아닐 거야. 알겠나. 이건 양심에 대한 문제야. 최고의 양심에 대한 문제란 말이다. 나 혼자는 감당하기 힘들 만큼 중요한 비밀이라서 너에게 말할 때까지 전부 미뤄두었단다. 하지만 지금은 결정할 때가 아닌 것 같다. 역시 선고가 끝날 때까지 기다리는 게 좋겠어. 선고가 내려지면 그때는 내 운명을 정해 줘. 지금 정하지 말고 말이야. 지금 얘기할 테니 잘 들어줘. 바로 결정하지는 마라. 조용히 기다리면서 가만히 있어야 해. 전부 털어놓지는 않을 거야. 그냥 핵심만 간단하게 말할 거니까 잠자코 들어라, 반문을 하지 말고 몸도 움직이지 마. 알겠니? 하지만 아, 네 시선을 어떻게 피해야 할까? 너는 입을 다물고 있어도 그 눈이 결정을 내릴 거니까. 난 그게 두렵구나. 아니, 정말 무섭다!

알료샤, 사실은 이반은 나에게 도망치라고 권유했어. 자세한 얘기는 못하지만, 모든 준비는 다 되었어. 가만히 있으렴. 결론을 말하면 안 돼. 그루센카를 데리고 미국으로 가라고 하더구나. 나는 사실, 그루센카가 없으면 살 수 없어! 만일 시베리아에 가서 그루센카를 못 만나면 어떻게 해야 하지? 유형수에게도 교회에서 결혼을 허락해 줄까? 이반은 아마 안 될 거라고 하더라. 하지만 그루센카가 없으면 내가 어떻게 그 갱도 속에서 곡괭이를 들까? 그 곡괭이로 내 머리를 부숴버릴 거야!

그러나 한편 양심은 어떻게 해야 할까? 고통이 두려워서 피하는 꼴이잖아! 신의 계시가 있었지만 그 계시를 피하는 꼴이 된 거야.

정화(淨化)의 길이 있는데 그것을 피해서 돌아가는 게 된단 말이야. 이반이 그러는데 미국에서는 '좋은 성격'만 있으면 갱도 속에서 일하는 것보다 더 많은 기여를 할 수 있다고 하더라. 미국이 무슨 소용이냐, 미국도 사람 사는 세상은 같은 거 아니냐! 미국에도 역시 사기와 속임수가 엄청나게 많다고 들었어. 그렇게 되면 나는 그저 형벌이 두려워서 도망친 게 되는 거지!

내가 너에게 이런 말을 하는 이유는, 알렉세이, 이해해 줄 사람이 너뿐이기 때문이야. 너 말고는 아무도 없어. 다른 사람에게는 어리석은 헛소리로만 들릴거야. 방금 너에게 말한 찬가 얘기도 전부 잠꼬대로 들릴테지. 사람들은 내가 미쳤거나 바보라고 할거야. 하지만 나는 미치지 않았고, 바보도 아니야. 이반도 찬가에 대해서는 알지. 그럼, 알고말고. 그런데 거기에 대해서는 말을 하지 않고 그냥 가만히 있을 뿐이야. 그 애는 그 찬가를 안 믿어. 가만히 있어, 아무 말도 하지 마. 네 눈이 어떤 말을 하는지, 난 잘 알아. 너는 이미 결론을 내렸어! 그러나 결정하지 말아 주렴. 나를 가련히 여겨 주렴. 난 그루샤 없이는 살 수 없어. 공판이 끝날 때까지 기다려 줘!"

미차는 무아지경 속에서 이렇게 말을 끝맺었다. 그는 알료샤의 어깨를 두 손으로 잡고 열에 들뜬 눈으로 동생의 눈을 바라보았다.

"죄수가 교회에서 결혼하는 것이 허용될까?"

그는 애원하는 목소리로 이미 세 번째 반복하고 있었다. 알료샤는 크게 놀라서 충격에 빠졌다.

"한 가지만 말해 주세요." 알료샤는 말했다. "이반 형님은 고집 스럽게 그걸 주장합니까? 그리고 그 일을 가장 먼저 생각한 사람은 대체 누구죠?"

"이반이야, 이반이 생각한 거야. 그리고 완강하게 주장한단다! 계속 나타나지 않다가, 문득 일주일 전에 나타나서 갑자기 그런 소리를 하더구나. 그리고 강하게 주장하고 있어. 권유하는 게 아니라 명령이지. 난 이반에게도 너에게처럼 내 마음속을 전부 털어놓고 찬가 얘기를 했지만, 이반은 내가 자기 명령을 따를 것을 의심하지 않아. 도망가는 과정까지 얘기하면서 여러 가지 정보를 조사해 놓았더라. 그런데 그건 나중에 얘기하자. 어쨌든 그 애는 거의 신경질적으로 완강하게 주장 중이야. 돈이 가장 중요한데, 도망가는 비용으로 만 루블을 주겠다고 하는구나. 미국까지는 2만 루블이 필요하지만 만 루블로 멋지게 이루게 해준다면서 말이야."

"저에게는 절대로 말하면 안 된다고 하던가요?"

알료샤가 다시 물었다.

"누구에게도 절대로 말하지 마라, 특히 너에게는, 너에게는 무슨 일이 있어도 절대로 말하지 말라고 했어! 아마 분명히 네가 내 양심이 되어 나를 가로막을까 봐 두려운 것 같아. 그러니까 내가 너에게 얘기한 것을 이반에게는 말하면 안 돼. 말하면 그때는 정말로 큰일 날 거야!"

"말씀하신 대로 판결이 나올 때까지는 결정을 못하겠네요. 판결이 나오면 스스로 결정할 수 있을 거예요. 그때 형님은 형님 안에 새로운 인간을 발견하실 거예요. 그 새로운 인간이 결정할 것입니다."

"새로운 인간인지, 아니면 베르나르인지 그건 알 수 없지만, 어쨌든 그게 베르나르 방식으로 결정해 줄 거야! 그러니까 나도 그 경멸스러운 베르나르가 된 것 같은 기분이야!"

미차는 이를 보이며 쓰게 웃었다.

"그런데, 형님은 무죄가 될 가능성은 전혀 없다고 생각하세요?"

미차는 경련을 하는 것처럼 어깨를 으쓱하더니 고개를 옆으로 내저었다.

"알료샤, 이제 시간이 됐다!" 그는 돌연 서둘렀다. "간수가 밖에서 외쳤으니 바로 이리 올 거야. 늦었구나. 규칙을 위반했어. 빨리 나를 안고 입 맞춰 주렴. 나를 위해서 성호를 그어 주렴. 알료샤, 내일의 십자가를 위해서 성호를 그어 주렴."

두 사람은 서로 부둥켜안고 입을 맞추었다.

"그렇지만 이반 녀석." 미차가 문득 말했다. "나에게 도망가라면서, 내가 진짜 죽인 걸로 믿고 있어!"

그는 입가에 서글픈 미소를 지었다.

"그렇게 믿는지, 아닌지, 형님이 물어보신 건가요?"

알료샤가 물었다.

"아니, 묻지 않았어. 묻고 싶었지만 그럴 수 없었어. 그럴 용기가 생기지 않았거든. 그러나 나는 눈빛만 보면 다 알아. 그럼, 잘 가라!"

두 사람은 다시 한 번 빠르게 작별의 포옹을 했다. 알료샤가 나가려는데 미차가 다시 불렀다.

"내 앞에 서렴. 맞아, 그 자세로 말이야."

그는 이렇게 말한 뒤, 두 손으로 다시 알료샤의 어깨를 잡았다. 그러자 그의 얼굴이 문득 창백해졌다. 어둠 속에서도 알아볼 만큼 기분 나쁠 정도로 눈에 보였다. 입술은 일그러지고 눈은 뚫어져라 알료샤를 바라보았다.

"알료샤, 하느님 앞이라고 여기고 정직하게 말해 보렴. 너는 내가 범인이라고 생각하니, 아니면 그렇지 않다고 생각하니? 너 스스로는 믿니, 믿지 않니? 정말 정직하게 말해야 돼. 거짓말은 하면 안 돼!"

그는 알료샤를 향해 미친 것처럼 외쳤다.

알료샤는 무엇이 자신의 몸을 흔드는 듯 느끼면서 심장을 무언가 날카로운 것으로 찔린 것처럼 생각했다.

"형님은, 무슨 말씀하시는 거예요."

그는 난처한 것처럼 속삭였다.

"진실, 진실을 말해 보렴. 거짓말하지 마라!"

미차는 반복해서 말했다.

"저는 형님이 범인일 거라고 단 한순간도 생각하지 않았습니다."

갑자기 알료샤의 가슴속에서 떨리는 목소리가 솟구쳤다. 그는 자신이 한 말의 증인으로 하늘의 신을 부르는 것처럼 오른손을 높이 들었다.

미차의 얼굴이 갑자기 행복하게 빛났다.

"고맙구나!" 그는 의식을 잃었다가 처음으로 숨을 내쉴 때처럼 느리게 중얼거렸다. "이제야 너는 나를 소생시켰어. 사실, 지금까지 난 너에게 물어보는 게 두려웠다. 너에게는, 너에게는 말이야. 자, 이제 가라, 가도 돼! 너는 나에게 내일을 위한 힘을 준 거야. 하느님의 축복을 빌어주마! 어서 가렴. 그리고 이반을 사랑해라!" 미차의 입에서는 자신도 모르게 마지막 말이 나왔다.

알료샤는 울면서 면회소에서 나왔다. 미차가 알료샤에게 그토록 의구심을 가진 것은, 동생을 믿지 않았다는 것은, 불행한 형의 영혼에 깃든 탈출구 없는 슬픔과 절망의 밑바닥을 생생하게 알료샤에게 드러내서 보여준 것이었다.

깊고 끝없는 연민이 단박에 그를 사로잡아서 괴롭혀댔다. 그의 영혼은 꿰뚫려서 고뇌하고 고통스러워했다. '이반을 사랑해라' 조금 전에 미차의 말이 갑자기 생각났다. 맞다, 그는 지금 이반을 찾아가는 중이었다. 그는 아침부터 이반을 꼭 만나야 했다. 그는 미차 못지않게 이반이 걱정되었는데 미차를 만나고 난 지금은 이반이 더 걱정스러워졌다.

5. 형님이 아니에요!

알료샤는 이반의 집으로 가다가 카체리나가 세 들어 사는 집 근처를 지나쳐야 했다. 그녀의 집은 창문마다 불빛이 환했다. 그는 갑자기 걸음을 멈추고 들어가야겠다고 생각했다. 그는 1주일이 넘게 카체리나를 만나지 못했다. 그러나 그의 머릿속에는 그때, 어쩌면 지금 그녀의 집에 이반이 와 있을지 모르고, 게다가 공판 전날 밤이라는 생각이 들었다.

그가 벨을 누르고 중국식 초롱 불빛이 희미하게 불을 밝힌 층층대를 올라가는 중에 때마침 위에서 누군가 내려왔다. 알료샤는 그 사람이 옆을 스치는 순간, 그가 형이라는 걸 깨달았다. 카체리나를 만나고 나오는 것 같았다.

"아, 너였구나." 이반이 건조하게 말했다. "그 여자에게 가는 거냐? 어서 가 봐."

"네."

"안 가는 게 좋을 수도 있어. 그 사람은 지금 매우 '흥분'해서 네가 가면 신경이 더 예민해질 거다."

"아니요. 그렇지 않아요!" 갑자기 층계 위의 약간 열린 문틈에서 누군가 이렇게 말했다. "알렉세이 씨, 그곳에서 오는 건가요?"

"네, 형님에게 다녀오는 길이에요."

"내게 할 말이 있으신가요? 들어오세요, 알료샤. 그리고 이반도요. 다시 올라오세요, 알았죠?"

카차는 명령하는 것처럼 말했다. 이반은 잠시 머뭇대다가 알료샤와 함께 다시 올라가기로 했다.

"몰래 들었구나!"

이반은 화가 나서 입속으로 중얼거렸지만 알료샤에게도 분명히 들렸다.

"실례지만 나는 외투를 벗지 않겠습니다." 이반이 응접실에 들어서며 말했다. "그리고 자리에 앉지도 않을 겁니다. 잠시, 1분도 머무르지 않을 테니까요."

"앉아요, 알렉세이 씨."

카체리나는 말했지만 자신은 서 있는 상태였다. 그녀는 그동안 거의 변한 것이 없었지만 검은 눈이 불길한 불꽃처럼 빛나고 있었다. 알료샤는 나중에 생각났지만 이 순간 카체리나가 무척 아름답다고 생각했다.

"그가 무슨 말을 전하라고 했나요?"

"단지 한 가지일 뿐입니다." 알료샤는 그녀의 얼굴을 정면으로 바라보며 말했다. "부디 자신을 소중히 여기고 법정에서는 그 얘기를 하지 말라고, (그는 약간 중얼거렸다) 두 분 사이에 있었던 일 말이에요. 두 분이 처음 만났을 때, 그 도시에서……."

"아, 돈 때문에 고개를 숙였던 일이군요!" 그녀는 씁쓸하게 웃으며 말했다. "도대체 뭘까요? 그는 자신을 위해서 걱정하는 걸까요, 아니면 나를 위해서일까요? 소중히 여기라니, 누구를 소중히 여기라는 거죠? 그 사람? 아니면 나? 어느 쪽을 말하는 건가요? 알렉세이 씨?"

알료샤는 상대를 이해하려고 노력하며 조용히 그 얼굴을 바라보았다.

"당신과 형 자신이에요."

그는 작은 목소리로 말했다.

"그럴 거예요." 그녀는 기이하게 독기가 서린 어투로 한 마디씩 힘을 주어 말하고 문득 얼굴이 붉어졌다. "당신은 아직 나에 대해서 잘 모르시네요, 알렉세이 씨." 그녀는 엄격하게 말했다. "하긴 나도 아직 나를 잘 모르지만요. 아마 당신은 내일 증언이 끝날 무렵이면 나를 구두로 짓이기고 싶어질 수도 있어요."

"당신은 정직하게 진술하실 거예요. 그러면 됩니다."

"여자는 때로 정직하지 않을 때도 있어요." 그녀는 부드득 이를 갈며 말했다. "나는 불과 1시간 전에도 그 냉혈한을 건드리는 걸

독벌레를 건드리는 것인 듯 무서워했는데…… 내 잘못이에요. 그는 역시 나에게는 인간이니까요. 그런데 정말 그이가 죽인 걸까요? 그 사람이 죽였을까요?" 그녀는 문득 신경질적으로 외치면서 이반 쪽을 돌아보았다.

그 순간 알료샤는 자신이 오기 1분 전에도 그녀가 한두 번이 아니라 수십 번이나 이반에게 이 질문을 반복하고 급기야 싸움도 했다는 걸 깨달았다.

"난 스메르쟈코프를 만났어요. 당신이, 당신이 아버지를 죽인 범인은 그 하인이라고 해서 난 당신의 말만 믿었어요!"

그녀는 여전히 이반 쪽을 바라보며 말을 이었다.

이반은 씁쓸하게 웃었다. 알료샤는 그녀가 이반을 '당신'이라고 부르자 자신도 모르게 몸이 떨렸다. 그는 두 사람의 관계를 꿈에도 모르고 있었다.

"이제 그만 하지요." 이반이 말을 가로챘다. "난 갑니다…… 내일 또 오겠습니다."

그는 이렇게 말한 뒤, 몸을 돌려서 밖으로 나가더니 계단 쪽으로 큰 보폭으로 걸어갔다. 카체리나는 갑자기 명령하는 듯한 몸짓으로 알료샤의 손을 붙잡았다.

"저 사람 뒤를 따라가요! 저 사람을 쫓아가서 잡아요! 저 사람을 1분이라도 혼자 두면 안 돼요." 그녀는 다급하게 속삭였다. "저 사람이 이상해요. 당신은 저 사람이 이상해진 걸 못 느끼시죠? 환각이에요. 신경성 열병을 앓고 있어요! 의사가 말했어요. 가세요, 저 사람 뒤를 쫓으세요."

알료샤는 일어나서 이반의 뒤를 따라갔다. 그는 아직 50걸음도 가지 않았다.

"너는 왜 그러냐?" 이반은 알료샤가 자신을 따라온 것을 알고 돌아보며 말했다. "내가 미쳤으니 그녀가 빨리 따라가라고 한 거지? 난 전부 알아." 그는 애가 타는 듯이 덧붙였다.

"물론 그녀가 착각한 것이겠지만, 형님이 아프신 건 사실이에요. 방금 전 그녀의 집에서 형님의 안색을 주의 깊게 살폈는데, 병색이 완연했습니다. 형님, 정말로요!"

이반은 걸음을 멈추지 않고 그대로 걸었다. 알료샤도 그 뒤를 따랐다.

"그런데 알렉세이, 넌 사람이 어떻게 미치는지 아니?" 이반은 문득 부드럽게 물었다. 뜻밖에도 그 말에는 소박한 호기심이 서려 있었다.

"아니요, 몰라요. 미치는 것도 다양한 종류가 있을 거예요."

"그렇다면, 자신이 미쳤다는 걸 스스로 알 수 있을까?"

"그런 때는 자신을 똑똑하게 관찰하지 못할 것 같네요."

알료샤가 살짝 놀라면서 대답했다.

이반은 잠시 말이 없었다.

"나와 얘기하고 싶으면 제발 화제를 바꾸는 게 좋을 거야."

이반이 갑자기 말했다.

"참, 잊기 전에 형님에게 편지를 전해 드릴게요."

알료샤는 조심스럽게 말하면서 주머니에서 리즈의 편지를 꺼내서 이반에게 건넸다. 두 사람은 가로등을 지나치는 길이어서 이반은 글씨체를 보고 단박에 누구인지 알 수 있었다.

"아, 작은 악마가 보낸 편지구나!"

그는 독기가 밴 웃음을 보이며 편지를 뜯지 않고 찢어버리더니 바람에 날렸다. 여기저기에 종잇조각이 흩날렸다.

"아직 열여섯 살도 안 됐을 텐데, 벌써 교태를 부리다니!"

그는 다시 큰길을 걸으며 경멸하는 것처럼 말했다.

"교태를 부린다고요?"

알료샤가 외쳤다.

"알잖아, 음탕한 여자들이 하는 짓이라고는."

"무슨 말이에요, 이반. 그게 무슨 말이지요?" 알료샤는 슬픈 것처럼 열을 내며 변호했다. "그 여자는 어린아이예요. 어린애를 모욕하다니요! 그 여자는 환자예요. 많이 아픕니다. 어쩌면 그 여자도 미쳐버렸는지도 몰라요. 나는 이 편지를 전해야 했습니다. 나는 오히려 형님에게서 어떤 말을 듣고 싶었어요. 그 여자를 구하려고……."

"나는 아무것도 얘기할 게 없어. 그 여자가 설사 어린애라고 하더라도 난 그녀의 유모가 아니니까. 알렉세이, 이제 어떤 말도 하지 마. 난 그런 건 생각하기 싫다."

두 사람은 다시 잠깐 말이 없었다.

"그 여자는 내일 법정에서 어떤 태도여야 하는지 가르쳐 달라고 오늘 밤 내내 성모 마리아에게 기도할 거야."

그는 다시 문득 증오를 담아서 무뚝뚝하게 말했다.

"형님은…… 형님은 카체리나에 대한 말을 하는 겁니까?"

"맞아. 그 여자는 미차의 구세주가 될 것인지, 아니면 미차를 파멸로 데려갈 것인지, 기도를 드려서 자기 마음을 비춰 달라고 애원하고 있어. 스스로 어떻게 해야 할지 모르니까. 아직 태도를 정하지 못했어. 나를 유모로 착각하면서 자신을 달래주길 바라기도 하더라."

"형님, 카체리나는 형님을 사랑합니다."

알료샤는 슬픈 마음을 담아서 말했다.

"그럴 수도 있지. 하지만 내 마음은 그대로야."

"그 사람은 괴로워하고 있어요. 왜 형님은 그 사람에게…… 때로는…… 그런 말을 해서 기대를 갖게 하십니까?" 알료샤는 조심스럽게 비난했다. "형님이 그 사람에게 무슨 뜻이 있는 듯한 태도를 보인 걸 전 알아요. 이런 말을 하는 건 실례겠지만요."

"나는 이런 경우에 당연히 필요한 태도를 보일 수가 없어. 완전하게 인연을 끊고 솔직해질 수가 없단 말이야!" 이반은 초조하게 말했다. "그 살인자에게 선고가 내려질 때까지 기다려야 해. 만약 내가 지금 그 여자와 관계를 끊게 되면, 나에게 복수하려고 내일 법정에서 분명히 저 악당을 파멸시킬 거야. 왜냐하면 그녀는 미차를 미워하고, 또 스스로도 미워하는 걸 알기 때문이지. 지금은 전부 거짓말뿐이야. 거짓말 위에 거짓말을 쌓는거야! 내가 그 여자와 관계를 끊지 않으면 그 여자도 나에게 희망을 갖고 저 냉혈한을 파멸시키지 않겠지. 내가 미차를 재난에서 구해내려는 것을 그 여자도 알거든. 어쨌든 그 빌어먹을 선고가 내릴 때까지는 기다려!"

알료샤는 '살인자'나 '냉혈한' 같은 말을 듣고 마음이 아팠다.

"그런데 도대체 그 사람이 미차를 어떻게 파멸시킨다는 건가요?" 그는 이반의 말을 곱씹으면서 물었다. "도대체 그 사람이 미차를 말 한 마디로 파멸시킬 수 있는 증언을 한다는 건가요?"

"너는 아직 모른다. 그 여자는 확실한 증거 서류를 한 개 갖고 있어. 그건 미차가 직접 쓴 건데 형이 아버지를 죽였다는 걸 수학적으로 증명하는 거야."

"그럴 리가요!"

알료샤가 외쳤다.

"왜 그럴 리가 없니? 난 내 눈으로 똑똑히 읽었다."

"그런 증거 서류란 있을 수 없습니다!" 알료샤는 힘껏 반복했다. "그럴 리가요. 왜냐하면, 형님은 범인이 아니니까요. 형님은 아버지를 죽이지 않았어요, 형님은 아니란 말이에요!"

이반은 문득 걸음을 멈추었다.

"그럼 너는 누가 범인이라고 생각하는 거야?"

그는 얼핏 듣기에 매우 차갑게 물었다. 그 질문에는 일종의 오만함이 깃들어 있었다.

"형님 자신도 누구인지 잘 아시잖아요?"

알료샤는 가슴을 파고드는 작은 목소리로 말했다.

"누군데? 그 미치광이 머저리에 지랄병을 앓는 스메르자코프 말하는 거냐?"

문득 알료샤는 온몸이 떨려왔다.

"형님도 누군지 잘 아시잖습니까."

그의 입에서는 힘없는 말이 자신도 모르게 흘러나왔다. 그는 숨을 몰아쉬고 있었다.

"도대체 누군데, 누구 말하는 거야?"

이반은 사나운 목소리로 외쳤다. 이제껏 보여준 침착함은 완벽하게 사라진 상태였다.

"저는 그저 이걸 알고 싶을 뿐입니다." 알료샤는 여전히 속삭였다.

"아버지를 죽인 사람이 이반 형님이 아니라는걸요."

"'이반 형님'이 아니라고? 내가 아니라니, 도대체 그게 무슨 말이냐?"

이반은 무척 놀랐다.

"아버지를 죽인 사람은 형님이 아니에요, 형님이 아닙니다!"

알료샤는 단호하게 반복했다. 30초 정도의 정적이 지나갔다.

"내가 죽이지 않은 건 나도 잘 안다. 무슨 잠꼬대 같은 소리야?"

이반은 창백하게 일그러진 웃음을 희미하게 지으면서 말했다. 그는 뚫어져라 알료샤를 노려보았다. 두 사람은 여전히 가로등 옆에 서 있는 상태였다.

"아니요, 형님은 몇 번이나 자신이 범인이라고 자신에게 말씀하셨습니다."

"언제 내가 그렇게 말했어? 나는 모스크바에 있었는데? 내가 말한 게 언제야?"

이반은 넋을 잃은 것처럼 중얼거렸다.

"형님은 끔찍했던 지난 두 달 간, 혼자일 때면 몇 번이고 스스로에게 그런 말을 했습니다." 알료샤는 여전히 작은 소리로 한 마디씩 끊어 가면서 말했다. 그러나 이제는 자신의 의지가 아니라 어떤 저항할 수 없는 명령 때문에 정신없이 말하는 상태였다. "형님은 자신을 책망하면서 범인은 나뿐이라고 스스로 인정했습니다. 그러나 형님은 죽이지 않았습니다. 형님은 잘못 알고 있는 거예요. 형님은 범인이 아닙니다. 제 말을 믿으세요. 형님이 아니에요. 하느님이 이것을 형님에게 말씀하시려고 저를 보내셨습니다."

두 사람은 말이 없었다. 이 정적은 1분 정도 지속되었다. 두 사람은 움직이지 않은 채 서로의 눈을 바라보았다. 두 사람 모두 얼굴이 창백했다. 문득 이반이 몸을 떨면서 알료샤의 어깨를 붙잡았다.

"너, 우리 집에 왔었지!" 그는 어금니를 깨물면서 속삭였다. "너는 그놈이 온 날 밤에 우리 집에 왔었던 거야. 솔직하게 말해 봐. 너, 그놈을 봤지, 본 거지?"

"누구요? 미차 말하는 건가요?"

알료샤는 의아하다는 듯이 물었다.

"미차가 아니야. 그런 냉혈한은 엿이나 먹으라고 해!" 이반은 정신없이 외쳤다. "그놈이 우리 집에 드나드는 걸 알았니? 어떻게 알았니? 자, 말해 봐라."

"그게 누군데요? 누굴 말씀하시는 건지 저는 모르겠습니다."

알료샤는 겁에 질려서 중얼거렸다.

"아니야, 넌 알아. 그렇지 않다면 어떻게 네가, 아니, 넌 알고 있어."

그러나 갑자기 그는 자신을 억누를 수 있게 된 듯이 그 자리에 서서 무언가 깊이 생각하는 것 같았다. 그는 소리 없이 웃으면서 입술을 일그러뜨렸다.

"형님." 알료샤는 떨리는 목소리로 다시 말했다. "제가 이렇게 말한 건 형님이 제 말을 믿어주실 거라고 믿었기 때문입니다. 형님이 죽을 때까지 저는 형님이 아니라는 말을 믿을 것입니다! 형님이 죽을 때까지요. 그 말은 하느님이 제 영혼에 형님에게 그렇게 말하라고 지시하신 것입니다. 지금 이 순간부터 영원히 형님에게 원한을 산다 해도……."

그러나 이반은 이제 완전하게 자제심을 되찾은 것처럼 보였다.

"알렉세이 군." 그는 차가운 미소를 지으며 말했다. "나는 예언자와 미치광이를 가장 싫어해. 특히 신의 사자라고 하는 것들은 정말 질색이야. 그건 너도 알지? 지금부터 나는 너와의 인연을 끊을 거야. 이게 아마 영원한 이별일거다. 제발 지금 곧바로 이 사거리에서 헤어지도록 하자. 이쪽 골목이 너의 집으로 가는 길이야. 특히 오늘 나에게 찾아오는 건 절대 안 된다! 명심해라!"

그는 몸을 돌려서 차분한 걸음으로 옆을 보지 않고 성큼성큼 걸어갔다.

"형님." 알료샤는 그 뒷모습을 보고 외쳤다. "오늘 만약 형님에게 무슨 일이 생기면 가장 먼저 저를 떠올려 주세요."

그러나 이반은 대답이 없었다. 알료샤는 형의 모습이 어둠 속에 완전히 사라질 때까지 사거리의 가로등 옆에 조용히 서 있었다. 이반이 사라지자 그는 발길을 돌려서 골목을 따라 느리게 집을 향했다. 이때는 그도, 이반도 방을 따로 얻어서 살고 있었다. 두 사람 모두 텅 빈 아버지의 집에 살고 싶지 않았기 때문이다. 알료샤는 어느 상인 집의 가구가 있는 방에 세 들었고, 이반은 알료샤와 꽤 멀리 떨어진 곳에 살았다. 꽤 부유한 어느 관리의 미망인이 소유한 훌륭한 저택의 넓고 좋은 별채를 빌려서 살았던 것이다.

그런데 이 별채에는 가정부가 한 사람뿐이었고, 그 가정부는 무척 늙어서 귀가 먹은 노파였다. 노파는 항상 류머티즘을 앓아서 저녁 6시에 자고 아침 6시에 일어났다. 이반은 지난 두 달 간 이상할 정도로 까탈스러워져서, 항상 혼자 있는 것을 즐겼다. 그는 자신의 방을 직접 치우고 다른 방은 거의 들여다보지 않았다.

그는 자신의 집 문 앞에 도착해서 초인종의 끈을 잡고 멈춰 섰다. 그는 여전히 증오로 온 몸이 떨렸다. 그는 문득 끈을 놓고 침을 뱉은 뒤, 몸을 돌려서 마을과 반대 방향으로 빠르게 걸었다.

그의 하숙집에서 2km 떨어진 곳에 있는 아주 작고 기울어진 통나무집을 향해 걸었다. 이 집에는 항상 표도르네 부엌에 수프를 얻으러 오던 이웃에 살던 마리아 콘드라치예브나가 살았다. 예전에 스메르자코프가 노래를 부르기도 하고 기타 연주를 들려주기도 했던 여자였다. 그녀는 예전 집을 팔고, 지금은 거의 농가와 비슷한 이 통나무집에 어머니와 단둘이 살았다. 병으로 사경을 헤매는 스메르자코프는 표도르가 죽은 뒤, 곧장 이 모녀의 집에서 의탁했다. 지금 이반은 갑자기 솟구치는 어떤 억제할 수 없는 생각에 휩싸여 그를 찾아온 것이다.

6. 스메르자코프와의 첫 만남

　모스크바에서 돌아온 이반이 스메르자코프를 만나는 것은 세 번째였다.

　그런 비극이 있은 뒤로 그가 스메르자코프를 만나서 처음으로 이야기를 나눈 것은 모스크바에서 돌아온 그날이었다. 그리고 한 두 주가 지나고 두 번째로 찾아왔다. 이 두 번째 방문을 마지막으로 그는 스메르자코프를 더 이상 찾아오지 않았기 때문에, 벌써 한 달도 넘게 그를 만나지 않았고 그의 소식도 듣지 못했다.

　이반이 모스크바에서 돌아온 것은 아버지가 죽고 닷새가 지난 뒤였기 때문에 아버지의 관도 물론 볼 수 없었다. 그가 도착하기 바로 전날, 장례식이 치러졌다. 이반의 귀향이 늦어진 것에는 이유가 있었다. 이반의 모스크바 주소를 정확하게 알지 못했던 알료샤는 전보를 보내려고 카체리나에게 달려갔지만 그녀도 역시 몰라서 자신의 언니와 숙모 앞으로 전보를 보냈다. 이반이 모스크바에 도착하면 바로 그들 집에 방문할 것이라고 생각해서였다. 그러나 이반은 모스크바에서 도착하고 나흘이 지나서야 처음으로 그들을 찾아왔다. 물론 그는 전보를 보고 곧장 고향으로 돌아왔다.

그는 돌아오자마자 알료샤를 먼저 만났는데, 그가 알료샤와 이야기를 하면서 몹시 놀란 것은 그가 이 도시의 모든 사람들과는 정반대로 미차를 손톱만큼도 의심하지 않고 단박에 진범으로 스메르자코프를 지목했기 때문이었다. 그런 뒤 그는 경찰서장이나 검사를 만나서 예심과 구속 때의 상황을 자세히 듣고 더욱 알료샤의 생각에 크게 놀라게 되었다. 그래서 마침내 알료샤의 의견은 극단적인 형제애와 미차에 대한 연민에서 나온 것이라고 해석하기에 이르렀다. 알료샤가 미차를 열정적으로 사랑한다는 것은 이반도 알고 있었다.

이반이 형 드미트리를 어떻게 생각하는지에 대해서도 참고로 몇 마디 적어 두겠다.

이반은 형 미차를 매우 싫어했다. 때로 어떨 때는 동정을 느끼기도 했지만, 거기에는 거의 혐오스러운 경멸이 섞여 있었다. 외모를 비롯해서 미차의 전부가 그에게는 불쾌한 것 투성이였다. 그는 미차에 대한 카체리나의 사랑도 분노에 가득 찬 시선으로 바라보았다.

그가 피고가 된 미차를 만난 것은 역시 돌아온 그날이었고, 이

면회는 미차의 범행에 대한 그의 확신을 약화시킨 것이 아니라 오히려 더 굳건하게 만들고 말았다.

그때 미차는 불안에 휩싸여 병적일 정도로 흥분해 있었다. 그는 마구 떠들어댔지만 초조해했고, 하는 말은 앞뒤가 맞지 않았으며, 말투는 매몰찼다. 그는 몹시 격앙된 어투로 스메르자코프의 죄를 주장했지만 그가 하는 말은 전부 논리적이지 않았다. 그가 가장 많이 말한 것은 죽은 아버지가 자기에게서 '빼앗은' 3천 루블에 대해서였다.

"그건 내 돈이야. 그건 내 돈이었다고." 미차는 반복했다. "그러니까 만약 내가 그 돈을 훔쳤다고 해도 그건 잘못한 게 아니야."

그는 자신에게 불리한 모든 증거에 대해서는 제대로 반박하지도 않고 자신에게 유리한 사실을 설명해 줘도 횡설수설하고, 어리숙하게 굴었다. 대체로 그는 이반에 대해서나 또 다른 누군가에 대해서나 자신을 변호하려는 마음이 전혀 없고, 도리어 화를 내거나 자신에 대한 비난을 오만하게 무시하면서 욕지거리를 하고 흥분했다. 그리고리가 문이 열려 있었다고 증언한 것에 대해서는 그저 경멸하고 웃으면서 "아마 악마가 와서 열었나 보군." 하고 말할 뿐이었다. 그러나 그러한 사실에 대해 논리적으로 설명하지는 못했다.

게다가 '모든 것이 용서된다'고 주장하는 사람들에게 자신을 의심하거나 심문할 권리가 없다고 난폭하게 말하면서 첫 면회 때부터 이반을 화나게 했다. 그는 대체로 이때 이반에게 매우 적대적으로 굴었다.

이반은 미차와 면회를 마치고 곧장 스메르자코프를 찾아갔다. 그는 모스크바에서 서둘러 돌아오는 기차 안에서 출발하기 전날 밤에 스메르자코프와 나눈 마지막 대화를 계속 생각했다. 그의 마음을 여러 가지 일들이 어지럽게 만들었고, 수많은 일들이 의심스럽게 여겨졌다. 그러나 예심 판사에게 진술할 때는 우선 그 대화에 대해서는 얘기하지 않았고 스메르자코프를 만날 때까지 미뤄 두었다.

스메르자코프는 그 당시 시립 병원에 입원 중이었다. 게르첸시투베 의사와 이반이 병원에서 만난 바르빈스키 의사는 이반의 계속 질문을 하자, 스메르자코프의 간질병은 의심의 여지가 없는 것이라고 확실하게 대답했다.

"그 비극적인 사건이 있었던 날에 그가 간질병 발작을 흉내 낸 것은 아닌가요?"라는 이반의 질문에는 깜짝 놀라기까지 했다.

그들의 설명은, 이번 발작은 가벼운 것이 아니었고, 며칠동안 계속 반복되서 환자의 목숨도 무척 위험했지만, 다방면으로 치료를 해서 겨우 생명은 건질 수 있었다는 것이다. 단지 아직 환자의 정신 상태에 '평생은 아니지만 꽤 오랫동안' (의사 게르첸시투베는 이렇게 말을 보탰다) 부분적으로 기능적인 이상이 생길 가능성이 매우 높다고 확언했다.

"그렇다면 그는 지금 미쳐 있는 거군요."

이렇게 성급하게 묻자 두 의사는 다음과 같이 대답했다.

"엄격한 의미에서는 그렇다고 할 수 없지만, 약간 비정상적인 측면이 있습니다."

이반은 그 비정상적인 것이 어떤 것인지 자신이 직접 조사해야겠다고 생각했다.

병원에서는 금세 면회가 허용되었다. 스메르자코프는 격리실에 수용되어 침대에 누워 있었다. 그 옆에는 또 한 개의 침대가 있었고 병든 상인 한 명이 누워 있었는데 전신이 수종(水腫)으로 부어서 분명히 위태로워 보였으므로, 그 사람 때문에 이야기를 나누지 못할 상황은 아니었다. 스메르자코프는 이반을 보자 의아하다는 듯이 이를 드러내며 처음에는 겁을 먹은 듯 보였다. 이반에게는 그렇게 느껴졌다. 그러나 그것은 한순간일 뿐이었고, 그 뒤에는 이상할 정도로 침착해져서 이반을 놀라게 만들었다.

이반은 단번에 그가 매우 위독한 상태라는 것을 확인했다. 그는 몹시 쇠약해서 말하는 것조차 힘이 드는 것처럼 느리게 말을 했다. 그리고 매우 야위어서 얼굴이 누레져 있었다. 20분 정도 후에 끝난 면회 시간에도 그는 계속 머리가 아프다거나 팔다리가 쑤신다거나 하는 등의 통증을 하소연했다. 그의 얼굴은 거세당한 수도사처럼 앙상했고, 작고 일그러져 보였다. 관자놀이 부근의 머리카락은 헝클어져 있었고, 앞쪽에는 한 줌의 머리카락이 어설프게 서 있었다.

그러나 쉬지 않고 깜빡거리며 무언가 암시를 하는 것 같은 왼쪽 눈은 예전의 스메르자코프가 분명했다. '현명한 사람과 나누는 이야기는 즐겁다'는 스메르자코프의 말이 갑자기 생각났다. 그는 스

215

메르자코프의 발치에 있는 나무로 된 의자에 앉았다. 스메르자코프는 괴로운 것처럼 침대에서 몸을 약간 움직이고, 입을 다물고 아무 말도 하지 않은 채 흥미가 별로 없는듯한 표정을 지었다.

"나와 얘기할 수 있겠어?" 이반이 물었다. "시간이 오래 걸리진 않아."

"물론 얘기할 수 있습니다." 스메르자코프는 힘없이 중얼거렸다. 그리고 겸연쩍은 이반을 위로하는 것처럼, 어쩔 수 없이 상대를 해 주는 듯한 말투로 덧붙였다. "언제 돌아오셨어요?"

"오늘 돌아왔어…… 이곳에서 일어난 소동에 나도 참여하려고."

스메르자코프는 한숨을 쉬었다.

"왜 한숨을 쉬는 건가? 너는 예전부터 알았잖아?"

이반은 갑자기 몰아세웠다.

스메르자코프는 무거운 태도로 한동안 말이 없었다.

"그야 알 수밖에 없었잖습니까! 예전부터 전부 알았지요. 단지 이런 결과가 생길 줄은 예상 못했습니다."

"이런 결과가 생길 줄 몰랐다고? 이거 봐, 모른 척하면 용서치 않겠다. 그때 너는 지하실 창고로 들어가면 단번에 간질을 일으킬 것이라고 예상했었지? 분명히 지하실 창고라고 말했었잖아!"

"도련님은 증인 심문 때 그렇게 말씀하셨나요?"

스메르자코프는 태연스럽게 물었다.

이반은 문득 울화통이 치밀어 올랐다.

"아직은 말 안했지만, 꼭 그렇게 증언하려고 해. 이거 봐, 넌 지금 나에게 해명해야 할 것들이 한두 개가 아니야. 알겠어, 난 네가 헛소리를 하게 내버려두지는 않을 거야!"

"제가 도련님에게 무슨 헛소리를 한다고 이러시는 겁니까? 저는 오로지 도련님만을 하느님처럼 의지하고 있습니다."

스메르자코프는 여전히 매우 침착하게 이렇게 말했지만 잠깐 눈을 감았다.

"첫 번째로." 이반은 말했다. "간질 발작은 예상할 수 없는 걸 나는 잘 알아. 다 조사해 봤으니 속이려고 해도 소용없다. 날짜를 예상할 수는 없지. 그런데 너는 그때 어떻게 날짜뿐 아니라 장소까지 예언할 수 있었던 거지? 만약 네가 일부러 연극을 한 게 아니라면 발작을 일으켜서 창고에 떨어질 거라는 걸 어떻게 미리 알 수 있었지?"

"지하실 창고는 하루에 몇 번씩 드나드는 곳입니다." 스메르자코프는 느리게 끌면서 말했다. "저는 1년 전에도 다락방에서 떨어진 적이 있어요. 발작할 날짜와 시간을 예측할 수는 없지만 그런 예상은 항상 할 수 있지요."

"그런데 넌 시간도 정확하게 예상했잖아!"

"도련님, 제 간질병은 여기 의사선생님에게 물어보면 잘 아시게 됩니다. 제 병이 진짜인지 꾀병이었는지 금방 아실 수 있습니다. 전 이제 거기에 대해서 더 이상 아무것도 드릴 말씀이 없습니다."

"하지만 지하실 창고는? 그 지하실 창고라는 것을 어떻게 미리 알 수 있었던 거지?"

"도련님은 그 창고에 신경이 매우 쓰이시는 것 같군요! 저는 그때 그 창고에 들어갔을 때 너무 무섭고 걱정이 돼서 참을 수 없는 지경이었습니다. 게다가 도련님과 그렇게 헤어지고, 이제는 이 세상에서 의지할 사람이 아무도 없다고 생각하니 더욱 무서웠어요. 저는 그때 창고로 들어가서 '그게 곧 일어나지는 않을까, 발작을 해서 굴러 떨어지지는 않을까' 걱정이 되었습니다. 그런데 바로 그 걱정 때문에 갑자기 경련이 목에 심하게 와서……. 그래서 그만 거꾸로 떨어졌습니다. 이 일 때문에, 그리고 그 전날 밤, 문 옆에서 도련님과 얘기를 나누면서 제 자신의 걱정이며 지하실 창고에 대한 일 같은 걸 말씀드렸음을, 저는 게르첸시투베 선생님과 예심 판사 니콜라이 씨에게 전부 소상히 말씀드렸습니다. 그리고 그분들은 그걸 모두 예심 조서에 쓰셨습니다. 이곳의 바르빈스키 선생님은 그건 그렇게 생각해서 일어난 것이다, '넘어지면 어쩌지?'하는 불안 때문에 일어난 일이라고 많은 사람들 앞에서 특히 더 강조하셨습니다. 진짜로 발작이 일어난 것입니다. 그래서 당국에 계신 분들도 '정말 그렇군. 불안 때문에 생긴 게 분명하다'고 조서에 기록했습니다."

스메르자코프는 이렇게 말하고 정말 피곤한 것처럼 숨을 깊이 들이마셨다.

"너는 그러니까 이미 그런 것까지 진술했다는 거지?"

이반은 약간 당황해서 물었다. 그는 그때 두 사람이 나눈 대화를 폭로하겠다고 말하면서 스메르자코프에게 겁을 주려고 했다. 그런데 그가 먼저 그렇게 해버린 것이다.

"저는 아무것도 두렵지 않습니다! 어떤 것이든 사실을 있는 그대로 기록해야 한다고 생각합니다."

스메르자코프는 확고하게 말했다.

"문 옆에서 우리가 나눈 대화를 전부 얘기했나?"

"아니요, 전부 얘기했다고는 할 수 없습니다."

"간질 흉내를 낼 수 있다고 그때 나에게 자랑한 것도 얘기했나?"

"아니요, 그런 말은 하지 않았습니다."

"그럼 묻겠는데, 너는 그때 왜 나를 체르마시냐에 보내려고 했던 거지?"

"도련님이 모스크바로 떠나시는 것이 두려웠기 때문입니다. 체르마시냐 쪽이 가깝잖아요."

"거짓말하지 마! 너는 나를 떠나게 하려고 했던 거지? 재난을 피해서 떠나라고 말했었잖아."

"그때 그렇게 말씀드린 것은 오직 도련님을 생각하는 사랑과 충성심에서 비롯된 것이었습니다. 집안에 어떤 일이 생길 것 같은 불길한 예감과 도련님이 가여운 생각이 들었기 때문입니다. 도련님보다 제 자신이 불쌍해서인지도 모르겠습니다. 그래서 재난을 피해야 한다고 말씀드린 건 곧 집안에 불행한 일이 생길 거라는 것을 깨닫고 아버님을 보호하기 위해서 남아 주시길 부탁드리는 마음에서였습니다."

"그렇다면 더 확실하게 말했어야지, 바보 녀석아!"

이반은 화가 나서 소리를 크게 질렀다.

"어떻게 그보다 더 확실하게 말씀드릴 수 있었을까요? 제가 그렇게 말한 건 단지 혹시나 하는 걱정에서였는데 만약 제가 숨김없이 그대로 그런 말씀을 드렸다면 도련님께서 화를 내셨을 것이 분명하지 않습니까? 저도 물론 드미트리 님이 어떤 소동을 벌이지는 않을지, 그 돈도 자신의 것이라고 생각하시니 혹시 가져가시지는 않을지 걱정했지만, 설마 살인을 할 줄 누가 알았겠어요? 저는 단지 그분이 주인 나리의 이불 밑에 넣어 둔 그 봉투 속의 3천 루블만 가져 가실 줄 알았을 뿐 결코 사람을 죽일 줄은 몰랐습니다. 도련님도 그렇게까지는 생각하지 않으셨잖아요?"

"너도 예상 밖이었다고 하는데 내가 어떻게 미리 알고 집에 남아 있을 수 있었겠어? 어떻게 그렇게 앞뒤가 안 맞는 말만 하는 거냐?"

이반은 생각에 잠겨 말했다.

"그렇기는 하지만, 제가 모스크바보다 체르마시냐로 가라고 권유한 것만으로도 눈치를 채실 수 있었을 텐데요."

"도대체 그것만으로 어떻게 알 수 있다는 거냐!"

스메르자코프는 매우 피곤한 기색으로 다시 한동안 말이 없었다.

"제가 도련님께 모스크바보다 체르마시냐를 권한 것은 도련님이 가까이 계시길 바랐기 때문입니다. 모스크바는 너무 멀잖아요. 더구나 드미트리 님도 도련님이 가까이 계신 걸 알면 그렇게 선을 넘는 행동은 하지 않을 걸로 생각했어요. 이것만으로도 눈치채실만 하잖아요? 게다가 저에게도 무슨 일이 생기면 도련님이 빨리 오셔서 저를 보호해 주실 수 있다고 생각했습니다. 그리고리 바실리예비치가 아픈 것과 제가 발작을 두려워한다는 것을 미리 알려 드렸으니까요. 또 돌아가신 주인님의 방에 들어가는 신호를 드미트리 님이 저에게 들어서 알고 있다는 것을 도련님에게 가르쳐 드린 것도, 드미트리 님이 분명히 무슨 일을 벌일 것 같다고 예상하시고 체르마시냐에도 가시지 않고 이곳에 그냥 계시게 될 수도 있다고 생각해서였습니다."

'이 자식, 말투는 답답하지만 제법 논리적으로 말하는군. 게르첸시투베는 정상이 아니라고 했는데 그런 것 같지는 않아.'

이반은 갑자기 그런 생각을 했다.

"넌 그럴 듯하게 말해서 나를 속이려는 거지, 망할 녀석!"

"하지만 솔직히 말씀드려서 저는 그때 도련님이 다 아실 줄 알았습니다."

스메르자코프는 순진한 표정으로 말을 받았다.

"다 알았다면 난 떠나지 않았어!"

이반은 다시 화가 솟구쳐서 소리를 질렀다.

"그런데 저는 도련님이 모든 것을 예상하시고, 어디든 달아나자, 무서운 꼴을 당하지 않게 되도록 서둘러 사건을 피하자, 이렇게 생각하시는 걸로 알았습니다. 어디든 달아나서 무서운 사건에서 자신을 지키려고 말입니다."

"너는 누구나 다 너처럼 겁쟁이라고 생각하는구나?"

"용서하세요. 사실은 도련님도 저와 같은 사람이라고 생각했습니다."

"물론 눈치를 챘어야 할 일이었지." 이반은 동요해서 말했다. "맞아, 나는 네가 야비한 짓을 하겠구나 예상했었지……. 어쨌든 너는 거짓말을 했어. 또 거짓말을 하고 있는 거야." 그는 문득 자신으로 돌아와서 외쳤다. "그때 너는 마차 옆에 다가와서 '현명한 사람과 나누는 이야기는 즐겁'고 말한 걸 기억하겠지? 너는 내가 떠나는 것을 기뻐하고 칭찬한 거잖아?"

스메르자코프는 또 한숨을 내쉬었다. 약간 얼굴이 상기된 것 같았다. 그는 조금 숨을 몰아쉬며 말했다.

"제가 기뻐한 것은 도련님이 모스크바가 아닌, 체르마시냐로 가는 것에 동의하셨기 때문입니다. 훨씬 가까우니까요. 하지만 제가 그렇게 말한 것은 칭찬을 한 것이 아니고 비난을 한 것입니다. 그걸 도련님은 알지 못하신 것입니다."

"무슨 비난이지?"

"그런 불행을 예감하면서도 자신의 부모를 버리고, 저희를 지켜 주지 않으셨기 때문입니다. 왜냐하면 제가 그 3천 루블의 돈을 훔친 것처럼 의심을 받을 수도 있었습니다."

"야, 이 녀석아!" 이반은 또 욕지거리를 했다. "아니야, 가만있어 봐. 예심 판사나 검사에게 그 신호 얘기도 한 거야?"

"전부 사실대로 얘기했습니다."

이반은 마음속으로 또 놀랐다.

"내가 그때 무언가를 생각했었다면." 이반은 다시 말을 이었다. "그건 네가 무언가 야비한 짓을 도모하고 있다는 것뿐이었어. 드미트리는 사람을 죽일 수는 있어도 물건을 훔치지는 않는다, 나는 그때 그렇게 믿었지. 그런데 너는 어떤 야비한 짓을 할 수 있다고 생각했다. 사실 너는 네가 직접 그때 간질 발작을 흉내 낼 수 있다고 했었잖아? 무엇 때문에 나에게 그런 말을 한 거지?"

"뭐라고 말씀하신다고 해도 그건 제가 정직해서입니다. 저는 이세상에 태어나서 단 한 번도 일부러 그런 흉내를 내지 않았습니다. 도련님에게 자랑을 하고 싶어서 그런 말을 한 것뿐입니다. 정말 명청한 짓이었지요. 저는 그 무렵 도련님이 너무 좋아서 진심으로 대하고 있었습니다."

"하지만 형님은, 거리낌 없이 너를 지목하면서 네가 아버지를 죽였고, 네가 돈을 훔쳤다고 주장하고 있어."

"그거야 그분으로서 그렇게 말할 수밖에 없는 거 아니겠습니까?"

스메르자코프는 이를 드러내고 쓴웃음을 지었다.

"하지만 그렇게 많은 증거가 있는데 누가 그분의 말을 믿겠습니까? 그리고리도 문이 열려 있는 걸 보았습니다. 이렇게 된 이상 이제 어쩔 도리가 없습니다. 뭐 어떻게 되도 상관없습니다. 목숨을 연명하기 위해 죽을힘을 다해 몸부림을 치시는 거니까."

그는 말이 없다가 문득 무언가 생각난 것처럼 이렇게 말을 보탰다.

"아, 맞아요! 얘기를 다시 되돌리면, 그분은 제가 한 짓이라고 우기면서 저에게 죄를 뒤집어씌우려고 하세요. 저도 그 얘기는 들었습니다. 하지만 설사 제가 간질 흉내를 잘 낸다고 하더라도, 제가 만약 그때 정말로 도련님의 아버님을 죽일 마음을 가졌다면, 간질 흉내를 잘 낸다고 도련님께 미리 얘기할 이유가 있었을까요? 만약 그런 살인을 계획 중이었다면 그 주인나리의 아들인 도련님에게 미리 불리한 증거를 말하는 그런 멍청이가 어디 있을까요? 게다가 상대는 친아들인데요, 가당치 않은 일입니다. 도대체 이게 있을 수 있는 얘기라고 생각하시는 겁니까? 있을 수 없는 일입니다. 그런 멍청한 일은 절대 있을 수 없는 일이지요. 사실 지금도 저와 도련님의 이런 얘기는 하느님만 들을 수 있습니다. 그러나 만약 도련님이 검사나 니콜라이 판사님에게 말씀하신다고 해도 결국은 오히려 저에 대해 변호를 해주는 게 될 것입니다. 왜냐하면 예전에는 그렇게 충직했던 자가 도대체 어떻게 이런 범인이 될 수 있느냐고 생각할 테니까요. 그건 누구나 쉽게 알 수 있지요."

"이보게." 이반은 스메르자코프의 마지막 결론에 충격을 받아서 대화를 중단하려고 자리에서 일어났다. "난 전혀 너를 의심하지 않아. 너에게 죄를 뒤집어씌우는 일은 우습다고 생각해. 게다가 네가 나를 안심시켜 줘서 오히려 고마울 정도야. 오늘은 이만 돌아가지만 다시 오겠다. 그럼 몸 잘 살피고. 혹시 필요한 건 없는가?"

"여러모로 감사하게 생각합니다. 마르파가 저를 잊지 않고 필요한 것이 있으면 친절하게도 뭐든지 구해 줍니다. 친절한 분들이 매일 찾아와 주십니다."

"잘 지내게. 난 네가 간질 발작을 흉내 낼 수 있다는 말은 누구에게도 안 할 테니까. 충고해 두겠는데 너도 말을 하지 않는 게 좋을 거야."

갑자기 이반은 무슨 생각을 해서인지 그렇게 말했다.

"알겠습니다. 도련님이 만일 증언을 하지 않으신다면, 저도 그때 문 옆에서 나눈 도련님과의 대화를 이야기하지 않겠습니다."

이반은 황급히 그 자리를 떠났지만 복도를 열 발자국 정도 걸어가고 난 뒤에야 비로소 스메르자코프의 마지막 말에 모욕적인 의미가 담겨 있음을 알 수 있었다. 그는 되돌아가려고 생각했지만 그 생각도 일시적으로 떠오른 것일 뿐 금세 사라졌다. 그래서 "멍청이!" 이렇게 중얼거리고 더욱 빠른 걸음으로 병원을 나왔다.

그는 스메르자코프가 범인이 아니고 자신의 형 미차가 진범일 거라는 것을 알고 안도감을 느꼈다. 그러나 일반적인 사람이라면 반대의 감정을 느꼈어야 했다. 그런데 그는 왜 안도감을 느꼈을까? 그때 이반은 감정을 분석하고 싶지 않았고, 자신의 감정을 파헤치는 것에 대해서 혐오감을 느꼈다. 그는 한시라도 빨리 잊어버리고 싶은 기분이었다.

그는 그 뒤로 며칠동안 미차를 괴롭힌 많은 증거들을 세세하고 완벽하게 조사하고 미차의 유죄를 확신하게 되었다. 매우 시시한 사람들, 예를 들어 페냐와 그 할머니 같은 사람들이 한 진술은 소름이 돋을 정도였다. 페르호친이나 술집, 플로트니코프네 가게, 모크로예 마을의 증인들에 대해서도 새삼스럽게 언급할 필요가 없을 정도였다.

특히 미차를 괴롭힌 것은 사소한 것들이었다. 비밀 '신호'에 대한 증언은 문이 열려 있었다는 그리고리의 증언대로 예심판사와 검사를 놀라게 만들었다. 그리고리의 아내 마르파는 이반의 질문에 대해서, 스메르자코프는 자신들 옆의 칸막이 뒤에서 밤새 앓았으며, 그 자리는 '우리 침대에서 세 걸음도 떨어지지 않은 곳에 있었다'고 말했다. 자신은 꽤 깊이 잠들었지만, 자주 깨서 그가 그곳에서 신음하는 소리를 들었다고 확실하게 말했다.

"계속 신음소리가 났어요. 밤새도록 앓았답니다."

이반은 또 게르첸시투베와 만나서, 스메르자코프가 미친 사람처럼 보이지 않으며 그저 몹시 쇠약해 보인다고 말했지만, 그것은 단지 이 노의사에게 기이한 미소를 자아내게 할 뿐이었다.

"그럼 선생은 그 사람이 지금 무엇에 빠져 있는지 아십니까?" 의사가 이반에게 말했다. "프랑스어 단어를 외우고 있어요. 그 사람, 베개 밑에 노트를 숨겼는데, 누가 썼는지 프랑스어 단어가 러시아 글자로 쓰여 있어요. 하하하!"

이반은 그 말을 듣고 결국 모든 의심을 거둘 수밖에 없었다. 그는 이제 혐오하는 감정 없이는 형 드미트리를 생각할 수 없게 되었다.

단지 이상한 점 한 가지는 알료샤가 범인이 드미트리가 아니고 '십중팔구' 스메르자코프라고 끈질기게 주장하고 있는 것이었다.

이반은 항상 알료샤의 의견을 존중했으므로 아무래도 꺼림칙했다. 또 이상한 점 한 가지는 이반과 함께 있을 때 알료샤는 먼저 자신이 미차에 대한 이야기를 꺼내지 않고, 이반이 묻는 것에 대답만 하는 것이었다. 이반은 그것도 매우 신경이 쓰였다.

그러나 그와 동시에 그는 그것과는 아무 상관이 없는 다른 일에 정신을 쏟고 있었다. 그는 모스크바에서 돌아오자마자 며칠 동안 카체리나에 대해서 불꽃처럼 타오르는 열정에 몸을 맡긴 상태였다. 그러나 그 뒤에 이반의 인생에 어두운 그림자가 지게 되는 이 새로운 열정에 대해서는 지금 여기서 이야기하지 않겠다. 이것은 다른 이야기, 다른 장편 소설의 소재가 될 수 있지만, 앞으로 그 소설을 쓰게 될 수 있을지는 필자도 알 수 없는 일이다.

그렇다고 해도 이 경우에는 이반에 대해 말하지 않고 넘어갈 수 없었다. 이반은 앞에서도 언급했듯이 그날 밤 알료샤와 함께 카체리나의 집에서 나왔을 때, '나는 그 여자를 사랑하지 않는다'고 말했지만, 그것은 완전히 거짓말이었다. 그는 때로는 그녀를 죽이고 싶을 정도로 미워하기도 했지만 실제로는 미칠 듯이 그녀를 사랑했다.

그런 데에는 여러 가지 이유가 있었다. 그녀는 미차의 사건으로 심신의 충격을 받아서 다시 자신의 곁으로 돌아온 이반을 마치 구세주처럼 생각하고 정신없이 매달렸다. 그녀가 분노와 모멸과 굴욕을 느끼고 있었던 바로 그때, 때마침 예전부터 자신을 열렬하게 사랑해 주고(맞다, 그녀는 그것을 지나치게 잘 알았다) 머리도, 마음도 자신보다 훨씬 뛰어나다고 항상 생각했던 남자가 다시 돌아온 것이다.

그러나 이 반듯한 처녀는 새로운 구애자의 억제할 수 없는 카라마조프 식의 세찬 욕망을 보고 그 매력에 진심으로 끌렸지만 결코 상대의 바람대로 몸을 주지는 않았다. 동시에 그녀는 미차를 배신한 것을 항상 후회하고, 이반과 심하게 싸우게 되면(그들은 정말 자주 싸움을 했다.) 드러내놓고 그에게 이렇게 말했다. 이반이 알료샤와 이야기한 '거짓말 위에 거짓말'은 이것을 의미하는 것이었다.

물론 두 사람 간에는 허위가 많았다. 이반이 분노한 것은 바로 이 점이었다. 그러나 여기에 대해서는 나중에 말하겠다. 요컨대 그는 한때 스메르자코프에 대해 거의 잊었었다.

그러다가 이반이 스메르자코프를 처음 찾아가고 2주일 정도 지나자 다시 그 기이한 생각이 그를 괴롭혔다. 그는 쉬지 않고 자신에게 질문했다. 왜 나는 그때, 그 마지막 밤, 즉 떠나기 전날 밤에 아버지의 집에서 도둑처럼 발소리를 죽인 채 계단에 나가서 아버지가 무엇을 하는지 알려고 귀를 기울인 것일까? 왜 나중에 이 일을 떠올리면 혐오감이 드는 걸까? 왜 그 다음 날 떠나는 중에 문득 그토록 기분이 우울해지고 모스크바에 도착했을 때는 왜 '나는 야비한 인간이다!'라고 혼자서 중얼거렸을까? 지금 그는 괴로운 수많은 생각에 빠져서 카체리나도 잊겠다는 기분이었다. 문득 이러한 생각들이 그를 지배한 것이다!

그는 이런 것을 생각하면서 길을 걷다가 우연하게 알료샤를 만났다. 그는 곧 동생을 불러서 갑작스레 질문을 해댔다.

"너 기억하니? 우리가 식사를 마치고 앉아 있는데, 드미트리가 집안에 뛰어들어서 아버지를 때렸던 거 말이야? 그리고 내가 밖에서 '기대(期待)의 권리'는 보류한다고 아마도 너에게 말했었을 거야. 그래서 너에게 묻고 싶은 게 한 가지 있는데, 그때 너는 내가 아버지가 죽기를 바란다고 생각했니?"

"네, 그렇게 생각했습니다."

알료샤는 나지막하게 말했다.

"하긴 정말 그랬으니까. 그때는 굳이 짐작을 할 필요가 없었지. 그러나 너는 그때 '독사끼리 서로 잡아먹기'를, 즉 드미트리가 아버지를 죽이기를, 그것도 가능하면 빨리 그러기를 바라고 있다고 생각한 건 아니니? 게다가 나도 기꺼이 도울 마음이 있다고 생각했던 거냐?"

알료샤는 약간 얼굴이 창백해지면서 아무 말없이 형의 눈을 바라보았다.

"자, 말해 봐." 이반은 외쳤다. "나는 네가 그때 어떻게 생각했는지 알고 싶어 견딜 수가 없다. 나에게 필요한 건 진실이야, 진실!"

그는 아까부터 어떤 증오심에 휩싸여 알료샤를 노려보면서 괴로운 것처럼 숨을 몰아쉬었다.

"용서해 주세요. 저는 그때 그런 생각을 했습니다."

알료샤는 속삭이는 것처럼 말하고, '변명'은 하지 않고 입을 다물었다.

"고맙구나!"

이반은 툭 내뱉고는 알료샤를 남겨두고 혼자서 집을 향해서 성큼성큼 걸어갔다.

알료샤는 그때부터 왠지 형 이반이 갑자기 자신을 멀리하려고 노력할 뿐 아니라, 자신을 싫어하게 되었다고 깨닫고 자신도 이제 이반을 찾아가는 것을 그만두었다.

그런데 이반은 그때 알료샤는 만난 뒤, 자신의 집으로 돌아가지 않고 갑자기 다시 스메르자코프를 찾아갔다.

7. 두 번째 만남

스메르쟈코프는 그 무렵 병원에서 퇴원한 상태였다. 이반은 그가 새로 머무는 곳을 알았다. 그곳은 다 허물어져 가는 작은 통나무집이었는데 현관을 사이에 두고 두 개의 방이 있었다. 한쪽은 마리야 콘드라치예브나가 어머니와 함께 지내고 있었고, 나머지 한쪽은 스메르쟈코프가 지내고 있었다. 그가 무슨 이유로 그녀들과 함께 사는지, 그냥 신세를 지는 것인지 또는 돈을 내는지는 아무도 알 수 없었다. 나중에 세상 사람들은 아마 마리야의 약혼자로 당분간 그저 신세를 진 거라고 생각했다. 어머니도, 딸도 그를 존경하며 자신들보다 훨씬 훌륭한 사람으로 여기고 있었다.

이반은 문을 탕탕 두드리고 현관으로 들어가서 곧 마리야의 안내를 받아서 스메르쟈코프가 있는 '깨끗한 쪽'의 방으로 들어갔다. 방안에는 장식용 타일을 붙인 난로가 있어서 후덥지근하게 더웠다. 화려한 하늘색 벽지가 네 벽에 발라져 있었지만 지금은 모두 너덜너덜 찢어져서 그 안에서 수많은 바퀴벌레들이 무리를 지어 돌아다니며 쉬지 않고 부스럭 소리를 내고 있었다. 가구도 매우 궁상맞아서 양쪽 벽 앞에 벤치가 하나씩 있었고, 테이블 옆에는 두 개의 의자가 놓여 있는 것이 전부였다. 테이블은 흔한 목재였지만 장미꽃 무늬가 있는 테이블보가 씌워져 있었다. 두 개의 작은 창문 앞에는 각각 제라늄 화분이 한 개씩 놓여 있었고, 방의 한구석에는 성상(聖像) 여러 개를 장식한 양문 장식장이 있었다.

　테이블 위에는 우그러들고 크지 않은 구리로 만든 사모바르(러시아의 찻주전자)와 두 개의 찻잔이 놓인 쟁반이 있었다. 스메르자코프는 이미 차를 마신 뒤여서 사모바르의 불은 꺼져 있었다. 때마침 그는 테이블을 마주하고 벤치에 앉아서 수첩을 바라보며 무언가 쓰고 있었다. 그의 옆에는 잉크병과 낮은 쇠 촛대가 있었고, 촛대에는 스테아린 양초가 타고 있었다.

　이반은 스메르자코프의 얼굴을 본 순간, 이제 병이 완전히 나았다고 생각했다. 그의 얼굴은 예전보다 훨씬 생기가 넘쳤고, 살도 쪘고, 앞머리는 깨끗이 빗어 올리고 포마드까지 바른 상태였다. 그는 화려한 무명 잠옷을 입고 앉아 있었지만, 오래 입은 것인 듯 꽤 낡아 보였다. 그리고 이반이 지금까지 본 적이 없는 코안경을 쓰고 있었다. 이 사소한 사실이 문득 이반의 화를 더욱 부채질했다.

　'뭐야, 건방진 놈, 코안경을 다 쓰고!'

스메르자코프는 느리게 고개를 들어서 손님이 들어오는 것을 안경 너머로 조용히 바라보았다. 마침내 그는 조용히 안경을 벗고 짐짓 벤치에서 가볍게 일어나는 시늉을 보였다. 어딘가 공손하지 않고, 오히려 무척 귀찮다는 것처럼 그저 인사치레로 최소한의 예의만 지키겠다는 태도였다. 이반은 즉시 그 점을 느끼고, 그것으로 모든 것을 알아채고 마음속에 새겼다. 그러나 이반을 무엇보다 화가 나게 만든 건 스메르자코프의 눈빛이었다. 그것은 증오를 숨김 없이 드러낸, 불손하고 거만한 눈빛이었다. '뭐 하러 또 찾아온 거요? 얘기는 다 끝났는데, 무슨 볼일이 있어서 다시 나타난 거난 말이오?' 이렇게 말하는 것처럼 보였다. 이반은 가까스로 자신을 억눌렀다.

"방이 매우 덥군."

그는 서서 이렇게 말하고 외투의 단추를 풀었다.

"벗으세요."

스메르자코프가 말했다.

이반은 외투를 벗어서 소파에 던지고 손을 떨면서 의자를 잡아서 재빨리 테이블 옆에 끌어다가 앉았다. 스메르자코프는 이반보다 먼저 그 소파에 앉았다.

"일단, 우리 둘뿐이지?" 이반은 엄격한 말투로 다급하게 말했다. "아무도 듣지는 않겠지?"

"듣는 사람은 아무도 없습니다. 이미 보셨겠지만 방 사이에 현관이 있어서요."

"그렇다면 내 말을 잘 들어. 그때 내가 병실에서 나올 때, 너는 도대체 나에게 뭐라고 한 거야? 네가 간질 발작을 흉내 낼 수 있다고 한 것에 대해서 내가 가만히 있으면 너도 나와 문 옆에서 여러 가지 얘기를 나눈 것에 대해 예심판사에게 말하지 않는다고 했었지? '여러 가지 이야기'가 무슨 의미지? 무슨 뜻으로 그런 말을 했어? 나를 협박하는 거였냐? 내가 너와 뒤로 손을 잡고 있기라도 하다는 거야? 아니면 내가 너를 두려워한다는 거냐?"

이반은 어떤 암시나 거래없이 정면으로 승부를 건다는 것을 상대에게 알리려는 듯 사납게 말했다. 스메르자코프의 시선이 적의를 보이며 한번 빛나더니 왼쪽 눈이 깜박였다. 그는 평상시 습관처럼 조심스럽고 절도 있게 곧 대답했다.

"솔직히 얘기하기를 원하시면, 어디 한 번 서로 속내를 털어와 봅시다. 그때 제가 말씀드리려고 했던 것은, 도련님은 아버지가 살해될 거라는 걸 미리 알면서도 그 사실을 외면하셨다는 거였습니다. 그 뒤 세상 사람들이 도련님의 마음과 다른 여러 가지에 대해 안 좋은 말을 할 거라고 생각했기 때문입니다. 그때 제가 관리들에게 말하지 않겠다고 약속했던 것은 바로 그 부분입니다."

스메르자코프는 얼핏 보면 당황하지 않고 겉보기에는 자신을 억누르면서 말하고 있는 것처럼 보였지만, 그 목소리에는 뭔가 결연하고 완고하며 악의적인, 뻔뻔스럽고 도전적인 울림이 담겨 있었다. 그는 이반의 얼굴을 대담하게 바라보았다. 그래서 이반은 처음에는 눈이 부시는 것 같은 느낌이었다.

"뭐, 뭐가 어떻다고? 너 지금 제정신인 거냐?"

"당연합니다."

"그럼 내가 그때 살인이 일어날 것을 알고 있었다는 거냐?" 결국 이반은 이렇게 외치며 주먹으로 있는 힘을 다해 테이블을 내리쳤다. "그리고 또 '다른 여러 가지'라는 건 뭐지? 말해 봐, 이 비열한 놈아!"

스메르자코프는 입을 다물고 여전히 그 뻔뻔스러운 시선으로 이반을 바라보고 있었다.

"어서 말해라, 이 더러운 사기꾼아. '다른 여러 가지'가 뭐냐?"

"제가 아까 '다른 여러 가지'라고 한 것은 도련님도 그때 아버지의 죽음을 원하고 있었다는 것입니다."

이반은 벌떡 일어나서 스메르자코프의 어깨를 주먹으로 사정없이 내리쳤다. 스메르자코프는 그 바람에 비틀거리며 벽까지 뒷걸음질을 쳐야 했다. 그의 얼굴에는 금세 눈물이 흘렀다.

"도련님, 약한 사람을 때리다니 부끄럽지 않으십니까!"

그는 지금까지 계속 코를 푼 파란 격자무늬의 손수건으로 눈을 가리고 낮게 말하며 흐느꼈다. 1분이 지났다.

"이제 그만해! 멈춰!" 이반은 다시 의자에 앉으며 결국 명령했다. "참는 것에도 한계가 있다!"

스메르자코프는 눈에서 손수건을 떼었다. 주름진 얼굴의 모든 윤곽이 조금 전에 받은 굴욕을 적나라하게 나타냈다.

"나쁜 놈, 그럼 그때 너는 내가 드미트리와 함께 아버지를 죽일 거라고 생각했단 말이냐?"

스메르자코프는 원망스러운 것처럼 말했다.

"저는 그때 도련님의 마음을 알 수 없었습니다. 그래서 그때 문에서 도련님을 들어가지 못하게 한 거예요. 이 점에 대해서 도련님을 시험하려고 했던 것이지요."

"뭘 시험한다는 거야?"

"아버님이 조금이라도 빨리 살해되는 것을 바라고 계시는지 하는 것에 대해서 말입니다."

이반이 무엇보다 분노한 것은 스메르자코프가 고집스럽게 끝까지 유지하는 그 끈질기고 뻔뻔한 말투였다.

"네가 아버지를 죽인 거냐?"

이반이 갑자기 외쳤다.

스메르자코프는 경멸하는 것처럼 빙긋이 웃었다.

"제가 죽이지 않았다는 걸 도련님도 잘 아시지 않습니까? 저는 현명한 사람이라면 이런 얘기는 두 번 반복할 필요가 없다고 생각합니다."

"그렇다면 왜, 왜 그때 나에게 그런 의심을 가진 거냐?"

"이미 아시는 대로, 그저 너무 무서워서 의심을 했었습니다. 왜냐하면 그 무렵의 저는 겁을 먹어서 누구든 의심하게 되었으니까요. 그래서 도련님도 시험해 보려고 한 것입니다. 만일 도련님이 형님과 같은 걸 바라신다면 그때는 모든 게 끝이고, 저도 파리처럼 살해될 거라고 생각했습니다."

"이봐, 잠시만, 넌 2주일 전에는 그런 말은 하지 않았어."

"병원에서 도련님과 얘기할 때도 역시 이런 말을 하려고 했지요. 단지 구차하게 말하지 않아도 짐작하실 수 있을 거라고 생각했습니다. 도련님은 매우 현명하시니까. 노골적인 얘기는 안 좋아하실 거라고 생각했지요."

"무슨 헛소리야! 하지만 대답해 봐! 대답하라고. 나는 끝까지 물러서지 않을 거야. 왜 너는 그때 그 야비한 마음속에 나에 대해서 그 천박한 의심을 품었느냐고!"

"도련님으로서는 살인은 도저히 할 수 없고, 또 그런 생각도 하지 못하셨을 겁니다. 하지만 다른 누가 죽여줬으면 좋겠다는 생각쯤은 하셨을지도 모르지요."

"어쩌면 그렇게 예사롭게 그런 소리를 하지? 내가 왜 그걸 원할 거라고 생각하지? 내가 그런 걸 바랄 이유가 어디 있겠냐고."

"이유요? 유산이 있잖습니까?" 스메르자코프는 왠지 모르게 복수의 기운을 띠며 독기 어리게 말했다. "아버님이 돌아가시면 도련님 형제들은 한 사람 당 4만 루블 정도 나누어 가질 수 있습니다. 경우에 따라서는 그 이상이 될 수도 있지요. 그러나 만일 표도르 님이 그 아가씨, 즉 아그라페나 님과 결혼한다고 생각해 보십시오. 그 아가씨는 결혼식이 끝나자마자 그 재산을 그대로 자신의 명의로 바꿀 것입니다. 꽤 똑똑하니까요. 그렇게 되면 도련님 3형제는 아버님이 돌아가셔도 1루블도 받지 못하게 됩니다. 그런데 그 결혼은 어려웠을까요? 그 결혼은 다 된 밥이나 다름없었지요. 그 여자가 새끼손가락만 까딱해도 아버님은 여지없이 그 뒤를 따라서 곧바로 교회로 달려가셨을 거니까요."

이반은 겨우 자신을 억누르며 말문을 열었다.

"좋다. 봐라. 나는 벌떡 일어나지도 않고, 널 때리지도 않고, 널 죽이지도 않아. 그러니 어서 그 다음을 얘기해 봐. 네 말대로라면, 드미트리 형이 아버지를 죽일 것을 예상해서 오직 그걸 기대하고 있었다는 말이지?"

"그것에 기대하지 않으면 어떡하시겠습니까? 그분이 살인을 저지르면, 그 순간 귀족의 권리도 신분은 물론이고, 재산도 전부 박탈당하고 유형수가 됩니다. 그렇게 되면 아버님이 살해된 뒤 그분의 몫은 도련님과 알렉세이 님 두 분이 반씩 나눌 수 있게 되잖아요? 즉 두 분은 각각 4만 루블이 아니라 5만 루블을 받게 되는 거지요. 그러니까 도련님은 그때 누가 뭐라 해도 드미트리 님에게 기대를 했다는 게 분명하지요!"

"이거 봐, 난 지금 굴욕을 참으며 듣는 중이야! 잘 들어, 악당아! 내가 만약 그때 누군가에게 기대를 했다면 그건 오히려 드미트리가 아니고 너야. 난 맹세하지만 네가 무슨 더러운 짓을 하지는 않을지 하는 예감이 있었어. 그때의…… 나는 지금도 내 기분을 기억해!"

"저도 그때 그런 생각을 조금 했어요. 도련님은 역시 나에게도 기대를 하시겠지 하는 생각 말이에요." 스메르자코프는 비웃는 것처럼 히죽거리며 웃었다. "그래서, 도련님은 그때 제 앞에서 더욱 분명하게 자신의 정체를 드러내신 거잖아요. 왜냐하면, 만약 제가 무슨 일을 저지를지 모른다고 생각하면서도 떠나신 것은, 요컨대 '네가 아버지를 죽여도 상관없다, 나는 방해하지 않는다'라는 말씀이나 마찬가지니까요."

"이 악당! 넌 그렇게 알아들었단 말이지?"

"그것은 또 체르마시냐로 가셨기 때문이기도 해요. 생각해 보세요! 도련님은 모스크바로 가시려고 아버님이 아무리 체르마시냐로 가라고 해도 듣지 않으셨잖아요! 그런데 저 같은 시시한 인간의 말 한 마디에 당장 동의하셨어요! 도련님이 그때 체르마시냐로 가시겠다고 동의할 이유가 있었을까요! 도련님이 제 말 한 마디로 모스크바로 가는 것을 포기하고 체르마시냐로 가신 걸 보면 저에게 무언가 기대를 하신 거잖아요?"

"전혀, 맹세하지만, 난 절대로 그렇지 않아!"

이반이 이를 갈며 외쳤다.

"왜 그렇지 않지요? 사실은 정반대였는데요. 도련님은 아들이니까 그런 말을 한 나를 경찰에 끌고 가든지, 아니면 그 자리에서 제 뺨을 때리든지 했어야 하잖아요? 그런데 어이없게도 도련님은 화를 내지 않고 하찮은 제 말을 기꺼이 받아들여서 곧 떠나셨잖아요? 그건 정말 어이없는 얘기지요. 도련님은 아버님의 목숨을 지키기 위해서 남아 있어야 했으니까요. 저는 도저히 그렇게 해석할 수밖에 없습니다!"

이반은 얼굴을 일그러뜨리고 두 주먹을 부들부들 떨면서 무릎을 꼭 짚은 채 앉아 있었다.

"맞아, 그때 네 뺨을 때리지 못한 것이 후회된다." 그는 쓰디쓴 웃음을 지었다. "너를 그때 경찰에 끌고 가는 건 그때는 웬일인지 그럴 수 없었어. 누가 내 말을 믿겠니. 그리고 나 스스로도 증거가 아무것도 없었으니까. 그러나 뺨을 때리는 것쯤은…… 아, 그 생각을 못한 건 분하구나. 설사 뺨을 때리는 게 금지되어 있어도, 네 얼굴을 묵사발을 만들어 줬어야 했는데."

스메르쟈코프는 거의 쾌감을 느끼면서 이반을 바라보았다.

"인생에서 일반적인 경우에는 말이죠." 그는 말문을 열었다. 그것은 언젠가 표도르의 식탁 맞은편에 서서 그리고리와 신앙에 대한 논쟁을 하면서 노인을 놀리던 때와 똑같은 자기만족적이고 교훈적인 어조였다. "뺨을 때리는 일은 사실상 요즘 법률에서 엄격하게 금지되어 있습니다. 그래서 전부 때리는 걸 관두었지요. 하지만 특별한 경우, 단지 러시아뿐만 아니라 세계 어디에서도, 가장 문명이 발달한 프랑스 공화국에서조차 역시 아담과 이브 때처럼 지금도 사람을 때리는 습관이 이어지고 있습니다. 그리고 그 습관이 사라진다는 보장도 없습니다. 그런데 도련님은 그 특별한 경우에도 그런 용기가 없었던 것입니다."

"그건 그런데 넌 왜 프랑스어를 공부하는 거냐?"

이반은 테이블 위에 놓인 노트를 턱으로 가리키며 말했다.

"제가 프랑스어를 배워서 교양을 쌓으면 안 되는 건 아니잖아요? 저에게도 언젠가는 유럽의 그런 행복한 나라에 갈 기회가 올 수도 있으니까요."

"잘 들어라, 이 악당아." 이반은 눈을 빛내고 온몸을 떨면서 말했다. "나는 네놈의 협박이 무섭지 않다. 그러니까 뭐든지 네가 하고 싶은 대로 말해. 내가 지금 너를 때려죽이지 않는 것은 오로지 이번 범죄에 대해 너를 의심하기 때문이야. 너를 법정에 끌어내서 지금보다 더 너의 가면을 벗겨 버릴 거야!"

"하지만 제 생각에는 그냥 가만히 계시는 게 좋을 것 같습니다. 아무 죄도 없는 나를 어떻게 범인으로 지목할 수 있겠습니까. 그리고 누가 도련님의 말을 믿을까요? 그래도 굳이 말씀하시겠다면 저도 전부 말하겠습니다. 나도 나 스스로를 지켜야 하니까요!"

"내가 지금 너를 무서워한다고 생각하는 거냐?"

"내가 지금 도련님에게 한 말은 설령 법정에서 안 믿어 주어도 항간에서는 믿을 겁니다. 그러면 도련님의 체면도 엉망이 되겠지요."

"그것도 역시 '현명한 사람과 나누는 이야기는 즐겁다'는 뜻이냐, 그래?"

"맞습니다. 그러니까 현명한 사람이 되세요."

이반은 일어났다. 그의 몸은 분노로 부들부들 떨렸다. 그는 외투를 입은 뒤, 스메르자코프에게 한 마디도 하지 않고 얼굴을 쳐다보지도 않은 채 황급히 오두막집을 나왔다.

서늘한 밤공기가 그의 기분을 후련하게 만들었다. 하늘에는 달빛이 희고 깨끗하게 비치고 있었다. 무거운 악몽 같은 여러 가지 생각과 감정이 그의 마음속에 끓고 있었다.

'지금 곧바로 스메르자코프를 고소할까? 그런데, 뭐로 고소하지? 그놈에게는 죄가 역시 없는데. 오히려 그놈이 나를 고소할 거야. 사실, 그때 나는 왜 체르마시냐에 갔을까? 무엇 때문에? 무엇 때문에? 무엇 때문에?'

이반은 계속해서 자신에게 물었다.

'맞아, 나는 물론 무언가를 예감했어. 그놈이 한 말이 맞아.'

갑자기 다시 그의 머리에 마지막 날 밤, 아버지의 집 계단에서 아래층의 기색을 살폈던 일이 떠올랐다. 그는 그 일을 떠올리자 뭐라고 설명할 수 없는 고통을 느끼고 마치 무엇에 찔리기라도 한 듯 걸음을 멈췄다.

'맞아, 나는 그때 그걸 예감했다. 그건 진실이다! 나는 원하고 있었다. 정말 나는 아버지가 살해되기를 바랐다! 뭐? 내가 살인을 원했다고, 정말 그랬을까? 스메르자코프를 죽여라! 지금 만약 스메르자코프를 죽일 용기가 없다면, 난 살 가치도 없는 놈이다!'

이반은 집으로 돌아가지 않고 카체리나를 찾아갔다. 그가 뜻밖에 방문하자 그녀는 놀랐다. 그의 모습이 너무나 심상치 않았기 때문이었다. 그는 스메르자코프와의 대화를 자세하게 숨김없이 그녀에게 털어놓았다. 그리고 카체리나가 아무리 설득해도 마음을 가라앉힐 수가 없어서 계속 방안을 이리저리 돌아다니며 때로 화난 목소리로 괴상한 말을 해댔다. 그러다가 마침내 그는 의자에 주저앉아서 테이블에 팔꿈치를 세우고 두 손으로 머리를 감싸 쥐고 주문처럼 이상한 말을 했다.

"만약 범인이 드미트리가 아니고 스메르자코프라면 나도 그와 공범입니다. 내가 그를 사주했으니까요. 아니, 나는 정말 그를 사주했을까? 그건 잘 모르겠지만, 어쨌든 만약 범인이 스메르자코프이고, 드미트리가 아니라면, 당연히 나도 살인자입니다."

카체리나는 이 말을 듣고 가만히 일어났다. 그리고 자신의 책상으로 가서 그 위에 놓인 상자를 열어서 한 장의 종이를 이반 앞에 놓았다. 그것은 나중에 이반이 알료샤에게 형 드미트리가 아버지를 죽였다는 '수학적 증명'이라고 말한 그 종이였다.

그것은 미차가 술에 취해서 카체리나에게 쓴 편지였다. 그 편지는 그가 수도원으로 돌아가는 알료샤와 들판에서 만날 그날 밤, 즉 카체리나의 집에서 그루센카가 그녀를 모욕한 뒤에 쓴 것이었다.

그때 미차는 알료샤와 헤어지고 그루센카의 집으로 갔다. 그루센카와 만났는지는 모르지만, 어쨌든 그는 그날 밤 술집 '수도'에서 평상시처럼 실컷 술을 마셨다. 결국 취해서 펜과 종이를 가져오게 하고 자신에게 중요한 증거 서류를 쓴 것이다. 그것은 극도로 흥분한 상태에서 쓴 요설(饒舌)로, 앞뒤가 맞지 않고 난잡해서, 아무리 보아도 '주정뱅이'가 쓴 편지였다. 그것은 마치, 술에 취한 사람이 집으로 돌아와서, 나는 방금 모욕을 당했다, 나를 모욕한 사람은 천하의 쓸모없는 악당이지만 나는 그와 반대로 훌륭한 인간이다, 나는 언젠가는 그 악당에게 복수를 할 것이다, 하면서 눈물을 흘리고 주먹으로 테이블을 치면서 마누라와 가족들에게 장황하고 난잡한 넋두리를 사력을 다해 늘어놓는 그런 종류의 글이었다.

그가 술집에서 얻은 종이는 흔한 싸구려 편지지였으며, 그 뒷면에는 어떤 계산을 한 흔적이 남아 있는 것이었다. 주정뱅이가 넋두리를 늘어놓으니 당연하게도 쓸 공간이 부족했다. 그래서 미차는 여백을 가득 채우고, 마지막 몇 줄은 이미 쓴 글 위에도 세로로 썼다. 그가 쓴 편지는 다음과 같았다.

내 운명 카챠! 나는 내일 돈을 수중에 넣고 당신의 돈 3천 루블을 갚겠소. 거룩한 분노를 가진 여인이여, 잘 지내시오. 내 사랑, 안녕! 이제 끝을 냅시다! 나는 내일 모든 사람들에게 부탁해서 돈을 구할 거요. 하지만 당신에게 맹세하는데 만약 돈이 구해지지 않으면 이반이 떠나자마자 아버지에게 가서 그 머리통을 부수고 베개 밑에 있는 돈을 뺏을 예정이오. 나는 감옥에 가더라도 당신의 3천 루블은 반드시 갚겠소. 그러니 당신은 나를 용서하시오. 이마를 땅에 대고 용서를 구하리다. 왜냐하면 나는 당신에게 야비한 인간이었기 때문이오. 용서하시오, 아니, 용서하지 마시오. 그러는 게 당신도 나도 마음이 편할 테니까! 나는 당신의 사랑보다 감옥이 낫소. 나는 다른 여자를 사랑하니까. 당신은 그 여자를 오늘 분명히 알았을 거요. 그러니 당신이 어떻게 용서할 수 있겠소? 나는 내 돈을 훔친 도둑을 죽이겠소! 그리고 당신들 모두와 헤어지고 시베리아로 떠나겠소. 아무도 모르게 물론 그 여자도 잊을 테요. 나를 괴롭히는 것은 당신뿐만이 아니라 그 여자도 역시 마찬가지라오. 그럼 안녕!

PS : 나는 저주했지만 그래도 당신을 존경하오! 나는 내 마음의 소리를 듣는 중이오. 양심이 한 줄기 남아서 소리를 내고 있소. 차라리 내 심장이 두 동강 났으면 좋겠소! 나는 나를 죽이겠소. 그러나 먼저 그 '개'부터 죽여야 하오. 그 '개'에게서 3천 루블을 빼앗아서 당신에게 주겠소. 나는 당신에게 악당이겠지만 도둑은 아니오! 3천 루블을 기다리시오. 그 '개'는 자신의 침대 밑에 장밋빛 리본으로 그 돈을 묶어 두었다오. 나는 도둑이 아니오. 단지 내 돈을 훔친 도둑놈을 죽이는 것이오. 카챠, 나를 경멸하는 눈빛으로 바라보지 마시오. 드미트리는 도둑이 아니라 살인자요! 나는 굳세게 서서 당신의 오만을 견디지 않게 아버지를 죽이고 나를 파멸시키겠소. 당신을 사랑하지 않아도 되게 말이오.

PPS : 당신의 발에 입맞춤을 보내며, 안녕!

PPPS : 카챠, 누군가 나에게 돈을 빌려 줄 수 있도록 하느님께 기도해 주시오. 그러면 내 손에 피를 안 묻혀도 될 테니까. 그러나 아무도 빌려 주지 않으면 피로 바다를 이룰 것이오! 부디 나를 죽여주시오!

당신의 노예이자 적인

D. 카라마조프

이반은 '증거 서류'를 읽은 뒤 확신에 차서 일어났다. 범인은 형이고 스메르자코프는 아니었다. 스메르자코프가 아니면, 즉 이반 자신도 아니었다. 이 편지는 문득 그의 눈에 수학적인 의미로 다가왔다. 이제 그 편지를 통해서 미차의 유죄를 의심할 이유는 완전히 사라졌다. 더불어 미리 말해 두고자 하는 것은, 미차가 스메르자코프와 공모해서 죽였을 수도 있다는 의구심은 이반의 마음에 전혀 생기지 않았다는 것이다. 또 그런 일은 사실이 아니었다. 이반은 거기서 완전히 안도했다. 다음날 아침, 스메르자코프와 그의 조롱을 되새겼을 때도 단지 경멸스러웠을 뿐이었다.

며칠이 지나자 스메르자코프가 한 말에 그렇게 화를 낸 것이 스스로도 어이없었다. 그는 스메르자코프를 무시하고 그 일을 잊기로 결심했다.

그렇게 한 달이 흘렀다. 그는 이제 누구에게도 스메르자코프에 대해서 묻지 않았다. 그러나 그가 몹시 아프며 제정신이 아닌 상태라는 것을 지나가는 이야기로 두 번 정도 들었다.

"결국 언젠가는 발작할 것입니다."

언젠가 젊은 의사 바르빈스키가 이렇게 말했었다. 이반은 그의 말을 기억하고 있었다.

그 달 마지막 주에 이반은 자신도 건강이 나빠졌다는 것을 느꼈다. 공판 전에 카체리나가 모스크바에서 부른 의사에게 진찰을 받았다. 그 무렵 그와 카체리나는 매우 악화된 관계였다. 두 사람은 서로 사랑하는 적과 같았다. 불과 한 순간일 뿐이지만, 카체리나가

격렬한 사랑으로 미차에게 돌아선 것은 이반을 미칠 정도로 흥분하게 만들었다.

기이하게도 필자가 앞에서 쓴 카체리나의 집에서의 마지막 장면까지, 즉 알료샤가 미차를 면회하고 카체리나의 집에 들렀을 때까지 이반은 한달 간 그녀가 자신이 그토록 증오하는 미차에 대한 '사랑'을 다시 시작했는데도 불구하고 그녀의 집에서 미차의 범행을 의심하는 말을 들은 적이 전혀 없었다.

그리고 또 한 가지 특이한 것은, 이반이 미차에 대해서 자신의 증오가 점차 커짐을 알면서도 그 증오심이 카체리나의 사랑의 '부활' 때문이 아니라 미차가 아버지를 죽여서였다고 생각했다는 것이다. 그는 스스로 이것에 대해 충분히 느끼고 알고 있었다.

그렇지만 그는 공판이 열리기 열흘 전, 미차를 찾아가서 형에게 탈주하라고 권유했다. 이 계획은 분명히 오래전부터 생각한 것이었다. 그가 이런 행동을 한 것은 다른 중요한 이유도 있었지만, 스메르자코프에게서 받은 치유할 수 없는 마음의 상처가 그 이유였다. 그 상처는 미차가 죄를 뒤집어쓰는 것이 이반 자신에게 유리하다, 그러면 아버지의 유산을 알료샤와 4만 루블이 아닌 6만 루블씩 나눌 수 있다고 한 스메르자코프의 말에서 생긴 것이었다.

그는 미차를 도주시키는 데 드는 비용으로 자신의 몫에서 3만 루블을 쓰기로 마음먹었다. 그때 미차에게서 집으로 돌아가다가 그는 극심한 슬픔과 번뇌를 느꼈다. 자신이 미차의 도주를 원하는 것은 단지 3만 루블을 써서 마음의 상처를 치유할 뿐 아니라 다른 이유가 있는 듯해서였다.

'속으로는 나도 똑같은 살인자가 아닐까?'

그는 이렇게 스스로 물었다. 무언가 아득하고 찌르는 것 같은 감정이 그의 마음을 차지했다. 특히 지난 한달 간 그의 자존심은 매우 심하게 고통스러웠다. 그러나 이것에 대해서는 나중에 이야기하기로 하겠다.

이반은 알료샤와 이야기를 나눈 뒤, 자신의 집 초인종을 누르려고 하다가 문득 스메르자코프를 찾아가기로 마음먹었다. 그것은 갑자기 그의 가슴속에 솟구치는 일종의 독특한 분노 때문이었다. 그는 갑자기 카체리나가 방금 전에 알료샤 앞에서 자신에게 "그 사람이(즉 미차가) 범인이라고 나에게 주장한 사람은 당신이에요, 오직 당신뿐이에요!" 이렇게 외친 것이 떠올랐다.

그는 이것을 생각하자 자신도 모르게 망연자실했다.

그는 그때까지 그녀에게 한 번도 미차가 살인자라고 한 적이 없었고, 오히려 스메르자코프에게서 돌아왔을 때는 그녀의 앞에서 여전히 자신을 의심했기 때문이다. 게다가 그녀야말로 그때 그 '증거 서류'를 보여주면서 미차의 범죄를 증명하지 않았었던가! 그런데 이제 와서 문득 그녀는 "난 스메르자코프를 직접 만났어요!"하고 외치는 것이다.

언제 만났을까? 이반은 전혀 몰랐다. 그러고 보면 그녀는 미차의 범죄를 완전히 믿지는 않았던 것이다! 게다가 스메르자코프가 그녀에게 무엇을 가르쳐 줄 수 있단 것인가? 도대체 그는 무엇을,

도대체 무슨 얘기를 한 걸까? 그의 마음속에서 무서운 기세로 분노가 불타올랐다. 왜 30분 전에는 그녀의 이 말을 대강 흘려듣고 바로 큰소리를 외치지 않았는지 자신도 알 수 없었다. 그는 초인종을 누르지 않고 스메르자코프의 집으로 발걸음을 돌렸다. '이번에는 진짜 그놈을 죽일 수도 있다.' 걸어가면서 그는 갑자기 이런 생각을 했다.

8. 스메르자코프와의 세 번째이자 마지막 만남

  아직 가야 할 길은 반이나 남았는데 그날 이른 아침처럼 사나운 바람이 세차게 불더니 작은 싸락눈이 엄청 쏟아져 내렸다. 눈은 땅에 떨어져도 쌓이지 않고 바람에 흩날려서 다시 하늘로 올라갔다. 그러다가 곧 정말 눈보라로 변했다. 스메르자코프가 살고 있는 곳에는 가로등이 거의 없어서 이반은 어둠 속에서 눈보라를 알지 못하고 거의 본능에 이끌려 방향을 가늠하며 걸었다.

  머리가 깨질 듯이 쑤시고 관자놀이에 통증이 있었다. 양쪽 손끝에 경련이 이는 게 느껴졌다. 마리야의 집이 가까워지자 그는 갑자기 주정뱅이 한 명을 만났다. 누덕누덕 기운 외투를 입은 키가 작은 농부였는데, 갈지자로 걸어오면서 투덜거리기도 하고, 욕을 하기도 했다. 그러다가 문득 욕설을 멈추더니 이번에는 쉰 목소리로 노래를 불렀다.

> 아, 이반은 수도(페테르부르크)로 떠났네
> 나는 그따위 놈 기다리지 않을 거야.

그러나 그는 매번 이 두 번째 구절에서 멈추고 다시 누군가를 욕
하고 갑자기 또 같은 노래를 부르곤 했다. 이반은 전혀 의식하지
못하는 사이 아까부터 이 농부에게 무서운 증오를 느꼈다. 그는 문
득 그 남자를 의식했다. 그러자 갑자기 농부의 머리를 주먹으로 후
려치고 싶어졌다.

때마침 두 사람은 서로 스쳐 지나는 중이었다. 그 순간 농부는
크게 비틀거리더니 문득 이반에게 부딪쳤다. 이반은 사납게 그를
밀었다. 농부는 떠밀려서 언 땅 위에 통나무처럼 내던져지더니 다
만 한 번 "으윽!" 하고 크게 신음소리를 내고 그대로 조용했다. 이
반이 가까이 다가가니 그는 똑바로 누워 움직이지 않고 기절한 상
태였다. '얼어 죽겠군!' 하고 이반은 생각했지만 다시 스메르자코
프의 집으로 향했다.

그가 현관에 도착하자 마리야가 촛불을 들고 나와서 문을 열었
다. 그리고 파벨 씨(즉 스메르자코프)가 중병을 앓고 있으며, 누워
있지는 않지만 제정신이 아닌지 차를 달라고 하고는 마시지 않는
다고 그에게 속삭였다.

"그럼, 난폭하게 굴기도 하는가?"

이반이 건조하게 물었다.

"아니요, 전혀요. 매우 얌전해요. 단지, 너무 길게 얘기하지 마세요."

마리야가 부탁했다.

이반은 문을 열고 방안으로 들어섰다.

처음 왔을 때처럼 방안은 무척 더웠지만 가구 배치가 조금 바뀌어 있었다. 벽 앞에 있던 벤치 중 한 개가 없어지고 대신 마호가니색의 가죽을 씌운 낡고 큰 소파가 놓여 있었다. 소파 위에는 이불이 깔려있고 산뜻한 흰 베개가 보였다.

스메르자코프는 지난번처럼 화려한 잠옷을 입고 소파에 앉아 있었다. 테이블을 소파 앞으로 옮겨서 방안이 무척 좁고 답답한 느낌이 들었다. 테이블 위에는 노란 표지를 댄 두꺼운 책이 놓여 있었지만 스메르자코프는 그 책을 읽는 것은 아니고, 아무것도 하지 않고 멍하니 있었다.

그는 아무런 말없이 느린 시선으로 이반을 맞았다. 이반이 찾아온 것에 대해 전혀 놀라워하지 않는 것처럼 보였다. 그의 얼굴은 완전히 변해서 무척 여위고 누런빛을 띠고 있었다. 눈은 푹 꺼지고 아래쪽에는 푸른빛마저 감돌았다.

"자네, 정말 많이 아픈 것 같군." 이반은 걸음을 멈추었다. "길게 방해하지 않을 테니 외투도 벗지 않겠네. 어디에 앉을까?" 그는 테이블의 반대쪽으로 돌아가서 의자를 당겨서 앉았다. "왜 가만히 보기만 하는가, 나는 단지 물어보고 싶은 게 한 가지 있어서 찾아온 거네. 솔직하게 대답해 주지 않으면 절대로 안 돌아갈 거야. 카체리나가 이곳에 찾아왔었지?"

스메르자코프는 여전히 입을 다물고 조용히 이반을 바라보더니 문득 한쪽 손을 저으며 얼굴을 돌렸다.

"왜 그러는 거지?"

이반이 외쳤다.

"아무 일도 아닙니다."

"아무 일도 아니라고?"

"네, 오셨었지요. 하지만 도련님과는 상관없는 일이에요. 돌아가 주세요."

"아니, 돌아가지 않아! 언제 왔었는지 말해라!"

"난 그 여자에 대해서는 완전히 잊었어요."

스메르자코프는 경멸하는 것처럼 빙긋이 웃더니 문득 이반 쪽으로 고개를 돌렸다. 그리고 한 달 전에 만났을 때처럼 미칠듯한 증오의 눈빛으로 그를 바라보았다.

"도련님도 편찮으신 것 같군요. 얼굴 살이 많이 빠지셨고, 안색도 좋지 않네요."

"내 몸은 걱정 안 해 줘도 되니까 묻는 말에나 대답해."

"게다가 눈은 왜 누렇게 변했나요? 흰자위가 완전히 누렇게 변했네요. 무척 걱정되는 일이 있으신가 봐요?"

그는 경멸하는 것처럼 빙긋이 웃고 문득 소리 내어 크게 웃었다.

"이봐, 방금 전에도 말했지만 나는 네가 대답하기 전에는 절대로 돌아가지 않을 거야!"

이반은 무서울 정도로 흥분해서 외쳤다.

"왜 이렇게 못살게 구시는 겁니까? 왜 이렇게 나를 괴롭히시는 겁니까?"

스메르자코프는 정말 고통스러운 것처럼 말했다.

"젠장! 난 너에게는 볼일이 없어. 묻는 말에 대답만 하면 곧장 돌아갈 거야."

"저는 대답할 말이 아무것도 없어요!"

스메르자코프는 시선을 내리깔았다.

"나는 기필코 너에게 대답을 듣고 말 거야!"

"도대체 무엇을 그렇게 밤낮으로 걱정하십니까!" 스메르자코프는 문득 눈을 들어서 이반을 바라보았다. 그의 얼굴에는 경멸보다는 혐오의 기운이 감돌았다. "내일 공판이 열려서 그러십니까? 그렇다면 걱정하실 것 없습니다. 도련님에게는 아무 일도 없을 테니 집에 돌아가서 안심하고 푹 쉬세요. 전혀 걱정하시지 않아도 됩니다."

"난 네가 하는 말을 못 알아듣겠다. 내가 왜 내일을 걱정해야 하지?" 이반은 놀란 듯 말했지만, 사실은 그의 마음에는 전율이 차갑게 스치고 지나갔다. 스메르자코프는 가만히 그 모습을 바라보았다.

"못 알아……들으시겠……다고요?" 그는 비난하는 것처럼 한 마디씩 잘라서 말했다. "현명한 사람이 속이 훤히 들여다보이는 이런 코미디를 연출하다니, 참 유별난 취미군!"

이반은 말없이 그를 바라보았다. 이반은 이런 말투는 전혀 예상하지 못했다. 그것은 오만하기 짝이 없는 말투였다. 게다가 지난날 하인이 지금 그에게 이런 말을 하는 것은 예사로운 일이 아니었다.

"전혀 걱정하실 것 없다고 말씀드렸잖습니까. 난 도련님 얘기는 하지 않을 거니까요. 증거가 있어야지요. 이런, 손을 떠시는군요. 왜 그렇게 손가락을 떠시는 겁니까? 이제 집으로 돌아가세요. 도련님이 죽이지 않았으니까."

이반은 자신도 모르게 흠칫했다. 알료샤가 떠올랐다.

"내가 아니란 건 나도 알아."

그는 대충 얼버무리는 듯 말했다.

"아신다고요?"

스메르자코프가 곧장 말을 받았다.

이반은 벌떡 일어나서 스메르자코프의 어깨를 잡았다.

"전부 말해, 이 독벌레야! 전부 말하란 말이다!"

스메르자코프는 미동도 없었다. 그는 광적인 증오가 가득한 눈으로 이반을 가만히 노려볼 뿐이었다.

"그럼 말씀드리지요, 그분을 죽인 건 바로 도련님입니다."

그는 분노를 보이며 이반에게 속삭였다. 이반은 마치 무언가 짚이는 것이 있기라도 한 듯이 얌전하게 의자에 주저앉았다. 그리고 가증스러운 듯이 희미한 미소를 지었다.

"너는 역시 그때 얘기를 하는 거냐? 지난번에 만났을 때와 같은 얘기!"

"맞습니다. 지난번에 나에게 왔을 때도 도련님은 전부 이해하셨으니 지금도 그러실 테지요."

"네가 미친 건 나도 이해할 수 있지."

"참 심하시네요! 이렇게 마주 앉아서까지 서로 속이며 연극을 할 필요가 있습니까? 아니면 여전히 나에게 죄를 덮어씌우실 생각인가요? 도련님이 죽인 겁니다. 도련님이 주범입니다. 난 도련님의 손발 노릇만 했어요. 도련님의 충직한 하인 리샤르였습니다. 난 도련님 말을 따라서 처리한 것뿐입니다."

"처리했다? 그럼 정말 네가 죽인 거구나?"

이반은 온몸에 찬물을 뒤집어 쓴 것처럼 소름이 돋았다. 뇌가 강한 충격을 받은 것처럼 온몸에 오한이 느껴져서 떨렸다. 그러자 스메르자코프도 은근히 놀라서 그를 바라보았다. 아마도 이반이 크게 놀란 것에 충격을 받은 것 같았다.

"아니, 정말로 아무것도 모르셨던 겁니까?"

스메르자코프는 믿을 수 없다는 듯이 웃으면서 중얼거렸다. 이반은 그대로 언제까지나 그를 바라보았다. 혀가 마비된 것 같았다.

아, 이반은 서울로 떠났네
나는 그따위 놈 기다리지 않을 거야.

이 노래가 갑자기 그의 머릿속에서 울려 퍼졌다.

"사실은, 이게 꿈인가 싶어서 조금 무섭다. 내 앞에 있는 너는 환상이 아닐까 싶어서."

그가 중얼거렸다.

"환상은 여기 없습니다. 여기 있는 것은 우리 두 명과 또 한 명, 제3의 남자. 그 자는, 제3의 남자는 지금 이 자리에, 우리 둘 사이에 있습니다."

"그게 누구야? 누가 있다는 거지? 누구야, 제3의 남자가?"

이반은 주위를 살펴보며 구석까지 바쁘게 살피면서 놀란 목소리로 물었다.

"제3의 남자는 하느님입니다. 하느님의 섭리입니다. 하느님은 지금 우리 곁에 계세요. 그러니 아무리 찾아도 눈에 보이지는 않습니다."

"네가 죽였다는 건 거짓말이야!" 이반은 미친 듯이 외쳤다. "넌 미쳤거나 그게 아니면 지난번처럼 나를 놀리려는 거지!"

스메르자코프는 조금 전처럼 미동도 없이 살펴보는 눈빛으로 조용히 이반을 바라보았다. 그는 아직 자신의 의구심을 떨쳐낼 수 없었다. 이반은 역시 '전부'를 알면서 '자신에게만 죄를 뒤집어씌우려고' 연극을 하고 있다는 느낌을 떨칠 수 없었다.

"잠시만 기다려 주십시오."

결국 그는 힘없는 목소리로 말하고, 갑자기 테이블 밑에서 자신의 왼쪽 발을 꺼내서 바지를 걷어 올렸다. 그는 흰색 긴 양말에 슬리퍼를 신고 있었는데 느리게 양말대님을 풀고 양말 안으로 손가락을 넣었다. 이반은 조용히 그것을 지켜보다가 갑자기 놀라더니 공포에 휩싸여서 몸을 떨었다.

"넌 미쳤어!"

그는 외치면서 일어나서 뒤로 비틀거리며 물러나다가 벽에 등을 부딪치고 그대로 온몸이 굳은 채 서 있었다.

그는 미칠 것 같은 공포에 휩싸여 스메르자코프를 바라보았다. 스메르자코프는 공포에 떠는 이반의 반응은 안중에도 없이 여전히 양말 안을 뒤지는 중이었다. 한참 만에 손끝에 무언가를 집으려고 하다가 마침내 그것을 잡았는지 꺼내기 시작했다.

이반은 분명히 무슨 서류나 종이일 거라고 예상했다. 스메르자코프는 그것을 꺼내서 테이블 위에 올려놓았다.

"이것입니다!"

그는 나지막한 목소리로 말했다.

"이게 뭐지?"

이반이 몸을 떨며 물었다.

"직접 살펴보십시오."

스메르자코프는 여전히 나지막한 목소리로 말했다. 이반은 테이블 앞에 다가가서 종이 뭉치를 집어서 풀려고 하다가 무서운 독사라도 만진 것처럼 문득 손가락을 접었다.

"손가락을 떠시는군요. 경련이에요."

스메르자코프는 이렇게 말하고 종이 뭉치를 풀었다. 그 안에는 무지개 빛깔 백 루블짜리 지폐 세 뭉치가 들어 있었다.

"전부 여기 있습니다. 세어 볼 것도 없이 3천 루블입니다. 자, 받으세요."

그는 턱으로 돈을 가리키면서 이반에게 말했다. 이반은 의자에 주저앉았고, 그의 얼굴은 종이처럼 창백했다.

"사람을 놀래키는구나, 그런 양말에서……."

그는 기이한 웃음을 희미하게 지으면서 말했다.

"정말, 정말로 지금까지 모르셨던 겁니까?"

스메르자코프가 다시 물었다.

"정말 몰랐어. 나는 계속 드미트리가 그랬다고 생각했지. 형님! 형님! 아!" 그는 문득 두 손으로 자신의 머리를 움켜쥐었다. "그래, 너 혼자서 그런 거냐? 형님 손을 빌린 건 아니고? 아니면 누구와 함께 한 건가?"

"전부 도련님과 둘이서, 도련님과 했을 뿐입니다. 드미트리 님에게는 죄가 전혀 없습니다."

"좋다, 좋아……. 내 얘기는 나중에 하기로 하자. 왜 내가 이렇게 떨고 있을까……. 말도 제대로 할 수 없구나."

"그 무렵에는 그렇게 대담하셨잖아요. '무슨 짓을 해도 괜찮다'고 하셨잖아요. 그런데 지금은 왜 이렇게 놀라실까!" 스메르자코프는 신기한 듯이 중얼거렸다. "레모네이드라도 드시겠어요? 지금 곧장 가져오도록 할게요. 기분이 아주 상쾌해질 거예요. 하지만, 먼저 이것부터 감춰야겠다."

그는 이렇게 말한 뒤, 다시 지폐 뭉치를 턱으로 가리켰다. 그는 일어나서 문으로 가서 레모네이드를 가져오라고 마리야에게 시키려고 하다가 돈이 그녀에게 보이지 않도록 덮을 것을 찾기 위해 손수건을 먼저 꺼냈다. 그러나 오늘도 코를 풀 때 써서 손수건이 많이 더러웠으므로 이반이 들어올 때 테이블 위에 놓여 있던 그 노랗고 두꺼운 책을 들어서 돈을 덮었다. 제목은 〈우리의 성인(聖人) 이사크 신부의 말〉이었다. 이반은 기계적으로 그 책의 제목을 읽었다.

"레모네이드는 괜찮아. 내 걱정은 나중에 하고, 자리에 앉아서 얘기해 다오. 어떻게 죽였는지, 전부 얘기해 줘."

"외투라도 벗으시죠. 안 그러면 땀으로 젖을 테니까요."

이반은 그제야 겨우 깨달은 것처럼 외투를 벗어서 의자에서 일어나지 않은 채 벤치 위로 던졌다.

"말해, 어서 얘기해라!"

그는 약간 진정한 것처럼 보였다. 그리고 이제는 스메르자코프가 전부 털어놓을 것이라고 여기고 가만히 기다렸다.

"어떻게 해치웠는지 물어보시는 거죠?" 스메르자코프는 한숨을 쉬었다. "도련님의 말씀대로 자연스러운 방법이었습니다."

"제발 내 얘기는 나중에 하자." 이반은 다시 말을 가로막았지만 완전히 자제력을 되찾은 것처럼 소리를 지르지 않고 분명한 목소리였다. "어떻게 했는지 자세히 말해 다오. 처음부터 자세히, 하나도 빼면 안 된다. 자세하게, 무엇보다 자세하게 얘기해야 한다."

"도련님이 떠나신 뒤, 한참 후에 나는 지하실에 떨어졌어요."

"발작이었니, 아니면 꾀병이었던 거냐?"

"당연히 꾀병이었지요. 전부 완벽한 연극이었으니까요. 난 유유히 계단 아래까지 내려가서 누운 다음 신음했어요. 그리고 실려 나갈 때까지 몸부림을 쳤어요."

"아니, 잠깐! 그럼 이제까지, 그리고 그 뒤에도, 병원에서도 계속 연극을 했던 거냐?"

"그건 아니에요. 다음날 아침 병원에 가기 전에 정말 심한 발작을 했어요. 지난 여러 해 동안 그렇게 심한 발작은 처음이었습니다. 그래서 이틀 동안 완전히 의식을 잃었습니다."

"그래, 그래. 그 다음에는?"

"사람들은 항상 그랬듯이 나를 칸막이 뒤에 있는 침대에 뉘었습니다. 나는 그렇게 될 거라고 미리 알고 있었습니다. 왜냐하면 내가 아프면 마르파가 항상 자기 전에 자신의 방 칸막이 뒤에 내 잠자리를 만들어 줬거든요. 그 여자는 내가 태어났을 때부터 항상 잘 해 주었죠. 저는 밤새 신음했습니다. 하지만 작은 소리였지요. 그러면서 드미트리 님을 기다렸습니다."

"기다렸다고? 너의 방에 오기를 기다렸다는 거냐?"

"내 방에 무슨 볼 일이 있겠습니까? 아버님 방을 말하는 겁니다. 왜냐하면 그날 밤에 그분이 찾아오신다는 걸 난 확신했으니까요. 그는 내가 없으니 어떤 소식도 듣지 못해서 담을 넘어서라도 집안에 들어갈 수밖에 없었거든요. 그런 것은 아무렇지 않게 할 수 있는 사람이니까 분명히 그렇게 할 줄 알았습니다."

"그런데 만약 형이 오지 않았으면?"

"그렇다면 아무 일도 일어나지 않았을 거예요. 그분이 오지 않았으면 나도 무슨 일이건 실행하지 않았을 테니까요."

"그래, 그래…… 좀 더 알아듣기 쉽게 말해 봐. 서두르지 말고 천천히. 그리고 무엇보다 하나라도 빼먹으면 안 돼!"

"나는 그분이 주인님을 죽이길 기다렸습니다. 그건 틀림없어요. 내가 그렇게 만들었으니까요. 그 2, 3일 전부터예요. 첫째 그분은 그 신호를 알았습니다. 그분은 그 무렵에 의심과 분노가 쌓일 대로 쌓여서 이 신호를 사용해서 집안으로 들어갈 것이 확실했죠. 그건 정말 확실했습니다. 그래서 나는 그분이 오기를 기다렸습니다."

"잠시 기다려." 이반이 말을 가로막았다. "만약 형님이 아버지를 죽이면 돈도 가져갈 거 아니냐? 너도 그렇게 생각했을 거고? 그렇다면 네가 얻는 게 뭐가 있지? 난 그걸 모르겠다."

"사실 그분은 돈이 어디 있는지 모르죠. 내가 그저 돈은 베개 밑에 있다고 가르쳐 준 것뿐이고 그것은 전부 거짓말이었습니다. 전에는 상자 안에 있었지만, 주인님은 이 세상에서 오로지 나만 믿었기 때문에 나중에 내가, 돈을 넣은 그 봉투를 성상 뒤의 한쪽 구석에 옮기시라고 말씀드렸어요. 그곳이라면 특히나 누가 갑자기 들어와도 아무도 알 수 없을 테니까요. 그래서 그 봉투는 사실 주인님 방 한쪽 구석의 성상 뒤에 있었습니다. 베개 밑에 두다니 우스운 이야기죠. 그렇게 하는 것보다 차라리 상자에 넣어서 자물쇠를 채워두는 것이 낫지요. 그러나 지금은 전부 베개 밑에 있었던 것으로 믿으니 바보 같은 생각들이지요.

　그래서, 만약에 드미트리 님이 아버님을 죽이더라도 보통 살인 때 흔히 그렇게 하듯이 작은 소리에도 겁을 먹고 아무것도 못 찾고 달아나거나 아니면 붙잡힐 것이 거의 확실했습니다. 그러면 나는 언제라도, 그 다음날이나, 아니면 그날 밤에 성상 뒤에서 그 돈을 훔치고 그걸 드미트리 님에게 전부 뒤집어씌울 수 있었죠. 그렇게 되기를 언제라도 기대할 수 있었습니다."

　"그러나 만약 형님이 아버지를 때리고 죽이지는 않는다면?"

　"만약 죽이지 않는다면 물론 나도 돈을 그대로 두었겠지요. 하지만 또 이렇게 계산해 두었습니다. 만약 그분이 주인님을 때려서 기절시키면 난 역시 돈을 훔치고 나중에 주인님을 때리고 돈을 훔친 사람은 드미트리 님이라고 주인 나리에게 보고했을 겁니다."

　"잠시 기다려 봐. 뭐가 뭔지 잘 모르겠다. 그럼 역시 드미트리에게 죽이게 하고 돈은 네가 가졌을 거란 거지?"

　"아닙니다. 그분이 죽인 게 아니에요. 지금이라도 도련님에게 그분이 범인이라고 할 수 있는 있어요. 하지만 이제 와서 거짓말을 하고 싶지는 않습니다. 그건, 그건, 도련님이 지금까지 아무것도 모르고 있었다고 하더라도, 내 앞에서 시치미를 떼고 자신의 죄를 남에게 뒤집어씌우려고 연극을 하지 않았다고 해도, 역시 도련님은 이 모든 일에 책임이 있습니다. 왜냐하면 도련님은 살인이 일어날 것을 알고 있었는데도, 내게 그것을 맡기고, 전부 다 알면서도 떠나셨으니까요.

그래서 나는 오늘 밤, 이 사건의 주범은 도련님뿐이며, 내가 죽인 것은 분명하지만 결코 주범이 아님을 도련님 눈앞에서 증명하고 싶습니다. 법률상으로 진짜 범인은 도련님입니다!"

　"뭐, 왜, 왜 내가 범인이라는 거지? 아! 하느님." 이반은 자신의 얘기를 뒤로 미루겠다는 결심을 잊은 채 결국 참지 못하고 외쳤다. "그건 역시 그 체르마시냐에 대한 얘기냐? 그러나 잠시만, 내가 체르마시냐로 간 것을 설사 네가 동의의 의미로 받아들였다고 하자. 대체 왜 내 동의가 필요했던 거지? 넌 지금 그것을 어떻게 설명할 수 있느냐?"

　"도련님의 동의를 확인하면 도련님이 돌아오셔도 사라진 3천 루블 때문에 소란이 생기지도 않을 것이고, 또 드미트리 님 대신에 내가 혐의를 받거나 드미트리 님과 공범이라고 의심을 받을 경우에 도련님이 나를 변호할 것이라고 생각했습니다. 그리고 유산을 받고 나면 평생 나를 돌봐 줄 것이라고 생각했습니다. 왜냐하면 그 유산을 상속받게 된 것은 내 덕이 크니까요. 아버님이 그루센카와 결혼했다면 도련님은 돈을 한 푼도 받지 못했을 거 아닙니까?"

　"아, 그럼 너는 평생 나를 괴롭히려고 했었구나!" 이반은 이를 갈며 말했다. "하지만 만약 그때 내가 떠나지 않고 너를 고소했으면 어떻게 하려고 했어?"

　"그때 도련님이 무엇을 고소할 수 있었을까요? 내가 체르마시냐에 가라고 권유한 것을요? 그건 말이 안 되지요. 게다가 우리가 얘기한 뒤에 도련님이 출발하거나 남아 있거나 마음대로 하셨을 것 아닙니까. 만일 남아 있었으면 아무런 일도 일어나지 않았을 것입니다. 나는 도련님이 그걸 원하지 않는다고 깨닫고 아무것도 하지 않았을 것입니다.

그러나 만일 도련님이 떠나실 때는 도련님이 나를 재판소에 고발하는 대신 3천 루블을 내가 가져도 좋다고 말하는 증거가 되지요. 게다가 도련님은 나중에 저를 추궁할 수도 없습니다. 왜냐하면 그렇게 되면 나는 법정에서 전부 말해 버릴 테니까요. 그렇다고 해서 내가 훔치거나 죽였다고는 말하지 않았겠지요. 그렇게 말하지는 않습니다. 도련님에게 훔치고 죽이라는 지시를 받았지만 나는 그렇게 하지 않았다고 말하는 거지요. 그래서 그때 도련님의 동의를 받고 절대로 나중에 도련님에게 괴로움을 당하지 않도록 해놓을 이유가 있었습니다.

도련님은 증거가 없지만, 반대로 나는 도련님이 아버님의 죽을 무척 바라고 있었다고 말하면 언제든지 도련님을 이길 수 있거든요. 그래서 그저 한 마디만 하면 세상 사람들은 전부 그게 사실인 줄 믿게 되지요. 그렇게 되면 도련님은 평생 치욕 속에서 사셔야 합니다."

"내가 그걸 원했다, 내가 정말 그것을 원했다, 이런 말이니?"

이반이 다시 이를 갈며 말했다.

"분명히 바라고 있었지요. 도련님이 동의를 한 것은 즉, 내가 그 일을 해도 괜찮다고 허락해 주신 거나 마찬가지입니다."

스메르자코프는 조용히 이반을 바라보았다. 그는 매우 허약해져서 작은 소리로 나직하게 말했지만, 마음속에 감춘 그 무엇이 그를 부추겼고, 명백하게 꿍꿍이를 감춘 것 같았다. 이반은 갑자기 그것을 예감했다.

"그래, 그 뒤는 어떻게 된 거지?" 이반이 물었다. "그날 밤의 이야기를 해라."

"그 뒤는 뻔한 거 아니겠어요? 내가 누워서 들으니, 주인님이 소리를 지르는 것 같았어요. 하지만 그리고리 영감이 그전에 일어나서 나갔어요. 그러자 갑자기 큰 고함이 들리고 조용해지더군요. 밖은 조용하고 어두웠습니다. 나는 가만히 누워서 기다렸지만, 심장이 두근거려서 더는 참지 못하고 마침내 일어나서 밖으로 나갔어요.

왼쪽을 봤는데 주인님 방의 정원으로 향해 있는 창문이 열려 있는 거예요? 나는 주인님의 생사를 확인하려고 다시 한 걸음 왼쪽으로 걸었습니다. 그런데 주인님이 서성이며 한숨을 쉬는 게 들리는 거예요? 아직 살아계셨던 것이지요. '이런 빌어먹을!'하고 나는 생각했어요! 창문에 가까이 가서 '저예요'하고 주인님에게 말하니까, 주인님은 '왔구나, 왔어! 도망갔다!' 하셨어요. 드미트리 님이 왔다는 뜻이었어요. '그리고리를 죽였다!' 하셔서 나는 '어디에서요?'하고 속삭였습니다. '저기 구석에서'라고 하시며 그쪽을 가리키며 주인님은 여전히 작은 목소리로 속삭였습니다. '잠시 계십시오.' 나는 한 마디만 하고 정원 구석으로 갔는데 그리고리는 피투성이가 돼서 기절했더군요. 그렇다면 분명히 드미트리 님이 왔었구나 하는 생각이 문득 떠올라서 이때 단숨에 해치워야겠다고 결심했습니다.

설사 그리고리가 살아 있다고 해도 기절했기 때문에 아무것도 알지 못하니까요. 단지 걱정스러운 것은 마르파가 생각지 못하게 잠에서 깰 경우였습니다. 그 순간에 그런 생각을 하니 조금도 가만 있기가 힘들어서 숨이 막혀 왔습니다. 그래서 다시 창 밑으로 돌아가서 주인님에게 말했습니다. '그분이 여기 왔습니다. 그루센카 아가씨가 안으로 들어가고 싶어 하십니다.'

그러자 주인님은 어린아이처럼 몸을 떨었습니다. '여기? 어디야? 어디?' 이렇게 말씀하시고 한숨을 쉬었는데 내 말을 믿는 것 같지 않았습니다. '저쪽에 서 계십니다. 문을 열어 주세요!' 이렇게 내가 말하니 주인님은 반신반의하면서 창문에서 이쪽을 내려다보았는데 문을 여는 것이 무서운 것 같았습니다. 결국 나를 무서워하는 것 같은 생각이 들었습니다.

그런데 정말 우스운 건, 그때 나는 갑자기 창문을 두드려서 그루센카가 왔다는 신호를 해야겠다고 생각했습니다. 주인님은 내 말을 믿지 않았으면서 내가 창문을 두드리며 신호를 보내니 단박에 문을 열려고 달려가는 게 아닙니까?

문이 열렸습니다. 내가 안으로 들어가려고 했을 때 주인님은 앞을 가로막은 채 들여보내주지 않으셨습니다. '그 여자는 어디 있니? 그 여자는 어디에 있어?' 몸을 떨면서 나를 바라보며 말했습니다. 나를 이렇게 무서워하면 일이 잘 안 될 수도 있겠다고 나는 생각했습니다. 방에 들어가지 못하지는 않을지, 주인님이 소리를 지르지는 않을지, 마르파가 달려오지는 않을지, 그 밖에 무슨 일어나지는 않을지, 이런 생각을 하면 너무 무서워서 다리 힘이 빠졌습니다. 그때는 아무것도 알지 못했지만 분명히 나는 그때 주인님 앞에 파랗게 질린 채 서 있었을 것입니다. '저쪽입니다. 그 창문 밑입니다. 못 보신 겁니까?' 내가 주인님에게 속삭였더니 '그래, 네가 가서 데려와라, 네가 가서 데려와!' 하셔서 '그런데 저분은 무서워해요. 고함소리에 놀라서 나무숲에 숨었습니다. 주인님이 직접 서재에 가셔서 불러 보세요!'하고 말했습니다. 그러자 주인님은 재빨리 창가에 가서 촛불을 창턱에 내려놓고 부르셨습니다. '그루센카, 그루센카, 거기에 있니?' 그렇게 부르면서도 창밖을 보려고 하지 않으셨습니다. 나에게 떨어지지 않으려고 하는 것이었습니다. 아마 무서우셨을 것입니다. 나를 무척 무서워하면서도 내 옆을 떠나려고 하지 않았습니다. 나는 창가로 가서 밖으로 몸을 내밀었습니다. '아닙니다. 그분은 저쪽 숲 속에 계십니다. 주인님을 보고 웃네요. 보이시지요?' 하고 말하니 주인님은 그제야 믿고 문득 몸을 떨었습니다. 그루센카에게 깊이 반했으니까요. 주인님은 창밖으로 몸을 내밀었습니다.

그때 나는 주인님의 책상에 있었던 그 쇠로 만든 문진(文鎭), 기억하시지요, 1킬로그램이 넘는 문진 말입니다. 그걸 집어서 뒤통수를 있는 힘껏 후려쳤습니다. 주인님은 비명도 지르지 못하고 금방 쓰러졌는데 다시 두세 번 후려쳤습니다. 세 번째 후려칠 때 두

개골이 깨지는 걸 느낄 수 있었습니다. 주인님은 피투성이가 된 얼굴을 위로 향하고 반듯하게 쓰러졌습니다.

다행스럽게도 내 몸에는 피가 한 방울도 묻지 않아서 문진을 닦아서 다시 책상에 놓고 성상 뒤로 가서 봉투에 들어 있는 돈을 꺼냈습니다. 그리고 빈 봉투를 마룻바닥에 던지고 장밋빛 리본도 그 옆에 두었습니다. 그리고 떨면서 정원으로 나가서 구멍이 있는 사과나무로 갔습니다. 도련님도 그 구멍을 기억하실 것입니다. 예전부터 나는 그 구멍을 눈여겨보았는데 그 안에 천과 종이를 미리 준비해 두었습니다. 그래서 돈을 전부 종이에 싸고 다시 천으로 감아서 구멍 속 깊숙한 곳에 넣었습니다. 그 돈은 2주일이 넘게 그곳에 있었습니다. 그리고 병원에서 퇴원하고 꺼내왔습니다. 어쨌든 그 뒤에 나는 침대로 돌아가서 누웠지만, '만약 그리고리가 죽게 되면 일은 매우 재미없어질 것이다. 반대로 살아서 정신을 차리면 딱 좋을 텐데. 그러면 그는 드미트리 님이 침입해서 주인님을 죽이고 돈을 훔쳤다는 증인이 될 게 분명해' 이런 생각이 들자 불안해져서 열심히 신음소리를 냈습니다. 빨리 마르파를 깨우려고 그랬던 거죠. 결국 마르파는 잠이 깨서 나에게 달려오다가 그리고리가 옆에 없는 걸 눈치채고 밖으로 나갔는데 정원에서 비명 소리가 들렸습니다. 그래서 밤새 소동이 생겼고, 나는 그제야 마음을 완전히 놓을 수 있었습니다."

그는 거기에서 말을 멈추었다. 이반은 움직이지 않고 그를 바라보면서 입을 다물고 끝까지 들었다. 스메르자코프는 말을 하면서 때로 이반을 살폈지만 대부분 옆을 보았다. 이야기를 마치고 그도 흥분했는지 숨을 몰아쉬었다. 얼굴에는 땀이 흥건했고 후회하는지 어떠한지는 도통 알 수 없었다.

"잠시만." 이반은 무언가 생각하면서 말했다. "그런데 문은 어떻게 된 거지? 만약 아버지가 너에게만 문을 열었다면, 그전에 어떻게 그리고리가 문이 열린 것을 볼 수 있었지? 그리고리는 너보다 먼저 보았다고 했는데?"

이반은 이상하게도 조금 전과는 다르게 전혀 노여움이 없는 매우 부드러운 목소리로 물었다. 그래서 만약 이때 누군가 문을 열고 문턱에 서서 두 사람을 보았다면, 두 사람이 무언가 일상적이고 재미난 화제로 사이좋게 이야기를 나누는 것이라고 생각했을 정도였다.

"그 문은, 그리고리가 보았을 때 열려 있었다고 한 것은 그가 그렇게 생각한 것뿐입니다." 스메르자코프는 소리 없이 히죽거리며 웃었다. "분명히 말하지만 그는 사람이 아닙니다. 고집 센 거세마 같아요. 본 것이 아니고 단지 본 것처럼 느낀 것뿐인데, 한번 우기기 시작하면 절대로 물러나지 않습니다. 그가 그렇게 생각하게 된 것은 우리에게는 아주 다행스러운 일입니다. 왜냐하면 그렇게 되면 어쩔 수 없이 드미트리 님이 범인이 되니까요."

"아니야, 잠시만." 이반은 넋이 나간 듯이 무언가 골똘하게 생각하며 이렇게 말했다. "이봐, 잠시만, 아직도 너에게 물어보고 싶은 게 많은데 잊어버렸어. 머릿속이 혼란스러워서 자꾸 잊어버리네.

참, 그래! 이것에 대해 설명해 다오. 너는 왜 빈 봉투를 마룻바닥에 던진 거지? 왜 봉투를 그냥 들고가지 않은 거야? 네가 봉투 얘기를 할 때는 그렇게 하지 않을 수 없어서 그랬겠지 했는데, 왜 그래야 했는지, 아무리 생각해도 난 모르겠구나."

"그건 이유가 있었습니다. 이를테면, 전부터 그 봉투에 돈이 있다는 것을 알고 있는 사람, 즉 사정을 잘 알고 있는 사람이라면, 설사 나처럼 직접 그 돈을 봉투에 넣고 주인님이 봉인을 해서 겉봉에 글씨를 쓴 것을 직접 본 사람이라면, 설사 그 사람이 주인님을 죽였다고 해도 죽인 뒤에 그 봉투를 열어보려고 할까요? 게다가 그렇게 다급하게 말이죠. 그런 짓을 하지 않아도 그 안에 분명히 돈이 있다는 것을 알고 있으니까요. 아마 그렇게 하지 않았을 것입니다. 나 같은 처지의 강도는 봉투를 뜯지 않고 주머니에 넣기가 무섭게 서둘러 그 자리에서 달아났을 거예요.

하지만 드미트리 님은 완전히 다르지요. 그분은 봉투에 대해서 들었지만, 직접 보지는 않았습니다. 그래서 만일 그분이 예를 들어 베개 밑에서 봉투를 찾아냈다면 당장 뜯어서 돈이 들어 있는지 확인하는 것이 당연하지요. 그리고 나중에 증거물이 된다는 것은 생각도 못하고 거기에 봉투를 버렸을 것입니다. 그분은 상습적으로 도둑질을 하는것이 아니고 지금까지 한 번도 도둑질을 한 적이 없습니다. 워낙 대대로 귀족 집안이니까요. 그래서 설사 그분이 도둑질을 결심했다고 해도 단지 자신의 것을 되찾을 뿐이지 훔치는 것은 아닙니다. 그분은 예전부터 그 일을 온 동네에 소문내지 않았습

니까? '나는 영감에게 가서 내 것을 되찾아올 거야.'라고 누구에게
나 큰소리를 쳤지요.

　나는 심문을 받을 때, 대놓고 말하지는 않았지만 모르는 척 하면
서 은근슬쩍 암시를 했습니다. 검사가 먼저 그렇게 생각한 것이지
내가 검사에게 암시를 준 것은 아니라는 식으로 말이지요. 그러자
검사는 이 암시에 꽤 매력을 느끼는 것 같았습니다."

　"그럼, 너는 정말 그때 그 자리에서 그런 생각을 한 거냐?" 이반
은 놀라서 자신도 모르게 외쳤다. 그는 섬뜩해져서 다시 스메르자
코프의 얼굴을 보았다.

　"그렇게 조급한데 그런 것을 어떻게 생각하겠어요? 예전부터
전부 생각해 두었지요."

　"그렇다면…… 그럼 악마가 너를 도와준 거야!" 이반은 다시 외
쳤다. "맞아, 너는 바보가 아니지. 너는 내가 생각한 것보다 훨씬
똑똑해."

　그는 방안을 거닐기 위해서 자리에서 일어났다. 그는 기분이 매
우 우울했다. 그러나 테이블이 앞을 가로막고 테이블과 벽 사이는
겨우 빠져나갈 수 있을 정도의 공간뿐이었으므로 그는 자리에서
한 바퀴 돌고 다시 앉았다. 문득 거닐 수도 없는 것이 그를 화나게
했을 수도 있다. 그래서 그는 조금 전처럼 거의 미친 것처럼 소리
를 질렀다.

　"이봐, 이 야비하고 불행한 녀석아, 내 말 잘 들어! 정말 몰라? 내
가 지금까지 널 죽이지 않은 것은 단지 널 살려뒀다가 내일 법정

에서 해명하게 하려고 했다는 것을? 하느님이 보고 계신단 말이다." 이반은 이렇게 말하면서 한쪽 손을 위로 들었다. "어쩌면 나에게도 죄가 있겠지. 어쩌면 나는 속으로 아버지가 죽었으면 좋겠다고 생각했을 수도 있어. 하지만 맹세하는데 나는, 네가 생각하는 것처럼 악당은 아니야. 나는 너를 전혀 사주하지 않았을 수도 있어. 아니, 난 너를 사주하지 않았다! 어쨌든 나는 내일 법정에서 자백할 거야. 전부 말할 거야. 그러니까 너도 함께 법정에 가야 해! 네가 법정에서 나에 대해 무슨 말을 해도, 또 어떤 증거를 제시해도 난 그걸 인정할 거야. 난 이제 너를 두려워하지 않아. 그것이 무엇이든 내가 먼저 인정할 테니까! 너도 자백해야만 해! 기필코, 기필코 자백해야 돼! 같이 가자! 난 그러기로 결심했어."

이반은 당당하고 패기 있게 말했다. 그의 빛나는 눈이 그의 결심을 말해 주고 있었다.

"도련님은 지금 편찮으신 거예요, 나는 압니다. 병이 든 게 확실해요. 눈빛이 완전히 누렇게 됐어요."

스메르자코프는 그렇게 말했지만 조금도 비웃는 기색이 아니었고 오히려 동정하는 것 같았다.

"함께 가야 해!" 이반은 반복했다. "만약 네가 가지 않더라도 난 혼자서라도 자백할 거다."

스메르자코프는 곰곰이 생각하는 것처럼 잠시 입을 다물었다.

"그러실 수 있을까요? 도련님은 아마도 법정에 나가지 않으실 것 같은데요."

마침내 그는 단호하게 말했다.

"내가 무엇을 결심했는지 너는 모른다!"

이반은 따지는 것처럼 외쳤다.

"하지만, 도련님. 전부 털어놓으시면 치욕을 감당하실 수 있으시겠어요? 그리고 첫째로, 도움이 전혀 되지 않아요. 나는 주저하지 않고 이렇게 말할 거예요. '저는 그렇게 말한 적이 없습니다. 도련님은 병 때문인지 - 정말 그런 것 같습니다 - 아니면 자신을 희생해서 형님을 살리려는 동정 때문인지 저를 범인으로 몰고 있습니다. 도련님은 항상 나 같은 사람은 파리나 등에 정도로 여기시니까요.' 하고 말할 거예요. 내가 이렇게 말하면 누가 도련님 말을 믿을까요? 또 증거가 있습니까?"

"입 다물어, 네가 지금 나에게 돈을 보여준 것은 나를 납득시키기 위해서 그런 거지?"

스메르자코프는 지폐 다발 위에서 이사크시린의 책을 들어서 옆에 두었다.

"이 돈을 가져가세요."

스메르자코프는 한숨을 크게 쉬었다.

"물론 가져갈 거야! 그런데 너는 이 돈 때문에 사람을 죽이고 왜 나에게 쉽게 돈을 주는 거지?"

"이제 나에게는 그런 돈은 전혀 필요하지 않습니다." 스메르자코프는 한 손을 내저으며 떨리는 목소리로 말했다. "처음 나는 이 돈을 갖고 모스크바나 외국에 가서 인간다운 생활을 시작해 보려는 꿈을 꾸었습니다. 그것도 그 '무슨 짓을 해도 상관없다'에서 파생된 거죠. 도련님이 가르쳐 주신 것입니다. 그 무렵 나에게 몇 번이나 말하셨으니까요. '만약 영원한 하느님이 없다면 선행도 없을 것이고 그렇게 되면 선행은 필요 없어질 것이다.'라고 한 그 말 말이에요. 정말 그건 도련님이 하신 말씀이 맞습니다. 그래서 나도 그렇게 생각했습니다."

"네가 생각한 거겠지?"

이반은 일그러진 웃음을 웃었다.

"도련님이 가르쳐 주신 것을 따랐습니다."

"그런데 돈을 돌려주는 걸 보니 이젠 하느님을 믿는 것 같군?"

"아니요, 믿지 않습니다."

스메르자코프는 속삭이며 말했다.

"그렇다면 왜 돌려주는 거지?"

"그만하세요. 별 일 아니니까요!" 스메르자코프는 한 손을 또 내저었다. "도련님은 항상 입버릇처럼 무슨 짓을 해도 상관없다고 말씀하셨는데, 그렇게 말한 도련님은 지금 왜 이렇게 떠시나요? 게다가 자백하러 간다고 결심까지 다 하셨는데…… 하지만 그렇게 되지는 않을 겁니다! 도련님은 결코 자백하러 가지 않을 테니까요!" 스메르자코프는 당당하고 단호한 말투로 확신하는 듯이 말했다.

"두고 보면 알게 될 거야!"

이반이 말했다.

"그렇지 않을 겁니다. 도련님은 지나치게 영리하시니까요. 도련님은 돈을 좋아하시잖아요? 그러니까 두고보지 않아도 됩니다. 그리고 자존심이 강해서 명예도 좋아하시고요. 게다가 예쁜 여자는 더 말할 필요도 없지요. 하지만 도련님이 가장 좋아하는 것은 평화롭고 풍요롭게 사는 것과 누구에게도 머리를 숙이지 않는 것입니다. 그게 바로 도련님의 본심이지요. 그러니까 법정에서 치욕을 당하고 영원히 인생을 망치는 그런 짓은, 아마 할 수 없을 겁니다. 결국 도련님은 주인님을 가장 많이 닮으신 겁니다. 그분과 영혼까지 똑같이 닮으셨습니다."

"너는 바보가 아니었구나." 이반은 무언가로 한 대 맞은 것처럼 말했다. 그의 얼굴은 문득 붉어졌다. "나는 이제까지 너를 바보로만 생각했는데, 이제 보니 엄청 똑똑하군!"

그는 새삼스럽게 스메르자코프를 바라보며 말했다.

"도련님은 오만하기 때문에 나를 바보라고 생각한 것입니다. 이제 돈을 받으세요."

이반은 지폐 세 다발을 주머니에 아무렇게나 넣었다.

"내일 법정에서 보여주겠다."

"법정에서는 누구도 당신 말을 믿지 않을 거예요. 지금 도련님은 돈이 많이 생겼으니까 다들 자신의 금고에서 꺼내왔다고 생각할 거예요."

이반은 의자에서 일어났다.

"한 번 더 말하지만, 지금 내가 너를 죽이지 않는 건 오직 한 가지 이유뿐이야. 내일 네가 필요해서지. 알겠어? 이 점을 명심해."

"죽이려면 지금 당장 죽이세요!" 스메르자코프는 갑자기 기묘한 표정으로 이반을 바라보며 기묘하게 말했다. "도련님은 아마, 그것도 하지 못하실 것입니다." 그는 쓸쓸하게 웃으면서 말을 보탰다. "전에는 대담하셨지만 지금은 아무것도 못하시잖아요!"

"그럼, 내일 만나자!"

이반은 이렇게 외치고 나가려고 했다.

"잠시만…… 다시 한 번 그 돈을 보여 주세요."

이반은 지폐를 꺼냈고, 스메르자코프는 한 10초 정도 그것을 조용히 들여다보았다.

"됐습니다, 이제 가세요." 그는 한 손을 흔들면서 말했다. "도련님!" 그는 다시 이반의 등 뒤에 외쳤다.

"왜 그래?"

이반은 걸어가며 돌아보았다.

"안녕히 가세요!"

"내일 만나자!"

이반은 다시 한 번 외치고 밖으로 나섰다. 여전히 눈보라가 휘몰아쳤다. 그는 잠시 힘차게 걸었지만, 곧 다리가 휘청거렸다.

'건강이 안 좋아서 그런 거야.'

그는 이런 생각을 하며 쓸쓸하게 웃었다. 그러자 기쁨과 비슷한 감정이 마음속에 솟아올랐다. 그는 자신의 내부에 끝없는 강함이 생긴 것을 느낄 수 있었다. 최근 들어 그를 괴롭히던 마음의 동요가 결국 마침표를 찍은 것이다! 그는 결심했다.

'이제 이 결심은 결코 바뀌지 않는다.'

그는 행복을 느끼며 이런 생각을 했다. 그러다가 그 순간 무언가에 발이 걸려서 넘어질 뻔 했다. 그가 걸음을 멈추고 보니, 그가 아까 때려눕힌 농부가 정신을 잃고 쓰러져 있었다. 농부의 얼굴을 내리는 눈이 거의 다 덮을 지경이었다.

이반은 주저하지 않고 농부를 일으켜 세우고 업었다. 오른쪽으로 보이는 오두막 불빛을 향해 다가가서 문을 두드렸다. 마침내 대답하고 나온 집주인인 상인에게 3루블을 주겠다고 약속하고 농부를 파출소까지 데려가는 걸 도와달라고 부탁했다. 상인이 옷을 입고 나왔다. 그래서 이반은 무사히 농부를 파출소에 데려가서 의사의 진찰을 받게 했고, 인심 좋게 '여러 가지 경비'를 치렀다. 그러나 여기서 자세히 다루지는 않겠다. 단지 한 가지 말하고 싶은 것은 그가 그 일에 거의 1시간을 썼다는 것이다. 그러나 이반은 매우 만족스러웠다. 그의 생각은 연이어 가지를 치며 바쁘게 움직였다.

'내가 만약 내일 공판을 위해서 이렇게 결심을 하지 않았다면' 그는 문득 쾌감을 느끼며 생각했다. '농부를 구출하는 데 1시간을 쓰지는 않았을 것이다. 분명히 그 옆을 지나치면서, 얼어 죽든 말든 침을 뱉는 게 다였을 텐데……. 그런데 이렇게 나 스스로를 냉정하게 관찰할 수 있다니!' 그는 그때 더 큰 쾌감을 느끼며 이렇게 생각했다. '그런데 사람들은 나를 미치광이로 생각한단 말이지!'

그는 자신의 집 앞에 다다르자 문득 걸음을 멈췄다. '지금 곧장 검사를 찾아가서 전부 진술하는 것이 낫지 않을까?' 그러나 그는 다시 집으로 걸으면서 이 의문을 풀었다. '내일 전부 한꺼번에 얘기하자!' 그는 속으로 이렇게 중얼거렸는데, 그러자 이상하게도 거의 모든 기쁨과 자기만족이 한순간에 그에게서 사라졌다.

그가 자신의 방에 들어갔을 때 얼음처럼 차가운 것이 문득 심장에 닿은 것 같은 느낌이 들었다. 그것은 바로 이 방안에 지금 현재, 그리고 예전부터 존재하던 추억, 더 나아가 괴로울 정도로 꺼림칙한 것에 대한 전조였다.

그는 지쳐서 소파에 주저앉았다. 할머니가 사모바르를 들고 와서 그에게 차를 따라 주었는데, 마시지는 않고 할멈은 내일까지 볼일이 없다고 돌려보냈다. 소파에 앉아 있으니 머리가 어지러웠다. 병이 들어서 쇠약해진 것 같았다. 졸렸지만 불안에 휩싸여 소파에서 일어나서 잠을 쫓으려고 방안을 거닐었다.

때로는 가위에 눌리는 것 같은 기분이었다. 그러나 무엇보다도 걸리는 것은 병이 아니었다. 그는 의자에 앉아서 무엇을 찾는 듯이 때로 주변을 둘러보았다. 그리고 그것을 몇 번 반복했다.

드디어 그의 눈이 지그시 어느 한 곳을 노려보았다. 이반은 빙긋이 웃었지만 그 얼굴은 이내 분노로 붉어졌다. 그는 오랫동안 그 자리에 앉아서 두 손으로 턱을 단단히 고인 채 눈은 여전히 아까 그 한 곳, 맞은편 벽 앞에 놓인 소파를 노려보았다. 분명히 거기 있는 무언가가, 어떤 대상이 그의 마음을 초조하고 불안하게 괴롭히는 것처럼 느껴졌다.

9. 악마, 이반의 악몽

필자는 의사가 아니지만 이반의 병이 무엇인지 독자들에게 조금은 설명해야 할 시기인 것 같다. 미리 말해 두면, 그는 이날 밤 환각증에 걸리기 직전이었다. 이 병은, 예전부터 약해져 있으면서도 거세게 저항하던 그의 육체를 결국 완전히 정복했던 것이다.

필자는 의학에 대해 전혀 모르지만 대담하게 상상하면 그는 사실 자신의 의지를 극심하게 긴장시켜서 얼마간은 발병을 늦추고 있었던 것 같다. 물론 그때 그는 얼마든지 병을 이겨낼 수 있다고 꿈꾸었다. 그는 자신이 건강하지 않다는 걸 알았지만, 이런 경우에 자신의 인생에서 어떤 운명적인 순간, 즉 떳떳이 나가야 할 곳에 나가서 용감하고 단호하게 할 말을 다 함으로써 '스스로 자신의 결백을 증명할' 때에 앓아눕는다는 것은 혐오감이 느껴질 정도로 싫은 일이었다.

그는 모스크바에서 온 새 의사에게 진찰을 받으러 간 적이 있었다. 이미 말한 것처럼 카체리나의 우연한 충동 때문에 초빙된 그 의사는 이반의 증상을 듣고 자세히 진찰한 뒤, 그가 뇌질환이라고 진단했다. 그는 이반이 어쩔 수 없이 진술한 고백을 들어도 전혀 놀라지 않았다.

"그런 상태의 사람이 환각에 빠지는 것은 흔합니다." 의사는 단언했다. "더 자세히 진찰해야 하지만…… 어쨌든 시기가 늦어지지 않게 치료를 시작하셔야 합니다. 그렇지 않으면 큰일납니다."

그러나 이반은 의사의 권유대로 자리에 누워서 안정을 취하려고 하지 않았다.

'난 아직 걸을 수 있으니까. 즉 아직 기력이 있단 말이야. 쓰러지면 그때 조치를 취하지 뭐. 누가 됐든 좋은 사람이 간호해 줄 거야.'

그는 한 손을 내저으며 이런 생각을 했다. 그래서 이미 얘기한 것처럼, 지금 그는 자신이 환각에 휩싸였다는 것을 어렴풋하게 알면서도 맞은편 벽 앞에 놓인 소파 위의 무언가를 계속 노려보았다. 거기에는 어떻게 들어온 것인지, 한 사람이 앉아 있었다. 이반이 스메르자코프에게서 돌아왔을 때는 방안에 없던 사람이었다.

그는 어떤 신사였는데, 좀 더 정확하게 말하면 그다지 젊지 않았고, 프랑스인들의 말대로 qui frisait la cinquantaine(쉰 살 정도의) 러시아 신사였다. 길고 숱이 많은 검은 머리와 쐐기 모양의 턱수염은 다듬어져 있었는데 아직 새치는 거의 보이지 않았다.

그는 갈색 양복을 입었는데 꽤 솜씨 있는 재봉사가 지은 것 같았다. 그런데 3년이나 유행이 지난 것이어서 꽤 낡아 보였다. 아마 사교계에서 돈이 꽤 있는 사람이라면 이미 2년 전부터 이런 옷은 안 입었을 것이다. 와이셔츠도 머플러처럼 긴 넥타이도 모두 일류 신사들이 쓸 법한 것들이었지만, 와이셔츠는 가까이서 보면 꼬질꼬질했고 넥타이도 폭이 넓어서 꽤 낡아 있었다. 체크무늬 바지도 몸에 꼭 맞았지만 요즘 유행에는 뒤처지는 좁은 것이어서 이제는 아무도 입지 않은 것이었다. 하얀색 모직 중절모도 역시 계절에 어울리지 않았다. 그리 넉넉지 않은 사람이 복장을 단정히 갖춰 입은 느낌이었다.

이 신사는 농노제 시대에 흥청거리던 옛 '흰 손' 즉 몰락한 지주 계급에 속했던 것 같다. 의심할 필요도 없이 예전에는 훌륭한 상류 사회에서 세력 있는 친구들이 있었으며 지금도 친구는 유지하고 있을 수는 있지만, 젊은 시절의 즐거운 생활은 이미 지나가고 농노제 폐지에 따라 천천히 보잘 것 없어져서 이제는 선한 친구들의 집을 돌면서 신세를 지는, 일종의 점잖은 식객이었다. 옛 친구들이 그를 집에 들이는 것은 그의 사교적이고 원만한 성품을 알았기 때문이었고, 또 비록 말석이기는 해도 어떤 사람과도 동석시킬 수 있는 반듯한 사람이기 때문이었다.

그런 식객, 즉 점잖은 신사는 재미있는 이야기를 하고 카드놀이 상대는 잘했지만 무슨 용건을 부탁받는 것을 가장 싫어했다. 그들은 대개 혼자 살았으며, 독신이거나 아이가 있는 홀아비였다. 아이가 있으면 대개는 어느 먼 숙모나 누군가의 집에 맡기곤 했다. 신사는 그런 친척이 있는 것이 좀 창피했는지 고상한 사회에서는 그 사실을 일절 말하지 않았다. 자신의 아이에게서 생일이나 성탄절 같은 시기에 때로 카드를 받고, 가끔 답장도 했지만 어느새 그 아이에 대해서도 완전히 잊게 되었다.

이 예상치 않은 손님의 외모는 온화하다고는 할 수 없었지만 역시 원만했으며 때와 장소에 따라서 분위기에 맞는 표정을 지을 수 있을 것 같았다. 시계는 차지 않았지만 검은 리본을 단 대모갑 테 안경을 썼다. 오른손의 중지에는 모조 오팔이 박힌 커다란 금반지를 끼고 있었다.

이반은 불쾌해서 입을 다물고 말을 건네지 않았다. 손님은 가만히 앉아서 기다렸다. 신사의 태도는 마치 식객이 위층 거실에서 사랑방으로 내려와 차를 마시며 주인의 말동무라도 되려고 했지만, 주인이 무슨 걱정이 있는 것처럼 얼굴을 찡그리고 생각에 잠긴 탓에 조용히 입을 다무는 그런 모습과 흡사했다. 그러나 주인이 입을 열면 언제라도 유쾌하게 상대할 준비는 되어 있었다.

문득 그의 얼굴에 근심스러운 기색이 비쳤다.

"이보게." 그는 이반에게 말했다. "실례지만, 한 가지 말하고 싶은 것이 있네. 자네는 카체리나 얘기를 들으려고 스메르자코프를 찾아갔으면서, 그 여자에 대해서는 전혀 묻지 않고 돌아왔어. 아마 잊어버렸던 것 같군."

"참, 그렇지!" 이반이 황급히 말했다. 그의 얼굴은 걱정 때문에 금세 흐려졌다. "그래, 잊어버렸어. 하지만 이제는 아무래도 괜찮아. 내일이면 전부 다 해결될 테니까." 그는 혼잣말을 하는 것처럼 중얼거렸다. "그런데 이보시오." 그는 짜증스러운 어조로 손님을 보며 말했다. "그건 당신이 아니어도 기억해 냈을거요. 왜냐하면 나는 지금 바로 그런 것 때문에 괴로웠거든. 그런데 당신이 왜 참견하는 거지? 그러면 당신이 알려준 게 되고, 내가 스스로 깨달은 게 되지않아?"

"그럼 믿지 말게." 신사는 친절하게 웃으며 말했다. "신앙을 강요하면 안 되니까. 게다가 신앙 문제는 증거, 특히 물적 증거는 아무런 소용이 없어. 사도 도마가 믿은 것은 부활한 그리스도를 봤기 때문이 아니고 이미 그전부터 믿고 싶어 했기 때문이야. 이를테면 강신술사(降神術師)들을 말할 수 있는데, 나는 그런 사람들을 무척 좋아하네. 생각해 보게, 그들은, 강신술이 악마가 저 세상에서 뿔을 보여주기 때문에 신앙에 무척 보탬이 된다고 생각한다네. '이것은 저 세상이 실재한다는, 물적 증거 아닌가' 그들은 이렇게 말하지. 저 세상과 물적 증거, 기가 막힌 조합이네! 그건 그렇고, 악마가 실재한다고 증명되면 신의 실재가 증명될 수 있겠는가? 나도 이상주의자가 되고 싶군. 그러면 그들에게 이렇게 반론할 수 있을 텐데. '나는 현실주의자이지만 유물론자는 아니라서 말이야, 헤, 헤, 헤!' 하고 말이네."

"이보게." 이반은 갑자기 테이블의 저편에서 일어났다. "나는 지금 마치 꿈을 꾸고 있는 것 같아. 당연히 꿈을 꾸고 있을 거야. 어디 한번 마음껏 지껄여 보라고! 넌 지난번처럼 나를 약 올리지 못할 거야. 그러나 왠지 창피하군. 난 방안을 거닐고 싶어. 나는 지난번처럼 가끔 네가 안 보이고 목소리도 안 들리지만 네가 하는 말은 다 알아. 왜냐하면 그건 나이기 때문이야, 지껄이는 건 네가 아니라 나니까! 단지 한 가지, 지난번에 너를 만났을 때 나는 잠이 들었는지 눈을 뜨고 너를 보았는지 잘 모르겠어. 차가운 물에 수건을 적셔서 머리에 얹어두어야겠다. 그러면 아마 넌 증발할 거야."

이반은 방구석에 가서 수건을 물에 적셔서 머리에 얹고 방안을 이리저리 거닐었다.

"우리가 이렇게 금세 허물없이 서로를 부를 수 있어서 무척 기쁘네."

손님이 말했다.

"바보 같군." 이반이 웃으며 말했다. "내가 왜 너에게 존대를 해야 하지? 난 지금 정말 기분이 좋아. 단지 관자놀이가 아프군, 이마도 아프고, 그러니까 제발 지난번처럼 철학 얘기는 거절하겠네. 만약 가만히 있지 못하겠으면 재미있는 얘기나 해 주게. 식객이면 식객답게 쓸데없는 세상 이야기나 하는 거야. 정말 귀찮은 친구에게 붙들렸군! 하지만 난 네가 두렵지 않아. 두고 보라고, 언젠가는 널 꼼짝 못하게 하겠어. 난 정신 병원은 절대 끌려가지 않을 거니까!"

"'C'est charmant(나쁘진 않네)' 식객도 말이야. 맞아, 나는 나를 있는 그대로 보여주고 있어. 이 땅에서 내가 식객이 아니라면 뭐겠

285

나? 그렇더라도 나는 자네가 하는 말을 듣고 조금 놀랐네. 진짜야,
자네는 점차 나를 실재하는 걸로 알고 지난번처럼 자네의 환상이
라고 생각하지는 않게 되었어."

"나는 단 1분도 네가 실재한다고 생각하지 않았어." 이반은 사
납게 외쳤다. "너는 허위이고, 나의 병이야. 환상이란 말이야. 단지
나는 어떡하면 너를 사라지게 하는지 모르는 것뿐이고. 아무래도
한참은 괴로울 거야. 넌 나의 환각이야. 나 스스로의 화신, 내 단면
에 지나지 않아. 가장 역겹고 멍청한 내 사상과 감정의 화신이지.
그러니까 만약 내게 널 상대할 여유가 있다면 이런 점에서 너는
분명히 나에게 흥미로운 그 무엇이 분명해."

"실례지만, 실례지만 말이야, 자네의 모순을 한 가지 지적하겠
네. 자네는 아까 가로등 옆에서 '너는 그에게 들었지? 그가 나에게
드나든다는 걸 너는 어떻게 알았지?'하면서 알료샤를 호통쳤지.
그는 나를 지칭한 말이지. 그러고 보면 자네는 한순간이긴 하지만
나의 존재를 믿었던 거야. 안 그런가?"

신사는 가볍게 웃으며 말했다.

"아, 그건 인간만이 가진 약점이라네. 나는 널 믿을 수 없었어.
난 지난번에 자고 있었는지 깨어 있었는지도 모른다고. 그때는 널
꿈에서 본 것 같아서, 현실이 아닐 거라고 생각했어."

"그런데 자네는 왜 그토록 알료샤를 몰아세운 건가? 그는 사랑
스러운 젊은이야. 나는 조시마 장로의 일로 알료샤에게 죄를 지었
네만."

"알료샤 얘기는 그만해. 천한 신분인 주제에 건방지군!"

이반은 다시 웃으며 말했다.

"자네는 욕을 하면서 웃고 있군. 그건 좋은 전조야. 오늘은 지난번보다 훨씬 기분이 좋은 것 같네. 나는 이유를 알아, 그건 큰 결심을 해서 그래."

"내 결심 얘기는 하지 마!"

이반은 사납게 외쳤다.

"알았네, 알았다고. C'est noble, c'est charmant(훌륭하고 멋지군). 자네는 내일 형님을 변호하러 가서 자신을 희생하려고 하는군. 그게 바로 c'est chevaleresque(기사도다운 것이지)."

"입 다물어, 발로 걷어차 줄 테다!"

"그건 약간 고맙군. 자네가 나를 걷어차면 내 목적은 이루어지는 거니까. 걷어찬다는 건 즉 자네가 나의 실재를 믿고 있다는 증거가 되지. 환상을 걷어차는 사람은 없잖은가. 농담은 이쯤 하고, 나는 아무리 욕을 먹어도 아무렇지 않지만, 설사 그렇다고 해도 나에게도 좀 더 예의바른 말을 하는 게 좋을 것 같군. 바보나 천하다는 말은 좀 심하군!"

"널 욕하는 건 곧 나를 욕하는 거야!" 이반은 또 웃으며 말했다. "너는 곧 나야. 다른 얼굴의 나란 말이야. 넌 내가 생각하는 걸 말하지. 넌 나에게 새로운 것은 조금도 들려줄 수 없어!"

"만약 내 생각과 자네의 생각이 같다면 그건 오로지 나의 명예일 뿐이네."

신사는 예의 바르게 그러나 위엄 있게 말했다.

"넌 단지 나의 더러운 생각, 게다가 멍청한 사상만 들춰내고 있어. 넌 멍청하고 비열해. 소름끼칠 정도로 바보야. 정말 나는 견딜 수 없을 정도로 네가 싫어. 아, 나보고 어쩌라는 거야, 어떻게 하라고!"

이반은 이를 갈며 외쳤다.

"이봐, 나는 역시 신사로서 행동하고 신사로서 대우받고 싶네." 손님은 식객답게, 처음부터 양보하겠다는 일종의 악의 없는 야심을 드러내며 말했다. "나는 가난하지만, 뭐 그래서 매우 정직하다고는 말하지 않겠어. 대부분 타락한 천사라고 말하지. 사실 나는 내가 예전에는 왜 천사였는지 도대체 상상할 수도 없어. 또 설사 그런 때가 있었다고 해도 이젠 잊어도 될 정도로 죄가 안 되는 아주 먼 예전의 일이야. 그래서 지금은 성실한 인간이라는 평판만을 존중하고 남에게 미움을 사지 않도록 세상의 흐름에 맞추어 살려고 노력한다네. 나는 정말 인간을 좋아하네.

아, 나는 여러 가지로 무고한 죄를 덮어썼단 말이야! 내가 때로 이 지상에 내려오면 내 생활은 뭔가 정말로 실재하는 것처럼 흐르곤 해. 그것이 무엇보다 마음에 든다네. 나도 자네처럼 현실과 멀어진 것 때문에 괴로우니까, 그만큼 이 지상의 현실주의를 사랑하네.

자네들의 이 지상에서는 전부 분명하게 나뉘어 있고 전부 공식이 있고 전부 기하학적이야. 그런데 우리에게는 일종의 부정방정식(不定方程式)뿐이야. 그래서 나는 이 지상을 걸으며 공상하네. 나는 공상이 좋아. 더욱이 이 지상에서는 미신을 믿게 되지. 부디, 웃지 말게. 나는 내가 미신을 믿는 게 마음에 들어. 나는 여기서 자네들의 모든 습관을 따르고 있네. 나는 유료 목욕탕에 가는 것이 좋아졌어. 자네는 놀라겠지만, 장사꾼들이나 수도사들과 함께 욕탕에 앉아 있곤 하네.

나는 인간으로 변하는 걸 꿈꾸네. 특히 결과적으로는, 원래대로 돌아가지 못하게, 몸무게가 100 킬로그램인 뚱뚱한 장사꾼 마누라가 되어서 그 여자가 믿는 걸 나도 전부 믿고 싶네. 나의 이상은 교회에 들어가서 순수한 마음으로 촛불을 바치는 거야. 진심이네. 그때야 비로소 나의 고통은 끝나게 되네.

그리고 자네들과 함께 의사의 진찰을 받는 것도 좋았어. 지난봄에 천연두가 유행했을 때 사회보호시설에 가서 예방주사를 맞았어. 그날은 정말 유쾌했네. 슬라브 민족의 동포 운동에 10루블을 기부했을 정도였으니까. 그런데 자네는 내가 하는 얘기를 듣지 않는군. 이보게, 자네 오늘은 몸이 별로 안 좋아 보이네.” 신사는 잠깐 말을 멈추었다. “나는 자네가 어제 그 의사에게 간 걸 알고 있네. 자네 건강은 어떤가? 의사는 뭐라고 했나?”

“바보야!”

이반은 한 마디로 잘라 말했다.

“하지만 자네는 무척 똑똑해. 자네는 또 고함을 치는 건가? 나는 동정하는 게 아니고 그냥 물어본 것뿐이니까 대답하기 싫으면 하지 말게. 최근에 다시 류머티즘이 심해져서 말이야."

"바보!"

이반이 다시 반복해서 말했다.

"자네는 밤낮없이 똑같은 말만 하는군. 나는 작년에 심한 류머티즘에 걸렸네. 지금도 기억나네."

"악마도 류머티즘이 걸리나 보군?"

"당연하네. 나는 때로 사람으로 변하기도 하니까. 인간의 살을 붙인 결과로 병에 걸리는 건 어쩔 수 없는 일 아닌가. 나는 악마이기 때문에 Sum et nihil hummanum a me alienum puto(모든 인간적인 현상은 인연이 있을 수밖에 없지)."

"뭐라고? '악마이기 때문에 Sum et nihil humanum……(인간적인 현상)'이 어떻다고? 쳇, 악마가 하는 말치고는 꽤 그럴싸한데?"

"이제 간신히 마음에 들었다니 기쁘군."

"그런데 그 말은 나에게서 훔친 것이 아니네." 충격받은 이반이 갑자기 정색했다. "난 그런 건 한 번도 생각하지 않았는데, 이상해……"

"C'est du nouveau nést-ce pas? (이건 새로운 거야, 그렇지 않아?) 이렇게 되면 전부 털어놓고 말하겠네. 대부분 꿈에서는, 특히 위장이나 어딘가가 좋지 않아서 악몽에 시달릴 경우, 인간은 때로 매우 예술적인 꿈을 꾼다네. 그것은 무척 복잡하고 생동감 있는 현실이나 일관된 줄거리가 있는, 인간들의 가장 고상한 현상에서 셔츠의 단추에 이르기까지, 놀랍도록 세세하게 연결된 수많은 세계야. 맹세하지만 그 섬세함은 레프 톨스토이도 쓸 수 없을 정도거든.

한편, 때로 이런 작가가 아닌 지극히 평범한 사람들, 이를테면 관리나 칼럼니스트나 수도사 같은 사람들이 그런 꿈을 꾸기도 하지. 여기에는 문제점이 많아. 어느 장관이 나에게 고백했지만, 가장 멋진 생각이 떠오르는 것은 전부 잠들어 있을 때라고 했네. 사실 지금도 그런 상황이지. 나는 자네의 환각이지만, 악몽을 꿀 때처럼 지금까지 자네의 머리에 전혀 떠오르지 않았던 독창적인 말을 하고 있어. 그러니까 나는 결코 자네의 생각을 본뜨는 것이 아니네. 그런데도 나는 역시 자네의 악몽일 뿐이고, 그 이상의 아무것도 아니네."

"거짓말하지 마. 당신의 목적은 자신이 독립된 존재이며 결코 나의 악몽이 아니라는 것을 나더러 믿게 하려는 거잖아. 그러면서도 당신은 지금 자신이 꿈이라는 걸 증명하려는 거고."

"이보게, 나는 오늘 특별한 방법을 사용했는데 나중에 설명해주겠네. 어디 보자, 내가 어디까지 얘기했지? 맞아, 나는 그때 감기에 걸렸네. 단지 자네들의 세상이 아니라 그곳에서……."

"그 곳이라니, 어디지? 이보게, 넌 언제까지 이곳에 있을 거야? 돌아가면 안 되나?"이반은 거의 절망적으로 외쳤다.

그는 걸음을 멈추고 소파에 앉아 다시 테이블에 팔꿈치를 괴고 두 손으로 머리를 꽉 움켜잡았다. 그는 물수건을 머리에서 벗겨 지긋지긋하다는 듯 팽개쳤다. 분명히 물수건도 아무 효과가 없었던 모양이다.

"자넨 신경이 망가졌어." 하고 신사는 무관심하면서도 매우 친절한 태도로 말했다. "자넨 나를 보고 감기에 걸릴 수 있다는 사실 때문에 화를 내지만, 그건 지극히 자연스러운 일일세. 당시 나는 어느 외교관의 저녁 파티에 달려가던 중이었지. 그 파티는 늘 장관 부인이 되고 싶어 하는 페테르부르크의 상류층 귀부인이 베푸는 파티였어. 나는 연미복에 흰 넥타이와 흰 장갑을 착용하고 나섰으나 아무도 모르는 저 머나먼 곳에 있었기 때문에 이 지상에 오려면 우주공간을 날아야 했단 말이야. 물론 눈 깜짝하는 사이에 날아올 수 있었지만 태양광선조차 8분이나 걸리는 거리를, 야회복에 가슴을 터놓은 조끼만 걸치고 있었으니 어떻게 될지 한번 생각해보게. 영혼들은 추위에 떠는 법이 없지만 인간의 살을 붙이고 있는 이상 어쩔 수 있어야지. 한마디로 말해서 너무 경솔했던 거야. 한데 저 우주공간에는 물과 에테르 그리고 허공이 이어지니, 정말 너무나 춥더군. 얼마나 추운지 춥다는 말로는 표현할 수 없을 정도였지. 생각해보게, 영하 150도야! 자네는 시골 아가씨들이 흔히 하는 장난을 알지? 영하 30도의 추위에 어수룩한 타지방 남자에게 도끼를 핥으라는 거야. 이 녀석의 혓바닥은 도끼날이 닿자마자 얼어붙어서 그걸 떼어내자면 혀 껍질이 벗겨져서 피투성이가 되고 말지. 그런데 이건 불과 영하 30도일 때의 이야기일세. 그러니 영하 150도쯤 되어 보라지. 도끼날에 손가락이 닿는 순간 부러져버리고 말걸. 만약…… 거기에 도끼가 있다면 말이지."

"한데 거기 도끼가 정말 있을 수 있을까?" 이반은 넋이 나간 듯이, 자못 불길한 어조로 갑자기 그의 말을 가로챘다. 그는 자기의 헛소리를 믿지 않으려고, 완전히 광기에 빠져버리지 않으려고 전력을 다하여 저항하고 있었다.

"도끼?" 손님은 어리둥절하여 되물었다.

"그래, 그런 곳에 도끼가 있으면 어떻게 되겠어?" 이반은 별안간 사납고 고집스럽게 소리치며 대들었다.

"우주 공간에 도끼가 있으면 어떻게 되느냐고? Quelle idée! (거 재미있는 발상인데!) 만일 그게 좀 더 멀리 날아간다면 위성처럼 지구 주위를 돌겠지. 그 이유도 모르면서 천문학자들은 도끼의 출몰을 계산할 것이고 달력업자는 그것을 기록해 넣겠지. 그뿐이야."

"너는 바보야, 바보 천치가 틀림없어." 이반은 심술궂게 말했다. "거짓말을 해도 좀 그럴듯하게 하지그래. 그렇잖으면 앞으로 네 말을 듣지 않을 테니까. 넌 현실론으로 날 이기려는 속셈이지? 그 걸로 자신이 실재한다는 것을 내가 믿게 하려 하지만 나는 너의 실재를 믿고 싶지 않아. 믿지 않겠어!"

"나는 거짓말을 하는 게 아냐. 그건 모두 사실이야. 유감스럽게도 진실은 언제나 시시껄렁한 것처럼 보이거든. 자네는 아마도 나한테서 뭔가 위대한 것 혹은 아주 멋진 것을 기대하고 있는 모양인데 그것 참 안 됐군. 왜냐하면 내가 자네한테 줄 수 있는 것은 고작해야……."

"바보 같으니 그따위 억지논리는 집어치워."

"천만에, 억지라니. 나는 몸 오른쪽이 완전히 마비되어 신음 소리를 지르고 있는 판에. 의사도 다 찾아가 봤지만 훌륭하게 진찰해서 마치 손바닥을 들여다보듯 잘 설명해주긴 하지만 치료는 할 줄 모른단 말이야. 마침 그 자리에 열성적인 의대생이 한 명 있었는데, 그 친구 말이 '당신은 죽더라도 무슨 병으로 죽는지는 속 시원히 알게 되지 않습니까!' 하지 않겠나. 그들 수법이란 환자를 곧장 전문의에게 넘겨버리는 것이거든. 그러면서 '우리는 진찰만 하니까, 이건 전문가를 찾아가시오. 그 사람이 병을 고쳐드릴 겁니다.'라고 하는 거야. 요새는 어떤 병이건 다 고쳐 주는 옛날 의사는 완전히 사라지고 오직 전문의들만이 신문에 광고를 내고 있거든. 만일 자네가 콧병을 앓고 있으면 파리로 가라고 하지. 거기에는 유럽의 코 전문의가 있다는 거야. 그래서 파리로 가면 그 전문의라는 작자가 이리저리 진찰해보고 '나는 오른쪽 콧구멍 밖에 못 고치겠다. 왼쪽 콧구멍은 내 전문이 아니니까 비엔나로 가보라. 거기에는 왼쪽 콧구멍 전문의가 있다.'고 하지. 이렇게 되면 어떻게 하겠나? 결국 나는 민간요법으로 고쳐보기로 했다네. 어느 독일인 의사가 목욕탕에 가서 꿀과 소금을 몸에 바른 다음 문지르면 낫는다고 하기에 일부러 목욕탕에 가서 온 몸에 발라 봤지만 아무 효과가 없었어. 실망 끝에 밀라노의 마티 백작에게 편지를 냈더니 책 한 권과 물약을 보내 왔는데 역시 아무 효과도 없었어. 그런데 글쎄 말일세, 놀랍게도 맥아 추출액으로 깨끗이 낫지 않겠나. 우연한 기회에 사서 한 병 반을 마셨더니 춤이라도 출 것처럼 병이 싹 가셔 버렸단 말이야.

어찌나 고맙던지 신문에 '감사문'을 꼭 써야겠다고 마음먹었어. 그런데 또 성가신 일이 생겼지 뭔가. 아무 신문도 내 글을 실어 주려고 하지 않는 거야! '이건 너무 복고풍이어서 아무도 믿으려 들지 않을 겁니다. le diable n'existe point(악마 같은 건 이제 존재할 리 없어요.). 차라리 익명으로 내는 게 나을 겁니다.' 이렇게 권하더군. 하지만 익명으로 한다면 그게 무슨 '감사문'이 될 수 있겠어. 그래서 나는 광고부 사원들을 보고 웃으면서 이렇게 말해주었네. '오늘날 같은 세상에 하느님을 믿는 건 너무 구식이지만 상대가 악마라면 상관없지 않은가' 했더니 '우린 그걸 이해합니다. 누가 악마를 믿지 않겠습니까. 하지만 역시 안되겠습니다. 우리 신문 편집 방침에 어긋나니까요. 농담 형식으로 하신다면 모르겠습니다만……' 이런 소리를 하였지만, 생각해보니 농담치고는 멍청한 농담이라고 생각했지. 그래서 결국 글은 싣지 못했어. 자넨 믿을지 모르지만 그 일은 아직도 내 가슴에 맺혀 있다네. 나에게는 가장 훌륭한 감정, 예컨대 감사의 마음까지도 단지 나의 사회적 지위 때문에 정식을 거부당해야 하다니."

"또다시 억지스런 이론을 꺼내는군!" 이반은 증오에 찬 목소리로 이를 갈았다.

"나도 제발 그런 일이 없기를 바라지만 조금은 불평을 하지 않을 수가 없더군. 나는 무고한 죄를 뒤집어쓴 인간이야. 첫째, 자네도 걸핏하면 나를 바보라고 하지 않나. 그걸 보면 자네는 아직 젊다는 걸 알 수 있어. 여보게, 세상 일이 지혜만 가지고 되는 건 아닐세. 나는 천성적으로 선량하고 쾌활한 마음을 가졌어. '나도 여러 가지 희극을 쓰지요'(고골리의 희곡 〈검찰관〉의 주인공 흘레스타코프의 대사) 자네는 나를 아예 늙은 흘레스타코프로 생각하는 것 같은데, 내 운명은 그보다 더 심각하네.

나는 태고 적부터 나 자신이 알 수 없는 숙명에 의해 부정(否定)을 하도록 운명 지워져 있지만, 나는 본시 호인이라 부정에 몹시 서툴더란 말일세. 너는 부정을 해. 부정이 없으면 비평도 없다. '비평란'이 없으면 잡지가 아니며, 비평이 없으면 '호산나'만 남는다. 그러나 '호산나'만 가지고는 인생은 부족하다. 이 '호산나'가 회의(懷疑)의 용광로 속을 거치도록 해야 해. 이런 식으로 나가는 걸세. 그러나 나는 그런데 관여하지 않기로 했네. 내가 만든 것도 아니고 나한테 책임이 있는 것도 아니니까. 하지만 그들은 속죄의 산양을 끌어다가 비평란을 쓰게 했지. 그래서 인생 1 막은 끝나는 걸세. 우리는 이 코미디를 잘 이해하지.

이를테면 나로 말할 것 같으면 솔직히 나 자신의 멸망을 바라고 있네. 그런데 세상 사람들은 '아니, 너는 살아야 해. 네가 없으면 아무것도 없을 테니까. 만일 지상의 모든 것들이 원만하고 완전하다면 아무 일도 일어나지 않아. 자네가 없으면 모든 사건이 없어질 텐데, 사건이 없으면 곤란하거든.' 이런 말들을 하거든. 그래서 나는 마지못해 사건을 일으키려고 명령을 좇아 어처구니없는 일을 저지르는 거지.

그런데 사람들은 이 코미디를 무언가 심각한 것으로 여기더란 말일세. 여기에 바로 인간의 비극이 있는 거야. 물론 그들은 괴로워하고 있지. 그러나 그 대신 그들은 살아 있어. 환상적인 삶이 아니라 실질적으로 생활하고 있네. 왜냐하면 고통이야말로 인생이거든. 고통 없는 인생에 무슨 재미가 있겠는가. 모든 것이 끝없는 기도로 변해 버리고 말 걸세. 그것은 신성할지 모르지만 좀 따분하지. 그런데 나는 어떤가 하면 나는 고통을 받으면서도 살아있지는 않아. 나는 부정방정식의 X야. 어떠한 시작도 끝도 상실한 인생의 환영이란 말이야. 이젠 내 이름조차 무엇인지 잊어버렸어.

자네는 웃고 있군. 아니 웃는 것이 아니라 또 골을 내고 있는 거지. 자네는 영원히 골만 내고 있을 거야. 자네는 늘 지혜만 있으면 된다고 생각하지만, 다시 한 번 자네에게 말을 해주지. 천국에서의 생활도 신분도 명예도 다 버리고 100킬로그램이 넘는 장사꾼 마누라의 영혼으로 바뀌어 하느님의 성전에 촛불을 바쳐보고 싶어."

"아니, 그럼 넌 신을 안 믿나?" 이반은 증오에 찬 웃음을 지었다.

"뭐라고 말하면 좋을까, 자네가 그렇게 진지하게 묻는다면
……."

"신은 대체 있는 거야, 없는 거야?" 이반은 다시 사납고 집요하게 달려들었다.

"그러고 보니 자네는 진지하게 묻는 거군. 그런데 이 사람아, 나는 솔직히 말해서 그것을 모르네."

"모르더라도 신을 보았을 테지. 아니, 너는 다른 존재가 아니야. 넌 나 자신의 환상이야! 너는 나 자신이야. 나 이외의 아무것도 아

니야. 넌 쓰레기야!"

"원한다면 나도 자네와 똑같은 철학을 공유할 수 있어. 그게 공평하겠지. 'Je pense, donc je suis(나는 생각한다, 고로 존재한다).' 이건 나도 알고 있어. 그러나 내 주위에 있는 모든 것은, 이 세계, 신, 악마조차도 이러한 것들이 모두 독자적으로 실재하고 있느냐, 아니면 단순히 나 자신의 파생물로서 무한한 과거로부터 하나의 개성으로 존재하고 있는 나의 자아의 일관된 발전에 지나지 않느냐 하는 것은 나에게 증명되지 않았어. 하지만 이제 서둘러 말을 마쳐야겠군. 자네가 금방이라도 뛰어 일어나 나에게 덤벼들 눈치라서 말이야."

"차라리 무슨 우스운 이야기라도 한 토막 들려주는 게 어때?" 이반은 병적인 목소리로 말했다.

"그런 것이라면 마침 우리에게 꼭 맞는 것이 있지. 우스운 이야기라기보다는 전설 같은 거고 자네는 실제로 '보면서도 믿지 않는다.'고 내 불신을 책망하지만, 이 사람아, 그건 나 혼자만이 그런 게 아니라 저쪽에서는 지금 모두가 고민하고 있네. 자네들의 과학 때문이지. 원자(原子)니 오관(伍官)이니 사대원소(四大元素) 하던 시대에만 해도 아직 그런대로 정돈이 있었지. 고대에도 원자는 있었으니까. 그런데 자네들이 '화학적 분자'니 '원형질(原形質)'이니 그밖에 온갖 것을 발견했다는 것을 알게 되었을 때 우리는 질려버렸다네. 말하자면 대혼란이 일어난 거야. 제일 곤란한 건 미신과 낭설이 만연했다는 거야. 그런 낭설은 이쪽에서도 자네들만큼이나 떠돌고 있었거든. 아니 여기보다 더 심할 거야. 게다가 밀고까지 시작됐어. 우리도 어떤 '보고'를 받는 부서가 하나 있거든. 그런데 이 기괴한 전설이라는 것은 중세의 것인데 - 자네들의 중세가 아니라 우리의 중세야 - 100킬로그램이나 되는 장사꾼 마누라 외에는 아무도 믿으려 들지 않는다네. 그것 역시 자네들의 마누라가 아니라 우리의 마누라지만. 아무튼 자네들의 세계에 있는 건 모두 우리 세계에도 있지. 이건 말해선 안 되는 것이지만 우정을 생각해서 비밀 한 가지를 털어 놓겠네. 그 전설이란 천국에 관한 것이야.

언젠가 이 지상에 심원한 사상을 가진 철학자가 한 사람 있었다더군. 그는 '법률도, 양심도, 신앙도 다 부정했지만,' 무엇보다도 특히 내세를 부정했다는 거야. 드디어 그는 죽음을 맞게 되었지. 그는 곧바로 암흑과 죽음으로 가는 줄 알았지. 그런데 뜻밖에도 눈앞에 내세가 나타난 거야. 그는 깜짝 놀라 분개하면서 '이건 내 신념과 다르지 않은가.' 이렇게 말해서 그 때문에 재판을 받게 되었어. 하지만 날 원망하지는 말아주게. 나는 내가 들은 얘기를 그대로 옮기는 것뿐이니까. 말하자면 전설에 지나지 않는 것이니까. 그래서 재판 결과 천조(千兆) 킬로미터 - 우리 세계에서도 이젠 킬로미터를 사용하고 있지 - 를 걸어가라는 판결이 내려졌어. 그 거리를 걸으면 비로소 천국의 문이 열리고 모든 죄를 용서받을 수 있다는 얘기야."

"너희 세계에서는 천조 킬로미터 외에 또 어떤 형벌이 있나?"
이상하게 활기를 띠면서 이반이 그의 말을 가로막았다.

"어떤 형벌이라니? 그건 묻지 말아주게. 옛날에는 여러 가지가 있었는데, 요즘에 와서는 차차 도덕적인 것, 이를테면 '양심의 가책'이니 하는 우스꽝스러운 것이 유행하고 있다네. 이것 역시 자네들 때문이지. 즉 '풍속의 해이'에서 온 걸세. 그러니까 오직 덕을 본 것은 양심이 없는 자들뿐이지. 양심이라곤 눈곱만큼도 없으니 양심의 가책을 느낄 까닭이 없지. 그 대신 양심과 명예를 아는 똑똑한 사람들은 고통받게 되었지. 아직 기반도 안 잡힌 곳을 남의 제도로 그대로 모방해서 개혁하려는 것은 백해무익한 걸세. 옛날의 화형 쪽이 오히려 나을지 몰라.

그건 그렇고 천조 킬로미터의 암흑행을 선고받은 그 사람은 잠시 그 자리에 서서 주위를 두리번거리다가 길바닥에 가로누워 '나는 가지 않겠다. 내 신념 때문에 절대 걸을 수 없어.'라며 버텼다는 거야. 러시아의 교양 있는 무신론자와 고래의 뱃속에서 사흘 밤낮을 버텨낸 선지자 요나의 정신을 한데 합치면 길바닥에 누운 사상가의 성격이 만들어질 거야."

"대체 어떻게 누웠을까?"

"뭔가 누울만한 것이 있었겠지. 우습지 않나?"

"대단한 놈이다." 이반은 여전히 이상한 활기를 띤 채 소리쳤다. 그는 지금 예상치 못했던 호기심을 갖고 듣고 있었던 것이다.

"그래 어때, 지금도 누워 있나?"

"그게 그렇지 않아. 그 사람은 한 천년쯤 그 자리에서 누워 있다가 일어나서 걷기 시작했지."

"에이, 저런 바보!" 이반은 신경질적으로 웃으며 소리쳤으나 무언가 열심히 생각하는 눈치였다. "그대로 언제까지 누워 있는 거나 천조 킬로미터를 걷는 거나 다를 게 뭐 있어? 10억 년쯤 걸어야 하는 거잖아."

"그보다 더 오래 걸리지. 연필과 종이만 있다면 계산해 볼 수 있을 텐데. 하지만 그 사람은 벌써 오래전에 그곳에 도착했어. 거기서부터 이야기는 시작되는 거야."

"뭐, 도착했다고? 헌데 어디서 10억 년이라는 세월을 얻어 왔을까?"

"자네는 지금 우리의 지구를 생각하는군! 그래 이 지구 역시 어쩌면 10억 번은 되풀이되었을지도 몰라. 지구는 때가 되면 얼어서 갈라지고 산산이 흩어져서 여러 가지 구성요소로 분해되었다가 다시 창공의 물이 되고 다시 혜성이 생기고 다시 태양이 생기고 다시 태양에서 지구가 생기고 - 이런 순서가 끝없이 되풀이되는지도 몰라. 게다가 모든 것이 세부에 이르기까지 전과 똑같은 모습으로 말일세. 아주 따분한 얘기지……."

"그래, 그래서, 그가 도착한 후엔 무슨 일이 생겼나?"

"그 사람 앞에 천국의 문이 열리자마자 안으로 들어갔지. 그리고 겨우 2초도 되지 전에 - 이건 그의 시계로 잰 걸 말하는 거야. 하긴 그의 시계는 벌써 여행 중에 호주머니 속에서 원소로 분해된 게 되었겠지만. 어떻든 2초도 지나기 전에 그는 이 2초 동안을 위해서라면 천조 킬로미터 뿐 아니라 천조 킬로미터의 천조 배, 거기다 다시 또 천조 배를 한 만큼 걸을 수 있다고 소리쳤어! 한 마디로 그는 '호산나'를 노래한 거지. 더욱이 그가 너무 지나쳐서 거기에 있던 고상한 사상의 소유자들은 처음엔 그와 악수를 하는 것조차 달갑지 않게 여겼을 정도였네. 어쨌든 너무 성급하게 보수주의자로 변했다 해서 말이야. 이건 러시아 기질이지. 다시 말하자면 이건 전설이야. 나는 들은 대로 전할 뿐일세. 우리들의 세계에서는 아직 그런 것에 대한 이런 사고방식이 통용되고 있거든."

"이제야 겨우 너의 정체를 알겠어!"이반은 무언가를 간신히 생각해 낸 듯 거의 어린아이처럼 기쁜 목소리로 외쳤다. "천조 년에 관한 그 일화는 바로 내가 지은 거야. 그때 나는 열일곱 살이었는데 중학교에 다니고 있었어……. 나는 그때 그 이야기를 만들어서 콜로프킨이라는 친구에게 들려주었지. 모스크바에서 있었던 일이야. ……그 일화는 너무나 독특해서 도저히 다른데서 따올 수 없었던 거야. 나는 그걸 잊어버린 줄 알았는데 지금 무의식중에 내 머리에 떠올랐어. 자네가 이야기해줘서가 아니라 나 스스로 생각해낸 거란 말이야! 인간이란 어쩌다 보면 수천 가지 사건을 무의식적으로 머릿속으로 떠올리곤 하지. ……꿈속에서 떠올릴 수도 있어. 너는 바로 꿈이야. 역시 넌 꿈일 뿐 실재하지 않아!"

"자네가 그렇게 열심히 내 존재를 부정하는 걸로 미루어보면," 신사는 웃기 시작했다. "자네는 아직 나를 믿고 있는 게 분명하군."

"조금도 믿지 않아! 백분의 일도 믿지 않아!"

"하지만 천분의 일쯤은 믿고 있겠지. 약도 극소량이 되는 것이

제일 강할걸. 솔직히 말해 보게. 자네는 믿고 있지, 비록 만 분의 일이라도 말이야……."

"한순간도 믿어 본 적이 없어!" 이반은 사납게 소리쳤다. "하지만 널 믿고 싶어!" 갑자기 그는 이상하게 덧붙였다.

"아하! 이제야 고백하는군. 하지만 난 호인이니까 이번에도 자네를 도와주겠네. 알겠나, 정체를 알아낸 건 자네가 아니라 내가 자네의 정체를 포착한 거란 말이야! 난 일부러 자네가 잊어버린 자네의 이야기를 들려주었어. 나를 철저히 불신하도록 말이야."

"거짓말! 네가 나타난 목적은 너의 실재를 나에게 확신시키기 위함이야."

"맞았어. 하지만 동요, 불안, 믿음과 불신의 싸움, 이런 것들은 양심이 있는 인간에게, 이를테면 자네 같은 인간에겐 너무나 고통스러운 것이어서 차라리 목매달아 죽는 편이 낫지. 난 자네가 나를 얼마간 믿고 있다는 것을 알았기 때문에 그 이야기를 들려줌으로써 자네를 철저히 불신 쪽으로 이끌어 본 거야. 자네로 하여금 믿음과 불신 사이에서 방황하게 하는 것이 내 목적이니까. 새로운 방법이지. 자네가 나를 완전히 불신하기가 무섭게 자네는 내 면전에서 내가 꿈이 아니라 실재라는 걸 믿게 될 거야. 내 목적은 고결해. 나는 자네 마음속에 매우 조그만 신앙의 씨앗을 하나 뿌리겠어. 그것은 자라서 한 그루의 참나무가 되는데, 그것은 어찌나 큰지 자네가 그 위에 앉아 있노라면 '황야의 수도하는 신부나 깨끗한 수녀들' 속에 끼고 싶어질 거야. 그것이 자네가 그렇게도 남몰래 원하는 일이니까. 자넨 메뚜기를 잡아먹으여 영혼의 구원을 얻기 위해 사막을 위해 천천히 걸어가는 거야."

"이 악당 같으니, 그럼 넌 내 영혼을 구제하기 위해 애쓰고 있단 말인가?"

"나도 때론 좋은 일도 해야 할 게 아닌가? 자네는 화를 내고 있군. 내가 보기엔 화가 난 것 같은데!"

"어릿광대 같은 놈! 그러면서 넌 언젠가 황야에서 그 메뚜기를 먹으며 17년 동안이나 황야에서 기도한 성자를 유혹한 적이 있지."

"여보게, 나는 그런 일만 해왔다네. 우주 만물을 다 잊고 그런 성자 한 사람한테만 매달려 있는다네. 그런 사람은 다이아몬드처럼 아주 값비싼 존재니까. 그런 인간 하나는 때에 따라서는 성좌(星座) 하나만큼 값어치가 있거든. 우리 세계에는 특별한 계산법이 있지. 만약 그것을 손에 넣으면 아무것도 바꿀 수 없는 가치를 가지거든. 하지만 그들 가운데서도, 자네는 안 믿을지 모르지만 발달 정도가 자네 못지않은 사람들도 있어. 그들은 믿음과 불신 사이의 심연을 한꺼번에 볼 수 있지. 때로는 배우 고르부노프의 대사처럼 한 발짝만 더 나아가면 절벽에서 '거꾸로' 떨어질 것 같은 지점까지 가 있는 것 같기도 해."

"그래, 넌 어찌 됐어? 코를 떼일까 봐 돌아왔던 건가?"

"여보게," 손님은 점잖게 말했다. "경우에 따라서는 코를 달고 돌아오는 편이 코를 완전히 떼고 오는 것보다 좋을 때도 있네. 바로 얼마 전 어떤 병에 걸린 후작(侯爵) - 이 사람 역시 전문의의 치료를 받아야겠지만 - 이 고해성사를 받는 예수회의 신부에게 참회하면서 한 말과 같네. 나도 마침 그 자리에 있었는데 정말 재미있더군. '제발 제 코를 돌려주십시오!'하면서 후작이 자기 가슴을 치니까 신부는 뺀질거리면서 이렇게 발뺌을 하더군. '내 아들아, 만사는 헤아릴 수 없는 하느님의 섭리에 의해서 이루어지는 것이니, 때로는 커다란 불행이 비록 눈에는 보이지 않더라도 커다란 이익을 가져올 수도 있는 법, 설령 가혹한 운명이 네 코를 빼앗아 갔다 하더라도 이젠 한 평생 아무도 그대에게 코를 떼일 뻔했다는 소리를 하지 못하게 되었으니 오히려 이롭게 된 게 아니냐!' 후작은 절망하여 소리쳤어. '신부님, 그것은 위로가 되지 않습니다! 코가 제자리에만 붙어 있다면 평생토록 매일 코를 떼일 뻔해도 기뻐하겠습니다.' 그러자 신부는 한숨을 쉬면서 답했어. '아들아, 모든 행복을 다 가질 수는 없느니라. 그것은 지금도 그대를 잊지 않고 계시는 하느님을 원망하는 일이 아니냐. 왜냐하면 지금 그대가 커다란 소리로 외쳤듯이 코만 제자리에 있으면 한평생 코를 떼일 뻔해도 기뻐하며 살 각오라면 그대의 희망은 이미 간접적으로 이루어진 셈이니라. 왜냐하면 그대는 코를 잃음으로써 역시 코를 떼일 뻔한 일이 이루어진 셈이니까.'"

"훙, 말도 안 되는 소리!" 이반은 소리쳤다.

"아니, 이 사람아, 이건 오직 자네를 즐겁게 해주고 싶어서 한 얘기야. 하지만 이건 진짜 예수회의 궤변이지. 더욱이 한 마디로 틀리지 않고 이건 모두 자네한테 얘기한 그대로일세. 바로 얼마 전에 있었던 일이었는데 그 때문에 나도 속깨나 썩었지. 그 불행한 청년은 그날 밤 집으로 돌아가서 권총으로 자살을 했지 뭔가. 나는 마지막 순간까지 그 옆을 떠날 수가 없었어. ……예수회의 참회실은 내가 기분이 우울할 때 기분전환삼아 놀러가기 더할 나위 없이 기막힌 장소라네. 이건 정말이야.

또 한 가지 사건을 이야기해 주지. 이거야말로 불과 2,3일 전에 일어난 거야. 스무 살쯤 된 금발의 노르망디 처녀 하나가 신부를 찾아왔었지. 인물이며, 몸매며, 마음씨가 정말로 군침이 도는 아가씨였지. 그녀는 허리를 굽혀 고해실 너머의 신부에게 자기 죄를 고했어. 그러자 신부는 '산타 마리아 성모 마리아님, 그대는 또다시 죄를 지었단 말인가, 언제까지 그런 짓을 계속할 셈인가. 그대는 부끄럽지도 아니한가!'하고 소리쳤지. 'Ç lui fait tant de plaisir et àmoi si peu du peine!(그 사람은 매우 즐거워했고 저도 그다지 괴롭지는 않았습니다!) 하고 죄 많은 처녀는 회개의 눈물을 흘리며 대답했어.

자, 생각해 봐, 정말 기찬 대답이 아닌가! 그때 나는 그만 뒷걸음을 치고 말았어. 그건 자연 그대로의 부르짖음이었어. 청정무구함보다 낫다고 할 수 있어! 나는 그 자리에서 당장 여자의 죄를 용서하고 돌아서서 가려고 했지. 하지만 곧 다시 되돌아가지 않을 수 없었네. 그때 고해틀 너머로 처녀가 그날 저녁 신부와 밀회를 약속하고 있었거든. 오직 신앙밖에 모르는 노인이었는데 순식간에 타

락하고 말았어! 그건 자연이야, 자연의 진실이 승리를 한 걸세. 왜
그러나, 자네 또 화가 나서 외면을 하는 건가? 도대체 어떻게 하면
자네를 즐겁게 해줄 수 있는지 모르겠군."

"나 좀 가만히 내버려 두게. 넌 지금 마치 짓궂게 따라붙는 악몽
처럼 내 머릿속을 두들기고 있어." 이반은 자기 환영에 대해서 완
전히 무력한 채 애처로운 신음소리를 냈다. "난 너하고 있는 게 넌
덜머리가 났어. 못 견디게 괴로워! 널 쫓아버릴 수만 있다면 무슨
짓이든 다 하겠어!"

"다시 한 번 말하지만 요구 같은 건 하지 말아주게. 나한테 모든
위대한 것, 아름다운 것을 요구해서는 곤란해. 자네는 내가 빨간빛
속에 천둥과 번갯불 속에서 자네 앞에 나타나지 않고 이런 초라
한 꼴을 나타났다고 화가 난 모양이군. 첫째는 자네의 심미안이 모
욕을 받았고 둘째, 자네의 자긍심이 상처 입었을 거야. 자네와 같
은 위대한 인간 앞에 어찌 이렇게 비천한 악마가 찾아올 수 있냐
고 하겠지? 맞았어, 사실 자네에겐 저 벨린스키가 조소한 바 있는
그 낭만적인 기질이 있으니까. 어쩔 수 없지, 아직 젊으니까. 사실
아까 난 자네에게 올 준비를 할 때 장난삼아 카프카스에서 근무한
진짜 퇴직 4등관처럼 차리고 나타날까 생각했지만, 문득 그렇게
하기가 겁이 났어. 최소한 '북극성'이나 '시리우스' 훈장이면 모르
지만 시시한 '사자'와 '태양' 훈장 같은 걸 달고 왔다고 나에게 한
방 먹일까 걱정해서 말이야.

자네는 걸핏 하고 나를 바보라고 부르지 않나. 하지만 나는 지적

인 면에서 자네와 동등하다는 주장은 하지 않아. 메피스토펠레스
는 파우스트 앞에 나타나서 자기는 악을 바라지만 선한 일밖에 하
지 못한다고 자신에 대해 증언을 했어. 그야 제 마음이지만 나는
그와는 정반대야. 아마 이 세상에서 진리를 사랑하고 진심으로 선
을 바라는 사람은 유일한 자인지도 모르지. 나는 십자가 위에서 죽
은 예수가 오른쪽 옆에서 못 박혀 죽은 도둑의 영혼을 자기 가슴
에 안고 승천할 때 거기서 '호산나'를 부르는 아기 천사들의 환성
과 천지를 진동하는 대천사들의 우레와 같은 환성을 들었네.

그때 나도 이 천사들의 합창에 끼어 '호산나'를 부르고 싶었어!
자네도 알다시피 나는 매우 다감하고 예술적 감수성도 뛰어나거
든. 그런데 그 상식이란 놈이 – 내 성격 중에서 가장 형편없는 상
식이란 놈이 나를 의무의 테두리에 가두어 놓았지 뭔가. 그래서 나
는 그 순간을 놓치고 말았어! 그때 나는 이런 생각을 했어. '내가
호산나를 부른다면 어떻게 될까? 이 세상의 모든 것은 눈 깜짝할
사이에 없어지고 더 이상 아무 일도 일어나지 않을 것이 아닌가.'
결국 나는 자신의 의무와 사회적 지휘 때문에 절호의 기회를 억눌
러 버리고 자신의 더러운 책임을 계속 수행하지 않으면 안 되었던
거야.

어떤 사람이 선의의 명예를 독점해버렸기 때문에 내 몫으로는
단지 더러운 일밖에 남지 않게 된 거지. 나는 속임수로 살아가는
명예를 탐내지는 않네. 나는 허영을 좋아하지 않거든. 우주의 모든
존재 가운데 왜 나 혼자만이 모든 점잖은 사람들에게 저주를 받아

야 하며, 그들의 발길에 채이도록 운명 지어졌을까? 인간의 탈을 쓸 때 이러한 결과를 겪어야하니 말이야. 거기에 어떤 비밀이 존재한다는 것을 알지만 사람들은 아무리해도 그 비밀을 절대로 알려 주지 않는단 말이야. 만약 그 비밀이 어떤 것인지를 알고 내가 '호산나'를 불렀다간 당장 필요한 마이너스가 사라지고 온 세상에 예지가 생기는 동시에 모든 게 종말을 고하게 될 걸세. 심지어 신문이나 잡지도 폐간되고 말 거야. 왜냐하면 아무도 그걸 구독하려는 사람이 없을 테니까. 결국 나는 타협하고 자신의 천조 킬로미터를 걸어가서 비밀을 알아낼 수밖에 없지.

그러나 그때까지는 나도 세상을 등진 채 이를 악물고 내가 해야 할 일을 다하게 될 걸세. 한 사람을 구하기 위해 수천 명을 파멸시키는 거지. 옛날 한 사람의 의인 욥을 얻기 위해 얼마나 많은 사람들을 죽이고 얼마나 많은 고귀한 명예를 짓밟아 버렸던지. 그 때문에 나도 무척 봉변을 당했지. 그래, 비밀이 드러날 때까지는 나에게 두 가지의 진실이 있다네. 하나는 내가 조금도 모르는 저세상 사람들의 진실이고 하나는 나 자신의 진실일세. 그러나 어느 쪽이 더 진짜인지 그건 아직 알 수가 없어. 자네 졸고 있나?"

"그럴 만하잖아." 이반은 화나는 듯 으르렁거렸다. "내 본성 속의 어리석은 생각들 - 오래전에 생명이 다 된 내 지혜로 짓씹어서 썩은 고기처럼 내던져 버린 그 모든 것을 넌 무슨 신기한 것처럼 새삼스레 제시하고 있단 말이야."

"이번에도 자네의 기분을 좋게 할 수 없군! 실은 문학적인 문구로 자네를 좀 구슬려 보려 했었는데. 하늘의 '호산나'라는 표현은 사실 그럴 듯했지. 그리고 지금 그 하이네식인 풍자적 말씨도 괜찮았을 거야. 그렇지?"

"아니야, 난 그따위 비열한 천덕꾸러기가 되었던 적이 없었어! 어떻게 내 영혼에서 너 같이 천한 것이 태어났을까?"

"여보게, 친구, 나는 아주 매력 있고 사랑스러운 러시아의 젊은 귀족을 한 사람 알고 있네. 젊은 사상가요 문학, 예술의 애호가며 '대심문관'이라는 제목이 붙은, 장래가 약속된 시의 작가이기도 하지. ……나는 그 사람만 염두에 두고 있었어!"

"대심문관 얘기를 입에 올리면 가만두지 않겠어!" 이반은 부끄러워 얼굴이 새빨갛게 되어 소리쳤다.

"그럼, '지질학상의 변동'은 어떤가? 자네도 생각나지? 그것도 멋진 서사시더군."

"입 닥쳐, 안 그러면 죽여 버릴 테다!"

"자네가 나를 죽인단 말인가? 그러지 말고 미안하지만 마저 들어 보게나. 내가 온 것도 그 기쁨을 맛보기 위해서니까. 오오, 나는 삶에 대한 갈망으로 몸부림치는 열렬한 젊은 친구들을 좋아해. '거기에는 새로운 사람들이 있다'고 자네는 지난봄 여기로 올 생각을 하면서 이렇게 단정하지 않았나. '거기에는 새로운 사람들이 있다. 그들은 모든 것을 파괴하고 식인(食人)으로 돌아가 새 출발하려 하고 있다. 바보 같은 녀석들, 나한테 물어보지도 않고! 내 생각으로는 아무것도 파괴할 필요가 없고 인간 속에서 신의 관념만 파괴하면 되는 것이다. 오직 여기서부터 착수해야 한다. 아아, 아무것도 모르는 장님들! 만일 단 한 명의 인간도 남김없이 신을 부정해버리면 그 시기가 지질한적 시기와 비슷하게 찾아올 것을 나는 믿고 있다. 그때는 종전의 세계관, 특히 이전의 모든 도덕은 식인주의와 야만적인 행위가 아니라도 저절로 없어질 것이고 새로운 것이 나타날 것이다.

인간들은 인생이 줄 수 있는 모든 것을 인생으로부터 얻기 위해 하나로 결합할 것이다. 그러나 그것은 오직 현세에 있어서의 행복과 기쁨을 얻기 위해서이다. 인간은 신과 같은 거대한 긍지에 의해 위대해지고 거기서 인신(人神)이 출현한다. 인간은 의지와 과학으로 무한히 자연을 정복해가면서 그때마다 큰 기쁨을 느끼기 때문에 친국의 기쁨에 대한 인간의 옛 꿈을 보상해 줄 것이다. 인간은 누구나 죽으면 다시 살아나지 못한다는 것을 알고 있지만, 그래도 역시 신처럼 자존심을 가지고 태연히 죽음을 맞을 것이다. 그리고 인간은 이 자존심 때문에 인생이 순간에 지나지 않는다고 불평할 일이 아니라는 것을 깨닫고 아무런 보상도 요구하지 않고 자기 동포를 사랑할 것이다. 그 사랑은 인생의 짧은 순간에 만족을 줄 뿐이지만, 사랑의 순간성을 인식함으로써 사랑의 불꽃을 더욱 강렬하게 할 것이다. 그것은 무덤 저편의 무한한 사랑을 꿈꾸던 시절에 훨훨 타오르던 사랑의 불길에 못지않을 것이다.' 이런 식으로 말일세. 정말 근사하지 않은가?"

이반은 양손으로 자기 귀를 막고 방바닥을 내려다보면서 온몸을 부들부들 떨기 시작했다. 신사의 말은 계속 이어졌다.

"여기서 내 젊은 사상가는 이렇게 생각했지 - 지금 문제가 되는 것은 과연 그런 시대가 올 것인가 하는 점이다. 만일 온다면 모든 것이 해결되고 인류는 확고한 토대를 마련하게 될 것이다. 그러나 인류의 뿌리 깊은 무지 때문에 어쩌면 천년이 걸려도 토대를 마련하지 못할 수도 있다. 그러니까 지금 이 진리를 인정하는 자는 누구든 새로운 토대 위에서 제 마음대로 생활의 토대를 세울 수 있다. 이런 뜻에서 인간에겐 '어떤 짓을 해도 상관없다.'고 할 수 있는 것이다. 그리고 이러한 시대가 결코 오지 않는다 하더라도 어차피 신이나 영혼의 불사도 없는 것이니 그 새로운 사람은 세상에 오직 혼자뿐이라도 인신(人神)이 될 수 있다. 그리고 이 같은 새로운 지위에 오른 이상, 필요한 경우 옛날 노예와 같은 인간의 어떠한 한계도 마음껏 뛰어넘을 수 있는 것이다. 신을 위한 법률은 없다. 신이 서 있는 곳이 곧 신의 자리인 것이다! 내가 서는 곳이 곧 제일 좋은 자리인 것이다 - '무슨 짓을 해도 상관없다! 이 한마디뿐이다!' 정말 근사한 얘기일세. 그런데 만일 사기를 치려고 한다면 구태여 진리의 재가(裁可)가 필요하단 말인가! 아무튼 우리 현대 러시아인은 야단이 났네. 그들은 진리의 재가 없이는 사기 한 번 칠 마음도 먹지 못할 테니까. 그만큼 그들은 진리를 애지중지한다고 말할 수 있지……."

손님은 자기 웅변에 도취된 듯 목소리를 점점 높여 가며 주인을 비웃는 눈초리로 바라보며 말했다. 그러나 그의 말이 채 끝나기도 전에 이반은 테이블에서 컵을 집어 손님에게 휙 던졌다.

"Ah, mais c'est bêe enfin! (아아, 그건 바보 같은 짓이야!)" 손님은 소파에서 일어나 찻물을 손가락으로 톡톡 털면서 소리쳤다. "마틴 루터가 던졌다는 잉크병 생각이 났던 모양이군. 자기는 나를 보고 꿈이라고 하면서 그것에 대고 컵을 던지다니! 그건 여자들이나 하는 짓이지! 나는 자네가 귀를 틀어막고 있는 체하면서도 내 말을 듣고 있지 않나 생각했었는데 역시 그렇군……."

이때 별안간 밖에서 창문을 두드리는 소리가 쾅쾅하고 들려왔다. 이반은 소파에서 벌떡 일어섰다.

"저 소리 안 들리나? 열어 주게나." 손님은 소리쳤다. "저건 자네 동생 알료샤야. 아주 뜻밖의 흥미 있는 소식을 갖고 온 모양이야, 내가 장담하지!"

"입 닥쳐. 이 사기꾼아! 그게 알료샤라는 건 너보다 먼저 알았어. 아까부터 그런 예감이 들었거든, 물론 쓸데없이 온 건 아닐 거야. 틀림없이 뭔가 '소식'을 갖고 왔을 거야!" 이반은 미친 듯이 말했다.

"열어 주게. 어서 열어 줘. 밖에는 눈보라가 치고 있어. 저 앤 자네 아우가 아닌가. Monsieur, sait-il le temps qu'il fait? C'est 'a ne pas mettre un chien dehors……(자네, 이런 날씨에는 개도 문 밖에 내놓지 않는 법이네……)."

창문을 두드리는 소리는 계속되었다. 이반은 창가로 달려가고 싶었으나 갑자기 자신의 팔다리가 무엇에 묶인 것 같았다. 그는 쇠사슬을 끊어 버리려고 안간힘을 썼으나 허사였다. 창문을 때리는 소리는 점점 커지고 있었다. 마침내 이반은 팔다리의 쇠사슬을 끊고 소파 위에서 벌떡 일어났다. 그리고 지친 눈길로 주위를 둘러보았다. 양초 두 자루는 다 타들어가고 있었고, 조금 전 방문객에게 분명히 집어던진 컵은 자기 앞 테이블에 그대로 놓여 있었다. 맞은편 소파에는 아무도 없었다. 창문을 두드리는 소리는 여전히 계속되고 있었으나 방금 꿈 속에서 들은 것처럼 그렇게 크지는 않았다. 반대로 소리를 죽여 아주 조심스럽게 두드리고 있었다.

"그건 꿈이 아니었어! 맹세코 그건 꿈이 아니었어! 모든 것이 실제로 있었던 일이야!" 이반은 이렇게 소리치며 창문 쪽으로 쫓아가 조그만 창을 열었다.

"알료샤, 나한테 절대 오지 말라고 했잖아!" 그는 거친 말투로 동생에게 소리쳤다. "한 마디로 말해. 무슨 볼일이야. 한 마디로 말하란 말이야, 알겠어?"

"한 시간 전에 스메르자코프가 목을 매어 죽었어요." 알료샤가 문 밖에서 대답했다.

"현관으로 돌아와, 곧 문 열어 줄게." 이반은 이렇게 말하고 알료샤에게 문을 열어 주러 나갔다.

10. '그자가 그렇게 말했어!'

　알료샤는 방안으로 들어와 이반에게 소식을 전해 주었다. 한 시간 전에 마리야가 자기 집에 뛰어 들어와서 스메르자코프의 자살 소식을 알려 주더라는 것이었다.

　"사모바르를 치우려고 그 사람 방에 들어갔더니, 글쎄 그이가 벽의 못에 매달려 있지 않겠어요." 그래서 알료샤가 "경찰에 신고했습니까?"하고 물으니까, "아무한테도 알리지 않고 곧장 달려온 거예요. 여기까지 달음질쳐 왔어요."라고 대답했다. 그녀는 미친 사람처럼 사시나무 떨듯 떨고 있었다고 했다.

　알료샤가 마리야와 함께 그들의 오두막에 달려가 보니 스메르자코프는 아직도 그대로 매달려 있었다. 테이블 위에는 유서 한 통이 놓여 있었다. '나는 아무에게도 죄를 돌리지 않기 위해 나 자신의 의지로 기꺼이 내 목숨을 끊는다.'고 적혀 있었다. 알료샤는 유서를 테이블 위에 그대로 놓고 곧바로 경찰서장한테 찾아가 사건의 전말을 얘기했다. "그리고 거기서 바로 형님한테 왔어요." 하고 알료샤는 이반의 얼굴을 뚫어지게 바라보면서 말을 마쳤다. 그는 이반의 얼굴 표정에서 뭔가 충격을 받은 듯 했다.

"형님." 알료샤가 갑자기 외쳤다. "몸이 많이 편찮으신가 보군요! 저를 보고 있으면서도 제 말은 못 알아들으시는 것 같아요."

"너 참 잘 왔다." 이반은 알료샤의 외침 소리가 조금도 들리지 않는 듯이 무슨 생각에 잠긴 듯한 어조로 말했다. "나도 알고 있었어, 그 녀석이 목을 매단 걸."

"대체 누구한테서 들으셨어요?"

"그건 모르지만 아무튼 알고 있었다. 아니, 내가 알고 있었던가? 맞아. 그자가 말했지. 그자가 방금 전에 나한테 말해줬어……."

이반은 방 한가운데 서서 방바닥을 내려다보며 여전히 생각에 잠긴 어조로 말했다.

"그자가 누구예요?" 알료샤는 자기도 모르게 주위를 돌아보며 물었다.

"살며시 사라져 버렸어."

이반은 얼굴을 들고 조용히 미소를 지었다.

"그자는 너를 무서워한 거야. 비둘기처럼 때 묻지 않은 너를 무서워한 거야. 너는 '순결한 아기천사'야. 드미트리는 너를 아기천사라고 하지. 대천사들의 천둥과 같은 환호! 그런데 대천사란 무

316

엇일까? 어쩌면 하나의 별자리인지도 몰라. 하지만 별자리라는 것은 단지 어떤 화학적 분자에 불과한 건지도 모르지. 사자와 태양의 성좌라는 것도 있지, 그것을 모르느냐?"

"형님, 자리에 앉으세요!" 알료샤는 놀라서 말했다. "제발 소파에 앉으세요. 형님은 지금 열에 들떠 헛소리를 하고 계세요. 자, 베개를 베고 누우세요. 네, 그렇게요. 물수건을 적셔서 머리에 얹어 드릴까요? 그러면 좀 나을 거예요."

"그래, 물수건을 좀 다오. 여기 소파 위에 있을 거야. 아까 거기다 던져 버렸으니까."

"여긴 없는데요. 걱정 마세요. 어디 있는지 내가 아니까요. 여기 있군요." 방 저편 구석에 있는 이반의 세면대에서 접어둔 채 아직 한 번도 쓰지 않은 깨끗한 수건을 찾아와 알료샤가 말했다. 이반은 이상한 눈으로 수건을 바라보았다. 순간 기억이 그의 마음에 되살아난 듯이 보였다.

"가만있어 봐." 그는 소파 위에 몸을 일으켜 앉았다. "아까, 내가 한 시간 전쯤 바로 이 수건을 거기서 가지고 와 물에 적셔 머리에 얹었다가 여기에 던져 놓았는데……. 이게 어떻게 말라 있을까. 수건이라곤 방안에 그것밖에 없는데."

"형님이 이 수건을 머리에 얹으셨다고요?" 알료샤가 물었다.

"그래, 그리고 방안을 왔다 갔다 했어. 한 시간 전쯤 말이다. 그런데 초는 왜 저렇게 다 타 버렸지. 지금 몇 시냐?"

"좀 있으면 열두 시예요."

"아니, 아니, 아니야!" 이반은 갑자기 소리치기 시작했다. "그건 꿈이 아니야! 그자는 와 있었어. 저기 저 소파에 앉아 있었어. 네가 창문을 두드렸을 때, 나는 그자에게 컵을 집어던졌지. 이 컵을 말이야. 아니, 가만있자, 지난번에도 나는 잠을 잤었는데 이번에는 꿈이 아니야. 전에도 이런 일이 있었지. 알료샤, 나는 요즘 꿈을 자주 꾼단다. 그러나 그건 꿈이 아니라 현실이야. 나는 걸어 다니고 말하고 보면서도 잠을 자거든. 하지만 그자는 여기 앉아 있었어. 여기 있었어, 이 소파에 앉아 있었거든. 그자는 아주 멍청해, 알료샤, 그자는 끔찍한 바보란 말이야." 이반은 갑자기 웃음을 터뜨리고 방안을 걸어 다니기 시작했다.

"누가 바보란 말입니까? 누굴 말하는 거예요, 형님?" 알료샤는 다시 걱정스런 얼굴로 물었다.

"악마야! 그 자는 나를 찾아오곤 해. 벌써 두 번이나 찾아왔었지. 아니, 세 번이었을 거야. 그리고 나를 이렇게 놀려대는 거야. ─ '자넨 내가 불꽃 날개를 달고 천둥을 울리며 태양같이 빛나는 대마왕 사탄이 아니라서 화를 내고 있군.'하고. 하지만 그 녀석은 대마왕은 아니야. 그건 거짓말이야. 그놈은 평범한 악마야. 작은 놈팽이 악마야. 그놈은 목욕탕에도 간대. 그놈의 옷을 벗기면 긴 꼬리가 나올걸. 꼭 덴마크 개처럼 길이가 석 자쯤 되는, 길고 매끄러운 갈색 꼬리. 알료샤, 너 몸이 얼었겠구나. 눈 속을 걸어 왔으니. 차 마실래? 뭐? 식었다고? 생각이 있다면 사모바르를 가져오랄까? 이런 날씨엔 개도 밖에 내놓지 못하지."

알료샤는 얼른 세면대로 달려가 수건을 적셔 가지고 와서 이반은 다시 자리에 앉힌 다음 물수건을 그의 머리에 얹었다. 그리고 자기도 그 옆에 앉았다.

"아까 너 뭐라고 했지, 리즈에 대해서?" 이반은 다시 말을 시작했다. 그는 무척 수다스러워졌다. "리즈는 내 마음에 들어. 아까는 그 아가씨에 대해 나쁜 말을 했지만 그건 거짓말이었어. 나는 그 아가씨가 마음에 들어. ……난 카차 때문에 걱정이야. 무엇보다도 그게 가장 걱정이야. 앞으로의 일이 걱정이란 말이야. 그 여잔 내 일이면 나를 걷어차 짓밟을 거야. 그 여자는 내가 자기 때문에 질투를 해서 미차를 파멸시키려는 걸로 생각하고 있어. 정말 그렇게 생각하고 있어! 하지만 그렇지 않아. 내 일은 교수대가 아니라 십자가를 지는 거야. 아무렴, 내가 왜 목을 매냐. 알료샤, 너 아니? 난 절대로 자살할 수 없는 놈이야! 그건 비열하기 때문일까? 난 겁쟁이는 아니야. 말하자면 삶에 대한 갈망 때문에 그런 거지. 한데 스메르자코프가 목을 맸다는 건 내가 어떻게 알았을까. 그렇구나, 그건 그놈이 말해 줬지……."

"형님은 여기서 누군가 와 있었다고 확신하는군요." 알료샤가 의심스러운 듯이 물었다.

"저 구석 소파에 앉아 있었어. 네가 쫓아 줬으면 좋겠다만, 하긴 네가 쫓아 버린 것이나 다름없지. 네가 나타나자 사라져 버렸으니까. 알료샤, 나는 네 얼굴이 좋아. 넌 그걸 알고 있니? 그런데 그 자는 나다. 알료샤, 나 자신이야. 나의 천하고 비열하고 경멸스러운 것의 분신이란 말이지! 그래 난 '낭만주의자'야. 그놈은 그걸 눈치 챘어……. 하기야 중상이긴 하지만, 그자는 아주 바보야. 하지만 그것으로 그는 성공을 하곤 하지. 그는 교활해. 동물적으로 교활 해. 어떻게 하면 나를 화나게 할지 알고 있거든. 그 자는 내가 저를 믿고 있다고 놀리면서 귀를 기울이게 하거든. 그놈은 마치 나를 어 린아이처럼 희롱하지. 하지만 그 자는 나에 대해서 진실도 많이 얘 기했어. 나는 절대로 그런 말을 자신에게 할 수 없을 거야. 얘, 알료 샤!" 이반은 자못 진지하게 마치 흉금을 털어놓고 토로하는 듯한 어조로 덧붙였다. "사실 나는 그것이 내가 아니라 그놈이기를 얼 마나 바랐는지 몰라!"

"그자가 형님을 많이 괴롭힌 모양이군요." 알료샤는 동정의 눈 으로 형을 바라보며 말했다.

"나를 마음대로 놀리는 거야! 그런데 말이다. 그자는 아주 재치 있게 말하거든. '양심이란 무엇인가. 양심이란 나 자신이 만들어 내는 거야. 한데 왜 나는 괴로워할까? 요컨대 습관 때문이지. 7 천 년 이래 계속된 인류의 습관 때문이지. 그따위 것은 내동댕이치고 우리 모두 신(神)이 되자꾸나.' 이건 그놈의 말이야."

"그럼, 형님이 아니군요, 그렇죠?" 알료샤는 맑은 눈으로 형을 쳐다보며 참지 못하고 소리쳤다. "그런 자는 그대로 내버려 두세 요. 아주 잊어버리세요. 형님이 지금 저주하고 계시는 것을 죄다 그자에게 주십시오. 그리고 다시는 나타나지 못하게 하세요!"

"응, 하지만 그자는 지독해. 나를 비웃었단 말이야. 알료샤, 그자는 아주 건방진 놈이야." 이반은 분한 듯 몸을 떨며 말했다. "그놈은 나를 비방했어. 그것도 한두 가지가 아니야. 면전에서 거짓말까지 하면서 '아, 자네는 참으로 훌륭한 일을 해 보려는군. 아버지를 죽인 건 나요. 내 사주를 받고 하인이 아버지를 죽인 거요, 하고 자백하러 가겠단 말이지……' 이런 소리를 막 지껄이는 거야."

"형님." 알료샤가 말을 가로막았다. "진정하세요. 아버지를 죽인 건 형님이 아닙니다. 그건 거짓말입니다!"

"그자가 그렇게 말했다니까, 글쎄 그자가 말이야. 그자는 그걸 알고 있거든. '자넨 선행을 하려고 하면서도 그걸 믿지 않아. 그래서 자넨 화를 잘 내고 괴로워하는 거야. 그 때문에 자네는 그렇게 복수심에 불타는 거야.' 이런 소리를 하지 않겠어. 그놈은 자기가 무슨 말을 하고 있는지 알고 있어."

"그건 형님이 하는 말이지 그자의 말이 아닙니다." 알료샤는 슬픈 듯이 소리쳤다. "형님은 병 때문에 지금 헛소리를 하면서 자신을 학대하고 있는 거예요!"

"아니야, 그자는 자기가 하는 말을 알고 있어. 그자는 ─ 자네는 자존심 때문에 가는 거야. 그리고 일어나서 말했지. '아버지를 죽인 건 나요. 어째서 당신들을 무서워서 벌벌 떨고 있는 거요. 당신들은 거짓말을 하고 있습니다. 나는 당신들의 의견을 경멸하오. 나는 당신들의 공포를 경멸하오!' 라고. 그자는 나한테 이렇게 말했어. '하지만 여보게, 자네는 여러 사람들한테서 칭찬을 받고 싶은 거야. 저 사람은 살인범이지만 얼마나 너그러운 마음씨를 갖고 있는가! 형을 구하기 위해 자백을 했단다! 이런 칭찬을 받고 싶은 거지.' 하고 말하지 않겠어. 하지만 그건 거짓말이야, 알료샤." 이반은 눈을 번뜩이며 갑자기 소리쳤다.

"나는 그까짓 시시껄렁한 놈들의 칭찬은 바라지도 않아. 그건 거짓말이야. 맹세코 그건 거짓말이야. 그래서 그놈에게 컵을 집어 던졌더니 그 컵은 그놈 콧잔등이에서 박살이 나고 말았어."

"형님, 진정하세요. 이제 그만하세요!" 알료샤는 애원하듯 말했다.

"아니야, 그자는 사람을 괴롭힐 줄 아는 놈이야. 잔인한 놈이거든." 이반은 동생의 말은 듣지도 않고 말을 이었다.

"나는 언제나 그놈이 찾아오는 이유를 미리 알아챘지. '자네가 자존심 때문에 자백하러 가는 것은 괜찮지만, 그래도 자네는 스메르자코프가 유죄 판결을 받아 징역살이를 하게 되고 미차는 무죄가 되며, 그리고 자신은 도덕적 책임만 질 뿐 다른 사람들의 칭찬을 받기를 바랐었지. 하지만 이제 스메르자코프는 죽었어. 자, 그러니 자네가 내일 법정에서 혼자 아무리 지껄여 봤자 누가 그걸 믿겠어? 그런데도 자넨 가겠지. 역시 갈 거야. 가겠다고 마음먹었을 테니까. 이렇게 된 판국에 대체 무엇 하러 가려는가?' 하고 그자는 말했어. 그건 무서운 말이야, 알료샤, 나는 그런 질문을 참을 수 없어. 그런 질문을 나한테 하다니 그런 무례한 놈이 어디 있어!"

"형님," 알료샤는 두려워서 숨이 끊어질 것 같았으나 아직도 이반의 정신을 정상적으로 되돌릴 수 있다고 희망을 걸고 있는 듯

형의 말을 막았다. "어떻게 그자가 내가 오기도 전에 스메르자코프의 자살 소식을 형님께 전할 수 있었을까요? 사실 그의 죽음은 아무도 모르고 또 알 만한 시간적 여유도 없었는데."

"그자가 말했어." 이반이 의심할 여지도 없이 단호한 태도로 말했다. "그놈은 그 말밖에 하지 않았어. '자네가 만일 선행을 믿는다면 그야 나쁠 건 없지. 남이야 자네 말을 믿지 않더라도 자네 원칙대로 가는 거야. 하지만 자네도 부친 표도르와 마찬가지로 돼지 새끼가 아닌가. 선행이 대체 자네에게 있어서 뭐란 말인가. 만일 자네의 희생이 아무 소용도 없는 것이라면 대체 뭣 하러 법정에 나가는가. 그건 자네 자신이 무얼 하러 가는지 모르기 때문이야! 그런데 자넨 무엇 때문에 가는지 스스로 알기 위해서 결심을 했는가. 아직 결심을 완전히 굳힌 건 아니잖나? 자네는 밤새도록 의자에 앉아서 갈까, 가지 말까 하고 궁리를 하겠지. 그렇지만 자네는 결국 가고 말 거야. 자네 자신이 가게 되리라는 걸 알고 있거든. 어느 쪽으로 결정하든지, 그것이 자신에게서 나오지 않았다는 것을 자넨 알고 있어. 자네가 가는 건 가지 않고는 배겨 낼 수 있는 용기가 없기 때문이야. 왜 그런 용기가 없는가. 그건 자네 자신이 알아내야 해. 그것이 자네에게 주어진 수수께끼니까!' 그리고 별안간 벌떡 일어나서 가 버렸어. 네가 오니까 가 버렸어. 알료샤, 그자는 나를 겁쟁이라고 부르더라. 그 수수께끼의 해답은 즉 내가 겁쟁이란 뜻이야! '그런 독수리는 하늘로 날아오르지 못하는 법이야!' 하고 그 자는 덧붙여 말했어! 스메르자코프도 그런 말을 했었지. 그자를 처치해 버려야 해. 카차는 나를 경멸하고 있지. '칭찬받고 싶어서 간다.'니 그건 악질적인 거짓말이야. 알료샤, 너도 날 경멸하고 있지. 나는 지금부터 다시 너를 미워할 것 같다만! 그 냉혈한도 미워 죽겠어! 그자는 살려두고 싶지 않아! 시베리아에서 뒈지라지! 찬송가나 부르고 있으라 그래! 나는 내일 가겠어. 그리고 그들 앞에서 그 얼굴에 침을 뱉어 줄 테다!"

그는 미친 듯이 벌떡 일어나 물수건을 내동댕이치고는 다시 방 안을 걸어 다니기 시작했다. 알료샤는 조금 전에 이반이 한 말을 떠올렸다. ─ '나는 눈 뜨고 자는 것 같아. 걸어 다니고 말하고 보면서도 잠을 자거든.' 지금 이반의 상태가 바로 그것이었다. 알료샤는 이반의 곁을 떠나지 않았다. 달려가서 의사를 데리고 올까 하는 생각도 퍼뜩 떠올랐으나 형을 혼자 두고 가기가 무서웠다. 그렇다고 형을 맡겨 두고 갈 사람이 아무도 없었다.

이윽고 이반은 차차 의식을 잃어가기 시작했다. 그는 여전히 쉴 새 없이 지껄이고 있었으나 앞뒤가 전혀 맞지 않았다. 나중엔 말조차 제대로 하지 못하고 갑자기 비틀거렸다. 알료샤가 얼른 그를 부축했다. 다행히 별로 저항하지 않았으므로, 알료샤는 그럭저럭 그의 옷을 벗기고 자리에 눕혔다. 그리고 두 시간이나 더 이반의 곁에 앉아 있었다. 환자는 몸을 움직이지도 않고 조용히 고르게 숨을 쉬며 깊이 잠들었다. 알료샤는 베개를 가지고 가서 옷도 벗지 않은 채 소파 위에 누웠다.

그는 잠자리에 들면서 미차와 이반을 위해 기도를 올렸다. 그는 이반의 병이 무엇인가 차차 알게 되었다. '명예로운 결심에서 생기는 고통, 참으로 깊은 양심의 가책이다!' 이반이 믿지 않았던 신과 그 진리가 아직도 복종을 거부하는 그의 마음을 정복해 가고 있었던 것이다. '그렇다, 스메르자코프가 죽었으니 이젠 아무도 이반 형의 진술을 믿지 않겠지만, 그래도 형은 법정에 나가 증언할 것이다!' 베개를 베고 누운 알료샤의 머리에 이런 생각이 떠올랐다. 알료샤는 조용히 미소 지었다. '하느님이 승리할 것이다!' 하고 그는 생각했다.

'이반 형은 진리의 빛 속에 되살아나든지 아니면…… 증오 속에 멸망해 버릴 것이다. 자기도 믿지 않는 일을 위해 봉사했다고 자기 자신과 모든 사람에게 분풀이하면서……' 알료샤는 비통한 심정으로 이렇게 덧붙이고 나서 다시 이반을 위해 기도를 올렸다.

제4부

제12편 | 오판

1. 운명의 날

여러 사건들이 있은 다음날 오전 10시, 이 시의 지방법원에서 드미트리 카라마조프에 대한 공판이 시작되었다.

미리 분명히 말해두고 싶지만, 법정에서 일어난 일을 빠짐없이 옮긴다는 것은 더 말할 나위도 없거니와 순서를 잡아가며 전하는 것도 매우 어려운 일이다. 만일 모든 것을 낱낱이 상기하여 적절하게 설명을 가한다면 그것만으로 가히 한 권의 책이, 그것도 상당히 두꺼운 책이 필요하리라 생각된다. 그래서 필자가 특히 나 자신에게 깊은 감명을 주었고 특별히 기억에 남는 점만을 독자에게 전하는 바이니, 그렇다고 해서 나를 너무 탓하지는 말아 주기를 바란다. 나는 별로 대수롭잖은 일을 중요한 사항으로 생각하거나, 반대로 꼭 언급해야 할 두드러진 일을 아예 빼 버리고 말 수도 있을 것이다. 하지만 이러한 변명을 하지 않는 편이 좋을 듯하다. 어쨌든 필자는 가능한 노력을 다하겠으니, 독자 여러분도 필자가 최선을 다했음을 자연히 이해하게 될 것이라 믿고 있다.

우선 법정 안으로 들어가기에 앞서 그날 특히 나를 놀라게 한 일부터 말해 보겠다. 하기는 놀란 것은 나만이 아니었고, 나중에 알고 보니 누구나가 다 놀랐다는 것이다.

이 사건이 너무나 많은 사람들의 흥미를 끌었다는 것, 그래서 모든 사람들이 공판의 개정을 초조하게 기다렸다는 것, 그리고 이 사건이 이 고장에서 지난 두 달 동안 많은 화젯거리가 되었고 추측과 규탄과 공상의 대상이 되었다는 것은 모두 잘 알려진 일이었다. 또 이 사건이 온 러시아에서 화제가 되고 있다는 것도 알고 있었다. 그렇지만 이 사건이 이 고장 사람들뿐 아니라 전국 방방곡곡의 남녀노소 구별 없이 그토록 열광적으로 또 그토록 분노를 불러일으키며 모든 사람들의 마음을 흔들어 놓을 줄은 단 한 사람도 예상치 못한 일이었다.

사실 공판에는 이곳 현청 소재지뿐만 아니라, 그 밖의 러시아 여러 도시에서, 심지어는 모스크바와 페테르부르크까지 많은 방청객들이 속속 모여들었다. 법률가들도 왔고, 몇몇 저명인사와 상류층 귀부인까지 찾아와 방청권은 눈 깜짝할 사이에 동이 났다. 재판관석 바로 뒤에는 특히 지위가 높고 이름 있는 남자 방청객을 위해 이례적이라고 할 수 있는 특별 방청석까지 마련되었다. 여기에는 여러 귀빈들이 점령한 안락의자들이 한 줄로 배열되어 있었는데, 이러한 일은 지금까지 이 재판소에서 한 번도 허용된 적이 없었던 것이었다.

특히 부인 방청객들도 유달리 많이 몰려와서, 우리 읍에 사는 부인들은 물론 다른 고장에서 몰려온 부인들을 합치면 전체 방청객의 반은 차지했다. 여러 지방에서 모여든 법률가들만 해도 그 숫자가 엄청나게 많아서 그 대부분을 어디다 앉혀야 할 것인지 고민해야 했을 정도였다. 왜냐하면 사람들의 개인적인 연줄이나 청탁에 의해 방청권이 이미 오래전에 한 장도 남김없이 분배되고 말았기 때문이다.

나도 직접 보았지만, 법정 끝에 있는 연단 맞은편 쪽에 특별 칸막이가 임시로 설치되어, 각지에서 모여든 법률가들이 그 자리를 배정받았다. 자리를 많이 마련하기 위해 의자를 완전히 들어내는 바람에 그들은 줄곧 서 있어야 했지만 그래도 그나마 다행으로 여길 정도였다. 그래서 콩나물시루처럼 빽빽이 들어선 청중은 '심리'가 이루어지는 동안 서로 어깨를 비벼대며 선 채로 견뎌내야만 했다.

몇 사람의 부인네들, 특히 다른 도시에서 온 부인들 중에는 화려하게 성장을 하고 방청석에 나타난 사람도 있었지만 나머지 대부분은 모양을 내는 것조차 잊고 온 것 같았다. 이 부인네들의 얼굴에는 히스테릭하고 탐욕스러우며 거의 병적이라고 할 만한 강렬한 호기심이 나타나 있었다.

방청석에 모인 모든 사람들의 가장 두드러진 특징의 하나로서

대서특필해 두어야 할 것은 부인네들의 거의 전부가, 아니 적어도 그 대다수가 피고 미차의 편이어서 그의 무죄를 믿고 있었다는 사실이다. 그 주요한 이유는 미차가 여성의 마음을 사로잡는 재주가 있다는 이미지 때문이었는지도 모른다. 사실 라이벌 관계에 있는 두 여성이 법정에 등장하리라는 것은 누구나가 다 알고 있었다.

그 중에서도 무엇보다 카체리나 이바노브나에게 모든 사람들의 관심이 쏠리고 있었다. 이 여인에 관해서는 별의별 당돌한 소문이 다 나돌고 있었다. 미차가 흉악한 범죄를 저질렀음에도 불구하고 그녀는 여전히 그에 대해서 불같은 정열을 쏟고 있다는 사실이 커다란 화제가 되었다. 특히 입방아에 오르내린 것은 그녀의 높은 자존심과 ─ 사실 그녀는 이 고장에서 거의 아무도 방문한 일이 없었다 ─ '귀족 사회에 유력한 연줄이 있다'는 것이 소문나 있었다. 그녀가 직접 정부에 탄원하여 유형지까지 죄인을 따라가서 어디든 지하광산에서 그와 결혼식을 올릴 의향마저 가지고 있다는 소문까지 떠돌고 있었다. 사람들은 카체리나의 경쟁자인 그루셴카가 법정에 나타나기를, 그에 못지않은 흥분을 가지고 기대하고 있었다. 두 사람의 경쟁자 ─ 귀족적인 자만심에 찬 아가씨와 이른바 '고급 창녀', 이 두 라이벌의 법정 대결을 무서울 정도의 호기심을 품고 기다리는 것이었다.

그런데 이 고장 부인들에게는 카체리나보다 그루셴카 쪽이 더 잘 알려져 있었다. 그들은 전부터 '표도르 카라마조프와 그 불행한 아들 미차를 파멸시킨 악녀'를 잘 알고 있었다. 그리고 거의 모든 사람이 이구동성으로 '별로 미인도 아닌 더없이 평범한 러시아의 시골 처녀'에게 어떻게 부자가 다 같이 반할 수 있었는지 모르겠다며 놀라운 눈으로 보아 왔던 것이다. 아무튼 온갖 소문이 다 떠돌았다. 사실 이 고장에서는 미차의 일로 해서 심각한 가정불화까지 일어난 집이 여럿 있었음을 필자는 확실히 알고 있다.

많은 부인네들이 이 무서운 사건에 대한 견해 차이 때문에 자기 남편과 대판 싸움을 벌였던 것이다. 따라서 당연한 결과로서 이런 부인들의 남편들은 피고 미차에 대하여 동정적이긴 커녕 오히려 혐오감마저 안고 법정에 나타났다. 요컨대 남자 쪽은 여자 쪽과는 정반대로 피고에 대하여 반감을 품고 있는 것이 틀림없는 사실이었다. 그래서 몹시 엄하고 찌푸린 표정들을 하고 있었으며 개중에는 완전히 증오에 찬 얼굴을 하고 있는 사람마저 보였다. 하기는 미차가 이 고장에 머무는 동안 이들 중 많은 사람에게 개인적으로 모욕을 준 것도 사실이었다.

물론 방청객 가운데는 참으로 유쾌한 표정으로 미차의 운명 따위에는 전혀 무관심한 자도 있었지만, 그래도 역시 이 재판의 행방에 관심을 갖고 있었으며 남자들의 대다수는 미차에게 형벌이 내려지기를 바라고 있었다. 다만 법률가들은 이와 달라서, 그들에게는 사건의 도덕적인 면보다 이른바 현대의 법적인 측면이 더 중요했다.

모든 사람들은 흥분의 도가니 속으로 몰아넣은 또 하나의 사실은 유명한 페추코비치 변호사의 등장이었다. 그의 재능은 이미 도처에 알려져 있었다. 그가 지방에 나타나 굵직한 형사 사건의 변호를 맡은 것은 이것이 처음이 아니었다. 그가 변호한 사건은 예외 없이 나중에 러시아 전역에 유명해지고 오래도록 사람들의 기억에 남았다.

이곳의 검사와 재판관에 대해서도 여러 가지 일화가 전해지고 있었다. 이폴리트 검사가 페추코비치와 만나는 것을 두려워하고 있다느니, 그들 두 사람은 법조계에 첫발을 내디뎠을 때부터 적수였다느니, 자존심 강한 이폴리트는 자신의 재능을 제대로 인정받지 못하고 있기 때문에 페테르부르크 시절부터 늘 누군가에게 모욕을 받고 있는 기분에 사로잡힌 터였으므로 이번의 카라마조프 가의 사건으로 실력을 발휘해 기세를 올리려고 잔뜩 벼르고 있지만 오직 페추코비치만을 두려워하고 있다느니 하는 소문이었다.

그러나 검사가 페추코비치에 대해서 겁을 먹고 있다는 소문은 정확한 것은 아니었다. 그는 위험을 목적에 두고 의기소침하기는 커녕 오히려 그 반대로 위험이 크면 클수록 자존심도 그만큼 강해져서 더욱 기세등등해지는 그런 성격의 인물이었던 것이다. 아무튼 이 검사는 대단한 열정가였으며, 병적일 정도로 감수성이 강하다는 사실만은 인정해야 할 것이다. 그는 어떤 사건이건 자기의 온 심혈을 다 기울여 임했고 자신의 운명도, 검사로서의 자질도 그 사건의 결과 여부에 따라 결정되기라도 하는 듯이 행동했던 것이다. 법조계에서는 이것을 비웃는 자도 있었다.

그러한 유별난 성질로 인해 그는 비록 전국 방방곡곡 명성을 떨치지는 못했어도 이런 시골 재판소의 하찮은 직위에 있는 사람치고는 비교적 널리 알려져 있었던 것이다. 사람들은 특히 그의 심리학적 경향을 비웃었지만, 필자의 판단으로는 이것은 모두 오해였다. 우리의 검사는 많은 사람들이 생각하고 있는 것보다는 훨씬 진지한 성격을 갖고 있었던 것 같다. 그러나 이 병적인 인물은 법조계에서 경력을 쌓기 시작한 때부터, 그리고 그 후에도 한평생 자기 지위를 구축할 수 없었던 것이다.

이 곳 재판장의 사람됨은 어떠한가를 살펴보면, 그는 교양이 풍부하고 박애적이며 실무 면에서 통달하고 있을 뿐만 아니라 현대적인 견해를 갖고 있는 인물이라 할 수 있다. 이 사람도 매우 자부심이 강한 편이었지만 자신의 출세에는 그다지 연연해하지 않았다. 그의 인생의 주된 목적은 시대의 선각자가 되는 것이었다. 게다가 그는 유력한 연고와 재산도 갖고 있었다. 이것은 뒷날 판명된 일이지만, 그 역시 카라마조프 사건에 대해서는 상당한 열의를 갖고 있었다. 그러나 그것도 어디까지나 일반적인 의미에 불과했다. 부친 살해의 현상 그 자체, 그의 분류, 그리고 우리나라의 사회 조직의 산물로서, 또한 러시아적 특성의 설명으로서 이 사건의 관찰이 그의 관심의 중심이었다. 그는 사건의 개인적인 성격이나 비극적인 요소에 대해서는, 그리고 피고를 비롯한 모든 관련자들에 대해서는 무관심하고 추상적인 태도를 취하고 있었다. 하기야 재판장으로서 이것은 당연히 가져야 할 태도인지도 모른다.

재판관이 출석하기 오래 전부터 이미 법정은 방청객으로 초만

원이었다. 이 법원은 꽤나 넓고 목소리가 잘 들리는, 우리 고장에서는 가장 훌륭한 건물이었다. 재판관석은 조금 높은 단 위에 있었고, 그 오른쪽에는 배심원들을 위한 긴 테이블과 그 뒤에 두 줄로 놓인 안락의자가 있었으며, 왼쪽에는 피고석과 변호사 석이 마련되어 있었다. 법정의 중앙, 재판장석 가까운 테이블에는 이른바 '증거품'들이 놓여 있었다.

그 위에는 피투성이가 된 표도르의 잠옷과 범행에 사용한 것으로 추측되는 구리로 만든 절굿공이, 소매 근처에 피가 밴 미차의 셔츠, 그때 피 묻은 손수건을 넣었기 때문에 뒷주머니 언저리에 핏자국이 난 양복바지, 그리고 피 때문에 뻣뻣해져서 이젠 완전히 누렇게 변색된 손수건, 미차가 페르호친의 집에서 자살할 목적으로 탄약을 재어놓았지만 트리폰에게 몰래 압수당한 권총, 그루센카에게 주려고 3천 루블의 돈을 넣고 겉봉에 메모를 해둔 봉투와 그 봉투를 묶었던 장밋빛 리본, 그밖에 일일이 기억할 수 없을 만큼의 많은 물건들이 놓여 있었다. 일반 방청석은 거기서 좀 떨어진 법정의 구석진 데 있었지만, 난간 앞에는 안락의자가 몇 개 놓여 있었다. 그것은 진술을 마친 후 계속 법정에 남아 있어야 할 증인들을 위한 것이었다.

오전 10시에 세 사람의 재판관이 나타났다. 재판장과 배심판사와 명예 치안판사였다. 곧 검사도 그 모습을 나타냈다.

재판장은 단단한 체격의 중키보다 약간 작은 키에 치질을 앓는 듯이 누렇게 보이는 안색을 한, 쉰 살 정도의 남자였다. 붉은 리본을 목에 걸고 있었으나 그것이 어떤 훈장이었는지 기억나지 않는다. 필자뿐만 아니라 아니 딴 사람의 눈에도 마찬가지였겠지만, 검사의 얼굴은 창백하다 못해 녹색에 가까운 색을 하고 있었다. 뭣때문인지는 몰라도 하룻밤 사이에 얼굴이 몰라보게 수척해진 모습이었다. 필자가 불과 사흘 전에 만났을 때만 해도 평소와 조금도 다름이 없었기 때문이다.

재판장은 우선 정리(廷吏)에게 배심원들은 모두 출석했느냐고 물었다. 그러나 필자는 어차피 이런 식으로 기술해 나갈 수는 없다는 것을 잘 알고 있다. 왜냐하면 똑똑히 들리지 않는 대목도 있었고, 의미가 모호한 대목도 있으며, 또한 이미 잊어버린 부분도 있기 때문이다. 그러나 그 최대의 이유는 앞에서도 말한 것처럼 하나하나의 말과 경위를 빠짐없이 적어 나간다면 문자 그대로 시간과 지면이 모자라기 때문이다. 필자는 다만 쌍방의, 즉 변호 측과 검찰 측에 의한 배심원 할당이 그리 많지 않았다는 것만은 잘 기억하고 있다.

지금도 잘 기억하고 있지만, 배심원은 열두 사람뿐이었다. 그들은 이 고장 관리 네 명과 상인 두 명, 그리고 농부와 평민 여섯 명이었다. "이처럼 복잡하고 심리학적으로 미묘한 사건은 저따위 관리들과 더욱이 저런 농부들이나 평민들의 결정적인 단정에 맡기다니, 그게 어디 될 말인가요? 저따위 관리나 하물며 저런 농부들이 어떻게 이 사건의 진상을 이해할 수 있을까요?"하고 재판이 시작되기 전에 이 고장 사람들이, 특히 부인네들이 의아스러운 얼굴로 묻던 일을 필자는 기억하고 있다.

사실 배심원으로 위촉된 사람들 중 그 네 명의 관리는 모두가 늙은이들로서 그 중 한 명은 조금 젊었지만, 이 곳 사교계에서는 이름도 들은 적이 없는, 적은 봉급에 매달려 사는 자들이었다. 이제는 아무데도 데리고 다닐 수 없는 늙은 마누라와 틀림없이 맨발로 싸돌아다닐 많은 자식들을 거느리고 고작 카드놀이나 하며 한가한 시간을 메워가는 위인으로, 책이라곤 한 권도 읽은 일이 없을 것 같았다. 두 사람의 상인은 제법 심각한 표정을 지어 보이긴 했지만 왠지 묵묵히 입을 다문 채 긴장한 것 같았다.

평민과 농부들에 관해서는 새삼스레 말할 필요도 없다. 이 고장의 평민들은 거의 농부들과 마찬가지로 호미를 들고 밭농사를 짓는 자도 있었다. 그 중 두 사람은 역시 독일식 옷차림을 하고 있었는데, 그 때문인지 나머지 네 사람보다 오히려 더 초라하고 누추해 보였다. 형편이 이러했으므로 필자도 그들을 보았을 때 '이런 자들이 이런 사건에 대해 과연 무엇을 이해할 수 있을까?'하는 의문이 일었던 것이다. 아마 이런 의문은 다른 사람들도 마찬가지였을 것이다.

그래도 그들은 한결같이 미간을 찌푸리고 뭔가 묘하게 당당하고 거의 위협적인 인상을 풍기면서 자리에 앉아 있었다. 이윽고 재판장은 퇴직 9등관 표도르 카라마조프 살해사건에 대한 심리에 들어간다고 선언했다. 이때 재판관이 어떤 표정을 지었는지 필자도 기억하지 못한다. 그리고 피고를 데리고 들어오라는 명령이 떨어지자 곧 미차가 법정에 나타났다. 순간 법정은 물을 끼얹은 것같이 고요해져서 파리의 날개 소리까지 들을 수 있게 되었다. 다른 사람들에겐 어떠했는지 알 수 없으나, 필자는 미차의 외관을 보고 매우 불쾌한 기분이 들었다.

특히 불쾌했던 것은 그가 새로 맞춘 프록코트를 빼입고 아주 멋부린 차림으로 나타난 것이다. 뒷날에 들은 이야기지만 그는 일부러 이 날을 위해 자기의 옷 치수를 알고 있는 모스크바의 단골 양복점에서 그 옷을 새로 맞췄다는 것이었다. 더욱이 그는 어린 양가죽으로 만든 검은 새 장갑을 끼고 멋진 와이셔츠를 입고 있었다. 그는 그의 버릇대로 똑바로 정면을 바라보면서 성큼성큼 걸어오더니, 겁먹은 기색도 없이 태연히 자기 자리에 가서 앉았다.

동시에 저명한 변호사 페추코비치도 모습을 나타내자, 법정 안엔 억눌린 것 같은 낮은 술렁거림이 일었다. 이 변호사는 후리후리한 키에 깡마른 몸집의 인물로서, 가느다란 두 다리와 별나게 가늘고 긴 창백한 손가락, 말쑥하게 면도질한 얼굴과 얌전하게 빗어 올린 짧은 머리, 이따금 차가운 조소인지 따뜻한 미소인지 분간할 수 없는 애매한 미소가 떠오르는 얇은 입술을 갖고 있었다. 나이는 마흔 전후로 보였다. 그의 눈은 조그맣고 무표정했으나 두 눈 사이가 지나치게 가까워서 가느다란 콧마루가 간신히 비집고 들어앉은 것 같은 느낌이었다. 이 독특한 눈만 아니라면 그 얼굴은 대체로 호감을 주었을 것이다. 한 마디로 말해서 그 용모는 누가 보아도 깜짝 놀랄 만큼 새를 닮아 있었다. 그는 연미복에 하얀 넥타이를 매고 있었다.

재판장은 먼저 미차를 향해 이름과 신분 등을 물었다. 미차는 또렷하게 대답했지만, 웬일인지 어처구니없이 큰소리를 냈으므로 재판장은 머리를 한번 흔들며 놀란 듯 그를 바라보았다.

이어서 심문을 받기 위해 출두한 사람들, 즉 증인과 감정인들의 이름이 호명되었는데, 그 명부는 꽤 길었다. 증인들 가운데 네 사람은 출두하지 않았다. 이를테면 예심 때 증언했으나 지금은 파리에 있는 미우소프와 병석에 있는 호흘라코바 부인과 지주 막시모프, 그리고 갑자기 목을 매어 자살해 버린 스메르자코프였다. 스메르자코프의 자살에 관해서는 경찰 측에서 사망증명이 제출되었는데, 이 보고는 법정 전체에 심한 동요와 수군거림을 야기시켰다. 그러나 무엇보다도 사람들을 놀라게 한 것은 미차의 당돌한 행동이었다. 그는 스메르자코프의 자살소식을 듣자 별안간 의자에서 벌떡 일어나 법정을 향해 혼을 찢는 듯한 큰소리로 외쳤다.

"개자식에게는 죽음이 당연하지!"

변호사가 달려가서 그를 제지한 일, 재판장이 그에게 또다시 그런 방자한 행동을 되풀이하면 엄중한 조치를 취하겠다고 위협한 일 등이 지금도 필자의 기억에 남아 있다. 미차는 연방 고개를 끄덕이면서도 후회의 빛은 티끌만큼도 보이지 않고 변호사에게 몇 번이나 같은 말을 되풀이했다.

"이제 안 합니다, 안 해요. 저도 모르게 그만 입 밖에…… 다시는 안 합니다!"

물론 이 짤막한 삽화는 배심원이나 일반 방청객의 심증에 있어서 피고에게 불리한 인상을 주었음은 더 말할 나위도 없다. 그는 자기 성격을 폭로함으로써 자기 자신을 모든 사람들에게 소개하고 만 것이다. 그가 이러한 인상을 준 후 서류에 의한 검사 측의 기소장이 낭독되었다.

기소장은 극히 간결하면서도 매우 상세한 것이었다. 피고는 왜 구속되어 재판에 회부되지 않으면 안 되었는가 등의 주요한 이유만 설명되었는데, 그래도 이 기소장은 필자에게 강한 인상을 주었다. 서기는 또렷하고도 명쾌한 목소리로 읽어 내려갔다. 그리하여 모든 비극이 가차 없는 빛을 받아 사람들 앞에 새로이 집약되어 재현된 것 같은 느낌이었다. 기소장이 낭독된 직후 재판장은 위엄 있게 폐부를 찌르는 듯한 목소리로 미차에게 물었다.

"피고는 자신의 유죄를 인정하는가?"

미차는 자리에서 벌떡 일어났다.

"저는 지나친 음주와 방탕한 행위에 대해서는 유죄를 인정합니다." 그는 다시금 어처구니없이 큰소리로 마치 제 자신을 잊은 듯이 부르짖었다. "나태하고 방종한 생활을 보낸 데 대해서는 죄를 인정합니다. 운명에 버림받은 그 순간, 저는 영원히 성실한 인간이 되기를 바랐습니다. 그러나 그 늙은이, 저의 아버지인 동시에 원수인 그의 죽음에 대해서는 결단코 죄가 없습니다. 또 아버지의 돈을 훔쳤다는 데 대해서도 당치 않은 소립니다. 결코 아니에요! 절대로 나는 죄를 범하지 않았습니다. 드미트리 카라마조프, 이 미차는 비열한 인간이긴 하지만 결코 도둑놈은 아닙니다!"

미차는 이렇게 소리치고 자리에 앉았으나 분명히 온몸을 부들부들 떨고 있었다.

재판장은 다시금 피고를 향해 간단하면서도 교훈적인 어조로 쓸데없는 소리를 지껄이거나 고함을 치는 것을 삼가라고 주의를 주었다. 이어서 재판장은 심리의 개시를 명령했다. 모든 증인들이 선서를 하기 위해 출정하였다. 필자는 이때 한 번에 모든 증인을 볼 수 있었다. 다만 피고의 동생들만은 선서 없이 증언을 해도 좋다는 허락을 받았다. 수도사와 재판장이 주의사항을 알리자 증인들은 물러나고 되도록 서로 떨어져 앉도록 자리를 배정받았다. 이윽고 증인 한 사람 한 사람의 심리가 시작되었다.

2. 위험한 증인

검사 측 증인과 변호사 측 증인이 재판장에 의해 따로 구별되어 있었는지 아닌지, 또한 그들을 어떤 순서로 호출했는지, 이런 점에 대해서 필자는 알지 못한다. 필시 그러한 구별과 일정한 순서가 있었을 것이다. 다만 필자가 알고 있는 것은 검사 측 증인이 먼저 불려 나갔다는 것뿐이다. 거듭 말하지만 필자는 그러한 심문 내용을 순서대로 기술할 생각은 추호도 없다. 더욱이 나의 기술은 어느 정도 필요없는 것이 될지도 모른다. 왜냐하면 검사와 변호사가 토론에 들어갔을 때, 양자의 논고와 변론에 있어서 모든 증언의 경로와 그 의의가 한 점으로 집약되어 명확하게 그 특질을 드러내 이미 명시되었기 때문이다.

이 두 사람의 뛰어난 변론을 필자는 적어도 필요한 곳만은 상세히 적어 두었으므로 적당한 시기에 독자들에게 전하기로 한다. 그리고 그 변론에 들어가기 전에 갑자기 법정 안에서 발생하여 재판 결과에 충격적이고 운명적인 영향을 끼친 매우 기상천외한 사건도 겸해서 기술할 생각이다. 어쨌든 여기서는 단지 재판이 시작되던 그 순간부터 이 '사건'의 한 가지 특수성을 모든 사람들이 명확하게 인정할 수 있게 되었다는 것만을 말해 두겠다. 그것은 다름 아니라 피고의 유죄를 뒷받침하는 검찰 측의 자료가 변호인 측이 갖고 있는 자료보다 훨씬 우세했다는 점이다. 이 무서운 법정에서 모든 사실이 집약되어 피비린내 나는 공포의 전모가 점점 드러나기 시작하자마자 모든 사람들은 그것을 깨달았던 것이다. 아마 사람들은 처음부터 이것은 전혀 논쟁할 여지조차 없는 사건이라는 것, 전혀 의혹이 끼어들 여지도 없는 것이며, 사실 변론 같은 것은 아예 불필요한 것이다, 따라서 형식상으로 행하는 데 불과하다는 것, 피고가 틀림없는 유죄라는 것, 최종적으로 유죄 판결이 내려질 것 – 이런 것들을 잘 알고 있는 모양이었다.

필자가 보기에는 매력적인 피고의 무죄를 그토록 열망하고 있던 부인네들조차도 하나같이 그의 유죄를 가차 없이 확신하고 있는 것 같았다. 뿐만 아니라 미차의 범죄가 완전히 인정되지 않았다면 오히려 부인네들은 비관하였을 것임에 틀림없다. 왜냐하면 만일 그렇게 되면 마지막에 피고의 무죄가 선고되었을 때 극적인 효과가 희박하게 될 것이기 때문이었다. 정말 이상하게도 부인네들은 거의 최후의 순간까지 피고의 무죄 방면을 확신하고 있었다.

'죄를 짓기는 했지만 요즘의 유행인 인도주의와 새로운 사상 및 새로운 감정에 의해 꼭 무죄 선고를 받을 것이다' 그들은 그렇게 믿고 있었다. 그런 이유로 해서 그 부인네들은 그토록 조바심을 내며 이 법정에 몰려든 것이었다.

그러나 이와는 반대로 남자들은 저명한 페츄코비치와 검사의 논쟁에 보다 많은 흥미를 느끼고 있었다. '아무리 페츄코비치 같은 천재라 하더라도 이처럼 명백하고 희망도 없는 뻔한 싸움에는 어쩔 수가 없을 것이다.'라고 생각하면서도 그의 영웅적인 활동을 주의를 기울이며 지켜보고 있었다. 그러나 당사자인 페츄코비치는 마지막까지, 즉 그가 변론을 시작할 때까지 여전히 하나의 수수께끼 같은 존재였다. 안목 있는 사람들은 그가 일정한 시스템을 갖고 있으므로 마음속에는 구상을 다 짜놓고 확고한 목표를 향해서 매진하고 있을 것이라고 예측했다. 하지만 그 목표가 어떤 것인지 누구도 짐작할 수가 없었다. 어쨌든 그의 굳은 신념과 자신만은 누가 봐도 한 눈에 알 수 있었다.

뿐만 아니라 이 마을에 온 지 얼마 되지도 않았는데, 그러니까 불과 사흘밖에 되지 않았는데도 재빨리 사건의 진상을 정확히 포착하고 이미 '세밀히 그것을 연구한' 수완을 보인 것이 곧 인정되어 사람들은 심히 만족해했다. 예를 들면 나중에 모두들 유쾌하게 이야기를 주고받은 일이지만 그는 정말 기민하게 검사 측의 증인들을 적당한 시기에 잘 '유도해서' 당황하게 만들었을 뿐만 아니라 특히 그들의 소행에 관한 평판에 먹칠을 함으로써 자연히 그들의 증언도 의심스러운 것으로 만들었던 것이다.

그렇지만 사람들은 그가 이 같은 일을 해치우는 것은 그저 일종의 여흥이며, 말하자면 법조계의 명예를 위해서이다, 즉 변호사로서의 상투 수단을 잊지 않고 적용하기 위한 것이다, 이렇게 생각하고 있었다. 왜냐하면 이러한 '먹칠 행위'로는 뭔가 결정적인 이익도 얻어질 수 없다는 것을 모두 확신하고 있었기 때문이다. 게다가 그 자신은 틀림없이 따로 어떤 계획을 가지고 있었을 테니까 - 말하자면 지금은 가슴 깊숙이 변호의 무기를 숨겨두고 있다가 느닷없이 그것을 들고 나올 작정이라는 것을 누구나 다 잘 알고 있던 것이다. 그러나 그때까지는 자기의 실력을 의식하면서 그저 까불고 희롱하고 있는 듯 싶었다.

예를 들면 표도르의 늙은 하인 그리고리가 '정원으로 나가는 문이 열려 있었다.'는, 실로 중요한 진술을 한 그 심문을 할 때만 하더라도 이 변호사는 자기가 질문할 차례가 되자 집요할 정도로 상대를 꽉 붙들고 사정없이 파고드는 집요함을 보였던 것이다.

그런데 여기서 일러둬야 할 것은 그리고리가 법정의 엄숙함과 많은 방청객에도 불구하고 조금도 당황됨이 없이, 다소 오만스러움을 풍길 정도로 태연자약하게 법정에 들어섰다는 사실이다. 그리고 마치 아내 마르파와 단둘이서 허물없이 얘기하듯이 여유만만하게 진술을 했다. 이 늙은 하인을 당황하게 만드는 것은 불가능해 보였다.

우선 검사는 그에게 카라마조프네 가정상황에 대해 지루할 정도로 상세히 질문을 퍼부었다. 그 가정의 내부 사정이 환하게 드러났다. 이 증인의 태도는 극히 솔직하고 공평해 보였다. 그는 죽은 자기 주인에 대하여 깊은 존경심을 가지고 진술했지만, 미차에 대한 주인의 태도는 공평하지 못했고 양육방법은 옳지 않았다고 서슴없이 증언했다.

그리고 미차의 유년시절을 이야기하면서 "정말 어린 시절 그 아이는, 만일 내가 없었더라면 틀림없이 이한테 파먹혀 죽었을 것입니다."라고 덧붙였다. "게다가 피를 나눈 아버지로서 현재 아들의 몫으로 되어 있는 외가의 재산을 가로챈 것도 옳은 일은 못 됩니다."라는 말도 했다. 그러나 아들의 재산을 표도르가 가로챘다는 증거가 있냐는 검사의 심문에 대해서는, 누구나 의아하게 여긴 바지만, 그리고리는 아무런 근거 있는 대답을 하지 못했다. 그래도 역시 그리고리는 아들의 재산 상속에 관한 계산에 '부정'이 있었고, 아들에게 '몇천 루블은 더 주었어야 했다.'고 끝까지 주장했다.

얘기가 나왔으니 말이지, 검사는 그 뒤에도 이 문제 – 표도르 카라마조프가 미차에게 그것을 지불하지 않은 것이 사실인가 하는 문제에 특히 역점을 두고 집요하게 여러 사람에게 되풀이해서 물어 보았다. 알료샤와 이반도 예외가 아니었다. 그러나 누구에게도 확고한 증언을 얻어내지 못했다. 모두들 유산 상속의 사실을 긍정할 뿐 조금이라도 확실한 증거를 제시하는 사람은 아무도 없었다.

이어 그리고리가 드미트리가 식사 후 별안간 달려 들어와서 아버지를 구타하고는 재차 돌아와서 아예 죽여 버리겠다고 협박한 뒤 돌아갔을 때의 광경을 증언하자, 법정 안에는 음산한 공기가 감돌았다. 더욱이 이 늙은 하인은 침착하고 군소리가 없는 독특한 시골 어조로 이야기했는데 그것이 도리어 무서운 웅변이 되어 그 효과를 나타낸 것이다. 미차가 그때 자기를 밀쳐 버리고 얼굴을 때리며 모욕한 것에 대해서는 이제 화도 다 풀렸으며 이미 용서했다고 말했다.

죽은 스메르자코프에 대하여 묻자, 그는 성호를 그으면서 그는 꽤 재간 있는 젊은이였으나 어딘가 바보스러운 데가 있었고, 게다가 불치의 간질병을 이기지 못한 데다 믿음이 없었으며, 무엇보다 하느님을 믿지 않는 것은 표도르와 그의 장남에게 배웠다고 말했다. 그러나 스메르자코프가 정직했다는 점만은 열심히 주장하면서 그 증거로서는 그가 한번은 주인이 잃어버린 돈을 발견했으나 몰래 감추려고 하지 않고 곧 주인에게 갖다 바쳤기 때문에 그 포상으로 주인이 '금화'를 주었고 그 후부터는 무슨 일이든 그를 신임하게 되었다고 설명했다. 정원 쪽의 문이 열려 있었다는 데 대해서 그는 끝까지 주장을 굽히지 않았다. 그러나 그에 대한 심문 조항이 너무나 많았으므로 필자로서는 죄다 기억할 수가 없다.

마지막으로 그 유명한 변호사가 질문할 차례가 되었다. 그는 우선 표도르가 어떤 부인을 위해 3천 루블을 감추어 두었다는 그 봉투에 대해 묻기 시작했다.

"당신은 오랫동안 주인을 모시고 있었는데 자기 눈으로 직접 그 봉투를 보았습니까?"

이에 대해 그리고리는 "그런 것은 본 적도 없고 이번에 모두가 떠들어대기 전까지 남한테 그 돈에 대해서 들은 적도 없었습니다."하고 대답했다. 그러자 페추코비치는 좀 더 범위를 넓혀 그 봉투에 대해서 알 만한 증인들에게 모조리 똑같은 질문을 했다. 그것은 검사가 재산 분배에 대해 물어볼 때와 같이 집요했다. 그러나 역시 그런 말은 들은 적이 있어도 그 봉투는 직접 보지 못했다는 게 한결 같은 대답이었다. 이 문제에 있어서 변호사가 특별히 집요하다는 것은 누구나 다 대번에 알아챌 수 있었다.

"그러면 여기서 한 가지 더 물어봅시다." 페추코비치가 느닷없이 말했다. "예심 때의 진술을 보면, 당신은 그날 저녁 취침 전에 허리 통증 때문에 술을 마셨다던데 그 술의 성분은 무엇인가요?"

그리고리는 멍한 눈초리로 변호사를 잠시 바라보고 있다가 이윽고 대답했다.

"샐비어 잎을 넣어 만들었습니다."

"샐비어 잎 뿐인가요? 그 밖에 다른 것은 기억나지 않습니까?"

"질경이도 넣었습니다."

"물론 고추도 넣었나요?" 페추코비치는 계속 물어보았다.

"네, 고추도 넣었습니다."

"여러 가지가 들어갔겠지요. 그래서 그것을 모두 보드카에 담았습니까?"

"알코올에 담았습니다."

방청석에서 킥킥 하는 웃음소리가 조그맣게 들렸다.

"그것 봐요. 알코올을 사용했군요. 당신은 그것을 등에 바른 다음 당신의 부인밖에 모르는 어떤 주문을 외우면서 병에 남은 약을 마셔버렸다, 이 말이지요?"

"네, 그렇습니다."

"대강 얼마나 마셨습니까? 보드카 잔으로 한두 잔쯤?"

"컵으로 한 잔쯤 마셨을 겁니다."

"놀랍군요. 컵으로 한 잔이라구요! 어쩌면 한 잔 반쯤 되었을지도 모르겠네요."

그리고리는 입을 다물었다. 그는 무언가 의도를 눈치 챈 모양이었다.

"조그만 컵에 한 잔 반이나 되는 알코올이라면 그건 보통 기분 좋은 일이 아닙니다. 어떻게 생각합니까? 그쯤 되면 정원으로 들어가는 문이 아니라 '천국의 문이 열린 것'도 볼 수 있었을 텐데요."

그리고리는 역시 입을 열지 않았다. 법정에서는 또 웃음소리가 일었다. 재판장은 가볍게 몸을 움직였다.

"증인도 분명히 기억하지 못하는 게 아닙니까?"하고 페추코비치는 한층 더 끈질기게 상대를 물고 늘어졌다. "당신이 정원에 들어가는 문이 열려 있는 것을 보았을 때, 그때 당신은 잠을 자고 있었던 게 아닙니까?"

"두 다리로 멀쩡하게 서 있었는걸요."

"그것만으로는 잠자고 있지 않았다는 증거가 되지 않아요." 또 다시 법정에서 작은 웃음소리가 들렸다. "예를 들면 그때 누군가가 당신에게 뭔가, 이를테면 올해가 몇 년이냐고 물었다면 당신은 대답할 수 있었을까요?"

"그런 건 잘 모릅니다."

"그렇다면 올해는 기원 몇 년입니까? 그리스도 탄생 후 몇 년이되는지 알고 있습니까?"

그리고리는 자신을 괴롭히는 상대방을 가만히 바라보면서 의혹에 찬 표정을 짓고 서 있었다. 그는 사실 금년이 서기 몇 년인지 모르는 모양이었다. 그것은 실로 이상하게 여겨졌다.

"하지만 아마 이것은 알고 있겠지요. 당신의 손에 손가락이 몇개씩 있는가는?"

"전 남의 고용살이를 하는 몸입니다." 갑자기 그리고리는 커다란 목소리로 또박또박 말했다. "높으신 나리께서 저를 놀리신다면 저로선 참을 수밖에 없습니다."

페추코비치는 다소 주춤한 기색이었다. 그러자 이때 재판장이 입을 열고 변호사에게 보다 사건에 적합한 질문을 하라고 주의를 주었다. 페추코비치는 이 말을 듣고 나서 위엄 있는 태도로 고개를 숙인 다음 이 증인에 대한 질문이 끝났다고 선언했다. 물론 방청객과 배심원들 사이에는 약기운으로 '천국의 문을 보았을' 가능성이 있을 뿐만 아니라 올해가 서기 몇 년인지도 모르는 인간의 진술에 대해 한 가닥 의심을 품지 않을 수 없었다. 따라서 변호사는 자기의 목적을 달성한 셈이었다. 그런데 그리고리가 퇴정하기 전에 또 하나의 에피소드가 발생했다. 재판장이 피고를 향해 그리고리의 증언에 대해서 무슨 할 말은 없느냐고 물었을 때였다.

"문에 관한 증언 이외에는 모두 저 사람의 말이 맞습니다." 미차는 큰소리로 대답했다. "나의 이를 잡아 준 데 대하여 고맙게 생각합니다. 내가 때린 것을 용서해준 데 대해서도 감사합니다. 이때까지 평생토록 정직 하나만으로 살아온 노인입니다. 아버지한테는 700마리의 불도그만큼이나 충실했습니다."

"피고는 말을 삼가시오." 재판장은 근엄하게 주의를 주었다.

"저는 불도그가 아닙니다요." 그리고리도 중얼거렸다.

"그렇다면 내가 불도그입니다. 바로 납니다!" 미차가 외치듯이 말했다. "만일 그게 모욕적이라면, 그 이름은 내가 인수하겠소. 그리고 저 사람에게는 사과합니다. 정말 나는 짐승이었기 때문에 저 사람에게도 잔혹한 짓을 했습니다! 하긴 나는 이솝에게도 잔인했습니다."

"이솝이란 누구를 말하는 겁니까?" 재판관이 다소 근엄한 어조로 물었다.

"아, 저 어릿광대 말입니다. ……죽은 아버지 표도르 카라마조프 말입니다."

재판장은 이번에도 근엄하게 타이르듯이 좀 더 말을 삼가라고 미차에게 경고했다.

"그런 폭언은 스스로 불리한 인상을 재판관에게 줄 뿐이오."

변호인은 증인 라키친의 심문 때에도 마찬가지로 민첩한 솜씨를 보였다. 여기서 잠시 말해두지만 라키친은 가장 유력한 참고인의 한 사람으로서, 검사도 그를 명백하게 중요시했다는 점이다. 조사한 결과 밝혀진 일이지만, 그는 모든 것을 알고 있었다. 참으로 놀랄 만큼 카라마조프 집안의 내력을 상세하게 알고 있었다.

다만 3천 루블을 넣은 봉투 얘기는 미차한테 들어서 알고 있었을 뿐이지만, 그 대신 '수도'라는 술집에서 있었던 미차의 엉뚱한 행동, 다시 말해서 당사자를 불리한 입장에 빠지게 한 언행을 상세하게 진술한 다음, 그 퇴역 대위 스네기료프의 '수세미' 사건까지 이야기했다. 그러나 유산 문제에 대해서는, 즉 아버지 표도르가 피고 미차에게 줄 돈이 있었는가 하는 특별한 점에 관해서는 라키친 역시 확실한 증언을 하지 못했고, 다만 경멸에 찬 말투로 카라마조프 집안의 혐오스런 성격에 대한 매우 일반적인 얘기로 얼버무리는 수밖에 없었다.

"도무지 엉망진창인 카라마조프네 일가 가운데서 가장 죄 많은 놈을 누가 골라 낼 수 있겠어요! 누가 잘못했는지, 누가 누구에게 빚이 얼마나 있느냐 하는 것은 도저히 가려 낼 수가 없어요. 또한 그런 집에선 아무도 자신의 위치를 이해하거나 확정할 수 없어요."

그는 피고가 범한 모든 비극은 오직 농노제와 그것을 대신할 수 있는 적절한 제도를 갖지 못하고 무질서에 빠져 있는 러시아의 낡은 생활 습관의 산물이라고 단정했다. 요컨대 그는 자기 의견을 피력할 기회를 가진 셈이었다. 이 재판을 통해서 라키친은 자기를 세상에 소개하여 많은 사람에게 두각을 나타내서 인정받게 되었던 것이다. 검사는 라키친이 이 범죄에 관한 논문을 잡지에 발표하려 하고 있다는 것을 알고 있었기 때문에 논고를 펼 때 그 논문 중의 한 구절을 인용하기까지 했다. 그러니까 그는 그 논문을 미리 읽어 본 모양이었다.

라키친이 묘사한 음침하고 운명적인 광경은 확고하게 미차의 '유죄'를 입증할 만한 것이었다. 전체적으로 라키친의 서술은 그 사상이 독창적이고 그 아이디어가 더할 나위 없이 고상하다는 점에서 방청객을 완전히 매료시켰다. 그가 농노제와 혼돈 속에서 고통을 받고 있는 러시아의 현상을 말한 대목에 이르러서는 별안간 몇 군데서 박수가 터져 나오기까지 했다. 그러나 워낙 나이가 젊은 탓에 라키친은 페추코비치로부터 즉각적인 반격을 받는 몇 마디 실언을 하고 말았다.

다름이 아니라 그루센카에 대하여 몇 가지 질문에 대답할 때, 자기 증언이 큰 성공을 거두었다고 스스로 의식한 결과 고매한 기분이 스스로 도취된 나머지 그녀를 다소 경멸하듯이 '상인 삼소노프의 첩'이라고 말해버린 것이다. 그 후에 라키친은 이 한 마디 실언을 취소하기 위해 얼마나 비싼 대가를 치렀는지 모른다. 그는 아무리 페추코비치가 명변호사라 하더라도 그처럼 짧은 기간 내에 그렇게까지 사건의 내막을 샅샅이 탐지했으리라고는 생각지 못했던 것이다.

"몇 가지 묻고 싶은데요." 하고 변호인은 자기 질문의 차례가 돌아오자 자못 상냥하면서도 은근한 미소를 지으며 입을 열었다.

"당신은 이곳 교회 본부에서 발행한 《고 조시마 장로의 생애》라는 책자를 쓰신 라키친 씨, 바로 그 사람이지요? 나는 최근에 그 저서를 읽어 보고, 그 속에 충만한 심오한 종교적 사상과 장로님에게 바쳐진 경건한 감정에 마음속으로 만족하고 있던 참이었습니다."

"아니, 그건 출판할 생각으로 쓴 책이 아니었는데……, 나중에 보니 그만 인쇄가 되어 버려서……." 별안간 라키친은 뭔가에 기가 꺾인 듯 어물어물하더니 거의 수치심마저 보이면서 얼버무리듯 대답했다.

"아니, 그건 아주 훌륭한 책입니다! 당신과 같은 사상가는 사회의 온갖 현상을 폭넓게 대응할 수 있을 것이고 또 그렇게 하는 것이 당연합니다. 돌아가신 장로님 덕분에 더없이 유익한 당신의 책자는 널리 보급되고 상당한 이익을 가져왔으리라 생각합니다. 그러나 이에 앞서 한 가지 묻고 싶은 것은 방금 당신은 스베틀로바 양과 매우 친한 사이처럼 말했지요." 그루센카의 성은 '스베틀로바'였다. 필자는 이것을 심리 진행 중에 처음으로 알게 되었다.

"나로서는 아는 사이라 해서 모두 책임을 질 수는 없습니다. ……아직 나는 젊습니다. 게다가 잠시 만난 정도의 사람에 대해서 일일이 책임을 질 수 있는 사람은 어디에도 없을 겁니다." 라키친은 갑자기 홍당무가 되어 항변했다.

"알고 있습니다. 잘 압니다." 페추코비치는 도리어 자기 쪽에서 무안해져서 급히 사과라도 하듯이 큰소리로 소리쳤다.

"그 여인은 이 고장 엘리트 청년들을 평소 환대해왔으니까 당신도 다른 사람들과 마찬가지로 그 미모의 여성과 교제하는 데 흥미를 가졌다 해서 조금도 이상할 것이 없습니다. 그러나 한 가지 알아보고 싶은 것이 있습니다. 스베틀로바 양은 두 달 전에 카라마조프네 형제 중 막내아들 알렉세이 씨와 가까워지기를 열망한 나머지 그 당시 아직 수도원의 승복을 입고 있던 그를 자기 집에 데려와 주면 25루블의 사례금을 주겠다고 당신과 약속했었다지요? 게다가 들은 바에 따르면 그 약속이 이루어진 것은 본 사건의 대상이 된 비극이 발생한 날 저녁이었던 것으로 아는데, 당신이 알렉세이 씨를 스베틀로바 양의 집에 안내하고 그녀로부터 약속된 안내료를 받았는지 그 점을 당신 자신의 입을 통해 듣고 싶습니다."

"그건 농담이었어요. ……이상하군요. 당신이 뭣 때문에 그런 일에 흥미를 가지시는지 까닭을 모르겠군요. 나는 농담으로 받았습니다. 물론 나중에 돌려줄 생각으로 말입니다."

"그럼, 받긴 받았군요. 그러나 지금까지 돌려주질 않았겠지요……. 돌려주었습니까?"

"그건 아무것도 아닌 일입니다……." 라키친은 중얼거리듯이 대답했다. "실례지만 그런 질문엔 대답할 수 없습니다. ……물론 그 돈은 돌려줄 생각입니다."

재판장이 여기서 말을 막았으나, 변호사는 그 순간 라키친 씨에 대한 심문이 끝났다고 선언했다. 라키친은 다소 체면을 구긴 채로 증인석에서 물러났다. 그의 매우 고매했던 연설에 대한 인상은 적잖은 손상을 입었다.

페추코비치는 퇴정하는 라키친을 눈으로 전송하면서 방청객을 향해 '여러분의 고결한 고발자의 꼬락서니가 어떤지를!'하고 말하는 듯 했다. 이번에는 미차가 한 토막의 에피소드를 연출하지 않고는 배기질 못했다. 필자는 지금까지 잘 기억하고 있지만, 미차는 그루센카에 대한 라키친의 멸시하는 말투에 격분한 나머지 "베르나르 같은 놈!"하고 외쳤던 것이다.

라키친에 대한 심문이 끝나고 재판장이 피고에게 할 말이 없느냐고 묻자 미차는 큰 소리로 외쳤다.

"저놈은 피고인 나한테도 돈을 꾸러 왔었어요! 더러운 베르나르 같은 놈! 저놈은 교활한 출세주의자랍니다. 하느님도 믿지 않아요. 저놈은 죽은 장로님까지 속여 먹었단 말이오."

물론 미차는 난폭한 말투에 또 다시 주의를 받았다. 그러나 어쨌든 라키친은 그 체면이 납작해지고 말았다. 퇴역대위 스네기료프의 진술도 실패도 돌아갔다. 하지만 그건 전혀 다른 이유에서였다. 스네기료프는 다 떨어진 남루한 옷을 입고 역시 흙투성이 구두를 신고 법정에 나타났는데, 사전에 그토록 주의와 경고를 단단히 받았음에도 불구하고 술에 취해 있었다. 그리고 미차에게 모욕을 받은 일에 대해서 질문을 받자, 그는 갑자기 답변을 거부했다.

"저런 사람은 아무래도 상관없습니다. 우리 일류샤가 그런 말은 하지 말라고 했기 때문에 아무 말도 할 수 없지만, 아무튼 천당에 가면 하느님께서 다 보상을 해주실 겁니다."

"누가 말하지 말라고 했어요? 도대체 누구를 얘기하는 겁니까?"

"일류샤, 내 아들 말입니다. '아버지, 그 사람이 아버지에게 몹쓸 짓을 했지요?' 바위 옆에서 내 아들이 그렇게 말했답니다. 그 애는 지금 죽어가고 있어요."

퇴역 대위는 별안간 소리를 내어 엉엉 울기 시작하더니 재판장 발 앞에 넙죽 엎드렸다. 그는 방청객의 폭소를 받으면서 법정 밖으로 끌려 나갔다. 그래서 검사가 노렸던 효과는 전연 수포가 되었다.

한편 변호사는 여전히 모든 수단 방법을 다 이용해서 사건과 관련된 아주 사소한 점까지 죄다 파악하고 있다는 것을 보여줌으로써 방청객을 놀라게 했다. 예를 들면 여관 주인 트리폰의 진술은 강한 인상을 주었는데, 물론 미차에게 매우 불리하게 작용했다. 트리폰은 마치 손가락을 꼽아 보이기라도 하듯이 미차가 범행 1개월쯤 전에 모크로예에 와서 소비한 돈이 3천 루블은 족히 된다고 주장했다.

"가령 3천 루블은 채 못 된다 하더라도 그것은 불과 얼마 되지 않을 겁니다. 집시 계집애들한테도 얼마를 뿌렸는지 모르니까요. 이가 득실거리는 마을 농사꾼에게까지도 50코페이카 짜리를 마구 던져대는 추태 끝에 아무리 적게 잡아도 25루블쯤은 나누어 주었거든요. 결코 그 아래론 밑돌지 않았어요. 게다가 그때 마을 놈팡이들이 저 사람의 돈을 얼마나 많이 훔쳤는지 모릅니다. 한 번 훔치는 맛을 들인 놈은 절대로 그만두지 못해요. 그런데 저 사람 자신이 마구 뿌리고 다니는 판에 훔친 놈을 잡을 수가 있었겠어요. 정말 마을 사람들은 모두 도둑놈들입니다. 양심이고 뭐고 찾아볼 수가 없어요. 그리고 마을 처녀들한테 얼마나 많은 돈이 뿌려졌는지 아십니까. 어쨌든 그때부터 마을 사람들은 모두 부자가 되었어요. 그 전에는 알거지나 다름없던 것들이."

트리폰은 이런 식으로 미차의 씀씀이를 일일이 계산하며 정확한 숫자를 제시했다. 이리하여 미차가 뿌린 돈은 1천 5백 루블 이하로서 잔금은 모두 호주머니에 넣어 두었다는 가정은 도저히 성립될 수가 없었다.

"제 눈으로 똑똑히 보았습니다. 저 사람이 3천 루블의 돈을 손에 쥐고 있는 것을 틀림없이 내 눈으로 봤다니까요. 우리들이 돈 계산을 할 줄 모른다니 어림없는 말입니다. 1코페이카라도 절대 놓치지 않습니다!" 트리폰은 '높으신 나리'의 비위를 맞추려고 필사적으로 이렇게 진술했다.

그러나 변호사는 이 증인을 심문할 차례가 되자 트리폰의 진술 따위는 전혀 반박하려 하지 않고 갑자기 화제를 바꿔 마부인 치모페이와 농민 아킴이 미차의 최초 유흥 때, 말하자면 체포되기 한 달 전쯤 모크로예에서 만취된 미차가 떨어뜨린 1백 루블짜리 지폐를 현관 마룻바닥에서 주워 트리폰에게 바쳤더니, 트리폰은 두 사람에게 각각 1루블씩 주었다는 사실을 끄집어냈다. 그리고는 숨 쉴 여유도 주지 않고 다음과 같이 물었다. "당신은 드미트리 씨에게 100루블을 돌려주었습니까?"

트리폰은 처음에는 이리저리 발뺌을 하다가 치모페이와 아킴이 불려 나오자 마침내 100루블을 주운 건 사실이라고 인정했다.

다만 그때 주운 돈을 드미트리 씨에게 즉시 돌려주었다고 말했다. "정말 정직하게 저분에게 돌려주었어요. 그러나 저분은 워낙 취해 있었기 때문에 어쩌면 기억하지 못할는지도 몰라요."하고 덧붙였다. 하지만 그는 두 농부가 불려 나올 때까지 100루블을 주웠다는 사실마저 부인했기 때문에 술 취한 미차에게 그 돈을 돌려줬다는 진술은 자연히 매우 의심쩍은 것이 되었다. 이리하여 검사 측이 내세웠던 가장 위험한 증인의 한 사람은 다시금 매우 수상한 인물로 간주되어 체면을 깎인 채 퇴정하고 말았다.

두 사람의 폴란드인도 역시 매한가지였다. 그들은 위세당당하게 법정에 나타났다. 그리고 먼저 자기들이 '황제 폐하를 섬기고 있었다.'는 것, 판 미차가 자기 두 사람의 명예를 매수할 목적으로 3천 루블의 돈을 제공했다는 것, 미차가 거액의 돈을 갖고 있는 것을 자기들의 눈으로 보았다는 것 등등을 큰 소리로 증언했다. 무샤로비치는 이야기를 하면서 이따금 폴란드 말을 섞었는데, 그것이 다행히도 재판장이나 검사에게 자기를 훌륭한 사람으로 돋보이게 하는 것으로 느꼈음인지, 나중엔 용기를 얻어 아예 모든 얘기를 폴란드 말로만 지껄여댔다.

그러나 페추코비치는 역시 그들을 함정에 빠뜨려 버렸다. 재심 심문을 받게 된 트리폰 보리스이치는 요리조리 빠져나가려고 안간힘을 썼으나, 결국 브루블레프스키가 카드를 슬쩍 바꿨고 무샤로비치가 카드놀이에서 속임수를 썼다는 것을 자백해야 했다. 이것은 차례가 온 칼가노프도 그의 증언에서 확인을 했으므로 두 신

사는 방청객 일동의 조소를 받으면서 톡톡히 창피만 당하고 물러
나지 않을 수 없었다.

그 후로도 모든 위험한 증인들도 똑같이 이런 봉변을 당하고 퇴
각했다. 페추코비치는 그들의 껍질을 하나하나씩 벗겨서 그들로
하여금 고개를 푹 숙이고 물러나게 하는 데 성공했다. 이른바 재판
에 밝은 사람들과 법률가들은 감탄해 마지않으면서도 역시 이러
한, 거의 확정적인 큰 죄상에 대해서 그것이 무슨 소용이 있을까
하고 의아스럽게 여기고 있었다. 왜냐하면, 거듭되는 말이지만, 사
람들은 모두 한결같이 피고 측에서 볼 때 점점 더 절망적인 방향
으로 기울어져 가고 있다는 느낌을 받았기 때문이다. 그러나 그들
은 이 '위대한 마술사'의 자신만만한 태도에서 그가 침착성을 잃
지 않고 있음을 알고 혹시나 하고 있었다. '이만한 인물'이 멀리 페
테르부르크에서 그냥 여기에 왔을 리는 없다. 결코 빈손으로 돌아
갈 인물이 아니다 – 이렇게 생각하며 기다리고 있었다.

3. 의학 감정과 호두 한 자루

　의학 감정도 피고에게 그다지 유리한 것이 못 되었다. 게다가 이
것은 나중에 판명된 일이지만, 페추코비치 자신도 그다지 기대를
걸고 있지 않은 듯 싶었다. 애당초 이 감정은 일부러 모스크바에서
이름난 의사를 불러들인 카체리나의 주장에 의해서 이루어졌던
것이다. 물론 이 감정 때문에 피고의 변호가 불리해진 것은 추호도
없었고, 경우에 따라서는 조금쯤 유리하게 될 수도 있는 것이었다.
그러나 한편으로는 이 의사들의 몇 가지 견해 차이로 해서 약간
우스꽝스러운 일이 발생했던 것도 사실이었다. 감정인으로 온 사
람은 모스크바에서 온 그 명의와 지방 의사 게르첸슈트베, 그리고
젊은 의사 바르빈스키 등 세 사람이었다. 그러나 이 지방의 두 의
사는 단순한 증인으로 검사 측의 소환을 받아 출두했을 뿐이었다.

감정자로서 맨 처음 심문을 받은 것은 의사 게르첸슈트베였다. 그는 머리가 벗겨진 데가 남은 머리카락도 백발이었으며 중키에 건장한 골격을 가진 70세 전후의 노인이었다. 이 도시에서 매우 인기가 있었고 모든 사람에게 존경을 받고 있었다. 성실하고 착하고 신앙심이 깊은 의사로서, 종파는 '보헤미아의 형제'나 '모라비아의 형제'인 것 같았지만 필자도 확실한 것은 알지 못한다. 그는 오랫동안 이 도시에서 살아왔고 항상 상당한 위엄을 가지고 처신해 왔다. 선량하고 박애적인 성격의 소유자였기 때문에 가난한 환자나 농부들을 무료로 진료해 줄 뿐만 아니라 직접 그들의 가난한 오두막집과 농가를 찾아다니며 약값을 나누어주기도 했다. 그런 반면 그는 나귀처럼 완고한 데가 있어서 일단 마음먹으면 누가 뭐래도 요지부동이었다.

참고로 말해 둘 것은, 모스크바에서 온 명의가 이곳에 도착한 지 2, 3일도 지나기 전에 의사 게르첸슈트베의 기량에 대해서 아주 모욕적인 비평을 가했다는 소문이 거의 온 마을에 퍼져 있었다는 사실이다. 모스크바 의사는 25루블 이상의 고액의 왕진료를 받았는데도 도시의 일부 사람들은 그의 내방을 기쁘게 여기며 돈을 아끼지 않고 앞을 다투어 진찰을 받았다. 물론 이 환자들은 그가 오기 전에는 모두 게르첸슈트베의 진찰을 받고 있었다. 모스크바의 명의는 가는 곳마다 그의 치료법을 사정없이 비판했던 것이다.

나중에는 환자를 대하자마자 아주 거리낌 없이 "누가 당신의 병을 이 지경으로 악화시킨 거요? 게르첸슈트베인가요? 거, 참!"하고 말하기까지 했다. 물론 게르첸슈트벤은 이 모든 사정을 죄다 알고 있었다. 이런 상황에서 세 의사가 심문을 받기 위하여 번갈아 출정했던 것이다.

게르첸슈트벤은 "피고의 정신능력이 비정상적인 것이 분명합니다."라고 솔직하게 진술했다. 그리고 나서 자기의 의견 – 여기서는 생략하겠지만 – 을 말한 다음 그 이상성은 미차의 과거의 여러 가지 행위에서 뚜렷하게 증명될 뿐만 아니라 지금 이 순간에도 뚜렷이 나타난다고 주장했다. 지금 이 순간이라는 것은 무슨 뜻인가 설명하라는 요청을 받자, 노의사는 타고난 단순한 성격에서 솔직하게 설명했다.

"피고는 아까 법정에 들어설 때 상황에 맞지 않는 괴상한 태도를 취하고 있었습니다. 그는 앞을 똑바로 응시하며 군대식 걸음걸이로 들어왔습니다. 그러나 사실 피고는 원래 대단한 여성 애호가였기 때문에 부인들이 앉아 있는 왼쪽을 보았어야 합니다. 부인들이 자신을 어떻게 바라보고 있을지 깊은 관심을 가지는 게 당연할 것이기 때문입니다."

노인은 이런 독특한 논조로 결론지었다. 여기서 한 가지 부언해 둘 것은 그가 자진해서 러시아어로 말을 하긴 했지만, 웬일인지 그 한 마디 한 마디가 자꾸만 독일식으로 발음되고 말았다는 사실이다. 그렇다고 그런 일을 가지고 기가 죽는 사람은 절대로 아니었다. 그는 언제나 자기의 러시아어를 모범적인 것, 즉 '어느 러시아인보다도 낫게'말할 수 있다고 생각하는 약점을 갖고 있었기 때문이다. 그는 러시아 속담을 즐겨 인용하면서 그것이 세계의 속담 가운데 가장 훌륭하고 가장 함축성 있다고 주장하고 있었다.

한 마디만 더 말해 두어야겠다. 이 의사는 대화중에 아마 어리둥절해서 그러는지 모르겠으나, 곧잘 아주 흔한 말을 잊어버리는 경우가 있었다. 잘 아는 낱말이지만 때로는 얼른 생각이 안 나는 모양이었다. 하기는 독일어로 말할 때도 그런 일이 자주 있었다. 이럴 때마다 그는 마치 잊어버린 말을 붙잡기라도 하듯이 자기 얼굴 앞에서 손을 내젓곤 했다. 그러면 누구도 그가 잊어버린 말을 생각해 낼 때까지는 그의 말을 계속시킬 수 없었다.

피고가 법정에 들어섰을 때 부인네들 쪽을 보아야만 했을 것이라고 그가 진술하자, 방청객들 사이에서는 재미있다는 듯 수군거리는 소리가 들렸다. 이 마을의 부인네들은 모두 마음속으로 이 늙은 의사를 무척 사랑하고 있었고 그가 근엄하고 결백한 독신자로 통했을 뿐만 아니라 여성을 고상하고 이상적인 존재로 보고 있다는 것을 알고 있었기 때문에 이 뜻밖의 발언을 매우 이상하게 생각한 모양이었다.

그러나 모스크바에서 온 고명한 의사는 자기 차례가 되어 심문을 받았을 때 피고의 정신 상태가 '극도로' 비정상적이라고 강력하게 단언했다. 그는 '심신상실'과 '조증'에 대해 여러 가지 그럴듯한 말을 한 다음, 수집한 갖가지 자료에 의해 피고는 체포되기 며칠 전부터 의심할 여지없는 병적인 심신상실 상태에 빠져 있었으므로, 그가 만일 실제로 범행을 저질렀다면 설령 그것을 의식하

365

고 있었다 하더라도 거의 불가항력적으로 한 것으로, 다시 말해 그는 자기를 지배하고 있는 병적인 정신충동과 싸울 힘이 완전히 결여되어 있었다고 결론을 내렸다. 그리고 그는 심신상실 이외에도 조증의 징후도 인정했다. 그의 말에 따르면 그 증상은 앞으로 완전한 착란으로 즉시 이행하는 것을 예고하는 것이라고 했다. 필자는 여기서 필자 나름대로 평범한 말을 써서 전하고 있지만 의사는 매우 학술적인 전문어를 써 가며 진술했다.

"피고의 모든 행동은 양식과 논리에 어긋납니다. 나는 나 자신이 목격하지 못한 사실, 즉 범죄 행위와 그 끔찍한 사건 자체에 대해선 발언하지 않겠지만, 그저께 나와 얘기하고 있을 때까지도 피고는 부동자세로 앉아 뭐라고 말할 수 없는 표정으로 눈길을 한군데에 고정시키고 있었습니다. 그는 전혀 웃을 일이 못 되는 경우에도 갑자기 웃어댔습니다. 줄곧 알 수 없는 흥분상태에 빠지기도 하면서 '베르나르'니, '윤리'니 하는 기묘한 말과 불필요한 말을 늘어놓곤 했습니다."

그리고 의사는 피고의 조증을 인정하는 주된 이유로 다음과 같은 점을 들었다. 즉 피고는 자기가 받은 굴욕이나 실패에 대해서는 이를 용이하게 생각해 내고 가벼운 기분으로 말하고 있음에도 불구하고 자기가 속아서 빼앗겼다고 생각하는 3천 루블에 대해 언급할 때마다 거의 미친 듯이 흥분하는데, 사람들이 입증한 바에 의하면 그는 워낙 욕심이 없고 담백한 사람임을 증명하고 있다고 말했다.

"전공이 같은 학식 있는 동료의 견해에 의하면"하고 모스크바의 명의는 자신의 변론의 마지막에 가서 냉소적으로 덧붙였다. "피고가 법정에 들어올 때 부인네들 쪽을 쳐다보았어야 함에도 불구하고 정면을 보고 있었다고 하는데, 이 점에 관해서 나는 그러한 단정은 우스꽝스러울 뿐만 아니라 근본적으로 잘못된 생각이라는 것을 말씀드리지 않을 수 없습니다. 하기는 피고가 자기 운명이 결정될 법정에 들어오면서 의연하게 정면만 응시할 수는 없으며, 그것은 그 순간 피고가 비정상적인 정신 상태였다는 것에는 나도 전적으로 동감입니다만, 그와 동시에 피고가 왼쪽 부인석이 아니라 오른쪽 변호인을 보았어야 할 것으로 생각하는 바입니다. 왜냐하면 피고의 모든 희망이 변호사의 도움에 달렸고, 또한 피고의 운명도 완전히 변호사의 역량에 맡겨져 있기 때문입니다."

모스크바의 의사는 자기 의견을 적극적으로 진술했다. 그러나 마지막으로 심문받은 이 마을의 젊은 의사 바르빈스키의 당돌한 결론이 이 유식한 두 감정인의 견해와 상치한다는 점에서 일종의 특별한 우스꽝스러움을 가미해 주었다.

바르빈스키의 의견에 따르면 피고는 전이나 지금이나 한결같이 완전히 정상적인 정신 상태에 있다는 것이었다. 물론 체포되기 전에는 아주 심한 흥분 상태에 빠져 있었지만, 그것은 너무나도 당연하고 명백한 원인들, 즉 질투, 분노, 끊임없는 만취 상태 등에서 발생된 것으로 볼 수 있다는 것이다. 이 신경상의 흥분 상태를 방금 언급된 특별한 심신상실로 볼 수는 없으며, 또한 피고가 법정에 들어올 때 왼쪽을 보아야 하느니 오른쪽을 보아야 하느니 하는 점은 자신의 '조심스러운 의견에 의하면' 피고는 본인이 실제로 그렇게 했듯이 정면을 바라보는 것이 당연하다는 것이었다. 그것은 그의 운명을 좌우하는 재판장과 배심원들이 모두 정면에 앉아 있었기 때문이라는 것이었다.

"그러니까 피고가 정면을 보면서 법정에 입장한 것은 그 순간 피고의 정신 상태가 완전히 정상이었음을 증명하는 것입니다." 젊은 마을 의사는 약간 열띤 어조로 자기의 이른바 '조심스러운' 증언을 마쳤다.

"잘했어, 돌팔이 의사!" 미차가 자기 자리에서 외쳤다. "저 사람 말이 맞습니다!"

물론 미차는 저지당했지만, 젊은 의사의 견해는 재판관에게도 방청객에게도 결정적인 작용을 했다. 나중에 안 바로는, 이들은 모두 이 의사의 의견에 동의했기 때문이다. 그런데 이번엔 증인으로서 심문받은 게르첸슈트베가 뜻밖에도 예상을 뒤엎고 미차에게 유리한 발언을 했다. 이 고장에 오래 살아온 사람으로 예전부터 카라마조프 집안을 잘 알고 있던 그는 유죄를 주장하는 쪽에서 보기에 매우 흥미있는 몇 가지 진술을 한 다음에, 뭔가 마음에 짚이는 것이라도 있다는 듯 느닷없이 이렇게 부언했던 것이다.

"하지만 이 가련한 청년은 처음부터 비교가 안 될 만큼 훌륭한 운명을 향유할 수 있었을 것입니다. 왜냐하면 이 청년은 어릴 때나 성인이 된 후에나 아름다운 마음씨를 지니고 있었기 때문입니다.

나는 그걸 잘 알고 있습니다. 우리 러시아 속담에 '지혜로운 사람이 있는 건 좋지만, 지혜로운 손님이 찾아오는 것은 더욱 좋다. 그때는 지혜가 두 배로 늘어나기 때문이니까'라는 말이 있습니다……."

"그러니까 지혜는 하나도 좋지만 많을수록 좋다, 이 말이죠." 하고 검사는 지루하다는 듯이 내뱉었다. 검사는 이 늙은 의사가 듣는 사람이 지루해하는 것에는 조금도 개의치 않고 느릿느릿 말을 할 뿐더러 독일식 격언을 지나치게 사랑하는 노인의 말버릇을 전부터 잘 알고 있었다. 노인은 그런 격언을 즐겨 사용했었다.

"예, 그렇습니다. 내가 말하는 것이 바로 그겁니다." 노인은 고집스런 태도로 맞장구를 쳤다. "한 사람의 지혜도 좋지만 두 사람이면 훨씬 더 좋습니다. 그런데 저 사람한테는 지혜로운 손님이 찾아오지 않았으므로 자기 지혜만을 써 버렸던 것입니다. 대관절 저 사람은 자기 지혜를 어디에 써 버렸을까요? 가만, 어디더라……. 적당한 말이 생각나지 않는군요." 늙은 의사는 자기 눈 앞에서 한 손을 내저으며 말을 계속했다. "앗, 생각났어. 바로 방탕이지."

"방탕이라고요?"

"네, 그렇습니다. 방탕입니다. 저 사람은 자기 지혜를 방탕에다 낭비했습니다. 그러다 너무 깊은 곳에 빠져서 길을 잃고 만 셈입니다. 그러나 저 사람은 남의 은혜를 아는 다정다감한 청년입니다. 아, 나는 저 사람이 아직 어렸을 적의 일을 잘 기억하고 있습니다. 부친이 아예 버린 자식처럼 방치해 두는 바람에 신발도 못 신은 채 단추도 하나밖에 없는 바지를 입고 맨발로 쏘다니고 있었지요." 이 솔직한 노인의 목소리에는 갑자기 정이 어린, 가슴을 에는 듯한 울림이 깃들였다. 페추코비치는 무엇을 예감한 듯 으스스 몸을 한번 떨더니 곧 노인의 말에 정신에 집중시켰다.

"그렇습니다. 나도 그때는 무척 젊었습니다! 그때 마흔 다섯으로 이 고장에 온 지 얼마 안 되는 때였습니다. 나도 그때 그 아이가 하도 불쌍하게 여겨져서 한 봉지쯤 사줘야겠다고 마음 속으로 생각했지요. 그런데 뭐가 한 봉지였더라. 그걸 뭐라고 하는지 잊어버렸군요. 어쨌든 아이들이 좋아하는 건데……, 뭐더라…….." 늙은 의사는 다시 두 손을 내젓기 시작했다. "아무튼 나무에 열리는 건데, 그걸 주워 모았다가 아이들에게 주는 것인데."

"사과입니까?"

"아니, 아닙니다! 한 봉지, 한 봉지라니까요. 사과라면 열 개, 스무 개, 이렇게 세지요. ……수량이 많은 것입니다. 모두 조그맣고 입에 넣어서 딱 까는 것입니다."

"호두 말입니까?"

"아, 네, 호두입니다. 지금 막 그렇게 말하려던 참이지요." 의사는 자기가 낱말을 잊어버려 쩔쩔매던 일은 전혀 없었던 것처럼 태연하고 천연덕스럽게 말했다. "나는 호두 한 봉지를 그 아이에게 갖다 주었습니다. 왜냐하면 그때까지 그 아이는 누구한테도 호두 한 봉지를 받아본 적이 없으니까요. 그때 내가 손가락 하나를 이렇게 세워 보이며 '애야! Gott der Vater(아버지이신 하느님)'이라고 하니까 그 아이는 웃으면서 똑같이 'Gott der Vater'라고 했습니다. 내가 또 'Gott der Sohn(아들이신 하느님)'라고 하니까 이번에도 웃으며 잘 돌아가지 않는 혀로 'Gott der Sohn'이라고 했습니다.

내가 계속해서 'Gott der Heilige Geist(성령이신 하느님)' 하니까 역시 웃으면서 간신히 'Gott der Heilige Geist(성령이신 하느님)'라고 받아 외더군요. 그날 나는 그 아이에게 호두 한 봉지를 주고 그냥 집으로 돌아왔지만, 사흘째 되는 날 그곳을 지나려니까 그 애가 커다란 목소리로 '아저씨, Gott der Vater, Gott der Sohn'이라고 외치더군요. Gott der Heilige Geist는 잊어버린 모양이더군요. 그래서 나는 다시 가르쳐 주었습니다. 아무튼 나는 그 아이가 측은해서 견딜 수가 없었습니다. 그러나 그 아이는 그 후 다른 곳으로 떠나 버려 좀처럼 만날 수 없었습니다. 그 후 23년이라는 세월이 흘렀습니다.

어느 날 아침 이미 머리가 허옇게 세어버린 내가 서재에 앉아 있으려니까 갑자기 어느 혈기왕성한 젊은이 한 명이 들어오지 않겠습니까. 나는 그게 누군지 전혀 알아볼 수가 없었는데, 그는 별안간 손가락 하나를 세우고 웃으며 'Gett der Vater, Gott Sohn und Gott der Heilige Geist'라고 하지 않겠습니까. 그리고 '저는 방금 이 도시에 도착했습니다. 그 길로 곧 그때 호두 한 봉지에 대한 인사를 드리려고 찾아왔습니다. 그때 누구 한 사람 나한테 호두 한 봉지를 주지 않았는데, 선생님만은 저에게 호두 한 봉지를 주셨습니다.'라고 말하더군요. 그때 나는 나의 젊은 시절과 신발조차 신지 못하고 밖에서 쏘다녀야만 했던 그 가련한 어린이를 상기했습니다. 그러자 나는 가슴이 아팠습니다. 그래서 나는 말했습니다. '자넨 정말로 은혜를 잊지 않는 청년이군 그래. 자네는 어릴 때 내가 준 호두 한 봉지를 한평생 잊지 않고 있었단 말이지' 그리고 나는 그를 포옹하고 축복해 주었습니다. 물론 나는 울었습니다. 그는 애써 웃었지만 역시 눈물을 흘리더군요. 원래 우리 러시아 사람은 울어야 할 때 곧잘 웃곤 하지요. 그러나 그는 정말로 울었습니다. 나는 내 눈으로 똑똑히 보았습니다. 그런데 그토록 순진했던 청년이 지금은……아아!"

"나는 지금도 울고 있습니다. 독일 선생님, 지금도 울고 있어요. 하느님과 같은 분!"하고 별안간 미차가 피고석에서 외쳤다.

아무튼 누가 뭐라 해도 이 한 토막의 정경은 방청객들에게 좋은 인상을 주었다. 그러나 미차에게 가장 유리한 효과를 가져다 준 것은 카체리나였다. 그러나 이것은 나중에 상세히 이야기하기로 한다. 게다가 전반적으로 말해서 à dèharge(피고에게 유리한 증인), 즉 변호인 측의 증인들이 심문을 받게 되면서 운명은 오히려 미차에게 유리하게 전개되는 듯이 느껴졌다. 이것은 변호인 측도 전혀 예상하지 못한 일이었다. 카체리나에 앞서 알료샤에 대한 심문이 행해졌는데, 이 알료샤는 뜻밖에 어떤 사실을 상기하고 형 미차의 유죄를 확인케 하는 중대한 점에 대해 유력한 반증을 제시하게 되었던 것이다.

4. 행운이 미차에게 미소를 던지다

   그것은 알료샤 자신에게도 전혀 예기치 않았던 일이었다. 그는
출정하여도 선서(宣誓)하지 않아도 무방하도록 되어 있었다. 필자
는 지금도 기억하고 있지만, 검찰 측도 변호 측도 처음부터 지극히
동정어린 온화한 태도를 보이고 있었다. 전부터 그에 대한 평판이
좋았던 것만은 분명했다. 그는 어디까지나 겸손하고 자신을 억제
해 가며 증언했지만, 그의 말에는 불행한 형에 대한 뜨거운 연민이
역력하게 흐르고 있었다. 알료샤는 어떤 질문에 대답하면서 형의
성격을 설명하기를, 미차는 난폭하고 열정에 휩싸이기 쉬운 사람
인지는 몰라도 고매하고 자존심이 강하고 관대하며, 남이 요구할
때는 자기를 희생하는 것도 마다하지 않는 사람이라고 말했다. 그
러나 형이 최근 그루센카에 대한 정열과 아버지를 상대로 한 경쟁

때문에, 이 두 가지 사이에 끼여 더 이상 참을 수 없는 상태에 빠졌다는 것은 그도 솔직히 인정했다. 물론 알료샤는 형이 돈을 탈취할 목적으로 아버지를 살해했으리라는 가정을 분연히 부정했다.

그러나 그 3천 루블이라는 돈 때문에 미치는 거의 일종의 강박에 사로잡혀 있었다는 것과, 형이 그 돈을 아버지에게 사취당한 자기 재산의 일부라고 생각하고 있었다는 것, 사리사욕이 전혀 없는 형이지만 그 형조차도 그 3천 루블의 돈이 입에 오르면 분개와 분노에 사로잡혔다는 것 등은 알료샤도 인정하지 않을 수 없었다. 검사가 '두 여성'이라고 부른 그루센카와 카챠의 경쟁에 대해서 답변을 요청하자, 그는 가능한 이 문제에 대한 답변을 피하려 했고 한두 가지 질문에 대해서는 아예 대답하고 싶어 하지 않았다.

"적어도 당신 형은 아버지를 죽일 생각이라고 당신에게 말한 적이 있습니까?" 검사가 물었다. "대답할 필요가 없다면 대답하지 않아도 좋습니다." 그는 덧붙였다.

"직접적으로 말한 적은 없습니다." 알료샤가 대답했다.

"그럼, 어떻게 말했습니까? 간접적으로 말한 적은 있나요?"

"형님은 한번 저한테 아버지를 개인적으로 증오한다고 말한 적이 있습니다. 극단의 경우…… 도저히 증오하여 견딜 수 없을 경우…… 아버지를 죽일지도 모른다며 자기 자신도 그것을 두려워하고 있었습니다."

"그래서 당신은 그 말을 듣고 그렇게 되리라 믿었나요?"

"그렇게 생각했다고 단언할 수 없습니다. 그래서는 안 된다는 식으로 생각했습니다만, 나는 설사 그런 위기가 닥치더라도, 틀림없이 어떤 고결한 감정이 그러한 숙명적인 순간에 형을 구해주리라 믿고 있었습니다. 그리고 실제로도 그렇게 되었습니다. 왜냐하면 우리 아버지를 살해한 것은, 분명하게 말씀드리지만, 형님이 아니기 때문입니다." 알료샤는 온 법정이 다 들릴 만큼 큰소리로 단언했다.

검사는 진군의 나팔소리를 들은 군마처럼 몸을 부르르 떨었다.

"분명하게 말해 두지만, 나는 당신의 신념이 철두철미 진정에서 우러나온 것이라는 점을 믿어 의심치 않습니다. 당신의 그 확신을 헐뜯는다거나 혹은 불행한 형에 대한 사랑과 혼동하지도 않겠습니다. 그것은 꼭 알아주시기 바랍니다. 당신네 가정에서 발생한 비극에 대한 당신의 독자적인 견해는 예심 때 들어서 이미 잘 알고 있습니다. 노골적으로 말해 당신의 생각은 매우 특수하며 검찰청에서 수집한 다른 일체의 증언과는 전적으로 모순되는 것입니다. 따라서 대체 어떤 근거로 해서 그런 생각을 하게 되었으며, 더 나아가 이미 예심에서 분명하게 지적한 그 인물이 진짜 범인인지, 그리고 어째서 당신 형은 무죄라는, 그토록 확고한 신념에 도달하게 되었는지, 그 점을 꼭 설명해 주어야겠습니다."

"예심에서는 여러 가지 질문에 그저 대답만 했을 뿐입니다." 알료샤는 낮고 침착한 목소리로 말했다. "나 스스로가 스메르자코프를 범인으로 지명한 것은 아닙니다."

"어쨌든 그 사람을 지적하지 않았습니까?"

"저는 드미트리 형님의 말을 그대로 옮긴 것 뿐입니다. 저는 예심을 받기 전에 형님이 체포되던 때의 상황과 그때 형님이 스스로 스메르자코프를 지적했다는 말을 들어서 알고 있었기 때문입니다. 그렇습니다. 저는 형에게 죄가 없다는 것을 전적으로 믿습니다. 따라서 형님이 범인이 아니라면……."

"그렇다면 스메르자코프란 말이군요. 대관절 어떻게 스메르자코프가 범인이 될 수 있습니까? 어째서 당신은 형님의 무죄를 그렇게까지 확신하고 있습니까?"

"나는 어떤 일이 있든, 형을 믿습니다. 형이 저한테 거짓말을 하지 않는다는 것을 나는 잘 알고 있습니다. 나는 형님의 얼굴만 보고도 거짓이 아니라는 것을 알았습니다."

"오직 얼굴 표정만으로 말입니까? 그것이 당신의 증거 전부입니까?"

"그 이상의 증거가 없습니다."

"그럼 스메르자코프가 진짜 범인이란 것도 당신 형의 말과 얼굴 표정 이외에는 아무런 증거가 없는 겁니까?"

"네, 다른 증거는 없습니다."

검사는 이것으로 심문을 마쳤다. 알료샤의 증언은 방청객들에게 큰 실망을 안겨주었다. 스메르자코프에 대해서는 이미 재판이 시작되기 전부터 온갖 풍문이 떠돌고 있었다. 아무개가 무슨 말을 들었느니, 누구누구가 이런저런 증거를 제시했느니 하고 이 마을에 구구한 풍문이 나돌고 있었으며, 또 알료샤가 자기 형의 무죄와 하인 스메르자코프의 유죄를 밝힐만한 유력한 증거를 가지고 있다는 소문이 나돌았다. 그런데 뜻밖에도 피고의 동생으로서 당연한 정신적 신념 외에는 아무런 확증이 없었던 것이다.

이윽고 페추코비치가 심문을 시작했다. 대체 언제 피고가 알료샤에게 아버지를 느낀다든가, 아버지를 죽일지도 모른다는 말을 했는가, 또 그런 말을 들은 것은 참사가 일어나기 전 마지막으로 피고를 만났을 때였는가? 대체로 이런 변호사의 질문을 받으면 알료샤는 문득 뭔가 생각난 듯 갑자기 몸을 부르르 떨었다.

"방금 한 가지 일이 생각납니다. 그 당시에는 분명치 못해서 금세 잊어버렸는데, 지금 문득 생각이 납니다."

그리고 알료샤는 어느 날 밤 수도원으로 돌아가는 길에 길가 나무 옆에서 형 미차와 만났을 때의 일을 열심히 이야기했다. 그때 미차는 자기 '가슴 위'를 손으로 두드리면서 나에게는 명예를 회복할 방법이 있다. 그 방법은 이 가슴에 있다고 몇 번이나 되풀이해서 알료샤에게 말했다.

"그때 저는 가슴이 두드린 것은, 무슨 절박한, 나한테도 밝힐 수 없는 무서운 굴욕의 경지에서 피할 수 있는 힘이 자기 마음속에 있다는 뜻으로 그런 말을 했으려니 하고 생각했던 겁니다. 솔직하게 말해서 나는 그때 형님이 아버지에 대해 말하고 있는 줄 알았습니다. 아버지에게 당장 달려가서 뭔가 한바탕 폭행을 가하고 싶은 충동을 느껴서 그것 때문에 무서운 굴욕을 생각하며 두려워하고 있는가 보다고 생각했지요. 그러나 그때 형님은 자기 앞가슴에 있는 무슨 물건을 가리키는 것 같은 몸짓이었습니다. 이제야 생각 납니다만, 나는 그때 심장은 거기가 아니라 좀 더 아래쪽에 있을 텐데 하는 생각을 퍼뜩 했습니다. 그러나 형님은 보다 위쪽인 이 근처, 바로 목 밑을 자꾸 두드리면서 자꾸만 그 근처를 손가락으로 가리켜 보였습니다. 저는 그때 멍청하게 다른 생각을 했습니다만, 어쩌면 형은 그때 1천 5백 루블의 지폐를 꿰매 넣은 향주머니를 가리킨 것이 아닌가 생각됩니다!"

"그렇다!" 갑자기 미차가 피고석에서 소리를 질렀다. "바로 그 거야, 알료샤, 네 말이 맞다! 그때 난 그 향주머니를 두드린 거야!"

페추코비치가 당황하여 미차 옆으로 달려가서 조용히 하라고 타이른 다음 알료샤의 발언을 꼬치꼬치 캐물었다. 알료샤는 당시를 회상하면서 열심히 자신이 상상하는 바를 진술했다. 형님이 그 때 견딜 수 없는 치욕으로 생각했던 것은, 분명히 카체리나에게 갚아야 할 부채의 절반인 1천 5백 루블을 돌려주지 않고 착복해서 다른 데다가, 말하자면 그루셴카가 승낙한다면 그녀를 데리고 달아날 비용으로 쓰기로 작정한 바로 그 일을 뜻했던 것으로 생각했다고 설명했다.

"그래요. 틀림없이 그렇습니다." 알료샤는 문득 흥분하여 이렇게 외쳤다. "형님은 그때 나를 향해서 '이 치욕의 절반, 절반을' 형은 몇 번이나 절반이라고 반복했습니다! '지금 당장이라도 제거할 수 있는데 불행하게도 의지가 약해서 그것을 실행할 수가 없다.' 고 외쳤습니다."

"그럼 당신은 형님이 자기 가슴의 바로 그 부분을 때린 것을 확실히 기억하십니까?" 하고 페추코비치는 여유를 주지 않고 거듭 물었다.

"확실히 기억합니다. 나는 그때 심장은 더 아래쪽인데 어째서 그 위를 칠까하고 생각했을 정도니까요. 그리고 동시에 어쩌면 그런 어리석은 생각을 하고 있는가 하고 자신이 바보 같다고 느꼈습니다. 한순간의 일이었지만 지금 문득 생각나는군요. 왜 여태까지 그걸 까맣게 잊고 있었는지 모르겠습니다! 형님이 그 향주머니를 두드린 것은 치욕을 확실하게 씻을 방법이 있는데 그 1천 5백 루블을 돌려주지 않겠다는 뜻이었던 것입니다. 게다가 형님은 모크로예에서 체포됐을 때 다음과 같이 말했다는 것을, 저는 사람들에게 들어서 알고 있습니다. 카체리나에게 부채의 절반을, 그렇습니다, 절반입니다. 그 절반을 카체리나 씨에게 당장 갚아 줬다면 그녀로부터 도둑놈이라는 오명을 벗어날 수 있었는데, 그 돈을 갚을 생각은 않고 차라리 그런 오명을 쓰더라도 돈을 내놓지 않기로 한 것은 자기 일생 중에 가장 치욕적인 행위라고 절규한 것입니다. 정말 형님은 얼마나 괴로워했겠습니까! 그 부채 때문에 얼마나 괴로워했을까요!" 알료샤는 그렇게 소리치며 말을 맺었다.

물론 검사도 가만히 있지 않았다. 그는 알료샤에게 그때의 상황을 다시 한 번 상세하게 말해 달라고 요청했다. 그리고 피고가 정말로 무엇을 가리키듯이 자기의 가슴을 두드렸는지, 아니면 단순히 막연하게 주먹으로 가슴을 두드렸는지에 대해서 끈질기게 되풀이해 물었다.

"아니, 주먹이 아닙니다!" 알료샤는 외쳤다. "손가락으로 여기를, 이쪽 위를 가리켰습니다. 어째서 이 사실을 여태까지 잊고 있었는지 모르겠습니다!"

재판장은 미차에게 방금 진술한 증언에 대해서 할 말이 있느냐고 물었다. 미차는 이에 대해서 모두가 사실 그대로이며 자기는 목바로 밑 가슴팍에 감추어 둔 1천 5백 루블을 가리켰던 것이라고 대답했다.

"그것은 치욕이었습니다. 그 치욕을 부정하진 않습니다. 나의 생애에서 가장 수치스러운 행위였습니다!"하고 미차는 외쳤다. "갚을 수 있었는데도 갚지 않았던 것입니다. 도둑놈이 되어도 상관없으니 돈을 돌려주지 말자고 그때 저는 생각했는데, 무엇보다도 수치스러운 것은 그 돈을 결국 갚지 않으리라는 것을 미리 알고 있었다는 점입니다! 알료샤가 말한 것은 전부 사실입니다. 고맙다, 알료샤!"

알료샤의 심문은 이것으로 끝났다. 아무튼 사소한 것이지만 한가지라도 이러한 사실이 발견되었다는 것은 중대하고도 특기할 만한 일이었다. 그것은 엄연한 증거라기보다는 거의 암시에 지나지 않았지만, 아무튼 그러한 향주머니가 있었고 그 안에 1천 5백 루블이 들어 있었다는 것과 피고가 모크로예에서의 예심 때 그 1천 5백 루블을 '나의 것'이라고 주장한 것이 모두 거짓이 아니었음을 증명하는데 어느 정도 도움이 되었다.

알료샤는 기뻤다. 그는 얼굴을 빨갛게 물들인 채 지정된 자리로 돌아갔다. 그는 오랫동안 입 속으로 되풀이하고 있었다. "내가 어쩌다가 그것을 잊고 있었을까? 그렇게 중요한 것을 어떻게 잊을 수가 있었을까? 그게 이제야 별안간 생각나다니!"

카체리나에 대한 심문이 시작되었다. 그녀가 증인석에 모습을 드러내자 법정 안에서는 지금까지와 다른 웅성거림이 일었다. 부인들은 확대경이며 쌍안경을 꺼내들었고, 남자들 사이에서도 동요가 일어나 개중에는 좀 더 잘 보려고 몸을 일으키는 자도 있었다. 훗날에 와서 사람들은 그녀가 나타나자마자 미차의 얼굴이 별안간 '백지장처럼' 창백해졌다고 말했다.

그녀는 온통 검은 옷차림을 하고 정숙하게 몹시 조심스러운 태도로 지정된 자리에 가 앉았다. 그녀가 흥분하고 있다는 것을 얼굴빛만으로는 알아챌 수 없었으나, 그러나 그 확고한 결의는 어두운 느낌을 주는 검은 눈 속에서 번뜩이고 있었다. 여기서 특기해야 할 것은, 훗날 많은 사람들이 단언한 것처럼, 그 순간 그녀는 참으로 아름다웠다는 사실이다. 그녀는 조용하면서도 법정 안에 다 들리도록 또렷한 목소리로 진술하기 시작했다. 침착한 진술이었다. 아니, 적어도 침착하려고 애쓰고 있었다.

재판장은 신중한 태도로, 그녀의 마음의 상처를 건드리는 것을 두려워하는 듯, 이 커다란 불행에 충분한 유감의 뜻을 표하면서 정중하게 심문을 시작했다. 카체리나는 맨 먼저 던져진 질문에 대하여 분명하게 자기는 피고와 약혼한 사이였다고 말했다.

"저분이 나를 버리기 전까지는 말이에요." 그녀는 작은 목소리로 부언했다. 또한 친척에게 우송해달라고 미차에게 맡겼던 3천 루블에 대해서 질문이 있자, "저는 그 돈을 당장 우송해 달라고 그이에게 맡겼던 것은 결코 아닙니다. 무척 돈에 궁한 것을 알고 있었기 때문에 형편을 봐서 한 달쯤 후에 송금해도 무방하다고 생각하고 그 돈을 내준 거니까, 따라서 그런 빚을 가지고 그렇게까지 괴로워할 필요는 없었다고 생각해요." 하고 그녀는 단언했다.

필자는 모든 질문과 거기에 대한 그녀의 답변을 일일이 적지 않고 다만 그녀의 진술에 대해서 근본적인 의미만을 전하겠다.

"저는 저이가 아버지한테서 3천 루블을 받기만 하면 즉시 부쳐 주리라고 굳게 믿고 있었습니다." 하고 그녀는 답변을 계속했다.

"저는 어떤 경우에도 저이가 욕심이 없고 성실하다는 것을 항상 믿고 있었습니다. 특히 금전 문제에 관해서 더할 나위 없이 고결하고 공정하신 분이었습니다. 저이는 아버님한테서 3천 루블을 받을 수 있다고 확신하고 계셨고, 몇 번이나 저한테도 그런 말을 했습니다. 저이가 아버님과 사이가 좋지 않다는 것을 나도 잘 알고 있었습니다. 그리고 저이가 아버님에게 늘 모욕을 당하고 있다고 믿어 왔습니다. 그래도 저분은 아버지에 대해 협박하는 것 같은 말을 하신 적이 한 번도 없습니다. 적어도 제 앞에서는 그런 일이 없었습니다. 만일 저분이 저한테 와 주시기만 했어도 그 3천 루블 때문에 걱정하지 말라고 안심시켜 주었을 테지만, 저이는 그 후 우리 집에 한 번도 들러주시지 않았습니다. ……그리고 저도 부를 형편이 되지 못했습니다. 게다가 저는 저이에게 돈을 돌려 달라고 요구할 권리조차 없습니다." 갑자기 그녀는 별안간 이렇게 덧붙였다. 그 목소리에는 단호한 빛이 서려 있었다.

"실은 나도 언젠가 저이한테서 3천 루블 이상의 빚을 진 적이 있었으니까요. 그때 나는 도저히 갚을 능력도 없었습니다만, 저분은 기꺼이 저한테 빌려준 것입니다."

그녀의 목소리에는 뭔가 도전적인 어조가 느껴졌다. 마침 이때 심문할 차례가 페추코비치한테 돌아갔다.

"그건 이 도시에서 일어난 일이 아니고 당신들이 처음으로 알게 된 무렵의 일이 아닙니까?" 페추코비치는 재빨리 거기에 어떤 유리한 사실이 숨어 있을 것을 예감하고 이렇게 물었다. (여기서 괄호로 묶어서 말해두지만, 그를 페테르부르크에서 초빙해 온 것은 카체리나였다고 할 수 있었으나, 미차가 전에 저 쪽에서 그녀에게 5천 루블을 준 사실이나 '이마가 땅에 닿을 듯이 머리를 숙였던 일'에 대해서는 전혀 몰랐던 것이다. 카차는 그것을 변호사에게 숨기고 있었다. 그녀는 최후의 순간까지 법정에서 이것을 밝힐 것인지 아닌지 결단을 내리지 못한 채 어떤 영감이 작용하기를 기다리고 있었다는 편이 옳을 것이다.)

"네, 그래요. 전 한평생 그 순간을 잊을 수 없을 거예요!" 하고 그녀는 이야기하기 시작했다. 그녀는 모든 것을 하나도 빠뜨리지 않고 말했다. 예전에 미차가 알료샤에게 들려준 그 에피소드도, '이마가 땅에 닿을 듯 정중히 머리를 숙인 일'이며 그 원인과 자기 아버지의 이야기, 자기가 미차를 방문했던 일을 죄다 이야기했다. 그러나 미차가 카차의 언니를 통해서 '카체리나가 직접 돈을 받으러 오도록'하는 조건을 붙였다는 것만은 입 밖에 내지 않았다. 그녀는 이 말만은 관대한 마음으로 숨기고자 자기 쪽에서 격정에 사로잡혀 무언가를 기대하면서 돈을 빌리기 위해 젊은 장교한테 달려갔던 일을 조금도 부끄러워하지 않고 공개했다. 이것은 실로 법정을 뒤흔드는 충격적인 사건이었다.

필자는 그때 온몸이 오싹해짐을 느끼면서 그녀의 이야기에 귀를 기울였다. 사람들은 한 마디도 놓치지 않으려고 숨을 죽이며 듣고 있었다. 이것은 이제까지 전례가 없는 일이었다. 그녀처럼 고집이 세고 남을 멸시할 만큼 기품이 당당한 여자가 이토록 솔직한 고백을 하거나 이렇듯 큰 희생을 감수하리라고는 도저히 상상할수 없는 일이었다. 더욱이 무엇 때문에 누구를 위해서였을까? 그것은 다름이 아니라 자기를 배반하고 모욕을 준 사람을 구하기 위해서였다. 조금이라도 미차를 이롭게 하는 인상을 사람들에게 주어서 그를 구하고자 하는 마음에서였다. 사실 말이지, 자기 수중에 남은 마지막 5천 루블이라는 거금을 내주고 순진무구한 처녀 앞에 공손히 머리를 숙인 젊은 장교 미차의 모습은 확실히 동정을 받기에 충분했으며 동시에 매력적인 것이었지만, 그럼에도 불구하고 필자의 마음은 아프기만 했다. 나중에 반드시 어떤 중상이 만들어질 것 같은 나쁜 예감이 들었기 때문이었다. 사실 나중에 별의별 비방이 다 일어났던 것이다!

훗날 이 마을 사람들은 악의에 찬 웃음을 띠며 그 장교라는 자가 '정중하게 무릎만 꿇었을 뿐' 나이 찬 처녀를 그냥 돌려보냈다는 것은 도저히 믿을 수 없는 일이라고 수군거렸다. 그 이야기에는 반드시 무엇인가 '생략된 부분'이 있을 것임을 암시하는 말이 오갔다. '설사 생략된 부분이 없고 그 이야기가 말 그대로 사실이라 해도' 이 고장에서 가장 존경받는 귀부인들까지도 이렇게 말했다. "궁지에 빠진 아버지를 구한답시고 젊은 처녀가 그런 행동을 하는 것은 그리 훌륭한 일이 못 됩니다." 그처럼 총명하고 거의 병적이라고 할 만큼 민감한 카체리나 이바노브나가 과연 이런 소문을 미리 예상하지 못했을까? 아니다, 그런데도 불구하고 모든 것을 말해버리기로 결심한 것이다. 물론 카체리나가 한 이야기의 진상에 대해서 이렇듯 추잡스러운 의혹이 생겨난 것은 나중의 일이고, 법정에서 처음 들었을 때는 모든 사람들이 적잖은 감명을 받았던 것이다. 재판관들로 말하면 그들은 모두 경건한 태도로 쑥스러운 듯이 그녀의 말을 경청하고 있었다. 검사도 이 문제에 대하여 감히 한 마디의 질문도 던지지 못했다. 페추코비치는 그녀에게 정중한 인사를 보내기까지 했다. 사실, 그는 거의 변론에서 이긴 것 같은 기분이 들었다.

숭고한 감정의 충동으로 5천 루블이란 돈을 몽땅 털어서 남에게 베풀어 준 사람이 훗날 3천 루블을 강탈할 목적으로 아버지를 죽였다는 것은 도저히 앞뒤가 맞지 않은 이야기였다. 페추코비치로서는 적어도 피고가 돈을 강탈했다는 혐의만은 배제할 수 있었다.

'사건'은 갑자기 새로운 빛을 띠었다. 미차에게 유리한 동정의 물결이 일기 시작했다.

그는 – 후에 사람들이 말한 바로는 – 카체리나가 증언하는 동안 한두 번 자리에서 벌떡 일어났다가 다시 주저앉아 두 손으로 얼굴을 가렸다고 한다. 그러나 카체리나가 진술을 마치자, 그는 별안간 그녀에게 두 손을 내밀고 흐느끼면서 이렇게 외쳤다.

"카차, 당신은 왜 나를 파멸시키려는 거요?"

그는 온 법정이 떠나가도록 큰 소리로 통곡을 했다. 하지만 곧 자제하고 이렇게 외쳤다.

"나는 이미 선고를 받았단 말이야!"

그는 그 후 이를 악물고 팔짱을 낀 채 화석처럼 굳어서 피고석에 앉아 있었다. 카체리나는 법정에 그대로 남아 지정된 의자에 가 앉았다. 눈을 내리깔고 앉아 있는 그녀의 얼굴은 창백했다. 옆에 앉았던 사람들의 말에 의하면, 그녀는 마치 열병에 걸린 듯 오랫동안 떨고 있었다고 한다. 다음에는 그루센카의 이름이 불려졌다.

필자의 이야기는, 돌발적으로 파열하여 궁극적으로 미차를 파멸시켰다고 할 수 있는 그 불상사로 가까이 다가선 것 같았다. 왜냐하면 필자가 믿기로는, 아니 법률가들조차도 나중에 그렇게 말했지만, 만일 이 비극적인 일만 발생하지 않았던들 피고는 정상 참작이 되어 어느 정도 관대한 판결을 받았을지도 모르기 때문이다. 그러나 그 일을 나중에 말하기로 하고 우선 그루센카라는 여성에 대해 조금 기술하기로 한다.

그녀 역시 검은 옷을 입고 법정에 출정했다. 어깨에 걸친 숄도 역시 검은색이었다. 그녀는 흔히 뚱뚱한 여자가 그러듯이 가볍게 몸을 좌우로 흔들면서 좌우로도 일체 눈길을 주지 않고 정면의 재판장만을 뚫어지게 바라보면서 마치 공중에 뜬 것처럼 사뿐사뿐 발소리도 없이 증언대로 다가갔다.

필자의 생각으로는 그녀는 무척 아름다워 보였고, 나중에 부인네들이 확언한 바처럼 뭔가 단단히 결심한 듯 악독한 표정도 아니었다. 그녀는 다만 스캔들에 굶주린 방청객들의 호기심과 경멸에 찬 시선을 온몸에 느끼며 초조해 하고 있었다고 생각된다. 그녀는 경멸을 참지 못하는 높은 자존심을 갖고 있었다. 누구한테 멸시를 당하고 있는 게 아닌가 하는 의혹이 일기만 해도 벌써부터 후끈 반항심에 불타는 그런 성격의 여자였다. 그러나 동시에 한편으로는 겁이 많은 점을 부끄럽게 여기기도 했다.

그러므로 그녀의 진술이 일관성이 없는 것은 당연한 일이었다. 때로는 노기를 띠고 어떤 때는 경멸에 찬 말투가 튀어나와 무섭게 거칠어지기도 했다. 그런가 하면 갑자기 진심으로 뉘우치는 빛을 보이기도 했다. 때로는 마치 자포자기라도 한 듯 '어떻게 되든 무슨 상관이야. 어쨌든 난 할 말은 다 해 버릴테니.'하는 말투가 되어 버렸다.

미차의 아버지 표도르에 대해서는 "그런 건 시답잖은 얘기예요. 그 사람이 치근거린 것뿐이니 내 알 바 아니에요!" 하고 딱 잘라 말했다가도 다음 순간에는 "모두가 내 잘못이에요. 난 둘 다, 영감님도 이이도 놀려주려고 사귀었던 거예요. 그래서 두 사람을 결국 이런 꼴로 만들어버렸어요. 모두가 저로 인해 일어난 일이에요." 하고 덧붙이기도 했다.

어쩌다가 삼소노프의 이름이 나오기라도 하면, 그녀는 "그게 무슨 상관인가요?" 하고 뻔뻔스럽고 도전적인 어조로 대들었다. "그 사람은 제 은인이에요. 제가 집에서 쫓겨났을 때, 맨발인 저를 맡아 주었으니까요." 그러나 재판장은 무척 점잖은 태도로 쓸데없는 딴 얘기는 하지 말고 질문에만 답변하라고 주의를 주었다. 그루센카는 얼굴을 붉혔지만 눈에는 요사스러운 빛이 번득이고 있었다.

그녀는 돈이 든 봉투는 직접 본 일이 없으며, 표도르가 3천 루블을 넣은 무슨 종이 꾸러미인지 봉투인지를 갖고 있다는 말을 그 '악당'에게서 들었을 뿐이라고 말했다.

"하지만 그건 바보스러운 얘기예요. 난 웃어 버리고 말았어요. 제가 그런 데를 뭣 하러 갑니까!"

"지금 '악당'이라고 한 건 누구를 말하는 겁니까?" 하고 검사가 즉각 물었다.

"그 집 하인이에요. 자기 주인을 죽이고 어제 목을 맨 스메르자코프 말이에요."

물론 그녀는 즉시 거기에 대해서 무슨 증거가 있느냐는 질문을 받았지만, 그녀 역시 이렇다 할 증거를 갖고 있지 못했다.

"드미트리 씨가 그렇게 말했습니다. 여러분도 이 말을 믿어야 합니다. 저기 저 여자, 저 훼방꾼 여자가 저 이를 파멸시킨 거예요.

모두 저 여자가 원인이에요, 저 여자가요." 마치 증오 때문에 몸부림칠 듯이 그루셴카는 덧붙였다. 그녀의 목소리에는 표독스러운 독기가 서려 있었다.

여기에서도 그녀는 그게 누구냐는 질문을 받았다.

"저기 저 아가씨입니다. 카체리나 이바노브나, 저 여자는 그때 저를 불러다가 초콜릿을 주면서 구워 삶으려 했어요. 저 사람은 정말 수치심이라고는 없는 여자예요. 정말로……."

이번에는 재판장도 엄하게 그녀의 발언을 제지하고 맘을 삼가도록 일렀으나 이미 그녀는 질투로 이성을 잃고 있었다. 질투가 불길처럼 타올라 거의 될 대로 되라는 심정이었다.

"모크로예 마을에서 피고가 체포되었을 때," 하고 검사는 그때 일을 회상하면서 물었다. "당신이 옆방에서 달려 나와 '모두가 제 탓이에요. 저도 함께 징역살이를 하겠어요!' 하고 외치는 걸 모든 사람이 보고 들었는데, 그렇다면 당신은 이미 그 순간 피고가 아버지를 살해했다는 것을 확신했던 것 아닙니까!"

"그때 뭐가 어떻게 된 건지 잘 기억하지 못합니다." 하고 그루셴카는 대답했다. "그때는 모든 사람들이 저이가 아버지를 죽였다고 떠들어댔기 때문에, 저는 이렇게 된 것은 모두 내 탓이다. 나 때문에 사람을 죽였구나 하는 기분이 들었던 겁니다. 그러나 저분한테 자기에게는 죄가 없다는 말을 직접 듣고는 곧 그 말을 믿었습니다. 지금도 그렇게 믿고 있습니다. 영원히 이 신념은 변하지 않을 겁니다. 저 이는 절대로 거짓말을 할 사람이 아니거든요."

질문의 차례가 페추코비치에게 넘어갔다. 그는 여러 가지 질문을 던졌지만, 그중에서도 라키친에 관해서, 그 25루블의 사례금에 관해서 말이 나왔다.

"당신은 알렉세이 카라마조프 씨를 데려온 사례금으로 라키친 군에게 그때 25루블을 주었다고 하던데요?"

"그 사람이 돈을 받았다고 해서 조금도 이상할 것은 없어요." 그 루셴카는 멸시와 증오에 찬 미소를 지었다. "그 사람은 늘 나한테 돈을 구하러 오곤 했으니까요. 매달 정해 놓고 30루블쯤은 가져갔어요. 그것도 대개 유흥비에 쓰기 위해서였지요. 하지만 내가 돈을 주지 않아도 그는 아무 걱정없이 살 만한 여유는 있었어요."

"당신은 어째서 라키친 군에게 매우 관대했던가요? 그건 무엇 때문이었습니까?" 페추코비치는 재판장이 심히게 인절부질못하며 몸을 들썩이는 것도 무시하고 계속 추궁을 이어갔다.

"저의 사촌동생이니까요. 제 어머니와 그의 어머니는 친자매지간이거든요. 하지만 라키친은 아무에게도 말하지 말아 달라고 늘 제게 당부했어요. 나와 사촌지간이라는 것을 몹시 수치스럽게 여겼거든요."

이것은 정말 새로운, 어느 누구도 예상하지 못한, 참으로 뜻밖의 사실이었다. 마을 전체는 물론 수도원 안에서도 이것을 아는 사람은 아무도 없었다. 미차조차도 모르고 있었다. 소문에 의하면, 라키친은 이때 자기 자리에 앉은 채 너무나 창피해서 안색이 보랏빛으로 변해 버렸다고 한다.

그루센카는 법정에 들어서기 전에 라키친이 이미 미차에게 불리한 진술을 한 것을 탐지하고 몹시 화가 났던 것이다. 따라서 라키친이 조금 전에 한 연설이나 그 고매한 취지도, 농노 제도나 러시아에 있어서의 공민권에 대한 공격도, 이 순간 모든 청중의 마음 속에서 완전히 말살되어 버리고 말았다. 페추코비치는 만족했다. 하느님은 또다시 미차에게 미소를 보내주고 있었다.

대체로 그루센카에 대한 심문은 그리 오래 걸리지 않았다. 물론 그녀가 특별히 새로운 사실을 진술하지 못했기 때문에 더욱 그러했다. 그녀는 방청객 일동의 가슴에 매우 불쾌한 인상을 주었다. 그녀가 진술을 마치고 카체리나와 좀 떨어진 자리에 앉았을 때 수많은 경멸의 시선이 그녀에게 집중되었다. 그녀가 심문을 받는 동안 미차는 마치 화석처럼 굳어져서 눈을 마룻바닥에 내리깔고 묵묵히 입을 다물고 있었다. 마침내 이반이 증인으로 출두했다.

5. 뜻밖의 파국

여기서 미리 말해 두지만, 이빈은 알료샤보다 먼저 출두 요청을 받았었다. 그러나 그때 법원 정리는 재판장에게 증인이 갑자기 몸이 불편한지 아니면 발작을 일으켰는지 지금 당장 출두할 수 없으나 몸이 회복되는 대로 언제든지 법정에 나와 증언할 것이라고 보고했다. 그러나 그때는 아무도 그 말을 듣지 못했으므로 나중에 가서야 알게 되었다. 그의 출두는 처음에는 다른 사람들의 주목을 거의 받지 못했다.

이미 중요한 증인들, 특히 연적관계에 있는 두 여자들의 심문이 끝나버렸으므로 방청객들의 호기심은 어느 정도 채워져서, 이제 그들은 피로감마저 느끼고 있을 정도였다. 아직 몇 사람의 증인 심문이 더 남아 있었으나 이미 들을 만한 말은 다 들었기 때문에 그들로부터 특별히 새로운 진술이 나올 것 같지도 않았다. 시간은 자꾸 흘러가고 있었다.

이반은 이상하리만치 천천히 걸어 나왔다. 그는 마치 무슨 우울한 생각에 사로잡힌 듯이 머리를 숙인 채 아무도 보지 않았다. 그의 차림새는 나무랄 데 없이 단정하였으나 그 모습은 적어도 필자에게는 병적인 인상을 주었다. 흡사 죽어가는 사람처럼 얼굴이 흙빛을 띠었고 눈에는 광채가 없었다. 그는 눈을 들어 법정 안을 조용히 둘러보았다. 알료샤는 이때 자기 의자에서 벌떡 일어나 "아아!"하고 신음 소리를 냈다. 필자는 그것을 기억하고 있다. 그러나 그것을 주목한 사람은 별로 없었다.

재판장은 우선 그를 향해서 선서는 필요 없다는 것과 진술을 해도 되고 묵비권을 행사해도 되지만 진술은 물론 양심에 따라 해야 한다는 것 등을 말해 주었다. 이반은 재판장의 말을 들으며 멍하니 바라보고 있었다. 그러나 그는 천천히 미소를 띠더니, 놀란 눈으로 그를 바라보던 재판장이 말을 마치기가 무섭게 갑자기 웃음을 터뜨렸다.

"그 밖에 또 할 말은 없나요?" 이반은 커다란 목소리로 물었다.

법정 안은 조용했다. 모두들 무언가를 예감한 것 같았다. 재판장은 불안한 생각이 들었다.

"당신은 아직 건강이 완전히 좋아지지 않았나 보군요?" 재판장은 눈으로 정리를 찾으며 말했다.

"염려 놓으십시오. 재판장님. 저는 상당히 건강하니까요. 여러가지 흥미있는 얘기를 해드릴 수가 있습니다."

이반은 갑자기 침착해져서 공손히 대답했다.

"무슨 특별한 정보라도 진술할 게 있습니까?" 여전히 미심쩍은 얼굴로 재판장이 물었다.

이반은 눈을 내리깔고 잠시 주저하더니 다시 머리를 들고 더듬거리는 말투로 대답했다.

"아니오……. 없습니다. 특별한 진술은 아무것도 없습니다."

그에 대한 심문이 시작되었다. 이반은 왠지 전혀 내키지 않는 듯 짤막짤막하게 대답했다. 그에겐 내심 어떤 혐오가 점점 커져 가는 느낌이었으나 그래도 답변은 논리정연했다. 그리고 대부분의 질문에 대해서는 모른다며 대답을 회피했다. 아버지와 드미트리의 금전 관계에 대해서는 전혀 아는 바 없다고 하면서 '그런 일엔 마음도 두지 않았다.'고 대답했다. 아버지를 죽이겠다고 협박한 것은 피고한테서 들었고 봉투 속에 돈이 들어 있다는 얘기는 스메르자코프한테서 들었다고 말했다.

"아무리 물어도 똑같은 말 뿐입니다." 이반은 피곤한 모습으로 갑자기 말을 막았다. "전 법정에서 특별히 진술할 게 없습니다.

"보아하니 당신은 건강이 좋지 않은가 보군요. 그리고 당신의 기분도 이해할 만합니다." 재판장은 말했다. 그는 검사와 변호사 쪽을 돌아보며 만일 필요하다면 질문을 하라고 하였다. 그러나 이반은 갑자기 기어 들어갈 듯한 소리로 애원했다.

"재판장님, 저를 내보내 주십시오. 몸이 몹시 불편합니다."

이렇게 말하고는 허가도 기다리지 않고 몸을 홱 돌려 법정 밖으로 나가려 하였다. 그러나 서너 발짝쯤 걸어가다가 갑자기 무슨 생각이 들었는지 조용히 웃으면서 다시 제자리로 돌아갔다.

"재판장님, 저는 꼭 그 시골 처녀와 같습니다. '가고 싶으면 가고, 가고 싶지 않으면 안 갈 테예요.' 이렇게 말하던가요? 그러면 모두들 처녀의 저고리나 치마를 들고 그 뒤를 쫓아다니지요. 처녀를 일으켜 세워 결혼식에 데려 가려는 거지요. 하지만 처녀는 '가고 싶으면 가고, 가고 싶지 않으면 안 갈 테야'하고 말한답니다. 이건 우리 러시아의 민족성이라고도 할 수 있지요."

"그래서 무슨 말씀을 하려는 건가요?" 재판장이 엄한 말투로 물었다.

"자, 이걸 보십시오." 그는 갑자기 지폐다발을 꺼냈다. "여기 보십시오. 이것이 그 돈입니다. 이건 바로 저 봉투 속에 들어 있던 돈입니다."

그는 증거물이 놓인 테이블을 턱으로 가리켰다. "이것 때문에 아버지는 살해된 것입니다. 어디에 둘까요? 사무관님, 이걸 좀 전해 주시지요."

사무관은 지폐다발을 받아들어 재판장에게 넘겨주었다.

"어째서 이 돈이 당신 손에 들어갔을까요? 이게 바로 그 돈이라면?"

"어제 스메르자코프한테서 받았습니다. 그 살인범한테서. 그놈이 목매달기 전에 나는 그자의 집에 갔었습니다. 아버지를 죽인 것도 그 놈입니다. 형이 아닙니다. 그놈이 죽였습니다. 그리고 내가 그놈을 사주했습니다. ……아버지의 죽음을 바라지 않은 사람은 아무도 없었으니까요."

"대체 당신은 정신이 있소, 없소?" 재판장의 입에서 자기도 모르게 이런 말이 흘러나왔다.

"물론 제정신이 있습죠. 여러분들과 마찬가지로, 여기 있는 모든…… 돼지들과 마찬가지로 비열한 정신을 갖고 있습니다." 이반은 갑자기 방청석을 돌아보았다. "모두들 우리 아버지를 죽이고 놀란 체하고 있군요."

그는 이빨을 뿌드득 갈며 악의에 찬 경멸을 표시했다. "서로 다시 치미를 떼고 있군요. 거짓말쟁이들 같으니! 모두들 우리 아버지가 죽기를 바라면서도. 독사가 다른 독사를 잡아먹으려는 것과 같지요. 만약에 우리 아버지를 죽이지 않았더라면 모두 화가 나서 투덜거리며 집으로 돌아갔을 겁니다. 구경거리가 필요해서요! '빵과 구경거리'라고 떠들잖아요. 하기야 나도 그런 놈이죠! 물 좀 없습니까? 제발 물 한 모금만 마시게 해주세요!" 그는 갑자기 자기 머리를 움켜잡았다.

사무관이 곧 그의 곁으로 다가왔다. 알료샤가 벌떡 일어나서 소리쳤다. "형님은 몸이 성치 않아요. 형님의 말을 믿지 마세요. 환각증에 사로잡혀 있어요!" 카체리나는 충동적으로 벌떡 자리에서 일어나 공포에 질린 채 부동자세로 이반을 쳐다보았다. 미차도 일어나 무언가 일그러진 듯한 야만적인 미소를 띤 채 동생을 쏘아보며 그의 말을 듣고 있었다.

"염려 놓으십시오. 나는 미치지 않았습니다. 단지 살인자일 뿐입니다!" 이반은 다시 말을 시작했다. "살인자한테 웅변을 기대한다는 것은 무리한 일입니다." 그는 무엇 때문인지 갑자기 이렇게 덧붙이며 얼굴을 일그러뜨리고 미소를 지었다.

검사는 몹시 당황한 듯 재판장 쪽으로 몸을 굽혔다. 다른 재판관들도 황급하게 서로 뭐라고 소곤거렸다. 페추코비치는 귀를 바짝 세우고 듣고 있었다. 법정 안은 무엇을 기대하는 듯 잠잠했다. 재판장은 갑자기 정신을 차린 듯 입을 열었다.

"증인, 당신의 말은 이해할 수 없을 뿐만 아니라 법정 안에서는 할 수 없는 말입니다. 최대한 마음을 진정시키고 말을 계속하십시오. 만일 해야 할 말이 있다면 말입니다. 당신은 무엇을 가지고 그런 자백을 증명할 셈입니까? ……그게 헛소리가 아니라면 말입니다."

"바로 저것입니다. 실은 증인이라곤 하나도 없습니다. 스메르자코프란 자식이 저세상에서 여러분에게 진술을 보내오지는 않을 거고…… 봉투에 넣어서 말입니다. 여러분은 뭐든지 언제나 봉투를 좋아하더군요. 나에게는 봉투는 하나면 됩니다. 나에게는 증인이 없습니다. 그것 하나밖에는 없습니다." 이반은 생각에 잠긴 듯이 쓸쓸하게 웃었다.

"그 자가 누굽니까?"

"재판장님, 그 자는 꼬리를 달고 있습니다. 그건 규칙에 위반인가요? diable n´ existe point!(악마는 존재하지 않는다!)란 말입니까? 별로 신경 쓰실 건 없습니다. 이건 아주 보잘것없는 악마니까요." 그는 웃음을 뚝 그치고 무슨 비밀 이야기라도 하는 듯 이렇게 덧붙였다.

"그 녀석은 틀림없이 여기 어디에 있을 겁니다. 저 증거물이 얹혀 있는 테이블 밑이라도 말입니다. 거기에 없으면 어디에 있겠습니까? 실은 이렇습니다. 내 말 좀 들어 보십시오. 나는 그 녀석에게 말했습니다. 잠자코 있지 않겠다고. 그랬더니 그놈은 지질변동에 대해 얘기하더군요. 멍청이같이! 하지만 그 악마를 용서해 주십시오. 그놈은 찬가를 부르기 시작하더군요. 말하자면 그게 더 마음이 홀가분해서 그런 거지요. 술 취한 불한당이 '이반은 페테르부르크로 떠나갔다네.'하고 소리 지르는 거나 마찬가지지요. 하지만 나는 2초의 기쁨을 위해서라면 천조 킬로미터의 천조 배라도 주겠습니다. 당신들은 나를 모릅니다! 아아, 이 모든 일이 얼마나 어리석기 짝이 없는 것입니까! 자, 그 녀석 대신에 나를 잡아 가두십시오! 나는 공연히 여기 게 온 게 아닙니다……. 어째서, 만사가 어리석은 일뿐이니까."

그는 이렇게 말하고 다시 천천히 무슨 생각에 잠긴 듯 법정 안을 둘러보기 시작했다. 그러나 이미 장내는 어수선하게 동요하고 있었다. 알료샤는 자리에서 일어나 형 곁으로 달려갔으나 벌써 사무관의 팔이 이반의 팔을 붙잡고 있었다.

"이건 또 뭐야?" 이반은 사무관의 얼굴을 쏘아보더니 갑자기 그의 어깨를 꽉 잡고 마룻바닥으로 힘껏 밀어버렸다. 그러나 곧 수위들이 우르르 달려와서 그를 붙잡았다. 그는 무서운 소리로 외치기 시작했다. 그리고 법정 밖으로 끌려 나가는 동안 무언가 알아듣지 못할 소리를 외치고 있었다.

법정 안에는 일대 소란이 일어났다. 그때의 일을 순서대로 모두 기억할 수는 없다. 나 자신도 흥분한 나머지 잘 관찰할 수 없었던 것이다. 단지 필자가 기억하는 것은 후에 소란이 가라앉고 모든 사람들이 그 진상을 깨달았을 때에야 사무관이 심한 꾸중을 들었다는 것뿐이다. 하기야 사무관은 증인이 1시간 전에 가벼운 현기증을 일으켜 의사의 진찰을 받았으나, 그동안 줄곧 건강의 이상이 없었고, 법정 안에 들어갈 때까지는 말도 조리 있게 하였으므로 그런 일이 있을 줄은 꿈에도 생각지 못했으며 뿐만 아니라 증인 자신이 꼭 증언할 것이 있다고 주장하는 바람에 어쩔 수 없었노라고 충분히 근거 있는 설명을 했다.

그러나 모두가 어느 정도 평정을 회복하기도 전에 곧 또 다른 소동이 일어났다. 카체리나가 히스테리를 일으킨 것이다. 그녀는 큰 소리로 비명을 지르며 통곡하기 시작했다. 그러나 순순히 법정 밖으로 나가려 하지 않고 몸부림을 치며 그냥 이 안에 있게 해 달라고 애원하면서 재판장에게 이렇게 부르짖었다.

"당장, 지금 당장, 한 가지 더 말씀드릴 것이 있습니다. 여기 증거 서류가 있습니다. 편집니다. 받아서 읽어보세요. 어서요! 이건 저 악당이, 저기 저 사람이 쓴 편집니다!" 그녀는 미차를 가리키며 말했다. "아버지를 죽인 건 저 사람입니다. 여러분도 이제 곧 아시게 될 거예요. 저 사람이 아버지를 죽이겠다고 저한테 써 보낸 적이 있습니다. 하지만 그 동생은 지금 병을 앓고 있습니다. 환각증을 앓고 있는 환자예요! 저는 그이가 환각증에 사로잡혀 있다는 사실을 벌써 사흘 전부터 알고 있었습니다."

이렇게 그녀는 정신없이 부르짖었다. 그녀가 재판장 앞으로 내민 증거 서류를 서기가 받아들자 그녀는 자기 자리에 털썩 주저앉아 얼굴을 가리고 발작하듯이 온몸을 뒤흔들면서 소리 없이 울기 시작했다. 그녀는 법정 밖으로 쫓겨날까 두려워서 되도록 가냘픈 신음소리마저 내지 않으려고 애쓰고 있었다.

그녀가 내놓은 서류는 미차가 '수도'란 요리점에서 쓴 편지로, 이반은 '수학적 증거'가 있는 증거라고 부르던 것이었다. 아아, 재판관들도 이 편지의 수학적 증거를 인정하고 말았다! 사실 이 편지만 아니었던들 미차는 파멸을 면할 수도 있었을 것이다. 적어도 그처럼 무서운 파멸은 당하지 않았을 것이다!

되풀이해서 말하지만, 필자는 그때 법정 안의 일을 자세히 관찰할 수 없었다. 지금도 그 모든 일들이 뒤죽박죽이 되어 머릿속에 떠오를 따름이다. 재판장은 그 자리에서 이 새로운 증거 서류를 배석한 재판관들과 검사, 변호사, 배심원 모두가 돌려 보게 했다. 내가 기억하고 있는 것은 다시 카체리나에 대한 심문이 시작되었다는 것뿐이다. 이제 마음이 가라앉았느냐는 재판장의 친절한 질문에 카체리나는 곧 큰소리로 소리쳤다.

"네, 저는 괜찮습니다. 여러분의 질문에 똑똑히 답할 각오는 되어 있습니다." 이렇게 덧붙였으나 그녀는 행여나 재판관들이 자기 말을 안 듣는 건 아닐까 몹시 걱정하는 기색이었다. 재판장은 이 편지가 무슨 편지며, 어떤 상황에서 받았는지 자세히 설명해 달라고 그녀에게 요청했다.

"제가 이 편지를 받은 것은 범행 하루 전날입니다, 하지만 저 사람이 이 편지를 쓴 것은 그보다 하루 전날, 그러니까 범행 이틀 전에 쓴 것입니다. 자, 보세요, 무슨 계산서에 쓰지 않았습니까!" 그녀는 숨 가쁘게 얘기했다.

"그때 저 사람을 저를 미워하고 있었습니다. 자기가 비열한 짓을 하고도 저 창녀에게 가버렸으니까요. 그리고 나한테 3천 루블의 빚이 있었거든요. 네, 그래요. 저 사람은 자기의 비열한 짓은 생각 않고 그 3천 루블의 빚이 마음에 걸려 못 견디었던 거예요. 그 3천 루블의 내력은 이랬답니다. 제발 제 말을 끝까지 들어 주세요. 저 사람은 아버지를 살해하기 3주일 전 어느 날 아침 저를 찾아왔어요. 그때 저는 저 사람이 돈이 필요하다는 것도, 무엇에 필요하다는 것도 다 알고 있었어요. 저 창녀를 꾀어 어디로 달아나려는 데 필요했던 거지요. 저는 그때 저 사람이 변심해서 나를 차 버리려 하고 있다는 것을 알고 있었습니다. 그래서 그 돈을 저 사람 앞에 내밀었습니다. 모스크바에 있는 우리 언니한테 부쳐달라는 구실로 일부러 돈을 주었어요. 그때 저는 돈을 주면서 저 사람의 얼굴을 쳐다보았습니다. '한 달 후 라도 상관없으니' 마음 내킬 때 보내면 된다고 말했지요. 나는 저 사람의 얼굴을 맞대 놓고 '당신은 나 대신 그 창녀를 꾀려는 데 돈이 필요하겠지요. 자, 여기 있습니다. 내 손으로 이 돈을 드립니다. 만약 이 돈을 받을 만큼 파렴치한 인간이라면 주저 말고 받아가세요!' 이렇게 말한 것이나 다름없습니다. 그걸 저 사람이 어떻게 그걸 모르겠습니까? 나는 저 사람의 정체를 폭로하고 싶었어요. 그런데 어떻게 된지 아세요? 저 사람은 돈을 받았어요. 그리고 그걸 가지고 그 창녀와 몽땅 써버리고만 거예요. 하룻밤 사이에……. 그러나 저 사람은 내가 모든 사실을 알고 있다는 것을 잘 알고 있었어요. 내가 돈을 준 것은 저 사람이 나한테서 그걸 받을 만큼 염치가 있는 사람인가 어떤가 시험해 보고 싶어서 하는 짓이라는 것도 알고 있었던 거예요. 내가 저 사람의 눈을 들여다보았더니 저 사람도 내 눈을 들여디보았어요. 저 사람은 모두 알아챘던 거예요. 그러면서도 내 돈을 받아 가지고 간 거예요."

"그건 사실이오, 카챠." 갑자기 미챠가 소리쳤다. "나는 당신의 눈을 보고 당신이 나를 모욕하려 한다는 걸 알았어. 그런데도 나는 그 돈을 받고 말았지! 여러분, 이 비열한 놈을 경멸하십시오! 나는 경멸을 받아도 마땅한 놈이오!"

"피고인!" 재판장은 소리쳤다. "한 마디만 더 하면 법정에서 퇴장시키겠소."

"그 돈이 저 사람을 괴롭힌 거예요." 카챠는 경련을 일으키는 듯 조급하게 말을 계속했다. "그래서 저 사람은 나한테 그 돈을 갚으려 했지요. 네, 갚으려고 했어요. 그건 사실이에요. 하지만 그 창녀 때문에 돈이 필요했었어요. 그래서 아버지를 살해했지만 역시 나한테 돈을 갚지 않고 저 여자와 함께 그 마을로 가서 결국 붙들리고 만 거예요. 아버지를 죽이고 훔친 돈마저 그 마을에서 탕진해버렸지요. 그런데 저 사람은 아버지를 살해하기 하루 전날 나에게 이 편지를 써 보냈어요. 술에 취해서 쓴 것이지요. 나는 당장에 알았어요. 저 사람이 증오에 사로잡혀 있다는 것을요. 그리고 자기가 아버지를 살해하더라도 내가 이 편지를 누구에게도 보여주지 않으리라는 것을 틀림없이 알고 쓴 거예요. 그렇지 않으면 이 편지를 썼을리가 없지요. 저 사람은 내가 자기에게 복수를 하거나 자기의 파멸을 바라지 않는다는 걸 알고 있었던 것입니다. 하지만 읽어 보세요. 주의해서 읽어 보세요. 그러면 저 사람이 모든 것을 편지에 미리 적어 두었다는 걸 아시게 될 거예요. – 아버지를 어떤 방법으로 죽일 것인지, 아버지의 돈이 어디에 있는지를 말입니다. 자, 보세요. 한 글자도 빠뜨리지 말고 잘 보세요. 그 가운데 '이반이 떠나면 곧 아버지를 죽일 것이다.'라는 구절이 있을 테니까. 그건 저 사람이 아버지를 죽일 방법을 곰곰이 연구했다는 증거가 아니겠어요?"

카체리나는 표독스럽고 조롱하는 듯한 미소를 지으면서 재판관에게 설명했다. 그녀는 그 숙명적인 편지를 구석구석 검토하여 그 속에 담긴 낱말을 빠짐없이 연구했음이 분명했다.

"저 사람도 취하지 않았더라면 저에게 그런 편지를 쓰지 않았을 거예요. 하지만 보세요. 거기에는 모든 것이 다 적혀 있습니다. 모든 것이 편지의 내용 그대로입니다. 아버지를 죽인 것도, 모든 것이 한 치의 오차도 없이 그대로 행해졌어요. 살인 계획서라고요!"

그녀는 정신없이 소리쳤다. 물론 그녀는 자기에게 어떤 결과가 닥쳐와도 좋다고 생각하고 있었다. 어쩌면 한 달 전부터 그 결과를 내다보고 있었는지도 모른다. 왜냐하면 그때 이미 그녀는 증오에 몸을 떨며 '이것을 법정에 가서 공개할까?'하고 생각하고 있었기 때문이다. 그러나 지금 그녀는 낭떠러지에서 뛰어내린 것과 마찬가지였다. 지금도 나는 기억하고 있지만, 그 자리에서 곧 서기가 편지를 큰소리로 읽자마자 사람들은 큰 충격을 받았다.

"이것이 당신이 쓴 편지임을 인정합니까?" 미차를 향해 이런 질문이 던져졌다.

"예, 제 것입니다!" 미차는 큰소리로 대답했다. "술에 취하지 않았으면 안 썼을 텐데! 카차, 우리는 서로 여러 가지 일로 미워했소. 하지만 맹세하지만 나는 당신을 미워하면서도 사랑하고 있었소. 그런데 당신은 나를 사랑하지 않았어!"

그는 절망 속에서 두 손을 마주잡고 자리에 털썩 주저앉았다. 검사와 변호사가 번갈아 심문을 하기 시작했다. 그것은 주로 '왜 당신은 좀 전에 그런 증거를 감추고 지금과는 전혀 다른 태도로 증언을 했느냐?'는 것이었다.

"맞습니다. 좀 전엔 제가 거짓말을 했습니다. 명예와 양심을 등지고 거짓말만 했습니다. 아까는 저 사람을 구하고 싶었던 거예요. 저 사람이 그토록 나를 미워하고 경멸했으니까요!" 카차는 정신

나간 여자처럼 소리쳤다.

"네, 저 사람은 저를 끔찍하게 경멸해 오기 시작한 거예요. 나는 그걸 눈치 챘어요. 나는 그때 바로 그것을 느꼈지만 오랫동안 그걸 믿으려 하지 않았어요. 나는 저 사람의 눈빛 속에서 '암만 그래도 너는 그때 네 발로 나를 찾아왔었지.'하는 말을 수없이 읽었습니다. 그래요, 저 사람을 몰랐던 거예요. 내가 왜 그때 자기를 찾아갔는지 저 사람은 조금도 알지 못했어요. 단지 비열한 것밖에 생각할 줄 모르기 때문이에요. 저 사람은 남을 자기 식으로 판단하고 자기처럼 생각하는 거예요." 카차는 완전히 이성을 잃고 이를 부드득 갈았다.

"저 사람이 나와 결혼하려고 했던 것은 단지 내가 재산을 상속받게 되었기 때문이에요. 다른 이유는 하나도 없어요! 나는 언제나 그럴 거라고 생각해 왔어요. 아아, 저 사람은 짐승이에요! 저 사람은 그때 내가 자기에게 돈을 얻으러 갔던 일을 부끄럽게 여겨서 한평생 쩔쩔맬 거라고 믿고, 높은 데서 나를 영원히 경멸할 수 있다고 확신하고 있었던 거예요. 그래서 나와 결혼할 생각을 하게 된 것입니다. 그래요, 그건 틀림없어요. 저는 저의 사랑으로, 무한한 사랑으로써 저 사람을 정복해 보려고 했었어요. 심지어 저 사람의 배신까지 참아보려고 했습니다만 끝내 아무것도 몰라주더군요. 하긴 무엇을 이해할 수 있을까요! 저 사람은 비열한 악당이에요! 나는 그 편지를 이튿날 저녁에 받았습니다. 요리점에서 보내왔더군요. 그러나 나는 그날 아침까지도 모든 것을 용서할 생각이었어요. 모든 것을, 저 사람의 배신까지도!"

물론 재판장과 검사는 그녀를 진정시키려고 애를 썼다. 그녀의 히스테리를 이용해 그런 증언을 듣는 것이 그들에게도 떳떳하지 못하다고 생각되었던 모양이다.

필자는 지금도 기억하고 있지만, "당신이 얼마나 괴로운지 우리도 이해합니다. 우리도 감정이 있다는 걸 믿어 주십시오." 하는 등등의 말을 재판부에서 하던 것을 들었다. 하지만 그들은 역시 이 히스테리로 거의 광란상태에 빠진 여자한테 여러 가지 필요한 증거를 이끌어냈던 것이다.

마침내 그녀는 이반 표도로비치가 지난 두 달 동안 '비열한 살인자'인 자기 형을 구하려고 너무나 애를 쓴 나머지 거의 미칠 지경에 이르렀다고 극히 명확하게 진술했다. 이러한 명확성은 순간적이기는 하지만 이렇게 긴장된 상태에서도 이따금 나타나는 현상이다.

"그이는 무척 괴로워했습니다." 그녀는 소리쳤다. "그이는 줄곧 형의 죄를 덜어 주려고 애쓰면서도 자기도 아버지를 사랑한 일이 없으니, 어쩌면 자기도 아버지가 죽는 것을 바라고 있었는지도 모른다고 고백했습니다. 아, 그 얼마나 깊은 양심을 지닌 사람입니까! 그래서 자기 양심 때문에 고통을 받았던 거예요! 그이는 무슨 일이든 나한테 모든 걸 털어놓았어요. 매일 나를 찾아와 유일한 친구로서 저와 이야기했습니다. 네, 저는 그이의 유일한 친구임을 영광으로 생각하고 있습니다."

그녀는 도전하듯 눈을 반짝이면서 느닷없이 소리쳤다. "그이는 두 번 스메르자코프를 찾아갔습니다. 언젠가 한 번은 그분이 나를 찾아와 이렇게 말했습니다. 만일 아버지를 죽인 것이 형이 아니라 스메르자코프라면(이곳에서는 많은 사람들이 스메르자코프가 죽였다고 터무니없는 소문을 퍼뜨리고 있었으니까요) 자기에게도 죄가 있는지 모르겠다고 말입니다. 왜냐하면 스메르자코프는 자기가 아버지를 좋아하지 않는 걸 알고 있었으므로 자기가 아버지의 죽음을 바라고 있다고 생각했을지도 모르기 때문이라는 것이었습니다. 그때 나는 그분께 그 편지를 꺼내 보여주었어요. 그랬더니 그분은 형이 범인이라는 것을 확신하게 되어 무척 충격을 받았습니다. 피를 나눈 형이 아버지를 죽였다고 생각하니 큰 타격을 입은 모양이에요. 한 일주일 전쯤 그이가 그것 때문에 병을 앓고 있다는 것을 알았습니다. 요즘에는 나를 찾아와서는 헛소리를 하게 되었어요. 저는 그이가 정신착란임을 알 수 있었어요. 길거리에서 사람들이 보는데도 걸어가면서 잠꼬대를 했습니다. 제가 모스크바에서 모셔온 의사는 그저께 그이를 진찰하고 환각증 같은 병에 가깝다고 말했습니다. 모든 건 저 사람 때문입니다. 저 비열한 악당 때문이에요. 그런데 어저께 스메르자코프가 죽었다는 소식을 듣고 그이는 너무나 충격을 받아 그만 정신이상을 일으키고 말았습니다. 모든 게 저 비열한 악당 때문이에요. 모든 건 저 비열한 인간을 살리려다 그렇게 된 거예요!"

오오, 이런 말이나 이런 고백은 일생에 단 한 번 - 예컨대 임종

때나 이를테면 단두대에 오르는 순간이 아니면 도저히 할 수 없는 것이다. 그러나 카차는 그 성격으로 보아 이런 순간에 그런 일을 능히 할 수 있는 여자였다. 그만큼 극성스러웠기 때문에 아버지를 구하기 위해 젊은 탕자에게 자기 몸을 내던질 수 있었던 것이다. 또 그러한 여자였기 때문에 아까 많은 방청객들 앞에서 당당하고도 정숙한 태도로 미차의 가혹한 운명을 조금이라도 경감시켜주려는 일념으로 '미차의 고결한 행위'를 얘기함으로써 자기 자신과 처녀의 명예까지 희생시킬 수 있었다. 그래서 그녀는 지금 또 자신을 희생시켰는데, 그것은 이미 다른 남자를 위한 것이었다. 아마 그녀는 비로소 이 다른 남자가 자기에게 얼마나 소중한 사람인지를 느끼고 깨닫는 것 같았다! 그녀는 그 사람이 걱정되어 그를 위해 자신을 희생한 것이다. 그 사람이 아버지를 죽인 건 형이 아니라 자기라고 증언함으로써 자신을 파멸시켰다는 생각이 갑자기 떠오르자, 그녀는 그와 그의 명예와 체면을 구하기 위해서 자기 자신을 희생시켰다!

그런데 여기서 한 가지 무서운 의문이 그녀의 머릿속을 번개처럼 스쳐갔다. 미차와의 옛 관계를 말할 때 거짓말을 한 것이 아닐까 하는 의문이었다. 아니다, 그녀는 자기가 이마가 땅에 닿도록 절을 했기 때문에 미차한테 멸시를 받았다고 큰소리로 말했지만, 그건 고의적인 중상은 아니었다. 그녀 자신도 그렇게 믿고 있었다. 자기가 이마를 땅에 댄 순간부터, 그때까지는 자기를 존경하던 미차가 자기를 비웃고 멸시하기 시작했다고 굳게 믿고 있었던 것이다. 그래서 그녀는 단지 자존심을 위해, 상처받은 자존심 때문에 광적인 사랑을 미차에게 쏟기 시작했다. 그것은 사랑이라기보다 복수와도 같은 것이었다. 아아, 어쩌면 이 분열된 사랑도 진정한 사랑으로 자라났을지도 모른다. 아마 카챠 자신이 무엇보다도 그렇게 되기를 바랐을 것이다. 그러나 미차의 배신이 그녀의 영혼 깊숙이 상처를 주고 말았으므로 그 영혼이 그를 용서하지 않았다.

그러던 중 뜻하지 않게 복수의 기회가 날아든 것이다. 치욕을 당한 여자의 가슴 속에 그토록 오랫동안 쌓여있던 사무친 감정들이 별안간 한꺼번에 밖으로 터져 나왔다. 그녀는 미차를 배반했지만, 동시에 자기 자신도 배반한 것이다. 물론 그녀는 마음속의 말을 다 털어놓자 갑자기 긴장이 탁 풀려 부끄러워 견딜 수가 없었다. 또다시 히스테리가 발작했고 그녀는 울며불며 마룻바닥으로 쓰러졌다. 결국 그녀는 법정 밖으로 끌려 나가고 말았다. 바로 그 순간, 이번에는 그루센카가 통곡을 하며 자기 자리에서 벌떡 일어나 미차 곁으로 달려갔다. 사람들이 미처 말릴 겨를도 없었다.

"미차!" 하고 그녀는 울부짖었다. "그 뱀 같은 년이 당신을 물고 말았어요! 그녀는 드디어 자신의 본색을 드러내고 말았어요!" 그녀는 분해서 온몸을 부르르 떨며 재판장을 향해 이렇게 소리쳤다. 재판장의 손짓에 따라 사람들은 그녀를 붙들어 법정 밖으로 끌어내려고 했다. 그러나 그녀는 완강히 뿌리치면서 미차가 있는 쪽을 향해 필사적으로 뒷걸음질을 치려 했다. 미차도 소리를 지르며 그녀 쪽으로 가려 했지만 결국 두 사람은 제지당하고 말았다.

사실 이런 광경을 본 부인들은 정말 만족했으리라 생각한다. 참으로 보기 드문 장면이었으니 말이다. 이어서 모스크바 의사가 등장했던 것으로 기억한다. 아마 재판장은 이반의 치료를 지시하려고 미리 사무관을 보내 부른 것 같았다. 의사는 재판관에게 환자가 매우 위험한 환각증 발작을 일으키고 있으니 즉시 병원으로 옮겨야 한다고 진술했다. 그리고 검사와 변호사의 질문에 대하여 그는 환자가 그저께 자기를 찾아왔을 때 머지않아 이런 발작을 일으킬 것이라고 경고했지만, 환자가 치료를 원하지 않았다는 것 등을 증언했다.

"환자는 확실히 정상적인 정신상태가 아니었습니다. 환자 자신이 나한테 말했지만, 그는 대낮에 환상을 보고 길거리에서 이미 고인이 된 사람들을 만나기도 하고 밤마다 악마가 찾아오기도 한다는 것이었습니다." 라고 의사는 말을 맺었다. 자기의 진술을 마치고 이 저명한 의사는 물러갔다. 카체리나에 의해서 제시된 편지는 증거품에 첨가되었다. 재판부는 합의 끝에 심리를 계속하기로 하고 이 뜻밖의 증인 카체리나와 이반의 진술을 조서에 기록하기로 하였다.

그러나 필자는 다른 증인들의 증언은 쓰지 않기로 하겠다. 나머지 증인들의 증언은 그 나름대로 독특한 점이 있긴 하지만 한 증언을 반복하거나 뒷받침한 것에 지나지 않았다. 그러나 되풀이해서 말하지만, 모든 증언은 검사의 논고 속에 집약되어 있으므로 이젠 그 논고에 대한 얘기로 넘어가 보기로 하겠다. 방청객들은 모두 흥분하여 열광하고 있었다. 그들은 궁금함을 참지 못하는 모습으로 어서 빨리 대단원의 막이 내리기를, 즉 검사의 논고와 변호사의 변론 및 재판장의 판결이 나오기를 기다리고 있었다.

페추코비치는 카체리나의 진술에 확실히 타격을 받은 것 같았다. 반면에 검사는 더욱 기고만장했다. 심리가 끝났을 때 약 1시간 정도의 휴정이 선언되었다. 마침내 논고의 시작 선언이 있었다. 검사 이폴리트의 논고가 시작된 것은 꼭 밤 8시 정각이었다고 생각된다.

6. 검사의 논고, 성격 묘사

이폴리트는 논고를 시작하였다. 그는 이마와 관자놀이에 병적인 식은땀을 흘리고, 온몸에 오한과 발열을 번갈아 느끼면서 신경질적으로 바르르 떨고 있었다. 이것은 후에 자신이 밝힌 일이다. 그는 이 논고를 자기의 'chef d´ oeuver', 즉 일생의 대결작 '백조의 노래'라고 생각하고 있었던 것이다. 사실 그는 그로부터 9개월 후 악성 결핵으로 세상을 떠났다. 그러므로 만일 그가 자신의 마지막을 예감하고 있었다고 한다면, 그는 실제로 자기 자신을 임종의 노래를 부르는 백조에 비길 수 있는 충분한 권리를 가지고 있었을지도 모른다. 그는 이 논고에 자기의 전심전력을 기울이며 모든 지성을 다 쏟았다. 그 때문에 그는 뜻밖에도 자기 마음속에 시민적인 감정과 '저주받을' 의문이 숨어 있었음을 입증해주었다.

어쨌든 여기서 중요한 것은 그의 논고가 어디까지나 솔직했다는 것이다. 그는 전적으로 피고의 유죄를 믿고 있었다. 그는 누구의 요청을 받은 것도 아니고 단순한 직무상의 요구 때문도 아니라, 진정으로 피고의 유고를 인정하고 '복수'를 주장하면서 '사회를 구하고 싶은' 염원에 불타고 있었던 것이다. 이폴리트 검사에게 반감을 품고 있던 이곳 부인들조차 큰 감명을 받았다고 고백했을 정도였다. 그는 토막토막 끊기고 떨리는 목소리로 말하기 시작했으나, 이윽고 곧 그 목소리에 차츰 힘이 생기기 시작하여 논고가 끝날 때까지 변함없이 온 법정에 우렁차게 울려 퍼졌다. 그러나 논고가 끝나자마자 그는 하마터면 실신하여 쓰러질 뻔했다.

"배심원 여러분," 검사는 논고를 시작했다. "이 사건은 온 러시아를 뒤흔들어 놓았습니다. 그러나 이것은 그렇게 놀랄 일도 아니고 또 특별히 무서운 것도 아니라는 생각이 듭니다. 특히 우리에게 있어서 더욱 그렇게 느껴지는 것이 아닐까요. 우리는 이런 사건에 만성이 되어 있기 때문입니다. 그러나 우리의 공포는 오히려 이런 무시무시한 사건을 보고도 거의 공포를 느끼지 않게 되었다는 데 있는 겁니다! 그러므로 우리는 어떤 개인의 죄악에 놀랄 것이 아니라 우리 자신의 그러한 습관을 무서워해야 할 것입니다. 이러한 사건, 다시 말해 좋지 않은 미래를 예언해주는 이러한 시대의 상징에 대해서 우리가 그토록 미온적이고 무관심한 태도를 취하게 되는 원인이 대체 어디에 있는 것일까요? 그건 우리의 냉소적인 마음에 있는 겁니까, 아니면 아직 장년기에 있으면서도 그토록 일찍

노쇠해버린 사회의 이성과 상상의 지나친 소모에 있는 겁니까? 아니면 또 우리의 도덕적인 기초가 근본부터 흔들리고 있기 때문입니까? 그것도 아니라면 결국 우리나라 국민이 이러한 도덕성을 전혀 가지고 있지 않기 때문인가요? 본인도 이 의문에 감히 대답하지 않겠습니다. 더욱이 이 의문은 많은 고통을 수반하고 있어서 모든 시민은 이 의문 때문에 괴로워하지 않을 수 없을뿐더러 또 당연히 괴로워할 의무가 있는 것입니다.

우리나라 신문은 아직 그 역사가 짧아서 지금도 대담성이 부족하지만, 그래도 사회에 대해 어느 정도 기여를 했다고 봅니다. 왜냐하면 만일 그것이 없다면, 우리는 방종한 의지와 도덕의 퇴폐로 말미암아 생겨나는 공포를 다소나마 상세히 알 수가 없었기 때문입니다. 신문, 잡지는 끊임없이 이들 공포를 게재함으로써 지금 폐하의 치세의 선물인 새로운 공개 재판을 보러 온 사람들뿐 아니라 모든 사람들에게 그것을 보도해 주고 있기 때문입니다. 우리가 거의 날마다 거기서 읽고 있는 것이 무엇입니까? 아아, 그것은 이번 사건마저 빛을 잃게 하고 거의 평범하게 여기게 만드는 가공할 만한 사건들의 보도인 것입니다. 그러나 무엇보다도 중요한 것은 우리 러시아의 국민적인 형사 사건의 대부분이 어떤 일반적인 것, 다시 말해 우리 사회에 뿌리내리고 있는 모든 불행을 증명하고 있다는 사실입니다. 따라서 보편적인 악으로서의 이 불행과 싸운다는 것은 우리에게 매우 곤란한 일이 아닐 수 없습니다.

여기에 상류사회에 속하는 한 사람의 훌륭한 청년 장교가 있습니다. 그는 자기의 생활과 출세의 길로 내딛기가 무섭게 아무런 양심의 가책도 없이 비열하게도 야음을 틈타 자기의 은인이라고 할 수 있는 하급 관리와 그 하녀를 찔러 죽였습니다. 그것은 자기의 차용 증서와 함께 그 관리의 돈을 빼앗기 위해서였습니다. 그 돈은 '사교계의 쾌락과 장래의 출세를 위해 필요했다.'는 것입니다. 그는 두 사람을 죽인 다음 시체의 머리 밑에 베개를 베어주고 유유히 사라졌습니다. 그리고 또 용감한 공적으로 많은 훈장을 받은 어떤 젊은 용사는 마치 살인강도처럼 대로상에서 은혜를 입은 장군의 모친을 살해했습니다. 게다가 그는 자기 동료를 끌어들이기 위해 '그 여자는 나를 친아들처럼 사랑하고 있으니까 내 말이면 무조건 믿고 전혀 경계하지 않는다.'라고 말했습니다. 이 젊은이는 물론 악당임에 틀림없습니다. 다만, 요즈음 세상에 유독 이 사람만을 악당이라고 말할 수는 없다고 본인은 주장하는 바입니다. 다른 사람도 비록 살인은 하지 않는다 해도 마음속으로는 이 사람과 똑같이 생각하고 또 똑같이 느끼고 있는 것입니다. 마음속은 그자와 똑같은 파렴치한입니다.

어쩌면 그는 고독 속에 양심과 단둘이 마주했을 때 '대체 양심이란 뭐냐? 피를 흘리는 것을 죄라고 하는 것은 어쩌면 편견이 아닐까?'하고 자문했을지도 모릅니다. 어쩌면 사람들은 내 의견에 반대해서 소리칠지도 모릅니다. 너는 병적으로 히스테릭한 인간이다. 너는 러시아를 향해 해괴망측한 중상을 퍼부으며 헛소리를 하고 있는 터무니없는 놈이라고 말할지도 모릅니다. 아아, 만일 실

415

제로 그 사람들의 말대로라면 아마도 내가 누구보다도 먼저 기뻐할 겁니다! 아아, 나를 믿지 않아도 좋습니다. 나를 환자라고 생각해도 좋습니다. 그러나 나의 이 말만은 기억해 주시기 바랍니다. 말일 내 말 속에 10분의 1이라도, 20분의 1이라도 진실이 있다면 – 그건 무서운 일입니다. 보십시오. 여러분, 보십시오. 우리나라 청년들이 잇달아 자살하고 있는 것을. 그들은 '죽음 뒤에는 무엇이 있을까?' 하는 햄릿식의 의문을 털끝만큼도 가지고 있지 않습니다. 그들은 우리의 영혼과 사후에 우리를 기다리고 있는 모든 것에 관한 명제를, 그들의 내부에서 이미 오래전에 말살하고 그것을 매장한 다음 그 위에 모래를 덮어 버린 것 같습니다.

끝으로 우리나라의 방종한 생활 풍조와 수많은 호색한들을 보십시오. 본건의 불행한 희생자 표도르 카라마조프도 그들 중 어떤 자에 비하면 거의 순진한 어린아이와 다름없습니다. 더구나 우린 모두 그를 잘 알고 있습니다. '그는 우리와 함께' 살고 있었으니까요. 그렇습니다, 언젠가는 우리나라와 유럽의 일류 지성들이 러시아의 범죄 심리를 연구할 것입니다. 이 문제는 그럴 만한 가치가 있습니다. 그러나 이 연구는 좀 더 훗날 한가한 때, 즉 현재의 비극적 혼돈이 비교적 멀리 뒤로 멀어졌을 때 비로소 이루어질 것입니다.

그때가 되면 사람들은 우리들보다 훨씬 이지적으로 공평하게 관찰할 수 있게 될 것입니다. 그러나 지금은 그저 놀라든지, 아니면 놀란 체하면서 오히려 그 광경에 혀를 차며 게으르면서도 냉소적이고 퇴폐적인 기분을 자극하고 색다르고 강렬한 감각을 사랑하든지, 아니면 어린아이처럼 그 무서운 환영을 뿌리치며 끔찍한 광경이 사라질 때까지, 베개 속에 머리를 처박고 있다가 곧 다시 쾌락과 유희 속에서 모든 것을 잊어버리든지, 이 세 가지 중의 하나일 것입니다. 그러나 우리도 언젠가는 진지하고 사려 깊게 삶을 시작해야 합니다. 자기 자신에 대해서도 사회는 보는 것과 똑같은 시선을 쏟아야 합니다. 우리도 우리나라의 사회적 사건에 대해서 적어도 어느 정도의 이해는 가져야 하고, 최소한 어떤 견해를 가지거나 적어도 가지도록 노력해야 합니다.

전 시대의 대문호 고골리는 자기의 최고의 걸작《죽은 혼》의 결말에서 러시아 전체를 미지의 목적을 향해 질주하는 트로이카에 비유하고, '아아, 트로이카여, 새와 같은 트로이카여, 누가 너를 고안해 냈느냐!'고 외치면서 자랑스러운 기쁨을 느끼며 이렇게 덧붙이고 있습니다. - 이 쏜살같이 질주하는 트로이카를 만나면 다른 나라 국민들이 모두 경의를 표하며 길을 비켜준다고 말입니다. 그렇습니다. 여러분. 경의를 표하건 표하지 않건, 비켜 주는 건 좋습니다. 그러나 천재가 아닌 내 눈으로 볼 때는, 이 위대한 예술가가 이렇게 이야기를 맺은 것은 어린애 같은 순진한 낙천주의의 발작 때문이었든지, 아니면 단순히 그 당시의 검열을 겁냈기 때문이었다고 밖에는 볼 수 없습니다. 왜냐하면 만일 그 트로이카에 그의 주인공 소바케비치나 노즈드료프 또는 치치코프 같은 사람들을 매어 놓았더라면 누가 몰고 가든 그런 말을 가지고는 목적지에 닿을 리가 없기 때문입니다. 게다가 그것은 구식 말이어서 오늘날의 말에는 도저히 미치지 못 합니다. 요즘 말은 훨씬 단수가 높단 말입니다."

여기서 이폴리트 검사의 연설은 박수로 말미암아 중단되었다. 러시아 트로이카의 비유에 내포된 자유주의가 방청객들의 마음에 들었던 것이다. 하기야 그 박수는 두서너 군데서 일어났을 뿐이었으므로, 재판장도 청중에게 '퇴정을 명한다.'고 위협할 필요까지는 없었다. 다만 박수가 난 쪽을 한번 노려보는 것으로 그쳤을 뿐이었다. 그러나 이폴리트 검사는 그만 우쭐해지고 말았다. 그는 지금까지 한 번도 박수를 받아 본 적이 없었던 것이다. 그토록 오랫동안 자신의 말을 사람들이 이렇게 경청해 준 경험이 없었던 그가, 갑자기 온 러시아를 향해 열변을 토할 기회를 얻은 것이다.

"사실상," 그는 말을 이었다. "이번에 갑자기 러시아에 비극적인 명성을 떨친 카라마조프 일가는 대체 어떤 집안일까요? 나는 너무 과장하는지도 모르겠습니다만, 우리나라 현대의 지식 계급에 있는 공통적인 근본 요소가 이 가족 속에서 깃들어 있는 것 같이 생각됩니다. 물론 모든 요소가 다 그렇다는 것은 아니고 '단 한 방울의 물에 비친 태양처럼' 현미경으로나 볼 수 있는 조그마한 섬광입니다만, 그러나 역시 그것은 무엇인가를 반영하고 있습니다. 또 뭔가를 말해주고 있습니다.

그 방종하고 음란하며 불행한 노인, 그토록 비참한 최후를 마친 이 '한 집안의 아버지'를 보십시오. 귀족 태생이지만 가난한 식객으로 인생행로를 출발하여 뜻하지 않은 우연한 결혼을 통해 아내의 지참금으로 어느 정도의 재산을 만든 그는 상당한 지능의 소유자였지만, 근본은 혐오스러운 사기꾼이었습니다. 그리고 무엇보다도 고리대금업자였습니다만, 세월이 흘러감에 따라 즉 재산이 불어감에 따라 점점 배짱이 커져서 굴종과 추종은 자취를 감추고 결국에는 조소적이면서도 악의에 찬 냉소가에다 호색한이 되고 말았습니다.

삶에 대한 갈망은 맹렬해진 반면 정신적인 면은 깨끗이 말살되고 만 것입니다. 그리하여 결국 육체적 쾌락 이외엔 인생에서 아무것도 인정하지 않게 되었으며 자기 자식들도 그런 식으로 교육했습니다. 그는 아버지로서의 의무 관념 같은 건 전혀 가지고 있지 않았을 뿐더러 오히려 그런 것을 비웃고 있었습니다. 그는 자신의 어린 자식들을 하인에게 맡겨 뒤뜰에서 기르게 하고 누가 그 아이들을 데려가면 기뻐하기까지 했으며, 이내 그들을 잊어버리고 말았습니다.

그 노인의 도덕률은 모두 'Aprés moile déuge(내가 없을 땐 될 대로 되라).'였습니다. 그는 시민이라는 개념에 완전히 반대되는 가장 좋은 본보기였습니다. 또한 가장 완전하고도 악의에 찬 개인주의의 본보기였습니다. '온 세상이 다 타 버려도 나만 무사하면 괜찮다.'는 심보였으니까요. 그는 흥겨운 마음으로 만족을 느끼며 아직 20년이건 30년이건 그렇게 살기를 갈망하고 있었던 것입니다. 그는 자기 아들의 돈을 가로채서, 즉 어머니가 아들에게 물려준 재산을 넘겨주지 않고 그 돈으로 아들의 연인까지 뺏으려 했습니다.

그렇습니다. 나는 페테르부르크에서 오신 변호인 페추코비치 씨에게 피고의 변호를 양보하고 싶지 않습니다. 나도 진실 그대로를 말하자면, 그 노인이 아들의 마음속에 심어 준 그 수많은 울분을 나 자신도 잘 이해하고 있습니다. 그러나 그 불행한 노인에 관해서는 이제 그만 두기로 합시다. 이제 그는 그 보복을 받았습니다. 그런데 우리가 생각해야만 하는 점은 그가 아버지였다는 점입니다. 현대의 전형적인 아버지의 중의 한 사람이라고 말했다고 해서, 내가 과연 사회를 모욕하는 것일까요? 물론 현대의 수많은 아버지들 대부분은 그처럼 냉소적이지는 않습니다. 왜냐하면 그들은 더 나은 교육을 받고, 더 나은 교양을 지니고 있기 때문입니다. 그러나 슬프게도 그들 역시 표도르와 거의 다름없는 철학을 갖고 있습니다.

나는 아마 염세주의자인지도 모르겠습니다. 그래도 상관없습니다. 나는 여러분한테 용서를 받을 수 있다는 조건하에 이 논고를 시작했습니다. 그러니 미리 약속해 두기로 합시다. 여러분께서는 나를 믿지 않아도 좋으니 내가 하고 싶은 말을 죄다 하게만 해 주십시오. 그리고 내가 하는 말을 다소나마 기억해 주시면 더 바랄 것이 없습니다.

그럼 이번에는 한 집안의 아버지였던 그 노인의 아들들에 관해 말하기로 합시다. 그들 중 한 사람은 지금 여기 피고석에 앉아 있습니다. 그에 대해서는 나중에 다시 충분히 말하기로 하고 나머지 두 사람에 대해 잠깐 간단하게 말하겠습니다.

두 사람 중 형이 되는 사람은 현대적인 청년 중 한 사람입니다.

그는 훌륭한 교육을 받은 제법 날카로운 지력의 소유자이긴 하지만 아무것도 믿을 만하지 않고 많은 것을, 인생의 매우 많은 것을 부정하고 말살하고 있습니다. 그 점에 있어서는 아버지를 꼭 빼닮았지요. 그에 대한 소문은 우리도 잘 알고 있어서 그는 이 도시의 사교계에서 환영을 받고 있습니다. 그는 자기 생각을 감추려 하지 않았을 뿐만 아니라 오히려 그와는 반대로 탁 터놓고 자기 의견을 공공연히 말하고 있었습니다. 따라서 나도 지금 그에 대해 다소 노골적으로 말할 수 있는 용기를 얻은 셈입니다. 그러나 이것은 물론 한 개인으로서가 아니라 카라마조프가의 일원으로서 논하는 것입니다.

그런데 어제 이 고장의 변두리에서 간질에 시달리던 한 남자가 자살을 했습니다. 그는 이 사건과 밀접한 관계를 가진 사람으로, 그 집 하인 노릇을 했지만 어쩌면 표도르의 사생아일지도 모르는 스메르자코프입니다. 그는 예심 때 발작적으로 눈물을 흘리면서 이반 카라마조프가 그 무절제한 사상으로 자기에게 얼마나 큰 영향을 주었는지 설명했습니다. '그분의 생각에 의하면 이 세상에서는 무슨 일이든지 다 용서받는다는 것입니다. 이제부터 아무것도 금지되는 것이 없다고 늘 가르쳐 주었습니다.'라고 그는 말했습니다. 아마 이 남자는 그러한 주장을 배우고 완전히 머리가 돌아 버렸던 것 같습니다. 물론 그의 지병인 간질병과 주인집에서 일어난 무서운 소동이 그의 정신착란을 부채질한 건 말할 필요도 없습니다.

그러나 이 남자는 지극히 흥미 있는 말을 했습니다. 그것은 매우 총명한 관찰자의 말이라고 해도 손색이 없을 정도로 훌륭한 것이 었기 때문에 나도 지금 그것을 인용하는 것입니다. 즉 그는 '세 아들 중에서 성격적으로 아버지와 가장 많이 닮은 것은 이반 도련님입니다.'라고 말했습니다. 나는 이 말을 인용하는 것으로 일단 성격 묘사를 끝내기로 하겠습니다. 왜냐하면 이 이상 더 말한다는 것은 아무래도 점잖지 못한 일로 여겨지기 때문입니다. 아아, 나는 이제 이 이상의 결론을 끌어내어 이 청년의 미래에는 오로지 파멸이 있을 뿐이라는 불길한 예언을 할 생각은 없습니다. 본능적인 정의의 힘이 그의 젊은 마음속에 살아 있어서 가족에 대한 사랑의 감정이 불신이나 냉소적인 생활태도에 의해서도 말살되지 않았음을, 오늘 우리는 이 자리에서 이 법정에서 확인할 수 있었습니다. 이 불신이나 냉소적인 태도는 그의 참되고도 괴로운 사색의 결과라기보다는 오히려 아버지한테 물려받은 유전의 결과라고 보아야 할 것입니다.

다음은 셋째 아들에 대해서 말씀드리겠습니다. 그는 경건하고 겸손한 청년으로, 우울하고 퇴폐적인 인생관을 지닌 그의 형과는 정반대의 사람입니다. 그는 우리나라의 사상적 지식 계급에 속하는 이론가들이 기묘하게 이름 붙인, 이른바 '민중의 근본'이라는 것에 합치하려고 애쓰는 청년입니다. 아시다시피 그는 수도원에 들어가 있었으며, 이제 조금만 더 있었으면 아주 수도사가 될 뻔했던 사람입니다. 그의 마음속에는 무의식적이긴 하지만 일찍부터 겁약한 절망이 나타나 있었던 것 같습니다. 오늘날 우리나라의 불행한 사회에서는 대부분의 사람들이 이러한 절망을 안고 있습니다. 그들은 냉소적인 태도와 사회의 퇴폐를 두려워한 나머지 모든 악을 유럽 문명에 전가시키는 오류를 범하면서 이 겁나는 절망에 이끌려 이른바 '어머니인 대지'로 달려가는 사람이 많습니다. 다시 말해 유령을 무서워하는 어린아이처럼 대지의 모성적인 포옹에 몸을 던지는 것입니다. 설혹 평생을 나태와 무위 속에 지내는 한이 있더라도 그 무서운 환영만 보지 않으면 된다는 식으로 허약한 어머니의 시들어버린 젖가슴에 매달려서 편안히 잠들기만을 갈망하고 있습니다. 나 개인으로서는 이 선량하고도 재능 있는 청년이 모든 면에서 행복을 누리기를 바랍니다. 나는 그의 순수한 이상주의와 민중의 본원에 대한 동경이 세상에서 흔히 보듯이 후에 정신적인 면에선 암흑의 신비주의에 빠지지 않고, 또 정치적인 면에서는 맹목적인 사이비 애국주의로 빗나가지 않게 되기를 바랍니다.

이 두 가지 요소는 그의 형을 괴롭히고 있는 유럽 문명, 희생의 대가 없이 성취되어 잘못 이해된 유럽 문명 때문에 생기는 철 이른 퇴폐보다도 훨씬 더 심각한 해악을 끼칠 수 있기 때문입니다."

사이비 애국주의와 신비주의에 대해 또다시 두서너 군데서 박수가 일어났다. 물론 이폴리트는 완전히 무아지경에 빠져들었다. 그러나 그의 연설은 사건과는 다소 거리가 멀었을 뿐만 아니라 말 자체도 애매한 느낌이 들었다. 어쨌든 증오심에 불타고 있는 결핵 환자인 그는 하다못해 평생에 한 번만이라도 마음껏 자기 의견을 토로하고 싶었던 것이다. 그 후 이 도시에 떠돈 소문에 의하면 이 폴리트는 전에 한두 번 여러 사람 앞에서 이반과 논쟁하다가 궁지에 몰린 일을 잊지 않고 이런 때 복수해 주자는 야만적인 감정에 사로잡혀 이반의 성격 묘사를 거론했을 것이 틀림없다고 했다. 그러나 그러한 단정이 옳은지 그른지 필자는 알지 못한다. 아무튼 지금까지는 서론에 지나지 않은 것이었고, 이제부터 그의 논고는 거침없이 사건의 핵심으로 다가섰다.

"자, 그럼 이제부터 현대적인 가장인 표도르의 장남으로 돌아가야겠습니다." 이폴리트는 말을 이었다. "그는 지금 우리 앞 피고석에 앉아 있습니다. 우리는 그의 생활과 업적과 행위를 눈앞에 보고 있습니다. 마침내 때가 와서 모든 것이 표면에 드러나고 만 것입니다. 그의 두 동생이 '유럽주의'와 '민중의 근본'을 신봉하고 있는 데 반해 그는 현재 있는 그대로의 러시아를 대표하고 있습니다. 아아, 그러나 러시아 전체를 대표하는 것은 아닙니다. 만일 러시아 전체라면 그야말로 큰일이지요. 그러나 그에게는 러시아, 즉 어머니인 러시아가 느껴집니다. 러시아의 체취가, 러시아의 목소리가 들려옵니다.

네, 그는 분명히 솔직합니다. 그의 내부에는 선과 악이 놀라운 형태로 섞여 있습니다. 그는 문명과 실러를 사랑하면서도 한편으로는 술집에서 난동을 부리며 술 취한 친구의 수염을 쥐어뜯습니다. 아아, 그러나 그도 착하고 선량한 사람이 될 때가 있습니다. 그러나 그것은 그가 유쾌하고 쾌적한 마음일 때에 한합니다. 뿐만 아니라 그는 더없이 고상한 이상에 감동될 수도 있습니다. 그러나 이상은 반드시 저절로 실현되어야 한다는 조건이 붙어 있습니다. 하늘에서 자신의 눈앞에 떨어져야 합니다. 더욱이 중요한 것은 그것을 공짜로, 다시 말해 어떠한 대가도 지불함이 없이 공짜로 얻어야 한다는 것입니다. 그는 지불하는 것은 무척 싫어하지만, 그 대신 공짜로 얻기는 무척 좋아합니다. 모든 일에서 그러합니다.

아아, 한번 그에게 주어 보십시오. 인생에서 얻을 수 있는 가능한 모든 행복을 주어 보십시오. 실제로 얻을 수 있는 행복이어야만 합니다. 그보다 조금이라도 헐하게는 타협하지 않습니다. 그리고 어떤 경우에도 그 성격을 억제하려 하지 말고 내버려 두십시오. 그러면 그는 역시 선량하고 훌륭한 사람이 될 수 있다는 것을 증명해 보일 겁니다. 그는 결코 탐욕스럽지 않습니다. 그러나 될 수 있는 대로 많은, 되도록 많은 돈을 줘 보십시오. 그가 그 비천한 금속을 얼마나 경멸하면서 하룻밤 사이에 무절제한 주연 속에 몽땅 탕진해 버리는지 알게 될 것입니다. 만일 꼭 필요할 때 돈을 주는 사람이 아무도 없더라도 어떻게 해서든 그것을 손에 넣는 것을 보시게 될 것입니다. 그러나 그 얘기는 뒤로 미루고 다시 순서에 따라 이야기를 진행하겠습니다.

우선 위 앞에 아버지에게 버림받은 불쌍한 어린애가 있습니다. 그는 아까 존경할 만한 이곳 시민, 유감스럽게도 외국 태생이긴 합니다만, 이곳 시민이 말씀하신 대로 '신도 신지 않고 뒷마당에서' 뛰놀고 있었습니다. 다시 한 번 되풀이합니다만, 나도 피고를 변호하는 점에 있어서는 남에게 뒤지고 싶지 않습니다! 나는 고발자인 동시에 변호인입니다. 그렇습니다. 나도 인간입니다. 나는 자기가 태어난 집과 유년 시절의 첫인상이 인간의 인격에 얼마나 큰 영향을 주는지 잘 알고 있습니다. 그런데 그 아이는 이미 성장해서 훌륭한 청년이 되고 장교가 되었습니다.

그는 난폭한 행동을 하고 결투를 하기도 해서 이 풍요한 러시아의 변경 도시로 전근되어 거기서 근무하며 또 방탕한 생활을 보내고 있었습니다. 물론 배가 크면 항해도 큰 법이어서 밑천이 필요합니다. 우선 무엇보다도 돈이 필요했던 것이지요. 그래서 오랫동안 논쟁한 끝에 마침내 아버지한테서 마지막으로 6천 루블을 받기로 타협했고 그 돈이 송금되어 왔습니다. 여기서 한 가지 지적해 둘 것은 그가 아버지에게 증서를 써주었다는 사실입니다. 말하자면 앞으로는 더 이상 요구하지 않겠으며 아버지의 유산 싸움은 이 6천 루블로 결말을 짓겠다는 뜻의 문서가 남아 있습니다.

그때 그는 처음으로 고결하고 훌륭한 교양을 지닌 어떤 젊은 처녀를 만났던 것입니다. 나는 여기서 그 내용을 상세히 되풀이하는 것을 자제하겠습니다. 이것은 여러분들이 조금 전에 들은 바와 같이 명예와 자기희생에 관한 문제이기 때문에 더 이상 거론하지 않는 게 좋을 것 같습니다. 경솔하고 음탕하긴 하지만 그래도 참된 고결함과 고상한 이상 앞에 무릎을 꿇은 이 청년 장교의 모습은 우리들 앞에 매우 바람직하게 비쳤습니다. 그런데 바로 그 다음, 같은 법정에서 메달의 뒷면이 드러나고 말았습니다. 나는 여기에도 다시 추측을 삼가서 왜 그렇게 됐는지 분석은 않기로 하겠습니다. 그러나 거기에는 그렇게 되지 않을 수 없는 몇 가지 이유가 있었습니다. 그 여성은 오랫동안 간직해 두었던 분노의 눈물을 흘리면서 남자 쪽이 먼저 자기를 경멸했다고 진술했습니다. 즉 그는 무절제하고 부주의한 행위, 그러나 어디까지나 고결하고 관대한 그 돌발적인 행위 때문에 그녀를 멸시했던 것입니다. 이 여성의 약혼자인 그는 누구보다도 먼저 조롱 띤 미소를 지었습니다.

그녀는 그때 그가 흘린 이 조소만큼은 도저히 참을 수가 없었던 것입니다. 그녀는 그가 자신을 배신한 것을 알면서도 – 여자가 장차 어떤 일이라도, 심지어 변심조차도 참고 견디는 것이 당연하다고 믿었기 때문입니다만 – 일부러 그에게 3천 루블을 주었습니다. 그리고 그 돈은 약혼자의 배신행위를 돕기 위해 제공하는 돈이라는 것을 분명히 그가 알아채도록 했습니다. '자, 어때요? 돈을 받겠습니까? 그토록 파렴치한이 될 수 있나요?' 여자는 시험하는 눈초리로 그에게 말없는 질문을 던졌습니다. 그는 상대방의 얼굴을 보고 그 속셈을 훤히 알아채고도 아까 본인이 여러분 앞에 인정했습니다만 태연하게 그 돈을 착복하여 애인과 함께 불과 이틀 동안에 죄다 탕진해버리고 만 것입니다.

도대체 우리는 어느 쪽을 믿어야 할까요? 첫 번째 이야기, 마지막 남은 생활비를 내고 자선에 몸을 던진 고결한 충동일까요? 아니면 저 가증스러운 선행의 이면 쪽일까요? 인생에서 양 극단을 만났을 때에는 그 중간에서 진리를 구하는 것이 보통입니다만, 이 경우에는 결코 그럴 수가 없습니다. 첫 번째의 경우 그는 진실로 고결했고, 두 번째의 경우 그는 진심으로 비열했다는 것이 무엇보다도 정확할 것입니다. 그러면 왜 그럴까요? 그는 진폭이 넓은 카라마조프식 성격이기 때문입니다. 즉 나는 이 말을 하고 싶었습니다. 그와 같은 인간은 극단적 모순을 양립시킬 수가 있고, 두 심연을 동시에 들여다볼 수가 있습니다. 우리 위에 있는 천상의 심연과 우리 발밑에 있는 가장 천하고 악취 나는 타락의 심연을 동시에 볼 수가 있는 겁니다.

카라마조프 집안을 가까이에서 깊이 관찰해 온 청년, 즉 라키친 군이 아까 진술한 훌륭한 의견을 여러분은 기억하고 계실 겁니다. 라키친 군은 '끝없이 분방한 성격을 가진 그들에게는 저열한 타락의 감각이 고상하고 고결한 감각과 마찬가지로 필요불가결한 것'이라고 말했는데, 그건 옳은 말입니다. 사실 그들에게는 이 부자연스러운 혼합이 항상 필요한 것입니다. 두 개의 심연, 동시에 이 두 개의 심연을 본다는 것 – 이것이 없으면 그는 불행하고 또 불만스러워합니다. 그는 존재에 충실해질 수 없습니다. 그는 극단적입니다. 어머니인 러시아의 대지처럼 광대합니다. 그는 여러 가지를 내부에 공존시키고 있습니다. 여러 가지 잡다한 것들과 함께 타협하며 살 수가 있는 것입니다.

배심원 여러분, 말이 나온 김에 한마디 더 언급하고 넘어가겠습니다. 우리는 방금 3천 루블에 대해 말했습니다만, 생각해 보십시오. 그런 성격의 소유자인 그가 그런 수치, 그런 불명예, 그런 극단적인 굴욕을 감수하면서 그때 그 돈을 받아 가지고 바로 그날 중으로 3천 루블의 반을 따로 떼어 향주머니 속에 꿰맨 후 온갖 유혹과 극도의 궁핍과 싸우면서도 그 후 한 달씩이나 그 돈을 목에 걸고 있었다고 합니다! 여러 술집에서 술에 취해 있을 때에도 경쟁자인 자기 아버지의 유혹으로부터 애인을 빼앗기 위해 꼭 있어야하는 돈을 누구라는 목표도 없이 빌리러 거리로 뛰쳐나가야 했을때에도 그는 절대로 그 주머니에 손을 대지 않았다는 것입니다. 그토록 질투하고 있던 노인의 유혹에서 애인을 구해내기 위해 그 향주머니를 열어야 했을 텐데 말입니다. 그리고 애인의 곁을 떠나지않고 잘 감시하고 있다가 그녀가 마침내 '나는 당신 거예요.'라고말하는 것을 기다렸다가 지금의 무서운 환경에서 벗어나 조금이라도 먼 곳으로 도망가자고 애원할 때를 기다렸어야 했을 겁니다. 그러나 그는 그렇게 하지 않았습니다. 그는 자기 향주머니에 손도대지 않았던 것입니다. 대체 무슨 이유로 손을 대지 않았을까요?

그 첫째 이유는 앞에서도 말했듯이 '나는 당신 거예요. 어디든지데려가 주세요.' 여자가 이렇게 말했을 때 둘이 함께 도망갈 비용으로 필요했기 때문입니다. 그러나 첫째 이유는 피고 자신의 말에의하면 둘째 이유 때문에 힘을 잃고 말았습니다. '내가 이 돈을 갖고 있는 동안은 비열한 사나이기는 해도 도둑놈은 아니다. 왜냐하면 언제든 자기가 속여서 가져간 돈의 반을 내밀며 "자, 보다시피나는 돈을 절반이나 써버렸소. 이건 내가 의가 약하고 부도덕한 인간이라는 증거요. 원한다면 나를 비열한 사나이라고 불러도 좋소.

그러나 비록 비열하기는 해도 나는 결코 도둑놈은 아니오. 왜냐하면 만약 내가 도둑놈이라면 이 나머지 반도 당신에게 가져오지 않고 처음의 반처럼 모조리 착복해 버리고 말았을 테니까'라고 말할 수가 있기 때문입니다 – 이 얼마나 놀라운 변명입니까?

미친 듯이 난폭하면서도 그런 굴욕을 겪으면서까지 3천 루블의 유혹을 물리칠 수 없었던 인간이 갑자기 이처럼 굳은 인내심을 발휘하여 1천 루블이 넘는 돈을 건드리지도 않고 목에 걸고 있었다니 말입니다. 이것이 지금 우리가 분석하고 있는 성격과 조금이라도 일치할까요? 아닙니다. 그럼 진짜 드미트리 카라마조프라면 설령 실제로 돈을 향주머니에 꿰매 넣기로 결심했다 하더라도 그런 경우 어떤 행동을 취했을 것인지 지금 여러분에게 이야기하겠습니다.

우선 첫 유혹이 생겼을 때 – 즉 이미 그 돈의 처음의 절반을 함께 써버린 새 애인을 또다시 위로해 줄 일이 생겼을 때, 그는 향주머니를 열고 우선 1백 루블쯤 꺼냈을 겁니다 – 왜냐하면 꼭 절반, 즉 1천 5백 루블을 돌려줘야 한다는 법은 없으며 1천 4백 루블이어도 상관없기 때문입니다. 결국 피장파장이니까요.

'나는 비열한 인간이지만 도둑놈은 아니다. 1천 4백 루블이라도 돌려주려 왔으니까. 만약 도둑놈이라면 죄다 먹어 치우고 한 푼이나마 돌려주겠는가?'하고 말할 겁니다.

그러나 한참이 지나자마자 다시 주머니를 열어 두 번째의 1백 루블을 꺼냅니다. 뒤이어 세 번째, 네 번째 하는 식으로 불과 한 달이 지날 무렵에는 드디어 마지막 1백 루블만을 남긴 채 죄다 써버리고 말았을 겁니다. 그래서 이 1백 루블만이라도 돌려주자, 어차피 마찬가지니까. '비열한이지만 도둑놈은 아니다. 2천 9백 루블은 써버렸지만, 1백 루블은 갚았거든. 도둑놈이라면 그 돈조차 갚지 않는다.' 이렇게 말할 겁니다. 그리고 나중에 무일푼이 되고 나면, 그때는 마지막 1백 루블에 눈독을 들이고, '1백 루블쯤 가져가서 무슨 소용이 있나, 차라리 이것도 써버리고 말자!' 하고 혼잣말로 중얼거릴 것입니다. 우리가 아는 진짜 드미트리 카라마조프라면 틀림없이 이렇게 했을 겁니다. 그러나 향주머니에 대한 이야기는 상상도 할 수 없을 만큼 실제와 모순되고 있습니다. 무슨 가정이든 못하겠습니까마는 그래도 이것만은 정말 터무니없는 얘기입니다. 그러나 이 문제는 나중에 다시 거론하기로 하겠습니다."

이폴리트 검사는 부자간의 재산 시비와 가족 관계에 대해서 이미 법정에서 밝혀진 사실을 순서대로 진술한 다음, 이 유산 분배 문제에 있어서 누가 옳고 그르다는 것을 지금까지의 증거로 보아 단정짓기 불가능하다고 결론을 지었다. 그러고 나서 미차의 머릿속에 고정 관념처럼 박혀 버린 3천 루블 문제에 대해 의학적으로 감정하기 시작했다.

7. 범행의 경로

　"의사의 감정은 피고가 정신이상인데다 조증이라는 것을 우리에게 입증하려고 애쓴 것 같습니다. 그렇지만 나는 피고가 분명히 제정신이었다고 주장합니다. 그리고 실은 이것이 더 좋지 않았던 것입니다. 만일 그가 제정신이 아니었다면 아마 그는 좀 더 영리하게 행동했을 것입니다. 피고가 조증이라는 데 대해서 저도 동의합니다만, 그것은 오직 한 가지 점에서만 그렇습니다. 피고는 아버지한테서 3천 루블을 더 받아야 한다고 생각하고 있었다는 점입니다. 그러나 그 3천 루블에 대해서 피고가 항상 광분하고 있었다는 것을 설명하기 위해서는 그가 광분하기 쉬운 성격을 가지고 있었다는 것보다 좀 더 적절한 이유를 발견할 수 있다고 생각합니다. 나 개인적으로는 젊은 의사 바르빈스키 씨의 의견에 전적으로 찬

성합니다.

그분의 말에 따르면, 피고는 완전히 정상적인 인지적 능력을 갖고 있었고, 지금도 마찬가지다. 다만 극도로 격분해서 증오감에 사로잡혀 있었을 뿐이라고 했습니다. 바로 그것입니다. 피고가 항상 이성을 잃어버릴 만큼 분격했던 이유는 3천 루블이라는 돈 때문이 아닙니다. 거기에는 어떤 특별한 원인이 숨어 있어서 그의 분노를 자극시켰던 것입니다. 그 원인은 바로 질투였던 것입니다!"

여기서 이폴리트 검사는 그루셴카에 대한 피고의 파멸적인 정열을 마치 그림으로 그려 보이듯이 묘사했다. 그는 피고가 '젊은 여자'한테 가서 그 여자를 '때려주려 했던' -그는 피고의 말을 그대로 인용했다 - 바로 그 첫 대목부터 설명하기 시작했다.

"그러나 피고는 때려주기는커녕 여자의 발아래 무릎을 꿇고 말았습니다. 이것이 이 연애의 발단이었습니다. 그와 동시에 피고의 아버지인 노인도 그 여자한테 열정을 느끼고 있었습니다. -그야말로 놀라운 운명의 일치였습니다. 왜냐하면 두 사람 다 전부터 이 여자를 보기도 하고 알고도 있었는데 하필이면 때를 같이해서 두 사람의 마음이 불타기 시작하여 카라마조프 특유의 억제할 수 없는 정열에 사로잡히고 말았으니까요. 그러나 그 여자 자신이 조금 전에 '나는 양쪽을 모두 놀리고 있었습니다.'라고 고백한 바와 같이 그녀는 갑자기 두 사람을 곯려 주고 싶었던 것입니다. 처음에는 그렇게 생각하지도 않았습니다만, 갑자기 그런 생각이 그 여자의 머리에 떠올랐던 것입니다. 그래서 결국은 두 사람 다 그 여

433

자 앞에서 패배자로서 무릎을 꿇게 된 것입니다. 돈을 신처럼 숭배하고 있던 노인은 여자가 자기 집에 찾아오면 주려고 3천 루블의 돈을 준비했습니다만, 나중에는 여자가 자기 정식 아내가 되어준다면 자기의 이름으로 된 모든 재산을 기꺼이 여자 발아래 던지고 싶을 만큼 후끈 달아올라버렸습니다. 여기에는 확실한 증거가 있습니다.

그런데 피고는 어떤가 하면, 그것은 명백한 비극이었습니다. 지금 우리가 눈앞에 보고 있듯이 말입니다. 그러나 그것은 젊은 여자의 '희롱'이었던 것입니다. 마성을 지닌 그 여자는 불행한 젊은이에게 가냘픈 희망마저 주지 않았던 것입니다. 참된 희망은 피고가 경쟁자였던 자기 아버지의 피로 물든 두 손을 그 여자에게 내밀며 무릎을 꿇은 그 마지막 순간에 처음으로 주어졌습니다. 바로 이런 상태에서 피고는 체포되었던 것입니다. "저도 그이와 함께 감옥에 보내주세요. 제가 저이를 이렇게 만든 겁니다. 제가 누구보다도 제일 큰 죄인이에요!" 피고가 체포되는 순간, 그녀는 진정으로 뉘우치고 이렇게 외쳤습니다.

이 사건을 묘사하려고 한 재능 있는 청년 라키친 군은 이 여주인공의 성격에 대해 참으로 간단명료한 비평을 내렸습니다. '그녀는 자기를 유혹한 후 버린 약혼자의 변심 때문에 너무나도 빨리 환멸과 기만과 타락을 경험하고 이어서 빈곤을 겪으면서, 뒤이어 청렴한 가족들의 저주를 받다가 마지막으로 지금도 그녀가 은인으로 받들고 있는 어느 부유한 노인의 보호를 받게 되었습니다. 그녀의 젊은 마음은 많은 선량한 요소를 갖고 있었지만 이미 일찍부터 분노가 숨겨져 있었습니다. 그리하여 재산을 모아야겠다는 타산적인 성격이 형성되고 사회에 대한 냉소와 복수심이 형성된 것입니다.'라고 라키친 군은 말했습니다.

이러한 성격론을 듣고 보면 그 여자가 단지 희롱 삼아서, 짓궂은 장난 때문에 두 사람을 조소했으리라는 점을 수긍할 수 있습니다. 그래서 지난 한 달 동안 희망 없는 사랑에 고민하며 도덕적으로 타락했고, 약혼녀를 배반하고 명예를 믿고 내준 남의 돈을 착복한 피고는 그 밖에도 끊임없는 질투 때문에 거의 자기 자신을 잃고 광란상태에 이르렀던 것입니다. 더욱이 그 질투의 상대는 누구였습니까? 다른 사람도 아닌 자기의 친아버지였습니다!

그러나 무엇보다도 참을 수 없었던 것은 미치광이 같은 노인이 그 3천 루블의 돈으로 피고가 사랑하는 여자를 유혹하고 있다는 점이었습니다. 게다가 그 돈은 피고가 자기 것으로 생각하고, 즉 어머니가 자기에게 물려준 유산인 줄 알고 아버지를 비난하고 있던 바로 그 돈이었습니다. 그렇습니다. 이것은 피고로선 도저히 견디기 어려운 일입니다. 그 점은 나도 동의합니다. 이러한 경우에는 사실 조증이 일어날 수도 있을 테죠. 그러나 문제는 돈에 있는 것이 아니라 그 혐오스러운 냉소적인 태도로 그 돈이 이용되고 그것에 의해서 그의 행복이 파괴되었다는 데에 있는 것입니다!"

다음으로 이폴리트 검사는 왜 피고가 점점 아버지를 죽이려고 생각하게 되었는가 하는 문제로 옮겨 가서 사실에 의해 그것을 검증해나갔다.

"처음에는 그저 술집에서 큰소리만 쳤습니다. 한 달 내내 그렇게 큰소리만 치며 돌아다녔습니다. 그는 어울리는 것을 좋아했습니다. 그리고 모든 것을, 아무리 무엄하고 위험한 생각이라도 속시원히 털어놓기를 좋아했습니다. 허심탄회하게 얘기하기를 좋아했고 게다가 왠지는 모르지만 그들에게서 자기의 근심 걱정을 동정해서 맞장구를 치고 자기 기분을 거스르지 않기를 요구했습니다. 그렇게 하지 않으면 화를 내고 술집이 부서지게 난동을 부렸습니다. (여기서 퇴역 대위 스네기료프의 일화가 언급되었다.) 지난 한 달 동안 피고를 만나서 그의 말을 들은 사람은 그것이 단순한 위협이나 공갈이 아니라는 것, 그런 위협은 그가 미친 듯이 흥분했을 때 충분히 실행으로 옮겨질 수도 있으리라는 것을 예감하게 되었습니다." 여기서 검사는 수도원에서의 가족 회합과 피고와 알료샤와의 대화, 그리고 피고가 식사 후에 아버지 집에 들어가 폭행을 가했을 때의 충격적인 광경을 묘사했다. "나도 피고가 아버지하고의 불화를 살인으로 처리해 버리려고 미리 용의주도하게 계획을 세우고 있었다고는 단언하고 싶지 않습니다. 그러나 그러한 생각은 몇 번이나 피고의 마음을 엄습했습니다. 그는 이것을 골똘히 숙고했습니다. 여기에 대해서는 사실적인 증거와 징인, 그리고 피고 자신의 자백도 있습니다. 배심원 여러분." 하고 검사는 덧붙였다. "사실 나는 피고가 미리부터 몇 번이나 그런 파멸의 순간을 생각했으나, 그것은 다만 마음속으로만 생각하고 하나의 가능성으로 인정했을 뿐, 아직 실행의 시기도 방법도 정해진 바 없었을 것이라고 확신하고 있었습니다. 나는 바로 오늘까지도, 카체리나 이바노브나가 법정에 제출한 그 운명적인 문서를 보기 전까지만 해도 동요하고 있었던 것입니다. 여러분, 여러분께서도 그 여자가 '이것은 계획서입니다. 살해 계획서입니다!'하고 부르짖는 것을 들으셨을 겁니다. 그 여자는 불행한 피고의 비통한 편지를 이렇게 불렀습니다. 사실 이 편지는 충분히 살인의 계획과 그 계획의 모든 의미가 숨겨져 있습니다.

이것으로 미루어볼 때 피고는 그 무서운 계획을 감행하기 이틀 전에 아버지가 만일 그 다음날 돈을 주지 않을 때는 '이반이 떠나자마자' 아버지를 죽이고 '장밋빛 리본으로 묶은 봉투에 들어있는' 그 돈을 베개 밑에서 꺼내기로 마음속으로 맹세했던 것입니다. 이건 미리 계획되었다는 사실로 인정할 수밖에 없습니다. 어떻습니까? 범죄는 돈을 약탈하기 위해서 수행된 것이 틀림없습니다. 이것은 여러 사람 앞에서 선언되고 문서로 기록되어 서명된 것입니다. 피고도 자기의 서명을 부인하지 않았습니다. 혹시 취중에 쓴 것이라고 말할 사람이 있을지도 모릅니다. 그러나 그렇다고 해서 그것이 죄를 경감시킬 수는 없는 것입니다. 오히려 취하지 않았을 때 생각했던 것을 취중에 썼다고 말할 수 있습니다. 술에 취하지 않았을 때 생각지도 않았다면, 술에 취했다고 해서 쓸 리도 없는 겁니다.

그러면 그는 왜 술집 여기저기서 자기 계획을 떠벌리고 다녔을까요? 그런 것을 미리 계획하고 있는 인간이라면 혼자 숨기고 있었을 게 아니냐고 말할 수도 있을 것입니다. 그건 사실입니다. 그러니까 그가 떠들고 다닌 것은 아직도 구체적인 범행이나 계획이 결정되어 있지 않고 다만 희망과 충동만 있을 때의 일입니다. 그래서 나중에는 그도 그런 소리를 덜하게 되었습니다. 이 편지를 쓸 때 그는 '수도'에서 실컷 술을 마셨지만 여느 때와 달리 말수도 적고 잠깐 당구를 쳤을 뿐 한쪽 구석에 앉아서 아무하고도 얘기를 하지 않았습니다. 다만 이 고장 점원 한 사람을 내쫓았을 뿐입니다. 그러나 이것마저도 무의식적인 행동이었습니다. 그는 원래 남한테 싸움을 걸기를 좋아하는 버릇이 있어서 술집에 가면 으레 그런 소동을 벌였습니다.

하기는 최후의 결심을 했을 때, 피고는 자기가 너무 도시에 떠벌리고 다녔으므로 이 계획을 실행에 옮기는 경우 이내 발각과 고발로 이어지지 않을까 하는 걱정이 의당 머릿속에 떠올랐을 겁니다. 하지만 이제 와선 어쩔 도리가 없었습니다. 자기가 이미 떠벌린 사실은 취소할 수 없는 거니까요. 전에도 나를 구해준 요행이 이번에도 나를 살려주겠지 하고 자기의 운에 기대를 걸었던 겁니다! 그가 여러 가지 수단을 강구하며 숙명적인 순간을 피하려고 했다는 사실과 피비린내 나는 결말을 피하려고 했다는 것은 나도 인정합니다. '나는 내일 누구한테서든 3천 루블을 부탁해 볼 작정이오.' 이렇게 그는 독특한 어조로 쓰고 있습니다. '그러나 만일 아무도 빌려주지 않으면 피를 보는 수밖엔 없다.' 다시 한 번 되풀이해서 말합니다만, 그는 취중에 쓴 그대로를 취중이 아닐 때 실행에 옮긴 겁니다."

이렇게 말하고 이폴리트는 미차가 범죄를 피하기 위해 돈을 구하려고 애쓴 전말을 상세히 설명했다. 그는 미차가 삼소노프를 방문했던 일이며 랴가브이한테 찾아간 일 따위를 증거로 들어가며 말했다. "이 여행을 위해 시계를 팔아버린 그 장본인은 사실 그때 1천 5백 루블이나 가지고 있었다고 하니 어떻게 그 말을 믿을 수 있겠습니까! 도시에 남아 있는 사랑의 대상이 혹시 자기가 없을 때 아버지에게 가버리지나 않을까 하는 질투와 의심에 시달리며, 피곤에 지쳐 굶주린 상태로, 냉소만 당한 채 마침내 이 도시로 돌아왔습니다. 다행히 여자는 아버지한테 가 있지 않았으므로 그는 자기가 직접 그 여자를 삼소노프의 집으로 데려다주었습니다. 이상하게도 그는 삼소노프에 대해서만은 질투를 느끼지 않았습니다. 이것은 이 사건 중에 가장 특이한 심리적 특성입니다! 그 다음에 그는 뒷마당의 감시 장소로 달려갔습니다. 거기서 그는 스메르자코프가 간질 발작을 일으켰고 또 한 사람의 하인이 병들어 누워 있다는 것을 알았습니다. 방해자는 죄다 제거된 데다가 그는 더욱이 그 '신호'를 알고 있었으니 이런 유혹이 어디 있었겠습니까! 그러나 그는 아직도 자기 자신에게 저항했습니다.

그는 이 고장에 잠시 머물면서 우리들의 존경을 받고 있는 호흘라코바 부인을 찾아갔던 것입니다. 일찍부터 그의 운명을 동정하고 있던 이 부인은 가장 현명한 충고를 시도했습니다. 즉 방탕과 추잡한 사랑과 난잡한 술집행 등 젊은 정력의 비생산적인 낭비를 버리고 시베리아의 금광으로 가는 것이 좋겠다고 하며 '거기에는 당신의 그 폭풍 같은 힘과 모험을 갈구하는 낭만적인 성격의 배출 구가 있을 겁니다.'라고 말했던 것입니다."

이폴리트 검사는 이 대화의 전말을 이야기하고, 뒤이어 그루셴 카가 삼소노프의 집에 있지 않다는 것을 피고가 알게 된 순간을 설명했다. 그리고 여자가 자기를 속이고 지금 표도르한테 가지나 않았을까 하고 생각했을 때 극도로 신경이 곤두선, 질투심 많은 미 차가 불행히도 갑자기 광란 상태에 빠져 버린 사실을 설명한 후, 마지막으로 이 사건의 파멸적인 의미를 강조하면서 말을 맺었다.

"만일 그때 하녀가 그루셴카가 '옛 애인'을 만나러 모크로예에 갔다고 말했더라면 결코 아무 일도 일어나지 않았을 겁니다. 그러 나 하녀는 겁에 질려 당황한 나머지 그저 아무것도 모른다고만 말 했습니다. 그때 피고가 그 자리에서 하녀를 죽이지 않은 것은 자기 를 배신한 여자의 뒤를 미친 듯이 쫓아갔기 때문입니다. 그러나 여 기서 한 가지 지적해 둘 일이 있습니다. 피고가 앞뒤를 가릴 수 없 을 만큼 제정신이 아니었음에도 불구하고 그래도 역시 절굿공이 를 집어들고 나갔다는 점입니다. 왜 하필이면 절굿공이를 집었을 까요? 다른 도구를 집어 들지 않고.

그가 한 달 동안이나 이 계획을 숙고하고 준비해 왔다면 무엇이 든 흉기 같은 것이 눈에 띄면 당장 그것을 집어 들었을 것이 틀림 없습니다. 그리고 그런 종류의 어떠한 물건이 흉기로 사용될 수 있는가 하는 것은 이미 한 달 이상이나 생각해 왔을 겁니다. 그렇기 때문에 그 절굿공이를 보자마자 주저 없이 흉기로서 집어 들었던 것입니다. 그러므로 그가 이 무서운 절굿공이를 집어 든 것은 무의식적으로 모르고 집었다고는 생각할 수 없는 일입니다.

이윽고 그는 자기 아버지의 정원에 나타났습니다. 장애물도, 보는 사람도 없었습니다. 밤은 깊어서 주위는 캄캄할 뿐이었습니다. 질투의 불길이 이글이글 타올랐습니다. 그 여자가 저 안에 있다, 자기의 경쟁자인 아버지 품에 안겨 있다, 어쩌면 지금 자기를 비웃고 있을지도 모른다, 이런 의혹이 일어나자 숨이 막힐 지경이었습니다. 이제는 의심뿐만이 아니었습니다. 의심은 고사하고 자기가 속은 것이 명백했습니다. 그녀는 지금 저기, 불 켜진 방안에, 칸막이 뒤에 있는 것이 분명했습니다. 이때 불행한 피고는 '살며시 창가로 다가가서 들여다보고는 얌전히 단념하고 무슨 끔찍한 잘못을 저지르지 않도록 현명하게 불행을 피해 황급히 그곳을 떠났다.'고 주장하고 있습니다.

우리에게 그렇게 믿으라는 얘기입니다. 피고의 성격을 알고 그의 정신 상태가 어떠했는지 이해하고 있는 우리에게 말입니다. 게다가 여기서 중요한 것은, 그가 곧 문을 열고 방으로 들어갈 수 있는 신호를 알고 있었다는 것입니다! 여기서 이폴리트는 그 '신호'와 관련해서 스메르자코프에 대해 상세하게 설명할 필요성을 느끼고, 이 하인에게 살인 혐의를 두려고 하는 가설을 충분히 규명한 다음 즉시 이 문제를 깨끗이 결말짓기 위해 잠시 논고를 중단하고 옆길로 접어들었다. 그러나 이 같은 시도를 하는 그의 태도는 매우 주도면밀하여 사람들은 그가 이 혐의에 대해 경멸의 빛을 보이고 있음에도 불구하고 역시 마음속으로는 거기에 중대한 의의를 부여하고 있음을 깨달았다.

8. 스메르자코프론

"첫째, 이런 혐의가 어떻게 생겼을까요?" 먼저 이폴리트는 이런 질문으로 입을 열었다. "스메르자코프가 범인이라고 맨 처음 말한 사람은 피고 자신입니다. 그는 체포된 순간에 그렇게 말했던 것입니다. 그러나 그는 그 소리를 외친 그 순간부터 오늘 이 순간에 이르기까지 스메르자코프의 범죄를 증명할 만한 사실을 하나도 제시하지 못했습니다. 사실증명은커녕 상식적으로 수긍할 만한 사실의 암시조차 제시하지 못했습니다.

피고 이외에 스메르자코프의 범죄를 확신하는 사람은 불과 세 사람뿐입니다. 즉 피고의 두 동생과 그루센카 양뿐입니다. 그 중 이반은 오늘에야 비로소 그런 의혹을 진술했는데, 그것은 틀림없이 정신착란과 열병의 발작으로 건강하지 못한 상태에서 한 증언입니다. 무엇보다 지난 두 달 동안, 우리도 잘 알다시피, 그는 형의 범죄를 확신하여 그 생각에 반론할 생각조차 하지 못했으니까요. 하지만 이 문제에 대해서는 나중에 이야기하기로 하겠습니다. 그리고 이반의 동생은 아까도 우리에게 말했듯이, 스메르자코프의 범죄에 대한 자기의 생각을 증명할 만한 사실을 조금도 갖고 있지 않습니다. 단지 피고의 말과 눈빛에 의해서 그렇게 믿고 있을 뿐이며, 이와 같은 놀라운 증언은 좀 전에 두 번씩이나 그의 입을 통해서 확언된 바 있습니다.

그리고 스베틀로바 양의 증언은 한층 더 놀라운 것인지도 모릅니다. 그녀는 이렇게 말했습니다. '피고의 말을 믿어 주세요. 저 사람은 거짓말을 할 사람이 아닙니다.' 피고의 운명에 지나친 이해관계를 갖고 있는 이 세 사람의 스메르자코프에 대한 사실적 증언은 이것이 전부입니다. 그럼에도 불구하고 스메르자코프의 유죄론은 여태까지 세간에서 수없이 입에 오르내렸고 지금도 마찬가지입니다. 과연 이것은 믿을 수 있는 일이겠습니까? 과연 이것은 상상이나 할 수 있는 일입니까?"

이 때 이폴리트 검사는 '흥분과 광기의 발작으로 스스로 자기 목숨을 끊은' 스메르자코프의 성격을 간단히 묘사할 필요를 느꼈다. 검사의 설명에 의하면 그는 지능이 좀 낮지만 막연하게나마 약간의 교양을 지니고 있었고 자기의 지능으로 감당할 수 없는 철학 사상에 매혹되어 현대적인 책임과 의무감에 사로잡힌 인간이었다는 것이었다.

이런 것을 실제로 그에게 가르쳐 준 것은 실제적으로는 고인이된 그의 주인, 어쩌면 그의 아버지였을지도 모르는 표도르 파블로비치의 방탕한 생활이었고, 이론상으로 가르친 것은 그를 상대로여러 가지 이상한 철학적 얘기를 해준 아들 이반이었다. 아마 이반은 심심풀이로, 또는 마음 속 응어리진 냉소의 배출구가 없었기때문인지 즐겨 스메르자코프에게 그런 얘기를 했던 것이다. "그는최근에 주인집에 있을 때의 자기의 정신 상태를 자기 입으로 직접말해주었습니다." 하고 이폴리트는 설명했다.

"이에 대해 다른 사람들도 똑같은 증언을 하고 있습니다. 예를들면 피고 자신은 물론 피고의 동생과 하인 그리고리, 그리고 그와아주 가깝게 지낸 사람들이 모두 마찬가지입니다. 뿐만 아니라 간질병으로 건강이 극도로 쇠약했던 스메르자코프는 '암탉처럼 겁이 많았다.'고 합니다. '그 녀석은 내 발 아래 엎드려 내 발에 입을맞추었습니다.'라고 피고도 진술했지만, 그때만 해도 피고는 그러한 증언이 자신에게 불리하다는 것을 미처 의식하지 못하고 있던 것입니다. '그 녀석은 간질병에 걸린 암탉입니다.'라고 피고는그 독특한 말투로 스메르자코프를 평했습니다.

그래서 피고는 그를 자기의 앞잡이로 삼고 — 이것은 피고 자신도 증언하고 있습니다. — 마구 공갈을 쳐서 결국 피고의 앞잡이 노릇을 하도록 만들었던 것입니다. 그리하여 그는 자기 주인을 배신하여 돈 봉투의 소재와 주인 방에 들어가는 신호를 피고에게 알려주고 말았습니다. 하긴 그가 아무리 고해바치지 않으려고 해도 그

렇게 하지 않을 수가 없었던 것입니다. '그분은 나를 죽일 것 같았
습니다. 나를 죽일 것만 같은 생각이 들었습니다.'라고 그는 예심
때 이렇게 말했습니다. 그때는 이미 공갈 협박을 하며 자기를 괴롭
히던 자가 두 번 다시 복수하러 올 염려가 없었는데도 그는 여전
히 부들부들 떨고 있었습니다.

'그분이 밤낮 저를 의심하고 있어서 항상 무서워서 벌벌 떨며
어떻게든 노여움을 가라앉히려고 무슨 비밀이든 빨리 고해 바쳤
습니다. 그렇게 되면 제가 자기에게 나쁜 생각을 품지 않는다는 것을
알고 나를 용서해 주리라 생각했었지요.' 이건 스메르자코프 자신
의 입으로 한 말입니다. 나는 그 말을 기록해 두었기 때문에 정확
히 기억하고 있습니다. '저는 그 사람이 호통을 치기만 하면 얼른
그 앞에 무릎을 꿇곤 했었지요.'

그는 본디 정직한 젊은이여서 주인이 잃어버린 돈을 주워 준 이
후 주인의 깊은 신임을 받고 있었습니다. 따라서 이 불행한 스메르
자코프는 은인으로 좋아하던 자기 주인을 배신한 것에 대해 후회
하며 몹시 괴로워했다고 보아야 할 것입니다. 박식한 정신과 의사
가 증언한 것을 들어보면 간질병으로 심한 고통을 받는 사람은 항
상 병적인 자책에 빠지기 쉽다고 합니다. 그들은 아무 근거도 없이
어떤 사람에게 무슨 '죄'를 지은 것처럼 생각하고 그로 인하여 늘
양심의 가책을 느끼며 괴로워합니다. 그들은 흔히 과대망상에 빠
져 모든 잘못과 범죄를 자기 탓으로 돌립니다. 그리고 이런 사람들
은 공포와 두려움 때문에 실제로 범죄자가 되는 수도 있습니다. 뿐

만 아니라 그는 자기 눈앞에서 일어나는 여러 가지 사건으로 해서 무언가 좋지 않은 일이 일어날 것을 예감하고 있었습니다.

표도르 카라마조프 씨의 둘째 아들 이반이 사건 발생 직전에 모스크바로 떠나려 했을 때, 그는 제발 가지 말라고 애원했습니다. 그러나 그때도 그 겁약한 성격으로 말미암아 그는 자기가 두려워하는 바를 분명히 단적으로 말하지 못하고 가볍게 암시를 주는 데 그쳤습니다. 그러나 이반은 그 암시를 알아차리지 못했던 것입니다. 여기서 한 가지 주의할 것은 그가 이반을 자기 보호자처럼 생각하고 이 사람만 집에 있으면 아무런 불상사도 일어나지 않으리라고 믿고 있었다는 점입니다. 드미트리의 '취중' 편지 속의 한 구절을 떠올려보십시오. '이반이 떠나면 아버지를 죽이겠다'는 표현만 보아도 알 수 있듯이 이반의 존재는 온 집안 식구들에게 평온과 질서의 보증처럼 생각되었던 것입니다. 그런데도 이반은 떠나버렸고 스메르자코프는 젊은 주인이 떠난 약 한 시간 뒤에 간질 발작을 일으키게 되었습니다. 여기서 또 하나 지적해야 할 것은 여러 가지 공포와 절망으로 시달리고 있던 스메르자코프가 사건 발생 며칠 전에 곧 간질 발작을 일으키지 않을까 하고 예감하고 있었다는 것입니다. 이러한 발작은 전에도 언제나 정신적으로 긴장하거나 동요했을 때 발생했다고 합니다. 물론 이러한 발작의 시일을 예측할 수는 없는 일이지만, 간질병 환자라면 누구나 발작의 기미를 미리 느낄 수 있다는 것은 이미 의학이 증명하고 있는 일입니다.

그래서 이반이 집을 떠나기가 무섭게 스메르자코프는 자신이 버림받은 것 같은 외로움과 불안을 느끼며 무슨 일을 하러 지하실로 갔습니다. 층계를 내려가면서 그는 생각했습니다. '혹 발작이 일어나지 않을까? 여기서 발작을 일으키면 어떡하지?' 그러자 바로 그러한 기분, 그러한 상상, 그러한 의심 때문에 언제나 발작 직전에 일어나는 목의 경련이 일어나서 그는 정신을 잃고 바닥으로 굴러 떨어지고 말았습니다. 그런데 이렇게 자연스런 일조차 의심스러운 일로 의심해서, 그건 일부러 발작을 일으킨 체한 것이라고 넌지시 지적하는 사람들이 있습니다. 그러나 만약에 일부러 그렇다면 무엇 때문에 그가 그런 짓을 했겠느냐는 의문이 곧 생겨납니다. 어떤 계산이, 어떤 목적이 있었을까요? 나는 이제 의학을 들추진 않겠습니다. 과학도 거짓말을 하고 실수도 한다, 의사는 진짜인지 꾀병인지 가려낼 수 없다 - 이렇게 말하는 사람이 있다면 그건 그대로 내버려 두고 그가 왜 꾀병을 앓게 되었을까, 하는 질문에 대해 먼저 대답해 주시기 바랍니다. 만약 살인을 계획했다면 왜 간질 발작 따위를 일으켜 온 집안사람들의 주의를 미리 자기에게 집중시키는 행동을 했을까요?

배심원 여러분, 여러분도 아시다시피 범행이 있었던 날 밤에 표도르 파블로비치의 집안에는 다섯 명이 있었습니다. 첫째는 표도르 카라마조프 자신인데, 그가 자살하지 않은 건 명백합니다. 둘째로 하인 그리고리인데, 이 사람도 하마터면 죽을 뻔했습니다. 셋째로 그리고리의 아내인 마르파, 그녀가 주인을 죽였다고 생각하는 건 부끄럽기 짝이 없는 일입니다. 남은 사람은 피고와 스메르자 코프 두 사람뿐입니다. 그런데 피고는 범인이 아니라고 우기고 있기 때문에 그렇게 되면 스메르자코프가 범인일 수밖에 없는 것입니다. 그 외에 범인으로 지목할 만한 사람이 없으니까요. 이리하여 어저께 스스로 목숨을 끊은 가엾은 남자에 대한 '교활하고' 터무니없는 유죄설이 나오게 되었던 것입니다. 말하자면 단순히 달리 혐의를 걸 만한 사람이 없었기 때문에 그가 의심을 받은 데 지나지 않는 것입니다. 만약에 어떤 다른 사람에게, 누구든 여섯 번째 사람에게 그림자만큼이라도 의심스러운 점이 있었더라면 피고는 스메르자코프를 범인이라고 내세우기가 부끄러워 그 여섯 번째 사람에게 혐의를 씌웠을 것입니다. 왜냐하면 스메르자코프에게 살인 혐의를 덮어씌우는 것은 불합리하기 그지없기 때문입니다.

여러분, 이제 심리 분석은 그만합시다. 의학적인 설명도 논리도 그만두겠습니다. 오직 사실을, 오직 사실에 눈을 돌려 그것이 우리에게 무엇을 말하는지 살펴봅시다. 스메르자코프가 살인을 했다면 도대체 어떻게 죽였을까요? 혼자 했겠습니까? 아니면 피고와 공모했을까요? 먼저 스메르자코프가 혼자 죽였을 경우를 생각해 봅시다. 그가 죽였다면 물론 어떤 목적과 이득이 있어야 합니다. 스메르자코프는 피고가 갖고 있는 증오나 질투 같은 살인의 동기가 없기 때문에 그가 살인을 했다면 그건 틀림없이 돈 때문이었을 것입니다. 즉 자기 주인이 봉투 속에서 3천 루블을 넣어 둔 것을 보고 그것을 차지하기 위함이었을 것입니다.

그러나 그렇다면 범행을 계획한 그가 다른 사람에게, 그것도 누구보다 이해관계를 많이 갖고 있는 피고에게 돈과 신호와 봉투가 있는 장소와 거기 적혀 있는 말과 그걸 묶은 끈 등에 대해 죄다 알려준 것을 어떻게 생각해야 할까요? 특히 주인 방으로 들어가는 '신호'를 가르쳐 준 것은 이상한 일입니다. 그는 단지 자기 자신을 배반하기 위해서 그런 짓을 했을까요, 아니면 그 방안에 들어가서 돈 봉투를 훔쳐낼 우려가 있는 경쟁자를 만들기 위해서였을까요? 그저 무서워서 가르쳐 준 것이라고 말하는 사람도 있을지 모릅니다. 하지만 이건 또 어떻게 설명해야 할까요? 그토록 대담하고 짐승 같은 행위를 예사로 계획하고 실행할 수 있는 사람이 세상에서 자기 혼자밖에 모르는 일을, 자기만 잠자코 있으면 쥐도 새도 모를 일을 공공연히 남에게 밝힐 수 있겠습니까. 아니 아무리 겁쟁이라도 그런 일을 계획한 이상 누구한테도 절대 말하지 않았을 것입니다. 적어도 봉투와 신호에 대해서는 말입니다. 이것을 밝힌다는 것은 장차 자기 자신을 배반하는 것과 다름없기 때문입니다. 만약 그런 정보의 제공을 강요받았다면 거짓말로 적당히 둘러대고 그 점에 대해서는 언급을 하지 않을 수도 있을 것입니다!

다시 되풀이해서 말합니다만, 만일 그가 하다 못해 돈 얘기만이라도 하지 않고 있다가 주인을 죽이고 돈을 훔쳐갔다면 세상에 그가 돈이 탐나서 살인을 했다고 의심할 사람은 아무도 없었을 것입니다. 왜냐하면 그 사람 외에는 아무도 그 돈을 본 사람이 없고 그런 돈이 집안 어느 구석에 있었는지 아무도 아는 이가 없기 때문입니다. 비록 그가 살인자로 고발을 당했다 하더라도 무언가 다른 동기에서 죽였다고 볼 것이 틀림없습니다. 그러나 그에게서 다른 동기를 미리 눈치챈 사람이 없을 뿐 아니라 그와는 반대로 그가 주인의 신임을 받고 있다는 것을 세상 사람들은 모두 알고 있었습니다. 그러니까 만일 혐의를 받더라도 당연히 그는 가장 나중에 해당될 사람이며, 그건 동기가 있다고 자기 입으로 노골적으로 떠들어대는 사람일 것입니다. 요컨대 의심받아야 할 사람은 피해자의 장남 드미트리 카라마조프일 것입니다. 살인과 도둑질은 스메르자코프가 하고 혐의는 아들에게 씌운다 – 이거야말로 스메르자코프에겐 유리한 일이 아니겠습니까? 하지만 범행을 계획하면서도 드미트리에게 돈과 봉투와 신호에 대한 것을 가르쳐주었다 – 이게 이치에 맞는 말입니까? 이건 명백한 일입니다!

스메르자코프는 계획한 범행의 날이 오자 일부러 간질의 발작이 일어난 체하며 쓰러져 버렸다고도 볼 수 있겠지요. 하지만 이건 무엇 때문일까요? 첫째로 아무도 집을 지킬 사람이 없으므로 몸조리를 하려고 생각했던 하인 그리고리가 그것을 뒤로 미루고 집을 경비하게 됩니다. 둘째, 아무도 집을 지킬 사람이 없다는 것을 알고 아들의 침입을 노골적으로 몹시 두려워하고 있던 주인이 불안해하면서 경계를 더욱 엄중히 하게 됩니다. 그리고 마지막으로 – 이것이 가장 중요한 일입니다만 – 스메르자코프는 언제나 다른 이들과 떨어져 혼자 부엌에서 기거했고 출입문도 따로 사용하고 있었는데, 간질의 발작을 일으키면 곧 별채 한 끝에 있는 그리고리의 방으로 옮겨져 그들 부부의 침대에서 세 걸음밖에 안 되는 칸막이 뒤에 눕혀집니다. 그가 발작을 일으키기만 하면 주인과 성격이 꼼꼼한 마르파가 나서서 언제나 그렇게 보호해 주곤 합니다. 그런데 그 칸막이 뒤에 누워 있으면 진짜 환자처럼 보이기 위해 신음 소리를 내어 밤새도록 그리고리 부부를 깨워야 했을 것입니다. 이것은 그리고리 부부가 증언한 사실입니다. 그래서 이러한 일들이 그가 자리에서 벌떡 일어나 주인을 살해하기에 편리하다고 할 수 있겠습니까!

또 어떤 사람은, 그가 꾀병을 부린 것은 혐의를 받지 않기 위함이었고 돈과 신호 얘기를 피고에게 알려준 것은 피고를 유혹함으로써 제 발로 걸어와 범행을 저지르게 하려는 속셈일지도 모른다고 주장할지도 모르겠습니다. 그러나 피고가 아버지를 살해하고 돈을 가지고 달아날 때는 소음을 일으켜 증인이 될 만한 사람들을 깨우게 될 것입니다. 그러면 그때 스메르자코프도 어슬렁어슬렁 일어나서 나갈 생각이었을까요? 하지만 무엇을 위해서일까요? 다시 한 번 주인을 죽이고 이미 가져간 돈을 다시 빼앗기 위함이었겠습니까? 여러분, 여러분은 지금 웃고 계십니다. 나 자신 이런 가정을 내세우기는 부끄러운 일이지만 글쎄, 피고는 그렇게 주장하고 있으니 말입니다.

피고는 자기가 그리고리를 쓰러뜨리는 소동을 일으킨 다음 집 밖으로 나가자 스메르자코프가 일어나 안채로 들어가서 주인을 죽인 후 돈을 훔쳐갔을 것이라고 주장하고 있습니다. 흥분한 나머지 제정신을 잃어버린 아들이 창문 안을 들여다보기만 하고 신호까지 알고 있으면서도 그 돈을 몽땅 스메르자코프에게 양보하고 물러가리라는 것을 어떻게 미리 계산할 수 있었을까 하는 문제에 대해서는 새삼 언급하지 않겠습니다. 여러분, 나는 진지하게 묻고자 합니다. 스메르자코프는 도대체 언제 그 범죄를 저지른 것일까요? 그 시간을 말씀해 주십시오. 그렇지 않으면 그를 고발할 수 없기 때문입니다.

'어쩌면 그 발작은 진짜였는지 모르지만 병자가 갑자기 제정신이 들어 비명소리를 듣고 밖으로 달려 나갔을지도 모른다.', 만약 그렇다면 어떻게 되겠습니까? 그가 주위를 둘러보고 '슬슬 주인이나 죽이러 가볼까.' 이렇게 혼자 말했다고 합시다. 하지만 그때까지 기절하여 누워 있던 사람이 어떻게 그동안 일을 알 수 있었겠습니까? 그러나 여러분, 아무리 그렇다 해도 이러한 공상에도 한계가 있는 것입니다.

어쩌면 영리한 사람들은 이렇게 말할 것입니다. '만약 둘이 공모해서 죽이고 돈을 나누어 가졌다면 어떻게 되는가?' 그렇습니다. 참으로 그럴듯한 의문입니다. 첫째, 이러한 의심을 뒷받침할 만한 증거가 얼마든지 있습니다. 즉 한 사람은 살인을 하고 온갖 어려움을 도맡아서 겪는데 또 한 사람은 간질을 일으킨 체하고 누워 있었다. 한데 이것은 모든 사람에게 의심을 품게 하고 주인과 그리고리에게 미리 경계심을 불러일으키기 위함이었다, 이겁니다. 두 공모자가 도대체 어떤 동기에서 그런 미치광이 같은 계획을 생각해

냈을까요? 참으로 이상한 일입니다. 어쩌면 스메르자코프는 적극적인 공모자가 아니고, 말하자면 협박에 못 이겨 다만 살인에 반대하지 않겠다고 동의한 데 지나지 않았을 겁니다. 그는 소리 한번지르지 않고 반항도 하지 않았다는 비난을 받을까 봐 드미트리가범행을 할 동안 간질을 일으킨 체하고 누워 있기로 억지로 타협한것일지도 모릅니다. '당신 마음대로 죽이십시오. 나는 모른 체하고있겠습니다.' 이런 속셈이었을지도 모릅니다.

그러나 발작을 일으키면 작은 집안에 소동을 불러오게 될 텐데그걸 알면서도 드미트리가 거기에 동의할 리 있겠습니까. 하지만한 걸음 물러나서 그가 그런 승낙을 했다고 칩시다. 그렇다하더라도 역시 드미트리 카라마조프가 살인을 한 장본인이고 스메르자코프는 수동적인 공범자, 아니 공범이라기보다는 단지 공포심 때문에 본의 아니게 묵인한 자에 지나지 않습니다. 이 점 재판관들께서도 반드시 인정하실 겁니다. 그런데 사실은 어떻습니까? 피고는체포되자마자 오로지 스메르자코프 '한 사람'에게만 모든 죄를 뒤집어씌우고 있습니다. 자기와 공모한 것이 아니라 스메르자코프를 단독범으로 몰아세우고 있는 것입니다.

'그것은 그놈 혼자서 한 짓이다. 그놈이 죽이고 돈을 강탈했다.모든 게 그놈 짓이다!'라고 피고는 주장하고 있습니다. 세상에 범행을 저지르자마자 서로 죄를 떠넘기는 공범도 있습니까. 그런 일은 절대로 없습니다. 게다가 그것은 카라마조프 자신에게 매우 위험한 일이란 것을 생각해 보십시오. 살인을 한 장본인은 스메르자

454

코프가 아니라 그 자신이기 때문입니다. 공모자는 단지 그것을 묵인한 채 칸막이 뒤에서 자고 있었을 뿐입니다. 그런데 피고는 이 사람에게 모든 죄를 덮어씌우려고 하고 있습니다. 그렇게 하면 스메르자코프가 몹시 화가 나서 자기방어를 위해 곧 사실을 밝힐 염려가 있지 않느냐 말입니다. '둘이서 공모를 한 건 사실이지만 나는 죽이지 않았다, 무서워서 못 본 체 했을 뿐이다.'라고 말할지도 모릅니다. 스메르자코프는 자기가 어느 정도로 죄가 있는지 법정에서 가려줄 테니까 설혹 처벌을 받는다 해도 모든 죄를 자기한테 뒤집어씌우려는 장본인보다는 비교도 할 수 없는 훨씬 가벼운 벌을 받을 것이라 생각했을 것입니다. 그러나 그렇다면 하는 수 없이 그가 자백을 했을 텐데 우리는 그런 소리를 전혀 들어본 적이 없습니다. 살인을 한 장본인이 그에게 죄를 뒤집어씌워 그가 혼자 저지른 범행이라고 주장하고 있음에도 불구하고 그는 공모 사실을 전혀 입 밖에 내지 않았습니다. 뿐만 아니라 돈 봉투와 신호에 대한 것은 자기 자신이 피고에게 직접 알려주었고, 만일 자기가 아니었더라면 피고는 아무것도 몰랐을 것이라고 말했습니다.

만일 그가 정말로 공범이고 자기에게도 죄가 있다면 예심 때 대번에 순순히 그 얘기를, 다시 말해 자기가 모든 것을 피고에게 알려주었다는 사실을 그리 쉽게 말할 수 있었겠습니까? 오히려 이리저리 말을 둘러대며 반드시 사실을 왜곡하거나 축소시키려 했을 것입니다. 그럼에도 불구하고 그는 사실을 왜곡하지도, 축소하려 애쓰지도 않았습니다. 그런 행동을 할 수 있는 것은 오직 아무 죄도 없거나 공모죄를 뒤집어쓸 염려가 없는 자만이 가능한 것입니다. 그런데 그는 자기의 지병인 간질병과 이 돌발적인 사건으로 일어나는 병적인 우울증의 발작으로 간밤에 목매달아 죽었습니다. 그에 앞서 그는 독특한 말투로 '나는 아무에게도 죄를 돌리지 않기 위해 나 자신의 의지로 기꺼이 내 목숨을 끊는다.'는 유서를 적었습니다. 범인은 카라마조프가 아니라 나다, 이렇게 간단하게 덧붙일 수 있었을 텐데 그렇게 하지 않았습니다. 그의 양심은 한편으로 가책을 느끼면서도 다른 한편으로는 그렇지 않았던 것일까요?

그런데 바로 좀 전에 이 법정에 3천 루블의 돈이 제출되었습니다. '이 돈은 내가 어젯밤 스메르자코프한테서 받은 것입니다.' 이반 카라마조프 씨는 이렇게 말했습니다. 그런데 배심원 여러분, 여러분도 조금 전에 벌어진 비참한 광경을 기억하고 계실 테니 상세하게 다시 설명하지는 않겠습니다만, 감히 한두 가지 의견을 말씀드리려 합니다. 저는 매우 사소하기 때문에 누구나 미처 생각하지 못하고 넘겨 버리기 쉬운 점을 지적하고자 합니다.

첫째, 스메르자코프는 양심을 가책을 받아 어제 돈을 내놓고 자살을 했다는 것입니다. 만일 양심의 가책이 없었다면 돈을 내놓지 않았을 것입니다. 물론 스메르자코프는 어젯밤 처음으로 자신한테 자기 죄를 고백했다고 이반 카라마조프 씨가 증언했습니다. 그렇지 않다면 이반이 지금까지 침묵을 잠자코 있었을 리가 없지 않습니까? 그런데 나는 다시 되풀이하지만, 어째서 그는 그 유서에 모든 진실을 밝히지 않았을까요? 내일이면 무고한 피고에게 무서운 재판이 있다는 걸 알면서도 말입니다.

돈만 가지고는 증거가 되지 않습니다. 이미 1주일 전에 이반 카라마조프 씨가 현청 소재지로 사람을 보내어 금리 5푼이 붙은 5천 루블짜리 증권 두 장을 현금으로 바꿔 간 사실을 아는 사실은 나 이외에도 이 법정에 두 사람이나 있습니다. 우리는 이 사실을 우연한 기회에 알게 되었습니다. 내가 이 말을 하는 것은 누구나 어떤 때에 돈을 가질 수 있으며, 3천 루블의 돈을 제출했다고 해서 반드시 이것이 바로 그 돈, 즉 바로 그 상자나 봉투에서 나온 돈이라는 증거는 되지 않는다는 것입니다. 그리고 이반 카라마조프 씨는 어제 진범으로부터 그런 중대한 소식을 듣고서도 시치미를 떼고 있었습니다. 왜 그는 이것을 즉시 신고하지 않았을까요? 왜 그는 오늘 아침까지 기다렸을까요? 나에게는 그 이유를 추측해 볼 권리가 있다고 생각됩니다. 그는 지난 1주일 동안 건강을 해쳐서 의사나 가까운 사람들에게 환영과 죽은 사람이 보인다고 고백했습니다. 그런 것으로 미루어 보아 좀 전에 심한 증세를 보였던 환각증의 일보 직전에 이르러 있었던 것입니다.

이런 상태에서 그는 난데없이 스메르자코프의 부음을 듣고 이런 생각을 하게 된 것입니다. '그 녀석은 이제 죽은 인간이니 죄를 뒤집어씌우고 형을 살리자. 돈이 내 수중에 있으니 돈다발을 가지고 가서 스메르자코프가 죽기 전에 준 것이라고 말하자.' 여러분께서는 비록 죽은 사람이라도 남에게 죄를 덮어씌우는 것은 좋지 않다, 아무리 형을 구하기 위해서라도 거짓말을 하는 것은 불명예

457

스러운 일이라고 말씀하시겠지요. 옳은 말씀입니다. 그러나 그가 무의식중에 거짓말을 했다면 어떻게 하겠습니까? 갑자기 하인의 부음을 듣고 충격을 받고 완전히 실성해서 만약 실제로 그랬던 것처럼 생각했다고 한다면 어떨까요? 여러분은 좀 전의 광경을 보셨을 겁니다. 그 사람의 정신 상태가 어떤지 보셨을 겁니다. 그는 똑바로 서서 말을 했지만, 그의 정신은 어디에 있었습니까? 이 광인의 증언에 뒤이어 나타난 증거품이 피고가 카체리나 양에게 보낸 편지입니다. 즉 범행의 상세한 계획서입니다. 우리는 이제 범행 계획서나 그 작성자를 새삼스레 찾을 필요가 없어졌습니다. 배심원 여러분, 범행은 여기 씌어있는 그대로 실행된 것입니다!

자기 애인이 방안에 있다고 확신한 피고가 아버지의 창문 앞에서 겁을 집어먹고 얌전히 도망쳐 왔다니 이는 너무나 어처구니없고 자연스럽지 못한 일입니다. 그는 방안으로 침입해서 범행을 결행했습니다. 자기가 증오하는 사랑의 경쟁자가 눈에 띄자마자 분노의 불길에 휩싸여 홧김에 아버지를 죽이고 말았을 것입니다. 아마 절굿공이를 가지고 일격에 해치웠겠지요. 그리고 나서 방안 구석구석을 찾아보았으나 여자는 거기에 없었습니다. 그러나 베개 밑에 손을 넣어 돈이 든 봉투를 끄집어내는 것을 잊지 않았습니다. 내가 이런 말을 하는 것은 여기서 한 가지 사실에, 내 생각으로는 매우 중대한 의의를 지닌 한 가지 사실에 여러분의 주의를 집중시키고자 하기 때문입니다.

만약에 그가 경험 있는 살인자였다면, 또 돈만 노린 살인자였다면 그 봉투를 과연 시체 옆에 그대로 내버려 두었을 리가 있겠습니까? 예컨대 스메르자코프가 돈을 강탈할 생각으로 죽인 것이라면 그 시체 옆에서 봉투를 뜯어보느라고 애쓸 것도 없이 그것을 가지고 곧바로 도주했을 것이 틀림없습니다. 그는 그 봉투 속에 돈이 있다는 것을 확실히 알고 있었기 때문입니다. 그가 보는 앞에서 돈을 봉투에 넣어 봉인했으니까요. 사실 그 봉투를 그냥 가져가 버렸다면 강탈 사건이 있는 줄 몰랐을 것입니다. 배심원 여러분, 나는 감히 질문하고 싶습니다. 스메르자코프가 그런 실수를 하겠습니까? 빈 봉투를 마룻바닥에 그대로 내버려 두었을까요?

아닙니다. 그런 실수를 하는 자는 분노가 폭발하여 앞뒤를 제대로 분간하지 못할 만큼 흥분한 살인자입니다. 도둑이 아니라 지금까지 물건을 한 번도 훔친 적이 없는 살인자가 틀림없습니다. 게다가 베개 밑에서 돈을 꺼냈지만 그것은 훔치는 것이 아니라 잃었던 물건을 도둑에게서 도로 찾는 것일 뿐입니다. 왜냐하면 드미트리 카라마조프는 이 3천 루블을 자기 소유로 생각했기 때문입니다. 그래서 이것은 그를 광란의 상태까지 이르게 했습니다. 그는 지금까지 한 번도 본 일이 없는 봉투를 손에 넣자마자 그 속에 과연 돈이 있는지 없는지 확인하기 위해 그것을 찢은 다음 돈을 호주머니 속에 넣고 방바닥에 떨어져 있는 찢겨진 봉투가 나중에 자기의 죄상을 말해줄 유력한 증거물이 될 줄도 모르고 그냥 도주해 버렸던 것입니다.

범인이 스메르자코프가 아니라 카라마조프였기 때문에 그런 걸

미처 생각지도 못했고 상상도 할 수 없었던 것입니다. 하긴 그런 데까지 그가 어찌 생각이 미쳤겠습니까? 그는 달아났습니다. 그런 데 자기를 뒤쫓는 하인의 고함 소리가 들려왔습니다. 늙은 하인이 그를 붙들고 놓지 않자 그는 절굿공이로 그를 때려 눕혔습니다. 피고의 말에 따르면 그는 불쌍한 생각이 들어 쓰러진 하인 곁에 뛰어내렸다고 했습니다. 불쌍한 생각이 들어, 동정심 때문에 그 노인을 도울 방법이 없을까 살펴보려고 뛰어내렸다니 과연 여러분은 이 말을 믿을 수 있겠습니까? 그에게 그 순간이 그와 같은 동정을 표시할 상황이었겠습니까? 천만에요. 그가 뛰어내린 것은 오직 범행의 유일한 증인이 살아 있는지 아닌지를 확인하기 위함이었던 것입니다. 그 밖의 어떤 감정도, 어떤 동기도 부자연스럽습니다!

그런데 여기서 주의해야 할 사실은 그가 그리고리를 간호하기 위해서 손수건으로 열심히 그의 머리를 닦아 주다가 노인이 죽었다고 생각하고 온몸이 피투성이가 된 채 정신 나간 사람처럼 다시 자기의 애인 집으로 달려갔다는 사실입니다. 어째서 그는 자기 몸이 피투성이가 된 것도 생각지 않고, 자기의 범행이 곧 발각될 거라는 점도 미처 생각지 못했을까요? 그러나 피고는 자기가 피투성이라는 걸 전혀 깨닫지 못했다고 합니다. 그건 그렇다고 인정할 수 있고 또 얼마든지 있을 수 있는 얘기입니다. 이런 경우 범죄자에게 흔히 있는 일이니까요. 한편으로는 악마처럼 치밀하고 흉악한 계산을 하면서도 또 한편으로는 가장 단순한 것을 소홀히 여긴 것입니다. 그때 그는 오직 그 여자가 어디에 있나 하는 생각만 하고 있었습니다. 한시바삐 여자의 소재를 알고 싶어 그 집으로 달려가 보니 뜻밖에도 놀라운 소식을 들었던 것입니다! 여자가 '틀림없는 옛 애인'과 함께 모크로예로 떠났다는 사실 말입니다.

9. 질주하는 트로이카, 검사 논고의 결론

검사 이폴리트는 논고가 여기까지 이르자 신경질적인 변론가가 자주 쓰는 방법, 즉 엄밀하게 시간에 따라 서술하는 방법을 선택했다. 다시 말하면 그들은 자신의 자유로운 충동을 억제하기 위해서 일부러 엄밀한 틀을 정했던 것이다.

이폴리트는 그루센카의 '확실한 옛 애인'에 대해서 특별히 상세하게 설명하고 이 문제에 대해서 몇 가지 흥미로운 생각을 이야기했다.

"그때까지 모든 남자들에게 미칠 것 같은 질투를 느꼈던 카라마조프는 이 '확실한 옛 애인'에 부딪치자 문득 풀이 죽고 위축됐습니다. 특히 기이하게 생각되는 것은 이 뜻밖의 경쟁자에게서 벌어질 새 위기에 대해 그때까지 조금도 주의하지 않았던 것입니다. 그는 항상 그것을 먼 미래의 일로 여겼습니다. 카라마조프는 항상 현재만 살았기 때문입니다. 그는 그 남자의 존재를 '허상의 인물'이라고 생각했던 모양입니다. 그러나 그의 상처받은 마음은 한순간에 전부 깨달았습니다. 이 여성이 왜 새 연인의 존재를 숨겼는지, 왜 아까도 자신을 속였는지. 새로 나타난 이 경쟁자가 그녀에게는 결코 상상이나 만들어낸 얘기가 아니고 오히려 여자의 전부이자 이세상의 모든 희망이라는 것을 깨닫고 금세 꼬리를 내린 것입니다.

배심원 여러분, 어쩐지 나는 피고의 마음속에 숨은 이 예상 밖의 일면을 그냥 무시하고 싶지 않습니다. 피고는 무슨 일이 있어도 이런 심경의 변화가 생기지 않을 것 같은 사람이지만, 그 순간 그의 마음속에는 문득, 진실을 원하는 억누를 수 없는 욕구와 이를 인정해야 한다는 생각이 들었습니다. 여성에 대한 존경, 그녀 마음의 권리! 게다가 그것은 그 여자 때문에 자신의 아버지의 피를 손에 묻힌 바로 그 순간에 벌어진 일입니다! 그리고 그 피가 그 순간에 복수를 외친 것입니다. 왜냐하면 그는 자신의 영혼과 이 세상에서의 모든 운명을 망친 그 순간에 자신도 모르게 이렇게 느끼고 물었을 것이기 때문입니다. '나는 그녀에게 무엇이었나? 나 스스로의 영혼 이상으로 사랑하는 이 여자에게 이런 경우 나는 어떤 의미일까? 이 옛 애인, 즉, 예전에 자신이 버린 여자에게 후회의 정을 내비치며 다시 찾아와 새 사랑을 바치고 결백한 언약을 맹세하면서 행복한 생활의 부활을 약속하는 이 분명한 옛 애인과 비교해서, 나는 과연 어떤 존재일까? 그리고 나처럼 불행한 남자가 이제 이

여자에게 무엇을 줄 수 있나? 무엇을 제시할 수 있는가?'

카라마조프는 전부 깨달았습니다! 자신의 범죄가 모든 방법을 전부 막았고 자신은 이미 사형 선고를 받은 죄인일 뿐이며 세상 살 가치가 없는 인간이라는 것을 깨달은 것입니다! 이 자각은 그를 압도하고 그를 조각냈습니다. 그래서 그는 금세 광기에 어린 어떤 계획을 생각해냈습니다. 그것은 카라마조프의 성격으로 보면 무서운 환경에서 벗어날 수 있는 오로지 하나뿐인 운명적인 해결법으로 생각되었을 것입니다.

그것을 해결할 수 있는 방법은 바로 자살이었습니다. 그는 관리 페르호친 씨에게 저당 잡힌 권총을 찾으러 달려 나갔습니다. 그는 달려가면서 방금 아버지의 피를 손에 묻히면서 탈취한 돈을 호주머니에서 전부 꺼냈습니다. 맞습니다, 이제 그에게 가장 필요한 것은 돈이었습니다. 카라마조프는 죽는다, 카라마조프는 권총으로 스스로 목숨을 끊는다, 사람들의 뇌리에 남겠지! 분명히 그는 시인이었습니다! 그렇기 때문에 그는 자신의 목숨을 양초에 켠 촛불처럼 태운 것입니다!

'그녀에게 가자, 그녀에게 가자. 거기서, 아, 거기서 온 세상이 깜짝 놀랄 정도로 큰 잔치를 열자. 모든 사람의 뇌리에 남아서 오랫동안 세상의 화제가 될 만한 전대미문의 큰 주연을 베풀자. 거친 고함소리와 미칠 듯한 집시의 노래와 춤 속에서 잔을 들어 내가 숭배하는 여자의 새 행복을 축하하자! 그리고 곧 그 자리에서 여자의 발아래에 엎드려서 그 앞에서 내 머리통을 박살내는 거다, 내

인생에게 사형을 내리는 거다, 그러면 여자도 언젠가는 미차 카라
마조프를 추억하며 미차가 자신을 사랑한 걸 깨닫고 불쌍하게 미
차를 애도하겠지.'

　여기에는 그림 같은 아름다운 풍경, 낭만적인 흥분, 카라마조프
특유의 야성적인 자유로움과 감수성이 넘쳐흐릅니다. 배심원 여
러분, 그러나 거기에는 다른 무엇도 있습니다. 영혼 속에서 외치
고, 끝없이 마음의 문을 두드리며, 죽도록 가슴을 괴롭히는 그 무
언가가 있습니다. 그 무엇은 바로 양심입니다. 배심원 여러분, 그
것은 바로 양심의 재판입니다. 그것은 무서울 정도의 양심의 가책
입니다!

　그러나 권총은 전부 해결할 것입니다. 권총이 유일한 탈출구입
니다. 권총 이외에는 구원할 방법이 없습니다. 그 순간 카라마조프
가 저 세상에는 뭐가 있을까 하고 생각했는지 또 카라마조프가 햄
릿처럼 저 세상에서는 어떻게 되는 걸까 라고 생각했는지 나도 알
수 없습니다.-아니, 배심원 여러분, 저 세상에는 햄릿이 있지만 이
세상에는 당분간 카라마조프가 있을 뿐입니다!"

　여기서 이폴리트는 미차가 준비하는 모습이며 페르호친의 집에
서 있었던 일, 식료품 가게와 마부들과의 교섭, 이런 광경을 자세
히 설명했다. 증인들이 뒷받침한 여러 가지 말과 행동을 그는 인용
했다. 그래서 이 묘사는 청중들이 확신하는 데 큰 영향을 주었다.
무엇보다 이렇게 모아진 모든 사실들이 사람들을 움직였다. 미칠
것 같은 혼란에 빠져서 더 이상은 자신의 몸도 지킬 수 없는 이 남

자의 유죄는 반박할 수도 없이 뚜렷했다.

"이제 그는 자신을 지키지 않아도 되었습니다." 이폴리트는 말했다. "그는 두세 번 전부 자백할 뻔했던 적이 있었습니다. 거의 자신의 죄를 암시했지만, 전부 다 말하지는 않았습니다. (이 부분에서 증인들의 진술이 인용되었다.) 그는 중간에 마부에게. '이보게, 자네는 지금 살인자를 태운 거야!' 이렇게 소리치기도 했습니다. 그러나 역시 전부 말할 수는 없었습니다. 그는 우선 모크로예 마을에 가서 그 극시(劇詩)를 완성해야 했기 때문입니다.

그런데 무엇이 불행한 미차를 기다리고 있었을까요? 모크로예에 도착한 그는 몇 분도 되기 전에 알아차렸고 결국 완벽하게 깨달았습니다. '확실하다'고 했던 자신의 경쟁자는 어쩌면 전혀 '확실하다'고 말할 만한 상대가 아닐 수도 있다, 자신이 새로운 행복을 축복하고 축배하는 것을 원하지 않고, 받아들일 마음도 없다는 것 말입니다.

그러나 배심원 여러분, 여러분은 예심에 의해 이미 사실을 아실 것입니다. 경쟁자에 대해서 카라마조프의 승리는 시비할 필요도 없었습니다. 여기서, 아, 여기서 그의 영혼은 전혀 새로운 국면을 맞게 된 것입니다. 그것은 그의 마음이 그때까지 경험했던 것을 비롯해서 앞으로 경험하게 될 전부 중에서 가장 무서운 국면이었습니다. 배심원 여러분, 나는 확신합니다!" 이폴리트는 외쳤다. "상처받은 본성과 죄를 지은 마음은 이 땅의 그 어떤 심판보다 완벽하게 그에게 복수했습니다! 더불어 법정과 이 세상의 형벌은 본성의 형벌을 덜어주며, 이 순간 범죄자의 영혼을 절망의 구렁텅이에서 구해 주는 것이기 때문에 없으면 안 됩니다. 왜냐하면 그녀가 자신을 사랑하고 자신을 위해 분명히 옛 애인을 마다하고 '미차'에게 새 생활을 권유하면서 자신에게 행복을 약속하고 있다는 걸 알았을 때, 카라마조프가 어떤 공포와 정신적 고통을 느꼈을지는 상상도 할 수 없기 때문입니다. 더욱이 그것을 알게 된 때가 언제였습니까? 그때는 그에게 전부 끝을 알리고 전부 불가능하게 되었을 시점이었습니다!

이 부분에서 나는 그 당시 피고가 처한 상태의 진정한 본질을 확인하려고 중요한 사실 한 가지를 지적하고자 합니다. 피고가 사랑하는 여성은, 마지막 순간까지 그가 체포되는 바로 그 순간까지 그에게는 벼랑에 핀 꽃이었고, 몹시 원하면서도 도무지 손에 넣을 수 없는 존재였습니다.

그런데 왜, 왜 그는 그때 자살하지 않았던 것일까요? 그는 왜 결심했던 계획을 포기했을까요? 왜 자신의 권총이 어디에 있는지조차 잊었을까요? 그것은 사랑에 대한 이 무서운 갈망과 그때 바로 그 자리에서 이 갈망이 충족될 수 있을 수도 있다는 희망이 그를 말렸기 때문입니다.

그는 큰 파티에 정신이 흐려지기는 했지만, 자신과 더불어 축배를 드는 애인 옆에 딱 붙어 있었습니다. 어느 때보다 아름답고 매혹적인 그녀의 곁을 떠나고 싶지 않았기 때문입니다. 그녀를 황홀함에 빠져서 바라보고 싶었습니다. 그녀를 앞에 두고 그는 거의 녹

아버릴 것 같았습니다. 이 열정적인 갈망은 한순간, 체포된다는 공포뿐만 아니라 양심의 가책도 압도했습니다! 그러나 그것은 불과 한순간뿐이었습니다.

　나는 범인의 그 당시 정신 상태를 상상할 수 있지만, 그의 마음은 세 가지 요소에 압도되어서 노예처럼 완전히 굴복했습니다. 첫 번째 요소는 만취와 혼탁한 공기, 난장판과 춤추는 발소리, 요란한 노랫소리, 그리고 술에 취해서 붉어진 얼굴로 노래하고 춤을 추며 그를 보고 웃어 주는 그 여자였습니다. 두 번째 요소는, 무서운 결말은 아직 멀었다, 적어도 가까이 오지는 않았다. 겨우 내일이나 아침이 되어야 붙잡으러 오겠지, 하고 그를 위로하는 막연한 희망 때문이었습니다. 그리고 아직 몇 시간은 남았다, 그 정도 시간이면 충분하다, 충분하고도 넉넉하다, 몇 시간이 지난 뒤에 천천히 생각해도 늦지 않을 것이다, 그는 이런 생각을 했습니다.

　아마도 그는 교수대로 끌려가는 죄인과 마찬가지 기분이었겠지요. 그런 죄인들은 아직도 먼 길을 지나서 몇 천 명이나 되는 구경꾼 앞을 걸어가서 모퉁이를 돌아서 다시 다른 길로 나간다, 그 길 끝에 이르러야 그 무서운 광장이 있다, 이렇게 생각하기 쉽습니다! 사형수는 그 치욕스러운 마차를 타고 행진을 시작할 때, 자신의 앞에는 아직도 끝없는 생명이 있다고 생각할 것입니다. 나는 이런 상상을 합니다.

　그러나 마침내 집들은 사라지고 마차는 점점 형장에 가깝게 다가갑니다. 그러나 그는 여전히 놀라지 않습니다. 다음 길까지 돌아가자면 아직도 멀다. 그래서 그는 여전히 늠름한 모습으로 주위를 둘러보며 자신을 보는 수 천 명의 차갑고 호기심에 가득한 군중들을 내려다봅니다. 그리고 자신도 그들과 같은 인간이라고 생각합니다. 마침내 다음 거리로 돌아가는 모퉁이에 도착합니다. 아! 그래도 아직은 걱정하지 않습니다. 아직도 갈 길이 남았습니다. 많은 집들이 아무리 뒤로 사라져도 그는 역시 아직은 집이 남아 있다고 생각합니다. 이렇게 마지막까지 형장에 도착할 때까지 계속합니다.

생각해 보자면 그때 카라마조프는 그런 심정이었을 것입니다. '아직 당국의 손길이 뻗치지는 않았을 거야. 아직 피할 방법은 있을 거야. 뭐, 아직은 변명의 계획을 세울 여유는 있을 거야. 아직도 항변의 방법을 생각해 낼 여유는 있을 거야. 그러니까 지금은, 지금은 여자가 이토록 아름다운데!' 이렇게 생각했겠지요. 물론 그의 마음은 우울하고 공포스러웠을 것입니다. 그러나 그는 그 돈의 절반을 감출 여유는 있었습니다. 그렇지 않으면 방금 아버지의 베개 밑에서 꺼낸 3천 루블의 절반이 어디로 없어졌는지 설명할 수 없습니다. 그가 모크로예에서 처음 온 것이 아니었고, 이미 예전에도 그곳에서 2주일간 지낸 적이 있었기 때문에 이 오래된 큰 목조 집을 곳간에서 복도 구석까지 전부 알고 있었습니다. 내가 상상하기에는 그 돈의 일부를 체포되기 직전에 그 집안의 어느 틈이나 갈라진 곳, 마룻바닥 아래나 또는 다락에 감춘 것 같습니다.

왜냐고요? 뻔합니다. 끝이 곧 다가올 수 있기 때문입니다. 물론 그는 그 끝을 어떻게 맞을 것인지 생각하지 않았고, 또 생각할 여유도 없었습니다. 게다가 머리가 지끈거리고 마음은 계속 그 여자에게 이끌리고 있었습니다. 그러나 돈은, 돈은 어떤 환경에 처해도 필요한 것입니다. 인간은 돈만 있으면 어느 곳에서나 대접을 받습니다.

여러분은 이런 경우 이런 계산을 하는 것이 자연스럽지 않다고 생각하십니까? 그러나 그의 주장을 들으면, 그는 범행을 하기 한 달 전에, 그가 가장 불안해하고 위태로웠던 시기에 3천 루블 중에서 절반을 향주머니에 넣고 꿰맸습니다. 이것은 당연히 사실이 아닙니다. 이에 대해서는 곧 설명하겠지만, 그러나 그렇다고 해도 카라마조프에게 그런 생각은 익숙한 것이고, 늘 마음속으로 생각했던 것입니다. 뿐만 아니라 그 뒤에 그는 예심판사에게 1천 5백 루블을 주머니에(예전부터 그런 것은 존재하지 않았습니다) 넣어 두었다고 했는데, 그것은 그 순간 갑자기 영감이 떠올라서 향주머니를 생각했을 수도 있습니다. 왜냐하면 그 2시간 전에 그는 돈의 절반을 무슨 일이 있을 때 자신이 갖고 있으면 좋지 않다고 하면서 잠시 아침까지 모크로예의 어느 곳에 감추었기 때문입니다.

배심원 여러분, 두 개의 심연을 기억하십시오. 카라마조프는 그 두 개의 심연을 동시에 볼 수 있습니다! 우리는 그 집안을 수색했지만 돈은 발견할 수 없었습니다. 그 돈은 지금도 거기 있는지 알 수 없고, 또 그 다음날 사라져서 지금 피고가 가지고 있을 수도 있습니다.

어쨌든 그는 체포될 때 그 여자와 같이 있었고, 그 앞에 무릎을 꿇고 있었습니다. 여자가 침대에 눕자 그는 두 손을 내밀면서 한순간 전부 잊었고, 심지어 경찰이 곁에 오는 소리도 듣지 못했습니다. 그는 아직 대답할 말을 생각하지 않았습니다. 그도, 그의 머리도 갑자기 붙잡혔습니다.

그래서 그는 재판관 앞에서 자신의 운명을 결정할 사람들 앞에 섰습니다. 배심원 여러분, 우리는 직업상 범죄자 앞에서 거의 공포를 느끼고 그 사람이 무서워질 때가 자주 있습니다. 그것은 그의 동물적인 몸부림을 볼 때입니다. 범죄자는 모든 것이 끝났다고 생각하면서도 여전히 적과 싸우고, 동시에 앞으로도 마지막까지 싸우려고 합니다.

모든 자기 보존의 본능이 동시에 눈을 뜨면, 그는 자신을 지키기 위해서 뭔가 알고 싶은 것처럼 꿰뚫어 보는 것 같은 고통에 찬 눈길로 여러분을 보면서 여러분의 표정과 생각을 읽으려고 합니다. 또, 적이 어느 쪽에서 공격할지 대비하면서 자신의 어지러운 마음속에서 한순간에 수천 가지 방법을 생각합니다. 그러면서도 그것을 감히 입 밖으로 내는 것을 두려워합니다. 잘못 말할까 봐 두려워하는 것입니다! 인간의 영혼을 추락시키는 이 굴욕적인 순간, 영혼의 지옥을 다니며 자신의 구원을 바라는 동물적인 욕망, 이것은 공포입니다. 그것은 때로는 예심판사의 마음에도 죄인에 대한 연민과 전율을 가져옵니다.

실제로 그때 우리는 그것을 목도했습니다. 처음에 그는 어리둥절해했습니다. 그러다가 공포 때문에 자신의 명예를 더럽히는 말을 두세 마디 했습니다. '피다! 결과다!' 이런 말을 하더니 곧 자신을 억눌렀습니다. 무슨 말을 해야 할지, 어떤 대답을 해야 할지, 그에게는 전혀 준비가 되어 있지 않은 상태였습니다.

그냥 '아버지의 죽음에 대해서는 무죄입니다'라는 근거 없는 부정만 준비됐을 뿐, 그것이 당장의 방벽이었고 그 방벽의 저쪽에서 그는 다시 방벽을 쌓으려고 생각했습니다. 처음 자승자박 같은 말을 외치고 난 뒤, 그는 우리의 질문에 앞서 다급하게 이렇게 말을 보탰습니다. 즉, 하인 그리고리의 죽음만 자신이 책임질 것이 있다고 해명한 것입니다. '내가 그의 피를 흘리게 했습니다. 그러나 아버지는 누가 죽였을까요? 여러분, 누가 죽인 걸까요? 만약 내가 아니라면 누가 한 짓일까요?' 이렇게 말입니다.

어떻다고 생각하십니까? 그것과 똑같은 질문을 하러 간 우리에게 반대로 이렇게 물었습니다. 그는 '만약 내가 아니라면' 하고 먼저 말했습니다. 이것은 동물적이고도 교활한 지혜라고 할 수 있습니다. 이것은 카라마조프적인 단순함과 다급함입니다! 내가 죽이지 않았다고, 내가 죽였다고 생각하면 가만 두지 않겠다, 그냥 두지 않는다. '나도 죽일 마음은 있었습니다. 여러분, 죽이려고 생각하기는 했습니다' 그는 다급하게 이렇게 털어놓았습니다. 그는 당황했습니다. 그래요, 많이 당황하고 있었습니다!-'그러나 나는 죄가 없습니다. 나는 죽이지 않았습니다!' 그는 한 발자국 양보해서 죽일 마음은 있었다고 말했습니다. 그것은 마침내 나는 이렇게 아주 정직한 인간이니까 범인이 아니라는 것을 믿어 달라는 의미였습니다.

사실 이런 경우에는, 죄인은 가끔 믿지 못할 만큼 경솔해져서 함정에 빠지기 쉽습니다. 그 점을 노려서 예심판사가 자못 예사로운 표정을 지은 채 '그럼 스메르자코프가 죽인 걸까?'하고, 단순한 질문을 했습니다. 그러자 예상한 대로 그는, 우리가 앞질러서 불시에 기습을 했다고 생각하고 화를 냈습니다. 그는 아직 준비가 충분하지 않았고, 또 스메르자코프를 들추기에 가장 좋은 기회도 잡지 못했습니다. 그는 평상시처럼 금방 극단으로 나가서, 스메르자코프는 죽이지 못한다, 그 사람은 살인을 저지를 사람이 아니라고 열심히 항변했습니다.

그러나 그것을 믿으면 안 됩니다. 그것은 그의 교활한 지혜일 뿐입니다. 그는 결코 스메르자코프가 범인이라는 생각을 단념한 것이 아닙니다. 단념은커녕 오히려 반대로 다시 한 번 꺼낼 생각이었습니다. 왜냐하면 스메르자코프 외에는 아무도 끌어들일 사람이 없었기 때문입니다. 그러나 지금은 좋은 기회를 놓쳤으니 다음 기회를 포착해야겠다고 생각했을 것입니다.

그래서 그는 다음날이나 또는 며칠이 지난 뒤에 적당한 기회를 보아서 자신이 '어떤가요? 나는 당신들보다 훨씬 더 강하게 스메르자코프설을 부정했습니다. 그건 기억하실 것입니다. 그러나 이제는 나도 그가 죽였다는 것을 확신합니다. 그가 한 짓입니다. 바로 그가 범인입니다!' 이렇게 외치려고 했던 것입니다. 그러나 얼마간은 우리에게 동의하며 우울하게 화를 내며 부정하지요. 그동안에 불안과 분노를 이길 수 없어서 결국 자신은 아버지의 방 창문을 들여다보기만 하고 가만히 돌아갔다고 하는, 멍청하고 터무니없는 변명을 했습니다.

그는 아직 상황을 파악하지 못했던 것입니다. 정신을 차린 그리고리가 어떤 진술을 했는지 몰랐습니다. 마침내 우리는 몸을 수색했습니다. 그것은 그를 화나게 했지만, 오히려 그에게 힘을 주었습니다. 3천 루블의 돈이 전부 발견되지 않고 겨우 1천 5백 루블만 발견했기 때문입니다. 그리고 당연하게도 화가 나서 입을 다물고 부정을 계속하는 동안에 그는 비로소, 갑자기 그 향주머니에 대한 생각이 머리에 떠올랐던 것입니다. 물론 그는 자신의 허구가 자연스럽지 못하다고 생각해서 고심했습니다. 어떻게 해서라도 더 자연스럽게 보이게 해서 그럴듯한 이야기가 될 수 있도록, 고민을 계속했습니다.

이런 경우에 예심에서 가장 먼저 해야 할 일은, 가장 중요한 과제는 무엇일까요? 그것은 상대에게 준비할 사이를 주지 않고 불리하고, 자연스럽지 못하고, 모순투성이인 말을 하도록 기습하는 일입니다. 예고 없이 그리고 넌지시 무언가 새로운 사실이나 상황을 알려주어서 그에게 은연중에 말하게 하는 것이 중요합니다. 단지 그 사실은 매우 중요한 의미를 지니고 있고 더욱이 그때까지 범인이 전혀 예상하지 못한 뜻밖의 내용이어야 합니다.

그런 사실은 이미 준비되어 있었던 것입니다. 맞습니다, 예전부터 준비되어 있었습니다. 그것은 바로 다시 깨어난 하인 그리고리의 진술이었습니다. 그는 문이 열려 있었고 피고는 거기로 도망쳤다고 주장했는데, 피고는 이 문에 대한 일을 전혀 기억하지 못했습니다. 따라서 그 효과는 매우 컸습니다. 그는 깜짝 놀라면서, 우리를 향해 소리쳤습니다. '스메르자코프가 죽였습니다, 그런 짓을 한건 스메르자코프입니다!'

이렇게 그는 미리 준비한 가장 소중한 비장의 무기를 꺼냈지만, 그것은 정말 어처구니없는 형태로 나타났습니다. 왜냐하면 스메르자코프는 그가 그리고리를 때려눕히고 달아난 뒤가 아니면 범행을 할 수 없었기 때문입니다.

그래서 우리는 피고에게, 그리고리는 쓰러지기 전에 문이 열려 있는 걸 보았고, 또 그는 자신의 침실에서 나올 때 칸막이 뒤에서 스메르자코프의 신음 소리를 들었다고 말했습니다. 그러자 카라마조프는 어깨가 축 처지더군요. 존경하는 나의 동료로서 뛰어난 두뇌의 소유자인 넬류도프 예심판사가 나중에 나에게 알려준 얘기지만, 그는 그 순간 눈물이 날 정도로 피고가 가련했다고 합니다. 피고가 상황을 만회하려고 존재하지 않는 향주머니 얘기를 급하게 꺼낸 것은 바로 이때였습니다. 이렇게 된 이상 할 수 없네요, 제 이야기를 한번 들어보세요, 하고 말이지요.

배심원 여러분, 이미 얘기했지만, 한 달 전에 돈을 향주머니 안에 넣어서 꿰맸다는 이 꾸며진 이야기는 어처구니없을 뿐만 아니라 도무지 있을 수 없는 속임수입니다. 이처럼 사실이 아닌 설명이나 불합리한 거짓말은 현상금을 걸고 찾아도 찾을 수 없을 것입니다.

이렇게 의기양양해하는 이런 종류의 소설가를 덫에 걸어서 움직이지 못하게 하는 것은 무엇보다 이야기의 자세한 부분입니다. 현실에는 이런 세부사항이 항상 넘쳐나지만 이를 의식하지 못하는 불행한 작자에 의해서 항상 무의미하고 불필요한 하찮은 일로 치부되어서 한 번도 기억나지 않았습니다. 맞습니다. 그들은 그 순간 그런 세부사항을 생각할 여유가 없습니다. 그들의 머리는 그냥 큰 전체를 만들어내는 겁니다. 그래서, 지금 그런 하찮은 질문을 해서 어떡하겠다는 거야? 하며 겨우 코웃음만 치는 거지요.

그러나 바로 그 부분이 함정입니다. 먼저 피고에게 질문합니다.

'당신은 그 주머니의 재료를 어디에서 마련했습니까, 누가 꿰맸나요?'

피고는 답변합니다. '내가 꿰맸습니다.'

'그렇다면 천은 어디서 구했나요?'

그러면 피고는 화를 크게 내며, 그런 필요 없는 질문을 하는 것은 자신을 모욕하는 것과 마찬가지라고 말합니다. 그런데 그것이 진심입니다. 진정한 진심입니다! 그러나, 그들은 전부 그런 식입니다.

'내 셔츠를 찢었지요.'

피고가 대답합니다.

'아, 그래요, 그럼 내일 당신이 벗어놓은 옷 중에서 그 찢어진 셔츠가 있는지 찾아봅시다.'

어떠신가요, 배심원 여러분, 만약 실제로 그 셔츠가 나타나면─

만약 그런 셔츠가 실제로 있다면 분명히 피고의 가방이나 일용품 상자 안에 있어야 하니까요-그것은 이미 확실한 사실이 됩니다. 그의 주장을 뒷받침하는 강력한 사실인 것입니다. 그러나 그는 그런 것을 차분하게 생각할 수 없습니다.

'기억이 잘 나지 않지만, 어쩌면 셔츠를 찢은 것이 아니라, 안주인의 모자였을 수도······.'

그는 이렇게 말합니다.

'그 모자는 어떤 모자인가요?'

'내가 안주인의 집에서 집어왔습니다. 안주인 집에서 굴러다니더군요. 낡은 베 조각으로 만든 것입니다.'

'그렇다면 분명히 그렇게 기억하는 것이지요?'

'아니, 분명히 그렇게 기억하는 것은 아닙니다.'

그는 이렇게 말하면서 화를 냅니다. 하지만 생각해 보십시오. 그런 일을 기억하지 않을 이유가 없지 않습니까! 인간에게는 가장 무서운 순간, 예를 들어 처형장에 끌려갈 때 오히려 이런 자잘한 일들이 기억에 남는다고 합니다. 전부 잊어버리고 있던 사람이 중간에 얼핏 눈에 뜨인 초록빛 지붕이나, 십자가에 앉은 까치나, 이런 것들이 오히려 생각이 난다고 합니다. 사실 그는 향주머니를 만들 때 남의 눈을 피해서 만든 것이 분명합니다. 바느질을 하면서, 자신의 방에 누군가 들어오지는 않을지, 누구에게 들키지는 않을지, 그런 두려움 때문에 야비하게 고민한 일을 기억해야 할 것입니다. 작게 문을 두드리는 소리만 들려도 헐레벌떡 칸막이 뒤로 숨었을 것이 확실합니다.-그의 방에는 칸막이가 있으니까요.

그러나 배심원 여러분, 내가 왜 이런 일을, 이런 하찮은 사실을 여러분에게 얘기하는 걸까요?" 이폴리트는 갑자기 외쳤다. "다름이 아니라, 피고가 이 지경에 이르러서까지 이 바보 같은 허구를 완고하게 주장하기 때문입니다! 그에게는 운명적인 그날 밤 이후 꼬박 두 달간, 피고는 아무것도 확실하게 밝히지 못했습니다. 꿈같은 그전의 진술을 뒷받침할 만한 현실적 상황은 전혀 추가하지 못하는 것입니다. 그런 것은 사소합니다, 명예를 걸고 당신들은 내 말을 믿어야 합니다, 그는 이렇게 말합니다!

아, 그것을 믿을 수 있다면 우리도 얼마나 기쁠까요. 명예를 걸고서라도 믿고 싶은 마음이 간절합니다! 사실, 우리는 인간의 피를 원하는 승냥이가 아닙니다. 제발, 피고에게 이익이 될 만한 사실을 한 개라도 좋으니 들어 주십시오. 그렇게 된다면 무척 기쁠 것입니다. 그러나 그것은 오관(伍官)으로 느낄 수 있는 현실감 있는 사실이어야 합니다. 친동생이 주장하는 것처럼, 피고의 표정에서 얻은 결론이나, 피고가 어둠 속에서 자신의 가슴을 친 것은 향주머니를 가리킨 것이 분명하다는 식의 주장으로는 어렵습니다. 우리는 새로운 사실을 바랍니다. 그리고 새로운 증거가 나타날 때는 누구보다 먼저 기소를 취소하겠습니다. 곧바로 취소하겠습니다. 그러나 지금은 정의가 외치고 있으므로 우리는 최후까지 종전의 주장을 지켜야 합니다. 결코 물러날 수 없습니다."

이폴리트는 이렇게 말하고 결론을 내렸다. 그는 열병에 걸린 것처럼, 피를 위해, '야비한 약탈을 목적으로' 친자식에게 살해된 아버지의 피를 위해 울부짖었다. 그는 비극적이고 또한 용서할 수 없는 사실의 총체적 의미를 분명하게 지적했다.

"여러분은, 천재로 알려진 피고의 변호인에게서 어떤 말을 들으시더라도(이폴리트는 더 이상 억누를 수 없었다.) 또, 그가 여러분의 마음을 흔드는 감동에 겨운 웅변을 아무리 많이 쏟더라도, 여러분은 지금 우리의 신성한 정의의 법정에 계신다는 것을 기억해야 합니다. 여러분은 우리의 정의의 수호자이고, 우리의 신성한 러시아와 그 기초와 그 가족 제도와 그 거룩한 것의 수호자라는 것을 깊이 기억하셔야 합니다! 그렇습니다, 여러분은 지금 이곳에서 러시아를 대표하고 있으며, 여러분의 판결은 이 법정뿐만 아니라 러시아 전역에 울려 퍼질 것입니다. 그리고 러시아는 자신의 변호인이자 심판관인 여러분의 판결을 듣고, 그로 인해서 격려를 받거나 낙담하기도 할 것입니다.

러시아를 괴롭히면 안 됩니다. 그런 기대를 배신해서는 안 됩니다. 우리의 운명의 트로이카가 전속력으로 질주하는 그 끝에는 어쩌면 파멸이 기다리고 있을 수도 있으니까요. 이미 오래전부터 러시아인들은 두 손을 위로 들고 외치면서, 미친 것처럼 달리는 방약무인한 트로이카의 질주를 막기 위해서 노력해 왔습니다. 설사 다른 국민들이 일단 거침없이 질주하는 그 트로이카에게 길을 비킨다 해도 그것은 그 시인(고골리)이 바란대로 경의를 표하려고 그런 것이 아니라 단순히 공포 때문에 그런 것입니다. 이 점을 특히 명심하시기 바랍니다.

또는 공포 때문이 아니고, 공포에 대한 혐오감 때문일 수도 있습니다. 아직은 그러니까, 사람이 길을 비켜주는 동안은 그래도 괜찮습니다. 그러나 미래에, 갑자기 길을 비켜주는 것을 그만두게 될수도 있습니다. 스스로를 구하기 위해서, 개화와 문명을 위해서, 광포하게 질주하는 환영(幻影) 앞에서 완강한 장벽이 되어서 우뚝서서 그 미친 듯한 방종의 질주를 막으려고 할 수도 있습니다! 유럽에서는 그 불안한 소리가 이미 들려옵니다. 그 소리는 이미 울려퍼지고 있습니다. 여러분, 자식의 친부 살해가 무죄라는 판결을 내리면서 그 소리를 더 도발하고, 점점 커지는 그 증오를 부채질하는일이 없도록 간절히 바랍니다!"

이폴리트는 한마디로 말해서 무척 흥분 상태였지만 충분히 감동적으로 논고를 마무리 지을 수 있었다. 사실 그가 청중에게 준감동은 대단했다. 그는 논고가 끝나자 재빨리 법정에서 나갔고 앞서 말했듯이 별실에서 거의 정신을 잃고 쓰러질 지경이었다.

법정에서는 박수 소리가 들리지는 않았지만 진지한 사람들은전부 감격했다. 단지 부인네들은 별로 만족스러워하지 않았지만그래도 검사의 웅변에는 전부 감탄했다. 게다가 그들은 논고의 결과는 전혀 두려워하지 않고 단지 페추코비치에게 기대를 전부 걸었으므로 '저 사람이 변론을 시작하면 당연히 확실하게 완벽한 승리일 것이다!'고 안심했다.

사람들은 전부 미차를 바라보았다. 그는 두 주먹을 쥐고 이를 악문 채로 고개를 숙이고 검사의 논고가 끝날 때까지 가만히 입을 다물고 있었다. 그러나 어쩌다가 고개를 들고 열심히 귀를 기울일 때도 있었다. 특히 그루센카의 이름이 나올 때는 분명히 그렇게 했다. 검사가 그녀에 대해서 라키친의 의견을 전했을 때는 그의 얼굴에 경멸과 분노의 미소가 생겼다. 그는 충분히 들리는 소리로 "베르나르 같은 녀석!"하고 내뱉었다.

검사가 모크로예에서의 심문 때 미차를 괴롭힌 경위에 대해 이야기하자 그는 매우 호기심 가득한 표정으로 열심히 들었다. 논고 중에서 어떤 대목에 이르러서는 펄쩍 뛰면서 무슨 소리를 외치려고 하다가 겨우 자신을 억누르고 단지 경멸하는 것처럼 어깨를 으쓱해 보일 뿐이었다.

이 논고의 끝부분, 특히 검사가 모크로예에서 피고를 심문했을 때의 검사의 공훈은 나중에 이곳 사교계에서 화제가 되었고 이폴리트는 웃음거리가 되고 말았다.

"그 사람 결국 참지 못하고 자기 수완에 대해서 자랑을 하더군."

재판장은 잠시 휴정을 선언했는데 그것도 겨우 15분 내지 20분 뿐이었다. 방청객 사이에서 말소리와 고함소리가 들려왔는데 필자는 대화를 기억한다.

"완벽한 논고네요!"

한 무리 중에서 신사 한 명이 험악한 표정을 지으며 말했다.

"하지만 지나치게 심리 분석에 치우친 것 같습니다."

이렇게 대답하는 소리도 들려왔다.

"하지만, 전부 사실이니까요, 반론할 수 없는 진실입니다!"

"맞아요, 저 사람은 능력있는 수완가예요."

"정말 논리정연하게 정리했더군요."

"우리 생각까지 정리해 주었어요." 다른 목소리가 말했다. "논고의 시작에서 우리도 표도르 카라마조프와 같다고 말했잖아요."

"논고의 마지막에서도 그랬지요. 하지만 그건 거짓입니다."

"그리고 애매모호한 부분도 꽤 있었어요."

"좀 지나치게 열을 내더군요."

"불공평한 것 같아요, 불공평합니다."

"아니에요, 어쨌든 잘했어요. 그 사람은 오랫동안 오늘이 오기를 기다리다가 결국 울분을 토해낸 것이지요."

"변호사는 어떻게 말할까요?"

다른 무리에서는 이런 말들을 나누고 있었다.

"하지만 페테르부르크에서 온 변호사에게 들으라는 듯이 그런 소리를 한 것은 좀 지나쳤어요. '마음을 뒤흔드는' 이런 식으로 이야기한 걸 기억하시오?"

"맞아, 그건 좀 서투르더군."

"너무 성급했어요."

"워낙 예민한 사람이에요."

"우리는 이렇게 웃지만, 피고는 어떤 기분일까요?"

"맞아, 미차는 어떤 기분일까?"

"그런데, 변호사는 어떻게 말할까?"

또 다른 무리는 이런 말을 나누고 있었다.

"저 끝에 앉은 확대경을 가진 여자는 누구지? 저 뚱뚱한 부인 말이야."

"어떤 장군의 부인인데 이혼했어. 내가 잘 알아."

"확대경을 들고 있는 게 이상하더라니."

"쓰레기 같은 여자야."

"아니야, 제법 매력적인데."

"저 여자 옆에 앉은 두 사람 곁에 있는 여자 말이야. 그쪽이 나은걸."

"그나저나 모크로예에서는 기특하게도 미챠의 꼬리를 잡은 거지?"

"기특한지는 몰라도 또 그 얘기를 꺼냈으니 말인데. 검사는 그때도 여러 번 집집마다 찾아다니며 자랑을 했지."

"지금도 말을 안 할 수가 없었어. 정말 자부심이 대단하더군."

"워낙 불행한 사람이거든, 하하!"

"거기다 화도 잘 내. 그 논고는 미사여구가 많고 문장도 지나치게 길었어."

"게다가 위협도 했지. 위협만 했잖아? '저 세상에는 햄릿이 있지만 이 세상에는 당분간 카라마조프가 있을 뿐입니다' 하고 말이야. 진짜 어이가 없었네."

"그런 말은 자유주의자들을 비아냥댄 거야. 무서워하거든!"

"게다가 변호사도 두려워하죠."

"아, 페추코비치 선생은 무슨 말을 할까?"

"무슨 말을 해도 러시아의 농부들에게는 안 통할걸요."

"자네는 그렇게 생각하는가?"

또 다른 쪽에서도 대화가 진행 중이었다.

"하지만 트로이카 얘기는 제법 괜찮았어. 남의 나라 이야기를 한 부분 말이야."

"다른 나라에서 기다리진 않을 거라고 했는데, 그 점은 진짜야."

"그건 무슨 의미지?"

"지난주 일인데, 영국 의회에서 한 의원이 허무주의자 문제로 우리 러시아인을 야만 국민이라고 불렀을 뿐 아니라, 그자들을 개화시키기 위해 이제 좀 간섭해도 좋은 시기가 되지 않았는지 정부에 질문을 했었어. 이폴리트는 그 의원을 두고 한 말이야. 분명해, 그 의원 얘기야. 지난주에도 그런 말을 했었어."

"하지만, 그건 영국의 도요새들이 감히 할 수 있는 일은 아니네."

"도요새? 어째서 할 수 없지?"

"우리가 크론시타트 항을 폐쇄하면 그들은 굶어죽을 수밖에 없어, 도대체 어디서 곡물을 구할 수 있겠어?"

"미국이지. 요즘에는 미국에서 수입하지 않은가."

"정말?"

이때 벨이 울려서 전부 서둘러서 자신의 자리로 돌아갔다. 페추코비치가 나타났다.

10. 변호사의 변론, 양날의 검

이름이 널리 알려진 변호사의 첫마디가 울리자 장내는 물을 끼얹은 것처럼 조용해졌다. 방청객의 시선이 전부 그에게 몰렸다. 그는 매우 진솔하고 확신에 찬 어조로 간단명료하게 변론을 시작했으며 전혀 오만한 구석이 없었다. 말을 꾸미려고 노력하지 않았고 비통한 말투나 감정에 호소하는 문구도 쓰지 않았으며, 마치 서로 공감하는 친밀한 사람들끼리 이야기를 나누는 것 같은 말투였다.

그의 목소리는 아름답고 탄력 있었으며 정감이 깃들어 있었다. 그 목소리 자체에서 이미 성실함과 진솔함을 알 수 있었다. 그러나 곧 이 웅변가가 갑자기 비장한 심경으로 뛰어넘어서 '알 수 없는 신비한 힘으로 사람들을 감동시킨다'는 것을 모두 깨닫게 되었다.

그가 하는 말은 이폴리트처럼 논리적이지는 않았지만 필요 없이 장황하지 않았고 오히려 정확했다. 단지 부인들의 마음에 들지 않는 한 가지는 변호사가, 변론하는 동안 기묘하게 등을 구부리고 있다는 것이었다. 절을 하는 것ㄷ 아니고, 마치 방청객들을 향해 그대로 날기라도 할 듯한 자세로 그 긴 등을 중간 정도에서 구부렸는데, 가느다란 등 한가운데에 손잡이라도 달려서 그것 때문에 직각으로 구부러진 것처럼 느껴졌다.

그는 처음에는 산만한 말투로 사실을 마구잡이로 끌어와 체계 없이 말하는 듯 했지만 끝부분에 이르러서는 훌륭하게 마무리하곤 했다.

그의 변론은 크게 둘로 나눌 수 있었다. 전반은 비판이자 검사의 논고에 대한 반박이었기 때문에 때로는 짓궂기도 했고 신랄한 부분도 있었다. 그러나 후반에 접어들면서 별안간 논조와 전력이 변하더니 한순간에 감동적으로 고조시켰다. 법정에 가득 찬 사람들은 그것을 기다렸다는 듯이 감격해서 소란스러워졌다.

변호사는 이내 문제의 핵심에 돌입했다. 먼저 자신의 활동 무대는 페테르부르크지만 피고를 변호하기 위해서 러시아의 각 도시를 찾아다닌 것은 이것이 처음이 아니라고 말하고, 자신이 변호의 수고를 아끼지 않는 피고들은 전부 죄 없는 사람들이라고 확신하거나 미리 그렇게 예감했거나 둘 중의 하나였다고 설명했다.

"이번 사건도 그러합니다. 처음 신문 기사를 읽을 때부터 나는 피고에게 매우 유리한 무언가를 느낄 수 있어서 마음이 강하게 끌렸습니다. 한마디로 말해서 나는 무엇보다도 어떤 법률상의 사실이 흥미로웠습니다. 그런 사실은 보통 재판 사건에서 흔하게 볼 수 있지만, 이번 사건만큼 완전한 형태와 지극히 개인적인 특징을 가진 예는 드물다고 생각합니다. 이런 사실은 변론의 끝에 가서 공표해야 할 성질이지만, 처음부터 말씀드리겠습니다. 왜냐하면, 나는 효과를 숨기거나 인상을 적당히 손질하지 않고 바로 본론으로 들어가는 결점을 가지고 있기 때문입니다. 이것은 내 입장에서는 무모할 수 있지만, 그 대신 성실한 태도를 가졌다고 생각합니다.

나의 생각과 결론은 이러합니다. 즉 피고를 불리하게 만드는 사실이 압도적으로 쌓여 있지만, 동시에 그 사실을 하나씩 관찰하면 비판할 만한 것은 전혀 없다는 것입니다!

세상의 소문을 듣고 신문의 보도를 보면서 나의 이런 신념은 점점 더 확고해졌습니다. 마침 그때 뜻밖에도 피고의 친척에게서 변호해 달라는 부탁을 받았습니다. 그래서 나는 빨리 이곳에 달려와서 그 신념을 더욱 굳건하게 할 수 있었습니다. 내가 이 사건의 변호를 맡은 것은 이 무서운 사실의 누적을 깨뜨리기 위해서입니다. 다시 말하면, 기소의 이유가 된 사실들이 전부 증거가 충분하지 않고 동시에 허풍일 뿐이라는 걸 입증하기 위해서입니다."

이렇게 말한 변호사는 별안간 목소리를 높였다.

"배심원 여러분, 나는 처음으로 이곳에 왔습니다. 따라서 내가 느낀 인상에는 어떤 선입견도 없습니다. 피고는 거칠고 건방진 성격을 가진 사람인 것 같은데, 나는 지금까지 그에게서 한 번도 모욕을 받은 일이 없습니다. 그런데 이 도시의 많은 사람들은 전에 그에게서 모욕을 당한 적이 있어서 처음부터 피고에게 악감정을 품었던 것입니다. 물론 이곳 사람들의 도덕적 감정이 분개한 것도 당연하다는 것을 나도 잘 압니다. 피고는 난폭하고 거리낌이 없는 사람이었으니까요.

그러나 피고가 이곳의 사교계에서 받아들여졌던 것도 사실입니다. 뛰어난 재능을 가지신 검사의 가정에서도 환영을 받았을 정도였습니다. (변호사가 이렇게 말하자 청중 사이의 두세 곳에서 웃음소리가 들렸다. 그 소리는 금세 사라졌으나 그래도 사람들의 귀에 들렸다. 이곳 사람들은 그 사정을 알았지만, 검사는 어쩔 수 없이 미차를 받아들였던 것이다. 그것은 검사의 부인이 왠지 그에게 관심이 있었기 때문이다. 부인은 매우 높은 식견을 지닌 훌륭한 여성이었지만 공상에 잘 빠지고 고집이 센 편이어서 때로는 주로 사소한 일로 남편에게 대들기도 했다. 실상은 미차가 그렇게 방문을 자주 하지도 않았다.) 그러나 그럼에도 불구하고 나는 감히 이렇게 가정하려고 합니다. 저의 논적인 검사께서는 독립적인 지성과 공명정대한 성격을 지니셨음에도 우리의 불행한 피고에 대해서 무언가 그릇된 선입견을 가지고 계실 수도 있습니다. 물론 그것은 있을 법한 일입니다. 불쌍한 피고는 그러고도 남을 만한 짓을 저질렀습니다. 사람은 도덕적 감정, 특히 미적 감정(美的感情)에 상처를 받으면 때로는 어떤 타협도 용서하지 않는 경우가 있습니다. 물론 우리는 그 환하게 빛나는 논고를 통해서 피고의 성격과 행위에 대해서 예리한 분석을 들었고 사건에 대해서 엄격한 비판의 태도를 보았습니다. 특히 사건의 진상을 설명하려고 펼친 깊은 심리 분석은 만약 존경하는 논적이 피고의 인격에 대해서 조금이라도 악의적이고 의식적인 편견을 갖고 계셨다면 도무지 불가능하다고 할 정도로 깊은 통찰로 가득했습니다.

그러나 이런 경우 사건에 대해서 매우 의식적인 악의를 가진 태도보다 더욱 나쁘고 치명적인 것이 있습니다. 그것은 일종의 예술적, 유희적 본능에 빠졌을 경우입니다. 특히 심리적 통찰력은 풍부하게 타고난 경우 더욱 심각합니다. 나는 페테르부르크에 있었을 때 이곳으로 출발하기 전에 이미 충고를 받았습니다. 아니, 나 스스로 누구의 주의를 받지 않았더라도 이곳에서 나의 반대 측에 서는 사람이 깊고 꼼꼼한 심리 분석의 명수이며, 일찍이 아직 젊은 우리 법조계에 일종의 특별한 명성을 가진 분이라는 것을 알았습니다.

그러나 여러분, 심리학은 심오한 학문이면서 양쪽에 날이 있는 도끼와도 같습니다. (이 순간 청중 속에서 웃음소리가 들렸다.) 물론 여러분은 이 판에 박힌 비유를 너그럽게 생각해 주실 거라고 생각합니다. 나는 그리 웅변에 재주가 없는 편입니다. 그러나 지금 검사의 논고 중에서 우선 한 가지 예를 들어보겠습니다.

피고는 한밤중에 어두운 정원을 달려 나가서 담을 넘으려고 하다가 자기 발을 붙잡고 매달리는 하인을 절굿공이로 때리고는 자신도 다시 뛰어내려 5분 정도 피해자 곁에서 그를 보살폈습니다. 그것은 그가 죽었는지 살았는지 확인하기 위한 것이었습니다. 그런데 검사는, 피고가 그리고리 노인 옆에 뛰어내린 것은 가련한 생각이 들어서였다는 피고의 진술을 믿으려고 하지도 않습니다.

'아니, 그 순간에 그런 감정이 생길 수 있을까? 그건 자연스럽지 않다. 그가 뛰어내린 것은 자신의 범행에서 유일한 증인이 살아 있는지 죽었는지 확인하려고 그런 것이다. 따라서 이것은 피고가 이미 범행을 저지른 것을 입증하는 것이다. 이런 경우에는 어떤 다른 동기, 다른 충동, 다른 감정이 있을 수 없다.'

이렇게 검사는 말했습니다. 과연 이것은 심리학적인 설명에 따른 것입니다.

그러면 지금 그 심리 분석을 사실과 한번 대조해 보기로 합시다. 단, 다른 측면에서 보는 것입니다. 그러면 역시 검사의 주장과 다르지 않게 그럴듯하게 들릴 것입니다. 범인이 아래로 뛰어내린 것은 증인이 살아 있는지 죽었는지 확인하기 위한 경계심 때문이었다고 가정해 보기로 합시다. 그런데 검사 자신이 목격한 것에 의하면 피고는 자신의 손으로 죽인 아버지의 서재에 이 범죄를 입증하는 가능성이 많은 증거물, 즉 3천 루블이 들어 있는 겉봉에 써놓은 봉투를 찢어서 버리고 오지 않았습니까? '만약 그가 그 봉투만 가져갔다면 이 세상의 누구도 그런 봉투가 있었다는 것을 모르고, 그 안에 돈이 들어 있었다는 것도 몰랐을 것이다. 따라서 그 돈을 도둑맞은 것도 전혀 알려지지 않았을 것이다.' 이것은 검사 스스로 한 말입니다.

이렇게 본다면, 어떤 경우에서 피고는 전혀 경계심이 없이 당황해서 앞뒤를 잊고 방바닥에 증거물을 남긴 채 달아나면서, 2분 뒤에는 또 한 사람을 때려죽였다는 갑작스런 냉혹하고 타산적인 계산을 나타낸 것입니다.

그러나 그것도 그렇다고 합시다. 그것이야말로 심리학의 미묘한 영역이니까요. 그런 상황이 되면 인간은 누구든지 카프카스의 독수리처럼 잔인하고 예민해지는가 하면, 다음 순간에는 곧 불쌍한 두더지처럼 눈먼 겁쟁이가 되기도 합니다. 그러나 만약 그가 범행을 저지르고 그 범행을 목격한 자의 생사를 확인하려고 뛰어내릴 정도로 잔혹하고 계산적인 사람이라면, 왜 새 희생자를 상대로 5분이나 허비해서 다시 새로운 증인을 만드는 위험을 불사했을까요? 왜 그는 피해자의 머리에서 흐르는 피를 손수건으로 닦아서 그 손수건이 증거로 남는 짓을 했을까요?

그가 그렇게 계산적이고 잔인한 사람이라면, 오히려 담에서 뛰어내렸을 때 쓰러진 하인의 머리를 다시 한 번 그 절굿공이로 때려서 숨을 끊어지게 해서 목격자를 제거하고 자신의 마음에서 불안을 전부 없앴어야 하지 않을까요? 그리고 또, 그는 범행 목격자의 죽음을 확인하려고 정원에서 뛰어내리면서 그 자리에 또 다른 증거품, 즉 그 절굿공이를 남겼습니다.

그 절굿공이는 두 여자에게서 들고 온 것이라서 그들은 뒷날 그것을 자기들 것이라고 진술하여 피고가 그것을 자기들의 집에서 가져갔다는 사실을 증언할 수 있었습니다. 더욱이 피고는 그 절굿공이를 길에 두고 잊어버렸거나 방심한 상태에서 떨어뜨리지도 않았습니다. 왜냐하면 그것은 그리고리가 쓰러진 곳에서 열다섯 걸음이나 떨어진 곳에서 발견되었기 때문입니다. 도대체 무엇 때문에 그런 짓을 했을지 하는 의문이 자연스럽게 생깁니다. 그 이유는 바로 이렇습니다. 그는 한 인간을, 오랜 세월 동안 부리던 하인을 죽인 것을 슬퍼하며 저주의 말과 함께 그 흉기를 멀리 던져 버린 것입니다. 그렇지 않다면 그렇게 힘껏 던질 이유가 어디 있을까요? 또, 만약 그가 한 인간을 죽인 것에 대해서 고통과 연민을 느낄 수 있었다고 한다면, 그것은 물론 자신의 아버지를 죽이지 않았기 때문입니다. 만약 이미 자신의 아버지를 죽인 뒤였다면 제2의 피해자에게 연민을 느끼고 다시 뛰어내릴 이유가 없습니다. 그때는 이미 다른 감정이 생기는 것이 당연합니다. 타인에 대한 연민은커녕 자신부터 구해야 한다는 감정이 생겨야 합니다. 그건 당연히 그렇게 되어야 하는 것입니다. 반복하지만, 그는 5분간 그런 식으로 시간을 낭비하는 대신에 한 번에 피해자의 두개골을 때렸을 것입니다. 그런데 연민의 감정이나 선한 감정이 일어날 여지가 있었던 것은 그전에 양심에 부끄럽지 않았기 때문입니다.

이렇게 본다면 지금 제가 말한 것은 완전히 다른 심리학입니다. 배심원 여러분, 지금 내가 일부러 심리 분석을 한 것은, 인간의 심리는 마음대로 자유롭게 해석할 수도 있음을 알기 쉽게 보여드리기 위해서입니다. 문제는 심리학을 누가, 어떻게 이용하느냐에 따라 다르다는 것입니다. 심리학은 가장 성실한 사람들도 무의식적으로 소설가로 만들 수 있습니다. 배심원 여러분, 나는 심리 분석의 남용과 악용을 감히 경고 드리겠습니다."

이 부분에서 다시 청중들 속에서 동의를 드러내는 웃음소리가 들렸다. 그것은 전부 검사를 향한 웃음이었다. 필자는 변호사의 변론을 처음부터 끝까지 소개하는 대신에 그중에서 가장 중요한 부분만 요약해서 소개하겠다.

11. 돈은 없었다, 강도 행위도 없었다

변호사의 변론 중에서 모든 사람들을 깜짝 놀라게 한 것은 그 불길한 돈 3천 루블은 처음부터 없었으며 그렇기 때문에 피고가 그 돈을 뺏을 수도 없었다는 주장이었다.

변호사는 변론을 진행했다.

"배심원 여러분. 다른 지방에서 이곳에 온, 어떤 선입견도 없는 사람들은 이 사건에서 어떤 특징을 발견하고 경이로움을 느낍니다. 그것은 피고의 강도죄를 추궁하면서, 도대체 무엇을 뺏겼는지에 대한 의문은 사실상의 증거를 전혀 제시하지 못한다는 것입니다. 3천 루블이 강탈당했다고 했습니다. 그러나 그 돈이 실제로 있었는지에 대해서는 아무도 모릅니다.

생각해 보시기 바랍니다. 첫째, 어떻게 우리가 돈이 있었다는 것을 알게 되었습니까? 그리고 누가 그것을 보았습니까? 지금까지 그 돈을 자신의 눈으로 보고, 서명된 봉투에 들어 있었다고 말한 것은 스메르자코프 단 한 명뿐입니다. 그는 사건이 발생하기 전에 피고와 피고의 동생 이반 카라마조프 씨에게 그 얘기를 했습니다. 그리고 스베틀로바 양도 그것을 들어서 알았습니다. 그러나 세 사람이 다 자신의 눈으로 그 돈을 본 것은 아닙니다. 본 것도 역시 스메르자코프 단 한 명입니다.

그런데, 이 부분에 의문이 한 가지 생깁니다. 말하자면 설령 그 돈이 정말로 있었고 그것을 스메르자코프가 보았다고 해도 그가 마지막으로 본 것이 언제인지 하는 것입니다. 만약 주인이 그 돈을 베개 밑에서 꺼내서 스메르자코프 몰래 다시 문갑 안에 넣었으면 어떻게 되는 것입니까?

스메르자코프의 말에 따르면 그 돈은 이불 밑, 즉 베개 밑에 있었다고 합니다. 그렇다면 피고는 그 돈을 베개 밑에서 꺼냈어야 합니다. 그런데 이불은 조금도 흐트러지지 않았습니다. 이것은 예심 조서에 자세히 기록되어 있습니다. 피고는 어떻게 이불에 아무런 흔적을 남기지 않았을까요? 뿐만 아니라 그날 밤 특별히 깔아둔 눈처럼 희고 화사한 시트를 어떻게 피가 범벅이 된 손으로 더럽히지 않았던 것일까요?

그래도 방바닥에 봉투가 떨어져 있었던 건 맞지 않느냐고 말할 수 있습니다. 이 봉투에 대해서도 말할 가치가 있습니다. 나는 조금 전에 재능있는 검사가 자신의 입으로, 여러분도 기억하시겠지만, 자신의 입으로 이 봉투에 대해서 하신 말에 크게 놀랐습니다. 여러분도 들으셨겠지만 검사는 그 논고에서, 스메르자코프가 범인이라는 가정의 부조리를 설명하려고 봉투 문제를 인용해서 '만약 이 봉투가 없었다면, 이 봉투를 강탈자가 가지고 도망쳐서 증거물을 방바닥에 남기지 않았다면, 그 봉투가 있었다는 것도 또한 그 안에 돈이 있었다는 것도 아무도 몰랐을 것이고, 따라서 그 돈을 피고가 빼앗았다는 것도 몰랐을 것'이라고 말씀하셨습니다. 그러니까 검사는, 단지 겉봉에 글을 쓴 이 찢어진 종잇조각 한 장이 피고의 강도 짓을 증명하는 것이며 '그것만 없었다면 아무도 강도 행위가 있었다는 것은 물론이고 돈이 있었다는 것도 몰랐을 것'이라고 인정한 것입니다.

그러나 방바닥에 이 종잇조각이 떨어져 있었다는 사실이, 과연 그 봉투에 돈이 있었다는 것과 그 돈을 빼앗겼다는 것을 입증할 수 있을까요? '그러나 봉투에 돈이 있었다는 건 실제로 스메르자코프가 본 것 아니냐'고 대답하실 수도 있습니다. 그렇다면, 그가 그 돈을 마지막으로 언제 보았을까요? 도대체 언제 봤을까요? 지금 나는 바로 그 점에 대해 묻는 것입니다. 나는 스메르자코프를 만났는데, 그는 그 돈을 범행이 발생하기 이틀 전에 보았다고 했습니다! 그렇다면, 이렇게 가정할 수 있습니다. 말하자면, 표도르 노인은 혼자 집에 틀어박혀서 애인이 오기를 애타는 심정으로 기다리다가 무료한 나머지 갑자기 봉투를 꺼내서 개봉해 버리자고 생각한 거지요. '봉투만 보아서는 믿지 않을 수 있다. 무지갯빛 지폐

30장이 더욱 효과가 있을 것이다. 분명히 군침을 흘릴 것이다.' 이렇게 생각하고 봉투를 찢고 돈을 꺼내지 않았을까요? 주인의 손이 보란 듯이 봉투를 방바닥에 버린 것입니다. 그게 무슨 증거가 되지 않을지 걱정할 필요는 당연히 없습니다.

배심원 여러분, 어떻습니까? 이런 가정, 이런 사실은 매우 있을 법한 일이 아닌가요? 이것이 왜 불가능하다고 생각하십니까? 만약 이와 비슷한 일이 있다면 강도죄는 자연스럽게 사라질 것입니다. 돈이 없는데 어떻게 뺏는단 말입니까? 만약 봉투가 방바닥에 떨어져 있었다는 것이 그 안에 돈이 들어 있었다는 증거가 된다면, 그와 반대로 봉투가 방바닥에 떨어져 있었다는 것은 이미 그 안에 돈이 없었다는 것이다, 즉 주인이 그 전에 이미 돈을 꺼냈기 때문이다, 이렇게 주장하지 못할 이유가 없지 않습니까?

'그렇다고 해도 만약 표도르 카라마조프 자신이 봉투에서 돈을 꺼냈다면 그 돈은 도대체 어디 있을까? 어디 두었기에 집을 수색해도 결국 못 찾았을까?' 이런 반박을 하실 수 있는데, 첫째, 그의 문갑에서 일부의 돈이 발견되었습니다. 둘째, 표도르는 이미 그날 아침이나 그전날 밤에 돈을 꺼내서 다른 용도로 쓰거나 지불을 하거나 어딘가에 부쳤을 수 있습니다. 그리고 마지막으로 자신의 생각이나 행동 계획을 완전히 바꾸고, 게다가 그것을 스메르자코프에게 알릴 필요가 전혀 없다고 생각했을 수도 있습니다. 만약 이런 가정이 설령 가능성만으로도 성립될 수 있다면, 어떻게 그렇게 집요하게, 그토록 단정적으로 피고를 규탄하겠습니까? 그가 갑자기 강도질을 할 목적으로 아버지를 죽였다거나, 실제로 강도 짓을 했다는 말을 어떻게 할 수 있을까요?

이것은 이미 창작에 속하는 범주입니다. 만약 무엇을 잃어버렸다는 것을 증명하기 위해서는, 그 도둑맞은 것을 보여주거나 그렇지 않으면 적어도 그것이 존재했다는 분명한 증거를 제시할 수 있어야 합니다. 그런데 그런 것을 본 사람이 아무도 없습니다.

얼마 전에 페테르부르크에서 이런 사건이 생겼습니다. 고작 열여덟 살 먹은, 아직 어린애에 불과한 젊고 가난한 행상꾼이 대낮에 도끼를 들고 환전상(換錢商)에 뛰어들어서 매우 전형적이고 잔혹한 방법으로 주인을 살해하고 1천 5백 루블을 가지고 도망쳤습니다.

그는 5시간 뒤에 붙잡혔는데, 단지 15루블만 썼고, 거의 전액에 가까운 나머지 돈은 고스란히 보관하고 있었습니다. 게다가 범행을 저지른 뒤에 가게로 돌아온 점원은 단순히 돈을 도둑맞은 것뿐만 아니라 도둑맞은 돈이 어떤 돈인지도, 즉 무지갯빛 지폐가 몇 장, 푸른색이 몇 장, 빨간색이 몇 장, 금화가 몇 개라는 것까지 자세하게 경찰에 신고했습니다. 과연 붙잡힌 범인은 신고한 대로 같은 지폐와 금화를 가지고 있었습니다. 더욱이 범인은 자신이 사람을 죽이고 돈을 강탈했다는 것을 정직하게 솔직하게 자백했습니다.

배심원 여러분, 내가 증거라고 할 수 있는 것은 이런 것입니다! 그렇게 되면 나는 그 돈을 눈으로 보고 손으로 만져보아서 알 수 있어서 그 돈이 없으면 말도 할 수 없습니다. 그렇다면, 이번 경우는 어떻습니까? 게다가 이 일은 인간의 생사가 달린 문제입니다.

인간의 운명이 좌우되는 문제입니다.

'그럴 수도 있지만, 그는 그날 밤 유흥에 돈을 탕진했다. 게다가 1천 5백 루블을 가지고 있었다. 도대체 이 돈은 어디서 구한 걸까?' 이렇게 생각하실 수도 있습니다. 그러나 1천 5백 루블만 발견되고 나머지는 아무리 찾아도 발견할 수 없었다는 것은 그 돈이 전혀 별개의 돈이었다는 것, 봉투에도 어디에도 들어간 적이 없는 돈이었다는 것을 입증하는 것이 아니고 무엇입니까?

시간적으로(그것도 매우 엄격하게) 계산해 보아도, 피고는 하녀들이 있는 곳에서 곧바로 관리 페르호친 씨의 집으로 뛰어갔고, 중간에 자신의 집이나 그 어디에도 들르지 않았으며 그 뒤에도 계속 사람들과 함께 있었다는 것은 예심에서도 확인되고 또 증명된 것입니다. 그렇다면, 피고가 3천 루블 중에서 절반을 따로 떼어서 시내 어디에 감추는 것은 불가능합니다. 이것이 즉 검사에게 돈의 절반을 모크로예 마을에서 어딘가의 벽 틈 사이에라도 감추었겠지 하는 가정의 바탕이 된 것입니다. 그렇다면 차라리 래드클리프의 괴기 소설에 나오는 우돌포 성(城)의 지하실에 숨겼다고 말하는 편이 낫지 않을까요, 여러분? 그런 억측은 현실과 지나치게 떨어져 있고 지나치게 소설적입니다. 그래서 이 오직 한 개의 가정, 모크로예에 숨겼다는 가정만 사라지면 강도죄는 순식간에 사라집니다.

왜냐하면 그렇게 되면 1천 5백 루블이 어디로 갔는지 알 수 없기 때문입니다. 만약 피고가 어디에도 들르지 않았다는 것이 증명된다면 대체 그 돈은 어떤 기적으로 사라진 것일까요? 더욱이 우리는 그런 판에 박힌 소설로 한 인간의 인생을 파괴시키려고 하지 않습니까!

'그렇다고 해도 그는 자신이 가진 1천 5백 루블의 출처를 충분히 설명하지 못했다, 게다가 그날 밤까지 그가 돈이 없었다는 것은 전부 다 아는 일이다.'라고 여러분은 말하실 수도 있습니다. 그러나 대체 누가 그것을 알고 있었다는 것입니까? 피고는 돈의 출처에 대해 명료하고 분명하게 진술했습니다.

배심원 여러분, 만약 여러분이 내 의견을 듣겠다고 하시면 말씀 드리겠습니다만, 이 이상 정확한 진술은 없었고, 또 있을 이유도 없습니다. 뿐만 아니라 그 진술은 피고의 성격과 정신과 가장 잘 일치합니다. 그런데 검사는 자작 소설이 더 마음에 드신 것입니다. 피고는 의지가 약해서 약혼자가 주는 3천 루블을 염치도 없이 받는 사람이니까, 그 절반을 향주머니 안에 넣어서 꿰맬 이유도 없다, 또 설령 그랬다고 해도 이틀 만에 한 번씩 향주머니를 풀어서 100루블씩 꺼내어 한 달 만에 전부 쓴 것이 분명하다고 검사는 말했습니다. 더욱이 이 주장은 어떤 반박도 허용하지 않는 완고한 어조로 진행되었습니다. 그러나 만약 사건의 진상이 전혀 그와 반대여서, 다시 말해서 검사가 창작한 소설과 전혀 달라서, 거기에 완전히 다른 인물이 존재한다면 어떻게 되는 것일까요? 문제는 바로 검사가 전혀 다른 인물을 만들어 냈다는 것입니다!

혹시 여러분은 이렇게 반박할 수도 있습니다. '피고가 범행이 일어나기 한 달 전, 카체리나 베르호프체바 양에게서 받은 3천 루블을 모크로예 마을에서 한번에, 하룻밤 사이에 1코페이카도 안 남기고 모두 써버린 것에 대해서 확실한 증인이 있다. 그렇다면 피고가 절반을 따로 남겨둘 수 없지 않은가' 그런데 그 증인은 어떤 사람들인가? 그 증인들이 어느 정도 정확한지는 이미 이 법정에서 밝혀지지 않았습니까? 더욱이 남이 들고 있는 빵은 항상 크게 보이는 법이지요.

게다가 그 증인들 중에서 돈을 센 사람은 아무도 없습니다. 단지 자신의 눈으로 대충 판단한 것뿐입니다. 사실 막시모프 같은 증인은 피고가 2만 루블을 가지고 있었다고 말했잖습니까? 배심원 여러분, 심리분석은 양날의 검과 같습니다. 그러므로 그 반대쪽 날을 대면 어떤 결론을 얻을 수 있는지 살펴보려고 합니다.

이 비극적인 사건이 일어나기 한 달 전에 피고는 카체리나 이바노브나에게서 3천 루블을 송금해 달라는 부탁을 받았습니다. 그런데, 과연 그 여자는 그 돈을 아까 말한 대로 모욕과 경멸이 섞인 마음으로 부탁했을까요? 그 점이 문제입니다. 이 문제에 대해서 그 여자의 처음 증언은 그렇지 않았습니다. 완전히 달랐습니다. 두 번째 증언 때 우리는 처음으로 증오와 복수의 울부짖음을 들었습니다. 오랫동안 간직했던 증오의 외침을 들었습니다. 그런데 증인이 처음에 불확실한 증언을 했다면 두 번째 증언도 역시 불확실한 것일 수도 있다는 결론에 도달하게 됩니다. 검사는 두 사람의 로맨스에 대해 언급하는 것을 '원하지 않는다, 감히 원하지 않는다'고 말했습니다. 그래도 좋습니다. 나도 그 문제에 대해서는 언급하지 않겠습니다.

그러나 다음의 한 가지는 인정해야 합니다. 즉, 우리의 결백하고 도덕심이 강하며 존경할 만한 카체리나 베르호프체바 양이 분명하게 피고를 파멸시키려고 법정에서의 첫 증언을 가볍게 뒤집었습니다. 그렇다면 그 바뀐 증언은 공평하고 냉정한 것이 아니라는 점은 확실하다는 것입니다. 여러분, 복수심에 휩싸인 여자는 대부분 과장하기 마련이라고 판단할 권리가 우리에게 없다고 하시지는 않으시겠지요?

맞습니다, 분명히 그 여자는 돈을 주었을 때 가졌던 굴욕과 모멸을 과장하고 있습니다. 사실 여자는 그 돈을 받을 수 있는, 특히 피고 같은 경박한 인간이 쉽게 받을 수 있는 그런 태도로 돈을 준 것이 확실합니다. 피고는 무엇보다도 그때 계산상 자신의 소유가 될 3천 루블을 곧 아버지에게서 받을 수 있을 것이라고 기대에 차 있었습니다. 그것은 정말 경솔한 판단이었습니다. 그러나 그 경솔함 때문에 피고는 아버지가 꼭 3천 루블을 자신에게 줄 것이다, 그 돈을 받으면 부탁받은 돈은 언제라도 보내줄 수 있으며 부채도 깨끗하게 정리할 수 있을 것이라고 믿었던 것입니다.

그런데 검사는 피고가 그날 받은 돈을 나누어서 절반을 주머니 안에 넣고 꿰맸다는 말을 전혀 인정하지 않았습니다. '그것은 피고의 성격과 맞지 않다. 피고가 그런 감정을 가졌을 리가 없다'고 검사는 말했습니다. 그런데 당신은 카라마조프의 성격은 크고 넓다고 외치지 않았습니까? 당신은, 카라마조프는 두 개의 심연을 동시에 본다고 하지 않았습니까?

정말 카라마조프는 두 개의 측면과 두 개의 심연을 가진 천성입니다. 그래서 호화스럽게 놀고 돈을 여기저기 뿌리고 싶은 제어할 수 없는 욕구를 느끼면서도 만약 다른 측면에서 다른 것에 자극을 받으면 곧 그만둘 수 있는 것입니다.

다른 측면은 즉 사랑입니다. 바로 그 순간 화약처럼 불타오른 사랑입니다. 그런데 그 사랑을 위해서는 돈이 절실했습니다. 애인과의 유흥에 필요한 것보다 훨씬 더 필요했습니다. 만약 그 여자가 '나는 당신의 것이에요, 당신 아버지는 싫어요' 이렇게 말하면 그는 여자와 함께 도망가야 합니다. 그러기 위해서는 여러 가지 비용이 수반됩니다. 이것이 유흥보다 훨씬 더 중요한 문제였습니다. 카라마조프가 이것을 모를 이유가 없지 않습니까?

그렇습니다. 그를 괴롭힌 것은 바로 그 걱정이었습니다. 그는 매우 걱정스러워했습니다. 그가 돈을 반으로 나누어서 만약의 경우를 대비해서 반을 감춘 것이 왜 믿을 수 없는 이야기입니까?

그런데, 시간은 점점 흘러가는데 표도르 파블로비치는 피고에게 3천 루블을 주지 않았을 뿐만 아니라 반대로 그의 애인을 유혹하기 위해서 그 돈을 준비했다는 소문까지 들렸습니다. '만약 아버지가 그 돈을 주지 않으면 나는 카체리나에게 도둑이 된다'고 그는 생각했습니다.

그래서 항상 향주머니에 넣고 다니는 1천 5백 루블을 카체리나 앞에 내놓고 '나는 야비한 사나이일 수는 있지만 도둑은 아니다'

선언하고 싶었던 것입니다. 이런 이유로 피고는 1천 5백 루블을 소중하게 간직하면서 결코 주머니를 열지도 않았고 또 100루블씩 꺼내지도 않았다는 사실에 대해서 이중의 이유가 성립됩니다. 검사는 왜 피고에게도 명예심이 있다는 걸 부정하십니까?

맞습니다. 그는 명예를 중요시합니다. 어쩌면 그것은 잘못된 방향에서 비롯된 명예심일 수도 있습니다. 그러나 어쨌든 명예심을 가지고 있습니다. 더욱이 그것은 정열이라고 부를 수 있을 만큼 강렬한 것이었습니다. 피고는 그것을 증명했습니다. 그러나 상황이 악화되어서 질투의 고통이 극에 이르자 평소의 의심, 즉 전부터 생각했던 의문 두 가지가 끓고 있던 피고의 머리에 더 괴로운 모습을 드러냈습니다. '만약 이것을 카체리나에게 돌려주면, 그루센카는 어떻게 데려가야 하나?'

피고가 그 한 달 동안 무절제하게 술을 마시며 술집이란 술집을 전부 휩쓸고 다닌 것도, 말하자면 그 괴로움을 못 견뎠기 때문입니다.

결국 이 두 가지 의문은 한계점에 도달해서 결국 그를 절망에 빠뜨렸습니다. 그는 동생을 아버지에게 보내서 마지막으로 그 3천 루블을 요구했지만, 그 대답을 듣기도 전에 자신이 뛰어들어서 여러 사람이 있는데서 아버지를 폭행했습니다.

그리하여 이제는 누구에게서도 돈을 받을 수 있는 희망은 사라지고 말았습니다. 구타당한 아버지가 돈을 줄 리 없었습니다. 그날 밤 그는 자신의 가슴을, 바로 향주머니를 걸어 둔 곳을 두드리며,

자신은 야비한 사나이가 되지 않는 방법이 있지만 마침내 야비한 사나이가 되고 말 것이 분명하다, 왜냐하면, 그 방법을 쓸 정신력이 없고 그럴 만한 배짱도 없음을 스스로 잘 알아서이기 때문이라고 자신의 동생에게 말했습니다. 왜 검사는 알료샤 카라마조프 씨의 진술을 믿지 않을까요? 그는 그렇게 결백하게, 그렇게 성의 있게, 아무런 잔재주를 부린 자취도 없이 정직하게 진술하지 않았습니까?

그와는 반대로, 왜 검사는 돈이 어느 틈 사이에, 우돌프 성의 지하실 같은 곳에 숨겨져 있다는 것을 나에게 믿으라고 할까요? 같은 날 밤에 동생과 이야기를 나눈 뒤 피고는 그 운명적인 편지를 썼습니다. 그 편지는 피고의 죄를 증명하는 가장 중요하고 유력한 증거가 되었습니다! 사람들에게 부탁하고 아무도 빌려주지 않으면 이반이 출발하는 즉시 곧 아버지를 죽이고 베개 밑에서 장밋빛 리본으로 묶은 봉투를 꺼내려고 한다. 이건 분명한 살인 계획서이다, 범인이 그가 아니면 누구겠느냐, '편지의 내용대로 실행되었다!'고 검사는 울부짖었습니다.

그러나 우선 첫째로, 편지는 술에 잔뜩 취한 상태에서, 더욱이 몹시 흥분한 상태에서 써졌습니다. 둘째, 봉투에 대해서는 역시 스메르자코프에게 듣고 쓴 것이며 그는 봉투를 본 적이 없었습니다. 셋째, 그 편지는 피고가 쓴 것이 분명하지만 정말 쓰여 있는 것처럼 실행되었을까요? 그것을 어떻게 증명할 수 있습니까? 피고는 실제로 베개 밑에서 봉투를 꺼낸 것일까요? 과연 돈을 발견했을까요? 아니 그보다, 과연 돈이 진짜로 들어 있었을까요? 피고는 돈을 빼앗기 위해서 달려간 것일까요? 이 점에 대해서 잘 생각해 주십시오!

그는 돈을 강탈하기 위해서 간 것이 아니라, 오로지 자신을 괴롭히는 여자의 행방을 확인하기 위해서 달려간 것입니다. 계획한 대로, 즉 편지에 쓰인 대로 그런 뜻을 가지고 달려간 것이 아니었습니다. 미리 생각해 둔 강도질을 하려고 그런 것이 아니라 갑자기 질투심에 휩싸여서 자신도 모르는 사이 달렸던 것입니다. '그렇다 해도 역시 달려가서 아버지를 죽이고 돈을 빼앗은 것은 분명하다'라고 여러분은 말씀하실 수 있습니다. 그런데, 마침내 그가 살인을 저질렀을까요? 어떨까요? 나는 강도 혐의를 분연히 부인하겠습니다. 빼앗긴 것을 분명하게 증명할 수 없다면, 강도 혐의를 씌울 수 없습니다. 이것은 원칙에 의한 것입니다! 또, 그는 살인을 저질렀을까요? 강도짓은 하지 않고 살인만 저질렀을까요? 그것은 과연 증명되었습니까? 그것도 허구일 수는 없을까요?"

12. 더욱이 살인도 없었다

"배심원 여러분, 한 인간의 목숨이 관련된 일이므로 신중하게 생각해 주십시오. 검사는 마지막까지, 즉 오늘 공판이 시작될 때까지 피고가 완전히 예정된 계획에 따라서 살인을 했는지 판단하지 못했고, '만취해' 쓴 이 운명적인 편지가 오늘 법정에 제출되기 전까지 주저했다고 틀림없이 말했습니다. 이것은 우리도 확실히 들었습니다.

'편지에 쓰인 대로 실행했다!'라고 검사는 주장합니다. 그러나 나는 반복해서 말하겠습니다. 그가 달려간 것은 오로지 여자를 찾으려고, 여자의 소재를 파악하기 위해서였습니다. 이것은 분명한 사실입니다. 만약 그 여자가 집에 있었다면, 그는 어디로도 달려가지 않고 곁에 남아서 그 편지에서 다짐한 일을 하지 않았을 것이 확실합니다. 그는 갑자기 아무 생각 없이 달려 나갔기 때문에, '만취해' 쓴 편지는 전혀 기억하지 못했을 수도 있습니다.

　'그러나 절굿공이를 들고 가지 않았느냐'고 반문하실 수 있습니다. 하지만 검사는 단 한 개의 절굿공이를 바탕으로 피고가 그 절굿공이를 흉기로 알고 들고 갔다는 이유를 설명하려고 장황하게 심리 분석을 늘어놓았습니다. 그런데 이때 내 머리에는 아주 평범한 생각이 떠올랐습니다. 그것은, 만약 이 절굿공이가 눈에 잘 띄는 선반 위에, 피고가 들고나간 그런 선반 위가 아닌, 어느 벽장에라도 들어 있었다면, 그때는 피고의 눈에 띄지 않았을 테니 그는 그 흉기 없이 맨손으로 달려갔을 것입니다. 그렇게 됐다면 누구도 죽이지 않았을 것입니다. 도대체 어떻게 그 절굿공이를 흉기 소지 및 범행의 계획성을 보여주는 증거라도 단정할 수 있는 것입니까?

　피고가 예전에 여러 군데의 술집에서 아버지를 죽이겠다고 하긴 했지만, 이틀 전 밤에, 술에 취해서 편지를 쓴 날 밤, 술집에서도 조용했고, 어떤 가게의 상인과 말다툼을 벌였을 뿐이었습니다. 피고는 '역시 싸움을 하지 않고는 견딜 수 없는 사람'이라는 것입니다.

　그러나 나는 그 점에 대해서 이렇게 대답하려고 합니다. 만약 피고가 계획대로, 즉 편지에 쓴 대로 아버지를 죽일 마음이었다면, 그는 아마 상인과도 싸우지 않았을 것이고, 처음부터 술집에도 가지 않았을 것입니다. 왜냐하면, 그런 일을 계획하는 인간은 정적과 고독을 찾아서 남의 시선을 집중하지 않도록 몸을 사리고, '가능한 한 사람들이 자신을 잊게 하려고' 노력하기 때문입니다. 그것은 계산이 아니라 본능적인 것입니다.

배심원 여러분, 심리학은 양날의 검입니다. 그리고 우리도 심리학을 이해하는 것이 가능합니다. 지난 한달 간 피고가 여러 곳의 술집에서 막 지껄인 내용은 흔히 아이들이나 술꾼들이 싸움을 하면서, 서로 '너, 죽여 버리겠어!'라고 말하는 것과 비슷합니다. 그러나 그들은 서로를 정말 죽이지는 않지 않습니까. 그러므로 이 운명적인 피고의 편지도 마찬가지입니다. 술에 취해서 흥분해서 쓴 것입니다. 주정꾼이 술집에서 나와서 '죽일 테다, 네놈들을 전부 죽여 버리겠다!' 이렇게 외치는 것과 같은 것이 아니겠습니까!

왜 그렇지 않다고 할 수 있는가? 왜 그럴 리 없다는 것인가? 왜 이 편지는 운명적인 것이고, 반대로 반쯤은 농담일 수도 있다고 해서는 안 되는가?

그것은 바로 그 아버지의 시체가 발견되었기 때문입니다. 흉기를 들고 정원에서 도망치는 피고를 증인 한 명이 보았기 때문입니다. 그리고 그 증인 자신이 피고에게 해를 당했기 때문입니다. 그렇기 때문에 전부 편지에 쓴 대로 실행한 것이 되었고, 그 편지는 반쯤 농담이 아니라 운명적인 것이 되었습니다.

덕분에 우리는 '정원에 있었으므로 분명히 그가 죽였다'는 결론에 도달했습니다. 거기에 있었으므로 '분명하다'는 것입니다. 요컨대 '거기에 있었으므로' '분명하다'는, 이 두 개의 단어에 기소 이유의 모든 것이 담겨 있습니다. 그러나 설사 '거기에 있었다고 해도' 그것이 '분명하다'는 것을 뜻하지 않는다면 어떻게 될까요?

물론 나는 여러 가지 사실들을 짜 맞출 수 있다면 그것은 확실히 설득력이 있다고 생각합니다. 그러나 그 사실들을 개별적으로 검토해 보시기 바랍니다.

이를테면, 피고가 아버지의 방 창문 앞에서 도망갔다는 진술을 왜 검사는 믿으려고 하지 않을까요? 갑자기 범인의 마음을 감싼 '경건한' 감정과 정중한 기분에 대해서 검사가 아까 비꼰 것을 상기하십시오. 그러나 만약 실제로 그런 감정이, 비록 경의는 아니어도 일종의 경건한 감정이 생겼다면, 어떻게 하실 겁니까? '그 순간, 어머니가 나를 위해 기도해 주신 것이 틀림없다'고 피고는 예심 때 진술했습니다. 이렇게 그는 그루센카가 아버지 집에 없는 것을 확인하고 곧바로 도망쳤던 것입니다.

'그러나 창 너머로는 그런 것을 알 수 없다'고 검사는 반대하실 수 있습니다. 하지만, 왜 확인할 수 없을까요? 피고가 신호를 보내서 창문은 열려 있었는데요? 그때 표도르 씨가 뭐라고 하면서 소리를 지르는 것을 듣고 방안에 그루센카 양이 없다는 것을 짐작했을 수도 있지 않습니까? 왜 우리는 자신이 상상하는 대로, 상상하고 싶은 대로 전부 가정해야 합니까? 현실에서는 가장 섬세한 소설가도 놓칠 수 있는 수많은 사실들이 한순간에 일어날 수 있습니다.

'그건 그렇다. 그러나 그리고리는 문이 열려 있는 것을 보았다. 그러므로 피고는 집안에 있었다. 따라서 그가 죽인 것이 분명하다'고 말할 수 있습니다. 배심원 여러분, 그런데 바로 그 문은……

그 문이 열려 있었다고 증언한 사람은 꼭 한 명뿐입니다. 더욱이 그 증인이란 사람의 상태는…… 하지만 괜찮습니다. 문이 열려 있었다고 가정합시다. 피고가 모른척하고, 이런 경우 흔하게 있는 자기 방위를 위해서 거짓말을 했다고 합시다. 그의 입장에서 보면 그것도 전혀 이해하지 못할 것은 아닙니다. 그래서 피고가 집안에 들어갔다고 가정합시다. 그래서 어떻게 됐다는 이야기입니까? 도대체 왜 집에 들어가면 틀림없이 죽인 것이 되어야만 합니까?

그는 거칠게 이 방 저 방을 마구 헤매고 다녔을 수 있습니다. 아버지를 밀어서 쓰러뜨렸을 수도 있고 어쩌면 구타도 했을 수 있습니다. 그러나 그루센카 양이 없다는 것을 확인한 뒤 기뻐하며 달려나갔을 수 있습니다. 그녀가 없었기 때문에 아버지를 죽이지 않아도 된 것을 기뻐하며 달아났을 가능성도 있는 것입니다. 그렇기 때문에 그는 1분 뒤에 담에서 뛰어내려서, 분노하고 해친 그리고리 곁에 있었습니다. 그래서 그는 결백한 감정으로 동정과 연민을 느낄 수 있었습니다. 즉, 아버지를 죽이고 싶은 유혹을 뿌리치고, 결백한 감정과 죄를 짓지 않은 사실에 스스로 기뻐했기 때문입니다.

검사는 모크로예 마을에서의 피고의 끔찍한 상태를, 웅변하듯이 소름 끼칠 정도로 묘사했습니다. 즉 사랑이 다시 그의 눈앞에 펼쳐지고 그를 새 생활로 부르지만 그의 등 뒤에는 피범벅이 된 아버지의 시신이 뒹굴고 다시 그 뒤에는 형벌이 기다리기 때문에 피고는 이미 사랑을 나눌 수 없다는 이야기입니다. 그래도 검사는 역시 그의 사랑을 인정하고 그것을 자신의 특기인 심리 분석을 통해 설명했습니다. '만취했을 때나 범인이 형장에 끌려가는 순간에도 시간은 여유 있다고 생각하는 심리' 말입니다. 그러나 다시 묻지만, 검사는 이 부분에서도 또 한 명의 인물을 창조하신 게 아닐지요? 만약 자기 아버지의 피를 흘린 것이 맞다면, 그 순간에 아직도 연애를 생각하고 법관에 대한 속임수를 생각할 정도로, 피고는 그렇게 사납고 모진 인간일까요?

아닙니다, 전혀 그렇지 않습니다. 그는 여자가 자신을 사랑하고, 새로운 행복을 약속하며 부르고 있음을 알게 된 순간, 나는 맹세할 수 있습니다, 그는 그때 자살하겠다는 욕구를 두 배 아니 세 배로 강력하게 느꼈을 것이고 분명히 자살했을 것입니다. 단지 그때 그의 등 뒤에 아버지의 시체가 있었다면 말입니다! 그리고 결코, 권총을 둔 곳도 잊지 않았을 것입니다!

나는 피고의 품성을 잘 알고 있습니다. 검사가 비방한 포악함이나 둔하고 냉혹한 마음은 그의 성격과 전혀 맞지 않습니다. 그러면 자살하려고 했을 것입니다. 그건 틀림없습니다. 그가 자살하지 않은 것은 '어머니가 기도해 주셨기' 때문이고 아버지의 피에 대해서 무죄였기 때문입니다. 그는 그날 밤 모크로예에서의 충직한 하인 그리고리를 해친 것만 탄식하면서 노인이 정신을 되찾아서 일어나기를, 자신이 가한 타격이 치명적이지 않기를, 그래서 자신도 죄를 면할 수 있기를 마음속으로 하느님께 기도하고 있었던 것입니다. 왜 사건을 이렇게 해석하면 안 되는 것일까요? 피고가 거짓말을 한다는 분명한 증거를 우리는 갖고 있습니까?

실제로 아버지의 시체가 있다, 또 그가 달아났다, 그가 죽이지 않았으면 도대체 누가 그 노인을 죽였는가 하는 것에 대해서 여러분은 지적하실 것입니다.

반복해서 말하지만, 거기에 검사 측의 논리가 전부 포함됩니다. 즉, 피고가 죽이지 않았으면 도대체 누가 그런 것일까? 피고를 대신할 만한 사람이 없다는 것입니다. 배심원 여러분, 정말 그렇습니까? 과연 피고 외에는 혐의를 받을 만한 사람이 없을까요? 아까 듣기에는 그날 밤 그 집에 있었거나 드나든 사람을 헤아려서 결국 다섯 명의 이름을 알았습니다. 그중의 세 명은 결백하다는 것에 나도 동의하는 바입니다. 살해된 본인과 그리고리 노인과 그의 아내, 이렇게 세 명입니다.

그렇다면 나머지는 피고와 스메르자코프뿐입니다. 그런데 검사는, 피고가 스메르자코프를 들추는 것은 달리 지목할 사람이 없기 때문이다, 만약 그 외에 누구든 여섯 번째 사람이 있었고, 그 그림자라도 보였다면 피고는 스메르자코프에게 죄를 씌우기 부끄러워서 당장 그 여섯 번째 사람을 지목했을 것이라고 주장했습니다.

그러나 배심원 여러분, 그렇다면 그와 반대되는 결론을 내리면 왜 안 될까요? 여기 피고와 스메르자코프, 두 사람이 있습니다. 그런데 내 입장에서는 여러분들이 피고에게 죄를 지우는 것은 단지 그밖에 죄를 지울 사람이 없기 때문이며, 그런 한 명이 눈에 띄지 않는 것은 여러분이 선입견 때문에 스메르자코프는 전혀 혐의가 없다고 아예 제쳐두었기 때문입니다. 스메르자코프를 지목하는 것은 당사자인 피고와 그의 두 동생, 그리고 그루센카 양뿐입니다. 그러나 이외에도 스메르자코프에 대해서 언급하는 사람들이 몇 사람 있습니다. 그것은 막연하지만 사회에서 뭔가의 의문과 혐의가 숙성한다는 증거입니다. 뭔가 개운하지 않은 소문이 거리에서 들려옵니다. 어떤 기대감이 느껴집니다.

그리고 마지막으로 몇 가지 사실이 대립하는 것도 그것을 뒷받침합니다. 물론 그것은 솔직하게 말하면 아직 확실하지는 않지만, 매우 독특한 성격을 가지고 있습니다. 첫째, 범행 당일에 일어난 간질 발작인데, 검사는 왠지 그 발작의 진실성을 열심히 변호하려고 노력하고 있습니다. 다음은 재판 전날 스메르자코프가 갑자기 자살한 것입니다. 그리고 다시 피고의 바로 아래 동생이 오늘 법정에서 그 앞의 두 사람에 견줄 만큼 갑자기 진술한 증언입니다. 그는 그때까지 형의 범죄를 믿었는데 오늘 별안간 돈까지 꺼내서 역시 스메르자코프를 범인으로 지목했습니다.

그렇습니다, 물론 나도 이반 카라마조프 씨가 환각증을 앓는 환자이며 그의 진술은 죽은 사람에게 죄를 떠넘기며 형을 구하려는 절망적인 시도일 수도 있다는 것을, 게다가 열에 들떠서 생각해 낸 시도일 수도 있다는, 재판관 및 검사 여러분의 생각에 찬성합니다.

그러나 또다시 스메르자코프의 이름이 나왔다는 것에 왠지 어떤 수수께끼가 느껴집니다. 배심원 여러분, 아무래도 아직 충분히 설명되지 않은, 분명하게 규명되지 못한 그 무언가가 있는 것 같은 기분입니다. 어쩌면 앞으로 그것이 설명될 때가 있을 수도 있습니다. 그러나 여기서는 더 이상 파고들지 않고 나중에 다시 한 번 다루도록 하겠습니다.

조금 전에 재판장님께서는 심리를 계속한다고 결정하셨지만, 그것을 기다리면서 나는 여기서 잠깐 죽은 스메르자코프의 성격 분석에 대해 한 마디 지적하려고 합니다. 검사가 시도하신 스메르자코프 성격론은 진실로 섬세하고 매우 예리한 주장이었습니다. 그러나 나는 검사의 천재성에는 경의를 표하지만 그 분석의 본질에는 도무지 동의할 수 없습니다.

나는 스메르자코프를 찾아가서 그와 이야기를 나누었습니다. 내가 그에게서 받은 인상은 전혀 달랐습니다. 그의 건강이 안 좋은 것은 확실합니다. 그러나 그 성격과 마음은 검사가 결론을 내리신 것처럼, 그다지 약한 인간은 전혀 아닙니다. 더욱이 나는 그의 내부에 겁이 많고 마음이 약한 점을, 검사가 그토록 특징적으로 설명하신 나약한 점을 발견할 수 없었습니다.

그에게는 처음부터 순박한 데가 전혀 없고, 오히려 나는 어린애 같은 천진함 속에 숨어 있는 무서운 질투와 매우 많은 것을 꿰뚫을 수 있는 지력을 발견했습니다.

그렇습니다! 검사는 지나치게 가벼울 정도로 그를 단순한 저능아로 치부해 버렸지만, 나는 그에게서 매우 강한 인상을 받았습니다. 그가 철저하게 속이 검고 야심이 많으며, 복수심이 강하고 사악할 정도의 질투심을 지닌 인간이라는 확신을 얻고 돌아왔습니다. 나는 두세 가지 정보를 수집했는데 그는 자신의 출생을 증오하고 창피하게 생각하고 '스메르자스차야에게서 태어났다'는 것을 생각할 때마다 이를 갈았습니다.

그는 어린 시절의 은인인 늙은 하인 그리고리 부부도 존경하지 않았습니다. 그리고 러시아를 저주하고 프랑스에 가서 귀화하고 싶어 했습니다. 프랑스에 가고 싶지만 자금이 부족하다고 전부터 항상 말했다고 합니다.

그는 자신 이외에는 아무도 사랑하지 않았고 이상할 만큼 자존심이 강했습니다. 좋은 옷과 깨끗한 셔츠와 반짝반짝 빛나는 구두를 문명이라고 여겼습니다. 또한 자신을 표도르의 사생아라고 여기고 있었기 때문에-이 부분에는 꽤 많은 증거가 있습니다- 정실 자식들과 비교해서 자신의 처지를 증오하는 것은 얼마든지 있을 수 있는 일이지요. 그들은 전부 가졌는데 자신은 아무것도 없었고, 그들은 온갖 권리가 주어져서 유산까지 상속받는데 자신은 한낱 요리사일 뿐이라고 생각했을 것입니다.

그는 나에게, 표도르 카라마조프 씨가 봉투에 돈을 넣는 것을 자신이 도와주었다고 했습니다. 그는 물론 그 돈의 용도를 혐오스럽게 생각했을 것이 분명합니다. 그 정도의 돈이 있으면 자신이 새로운 생활을 시작하는 데 충분했을 테니까요. 뿐만 아니라, 그는 빛나는 무지갯빛 지폐로 3천 루블이라는 큰 돈을 생전 처음 보았습니다-나는 특별히 이 점에 대해 집요하게 물었습니다-. 네, 질투가 많고 자부심이 강한 인간에게는 절대로 큰 돈을 보여주면 안됩니다. 그런데 그는 난생 처음으로 그런 큰 돈을 보았던 것입니다. 무지갯빛 지폐 다발의 인상은 금방 그 결과로 드러나지는 않았지만 그의 상상력에 병적인 영향을 준 것만은 확실합니다.

재능이 풍부하신 검사는 스메르자코프에게 살인죄를 적용하는 데 대한 여러 가지 찬성론과 반대론을 꼼꼼하게 살핀 결과, 그가 간질 발작을 흉내 낼 이유가 어디 있겠냐고 의문을 제기했습니다. 맞습니다. 그것은 꾀병이 아니었을 수도 있습니다. 발작은 지극히 자연스럽게 일어나서 매우 자연스럽게 잦아들었고 병자는 얼마 지나지 않아서 정신을 차렸을 수도 있습니다. 설령 완전히 낫지는 않았더라도 곧 제정신을 차리고 의식을 회복하는 것은 간질 환자에게 흔한 일입니다. 검사는 스메르자코프가 살인을 할 틈이 언제 있었느냐고 반문하셨지만, 그 시간을 지적하는 것은 그렇게 어렵지 않았을 것입니다. 즉, 그리고리 노인이 담을 넘어서 달아나는 피고의 다리를 잡고 온 동네에 다 들리도록 큰 목소리로 '애비를 죽인 녀석아!'라고 외치는 순간, 그는 갑자기 정신을 차리고 깊은 잠에서 깨어났을 수도 있습니다. 왜냐하면 그는 단지 잠들었을 뿐이니까요. 간질 발작 뒤에는 항상 깊은 잠이 수반됩니다.

조용한 어둠 속에서 발생한 이 심상치 않은 외침은 스메르자코프의 잠을 충분히 깨웠을 수 있습니다. 더욱이 때마침 그의 잠은 그렇게 깊지 않을 수 있습니다. 물론 그 1시간 전부터 잠에서 깨어나고 있었을 수도 있습니다. 그래서 그는 일어나자마자 아무 생각 없이 거의 무의식적으로 무슨 일일까 궁금해서 소리가 난 쪽으로 가보았습니다. 그의 머리는 여전히 발작으로 인해서 멍한 상태였고, 사고 능력도 아직 흐렸지만 어쨌든 그는 정원으로 나가서 불빛이 새나오는 창문으로 다가갔습니다.

주인은 물론 그가 온 것을 기뻐하면서 무서운 사건에 대해 알렸습니다. 그때 별안간, 희미했던 판단력이 한꺼번에 확 깨어났던 것입니다.

그는 놀라서 당황한 노인으로부터 자세한 경위를 들었습니다. 그의 혼란에 빠진 병적인 머릿속에서는 점차 한 가지 생각이 구체적으로 만들어졌습니다. 그것은 무섭지만 지극히 매력적이고 논리적인 생각이었습니다. 말하자면, 주인을 죽이고 3천 루블의 돈을 빼앗은 뒤 그 죄를 큰아들에게 씌우려는 것이었습니다. 이런 경우, 큰아들 외에는 혐의를 씌울 만한 사람이 없다, 큰아들 외에는 의심을 살 만한 사람이 없다, 실제로 그는 이곳에 왔었고 확실한 증거도 있다, 그는 이렇게 생각했습니다. 돈에 대한 무서운 욕망이 완전 범죄의 가능성과 함께 숨 막힐 정도로 그의 마음을 휘감았습니다.

맞습니다, 이런 뜻밖의 억누를 수 없는 충동은 기회만 있다면 언제든지 찾아올 수 있습니다. 더욱이 무엇보다 무서운 것은 그 생각이 1분 전까지만 해도 살인은 꿈에도 생각해 본 적이 없는 '살인자'의 머릿속에 별안간 일어난다는 것입니다!

스메르자코프도 그런 충동에 휩싸여 주인의 방으로 들어간 뒤, 그 계획을 실행한 것이 확실합니다. 그럼 그는 어떤 흉기를 썼을까요? 그런 건 전혀 문제되지 않습니다. 맨 처음 눈에 들어온 정원의 돌일 수도 있습니다. 무엇 때문에, 어떤 목적이 있어서 그런 짓을 저질렀을까요? 무엇보다도 3천 루블은 그가 새로운 생활을 시작하는 데 충분했습니다.

아니, 나의 이런 주장은 결코 모순되지 않습니다. 돈은 실제로 있었을 수 있으니까요. 그리고 오직 스메르자코프만 그 돈이 어디 있는지 알고 있었습니다.

그럼 돈이 든 봉투는, 방바닥에 버려진 봉투는 어떻게 된 것일까요? 검사는 이 봉투에 대해서 매우 자세하게 설명하셨습니다. 즉, 방바닥에 봉투를 버린 것은 상습적이지 않은 도둑이며 카라마조프 같은 인간이 할 수 있는 짓이다, 스메르자코프는 절대 아니다, 만약 그였다면 이런 범죄의 증거물을 버리지 않았을 것이라고 말입니다.

배심원 여러분, 이 말을 들으면서 나는 문득 언젠가 들은 이야기를 다시 듣는 것 같은 기분이 들었습니다. 맞습니다! 실은 드미트리 표도로비치라면 봉투를 그런 식으로 버리고 갔을 거라는 주장과 추리를 나는 바로 이틀 전에 스메르자코프를 통해서 들었습니다. 더욱이 내가 놀란 것은 그가 순진한 척하면서 변죽을 울리며 나에게 그런 생각을 주입하려고 한다, 내가 스스로 그렇게 판단하도록 계속 유도한다는 느낌이 들었습니다. 예심 때도 그는 그것을 암시하지 않았을까요? 재능이 풍부한 검사에게도 역시 그가 그런 생각을 불어넣지 않았을까요?

그렇다면 그리고리의 늙은 아내는 어떻게 된 거냐고 물으시겠지요. 노파는 그 옆에서 밤새 병자의 신음 소리를 들었다고 합니다. 당연히 들었겠지요. 그러나 그건 매우 모호합니다. 나는 어느 부인이 밖에서 개가 밤새 짖는 바람에 전혀 잘 수 없었다고 불평하는 걸 들은 적이 있습니다. 그 뒤에 알아보니 그 개는 두세 번 정도만 짖었다는 걸 알 수 있었습니다. 이런 것은 얼마든지 있을 수 있습니다. 만약 사람이 자다가 갑자기 신음소리를 들었다고 가정합시다. 잠이 깬 그는 편한 잠을 방해받았다고 불평하지만 이내 잠이 듭니다. 2시간 정도 지났을 때 다시 신음소리가 들리고 그는 다시 잠이 깼다가 또 잠이 듭니다. 이렇게 하룻밤 사이에 세 번 정도 잠이 깼다고 합시다. 그는 아침에 누군가 밤새 신음하는 통에 제대로 잠을 잘 수 없었다고 투덜댈 것입니다. 그러나 그는 2시간씩 자는 사이에 일어난 일은 전혀 알 수 없고 잠이 깬 몇 분 동안만 기억할 것이므로 그것으로 밤새도록 계속 잠을 방해받았다고 생각하는 것은 당연합니다.

그렇다면 왜 스메르자코프는 유서에서 고백하지 않았는지 검사는 소리 높여 물으셨습니다. '한편으로는 양심의 가책을 느끼면서 한편으로는 느끼지 않았던 것일까요?'

그러나 유감스럽게도 양심의 가책은 이미 후회하는 마음을 의미합니다. 그러나 이 자살자에게는 후회하는 마음이 있을 수 없습니다. 절망만 있을 뿐이지요. 절망과 후회는 전혀 다른 별개의 감정입니다. 절망은 때로 증오로 가득 차 있어서 절대로 타협을 수락하지 않을 때가 있습니다. 그래서 자살자는 스스로 목숨을 끊으려는 순간, 평생 원만하던 자들에 대한 증오를 몇 배나 강하게 느꼈을 수 있습니다.

배심원 여러분, 무엇보다도 오판(誤判)의 가능성을 경계하셔야 합니다. 지금 내가 말씀드린 얘기 중에서 진실성이 결여된 곳이 있었습니까? 만일 내 얘기에 잘못된 부분이 있다면 지적해 주시기 바랍니다, 있을 수 없는 일, 앞뒤가 안 맞는 말이 있다면 지적해 주십시오.

만약 내가 설정한 가정에 작은 가능성의 실마리, 진실에 대한 암시가 미약하게라도 보인다면 부디 유죄 판결을 유보해 주십시오. 그런데 나의 작은 가정은 과연 실마리일 뿐일까요?

맹세하지만, 지금 여러분에게 말씀드린 살인에 대한 나 스스로의 설명을 나는 진심으로 굳게 믿습니다. 더욱이 화가 나고 유감스럽게 생각하는 것은 피고 위에 쌓인 많은 논고 중에서 조금이라도 반증이 제기되지 않은 것이 전혀 없는 데만 단지 그런 사실이 쌓여 있다는 이유만으로 불행한 피고가 파멸과 마주하고 있다는 것입니다.

그렇습니다, 이 누적된 사실은 진실로 무섭습니다. 그 피, 손가락에서 흐르던 그 피, 피범벅이 된 옷, '애비를 죽인 녀석아!'라는 고함에 정적이 깨진 그 캄캄한 밤, 머리가 부서져서 쓰러진 그 고함소리의 주인공, 그리고 수많은 발언과 증언과 행동과 화가 난 외침, 아, 그 전부는 엄청난 영향력이 있어서 사람들의 신념을 매수하기에 충분합니다. 그러나 배심원 여러분, 그것들은 과연 여러분의 신념도 매수할 수 있을까요? 제발 기억해 주십시오. 여러분에게는 끝없는 권한, 사람을 체포하고 심판할 수 있는 권한이 있습니다. 그러나 권리가 크면 클수록 그 적용은 점점 더 무서워집니다!

나는 내가 한 말을 전혀 양보할 마음이 없지만, 설령 한 걸음을 양보해서 불행한 한순간만, 아버지의 피로 손이 물들었다는 논고에 한순간만 동의한다고 가정합시다. 그러나 이것은 가정일 뿐이며, 반복하지만, 나는 피고의 결백을 1초라도 의심한 적이 없습니다.

그러나 지금 우리의 피고가 아버지를 살해했다고 가정합시다. 하지만 내가 그런 가정을 인정했다고 해도, 꼭 들어주셔야 할 말이 있습니다. 나는 여러분에게 그 말씀을 드리지 않으면 직성이 풀리지 않을 것입니다. 왜냐하면 나는 여러분의 마음과 이성에서 생길 큰 투쟁을 예상할 수 있기 때문입니다. …… 배심원 여러분, 여러분의 마음과 이성에 뛰어든 나를 용서하십시오. 그러나 나는 성실하고 공평하려고 합니다. 우리 함께 할 수 있는 노력을 다해 진실해지도록 합시다!"

이때 꽤 큰 박수 소리가 나서 변호사의 말이 끊겼다. 사실 그의 이 마지막 말은 지나치게 성실함이 배어 있어서 사람들은 실제로 그에게 특별히 무슨 할 말이 있으며, 그것은 분명히 매우 중요한 내용일 것이라고 생각했다.

그러나 재판장은 이 박수 소리를 듣고 만약 또 다시 '이런 일'이 반복되면 방청객 모두에게 '퇴정을 지시하겠다'고 소리높여 경고했다. 장내는 일순간에 고요해졌다. 페추코비치는 지금까지와는 완전히 다른 뭔가 새롭고 맑은, 정감 어린 말투로 변론을 계속했다.

13. 사상의 밀통자

"단지 산더미처럼 쌓인 사실만이 우리의 피고를 파괴하는 것이 아닙니다, 배심원 여러분." 그는 큰 목소리로 말했다. "맞습니다, 우리의 피고를 진정한 의미에서 파괴하는 것은 오로지 하나의 사실뿐입니다. 그것은 늙은 아버지의 시신입니다! 이것이 단순한 살인이었다면 어떻게 됐을까요? 여러분은 이번의 모든 증거를 통일된 집합체가 아닌 하나씩 떼어서 검토한 결과 그것이 하찮고 불완전한 공상적인 성격을 가지고 있다는 것을 발견하고 기소를 취하할 것입니다. 적어도 단순한 선입견으로 한 인간의 운명을 파괴하는 일을 머뭇거릴 것입니다. 진정 슬프게도 피고는 그런 선입견을 가져도 할 말이 없는 사람입니다.

게다가 이것은 평범한 살인이 아니라 자신의 아버지를 살해한 것입니다! 이것은 너무도 끔찍해서 이런 하찮은, 증거가 충분하지 않은 기소 사실이 알맞게 의미가 있고 증거도 충분한 사실인 것처럼 되었습니다. 게다가 그것은 오직 선입견에 의해서 그렇게 되었습니다. 이런 피고를 어떻게 무죄라고 할 수 있는가? 부모를 죽인 사람이 어떻게 처벌을 받지 않겠는가. 모든 사람들이 마음속에서 본능적으로 이렇게 느꼈습니다. 맞습니다. 자신의 아버지에게 피를 흘리게 했다는 것은 무섭습니다. 그것은 나를 낳아준 사람의 피, 나를 사랑한 사람의 피, 우리를 위해서 목숨을 아끼지 않는 사람의 피입니다. 어릴 때부터 우리의 병을 걱정하고, 우리의 행복을 위해 평생을 헌신했으며, 오로지 우리의 기쁨과 성공을 위해서 살았던 사람에게 피를 흘리게 하다니요! 그런 아버지를 죽이는 것은 상상조차 할 수 없는 일입니다!

배심원 여러분, 아버지는 어떤 존재일까, 참된 아버지는 어떤 사람일까요? 아버지, 이 얼마나 거룩한 말인가요? 얼마나 거룩한 사유가 깃든 이름인가요? 나는 지금 진정한 아버지란 무엇이며, 어떤 책임을 가지고 있는지 말씀드렸습니다. 하지만 이번 경우, 우리가 지금 해결하려고 골치를 썩는 이 사건에서, 죽은 표도르 카라마조프는 방금 내가 말한 아버지의 개념과는 전혀 어울리지 않는 사람입니다.

그것은 매우 불행한 일이지요. 그리고 실제로 이런 불행한 아버지도 세상에는 드물지만 존재합니다. 그러므로 이 불행을 조금 더 자세히 관찰하기로 합시다. 배심원 여러분, 눈앞의 판결이 중요할

지라도 전혀 두려워하지 않아도 됩니다. 방금 전 재능이 뛰어난 검사가 말씀하신 교묘한 어투를 사용한다면, 어린아이나 겁 많은 여자처럼 어떤 사상을 확 던져서는 안 됩니다. 그런데 나의 존경하는 논적 ― 그는 내가 첫 발언을 하기 전부터 논적이었습니다 ― 은 그 열정적인 논고 속에서 여러 번 이렇게 외쳤습니다. '나는 피고에 대한 변호를 누구에게도 양보하지 않을 것이다. 피고에 대한 변호를 페테르부르크에서 온 변호사에게만 맡기지 않을 것이다. 나는 고발자이며 동시에 변호인이기도 하다!' 이렇게 여러 번 선언했습니다. 그런데 만약 이 무서운 피고가 어릴 적 아버지 집에서 살았을 때 단 한 사람에게 귀여움을 받아서 호두 한 봉지를 얻은 것을 23년간 은혜로 기억했다면, 그와 반대로 이런 사람은 박애로운 의사 게르첸시투베 씨가 하신 말씀처럼 '신발도 신지 않고, 단추가 하나만 남은 바지를 입고 집 뒷마당을' 뛰었던 일도 23년간 기억하고 있었을 것입니다. 그것을 검사는 빼먹으신 것 같습니다.

아, 배심원 여러분, 왜 우리는 이 '불행'을 조금 더 자세히 관찰해야 하는 것일까요? 이미 전부 알고 있는 일을 왜 반복해야 하는 것일까요? 우리의 피고는 자신의 아버지 집에서 무엇을 보았을까요? 도대체 왜, 어떤 이유 때문에 우리의 피고를 무감각한 이기주의자이자 괴물로 생각해야 할까요? 물론 그는 제어가 되지 않는 사람입니다. 조잡하고 거친 사람입니다. 그래서 지금 그는 우리의 심판을 받고 있습니다. 그러나 그의 운명에 대해 누가 책임을 져야 합니까? 그가 훌륭한 자질과 깨끗하고 다정한 마음을 지녔으면서 그처럼 형편없는 교육을 받은 것은 누가 책임을 져야 할까요?

누가 그에게 바른 상식과 분별력을 가르쳤습니까? 그가 학문을 배우고 정진했습니까? 그가 소년이었을 때 누구든 그를 조금이라도 더 사랑한 사람이 있었나요? 나의 의뢰인은 단지 신의 비호 아래에서, 즉 정말 야생동물처럼 자랐습니다. 그는 오랜 이별 뒤에 아버지와 만나기를 원했을 것입니다. 그는 그전에 자신의 유년시절을 꿈처럼 회상하고 그 시절에 본 지겨운 환영을 떨쳐내기 위해서 노력하면서 자신의 아버지를 변호하고 끌어안으려고 진정으로 바랐을 수도 있습니다.

그런데 어떻게 되었나요? 그를 맞은 것은 쓰디쓴 조소와 질투와 금전 문제로 생긴 갈등뿐이었습니다. 그는 날마다 '코냑을 마시면서' 떠드는 역겨운 잡담과 비속한 처세에 대해 들어야 했고, 종국에는 자신의 아들 돈으로 아들의 애인을 뺏으려는 아버지를 보았습니다. 맞습니다, 배심원 여러분, 이처럼 추악하고 참혹한 일이 있을까요! 그런데 이 노인은 오히려 아들의 버릇없음과 잔인성을 다른 사람들에게 호소해서 사교계에서 그의 얼굴을 더럽히고 방해와 중상모략을 일삼았고 게다가 아들의 차용 증서를 사모아서 그를 감옥에 넣으려고 했습니다.

배심원 여러분, 나의 의뢰인은 언뜻 보면 잔혹하고, 난폭하고, 앞뒤를 생각하지 않는 사람이지만, 세상에 드문 부드러운 마음을 가진 사람이기도 합니다. 단지 그것이 밖으로 드러나지 않았을 뿐이지요. 웃지 말아주시길 부탁드립니다. 제발 나의 생각을 비웃지 말아 주세요! 재능 있는 검사는 방금 전 나의 의뢰인이 실러를 사랑한다는 것, '아름다운 것과 고매한 것'을 사랑한다는 것을 들추면서 무자비하게 조롱했지만, 내가 만약 검사라면 결코 그렇게 조롱하지는 않았을 것입니다. 그렇습니다. 그런 성품을, 너무도 오해받기 쉬운 그런 성품을 나는 최후까지 변호하려고 합니다. 이런 성품은 항상 다정한 것, 아름다운 것, 진실된 것에 굶주려 있습니다. 다시 말하면 자신의 거칠고 난폭한 성격과 반대인 이런 성품은 무의식적으로 그런 것에 배고파합니다. 진정 굶주린 것입니다.

표면적으로는 열정적이고 잔혹해 보이지만, 일단 무언가를, 예를 들어 여자를 사랑하면 고통과도 같은 사랑을 퍼부을 줄 아는 것입니다. 그리고 그것은 분명히 정신적이고 고상한 사랑입니다. 다시 한 번 부탁드리지만, 부디 웃지 말아 주십시오. 그것은 충격적이기 때문에 사람들은 그것만 보고 그 사람을 보려고 하지 않는 것입니다. 게다가 그들의 열정은 이내 사라지고 맙니다만, 무척 난폭한 사람들은 고귀하고 아름다운 여성의 곁에서 자기 혁신을 얻으려 합니다. 회개한 뒤에 더 나은 고귀하고 성실한 인간이 될 가능성을 얻으려는 것입니다. 그는 '고귀하고, 훌륭한 것'이 아무리 비웃음을 사더라도 신경 쓰지 않습니다!

나는 방금 전, 피고와 카체리나 베르호프체바 씨의 사랑 이야기는 감히 말하지 않겠다고 했습니다! 그러나 한두 마디 정도는 괜찮겠지요. 우리가 방금 전에 들은 것, 그것은 증언이 아니고 복수심에 불타는 여자의 광적인 울부짖음일 뿐입니다. 그 여자는, 그렇습니다. 그 여자는 피고의 변심을 비난할 처지가 아닙니다. 왜냐하면 그 여자 스스로 변심했기 때문입니다. 만약 그 여자가 조금이라도 깊이 생각해 보는 여유가 있었다면 결코 그런 진술은 하지 않았을 것입니다! 맞습니다, 그 여자의 말을 믿으면 안 됩니다. 나의 의뢰인은 그 여자가 말한 대로 그런 '비겁한 사람'은 아닙니다!

저 책형을 당한 거룩한 박애주의자는 십자가의 죽음을 결심하고, '나는 착한 목자이니라. 착한 목자는 그 양을 위해서 자신의 영혼을 버리나니, 이는 한 마리의 양도 죽이지 않기 위함이니라'라고 했습니다. 우리도 역시 한 사람의 영혼도 죽이면 안 됩니다!

나는 방금 아버지의 의미가 무엇인지 묻고, 그것은 위대한 언어이고 소중한 이름이라고 주장했습니다. 배심원 여러분, 언어는 공정하게 다뤄져야 합니다. 그래서 나는 대상을 내 나름의 언어로, 내 나름의 이름으로 부르려고 합니다.

살해된 카라마조프 노인 같은 아버지를 아버지라고 부를 수는 없는 것입니다. 또 그렇게 불릴 자격도 그에게는 없습니다. 아버지라고 불릴 자격이 없는 아버지에 대한 사랑처럼 멍청하고 이루어질 수 없는 것은 없습니다. 사랑은 무에서 만들어지지 않습니다. 무에서 창조할 수 있는 것은 오로지, 신만이 할 수 있습니다.

'아버지가 된 자여, 그 자식을 슬프게 만들지 말아야 하느니라!' 어느 사도(使徒)가 사랑에 불타는 마음에서 이렇게 썼습니다. 내가 지금 이 위대한 말씀을 인용한 것은 나의 의뢰인을 위한 것이 아닙니다. 모든 아버지들을 위해서 말한 것입니다. 그렇다면 도대체 누가 나에게 아버지들을 가르칠 권한을 주었습니까? 그것은 누가 주지 않았습니다. 단지 나는 인간으로서, 한 시민으로서, 'vivos voco! (살아 있는 전부에 호소한다)'라고 큰 소리로 말하겠습니다. 우리는 이 땅에 그렇게 오래 살지도 못하면서 나쁜 짓을 많이 저지르고, 나쁜 말을 많이 떠들어댑니다. 그래서 우리 모두가 한 자리에 모인 이 좋은 기회를 빌어서 서로 좋은 얘기를 나누는 것은 어떨까요?

나도 마찬가지로, 이 자리에 있으면서 생긴 기회를 이용하려고 합니다. 신의 뜻에 따라서 우리에게 주어진 이 연단은 결코 무의미하지 않습니다. 러시아 전역이 이 법정에 선 우리의 말을 듣고 있습니다. 나는 단순히 이 법정에 모인 아버지들만을 위해서 말하지 않고 모든 아버지들에게 외치는 것입니다. '아버지 된 자여, 그 자식을 슬프게 만들지 말아야 하느니라!' 그렇습니다, 우리는 먼저 그리스도의 말씀을 실천하고 비로소 자식된 자의 의무를 물어볼 수 있습니다. 그렇게 하지 않으면 우리는 아버지가 아니고 오히려 내 자식의 적이 됩니다. 또 자식은 자식이 아니고 우리의 적이 됩니다. 게다가 우리 스스로 그들을 적으로 만든 것입니다!

'너희가 남을 저울질한 그 저울로 너 자신도 저울질되리라.'

이것은 내가 말한 것이 아니고 성경에 나온 가르침으로, 즉 네가 남을 판단하면 남도 너를 판단한다는 의미입니다. 그러므로 만약 자식이 우리가 판단하는 대로 우리를 판단한다고 한다면 어떻게 자식을 혼낼 수 있겠습니까?

요즘 핀란드에서 일어난 사건인데, 한 하녀가 몰래 애를 낳은 혐의가 있어서 조사를 하니 다락 위의 한쪽 구석 벽돌 뒤에서 그 하녀의 트렁크가 발견되었습니다. 이 트렁크가 있다는 걸 아무도 몰랐는데 트렁크를 여니 하녀가 죽인 영아의 시체가 그 안에 들어 있었습니다. 이것은 하녀가 자백했는데, 그 안에서 예전에 자신이 낳자마자 죽인 영아의 해골이 두 개 더 발견되었습니다.

배심원 여러분, 이런 사람을 어머니라고 부를 수 있습니까! 맞습니다, 여자가 그 아이들을 낳은 것은 분명한 사실입니다. 그러나 과연 그 여자를 어머니라고 할 수 있을까요? 그 여자를 어머니라는 거룩한 이름으로 부를 수 있는 사람은 우리 가운데 누구일까요?

여러분, 용기를 내셔야 합니다! 배심원 여러분, 우리는 용감해져야 합니다. 오히려 우리는 오늘 그럴 의무가 있습니다. '금속'이나 '유황'이라는 단어를 두려워하던 모스크바 상인의 아내(오스크롭스키의 희곡의 등장인물)처럼, 어떤 종류의 말이나 생각을 무서워하면 안 됩니다. 오히려 최근의 진보가 우리의 발전에 크게 이바지했다는 것을 증명해 보입시다. 그리고 솔직히 말하는 겁니다. 자식을 낳은 것만으로는 아버지라고 할 수 없다, 아이를 낳아서 아이에 대한 의무를 다해야만 아버지라고 부를 수 있다고 말입니다.

물론 아버지라는 말에는 다른 의미와 다른 해석도 존재해서 '나의 아버지는 비록 냉혈한일지라도, 아이들에게는 악당이었지만 나를 낳은 이상은 역시 아버지다'라고 주장하는 사람도 있습니다. 그러나 이것은 신비주의적인 부친관이라고 할 수 있는 종류이지 이성으로는 허락할 수 없는 것입니다. 이것은 오로지 신앙에 의해서만 허락될 수 있을 뿐입니다. 더 정확하게 말하자면, 신앙에 의지해서 용인될 수 있는 것입니다. 그런 예는 이 외에도 많아서, 이성으로는 허락할 수 없는 것을 종교가 믿을 수 있도록 지시합니다.

그러나 그것은 실생활의 범주 밖에 존재하는 것입니다. 실제 생활의 범위 안에서는, 단순히 자신의 권리를 가질 뿐만 아니라 그 자체로 많은 의무를 책임져야 하는 실생활의 범주 안에서는, 우리가 만약 인도주의자, 즉 그리스도 교도가 되기를 원한다면, 이성과 경험에 따라서 옳다고 생각하고 분석의 용광로를 통과한 신념을 실천해야 하고 실천할 의무가 있습니다. 요약하면, 이성적으로 행동해야 함을 의미합니다. 꿈속이나 망상에서처럼 무분별하게 행동하면 안 됩니다. 남에게 해를 입히지 않아야 하기 때문입니다. 인간을 괴롭히거나 파멸시키지 않으려고 하는 것입니다. 그것이 비로소 참된 그리스도 교도의 행동이 됩니다. 단순히 신비주의적인 것이 아니라 이지적이고 인류애로 가득한 행동이 되는 것입니다!"

이때 법정의 이곳저곳에서 맹렬한 박수 소리가 들렸는데, 페추코비치는 자신의 변론을 중단시키지 말고 끝까지 계속하게 해달라는 듯이 두 손을 가로저었다. 법정 안은 금세 숙연해졌다. 변호사는 말을 이었다.

"배심원 여러분, 여러분은 이런 문제들이 우리의 아이들, 웬만큼 자라서 판단력이 생겼음에도 우리의 아이들과 어떤 관계도 없다고 생각하십니까? 그렇지 않습니다, 관계가 있을 수밖에 없습니다.

우리는 아이에게 이루어질 수 없는 자제를 강요할 수 없습니다!

아버지로서의 자격이 없는 아버지의 모습을, 게다가 자신의 친구인 다른 아이들의 훌륭한 아버지와 비교하게 되면 자신도 모르게 청년의 마음속에 괴로운 질문이 생기게 됩니다. 그런데 이 물음에 대해서 그에게 돌아오는 것은 판에 박힌 상투적인 대답뿐입니다. '아버지가 너를 낳았다. 너는 아버지의 피붙이다. 그러므로 너는 아버지를 사랑해야 한다'는 것이지요. '그러나 나를 낳을 때 아버지는 나를 사랑했을까?' 청년은 자신도 모르게 이런 물음을 갖습니다. 그리고 점점 더 의식하며 이렇게 물어보게 됩니다. '도대체 아버지가 나를 낳은 것은 나를 위해서 그런 것일까? 아버지는 그 순간에, 분명히 술에 취해서 욕정이 생긴 그 순간에는 나를 생각하지 않았다. 내가 남자인지, 여자인지도 알 수 없었다. 단지 나에게 음주벽을 물려줬으며, 그것이 아버지가 나에게 준 은혜일 뿐이다……. 아버지가 나를 낳고 평생 동안 나를 사랑하지도 않았는데 왜 나는 아버지를 사랑해야 한단 말인가?'

맞습니다, 여러분은 이 의문을 아마도 잔인하고 예의 없다고 생각하실 것입니다. 그러나 미숙한 청년에게 불가능한 자제심을 강요해서는 안 됩니다. '본성을 문으로 쫓아내면 이번에는 창문으로 날아온다'는 말과 같은 경우입니다. 게다가 우리는 '금속'이나 '유황'을 두려워하면 안 됩니다. 우리는 신비주의 개념이 지시하는 대로가 아닌, 이성과 박애심의 지시에 따라 문제를 해결해야 합니다.

그러면 어떻게 해결해야 할까요? 이렇게 합시다. 아들을 아버지

앞에 세우고 일부러 이렇게 질문하는 것입니다. '아버지, 가르쳐 주세요. 왜 제가 아버지를 사랑해야 합니까? 아버지, 증명해 보세요, 왜 제가 아버지를 사랑해야 합니까?' 이렇게 해서 만약 그 아버지가 제대로 알기 쉽게 대답하고 증명할 수 있으면, 그것은 신비주의적인 편견에 의지하지 않고 이성적이고 자각적이며, 엄밀하게 인도적 기반 위에 세워진 참된 가정이라고 할 수 있습니다.

그러나 만약 아버지가 그것을 증명하지 못하면 그 가정은 단번에 파탄이 날 것입니다. 그들은 아들에게 아버지가 아닙니다. 그 아들은 장차 자신의 아버지를 남으로 여기고 심지어 자신의 적으로까지 판단하는 자유와 권리를 얻습니다. 배심원 여러분, 우리의 이 연단은 진리와 건전한 이해력을 위한 학교가 되어야 할 것입니다!"

이때 변호사는 도무지 제어할 수 없는, 거의 열광적인 박수갈채로 인해 변론을 중단할 수밖에 없었다. 물론 방청객 전부는 아니었지만, 절반은 분명하게 박수를 쳤다. 어머니와 아버지들이 박수를 쳤다. 위쪽의 여자 좌석에서는 시끄럽게 외치는 소리가 들렸다. 누군가는 손수건을 흔들기도 했다.

재판장은 있는 힘을 다해 종을 울렸다. 그는 방청객의 행동에 화가 난 것 같았지만 그렇다고 아까 위협했듯이 '퇴정'을 하라고 할 수는 없었다. 왜냐하면 특별석에 앉은 고관들과 연미복에 훈장을 단 노인들까지 박수를 치고 손수건을 흔들었기 때문이었다. 그래서 겨우 소동이 가라앉았을 때 재판장은 여느 때처럼 그 '퇴정을 명령하겠다'는, 그전의 엄숙한 위협을 반복해야 했다. 페추코비치는 의기양양한 얼굴로 더욱 변론을 이어나갔다.

"배심원 여러분, 여러분은 담을 넘고 아버지의 집에 침입한 아들이 결국 자신을 낳아준 적이자 박해자인 한 인간과 마주한, 저 끔찍한 밤을 기억하실 것입니다. 그때 일은 오늘 여러 번 이 자리에서 반복되었습니다.

나는 힘껏 주장합니다. 아들이 그때 뛰어든 것은 돈 때문이 아니었습니다. 방금 전에도 말씀드렸다시피 그에게 강탈의 죄를 묻는 것은 어리석은 일입니다. 또 그가 아버지의 집에 침입한 것은 살해하려고 그런 것이 아닙니다. 결코 그런 것이 아닙니다. 만약 그가 미리 그런 마음으로 갔다면 흉기는 미리 준비했을 것입니다. 그는 자신도 무엇 때문인지 모르면서 그저 본능에 이끌려 절굿공이를 들고 나간 것입니다. 또 그가 신호로 아버지를 속였다고 가정합시다. 아버지 방에 침입했다고 가정합시다. 나는 이미 그런 전설을 앞으로도 믿을 수 없다고 말했지만, 그래도 그렇다고 합시다. 단지 1분 정도만 그랬다고 가정해 둡시다!

배심원 여러분, 나는 신 앞에 맹세합니다만, 만약 표도르가 피고의 아버지가 아니고 그저 생판 남인 박해자일 뿐이라고 한다면, 피고는 방마다 뛰어다니며 이 집에 여자가 없는 것을 확인하고, 자신의 경쟁자에게 아무런 위해도 끼치지 않고 도망쳤을 것이 확실합니다. 또는 약간 때리거나 미는 행동은 했을 수 있지만 그저 그것뿐일 것입니다. 왜냐하면 피고는 그런 경우에 그런 자를 상대하고 있을 틈이 없었기 때문입니다. 여자가 어디 있는지 확인해야 했기 때문이지요.

그러나 그 사람은 아버지였습니다. 게다가 평상시에는 항상 이름뿐이었던 아버지, 어릴 때부터 몹시 미워한 사람, 자신의 적, 자신의 박해자였습니다. 더욱이 지금은 괴물같은 연적이잖습니까! 그래서 증오심이 자신도 모르게 불타올라서 그의 판단력이 흐려진 것입니다.

모든 일은 찰나에 벌어졌습니다! 이것은 광기와 착란의 충동으로 일어난 심신상실의 일종입니다. 더욱이 자연계의 발작이기도 하고, 동시에 영원한 법칙에 복수하려는 억누를 수 없는 무의식적인 자연의 착란입니다. 자연계에서는 전부 그렇습니다.

그러나 피고는 그래도 역시 죽이지 않았습니다. 나는 이렇게 주장합니다. 나는 이것을 외치고 싶습니다. 그렇습니다. 그는 단지 지겨운 분노를 이기지 못하고 절굿공이를 한 번 휘두른 것입니다. 죽일 마음도 없었고, 또 죽였다는 것조차 몰랐습니다. 만약 그 무서운 절굿공이만 손에 잡지 않았다면, 그는 그저 부친을 때렸을 뿐 죽이지는 않았을 것입니다.

이런 살인은 살인이라고 할 수 없습니다. 이런 살인은 존속 살인도 아니고 그 무엇도 아닙니다. 아니, 그런 아버지를 죽인 것은 존속 살해에 속할 수 없습니다. 이런 살인은 단지 일종의 편견에 의해서 존속 살해라고 이름 붙일 수 있습니다!

그러나 이런 살인이 실제로 벌어졌을까요? 정말 일어난 것일까요? 나는 다시 한 번 진심으로 여러분에게 호소합니다!

배심원 여러분, 만약 우리가 그에게 유죄를 내린다면, 그는 자신에게 이렇게 말할 것입니다. '이 사람들은 나의 운명을 위해서, 나의 교육을 위해서, 나의 인간 형성을 위해서 아무것도 해준 것이 없다. 나를 더 나은 인간으로 만들려고 아무것도 해주지 않았다. 이 사람들은 나에게 먹을 것도 주지 않고, 마실 것도 주지 않았다. 벌거벗은 채 감방에 갇힌 나를 찾아오지도 않았다. 그런 사람들이 나를 유형지로 보내려는 것이다. 이제 이것으로 나는 청산을 다 했으므로 그들에게 빚을 지지 않았다. 이제는 영원히 그 누구에게도 빚이 없다. 눈에는 눈이라고 했으니, 그들이 나에게 잔인하게 군다면 나도 잔인해질 수밖에 없다.'

배심원 여러분, 그는 아마 이렇게 말할 것입니다! 맹세하건대 다시 말하지만, 여러분이 만약 유죄를 선고한다면 그것은 단지 피고의 마음을 편하게 해주는 것이 됩니다. 양심의 고통을 덜어주는 것뿐입니다. 피고는 자신이 흘린 피를 저주할 것이지만 슬퍼하지는 않을 것입니다. 동시에 여러분은 피고의 내면에 숨 쉬는, 참된 인간이 될 가능성을 죽이는 것입니다. 왜냐하면 그는 이제부터 죽을 때까지 악의를 가지고 두더지 같은 인간을 인생을 보낼 것이기 때문입니다.

여러분이 상상하는 가장 무서운 형벌로 피고를 벌하는 것은 그것으로 그의 영혼을 영원히 구원해서 살리기 위하려는 것이 아닙니까? 만약 그렇다면 여러분의 따스한 자비로 그를 억누르십시오! 그러면 여러분은 그의 영혼이 어떻게 전율을 일으키는지 알 수 있을 것입니다.

'내가 어떻게 이 자비를 견딜까! 과연 나는 이런 사랑을 받을 가치가 있을까!' 이런 피고의 영혼의 울부짖을 들을 수 있을 것입니다!

배심원 여러분, 나는 압니다. 나는 그의 마음을 압니다. 거칠지만 고귀한 마음을 가진 사람입니다. 그 마음은 여러분의 자비 앞에서 무릎을 꿇고 말 것입니다. 그 마음은 거룩한 사랑의 행위를 구하여 불타오르고 영원한 부활을 이뤄낼 것입니다.

세상에는 자신의 마음에 갇혀서 세상을 적으로 만들고 비난하는 사람들이 있습니다. 그러나 그런 사람들의 영혼에 자비를 베푸십시오. 사랑을 보여 주세요. 그 영혼은 단번에 자신의 행동을 저주하게 될 것입니다. 왜냐하면 그 영혼에는 선한 영혼의 새싹이 잠재되어 있기 때문입니다. 이런 영혼은 자라고 뻗어가서 신의 자비와 사람들의 공명정대함을 알게 될 것입니다. 그는 뉘우치는 마음과 눈앞에 놓인 수많은 의무에 몸서리치고 압도될 것입니다. 그때는, '이제 빚을 전부 갚았다'고 하지 않고 '나는 모든 이들에게 죄를 지었다. 나는 가장 가치 없는 인간이다' 이렇게 말할 것입니다. 그는 회한과 뼈를 깎는 수난의 기쁨에 눈물을 흘리면서 이렇게 소리칠 것입니다. '세상 사람들은 전부 나보다 훌륭하다. 그들은 나를 파괴하지 않고, 오히려 구해 주었지 않은가!'

맞습니다, 여러분은 쉽게 그 자비를 실천할 수 있습니다. 왜냐하면 진실에 더 가까운 증거가 없는데, '유죄'라고 선고하는 것은 여러분에게 지나치게 괴로운 일이기 때문입니다. 죄가 없는 한 사람을 벌하기보다는 오히려 죄 있는 열 사람을 용서하라, 지난 세기의 영광된 우리나라 역사에서 울리는 이 거룩한 목소리를 여러분은 들을 수 있습니까?

이제 하찮은 인간인 내가 새삼스럽게 여러분에게 러시아의 재판은 단순한 형벌이 아니라 파멸한 인간을 구제하기 위한 것이라고 말하지 않아도 너무나 잘 아실 겁니다! 만약 다른 나라에 법률과 형벌이 있다면 우리 러시아에는 영혼과 지혜를 겸비합시다. 파멸한 자들은 구원받고 다시 태어나는 것입니다. 만약 그것이 가능하다면, 러시아와 러시아의 재판이 정말로 그렇다면, 러시아는 발전할 것입니다. 제발 위협하지 말아 주십시오.

전 국민이 어쩔 수 없이 길을 양보한다는, 저 미쳐서 날뛰는 러시아의 트로이카를 들추며 위협하는 것은 그만하십시오!

미쳐서 날뛰는 트로이카가 아니라 위대한 러시아의 전차가 당당하고 용감하게 목적지를 향해서 전진하는 것입니다. 나의 의뢰인의 운명은 오직 여러분에게 달려 있습니다. 우리 러시아의 정의의 운명도 여러분에게 달려 있습니다. 여러분은 그것을 구하실 수 있습니다. 여러분은 그것을 지킬 것입니다. 여러분은 정의를 지키는 사람이 존재한다는 것을, 정의가 착한 사람에게 있다는 것을 증명하게 될 것입니다!"

14. 농부들이 고집을 부리다

그래서 페추코비치는 변론을 끝맺었다. 이제는 정말 폭풍 같은
방청객의 감동을 억누를 수 없었다. 그것을 제지하는 것은 엄두도
내지 못할 일이었다. 여자들은 울고 있었고, 남자들도 눈물을 흘
리는 사람이 많았다. 고관들도 두 명이나 눈물을 흘렸다. 재판장도
체념하고 종을 울리는 것조차 머뭇거렸다.

"이런 열광을 방해하는 건 신을 방해하는 것과 마찬가지예요."

이 말은 나중에 이곳 부인들이 소리쳤다. 웅변을 마친 변호사는
진심으로 감격했다. 그런데 바로 이때 우리의 이폴리트가 '반박을
하려고' 다시 일어났다. 사람들은 증오에 가득 찬 시선으로 그를
보았다.

"뭐라고요? 어떻게 한다고요? 다시 반박한다는 건가요?"

부인들은 서로 속삭였다. 그러나 설사 그 자신의 아내까지 포함해서 온 세계의 여성들이 전부 반대를 해도 이때의 이폴리트를 제지할 수 있는 것은 없었다.

그는 흥분해서 창백한 얼굴로 몹시 떨고 있었다. 그의 입에서 나온 첫 마디, 첫 문장은 전혀 무슨 뜻인지 이해할 수 없을 정도였다. 그는 괴로운 것처럼 숨을 몰아쉬며 횡설수설하면서 분명하지 않은 발음으로 지루하게 말했지만 마침내 침착을 되찾았다. 필자는 그의 두 번째 논고 중에서 단지 몇 가지 어구를 듣기로만 한다.

"…… 나는 소설을 썼다고 비난을 받았습니다. 그러나 변호사의 변론은 소설 위에 다시 소설을 쓴 것이 아니면 무엇입니까? 단지 시(詩)가 부족했던 것입니다. '표도르 카라마조프 씨는 연인을 기다리면서 봉투를 찢어서 방바닥에 버렸다'는 둥 했을 뿐만 아니라, 표도르 씨가 이 놀라운 행동 중간에 한 말도 인용하셨습니다. 이것이 과연 서사시가 아니면 무엇일까요? 그가 돈을 꺼냈다는 증거가 도대체 어디에 있습니까? 그때 그가 한 말을 도대체 누가 들었습니까? 지능이 부족한 스메르자코프는 자신이 사생아이기 때문에 사회에 복수하려고, 일종의 바이런식 주인공으로 변했습니다. 이것이 바로 바이런식 서사시가 아니면 무엇이란 말입니까? 만약 자신의 아버지 집에 침입한 아들이 아버지를 죽였지만, 동시에 죽인 것이 아니라는 대목에 이르면, 이미 소설도 아니고 서사시도 아니며 스핑크스의 수수께끼처럼 스스로도 풀지 못할 문제입니다.

그가 죽였으면 역시 죽인 것일 뿐입니다. 죽였지만 죽이지 않았다는 것은 무슨 의미입니까? 누가 그것을 이해할 수 있습니까? 다음으로 우리는, 우리의 연단은 진리와 건전한 이해력의 학교라고 들었습니다. 그런데 이 '건전한 이해력'의 학교에서, 맹세와 함께 울려 퍼진 공리(公理)는 아버지를 죽이는 것을 존속 살해라고 부르는 것에 대해 일종의 편견일 뿐이라고 장엄하게 선언했습니다!

그러나, 만약 존속 살해가 편견이고 자식 한 명, 한 명이 자신의 아버지에게 '아버지, 나는 왜 아버지를 사랑해야 합니까?' 묻는다면 우리는 과연 어떻게 되는 걸까요? 우리 사회의 기반은 어떻게 될까요? 가정은 어떻게 되는 걸까요? 존속 살해가 모스크바 상인의 아내가 두려워한 '유황'일 뿐이라면, 점차 러시아 법정의 가장 귀하고 가장 신성한 전통은 그저 하나의 목적을 달성하려는, 다시 말하면 용서하면 안 되는 것을 용서하려고 파괴되고 무시되고 말 것입니다.

변호인은 피고를 대자비로 억누르라고 소리쳤습니다. 그런데, 이것은 범인에게 필요한 것이라서, 내일이라도 여러분은 피고가 얼마나 압도되었는지 알 수 있습니다. 그리고 변호사가 오로지 피고의 무죄만을 주장한 것은 지나치게 겸손한 것 아닙니까? 왜 자손을 포함해서 새 세대의 사람들에게 영원히 자신의 공적을 남기려고 존속 살해 기념 장학회라도 만들자고 주장하지 않으시는 겁니까? 변호사는 성서와 종교를 개정해서 그것을 전부 신비주의로 치부하고, 건전한 사상과 이성의 분석에 따라서 확증된 진정한 그리스도교는 오로지 우리에게만 있다고 말씀하셨습니다. 그래서 우리 앞에 사이비 그리스도 상이 세워졌습니다! '그대 남을 판단하듯 스스로를 판단하라'고 변호사는 말하면서, 동시에 그리스도는 스스로를 판단하는 것처럼 남을 판단하라고 가르쳤다고 추론하셨습니다. 게다가, 이것이 진리와 건전한 이해력의 연단에서 나온 말입니다!

이제는, 변론 전날에 성서를 읽는 것이, 단지 상당히 독창적인 이 책을 이 정도 터득했다는 것을 뽐내기 위해서이며, 이 책도 필요에 의해서는 어떤 효과가 있을지 모른다는 정도의 느낌인 것입니다!

그러나 그리스도는 그렇게 하지 말라고, 그런 행위는 금지하라고 명하셨습니다! 왜냐하면 그렇게 하는 것은 악의 세계이기 때문입니다. 그러나 우리는 용서해야만 합니다. 또 다른 쪽 뺨을 내밀어야 합니다. 자신을 모욕한 자가 우리는 판단하듯 그들을 판단하면 안 됩니다. 신은 우리에게 이렇게 가르쳤지만, 자식이 아버지를 죽이는 것을 금지하는 것이 편견이라고 가르치지 않았습니다. 우리는 진리와 건전한 이해력의 연단에서 우리 하느님의 성서를 수정하면 안 됩니다. 그런데 변호사는 불손하게 이 하느님을 그저 '십자가에 못 박힌 박애주의자'라고 지칭했습니다. 그것은 그리스도를 '당신은 우리의 하느님'이라고 찬양하는 러시아의 정교에 반대되는 것입니다……."

이때 재판장이, 보통의 이런 경우에 어느 재판장이나 그렇듯이,

지나치게 과장된 언사를 함부로 남발해서 직무의 한계를 벗어난 논쟁을 하지 말라고, 정신없이 앞뒤를 잊어버린 검사에게 주의를 주었다. 그러나 법정 안은 진정되지 않았다. 방청객들은 동요했고 불만 섞인 고함이 들렸다. 페추코비치는 반박이라고 여겨지는 행동은 하지 않았다. 그는 연단에 올라가서 한 손을 가슴에 대고 화가 나서 위엄에 찬 목소리로 짧게 말했다.

그는 '소설'과 '심리 분석'에 대해서 간단하게 야유를 하고, 어느 대목에서 '주피터여, 그대는 화났노라, 그래서 그대는 틀렸노라'를 인용했다. 이 문구는 방청객들에게 호의적인 웃음을 유발했다. 그것은 이폴리트가 전혀 주피터와 닮지 않았기 때문이었다. 이어서 페추코비치는 자신이 젊은 세대에게 존속 살해를 허용했다는 비난에 대해서는 반박할 필요조차 느끼지 않는다고 점잔을 빼며 말했다. '가짜 그리스도' 문제, 그리고 그가 그리스도를 신이라고 부르지 않고 '십자가에 못 박힌 박애주의자'라고 불러서 '러시아 정교의 정신을 어기고 진리와 건전한 이해력의 법정에서 해서는 안되는 말'을 했다는 비난에 대해서는, '중상'이라고 암시하며 자신이 이곳에 올 때는 이곳 법정에서 '시민의 한 명으로 그리고 건실한 국민의 한 명으로서 자질을' 비난받지 않을 거라고 굳게 믿었다고 비아냥대며 말했다.

재판장은 이 말에 대해서 그에게 마찬가지로 주의를 주었다. 그래서 페추코비치는 목례를 하고 답변을 끝맺었다. 그러자 법정 안에는 그를 격려하는 웅성거림이 시작됐다. 이폴리트는 이곳 부인들의 의견대로 '완벽하게 코가 납작해졌다'는 것이었다.

이어서 피고의 발언이 허락되었다. 미차는 일어섰지만 말을 많이 하지 않았다. 그는 육체적으로도, 정신적으로도 많이 지쳐 있었다. 아침에 법정에 들어섰을 때의 그 당당하고 활기찬 모습은 찾아보기 힘들었다. 그는 이날 자신의 운명과 관련된 어떤 것을 경험하고, 그것이 지금까지 이해하지 못했던 매우 중요한 무언가를 가르쳐 주고 알려 준 것 같았다. 목소리에는 힘이 없었고, 이제는 소리를 치지도 않았다. 그 말에서는 어딘지 새롭고 따뜻한 기운이 느껴졌다.

"배심원 여러분, 이 상황에 내가 무슨 말을 하겠습니까! 심판의 날입니다. 나는 내 위에 하느님의 오른손이 놓인 걸 느낍니다. 길을 잘못 들어선 인간의 최후가 온 것입니다 그러나 나는 하느님 앞에 선 마음으로 여러분께 말씀드리겠습니다. '나는 아버지가 흘린 피에 대해서…… 나는, 무죄입니다!' 마지막으로 다시 한 번 반복하지만, '내가 죽이지 않았습니다!' 나는 방탕하게 살았지만 선을 사랑했습니다. 계속 바르게살기를 원했지만 짐승처럼 살았습니다. 검사님, 고맙습니다. 나에 대해, 나 스스로도 모르는 많은 것을 가르쳐 주셨습니다. 그러나 내가 아버지를 죽였다는 것은 틀렸습니다, 그것은 검사님이 실수하신 겁니다! 나는 또 변호사님에게도 감사드립니다. 나는 그 변론을 들으며 눈물을 흘렸습니다. 그러나 내가 아버지를 죽였다는 것은 틀린 얘기입니다. 그런 것은 가정도 할 필요가 없는 얘기입니다!

그리고 의사들이 하는 말도 믿으시면 안 됩니다. 나는 미치지 않았습니다. 단지 영혼이 괴로워할 뿐입니다. 만약 여러분이 나를 용서하신다면, 석방시켜 주신다면, 나는 여러분을 위해서 기도하겠습니다. 조금 더 나은 사람이 될 것이라고 약속드리겠습니다. 하느님 앞에서 맹세할 것입니다. 그러나 만약 처벌을 받게 되어도, 나는 내 머리 위에서 칼을 부수고, 그 부서진 조각에 입 맞추겠습니다! 그렇지만 제발 용서해 주십시오! 신을 나에게서 빼앗아 가지 마십시오! 나는 내가 어떤 기질을 가졌는지 잘 압니다. 그렇게 된다면 나는 분명히 신을 원망할 것입니다! 나의 마음은 괴롭습니다. 여러분, 용서를 부탁드립니다!"

그는 거의 쓰러지는 것처럼 자리에 앉았다. 목소리가 갈라져서 힘겹게 말을 맺었다. 그 뒤 법정은 배심원을 위한 질문들을 정리했고, 원고와 피고에게 결론을 맺도록 요구했다. 그러나 필자는 자세한 것은 쓰지 않겠다. 마지막으로 배심원 전부는 논의를 위해서 퇴정했다. 재판장은 몹시 지친 듯 힘없는 목소리로 주의를 요구했다.

"모쪼록 공평하게 숙의를 하십시오. 변호인의 웅변에 흔들리면 안 되지만 어쨌든 여러분의 책임이 막중함을 잊으면 안 됩니다."

배심원들이 퇴정한 뒤, 공판은 휴정되었다. 방청객들은 자리에서 일어나서 걷거나 하고 싶었던 말을 서로 나누고, 구내식당에서 식사를 할 수도 있었다. 시간은 꽤 늦어져서 거의 밤 1시가 되었다. 그래도 돌아가려는 사람은 단 한 명도 없었다. 모두 긴장해서 집에 돌아가서 잘 기분이 아니었다. 사람들은 두근거리는 가슴으로 재판 결과를 기다렸다. 그러나 전부 가슴이 두근거리는 것은 아니었다. 부인들은 기다리는 것이 지루했을 뿐, 마음은 태평했다. '분명히 무죄다.' 이렇게 생각했기 때문에 법정 안의 여성들은 전부 열광적으로 소리를 지를 극적인 순간에 대비해서 마음의 준비를 했다. 솔직히 말하면 남자들 중에도 분명히 무죄일 것이라고 생각하는 사람들이 많았다. 어떤 사람은 기뻐하고, 어떤 사람은 얼굴을 찡그리고 앉아 있었으며 그들 중에는 풀이 죽어서 시무룩한 표정을 한 사람도 있었다. 그들은 무죄가 되는 걸 바라지 않았던 것이다! 페추코비치는 성공을 확신했다. 그는 사람들에게 휩싸여 축하를 받았다. 모든 이들이 찬사를 하느라 야단법석이었다.

"변호사와 배심원들 사이에는 보이지 않는 줄이 이어져 있습니다."

나중에 들은 것에 의하면, 페추코비치는 어느 그룹에게 이런 말을 했다고 한다. "그것은 변론 때 벌써 연결된 것이며 확실히 예감할 수 있습니다. 나는 그것을 느꼈습니다. 분명합니다. 우리는 승리할 것입니다. 모두 마음을 놓으십시오."

"하지만, 저 농부들이 지금부터 뭐라고 말할까요?"

신사 한 명이 심각한 표정으로 모여 있는 신사들에게 다가서며 말했다. 그는 살이 쪄서 뚱뚱했으며 곰보였고, 이 근교의 지주였다.

"농부들뿐이 아닙니다. 그 중에는 네 명이나 되는 관리가 있습니다."

"맞습니다. 관리도 있어요."

군 의회의원이 끼어들며 말했다.

"그런데 여러분은 나라지예프를 아시는 겁니까? 프로호르 이바노비치 말이에요. 그 훈장을 단 상인도 배심원입니다."

"그게 어쨌다는 건데요?"

"머리가 꽤 좋은 친구입니다."

"그런데 말을 하지 않던데요?"

"말이 적은 편이지만 오히려 그 편이 좋습니다. 그 친구는 페테르부르크에서 온 사람에게 가르쳐 달라고 부탁하지 않아도 됩니다. 자신이 오히려 온 페테르부르크를 가르칠 수 있을 정도니까요. 아이가 열두 명입니다. 정말 대단하지요!"

"그런데, 저 양반들은 정말 무죄로 할까요?"

다른 그룹에서 이곳의 젊은 관리 한 명이 큰 목소리로 말했다.

"분명히 무죄입니다."

누군가 단호하게 말했다.

"무죄가 아니라면 치욕적입니다." 관리가 외쳤다. "설령 그가 죽였다고 해도 그 부친이 그런 사람 아니었습니까! 더욱이 피고는 제정신이 아니었으니까⋯⋯. 그는 절굿공이를 한번 휘둘렀을 뿐입니다. 그런데 부친이 쓰러졌지요. 단지 이런 때 하인을 들먹이는 것은 좋지 않았지요. 그건 단순히 우스운 얘기일 뿐이니까요. 내가 변호사였다면, 죽였지만 그에게는 죄가 없다, 단지 그것뿐이다, 젠장! 이렇게 말해 줬을 텐데."

"변호사도 그렇게 말했습니다. 단지, '그것뿐이다, 젠장!' 이런 말은 안 했습니다만."

"아니, 미하일 씨, 그렇게 말한 거나 마찬가지예요." 다른 사람이 맞장구를 쳤다. "걱정할 것 없습니다, 여러분. 이곳에서는 정부의 본처의 목을 벤 여배우가, 사순절인데도 무죄를 받았으니까요."

"하지만 죽인 것은 아니지 않소?"

"죽인 거나 다름없어요, 마찬가지란 말이에요! 어차피 죽이기 위해서 목을 벤 거니까."

"그런데, 변호사가 자식 얘기를 한 부분은 어땠나요? 훌륭했지요?"

"정말 훌륭했습니다!"

"신비주의에 대해 말한 것은 어떻고요. 신비주의에 대한 얘기 말입니다, 네?"

"이제 신비주의는 지겨워요." 누군가가 외쳤다. "그보다 이폴리트의 입장이 되어 보세요! 이폴리트의 운명이 앞으로 어떻게 될지 상상해 보세요! 검사 부인은 내일이라도 미차의 적이기 때문에 남편의 눈을 파낼 거예요."

"여기 왔습니까?"

"오다니요, 누가요? 여기 왔다면 당장 그 자리에서 눈을 파내기 위해서 덤볐을 거예요. 이가 아프다는 이유로 집에 있습니다, 헤헤헤!"

"하하하!"

또 다른 무리에서도 서로 이야기를 하느라 푹 빠져 있었다.

"하지만, 미치는 역시 무죄겠죠?"

"조심하지 않으면 내일 '수도'가 뒤집어지는 대혼란이 일어나서 한 열흘 정도는 밤낮으로 마시게 될 수도 있겠군."

"빌어먹을 놈!"

"빌어먹을 놈은 분명하지만 그런 녀석이 없으면 안 돼요. 그 친구가 거길 안 간다면 어딜 가겠습니까?"

"여러분, 그건 확실한 웅변이었습니다. 그러나 제 아버지의 머리를 절굿공이로 박살내는 건 나빠요. 그런 걸 용서해 주면 세상이 어떻게 될까요?"

"그런데, 전차 이야기는 어때요, 전차 말이에요?"

"그래요, 짐마차를 전차로 바꿨다더군."

"하지만 내일이 되면 전차를 다시 짐마차로 바꾸어 놓을 거예요. '전부 필요에 의해서' 달라지니까요."

"아주 완벽한 친구들이 늘어났어요. 여러분, 대체 우리 러시아에는 정의가 있을까요, 아니면 전혀 없을까요?"

그 순간 벨이 울렸다. 배심원들은 1시간 동안 협의했다. 방청객들이 다시 자리에 앉았을 때 법정에는 깊은 침묵이 깔려 있었다.

필자는 배심원들이 법정에 들어왔을 때의 풍경을 지금도 기억한다. 마침내 운명의 순간이 다가왔다. 나는 여기서 그 내용을 전부 순서대로 나열하지 않겠다. 첫째, 그런 건 전부 잊었다. 단지 필자가 기억하는 것은, "피고는 강탈을 목적으로 계획을 세워서 살해했습니까?"라고 묻는 재판장의 중요한 첫 질문에 대한 배심원의 대답뿐이다. 하지만 이 질문도 그대로 기억하는 것은 아니다.

전부 얼어붙은 것처럼 조용해졌다. 나이가 가장 젊은 관리가 수석 배심원이었는데, 그는 얼음장 같은 법정의 침묵을 깨고 확실하게 소리를 높여 선언했다.

"그렇습니다, 유죄입니다!"

이어서 다른 모든 점에 대해서도 마찬가지로 유죄라는 대답이 반복되었다. 거기에는 약간의 정상 참작도 없었다. 그것은 아무도 예상하지 못한 일이었다. 거의 대부분의 사람들이 정상 참작이 이루어질 것이라고 믿었다. 죽은 듯한 법정의 침묵은 깨어지지 않았다. 유죄를 바라는 사람도, 무죄를 바라는 사람도, 전부 문자 그대로 화석처럼 굳어버린 것 같았다.

그러나 그것은 처음 몇 분 동안뿐이었다. 마침내 무서운 혼돈이 벌어졌다. 남자들 중에서는 무척 만족하는 사람이 꽤 되었다. 그중에는 기쁨을 감추지 않고 두 손을 맞잡는 사람들도 있었다. 불만을 느끼는 사람들은 몹시 낙담해서 어깨를 으쓱하거나 속삭이기도 했지만 그래도 아직은 뭐가 뭔지 잘 모르겠다는 표정을 하고 있었다.

그러나 부인들은 어마어마했다. 필자는 난동을 일으키는 것은 아닐까 하고 가슴이 조마조마했을 정도였다. 처음에 그녀들은 자신의 귀를 믿지 못하겠다는 듯한 표정을 지었지만, 곧 비명이 순식간에 법정을 가득 채웠다.

"그게 무슨 말인가요? 아니, 도대체 어떻게 된 거지요?"

부인들은 전부 자리에서 벌떡 일어섰다. 그녀들은 분명히 지금 당장 판결이 취소되고 다시 새로 하게 될 것이라고 생각하는 것 같았다.

그때 미차가 자리에서 일어났다. 그는 두 손을 앞으로 내밀면서 침통한 목소리로 울부짖었다.

"하느님과 그 무서운 심판의 날 앞에서 맹세합니다. 나는 아버지의 피에 대해서 죄가 없습니다! 카차, 나는 너를 용서하마! 형제여, 친구여, 제발 그 사람을 용서해 주십시오!"

그는 말을 끝맺지 못하고 법정 가득하게 울리는 목소리로 울기 시작했다. 그것은 평소의 그의 목소리와는 다른, 예기치 못한 새 목소리, 과연 어디서 터져 나온 것인지 모르겠는 괴이한 목소리였다.

그러나 2층 가장 뒤쪽의 구석에서 가슴을 찌르는 듯이 날카로운 여자의 울음소리가 들렸다. 그녀는 그루센카였다. 그녀는 누군가에게 부탁해서 변론이 시작되기 전에 다시 법정에 들어와 있었다. 미차는 법정에서 끌려 나갔고, 판결 발표는 내일로 미뤄졌다.

법정은 걷잡을 수 없는 소동에 휘말렸다. 그러나 필자는 이미 밖에 나와 있었기 때문에 소동을 알지 못했다. 단지 현관 출입구에서 들은 몇 마디를 기억할 뿐이다.

"20년은 광산에서 흙냄새를 맡아야 할 거야."

"적어도 그 정도는 되겠지."

"맞아, 농부들이 나귀처럼 고집을 부려서 그래"

"미차도 이제는 끝난 거야!"

에필로그

1. 미차의 탈주 계획

미차의 공판이 끝나고 닷새가 되던 날 아침, 9시가 되지 않은 시간에 알료샤는 카체리나의 집을 방문했다. 그것은 두 사람에게 매우 중요한 용건에 대해서 마지막으로 의논을 하려는 목적이었는데 그 밖에도 그녀에게 전해야 할 말도 있었다.

그녀는 예전에 그루센카가 찾아왔을 때와 같은 방에서 그를 맞았다. 바로 옆방에는 망상증에 걸린 이반이 인사불성 상태로 누워 있었다. 카체리나는 그 공판이 끝난 뒤, 앞으로 분명히 일어날 세상의 쑥덕공론이나 비난은 전부 무시하고 의식을 잃고 병든 이반을 자신의 집으로 데려왔다.

동거하던 두 사람의 친척 부인들 중에서 한 사람은 공판이 끝나고 곧 모스크바로 떠났지만 한 사람은 아직 같이 살고 있었다. 그러나 혹여 두 사람이 다 떠나고 없어도 카체리나는 결심을 바꾸지 않고 환자를 간호하려고 밤낮을 가리지 않고 그 머리맡을 지켰을 것이다.

이반은 바르빈스키와 게르첸시투베의 치료를 받았다. 모스크바의 의사는 병세의 진행을 미리 알려주기를 거부하고 모스크바로 돌아갔다. 남아 있는 두 명의 의사도 카체리나와 알료샤를 격려했지만 아직은 확실한 희망을 줄 수 없는 것 같았다.

알료샤는 하루에 두 번씩 형을 문병했지만 오늘은 특별한 용무가 있어서 찾아왔다. 그는 그 용건을 꺼내기 좀 거북스러웠지만, 마음이 몹시 급했다. 다른 곳에도 급한 용무가 있어서 빨리 그곳으로 가야 했다. 두 사람은 이미 15분 정도 이야기를 나누었다. 카체리나는 얼굴빛이 창백하고 불안해 보였으며 동시에 병적으로 흥분한 상태였다. 지금 알료샤가 무슨 볼일이 있어서 일부러 찾아온 것인지 그녀는 이미 짐작하고 있었다.

"그 사람의 결심에 대한 것이라면 걱정하지 마세요." 그녀는 건조한 말투로 단호하게 말했다. "어차피 그는 그렇게 할 수밖에 없어요. 도망칠 수밖에 없어요! 저 불쌍한 사람, 명예와 양심의 주인공인 그 사람, 아니 드미트리가 아니라 문 저쪽에 누운 사람 말이에요. 형님을 위해서 자신을 희생한 사람 말이에요." 카체리나는 눈물을 흘리며 말했다. "저 사람은 이미 오래 전부터 탈출 계획을 나에게 말했어요. 사실은 저 사람은 이미 준비를 해놓았다고 했어요. 당신에게도 어느 정도는 말했지만 아마 여러 사람들과 함께 시베리아로 호송될 때 여기서 세 번째 중계 수용소에서 탈주시킬 거예요. 맞아요, 그때까지는 여러 가지 일이 남았어요. 이반은 이미 그 세 번째 중계 수용소의 소장을 만났어요. 그런데 호송대 대장이 누가 될지 알 수 없어요. 미리 알 수 없다고 하더군요. 아마 내일이면 자세한 계획서를 보여드릴 수 있을 거예요. 그것은 공판 바로 전날 이반이 무슨 일이 있을 때를 대비해서 나에게 두고 간 거예요. 아참, 그때예요. 기억하시죠, 우리가 다투다가 당신에게 들켰잖아요. 그가 계단을 내려가는데 마침 당신이 와서 내가 그를 다시 불렀던 날, 기억하세요? 그때 우리가 왜 싸웠는지 모르시겠어요?"

"아니요, 잘 모르겠습니다."

알료샤가 말했다.

"그는 물론 당신에게 감췄지만 그 다툼은 이 탈주 계획 때문에 벌어진 거예요. 그는 사흘 전부터 계획의 중요한 부분을 말해 줬어요. 그때부터 싸우기 시작했어요. 그리고 사흘간 계속 싸웠지요.

싸운 이유는 말이에요, 만약 드미트리가 유죄를 판결 받으면 그 여자와 함께 외국으로 도망갈 거라고 그가 말해서 나는 화를 냈어요. 왜 화를 냈냐고요? 그건 말 못해요. 나도 모르겠어요. 네, 물론 나는 그때 그 여자 때문에, 그 여자 때문에 화가 났어요. 그녀가 드미트리와 함께 외국으로 도망간다는 말을 들었기 때문이에요!"

카체리나는 화가 나서 입술을 떨면서 갑자기 외쳤다.

"이반은 그때 내가 그 여자 때문에 화를 내는 걸 보더니, 단번에 내가 질투를 하는 걸로 알더군요. 말하자면, 내가 아직도 드미트리를 사랑하고 있다고 생각했나 봐요. 그래서 그때 처음으로 싸웠답니다. 난 변명하고 싶지도 않았고 또 사과도 할 수 없었어요. 이반마저 내가 아직도 드미트리를 사랑한다고 알다니 정말 슬퍼서 견딜 수가 없었어요. 게다가 그 훨씬 전에, 드미트리를 사랑하지 않는다, 오로지 당신만을 사랑한다고 확실하게 밝혔는데도 말이에요! 나는 단지 그 여자에 대한 증오 때문에 화를 낸 것뿐이에요!

그리고 사흘이 지난 뒤, 마침 당신이 찾아온 그날 밤, 그는 봉해진 편지 한 통을 가져와서, 만약 자신에게 무슨 일이 생기면 즉시 이것을 뜯어보라고 하더군요. 그는 자신이 병에 걸릴 것을 직감했던 거예요! 그는 그 봉투 안에 자세한 탈주 계획서가 들어 있으니, 만약 자신이 죽거나 중병에 걸리면 나 혼자서라도 미차를 도와주라고 했어요. 그리고 만 루블쯤 되는 돈을 나에게 두고 갔어요. 검사는 누구에게 들었는지, 그가 그 돈을 환전상에 바꾸러 보낸 것을 알아내고 논고 때 그렇게 말하더군요.

난 갑자기 일어난 일인지라 큰 충격을 받았어요. 이반은 아직도 내가 미차를 사랑하는 줄 알고 늘 안절부절 하면서도, 형님을 구하겠다는 생각으로 나에게, 장본인인 나에게 드미트리의 구출을 부탁했어요.

아, 그건 바로 희생이에요! 아니, 알렉세이 씨, 이런 자기희생은 당신도 이해하지 못할 거예요! 나는 존경심을 억누르지 못하고 그의 발아래 무릎을 꿇으려고 했지만, 그렇게 되면 미차가 구제되는 걸 기뻐한다고 엉뚱한 오해를 할 것 같아서(그는 분명히 그렇게 생각했을 거예요!), 그가 그런 오해를 할 가능성이 있다는 것만으로도 느닷없이 화가 나는 바람에, 그의 발에 입을 맞추는 대신 또 싸우기 시작했어요.

아, 나는 정말 나쁜 여자예요! 난 그런 성격을 가졌어요, 고약하게 못된 성미를 가졌어요! 맞아요, 그래요. 나는 이런 짓을 하다가 결국 그에게 버려지고 말 거예요. 그도 드미트리와 마찬가지로 더 좋은 여자가 나타나면 다른 여자에게 돌아설 거예요. 하지만, 그렇게 되면, 아 그렇게 되면 난 도무지 견딜 수 없을 거예요, 죽어버리고 말 거예요!

그런데 그때, 당신이 오셔서 내가 당신에게 소리쳐서 그도 함께 불렀지요. 그때 그가 당신과 함께 들어오면서 적의 어린 시선으로 나를 노려보더군요. 그래서 나도 모르게 분노가 폭발하고 말았어요. 그래서, 기억하시죠? '드미트리 씨가 살인범이라고 주장하는 건 저 사람이에요, 저 사람뿐이에요'하고 갑자기 당신에게 소리쳤잖아요?

또 그를 화나게 만들기 위해서 일부러 그렇게 거짓말을 했어요. 그는 한 번도, 절대로 한 번도 미차가 사람을 죽였다고 주장하지 않았어요. 그건 오히려 내가 그런 걸요. 맞아요, 전부 나의 무서운 분노가 원인이 되었어요!

법정에서 그런 저주스러운 일을 준비한 것도 나였지요! 그는, 자신은 고귀한 인간이다, 설사 내가 드미트리 씨를 사랑하더라도 복수심이나 질투심 때문에 형님을 파괴하지 않는다고 나에게 증명해 보이려고 했어요. 그래서 법정에 나간 거지요. 전부 나 때문이에요, 내 잘못이에요!"

카차의 이런 고백을 처음 들은 알료샤는 지금 그녀가 극한 고통으로 괴로워하고 있다고 느꼈다. 즉 극도로 오만한 마음이 아픔을 견디며 그 자만심을 부수고 비애에 억눌려 쓰러지려는 것이었다.

미차가 유죄 판결을 받은 지금, 그녀는 감추기 위해서 노력했지만, 알료샤는 그녀의 극렬한 고통의 이유를 한 가지 더 알고 있었다. 그러나 지금 만약 그녀가 스스로 고백하고 그 굴욕을 견디려고 한다면, 오히려 알료샤가 고통스러울 게 분명했다.

그녀는 법정에서의 자신의 '배신행위'에 괴로워하는 것이었다. 그녀의 양심은 그녀에게 알료샤 앞에서 울고 통곡하며 미친 듯이 엎드려 사과할 것을 지시했다. 그것을 알료샤는 예감했다. 그러나 그는 그런 순간이 두려워서 괴로워하는 여자를 용서하고 싶었다. 그렇게 하려니 자신이 방문한 용건을 말하기가 더 힘들어졌다. 그녀는 다시 미차에 대해 말했다.

"걱정하지 마세요, 걱정할 것 없어요. 그의 일은 걱정하지 않아도 돼요!" 카차는 다시 굳세고 단호하게 말했다. "그는 뭐든지 잠시뿐이에요. 난 그의 성격을 잘 알아요. 그의 마음을 잘 알아요. 그러니 걱정하지 마세요. 그는 결국 탈주하는 것에 동의할 거예요. 그리고 지금 당장 하는 것도 아니니, 아직 천천히 생각하고 결심하면 돼요. 그때까지는 이반도 병이 나아서 자신이 직접 주선하겠지요. 그러면 나는 아무것도 하지 않아도 돼요. 걱정하지 마세요. 분명히 동의합니다. 그리고, 그는 벌써 동의한 것과 같아요. 그 여자를 혼자 두고 그가 갈 수 있다고 생각하세요? 그런데 그 여자를 유형지까지 같이 보내 주지는 않을 테니까 도망가는 것밖에 없잖아요? 단지 그는 당신을 두려워해요. 당신이 도덕적인 입장에서 탈주에 반대하지는 않을지, 그걸 두려워해요. 만약 이런 경우 당신의 허락이 필요하다면, 당신도 관대하게 허락해 주셔야만 할 거예요." 카차는 비아냥거리듯이 덧붙였다.

그녀는 잠시 말을 멈추고 살며시 웃은 뒤 다시 말했다.

"그는 저기에서 말이에요, 찬송가가 이렇다, 자신이 짊어져야 할 십자가가 이렇다, 의무는 이렇다 하는 식으로 강의를 해요. 이반이 그 무렵에 자주 나에게 이야기했어요. 그가 어떤 식으로 얘기하는지 당신이 아신다면 좋을 텐데!"

그녀는 감정을 이기지 못하고 문득 외쳤다. "그가 저 불행한 미차 얘기를 나에게 했을 때 얼마나 미차를 사랑했는지! 그 순간 또 얼마나 미차를 미워했는지! 아, 그걸 당신이 아신다면 좋을 텐데! 그런데 나는 아, 나는 그때 오만하게도 그의 말과 그의 눈물을 비웃으면서 대충 흘려듣고 말았어요! 아, 매춘부! 나는 진정 매춘부예요! 하지만 그는, 유죄를 받은 그는, 고통을 참고 견딜 결심을 했을까요?" 카체리나는 초조한 것처럼 말을 마쳤다. "더욱이 그런 사람이 고민을 할까요? 그런 사람은 결코 고민하지 않아요!"

그녀의 말에는 증오와 혐오에 찬 모멸이 배어 있었다. 그런데 사실은 그녀 스스로 그를 배반한 것이다.

'아니, 어쩌면 미차에게 미안하기 때문에, 그래서 때로는 미차가 미울 수도 있다'라고 알료샤는 속으로 생각했다. 그는 그것이 제발 '때로' 멈췄으면 좋겠다고 생각했다. 그는 카체리나의 마지막 말 중에서 도전적인 느낌을 받았지만 응수하지 않았다.

"그래서 오늘 오시라고 한 이유는, 그를 설득하시겠다는 약속을 듣기 위한 거였어요. 당신 생각에는 탈주가 결백하지 못한 일이고, 비겁한…… 그리고…… 뭐라고 해야 할까요…… 비그리스도교적인 일인가요, 그래요?" 카체리나는 도전하는 것처럼 목소리에 힘을 주어 말했다.

"아니요, 그렇지 않습니다. 형님에게 전부 말하겠습니다." 알료샤는 중얼거리며 말했다. "형님은 오늘 당신이 오기를 원했습니다." 그는 카체리나의 눈을 정면으로 바라보면서 문득 쏟아내듯이 말했다.

그녀는 몸을 떨고, 소파에 앉아서 그에게서 약간 물러났다.

"내가…… 내가 정말 그렇게 할 수 있나요?"

그녀는 얼굴이 하얗게 질려서 중얼거리며 말했다.

"물론 할 수 있습니다. 그리고, 꼭 그렇게 하셔야 됩니다!" 알료샤는 완전히 기운을 얻었는지 약간 강한 어조로 말했다. "형님에게는 당신이 필요합니다. 특히 지금은, 만약 그럴 필요가 없다면 이런 말을 해서 처음부터 당신을 괴롭히지 않았을 것입니다. 형님은 환자입니다. 정신이 이상한 것 같습니다. 그리고 밤낮으로 당신이 왔으면 좋겠다고 말합니다. 형님은 화해를 하려고 와 달라고 하는 것이 아닙니다. 단지 당신이 거기에 가서, 문에서 잠시 얼굴을 보여 주시면 됩니다. 형님도 그 뒤, 많이 변화했습니다. 당신에게 죄를 많이 지었다고 깨달았습니다. 그러나 당신에게 용서를 구하려는 것도 아닙니다. '나는 도무지 용서받으면 안 되는 인간이다' 스스로 이렇게 말하니까요. 잠시 문에서 얼굴을 보여 주시기만 하면 됩니다."

"하지만 너무 갑작스러운 일이라서……." 카체리나는 중얼거렸다. "난 얼마 전부터 당신이 그런 말을 하러 오지 않을지 짐작했어요. 그가 나를 오라고 할 것은 당연하니까요. 하지만 그렇게 할 수는 없어요!"

"그렇게 할 수 없는 일인지는 모르겠지만, 꼭 그렇게 해주셔야 합니다. 상황이 이렇습니다. 기억하세요. 형님은 처음으로 당신을 얼마나 모욕했는지 깨달았고 충격에 휩싸였습니다. 태어나서 처음 겪은 일입니다. 지금까지 그렇게 완벽하게 깨달은 적은 없었습니다! 당신이 오지 않는다면 '평생 불행하게 지내야 한다'고 형님은 말했습니다. 들어 보세요. 20년형을 선고받은 형님이 아직도 행복하길 바랍니다. 불쌍하지 않으신가요? 생각해 보세요. 당신은 죄가 없이 파멸한 한 남자를 찾아가는 것입니다."

알료샤는 자신도 모르게 도전적으로 말했다. "형님은 무죄입니다. 형님 손은 피가 묻지 않았습니다! 지금부터 견딜 수많은 고통을 위해서 그를 찾아가 주세요. 찾아가서 어둠 속으로 떠나는 형을 배웅해 주세요. 문에라도 서 계십시오. 그렇게 해야만 합니다!" 알료샤는 '그렇게 해야만!'이라는 말에 특히 힘을 주어서 말했다.

"그래야만 하겠죠……. 그렇지만…… 나는 그렇게 할 수 없어요……." 카체리나는 신음하는 듯이 말했다. "그는 나를 바라보겠지요……. 난 견디지 못할 것 같아요."

"두 분의 시선은 다시 한 번 부딪혀야 합니다. 만약 지금 그 결심을 하지 않는다면, 당신은 평생 동안 괴로울 겁니다."

"차라리 평생 괴로운 것이 낫겠어요."

"가야만 합니다. 가야 합니다."

알료샤는 다시 집요하게 말했다.

"하지만, 왜 오늘이어야 하는 건가요? 왜 지금이어야 하는 거죠? 난 환자를 혼자 두고는 갈 수 없어요."

"잠시 동안이면 됩니다. 아주 잠시면 됩니다. 만일 당신이 가지 않으면 형님의 열병은 밤까지 더욱 심해질 것입니다. 나는 거짓말은 하지 않습니다. 제발 불쌍히 여겨 주십시오!"

"나를 불쌍하게 생각해 주세요."

카체리나는 괴로운 것처럼 상대를 원망하고 구슬프게 울었다.

"그럼 가시는 건가요?" 알료샤는 그녀의 눈물을 보고 단호하게 말했다. "나는 한 걸음 먼저 가서 형님에게, 지금 당신이 오신다고 말하겠습니다."

"아니요, 절대로 그렇게 말하지 마세요!" 카체리나는 깜짝 놀라서 외쳤다. "갈 거예요. 하지만 미리 말하지 마세요. 가게 되도 안에 들어가지 않을 수도 있어요……. 아직 어떻게 해야 할지 정하지 못했어요."

그녀의 목소리는 거기서 멈추었다. 숨을 쉬는 것이 힘들어 보였다. 알료샤는 나가기 위해서 일어났다.

"그러다가 누굴 만나면요?"

그녀는 다시 창백해져서 작은 목소리로 물었다.

"그러니까 지금 가시면 누굴 만날 걱정을 하지 않으셔도 됩니다. 아무도 오지 않습니다. 정말이에요. 기다리겠습니다."

알료샤는 그렇게 다짐하고 방에서 나갔다.

2. 한순간의 거짓이 진실이 되다

    알료샤는 미차가 있는 병원을 향해 서둘러 걸어갔다. 판결이 내려지고 이틀 뒤, 미차는 신경성 열병에 걸려 시립병원 수인병동(囚人病棟)에 수용되었다. 그러나 알료샤와 그 밖의 많은 사람들(호흘라코바와 리즈 같은 사람들)의 요청으로 의사 바르빈스키는 미차를 다른 죄수들과 한방을 쓰게 하지 않고 특별히 스메르자코프가 입원했던 작은 독실에 넣었다.

    복도 끝에는 경비원이 있었고 창문에는 쇠창살이 있었기 때문에 바르빈스키도 이 규칙에 어긋난 관대한 조치 때문에 걱정하지 않아도 되었다. 그는 착하고 정이 많은 청년이었다. 그는 미차 같은 남자가 갑자기 살인범이나 사기꾼 같은 인간들 속에 합류하는 것이 얼마나 힘든 일인지 잘 알아서 천천히 그런 생활에 익숙해지게 하려고 했다.

친척이나 친지들의 면회도, 의사나 간수는 물론 서장도 묵인하고 있었다. 그러나 요즘 미차를 찾아오는 사람은 오로지 알료샤와 그루센카뿐이었다. 라키친도 두 번 정도 면회를 하고 싶어 했지만 미차는 바르빈스키에게 부탁해서 그를 들여보내지 못하도록 했다.

알료샤가 들어갔을 때, 미차는 병원의 가운을 입고 물에 적신 수건을 머리에 두른 채 침대에 앉아 있었다. 그는 초점이 없는 눈으로 알료샤가 들어오는 것을 보았다. 그 눈에는 공포 같은 것이 언뜻 떠올랐다.

그는 재판 당일부터 항상 깊은 생각에 빠져 있었다. 어쩌다가 한 30분 정도 아무 말도 하지 않고 옆에서 보기에도 가련할 만큼 무언가에 깊이 빠져 생각하며 괴로워해서, 눈앞에 사람이 있는 것도 잊어버렸다. 침묵을 깨고 자신이 말을 해도 언제나 갑자기, 그것도 정말 아무 쓸데없는 말을 꺼내곤 했다.

또 어쩌다 괴로운 표정을 지으며 알료샤를 볼 때도 있었다. 그는 알료샤보다 그루센카와 함께 있는 것이 더 마음이 편한 것 같았다. 그루센카와는 거의 말을 하지 않았지만, 그녀가 들어오면 그의 얼굴은 기쁨으로 가득했다. 알료샤는 아무 말도 하지 않고 침대에 앉은 미차 곁에 나란히 앉았다. 이날 미차는 불안해져서 알료샤를 기다렸지만, 물어 볼 용기가 생기지 않았다. 카체리나가 방문을 승낙했다는 것은 생각하지도 못할 거라고 여겼기 때문이기도 했다. 동시에 만약 그녀가 오지 않으면 엄청난 일이 벌어질 것 같은 기분이 들었다. 알료샤는 그의 그런 기분을 잘 알았다.

"트리폰 말이야." 미챠는 걱정스러운 것처럼 말문을 열었다. "자신의 여관을 다 부쉈다고 하는구나. 마루 판자를 들어내고, 벽의 널빤지를 뜯고 '복도'까지 온통 쑥대밭을 만들었대. 검사가 그 1천 5백 루블이 거기 감춰져 있다고 해서 그 돈을 찾는다고 그런다고 하더라. 돌아가자마자 그런 멍청한 짓을 시작했대. 악당 같아, 정말 잘 됐어! 여기 경비병이 어제 나에게 말해 줬어. 그곳에서 왔거든."

"형님." 알료샤가 말했다. "그녀가 옵니다. 하지만 언제 올지는 모르겠습니다. 오늘일지, 아니면 2, 3일 안에 올지, 어쨌든 오기는 옵니다. 확실히 올 겁니다."

미챠는 몸을 떨었다. 그리고 뭔가를 말하려다가 그대로 입을 다물었다. 그에게 이 소식은 큰 충격이었다. 그는 알료샤와 카체리나의 대화 내용을 자세히 알고 싶어서 견딜 수 없었지만 지금은 그것을 물어보기가 두려운 것 같았다. 만약 무언가 카체리나의 잔혹하고 멸시적인 말을 들으면 그 순간 칼에 찔린 사람처럼 될 것이 분명했다.

"그 사람은 여러 가지 얘기를 하다가 이렇게 말했어요. 나에게, 제발 탈주에 대해서 형님의 양심을 안심시켜 주라고요. 만일 그때까지 이반이 낫지 않으면 자신이 맡아서 주선하겠다고 했어요."

"그 얘기는 이미 들었다."

미챠는 생각에 잠겨 말했다.

"형님은 그루셴카에게 이 얘기를 하신 겁니까?"

"했어. 그 사람은 오늘 아침에는 오지 않을 거야." 그는 살며시 동생을 바라보았다. "밤까지는 오지 않을 거야. 어제 내가 그 사람에게 카체리나가 여러 가지로 움직인다고 말했더니, 아무 말도 하지 않고 입을 삐죽거렸어. 그리고 '마음대로 하라고 해!' 이렇게 말했지. 중요한 일이라는 건 이해한 것 같은데, 난 그 이상은 그루셴카를 시험할 용기가 나지 않았어. 그 사람도 이제는 알고 있는 게 아닐까? 카체리나가 사랑하는 건 내가 아니라 이반이라는 거 말이야."

"알까요?"

알료사는 자신도 모르는 사이 물었다.

"아니, 아마 모를 것 같아. 어쨌든 오늘 아침에는 오지 않을 거야." 미차는 다시 빠르게 결심했다. "그 사람에게 내가 부탁한 말이 있어. 어쨌든 이반은 누구보다 똑똑한 녀석이야. 그 애는 살아야 해, 우리는 어떻게 되도 상관없지만. 이반은 꼭 나을 거야."

"생각해 보세요, 카체리나 씨는 이반 형님을 몹시 걱정하면서도 형님이 완쾌될 것이라고 믿어요."

"그건 말하자면 죽는다고 생각한다는 증거야. 사실을 생각하는 게 무서워서 완쾌된다고 믿으려고 하는 거야."

"하지만 형님은 워낙 몸이 튼튼해서 저도 나을 것이라고 기대합니다."

알료샤는 불안해하며 말했다.

"물론이야, 꼭 완쾌할 거다. 그러나 카차는 이반이 죽을 거라고 믿고 있지. 그 사람도 불행이 계속되는구나."

침묵이 이어졌다. 미차는 무언가 중요한 문제로 고민하는 것 같았다.

"알료샤, 나는 그루셴카를 무척 사랑해." 그는 갑자기 눈물 어린, 떨리는 목소리로 말했다.

"하지만, 그 사람이 그곳에 함께 갈 수는 없잖아요." 알료샤는 재빨리 형의 말을 받아서 말했다.

"그래서 너에게 할 말이 있다." 갑자기 어딘가 모르게 들뜬 듯한 목소리였다. "만약 가는 중이나 그곳에 가서 관리들에게 맞기라도 하면, 나는 가만히 있지 않을 거야. 아마 그놈을 죽이고 나도 총에 맞아 죽을 거야. 왜냐하면 그런 일은 20년이나 이어질 테니까 말이야! 여기서도 벌써 나를 '너'라고 부른단다. 간수들이 나에게 '너'라고 한다니까. 간밤에도 누워서 밤새 나에 대해 생각했어, 아무래도 나는 마음의 준비가 덜 된 것 같아! 받아들이지를 못하겠어! 나는 '찬가'를 부르고 싶었는데, 간수들에게 '너' 소리를 듣는 건 도무지 견딜 수 없어. 그루샤를 위해서는 뭐든지 참을 수 있어, 무엇이든지 간에. 그러나 매를 맞는 건…… 하지만 그 여자는 그곳에 함께 갈 수 없을 거야."

알료샤는 가만히 미소를 지었다.

"형님, 그 일에 대해서는 마지막으로 말씀드리겠습니다. 제가 거짓말을 하지 않는다는 건 잘 알고 계시겠지요. 형님, 형님은 아직 마음이 약하세요. 지금 말한 그런 십자가는 아직 짊어질 수 없으십니다. 뿐만 아니라, 마음이 약한 형님에게는 그런 거룩한 순교자의 십자가 같은 건 필요하지 않아요. 만약 형님이 아버지를 살해했다면, 십자가를 피하려고 하는 형님을 나도 슬퍼할 거예요. 하지만 형님은 무죄입니다. 그런 십자가는 형님에게는 지나치게 무겁습니다.

형님은 고통을 받으면서 자신의 내부에 또 하나의 인간을 소생시키려고 했어요. 제 생각에는 설사 형님이 어디로 도망가더라도, 그 또 한 사람의 인간을 잊지 않으면 그것으로 충분하다고 생각합니다. 형님이 이 십자가의 고통을 피하시는 것은 자신의 내부에 더 큰 의무를 느끼시는 기회가 될 것입니다. 그리고 이 끊임없는 고통은 장차 형님의 생애에서 형님이 새로운 인간으로 태어나는 것을 도울 것입니다. 어쩌면 그곳에 가시는 것보다 더 나을 수도 있습니다.

왜냐하면 그곳에 가시면 형님은 견디지 못하고 하느님께 불만을 품게 되어서, 나중에는 나는 청산을 했다는 생각을 하시게 될 테니까요. 사실 그 점에서 대해서는 변호사가 했던 말이 맞습니다. 누구든지 전부 그런 무거운 짐을 질 수 있는 것은 아닙니다. 사람에 따라서는 절대로 할 수 없는 경우도 있습니다.

꼭 제 의견을 들으셔야 한다면, 지금 말씀드린 대로입니다. 만약 형님이 탈주해서 다른 사람이, 예를 들어 호송장교나 병사가 책임을 지게 된다면, 저도 탈주를 '용서하지 않겠지만' 말입니다." 이렇게 말한 알료샤는 미소를 지었다. "그러나(이것은 그 세 번째 중계 수용소의 소장이 이반 형님에게 한 말이지만), 일이 잘 풀리면 그렇게 큰 문제는 되지 않고 아주 가벼운 벌을 받을 거라고 합니다. 물론 뇌물을 쓰는 것은 나쁜 일입니다. 이런 경우에도 나쁜 일임에는 분명하지만, 저는 이제 일절 이론을 내세우지 않겠습니다. 그러니까 만약 이반 형님과 카체리나 씨가 형님을 위해 뒤에서 움직이라고 부탁하면 저도 뇌물을 쓸 수밖에 없으니까요. 제가 이렇게 말하는 것도 형님에겐 전부 사실대로 말해야 되기 때문입니다. 그러니까 형님이 어떻게 행동하시든 간에 저는 형님의 행동을 심판할 입장이 아니라는 것이지요. 하지만, 알아주세요. 저는 결코 형님을 책망하지 않을 것입니다. 게다가 제가 이 사건에서 형님을 심판한다는 것은 우습지 않습니까? 자, 이것으로 전부 검토했군요."

"하지만 그 대신 나는 내 스스로 나를 심판해야 한단 말이야." 미차가 외쳤다. "나는 도망치겠어. 이건 네가 말하지 않아도 결정된 거야. 미차 카라마조프가 어떻게 달아나지 않고 버틸 수 있겠니? 그 대신 스스로 나를 심판해서 다른 곳에 가더라도 죽을 때까지 용서를 빌면서 기도할 거야! 이렇게 말하니까 왠지 예수회 사람들이 하는 말 같구나. 우리가 지금 이렇게 얘기를 주고받는 게 그런 것 같지 않니, 그렇지?"

"그러네요."

알료샤는 조용히 미소를 지으며 말했다.

"나는 네가 항상 진실을 말하고 전혀 숨기지 않아서 좋아!" 미차는 기쁘게 웃으면서 크게 말했다. "그러니까 나는, 우리 알료샤가 예수회 수도사라는 꼬리는 잡은 거야! 이건 너에게 키스를 퍼부어야 할 일이야! 자, 그러면 그 나머지를 들어 주렴. 내 마음의 절반도 너에게 열 테니까. 내가 깊이 생각한 결과 결심한 건 이렇다.

나는 비록 돈과 여권을 가지고 미국으로 달아나더라도 기쁨이 생기는 것도 아니고, 행복해지는 것도 아니고, 실은 전혀 다른 징역이라는 생각으로 나를 격려하고 있어. 미국은 정말 시베리아와 다를 게 없어! 시베리아보다 더할지도 몰라. 알렉세이, 솔직하게 말해서 훨씬 더 나빠! 난 미국이 싫어. 비록 그루샤가 함께 가더라도 말이야. 첫째, 그 사람을 봐라. 대체 누가 그 사람을 미국 여자라고 생각하겠니! 그 사람은 러시아 여자야, 머리끝에서 발끝까지 러시아 여자야. 그 사람은 어머니인 러시아가 그리워서 향수병에 걸릴 수도 있어. 그러면 나는 밤낮으로 그 사람이 나 때문에 힘들어하고 나 때문에 십자가를 짊어지고 있는 걸 봐야 된단 말이야. 그 사람에게 무슨 죄가 있겠니? 그리고 나도 어떻게 미국의 농부들과 같이 살겠니? 그 녀석들은 모두 나보다 좋은 인간일 수는 있지만, 역시 농부는 농부일 뿐이야. 벌써부터 나는 미국이 싫구나! 설령 그들이 전부 훌륭한 기술자라도 상관없어. 그들은 결코 내 친구가 아니야. 내 영혼의 친구가 될 수 없어. 나는 러시아를 사랑해. 알렉세이, 나는 비열한 놈이지만, 나는 러시아의 신을 사랑해! 맞아, 나는 분명히 거기서 뻗을 것 같아!" 그는 문득 눈을 반짝이면서 외쳤다. 눈물 때문에 그의 목소리는 떨렸다.

"그래서, 알렉세이, 나는 결심했어. 한번 들어 보렴!" 그는 흥분을 억누르며 말했다. "그루센카와 함께 그곳에 도착하면, 거기서 곧 어느 곳이든 인적이 드문 곳으로 가서 야생의 곰들과 함께 농사를 지으려고 해. 그곳은 아직도 어딘가는 인적이 드문 곳이 있을 거야! 이야기를 들으면 그곳은 어딘가 지평선 끝에 아직도 피부가 붉은 인디언이 살고 있다고 하는구나. 우리는 거기까지, 마지막 모히칸족의 나라까지 찾아갈 거야. 그리고 나도 그루샤도 곧 문법 공부를 시작할 거야. 3년 동안 일하면서 문법을 공부할 거야. 그래서 어떤 영국인과 비교해도 뒤처지지 않도록 영어를 배우려고 해.

영어를 다 배우면 그때는 이제 미국과는 헤어져야지. 미국인이 되어서 다시 러시아로 돌아올 거야. 걱정하지 마, 이곳에는 오지 않을 거니까. 북쪽이나 남쪽의 어느 먼 시골에 숨으면 돼. 그때까지는 나도 변할 거고 그 사람도 역시 변할 거야. 미국의 의사에게 부탁해서 얼굴에 사마귀라든가 뭐 좀 만들어 달라고 해야겠어. 그들은 기술자니까 그런 것 정도는 아무것도 아닐 거야. 그렇지 않으면 한쪽 눈을 뽑아서 애꾸가 되거나 하얀 수염을 육칠십 센티 정도 길러 보거나(러시아가 그리워서 머리도 하얗게 셀 거야). 그러면 아무도 알아볼 수 없을걸. 만약 발각되면 그때는 다시 시베리아로 가면 되는 거잖아? 재수가 없으니 어쩔 수 없지. 어쨌든 돌아와서 어느 시골에 파묻혀서 농사를 지어야지. 그리고 평생 미국인처럼 지낼 생각이야. 그 대신 러시아 땅에 뼈를 묻는 셈이지. 이것이 나의 계획이다. 절대로 바꿀 수 없어. 찬성할 거지?"

"찬성하겠습니다."

알료샤는 말했다. 형의 생각에 반대하고 싶지 않았다.

미차는 잠깐 침묵하다가 다시 말했다.

"그런데, 재판에서는 정말 교묘하게 넘어갔어. 어떻게 그럴 수 있지!"

"그렇지 않더라도 유죄였을 겁니다!"

알료샤는 한숨을 쉬며 말했다.

"맞아, 이 도시의 사람들은 내게 진저리를 내는 거야. 마음대로 하라고 해. 이제 나도 정말 지겹다!"

미차는 괴로운 것처럼 신음했다.

다시 두 사람은 잠깐 동안 침묵했다.

"알료샤, 지금 곧장 나를 죽여다오!" 그가 갑자기 외쳤다. "그 사람은 올까, 오지 않을까, 말해 봐! 그 사람이 뭐라고 했니? 어떻게 말하더냐?"

"온다고 했지만, 오늘이 될지는 모르겠습니다. 그 사람도 괴로 워하거든요!"

알료샤는 머뭇거리는 시선으로 형을 보았다.

"흥, 당연하지, 당연히 괴로울 거야! 알료샤, 난 그걸 생각하면 미칠 것 같구나. 그루샤는 항상 나를 보고 있어서 내 마음을 이해 해. 아, 하느님, 제 마음을 진정시켜 주세요. 뭘 원하느냐고! 카차 를 원한다. 도대체 나는 제정신인가? 이건 바로 카라마조프식의 모욕적인 무절제야! 그래, 나는 괴로워하는 것이 불가능하니까!

비겁한 사람, 오직 그것뿐이야!"

"아, 그 사람이 왔어요!"

알료샤가 외쳤다.

그 순간 카차가 홀연히 문간에 모습을 드러냈다. 그녀는 그곳에서 어쩔 줄 모르는 시선으로 미차를 바라보며 걸음을 멈췄다.

미차는 거의 튀어오를 것처럼 자리에서 일어났다. 그 얼굴에는 공포의 기색이 떠올랐다. 그의 얼굴이 하얗게 질리더니 이내 겁을 먹은 것처럼, 애원하는 것처럼 미소가 얼핏 입술에 스쳤다. 그 다음, 그는 자신도 모르게 카차에게 두 손을 내밀었다.

카차는 그것을 보고 재빨리 그 앞으로 달려가서 두 손을 잡고 그를 미는 듯이 침대에 앉히고 자신도 그 옆에 앉았다. 그리고 언제까지나 그 손을 붙잡고 가늘게 떨리는 손으로 꼭 잡고 있었다. 두 사람은 몇 번이나 무슨 말을 하려다가 그만두고 조용히 입을 다물고 기이한 웃음을 지으면서 움직이지 않고 서로의 얼굴을 바라보았다. 그렇게 2분 정도가 흘렀다.

"나를 용서하는 건가, 그래?" 결국 미차가 속삭이듯이 말했다. 그리고 알료샤를 돌아보고 기뻐서 얼굴을 찡그리며 외쳤다. "넌 알겠니, 내가 무엇을 묻는지! 알겠니?"

"그래서 난 당신을 사랑했어요, 당신은 정말 너그럽거든요!" 카차는 자신도 모르게 외쳤다. "그리고, 내가 당신을 용서할 건 아무것도 없어요. 오히려 내가 당신에게 용서를 빌어야 해요. 하지만 용서받든, 용서받지 못하든 간에 당신은 내 마음에 영원히 상처로 남을 거예요. 그리고 나도 역시 당신의 마음속에, 그렇지 않다는 건 거짓말이겠지요."

그녀는 숨을 들이마시기 위해서 말을 중단했다.

"내가 왜 왔는지 아세요?" 그녀는 흥분해서 다급하게 다시 말했다. "당신의 발에 입을 맞추려고 왔어요, 당신의 손을 잡으려고 왔어요. 이렇게 꼭, 아플 정도로. 기억하나요? 모스크바에서도 이렇게 당신의 손을 잡았었어요. 그리고 또 당신이 하느님이고, 나의 기쁨인 것을 새삼스럽게 말하기 위해서 왔어요. 내가 미치도록 당신을 사랑하는 걸 당신에게 말하고 싶었어요."

그녀는 괴로운 듯이 신음하며 이렇게 말한 뒤 갑자기 열정적으로 그의 손에 입을 맞췄다.

그녀의 눈에서 눈물이 흘렀다. 알료샤는 놀라서 말없이 서 있었다. 지금 눈앞의 광경을 전혀 예상하지 못했기 때문이다.

"사랑은 끝난 거예요, 미차!" 다시 카챠가 말을 시작했다. "그렇지만, 그 끝난 추억이 나에게는 아플 만큼 소중해요. 이건 언제까지나 잊지 마세요. 하지만, 이제부터 1분간만이라도 할 수 있었으면서 하지 못한 일을 해도 괜찮겠지요?" 그녀는 미소로 얼굴을 일그러뜨리고 중얼거리듯 속삭이면서 기쁨을 담은 눈으로 미차의 눈을 바라보았다. "당신도 지금은 다른 여자를 사랑하고 나도 다른 남자를 사랑하지만, 그래도 나는 역시 영원히 당신을 사랑할 것이고, 당신도 그럴 거예요. 알겠어요? 맞아요, 나를 사랑하세요, 죽을 때까지 사랑해 주세요!" 그녀는 위협이라도 하는 것 같은 떨리는 목소리로 외쳤다.

"사랑할 거야. 그리고…… 알아, 카차?" 미차는 한 마디를 말할 때마다 숨을 몰아쉬며 말했다. "나는 닷새 전의 그때도, 그날 밤에도 당신을 사랑했어, 당신이 쓰러져서 실려 나갔을 때 말이야…… 죽을 때까지! 그대로, 영원히 그대로……."

두 사람은 거의 의미가 없는, 미친 넋두리 같은 말을 서로 속삭였다. 그 말은 어쩌면 진실과는 먼 거리의 것이었을 수도 있다. 그러나 그 순간만은 진실이라고 할 수 있었다. 그들도 자신들의 말을 변함없이 믿었다.

"카차." 미차가 문득 큰 목소리로 말했다. "당신은 내가 죽인 거라고 믿었어? 지금은 그렇지 않은 걸로 알지만, 그때…… 당신이 그 증언을 했을 때는…… 그래, 그때는 그걸 믿었지, 그런 거지?"

"그때도 믿은 건 아니었어요! 한 번도 믿지 않았어요! 당신이 미워서, 문득 스스로 그렇게 믿게 한 거예요, 그 순간에 말이에요…… 증언을 할 때는…… 그렇게 믿으려고 했었고 그렇게 믿기도 했어요……. 하지만 증언을 끝내고 보니 다시 단번에 믿을 수 없었어요. 진심이에요, 아, 깜빡 잊었네요, 나는 스스로를 벌하려고 이곳에 왔는데!" 그녀는 문득 지금까지의 사랑의 속삭임과는 다른 말투와 새로운 표정을 지으며 말했다.

"당신도 많이 괴롭지? 게다가, 여자의 몸이니까!"

마치는 자신도 모르게 말했다.

"이제 그만 갈게요." 그녀는 속삭였다. "다시 올게요, 지금은 괴로워서······."

그녀는 일어서다가 갑자기 외마디 비명을 지르고 뒤로 물러났
다. 어느새 그루셴카가 소리 내지 않고 방안에 들어왔던 것이다.
그것은 누구도 예상치 못했던 일이었다. 카차는 그대로 입구로 걸
어 나가다가 그루셴카와 스쳐 지나칠 때 문득 걸음을 멈추더니 분
필처럼 하얗게 변한 얼굴로 가만히 속삭였다.

"나를 용서하세요!"

상대편은 카차를 가만히 바라보더니 잠시 뜸을 두었다가 증오
가 가득한 독살스러운 목소리로 대답했다.

"흥, 우습네요! 당신도 나도 전부 서로를 미워하니까요, 두 사람
모두 못된 건 같아요. 용서하다니, 어느 쪽이 용서해야 하는 거죠,
당신인가요, 아니면 나인가요? 어쨌든, 저 사람을 도와주면 난 평
생 댁을 위해 기도하겠어요."

"당신을 용서하고 싶지 않군."

미차는 비난을 담아서 그루셴카에게 미친 듯이 외쳤다.

"걱정하지 않아도 돼요. 당신을 위해서 반드시 저 사람을 구할
테니까!" 카차는 재빨리 이렇게 속삭이고는 방에서 뛰어나갔다.

"당신은 저 사람을 용서해 줄 수 없다는 건가? 저쪽에서 먼저
'용서해 달라'고 했잖아."

미차는 다시 비통한 목소리로 소리쳤다.

"형님, 이분을 비난하면 안 됩니다. 형님에게는 그럴 만한 권리
가 없습니다!"

알료샤가 별안간 열을 내며 형에게 말했다.

"그런 말은 거만한 여자의 입에 발린 말이에요. 진심에서 하는 말이 아니라고요." 그루센카가 날카롭게 말했다. "만약 당신을 구한다면, 무엇이든 용서하겠지만……."

그녀는 마음속의 무언가를 가만히 억누르는 것처럼 그대로 입을 다물었다. 그녀는 아직 평정을 되찾을 수 없었다. 나중에 알게 된 것이지만 그녀는 이때 정말로 우연하게 들어왔고 그런 일을 당할 거라고는 전혀 예상할 수 없었다.

"알료샤, 저 사람을 쫓아가라!" 문득 미차가 맹렬히 동생을 돌아보았다. "그녀에게 말해……. 뭐라고 말해야 하나…… 어쨌든, 이대로 돌려보내서는 안 돼!"

"저녁 무렵 다시 오겠습니다!"

알료샤는 이렇게 말한 뒤 카차를 뒤쫓아 갔다.

그는 병원을 나와서 카체리나를 따라잡을 수 있었다. 그녀는 총총히 걷다가 알료샤가 옆에 오자 빨리 말했다.

"안 돼요, 난 그 여자 앞에서 나를 벌할 수는 없어요! 내가 그 여자에게 용서해 달라고 한 건, 나 자신을 벌하기 위해서 그런 거예요. 그런데 그 여자는 용서하지 않았어요……. 그래서 나는 그 여자가 좋아요!"

카체리나는 증오가 가득한 목소리로 이렇게 말을 보탰다. 그 눈은 증오로 번들거렸다.

"형님도 이렇게 될 줄은 전혀 몰랐습니다." 알료샤는 중얼거리듯이 말했다. "형님은 그 사람이 안 올 줄 알고……."

"물론 그랬겠죠. 하지만 그런 얘기는 이제 그만해요."

그녀는 단호하게 말했다. "난 오늘의 장례식에 함께 갈 수 없어요. 조화만 보냈습니다. 돈은 아직 있는 거죠? 하지만, 만약 필요하면, 앞으로도 난 결코 그 사람들을 모른 척하지 않겠다고 전해 주세요……. 이제, 여기서 헤어지기로 해요. 내 걱정은 하지 말고 어서 가세요. 당신도 늦었으니까요, 오후 예배의 종이 울려 퍼지네요……. 어서 가세요!"

3. 일류샤의 장례식, 바위 옆에서의 인사

실제로도 그는 늦어버렸다. 전부 그를 기다리다가 더 기다릴 수 없어서 꽃으로 장식된 깨끗한 관을 교회 안으로 옮기고 있는 중이었다.

그것은 불쌍한 소년 일류샤의 관이었다. 그는 미차의 판결 선고가 내려지고 이틀 뒤에 마지막 숨을 거두었다.

알료샤가 문 앞으로 다가가니 일류샤의 어린 친구들이 환호하며 반겼다. 오랫동안 기다리던 아이들은 그가 온 것을 매우 기뻐했다. 소년들은 열두 명쯤 모였는데 전부 어깨에 가방을 메고 있었다.

'아버지가 무척 우실 거야. 부디 아버지 곁을 지켜 줘.'

일류샤는 죽기 전에 이런 말을 남겼는데 소년들은 그 말을 잊지 않고 기억했다. 콜랴 크라소트킨이 소년들의 앞에 서 있었다.

"카라마조프 씨, 오셔서 무척 기쁩니다!" 콜랴는 알료샤에게 손을 내밀며 외쳤다. "이곳은 정말 처참해요. 정말 보고 있을 수 없을 지경이에요. 스네기료프 씨도 오늘은 술에 취하지 않았어요. 그분이 오늘은 술을 전혀 마시지 않은 걸로 우린 전부 아는데, 마치 취한 사람 같아요……. 난 웬만한 일에는 끄떡도 없는데, 오늘은 정말 괴롭네요. 카라마조프 씨, 저, 시간 괜찮으시면 물어보고 싶은 게 한 가지 있어요, 집 안으로 들어가시기 전에 말이에요."

"그게 뭐지, 콜랴?"

알료샤는 잠시 걸음을 멈추고 말했다.

"선생님의 형님은 무죄인가요, 아니면 정말 유죄인가요? 아버지를 살해한 건 형님인가요, 하인인가요? 우리는 선생님의 말씀을 믿겠습니다. 말씀해 주십시오. 나는 이 일을 생각하느라 나흘 밤 동안 잠을 자지 못했습니다."

"하인이 죽였어, 형님은 무죄야."

알료샤가 대답했다.

"그것 봐, 내 말이 맞잖아?"

스무로프가 갑자기 외쳤다.

"그럼, 그분은 정의를 위해서 죄도 없이 희생되어 사라지는군요!" 콜랴가 외쳤다. "하지만, 사라져도 그분은 행복합니다! 나는 그분이 부러워요!"

"도대체 무슨 말이지? 왜 그런 말을? 왜?"

알료샤는 은근히 놀라서 물었다.

"나도 언젠가는 정의를 위해서 나를 희생하려고 생각 중이거든요."

콜랴는 열정적으로 말했다.

"하지만, 이런 일로 희생되는 건 소용없는 일이에요. 이런 수치스럽고 끔찍한 사건 때문에 말이지요!"

"물론…… 전 인류를 위해서 죽는 것을 원해요. 수치스러운 건 아무래도 상관없어요. 우리의 이름은 어떻게 되어도 괜찮아요. 나는 선생님의 형님을 존경해요!"

"나도 존경합니다!"

뜻밖에도 아이들 중에서 한 명이 외쳤다. 전에 트로이의 창건자를 안다던 그 소년이었다. 그는 이렇게 외치자마자 예전처럼 귀뿌리까지 작약 꽃잎같이 빨개졌다.

알료샤는 방으로 들어섰다. 일류샤는 주름이 진 흰 레이스로 장식된 하늘색 관 속에 두 손을 포개고 눈을 감고 누워 있었다. 얼굴은 야위었지만 살아 있을 때와 거의 같았다. 그리고 이상스럽게도 시체에서는 냄새가 거의 나지 않았다. 그 얼굴은 진지했고 생각에 잠긴 듯한 표정이었다. 십자로 겹쳐진, 마치 대리석으로 조각한 듯한 손은 특별히 아름다웠다. 그 손은 꽃을 쥐고 있었다. 그리고 관의 안팎은 오늘 아침 일찍 리즈 호흘라코바가 보내온 꽃으로 전부 장식되어 있었다. 그 밖에 카챠가 보낸 꽃도 있었다. 알료샤가 방문을 열었을 때, 퇴역 대위는 떨리는 손에 꽃다발을 들고 사랑하는 아들의 시신 위에 꽃을 뿌리는 중이었다.

그는 알료샤가 들어오는 것도 개의치 않았다. 아무도 만나고 싶지 않았던 것이다. 훌쩍이며 우는 실성한 자신의 아내까지 보지 않으려고 했다. 그녀는 아픈 다리로 일어서서 죽은 아이를 되도록 가까이 들여다보려고 애를 썼다. 니노치카는 의자에 앉은 채 소년들의 도움을 받아서 관 옆에 다가앉았다. 그녀는 죽은 동생에게 얼굴을 붙이고 역시 소리 내지 않고 울고 있는 것 같았다.

스네기료프는 얼굴에 생기가 도는 것처럼 보였지만, 어딘지 방심한 것 같아 보이기도 하고 화가 난 것 같아 보이기도 했다. 그 몸짓과 때로 내뱉는 말투는 거의 실성한 것 같았다.

"아가, 나의 귀여운 아가야!"

그는 일류샤를 들여다보며 계속 아이를 불렀다. 일류샤가 살아 있을 때부터 그는 "아가, 나의 귀여운 아가!" 하면서 귀여워하던 버릇을 가지고 있었다.

"여보, 내게도 꽃을 줘. 그 애가 손에 쥔 그 흰 꽃을 내게 줘!" 실성한 '엄마'는 울먹이면서 외쳤다. 일류샤의 손에 쥐어진 흰 장미꽃이 마음에 들어서 그러는지, 아니면 기념으로 갖고 싶었는지, 어쨌든 그녀는 몸부림을 치며 꽃에 손을 내밀었다.

"아무에게도 주지 않을 거야. 아무에게도 줄 수 없어!" 스네기료프는 차갑게 외쳤다. "이 꽃은 이 아이 거야, 당신 것이 아니야. 모두 전부 이 아이 것이야. 당신 것은 전혀 없어!"

"아빠, 엄마에게 꽃을 주세요!"

니노치카가 눈물에 젖은 얼굴로 말했다.

"아무것도 줄 수 없다. 엄마에겐 더더욱 안 돼! 엄마는 이 아이를 예뻐하지 않았어. 그때만 해도 아이의 대포를 빼앗았잖아. 일류샤가 엄마에게 선물로 드렸지." 일류샤가 그때 자신의 대포를 엄마에게 양보한 것이 생각났기 때문인지 퇴역 대위는 문득 흐느껴 울었다. 실성한 불쌍한 '엄마'도 두 손으로 얼굴을 가리고 조용히 울었다. 아버지가 언제나 관 옆을 떠나지 않았는데 벌써 출관 시간이 다 된 것을 보고, 소년들이 한 덩어리로 뭉쳐서 관을 둘러싸고 들어올렸다.

"교회 묘지에는 묻지 않을 거야!" 갑자기 스네기료프가 외쳤다. "바위 옆에 묻을 거야. 우리들의 바위 옆에 말이야! 일류샤가 그렇게 부탁했어. 묘지에는 가져갈 수 없다!"

그는 벌써 사흘 전부터 바위 옆에 묻겠다고 고집을 부리는 중이었다. 그러나 알료샤를 비롯해서 콜랴 집주인 할머니, 할머니의 누이, 소년들까지 전부 반대했다.

"꼭 목매서 죽은 시신처럼 더러운 바위 옆에다 묻으려고 하다니, 그게 무슨 심보람." 집주인 할머니가 엄격하게 말했다. "교회 구내에는 멀쩡하게 십자가를 세운 묘지가 있잖아. 거기 묻으면 모두 기도를 할 수도 있어. 교회당 찬송가도 들리고, 신부님이 날마다 고마운 기도문 읽는 소리도 일류샤의 귀에 들어갈 테니, 마치 그 애 무덤 옆에서 읽어 주는 것과 마찬가지야."

결국 대위는 체념을 했는지 손을 흔들며 말했다.

"어디든 마음대로 메고 가!"

소년들은 관을 들어 올려서 밖으로 나가다가 엄마 앞에서 잠시 멈추고 관을 내렸다. 엄마가 일류샤와 마지막 작별을 할 수 있게 하려는 것이었다.

지난 사흘 간 항상 떨어진 곳에서 일류샤를 바라보던 그녀는 지금 바로 앞에서 소중한 일류샤의 얼굴을 들여다보고는 온몸을 떨면서 신경질적으로 흰머리를 관 위에서 앞뒤로 흔들었다.

"엄마, 일류샤에게 성호를 긋고 축복하세요, 입을 맞추세요."

니노치카가 엄마에게 말했다. 그러나 엄마는 말없이 자동인형처럼 머리를 앞뒤로 흔들기만 했다. 그 얼굴은 타오르는 슬픔 때문에 일그러졌다. 그리고 문득 자신의 가슴을 주먹으로 때렸다. 관이 들어 올려져 나갔다. 니노치카는 관이 자신의 앞을 지나갈 때 죽은 동생의 입술에 마지막으로 입을 맞추었다. 알료샤는 방에서 나갈 때 집주인 할머니에게 남은 사람들을 부탁하려고 했는데 할머니는 알료샤의 말이 끝나기도 전에 대답했다.

"알아요, 저 사람들 걱정은 하지 마세요. 나도 그리스도교 신자예요."

할머니는 이렇게 말하고 흐느꼈다. 교회까지는 그렇게 멀지 않아서 300걸음 정도의 거리였다. 맑고 고요한 날씨였다. 추위가 닥쳤지만 그리 대단한 추위는 아니었다. 예배를 알리는 종소리가 아직도 울리고 있었다.

스네기료프는 흐트러진 모습으로 허둥거리며 관을 따라서 걸었다. 그는 여름에 입는, 짧은 헌 외투를 걸쳤다. 차양이 넓은 낡은 중

산모는 쓰지 않고 손에 들었다. 그는 무언가 해결할 수 없는 걱정거리를 가진 것처럼 문득 손을 뻗어서 관을 잡으려고 관을 든 사람들을 방해하기도 하고, 관 주변을 돌아다니면서 어떻게든 사람들 틈에 끼어들려고 노력 중이었다. 눈 위에 꽃 한 송이가 떨어졌다. 그러자 그는 그 꽃을 잃어버리면 큰일이라도 나는 것처럼 달려가서 꽃을 집었다.

"아, 빵을, 빵을 잊었구나."

그러다 그는 몹시 놀라며 갑자기 외쳤다. 소년들은 그 말을 듣고 금세, 빵은 자신들이 분명히 가져와서 호주머니 안에 넣었다고 말했다. 그는 얼른 그것을 꺼내어 보고 그제야 마음을 놓았다.

"일류샤는 그렇게 말했습니다, 일류샤는." 그는 즉시 알료샤에게 설명했다. "어느 날 밤, 내가 그 애의 침대 옆에 앉았는데 그 애가 문득 '아빠, 내 무덤에 흙을 덮을 때, 빵가루도 함께 뿌려 주세요, 참새가 날아오게 말이에요. 참새가 날아오면 난 혼자가 아니라서 기쁠 테니까!' 이런 말을 하지 않겠어요."

"그건 매우 좋은 생각이네요. 가능한 자주 가져다주는 것이 좋겠어요."

"날마다 가져가겠습니다, 날마다!"

대위는 완전히 활기를 되찾고 이렇게 중얼거렸다. 마침내 일행은 교회에 도착해서 그 한가운데에 관을 내렸다. 소년들은 관을 둘러싸고 예배가 진행되는 동안 예의 바르게 서 있었다. 그 교회는 오래되고 가난해서 성상(聖像)의 금장식이 꽤 벗겨져 있었다. 그

러나 그런 교회가 오히려 기도하는 데 더 좋았다. 예배가 진행되는
동안 스네기료프도 다소 조용해졌지만 역시 때로 자신도 이유를
알지 못할 불안에 휩싸였다.

그는 관 옆에 다가가서 관 덮개나 화환을 고치거나, 그 다음에는
촛대에서 초가 한 자루 떨어진 것을 보고 허둥지둥 달려가서 제자
리에 세우기 위해서 오랫동안 꾸물거렸다.

그것이 끝나자 가까스로 진정된 마음으로 희미하게 불안한 빛
을 보이며 멍한 표정으로 죽은 사람의 머리맡에 얌전하게 서 있었
다. 〈사도행전〉(使徒行傳)이 낭송된 뒤, 그는 문득 자신의 옆에 선
알료샤를 돌아보며 〈사도행전〉은 저렇게 읽는 게 아니라고 속삭
였다. 그러나 그 이유에 대해서는 말하지 않았다. 할렐루야 성가가
시작되자 그도 따라서 함께 부르더니 노래가 다 끝나기 전에 무릎
을 꿇고 교회 돌바닥에 이마를 대고 오래 엎드려 있었다.

마침내 매장할 때가 되어서 사람들에게 촛불이 한 개씩 주어졌
다. 넋이 나간 것 같은 아버지는 다시 허둥댔다. 슬픈 장송곡은 그
의 마음에 더 큰 감동을 주었다.

그는 문득 몸을 움츠리며 소리 죽여 흐느꼈다. 처음에는 소리를
억눌렀지만 나중에 가서는 크게 통곡했다. 사람들이 마지막 작별
을 하고 관 뚜껑을 닫으려고 하자, 그는 귀여운 아들의 죽은 모습
을 가리지 못하게 하려는 것처럼 일류샤의 시신을 몸으로 덮으면
서 그 입술에 계속 입을 맞추었다.

사람들이 겨우 그를 달래서 거의 강제로 계단에서 내려가게 하

자, 그는 갑자기 손을 내밀어서 관에서 몇 송이의 꽃을 집어 들었다. 그리고 가만히 그 꽃을 들여다보더니, 갑자기 어떤 새로운 생각이 떠올랐는지 한동안 중요한 일을 잊은 듯한 표정이었다. 그래서 생각에 잠긴 것처럼, 사람들이 관을 묘지로 옮길 때도 방해하지 않았다.

교회 바로 옆의 울타리 안에 묘지가 있었다. 카체리나가 비싼 땅값을 지불해 주었다.

절차대로 의식이 끝나자 인부들이 관을 구덩이 안으로 내렸다. 그러자 스네기료프가 손에 꽃을 쥐고 나직하게 몸을 굽혀서 구덩이 안을 들여다보았다. 소년들은 깜짝 놀라서 그의 외투를 잡고 뒤로 잡아당겼다. 그는 무슨 일이 진행되는지 잘 모르는 듯했다. 사람들이 흙을 덮자 그는 문득 걱정스러운 것처럼 떨어지는 흙을 손가락으로 가리키며 중얼거렸다. 그러나 무슨 말을 하는지 아무도 이해할 수 없었다. 그러다가 문득 다시 조용해졌다. 그때 사람들이 그에게 빵을 뿌리라고 했다. 그러자 그는 몹시 흥분해서 빵을 꺼내어 뜯더니 조금씩 무덤 위에 뿌렸다.

"자, 새들아, 날아오렴. 자, 참새들아, 어서 날아오렴!"

그는 초조하게 중얼거렸다. 아이들 중의 어느 한 명이, 꽃을 들고 있으면 빵을 뜯기 불편하니 누구에게 잠깐 맡기면 어떻겠냐고 했다. 그러자 그는 꽃을 누구에게 맡기는 것은 고사하고 마치 누가 뺏기라도 할 것처럼 갑자기 경계했다. 매장이 끝나고 빵도 다 뿌려진 것을 확인하자 그는 예상 밖으로, 매우 침착하게 발길을 돌려서 집으로 걸어갔다. 그러나 그의 보폭은 점차 빨라져서 나중에는 달려가는 것처럼 급해졌다. 소년들과 알료샤가 그 뒤를 따라서 갔다.

"엄마에게 꽃을 줘, 엄마에게 꽃을 줘! 아까 무안을 주고 말이야."

그는 큰 목소리로 중얼거리며 말했다. 누군가 모자를 써야 한다고, 무척 추우니 모자를 쓰라고 하자 그 말에 몹시 화가 나는 것처럼 그는 모자를 눈 위에 팽개치면서 외쳤다.

"모자는 필요 없어, 모자는 필요 없어!"

스무로프가 모자를 들고 뒤를 쫓아갔다. 소년들은 전부 울기 시작했다. 특히 콜랴와 트로이의 창건자를 아는 소년이 가장 많이 울었다. 스무로프도 대위의 모자를 들고 엉엉 울었다. 그러나 거의 뛰는 것처럼 걸으면서도 길가의 눈 위로 붉게 보이는 벽돌을 주워서 무리를 지어서 나는 참새 떼를 향해 던질 여유는 있었다. 당연히 그것은 맞지 않았다. 그는 울면서 계속 종종걸음으로 걸었다.

절반쯤 되는 곳에 다다르자, 대위는 다시 걸음을 멈추고 깊은 생각에 사로잡힌 것처럼 한 30초 정도 서 있더니, 문득 교회당 쪽으로 몸을 돌려서 방금 떠나온 무덤을 향해서 달리기 시작했다. 소년들이 달려가 사방에서 그에게 매달렸다. 그러자 그는 패배자처럼 힘없이 눈 위에 쓰러져서 몸을 떨면서 소리 지르고 울면서 울부짖었다.

"아가, 일류샤, 나의 귀여운 아가."

알료샤와 콜랴가 그를 안아서 일으켰고 달래며 위로했다.

"대위님, 이제 그만하세요. 남자답게 참으세요."

콜랴가 중얼거리며 말했다.

"꽃이 전부 망가집니다." 알료샤도 말했다. "'엄마'가 꽃을 기다리시잖아요. 그분은 가만히 앉아서 아까 일류샤의 꽃을 얻지 못해 울고 계실 거예요. 집에는 아직 일류샤의 침대도 남아 있잖아요."

"그렇군, '엄마'에게 가야겠어." 스네기료프는 문득 생각이 났다. "침대를 치워야겠어, 침대를 치워야겠어!"

그는 정말 침대를 치워 버릴까 봐 겁이 났는지 이렇게 말하고 일어나서 집을 향해서 달려갔다.

집까지는 그리 멀지 않았다. 그들도 스네기료프와 함께 달렸다. 스네기료프는 다급하게 문을 열고 매정하게 호통쳤던 아내에게 외쳤다.

"엄마, 소중한 엄마, 일류샤가 꽃을 보냈소. 안타깝게도 임자는 다리가 아프니 말이오!"

그는 이렇게 말하면서 방금 전 눈 속에 쓰러질 때 꽃잎이 떨어진 얼어붙은 꽃다발을 그녀에게 주었다.

그러나 바로 그 순간, 죽은 아들의 침대 앞 한구석에 일류샤의 구두가 단정하게 놓인 것이 그에게 보였다. 그것은 방금 전 집주인 할머니가 가지런히 놓아두었는데, 누덕누덕 기운 흔적이 있는 오래된 적갈색 구두였다. 그는 두 팔을 위로 올리고 그 앞으로 달려가서 무릎을 꿇고 구두 한 짝을 들고 입을 맞추면서 외쳤다.

"아가, 일류샤야, 아가, 네 발은 어디로 간 거니?"

"당신은 그 애를 어디로 데리고 갔어? 당신은 그 애를 어디로 데리고 갔어?"

반쯤 실성한 대위의 아내는 비단을 찢는 것 같은 목소리로 이렇게 외쳤다.

그 순간 니노치카가 울기 시작했다. 콜랴는 집밖으로 나갔다. 그 뒤를 따라서 다른 아이들도 집 밖으로 나왔다. 마지막으로 알료샤까지 조용히 나왔다.

"마음껏 울게 내버려두는 게 좋아." 그는 콜랴에게 말했다. "이제는 도무지 위로해 드릴 방법이 없구나. 한동안 있다가 들어가자."

"맞아요, 도저히 방법이 없어요. 아, 끔찍한 일이에요!" 콜랴도 맞장구를 치며 말했다. "카라마조프 씨." 그는 다른 사람은 듣지 못하도록 문득 목소리를 낮추어 말했다. "나는 무척 슬퍼요. 만약 일류샤를 다시 살게 할 수 있다면 이 세상에 가진 걸 전부 내놓아도 아깝지 않을 것 같아요!"

"아, 나도 그래." 알료샤가 말했다.

"카라마조프 씨, 생각이 어떠세요? 오늘 밤 우리가 여기 오는 게 좋을까요? 대위님은 또 술을 엄청 마실 거예요."

"그렇겠구나. 그럼, 우리 둘만 오자꾸나. 우리 둘이 저분들 곁에, 엄마와 니노치카 곁에 1시간 정도 있어 주자. 여러 명이 몰려오면 저분들이 또 일류샤를 생각할 테니까." 알료샤가 충고했다.

"지금 저기서 집주인 할머니가 식사를 준비하는 것 같아요. 아마 추도식 만찬을 시작하려는 것 같아요. 신부님도 오실 것 같아요. 카라마조프 씨, 우리도 지금 저곳에 가야 하는 건가요?"

"당연히 가야지."

"그런데, 이상해요, 카라마조프 씨. 이렇게 슬픈 때에 별안간 크레이프(얇은 핫케이크의 한 종류)를 내놓다니요. 우리가 가진 종교적으로도 자연스럽지 않잖아요?"

"거기에 연어구이까지 나온다고 해요."

트로이의 창건자를 아는 소년이 크게 말했다.

"진지하게 부탁하는데, 카르타쇼프, 다시 바보 같은 농담으로 얘기를 방해하지 마. 너하고 말을 하는 게 아니고 네가 이 세상에 있는지 없는지 알고 싶지 않다고!"

콜랴는 화가 나는 것처럼 소년을 돌아보며 단호하게 말했다.

소년은 얼굴이 붉어졌지만 대답할 용기는 없었다. 그러는 동안에 그들은 조용히 오솔길을 걷고 있었다. 문득 스무로프가 크게 말했다.

"이것이 일류샤의 바위예요. 아까 이 아래에 묻고 싶다고 했던 바위 말이에요."

그들은 가만히 큰 바위 옆에 걸음을 멈추었다. 알료샤는 바위를 보았다. 예전에 스네기료프가 들려주었던 일류샤의 이야기, 일류샤가 아버지에게 매달리며 울면서 "아빠, 아빠, 그 사람은 정말 아빠에게 나쁜 짓을 했어요!" 하고 외쳤던 그때의 광경을 알료샤는 기억했다. 그의 가슴 속에서 무언가가 꿈틀거리며 움직인 것 같았다. 그는 진지하고 엄숙한 표정으로 일류샤 친구들의 귀엽고 밝은 얼굴을 바라보며 문득 말했다.

"이 자리에서 너희들에게 잠깐 할 말이 있어."

소년들은 알료샤를 둘러싸고 금방 기대가 가득한 눈빛으로 알료샤를 보았다.

"여러분, 우리는 이제 헤어져야 합니다. 내가 두 형님들과 함께 지내는 것도 이제 얼마 남지 않았어요. 형님 한 분은 유형을 떠날 것이고, 또 한 분은 사경을 헤매며 침대에 누워 있습니다. 하지만 나는 이제 이 도시를 떠날 거예요. 아마 오랫동안 돌아오지 못할 수도 있어요. 그러므로, 우리는 헤어져야 합니다. 하지만 우리는 이 일류샤의 바위 옆에서, 첫째는 일류샤를, 둘째는 서로를 절대로 잊지 않겠다는 맹세를 해야 합니다. 우리는 앞으로 한평생 어떤 일이 일어나도, 설령 20 년간 만날 수 없다고 해도 우리가 불쌍한 소년의 장례를 치렀다는 것을 잊지 맙시다.

여러분도 기억하지요? 그는 저 다리 옆에서 여러분이 던진 돌에 맞았지만 나중에는 모든 사람들에게 사랑을 받았습니다. 그는 훌륭한 소년이었고, 착하고 용감한 소년이었습니다. 그는 아버지의 명예와 아버지가 받은 심한 모욕을 쓰디쓰게 느꼈고, 그래서 꿋꿋하게 일어섰습니다. 그러므로 여러분, 첫째 우리는 죽을 때까지 그를 잊으면 안 됩니다. 우리는 아무리 중요한 일로 바쁘더라도, 명예를 얻으려 할 때도, 큰 불행에 빠졌을 때도, 어떤 때라도, 일찍 이 고장에서 서로 마음이 통하고 솔직한 감정으로 엮여서 멋진 시간을 함께 보낸 것, 그리고 그런 감정에 의해서 저 불쌍한 소년을 사랑하는 동안 우리가 실제보다 훨씬 훌륭한 인간으로 자란 것을 절대 잊지 맙시다.

나의 사랑스러운 아기 비둘기들. 여러분을 아기 비둘기라고 부르게 허락해 줘요. 지금 여러분의 착하고 사랑스러운 얼굴을 바라보자니, 저 푸르른 잿빛 새가 생각납니다. 귀여운 여러분, 여러분은 내가 하는 말의 뜻을 잘 이해하지 못할 수도 있습니다. 나는 때로 매우 이해하기 힘든 말을 하니까. 하지만, 그래도 여러분은 언젠가는 내 말을 기억하고 때로는 그것을 깨달을 수 있을 거예요.

반드시 즐거운 날의 추억만큼, 특히 어린 시절 부모님 밑에서 지내던 날의 추억만큼, 그 뒤의 인생에서 소중하고, 힘차고, 건전하고, 이로운 것은 없습니다. 여러분은 교육에 대해서 여러 가지 까다로운 얘기를 듣지요. 그러나 어릴 때부터 간직한, 이런 아름답고 신성한 추억이 다른 무엇보다 훌륭한 교육일 수도 있습니다.

살면서 그런 추억을 많이 만든 사람은 평생 동안 구원을 받습니다. 만약 그런 것이 하나라도 우리들의 마음에 남았다면 그 추억은 언젠가 우리들을 구원할 것입니다.

어쩌면 우리는 앞으로 악한 인간이 될 수도 있습니다. 어떤 때는 눈앞에 있는 악한 짓을 물리치지 못할 수도 있습니다. 타인의 눈물을 비웃을 수도 있습니다. 아까 콜랴 군이 '모든 인류를 위해서 목숨을 내놓고 싶다'고 소리치지만 어쩌면 그런 사람들을 향해 나쁜 마음으로 비웃을 수도 있습니다. 물론 그런 일이 있으면 안 되지만, 만약 우리가 그런 악인이 되었다고 해도 이렇게 일류샤를 묻은 일이며, 죽기 전의 며칠 동안 그를 사랑한 일, 지금 이 바위 옆에서 서로 다정하게 얘기를 나눈 일을 회상한다면, 설령 우리가 잔인하고 비뚤어진 인간이 되었다고 해도 지금 이 순간 우리가 착한 인간이었음을 마음속으로 조소하는 일은 없을 것입니다!

그보다 오히려 이런 추억이 우리를 큰 악으로부터 지켜 줄 것입니다. 그리고 지난날을 추억하고 '나도 그 시절에는 착했다. 용감하고 정직한 사람이었다'고 말할 것입니다. 마음속으로 비웃어도 괜찮습니다. 사람이란 흔히 착하고 훌륭한 행동을 보고 조롱하고 싶어 하니까. 그건 단지 경박한 마음의 소행입니다. 하지만 여러분, 나는 굳게 믿습니다. 여러분은 설사 웃더라도 이내 마음속으로 '아니, 웃는 것은 좋지 않다, 이것은 웃으면 안 되는 거야!' 이렇게 말할 것이 분명합니다."

"분명히 그럴 거예요, 카라마조프 씨. 나는 그 말씀을 이해할 수 있습니다, 카라마조프 씨!"

콜랴가 두 눈을 빛내면서 외쳤다. 다른 소년들도 몹시 흥분해서 역시 뭔가 외치려고 하다가 간신히 참고 감격에 겨운 눈으로 알료샤를 가만히 보았다.

"내가 이런 말을 하는 것은 바로 우리가 혹시 나쁜 인간이 되진 않을지 두렵기 때문입니다." 알료샤는 말을 이었다. "하지만 우리가 나쁜 인간이 될 수는 없겠지요? 안 그래요, 여러분? 우리는 무엇보다 먼저 착해야 합니다. 그 다음에는 정직해야 합니다. 그 다음에는 결코 서로를 잊으면 안 됩니다. 이 말을 한 번 더 반복하겠습니다. 맹세하지만 나는 결코 여러분을 한 명도 잊지 않겠습니다. 지금 나를 쳐다보는 여러분의 얼굴을 30년이 지나더라도 하나씩 회상할 것입니다. 아까 콜랴 군은 카르타쇼프 군에게 '카르타쇼프 군이 이 세상에 있는지 없는지' 알고 싶지 않다고 말했는데, 카르타쇼프 군이 이 세상에 살고 있다는 것과, 그가 트로이 얘기를 했을 때처럼 얼굴이 붉어지지 않고 지금은 아름답고 착하며 밝은 시선으로 나를 바라보는 것을 어떻게 잊겠습니까?

여러분, 사랑하는 여러분, 우리 모두 일류샤 군처럼 너그럽고 용감한 사람이 됩시다. 콜랴 군처럼 똑똑하고 용감하고 마음이 너그러운 사람이 됩시다(더욱이 그는 어른이 되면 더 지혜로워지겠지만). 또 카르타쇼프 군처럼 수줍고 똑똑하고 사랑스러운 사람이 됩시다.

물론 나는 이 세 사람만 얘기하는 것이 아닙니다! 여러분, 여러분은 한 사람 한 사람 모두 나에게는 영원히 사랑스러운 사람들입니다. 나는 여러분을 전부 내 마음속에 간직하겠습니다. 그러니 여러분도 제발 나를 각자의 마음속에 간직하세요!

그런데, 우리가 앞으로 죽을 때까지 잊지 않고 기억할 사람은 누구일까요? 또 이 솔직하고 훌륭한 마음으로 우리를 연결해 준 사람은 누구일까요? 그것은 바로 일류샤입니다. 착한 소년, 사랑스러운 소년, 우리에게는 영원히 소중한 그 소년입니다! 앞으로 우리들 마음에는 그 아이에 대한 아름다운 추억이 영원히 살아 있을 것입니다, 영원히 변하지 않고!"

"맞아요, 맞아요, 영원히 변하지 않고."

소년들은 저마다 얼굴 가득 감동의 빛을 띠면서 밝고 낭랑한 목소리로 크게 외쳤다.

"그의 얼굴도, 옷도, 다 닳아서 떨어진 신발도, 관도, 그 죄 많은 불쌍한 아버지도, 그리고 그 소년이 아버지를 위해 혼자서 용감하게 모든 학급에 맞선 것도 전부 기억합시다!"

"기억해요, 기억할게요!" 소년들은 다시 외쳤다. "그 애는 용감한 아이였어요, 그 애는 정직한 아이였어요!"

"아, 난 그 애를 정말 좋아했어!"

"맞아요, 여러분, 아, 귀여운 나의 친구, 인생을 두려워하면 안 됩니다! 뭐든지 올바르고 훌륭한 일을 했을 때는, 인생이 정말 아름답게 여겨져요!"

"그럼요, 맞아요!"

소년들은 감격해서 서로 고개를 끄덕였다.

"카라마조프 씨, 우린 선생님을 좋아해요!"

견디다 못한 어떤 목소리가 소리쳤다. 카르타쇼프의 목소리 같았다.

"우린 선생님이 좋아요. 선생님이 좋아요!"

다른 아이들도 전부 반복했다. 소년들의 눈에 눈물이 빛나고 있었다.

"카라마조프 만세!"

콜랴가 환희에 들떠서 외쳤다.

"그리고 떠난 아이를 영원토록 기억합시다!"

알료샤가 다시 정감이 깃들어 있는 목소리로 덧붙였다.

"영원히 기억할게요!"

소년들이 그의 말을 받아서 반복했다.

"카라마조프 씨!" 콜랴가 외쳤다. "우린 모두 죽었다가 다시 부활해서 새 생명을 얻고 또 서로 만날 수 있다고, 일류샤도 만날 수 있다고, 종교에서는 가르치는데 정말 그럴까요?"

"우리는 분명히 부활해서 꼭 서로 다시 만나서 유쾌하고 기쁘게 과거의 일을 얘기할 거야."

알료샤는 절반은 웃고 절반은 감동하면서 말했다.

"아, 그렇게 된다면 얼마나 좋을까요!"

콜랴는 자신도 모르게 외쳤다.

"자, 이제 얘기는 이 정도로 마치고 일류샤의 추도식에 가자. 그리고 걱정하지 말고 크레이프를 실컷 먹자. 그건 예전부터 전해지는 좋은 관습이야." 알료샤는 웃으면서 말했다. "자, 가자! 지금부터 우리는 서로 손을 잡고 가자."

"영원히 죽는 날까지 이렇게 손을 잡고 함께 가요! 카라마조프 만세!"

콜랴가 다시 한 번 감격해서 외치자 다른 소년들도 입을 모아 전부 환호성을 외쳤다.

끝

인간 본성에 대한 통찰을 담은
세계문학사상 최고의 고전소설

《카라마조프의 형제》는 도스토예프스키의 마지막 소설이자 그
의 사상의 집대성이며 미래에 대한 예언서이다. 치밀한 구성, 심오
한 사상, 인간 본성에 대한 날카로운 통찰을 담은 이 소설은 세계
문학에 우뚝 솟아있는 최고의 고전이다. 이 작품의 표면적 이야기
는 카라마조프 가문의 불행하고 비극적인 연대기이다. 하지만 이
범속한 가정사의 이면에는 인간 영혼의 무한한 다양성과 존재론
적 의문, 인간 욕망과 도덕률의 충돌, 신과 인간의 관계, 인간 자유
의 양면성 등 인간의 존재론적, 철학적 문제들에 대한 작가의 깊은
통찰이 들어있다.

창작 배경—죄 없는 아이들과 부친살해 모티프

《카라마조프의 형제》는 1879년과 1880년에 걸쳐 당시 러시아 문예지 《러시아 통보》에 연재되었고 1881년 단행본으로 나왔다. 도스토예프스키는 이 소설에 대한 구상과 창작 의도를 오래전부터 가지고 있었지만 이 생각이 구체화된 것은 1878년 《작가의 일기》를 집필하면서부터이다. 1878년 봄 도스토예프스키는 《작가의 일기》를 집필하는 동안 모아둔 자료들을 하나하나 정리하면서 소설 《카라마조프의 형제》를 쓰기로 마음을 먹고 구상에 들어간다. 그는 우선 두 가지 주제를 설정했다.

하나는 '아버지와 아이들'에 대한 테마였다. 도스토예프스키는 당시 러시아의 부조리한 사회 현실에 대해 '아이들에게는 아무런 잘못이 없으며 책임은 전적으로 아버지들에게 있다'라고 진단했다. 1878년 〈모스크바의 대학생들에게〉라는 장문의 편지에서 도스토예프스키는 '우리의 젊은이들이 지금보다 더 진지하고 정직한 적이 없었다. 하지만 문제는 젊은이들이 지금까지 지속된 우리 역사의 거짓을 이어받았다는 사실이다. 내가 보기에 여러분들은 아무런 죄가 없다. 여러분들은 여러분이 비난하고 있는 허위로 가든 찬 사회의 자녀들일 뿐이다'라고 썼다. 도스토예프스키가 생각한 러시아 젊은이들의 미래 가능성은 두 가지였다. 하나는 '유럽주의', 또 하나는 '민중 속으로'였다. 《카라마조프의 형제》에 등장하는 둘째 아들 이반이 바로 이 유럽주의를 표방한 인물이라면, 막내 아들 알료샤는 민중을 택한 인물이다. 유럽적 이성주의와 보편적 인간의 추상적 왕국을 추종한 이반은 러시아 대지에서 분리되어 모순적 신념에 붕괴되지만, 알료샤는 '민중' 속으로 들어가 성스럽고 거룩한 신에 대한 믿음을 얻는다.

또 하나의 플롯은 '부친살해'의 주제이다. 1850년 페트라쉐프스키 사건 이후 사상범으로 몰려 시베리아 옴스크 감옥에서 지낼 당시 도스토예프스키는 퇴역 소위 일린스키를 알게 된다. 일린스키는 친부를 살해했다는 혐의로 20년 노역을 선고받고 복역중이었는데 다른 죄수들에 비해 가혹한 취급을 받으며 힘겹게 수인 생활을 하고 있었다. 도스토예프스키는 일린스키에게 인간적 연민을 느꼈고 그의 딱한 사정에 관심을 갖고 친하게 지냈다. 시베리아 유형 생활을 기록한 《죽음의 집의 기록》 1장에서 도스토예프스키는 '사실 그는 아무 죄도 없이 10년 동안 징역을 살고 있었다. 그의 무죄는 법정에서 공식적으로 인정되었다. 실제 범인들이 체포되어 자백했기 때문이다. 이 불행한 남자는 감옥에서 석방되었다. ... 이 비극적 사건에 대해, 그리고 그런 엄청난 혐의에 짓눌려 젊음을 빼앗긴 일린스키에 대해 더 이상 덧붙일 말이 없다'라고 썼다. 도스토예프스키는 당시 부친살해의 누명을 뒤집어쓴 무고한 일린스키의 비극적 운명에 깊은 인상과 기억을 가지고 있었다. 16년 동안 가지고 있던 이 생각은 《카라마조프의 형제》의 기본 플롯으로 되살아났다. 변덕스럽고 감성이 풍부하지만 경박한 첫째 아들 드미트리는 '자신의 유산을 가로채 돈이 많을 것이라고' 생각되는 아버지 표도르를 죽이겠다고 떠들고 다닌다. 아버지 표도르는 사생아 스메르자코프에 의해 살해되지만 드미트리는 부친 살해의 누명을 쓰고 20년의 시베리아 유형을 떠나게 된다.

주요 등장인물들

《카라마조프의 형제》는 1860년대 러시아의 지방 소도시에서 몰락해가는 지주귀족 카라마조프 가족의 비극적 이야기이다. 탐욕의 화신인 아버지 표도르 카라마조프, 감성적이며 관능적 이상주의자 큰아들 드미트리, 내성적이지만 지적이고 이성적인 무신론자 둘째 아들 이반, 수도사가 되려고 준비하는 친절하고 사려 깊은 막내 아들 알료샤, 그리고 표도르의 시중을 들며 그의 집에 거주하는 사생아 스메르자코프, 그 외에도 조시마 장로, 그루센카와 같은 등장인물들이 복잡한 플롯 속에서 다양한 사건을 겪으며 이야기가 전개된다.

표도르 카라마조프

추악하고 이기적이며 사악한 욕망 덩어리인 표도르 카라마조프는 '파괴의 원칙을 실현한' 호색한이다. 그는 아내와 자식들에 대한 가장의 역할을 철저히 부정하고 이웃과 사회에 대한 윤리적, 도덕적 의무나 책임을 느끼지 못하는 속물중의 속물이다. 사람들의 비난과 모욕에서 오히려 쾌감을 느끼며 신에 대한 믿음마저 저버린 동물적 육욕주의자이다. 그의 욕정은 끝이 없어서 그 무엇으로도 해갈시킬 수 없다. 표도르의 욕정은 육체적, 쾌락적이라기보다는 정신적 열정, 갈증이자 영원한 흥분 상태이다. 여자 보다는 '여성, 그 자체'를 사랑하는 그의 음욕은 에로스적이지는 않는 독특한 성질의 욕망이다. 아버지 표도르는 그루센카라는 여인을 두고 장남 드미트리와 추악한 갈등과 파괴적 싸움을 벌인다. 결국 이반의 정신적 사주를 받은 사생아 스메르자코프의 손에 표됴르는 죽게 된다. 표도르가 가진 '카라마조프적 기질(карамазовщина)'은 그의 아들들이 물려받은 충동이며 이는 세상을 변형시킬 창조적 힘들의 혼란스런 분출이자 인간 세계의 모든 내적 모순이 반영된 하나의 소우주이다.

드미트리 카라마조프

큰 아들 드미트리는 카라마조프가의 감성세계를 상징한다. 아버지 표도르로부터 거친 열정과 방탕함을 물려받았지만 이상과 관능 사이에서 괴로워한다. 그루센카의 아름다움에 반하여 아버지와 다투지만 드미트리는 자신만의 순수함과 고결함을 동경한다. 드미트리는 이렇게 말한다. '아름다움, 이것은 끔찍하고 무서운 것이다. 왜냐하면 그것은 무한하며 신은 수수께끼만 던져놓아서 그것을 규정하기 불가능하기 때문이다. ... 아름다움! 나는 고상한 마음과 고매한 정신을 지닌 사람이 마돈나의 이상에서 출발하여 소돔의 이상으로 끝맺음하는 것도 이해할 수 없다. 정신적으로는 치욕스럽게 여겨지는 것이 마음에는 더 없는 아름다움으로 다가올 수 있다. ... 놀라운 것은 아름다움이 끔찍할 뿐만 아니라 신비

롭다는 점이다. 여기서 신과 악마가 싸운다. 그리고 그 싸움터는 인간의 마음이다'. 드미트리는 아버지 표도르를 극도로 증오하지만 여러 측면에서 가장 인간적이며 순수한 러시아적 인물이다. 결국 아버지 살해의 누명을 쓰고 유형을 떠나게 된다. 드미트리의 누명과 시베리아 유형은 그의 거친 에로스적 열정이 세상을 변화시키는 정신적 힘이 되기 위해서는 수난을 통한 정화, 양심의 고통이라는 정신적 변화의 과정을 겪어야 한다는 작가의 생각이 반영된 것이다.

이반 카라마조프

카라마조프가의 둘째 아들 이반은 무신론자이자 이성의 세계를 상징한다. 카라마조프가의 정 열적 욕망이 지적인 방향으로 체화된 인물이다. 모스크바대학에서 수학한 당대 최고의 지식인이자 내성적 성격을 가진 이반은 인간의 이중성과 신의 존재에 대한 의문에 집착한다. 허무주의적 사고를 가진 그는 종교와 신을 부정하며 인간의 죄와 고통에 대한 문제를 신의 존재와 연결시켜 논한다. 조시마 장로는 이반을 보자마자 '이반은 신 때문에 괴로워하고 있다'고 이반의 내면을 헤아린다. 이반의 정신은 신에 대한 믿음과 불신 사이에서 분열되어 있으며, 믿음의 부족으로 개인적 비극을 겪는 '더없이 고매한 마음'을 가진 이념의 순교자이다. 이반은 악의 가장 순수한 형태인 아이들의 고통에 대해 자신만의 정교한 이론을 펼친다. 가학적인 부모에게 고통 받는 다섯 살 소녀의 눈물,

사냥개에 쫓기는 사내아이의 고통, 불가리아에서 터키인에게 대량 학살되는 갓난아이들의 울부짖음을 설명하거나 정당화할 방법은 없다는 것이다. 만약 세계의 조화가 이러한 죄없는 아이들의 눈물과 피 위에서 세워져야 한다면 그런 조화는 필요없다고 말한다. 이렇듯 신의 세계를 거부하는 이반의 시각은 극시 '대심문관의 전설'에 잘 드러난다. 이반의 생각과 사상은 특유의 논리적 강렬함으로 이복동생인 스메르자코프에게 영향을 준다. '모든 것이 허용된다'는 초인사상은 스메르자코프에 영감을 주고 아버지 표도르를 살해하도록 유도하여 광적 자기 파괴와 무존재의 악마성을 낳는다. 결국 이반은 두뇌의 병을 얻어 악마를 만나는 환각을 경험하고 자기모순에 빠진다.

알료샤 카라마조프

카라마조프의 막내 아들인 알료샤는 신성의 세계를 상징하며 유일하게 긍정적 인물로 나타난다. 신앙심이 깊고 모든 사람들에게 친절하며 선량한 이미지를 가지고 있는 그는 조시마 장로에게 가르침을 받는 견습 수도사이다. 신의 세계에 대한 확고한 믿음이 있는 알료샤는 러시아의 미래를 밝히는 건강한 인물이자 러시아 정교의 구도자적 방향을 제시한다. 도스토예프스키는 《백치》의 므이쉬킨 공작을 통해 '절대적으로 아름다운 인물'을 그리려 했지만 만족스럽지 못했고 그 부족한 형상을 알료샤에게 구현했다. 알료샤는 붉은 두 볼에 건강미가 넘치고 땅위에 굳게 서있으며 카라마조프의 본능적 생명력으로 가득 차 있다. 막연한 이상주의적 구도자가 아닌 현실의 땅에 굳게 서서 '세상에 봉사하는 수도사'의 이미지를 갖고 있는 것이다. 이는 현실과 동떨어진 종교적 이상 보다는 삶 자체를 사랑하고, 현실 위에 종교적 가르침을 구현해야 한다는 도스토예프스키의 생각을 형상화시킨 것이다.

조시마 장로

조시마 장로는 수도원의 주임 사제이자 알료샤의 스승이다. 덕망과 겸양의 미덕을 갖춘 수도사로서 천리안을 지난 자, 영혼의 치료사이다. 어린 시절 형 마르켈의 죽음은 조시마 장로에게 깊은 정신적 감화를 주었고 사관학교 시절에 젊은 혈기로 결투를 한 이후 깨달음을 얻고 수도생활에 투신하였다. 인생의 경험과 고행에서 얻은 조시마 장로의 도덕적 가르침은 기도와 사랑으로 요약할수 있다. 조시마 장로는 인간의 영혼이 신을 향해 올라간다고 말한다. 이 영적인 사다리의 계단 하나하나는 고통, 겸손, 모든 것에 대한 책임, 사랑, 부드러움, 기쁨이며 그것의 정점은 황홀경이다. '대지에 입맞추고 모든 사람, 모든 것을 끊임없이 그리고 무한히 사랑하라, 그리고 환희와 이 황홀경을 추구하라. 기쁨의 눈물로 대지를 적시고 그대의 눈물을 사랑하라. ... 이 황홀경을 부끄럽게 생각하지 말고 귀하게 여길지어다. 많은 사람이 아닌 선택받은 사람에게만 주어지는 신의 선물이니라' 라고 조시마 장로는 말한다. 도스토예프스키는 조시마 장로의 감동적인 이미지와 말을 통해 자신의 종교관을 나타내고 있다.

그리스도의 침묵과 입맞춤이 갖는 철학적 의미: 〈대심문관의 전설〉

《카라마조프의 형제》의 백미는 제2부 〈찬과 반〉에 있는 대심문
관의 전설이다. 이 내용은 도스토예프스키 사상의 핵심을 관통하
는 주제들을 담고 있다. 신과 인간의 관계, 인간의 자유에 대한 작
가의 사상적 통찰이 문학의 형식을 빌어 피력된다. 이반이 알료샤
에게 들려주는 자작 극시의 형태로 전개되는 이 가상의 이야기는
16세기 에스파냐 세비아를 무대로 하고 있다. 이단자를 심문하고
종교재판을 주도했던 나이 90세의 대심문관의 독백적 언술과 무
언의 침묵 속에서 그의 힐난을 듣는 청자 그리스도의 모습을 통해
이반은 자신의 확고한 무신론적 사상을 드러낸다. 도스토예프스
키 자신도 '무신론에 대해 이보다 더 강력한 작품은 없다'고 이야
기했듯이, 신과 인간에 대한 작가의 치열한 고뇌가 용해되어 있다.

대심문관은 신이 인간에게 부여한 자유라는 것이 인간에게 내
린 축복이 아니라 무거운 부담을 주는 저주라고 주장한다. 인간
은 본성이 나약하고 무기력하기 때문에 선과 악을 구분하여 자유
를 선택할 수 없으며 단지 지상의 빵을 위해 자유를 교회에 반납
할 수밖에 없는 존재라고 말한다. 신은 구원의 길로 자유와 사랑을
제창했지만 이 험난한 언덕길을 오를 수 있는 것은 선택된 사람에
게만 가능하다. 평범한 보통 사람들에게는 자유가 어울리지 않는
다. 보통 사람들은 자유와 진실을 두려워하고 그것을 필요로 하지

않기 때문에 강제로 자유를 떠맡긴다 해도 그것을 손상시킬 뿐이다. 따라서 대심문관은 인류의 고통을 덜어주기 위해 인간의 의식을 자유로운 선택의 여지가 없는 지평으로 끌어내려야 한다고 논한다. 이를 위해 인류를 주인과 노예로 나누고 자유라는 무거운 부담으로부터 인간을 해방시키는 것이 지상낙원을 건설하는 것이고 말한다.

대심문관의 말에 대해 그리스도는 아무런 말없이 침묵만 유지할 뿐이다. 그리스도의 침묵은 대심문관의 논리와 수사에 대한 긍정이 아닌 진리에 대한 실천적 행동이다. 도스토예프스키는 '인간 삶의 진리는 가시적이어야 한다'고 말했다. 삶의 진리는 추상적인 언어나 논리적 표현이 아닌 육화된 실천 행위로 나타나야 한다는 것이다. 진리라는 이름으로 반복되는 그 어떤 종교적, 설교적 말보다는 실제 생활 속에서, 삶 속에서 보여주는 종교적, 실천적 행동이 진리에 더 가깝고 더 감화를 준다는 것이다. 대심문관을 대하는 그리스도의 침묵은 진리의 포기가 아닌 진리가 말로는 전달될 수 없음을 의미한다. 이는 추상적, 수사적, 언어적 진리를 넘어서는 육화된, 인간화된 진리의 행위이다. 그리스도의 침묵은 인간에 대한 사랑이며 이해이며 존경의 살아있는 실천이다. 침묵을 통해 사랑과 자비로 고통에서 거듭나고 구원되기를 바라는 영혼의 대화인 것이다.

원형 천장의 감옥에서 전개되는 그리스도를 향한 대심문관의 항거는 침묵하던 그리스도가 대심문관의 볼에 입을 맞추고 홀연히 자리를 떠나는 장면으로 끝을 맺는다. '세계 문학에서 가장 납득하기 어려운 입맞춤'인 그리스도의 행위는, 알료샤가 죽음에서 부활한 조시마 장로의 새로운 영혼을 통해 천상과 지상의 융합을 체험하며 대지에 입을 맞추듯, 대심문관의 반그리스도의 정신에도 영혼의 문을 열어주는 인간에 대한 따뜻한 사랑과 자비의 실천적 표시이다.

《카라마조프의 형제》-세계 문학에 우뚝 솟은 고전

'도스토예프스키는 문학의 한계를 뛰어넘은 작가들 중에서 가장 위대하다. 이 열정적이고 비정상적인 사람처럼 인간 영혼의 드넓은 신세계를 발견한 사람은 없다'고 오스트리아의 전기 작가 슈테판 츠바이크는 말했다. 잔인한 천재, 영혼의 투시자, 복음의 작가 등 다양한 수식어가 따라다니는 도스토예프스키의 문학 세계를 한마디로 정의하는 것은 매우 어렵다. 굳이 표현하자면 문학의 형식을 통한 종교철학적 인간학이라고 할 수 있을 것이다. 도스토예프스키 소설들의 중심에는 항상 신과 인간의 문제가 자리하고 있다. 도스토예프스키에게 있어 인간은 그 자체로 세계를 구성하는 하나의 소우주이다. 그에게 있어 인간은 신과 우주 사이의 중개자이며 천상과 지상을 연결하는 합일적 존재이다. 인간은 신에 대한 맹신이 아닌 신에 대한 반역과 투쟁의 과정을 거쳐 궁극적으로는 세계화의 화해, 조화를 모색하는 운명적 존재이며, 이러한 인간의 운명은 자유라는 필연적 고뇌의 여정을 동반할 수밖에 없다는 것이 도스토예프스키의 생각이다. 인간의 자유는 신의 섭리와 인간의 세속적 본성 사이의 실존적 고통의 징표이다. 이렇듯 인간의 운명과 결부된 자유의 문제는 도스토예프스키 창작과 사상의 핵심 주제이며 바로 이 작품《카라마조프의 형제들》에 잘 나타나 있다.

1821년   11월 11일 모스크바 마린스키 빈민구제병원에서 출생했다.

1834년   형 미하일과 함께 체르막의 개인 학습소에서 수학했다.

1837년   페테르부르크 공병 학교에 입학했다.

1843년   기술 분야 관청에 근무하기 시작했으나 1년 만에 사직했다.

1846년   소설 〈가난한 사람들〉을 발표하며 문학계에 데뷔했다.

이후 약 3년 동안 〈분신〉, 〈프로하르친 씨〉, 〈백야〉, 〈네토츠카 네즈바노바 (미완성)〉 등의 소설들을 발표했다.

1849년 4월 페트라쉡스키 혁명모임에 참석하였다. 이곳에서 도스토예프스키는 니콜라이 고골에게 보내는 벨린스키의 편지글을 낭독했다. 4월 23일 혁명조직 단원들과 함께 체포되어 페트로파블롭스키 요새에 수감됐다. 이후 사형선고를 받았으나 같은 해 12월 22일 황제 알렉산드르 3세의 특별사면을 받아 시베리아 유형으로 감형되고 이 후 4년간 옴스크 감옥에서 수용소 생활을 했다.

1854년 형기 만료로 출소했다. 이후 시베리아에서 사병으로 복무하게 되었다. 이 시기에 시베리아의 세미팔라틴스크, 바르나울, 쿠즈네츠크 지역에서 거주했다. 하급관리의 미망인인 마리아 이사예바와 결혼했다.

1859년 트베리로 이주했다가 다시 페테르부르크로 돌아왔다. 문학 활동을 계속 이어가며 〈아저씨의 꿈 (1859)〉, 〈스테판치니코프의 마을(1859)〉, 〈상처받은 사람들(1861)〉을 발표했다. 잡지 〈시간〉과 〈시대〉를 동시 창간하고 형 미하일, 동업자인 그리고리예프, 스트라호프와 함께 경영했다.

1864년 〈지하에서 온 수기〉를 발표했다.

1866년 이후 1880년까지 도스토예프스키 최고의 걸작들을 발표했다. 〈죄와 벌 (1866)〉, 〈도박꾼 (1866)〉, 〈백치 (1868)〉, 〈악령 (1872)〉, 〈미성년 (1875)〉, 그리고 〈카라마조프 가의 형제들 (1880)〉을 발표하며 세계적인 작가로서의 명성을 떨친다.

1880년 5월 8일 모스크바 트베르스키 거리에서 알렉산드르 푸쉬킨 동상 제막식에 참석했다.

1881년 2월 9일 페테르부르크에서 사망했다. 알렉산드르 넵스키 수도원의 티흐빈스키 묘지에 안장됐다.

더클래식

세계문학
컬렉션

1 | **노인과 바다** | 어니스트 헤밍웨이
  1953년 퓰리처상 수상작 / 1954년 노벨문학상 수상 / 미국대학위원회 선정 SAT 추천도서

2 | **동물 농장** | 조지 오웰
  미국대학위원회 선정 SAT 추천도서 / 〈타임〉지 선정 현대 100대 영문소설
  한국 문인이 선호하는 세계명작소설 100선 / 서울시 교육청 추천도서
  논술 및 수능에 출제된 책(1998~2005)

3 | **어린 왕자** | 앙투안 드 생텍쥐페리
  전 세계 1억 부 이상 판매 기록 / 16개국 언어로 번역

4 | **사람은 무엇으로 사는가**(톨스토이 단편선 1) | 레프 니콜라예비치 톨스토이
  영어권 문학가들이 가장 좋아하는 작가 / 전 세계 거의 모든 언어로 번역된 필독서

5 | **더 레이븐**(포 단편선) | 에드거 앨런 포
  포 최고의 미스터리 세계를 보여 준 호러 문학의 걸작

6 | **예언자** | 칼릴 지브란
  대한민국 대표 명사 혜민스님 추천작

7 | **젊은 베르테르의 슬픔** | 요한 볼프강 폰 괴테
  세기의 철학가와 문인들의 찬사를 받은 대표작

8 | **독일인의 사랑** | 프리드리히 막스 뮐러
  잊히지 않는 낭만적 사랑의 향기 / 독일 낭만주의 시인 막스 뮐러의 유일 순수문학 작품

9 | **이방인** | 알베르 카뮈
  노벨 연구소 선정 최고의 세계문학 100선 / 1957년 노벨문학상 수상작
  대한민국 명사 101인의 대표 추천작 / 연세대학교 필독도서 / 미국대학위원회 선정 SAT 추천도서
  〈타임〉지 선정 세상을 움직인 책 100권

10 | **데미안** | 헤르만 헤세
1946년 노벨문학상 수상 작가 / 20세기 일대 센세이션을 일으킨 성장 소설의 고전
서울시 교육청 추천도서

11 | **그리스인 조르바** | 니코스 카잔차키스
미국대학위원회 선정 SAT 추천도서 / 한국간행물윤리위원회 선정추천도서
한국출판인회의 출판인이 선정한 100권의 도서

12 | **위대한 개츠비** | 프랜시스 스콧 피츠제럴드
〈타임〉지 선정 현대 100대 영문소설 / 어니스트 헤밍웨이가 인정한 완벽한 일급 작품
20세기 100대 영문소설 1위 / 미국대학위원회 선정 SAT 추천도서 / 뉴욕 공립도서관 추천도서
대한민국 명사 101인의 대표 추천작 / WTO 북클럽 추천도서

13 | **도리언 그레이의 초상** | 오스카 와일드
미국대학위원회 고교 추천도서 101 / 대한민국 명사 101의 대표 추천작

14 | **벨 아미** | 기 드 모파상
모파상의 가장 매력적이고 파격적인 작품 / 19세기 파리를 뒤흔든 파격 스캔들
2012년 개봉한 영화 〈벨 아미〉 원작

15 | **이상한 나라의 앨리스** | 루이스 캐럴
난센스와 판타지의 대표작 / 아카데미 '미술상' 수상한 영화의 원작
19세기 가장 유명한 영국 아동문학 작가

16 | **두 도시 이야기** | 찰스 디킨스
영국이 낳은 가장 위대한 소설가 / 영화 〈다크나이트〉의 모티프
미국대학위원회 선정 SAT 추천도서 / 서울시 교육청 선정 청소년 필독도서

17 | **햄릿** | 윌리엄 셰익스피어
대한민국 명사 101인의 대표 추천작 / 서울대학교 권장도서 100선 / 서울대학교 동서고전 200선
연세대학교 필독도서 / 미국대학위원회 선정 SAT 추천도서 / 국립중앙도서관 선정 청소년 권장도서

18 | **오페라의 유령** | 가스통 르루
4대 뮤지컬 〈오페라의 유령〉 원작 소설 / 프랑스 최고 추리소설 작가

19 | **1984** | 조지 오웰
〈타임〉지 선정 세상을 움직인 책 100권 / 〈텔레그라프〉지 완벽한 도서관을 위한 권장도서 100
세계 3대 디스토피아 미래 소설 / 〈가디언〉지 권장도서 / 뉴욕 공립도서관 추천도서
하버드 대학생이 가장 많이 산 책 1위

20 | **수레바퀴 아래서** | 헤르만 헤세
대한민국 명사 101인의 대표 추천작
헤르만 헤세의 사춘기 시절 경험을 바탕으로 한 자전적 소설
1946년 노벨문학상 / 국립중앙도서관 선정 청소년 권장도서

21 22 23 | **안나 카레니나 1~3** | 레프 니콜라예비치 톨스토이
톨스토이 생애 최고의 리얼리즘 소설 / 서울대학교 권장도서 100선 / 서울대학교 동서고전 200선
연세대학교 필독도서 / 미국대학위원회 선정 SAT 추천도서 / 오프라 윈프리 북클럽 권장도서
논술 및 수능에 출제된 책(1998~2005)

24 | **오즈의 마법사 1 – 오즈의 위대한 마법사** | 라이먼 프랭크 바움
미국대학위원회 선정 SAT 추천도서 / 연세대학교 필독도서 / 국립중앙도서관 선정 우수 번역서

25 | **리어 왕** | 윌리엄 셰익스피어
대한민국 명사 101인의 대표 추천작 / 서울대학교 권장도서 100선 / 연세대학교 필독도서
미국대학위원회 선정 SAT 추천도서 / 〈가디언〉지 권장도서 / 세인트존스 대학교 권장도서
논술 및 수능에 출제된 책(1998~2005)

26 27 28 29 30 | **레 미제라블 1~5** | 빅토르 위고
저명한 문학비평가들이 극찬한 세기의 걸작 / WTO 북클럽 추천도서
2013년 개봉한 영화 〈레 미제라블〉의 원작 / 전자책 베스트셀러 1위(2013)

31 | **월든** | 헨리 데이비드 소로
미국대학위원회 고교추천도서 101 / 미국대학위원회 선정 SAT 추천도서
박원순 서울시장이 선택한 책 50권

32 | **눈의 여왕**(안데르센 단편선) | 한스 크리스티안 안데르센
어린이문학에 꽃을 피운 불멸의 작가 / 세계를 움직인 100권의 책 선정
노벨 연구소 선정 세계 100대 문학 작품

33 | **오만과 편견** | 제인 오스틴
서울대학교 동서고전 200선 / 연세대학교 필독도서 / 세인트존스 대학교 권장도서
〈텔레그라프〉지 완벽한 도서관을 위한 권장도서 100 / 〈가디언〉지 권장도서
미국대학위원회 선정 SAT 추천도서 / 국립중앙도서관 선정 청소년 권장도서

34 | **로미오와 줄리엣** | 윌리엄 셰익스피어
서울대학교 동서고전 200선 / 미국대학위원회 선정 SAT 추천도서
칼리지보드 선정 고교생 필독서 101권

35 | **바람이 분다** | 호리 다쓰오
미야자키 하야오의 애니메이션 영화 〈바람이 분다〉 원작

36 | **맥베스** | 윌리엄 셰익스피어
서울대학교 권장도서 100선 / 연세대학교 필독도서 / 미국대학위원회 선정 SAT 추천도서
국립중앙도서관 선정 청소년 권장도서

37 | **신곡 – 인페르노**(지옥) | 단테 알리기에리
서울대학교 권장도서 100선 / 국립중앙도서관 선정 청소년 권장도서
미국대학위원회 선정 SAT 추천도서 / 〈뉴스위크〉지 선정 100대 명저

38 | **외투 · 코**(고골 단편선) | 니콜라이 바실리예비치 고골
사실주의 문학의 지평을 연 작품

39 | **인간 실격** | 다자이 오사무
교육과학기술부 산하 사단법인 한국교육지원회 선정 아침독서 10분 운동 필독서
영화 평론가 이동진 추천도서

40 | **마지막 잎새**(오 헨리 단편선) | 오 헨리
서울대학교 · 연세대학교 추천도서 / 서울시 교육청 추천도서 / EBS 주최 북퀴즈 왕 선발 추천도서

41 | **오즈의 마법사 2 – 환상의 나라 오즈** | 라이먼 프랭크 바움
미국대학위원회 선정 SAT 추천도서

42 | **좁은 문** | 앙드레 지드
교육과학기술부 산하 사단법인 한국교육지원회 선정 아침독서 10분 운동 필독서

43 | **깨끗하고 밝은 곳**(헤밍웨이 단편선) | 어니스트 헤밍웨이
국립중앙도서관 선정도서 / 남산도서관 선정도서

44 | **벤자민 버튼의 시간은 거꾸로 간다**(피츠제럴드 단편선 1) | 프랜시스 스콧 피츠제럴드
전미비평가협회 선정 '톱 10 작품', 영화 〈벤자민 버튼의 시간은 거꾸로 간다〉의 원작
2013 화제의 영화 〈위대한 개츠비〉 작가, 피츠제럴드 단편선

45 | **광란의 일요일**(피츠제럴드 단편선 2) | 프랜시스 스콧 피츠제럴드
2013 화제의 영화 〈위대한 개츠비〉 작가, 피츠제럴드 단편선

46 | **천로역정** | 존 버니언
성경 다음으로 많이 읽힌 기독교 3대 고전 중 하나 / 2003년 국립중앙도서관 선정 고전 100선

47 | **세 가지 질문**(톨스토이 단편선 2) | 레프 니콜라예비치 톨스토이
영어권 문학가들이 가장 좋아하는 작가 / 전 세계 거의 모든 언어로 번역된 필독서

48 | **벚꽃 동산**(체호프 희곡선 1) | 안톤 체호프
미국대학위원회 선정 SAT 추천도서 / 서울대학교 권장도서 100선

49 | **개를 데리고 다니는 여인**(체호프 단편선 1) | 안톤 체호프
서울대학교 동서고전 200선 / 노벨 연구소 선정 세계문학 100선

50 | **귀여운 여인**(체호프 단편선 2) | 안톤 체호프
노벨 연구소 선정 세계문학 100선

51 | **폭풍의 언덕** | 에밀리 브론테
서울대학교 · 연세대학교 · 고려대학교 권장도서
1940 아카데미 상 최우수작 지명 〈폭풍의 언덕〉 원작

52 | **지킬 박사와 하이드** | 로버트 루이스 스티븐슨
2004 한국 문인이 선호하는 세계 명작 소설 100선

53 | **바냐 아저씨**(체호프 희곡선 2) | 안톤 체호프
서울대학교 권장도서 100선 / 노벨문학상 수상자 네이딘 고디머, 앨리스 먼로의 표본

54 55 | **이솝 이야기 1~2** | 이솝
어린이독서위원회, 서울 독서교육연구회 권장도서

56 | **오즈의 마법사 3 – 오즈의 오즈마 공주** | 라이먼 프랭크 바움
미국대학위원회 선정 SAT 추천도서

57 | **주홍색 연구**(셜록 홈즈 시리즈 1) | 아서 코난 도일
영국 BBC 제작, KBS 방영 〈셜록〉의 원작 / 대한민국 대표 추리 소설가 백휴의 작품해설 수록

58 | **네 개의 서명**(셜록 홈즈 시리즈 2) | 아서 코난 도일
영국 BBC 제작, KBS 방영 〈셜록〉의 원작 / 대한민국 대표 추리 소설가 백휴의 작품해설 수록

59 | **배스커빌가의 개**(셜록 홈즈 시리즈 3) | 아서 코난 도일
영국 BBC 제작, KBS 방영 〈셜록〉의 원작 / 대한민국 대표 추리 소설가 백휴의 작품해설 수록

60 | **공포의 계곡**(셜록 홈즈 시리즈 4) | 아서 코난 도일
영국 BBC 제작, KBS 방영 〈셜록〉의 원작 / 대한민국 대표 추리 소설가 백휴의 작품해설 수록

61 | **페스트** | 알베르 카뮈
노벨문학상 수상 작가 / 1947년 프랑스 비평가상 수상 / 서울대학교 권장도서 100선

62 | **무기여 잘 있거라** | 어니스트 헤밍웨이
〈타임〉지가 뽑은 20세기 최고의 문학 100선 / 미국 대학 위원회 선정 SAT 추천 도서

63 | **야간 비행** | 앙투안 드 생텍쥐페리
1931년 페미나 문학상 수상 / 작가의 경험이 들어간 직업 소설

64 | **톰 소여의 모험** | 마크 트웨인
미국 현대문학의 효시 마크 트웨인의 대표작 / 일본 후지TV 애니메이션 〈톰 소여의 모험〉 원작

65 | **프랑켄슈타인** | 메리 셸리
오늘날 SF소설의 선구 / 과학기술이 야기하는 사회적, 윤리적 문제를 다룬 최초의 소설

66 | **마음** | 나쓰메 소세키
서울대 권장도서 100선 / 일본의 셰익스피어 나쓰메 소세키의 대표작

67 | **노예 12년** | 솔로몬 노섭
2014 아카데미 시상식 3관왕 〈노예 12년〉 원작 / 노예 해방의 도화선이 된 작품

68 | **어머니 이야기**(안데르센 단편선 2) | 한스 크리스티안 안데르센
SBS 드라마 신의 선물-14일 메인 테마 도서 / 어린이문학에 꽃을 피운 불멸의 작가

69 70 | **제인 에어 1~2** | 샬럿 브론테
150년간 사랑받은 로맨스 소설의 고전 / 미국 대학위원회 선정 SAT 추천도서
영국 〈가디언〉이 선정한 세계 100대 최고의 소설 / 연세대학교 권장도서
영국BBC 조사 영국인들이 가장 사랑하는 소설 100선 / 현대 여성들이 가장 사랑하는 필독서

71 | **선 오브 갓, 예수 - 예수의 생애** | 찰스 디킨스
2014년 개봉 〈선 오브 갓〉 원작 / 종교철학자 헤겔의 사상을 만든 고전
대문호 찰스 디킨스의 숨은 명작

72 | **싯다르타** | 헤르만 헤세
대한민국 명사 시인 장석남이 강력 추천한 작품 / 출간과 동시에 10만 부가 넘게 팔린 역작
진정한 자아를 깨닫기 위해 늘 고민하던 헤르만 헤세의 자전적 소설

73 | **신곡 - 연옥** | 단테 알리기에리
서울대 권장도서 100선 / 미국대학위원회 선정 SAT 추천도서
국립중앙박물관 선정 청소년 권장도서 / 〈뉴스위크〉 선정 100대 명저

74 75 | **테스 1~2** | 토머스 하디
미국 영국 BBC 선정 영국인이 사랑한 책 100선 / 서울대 추천 고등학생 권장도서 100선

76 | **잠자는 숲속의 공주**(샤를 페로 단편선) | 샤를 페로
프랑스 아동 문학의 아버지 / 영화 〈말레피센트〉원작

77 | **미녀와 야수**(보몽 단편선) | 쟌 마리 르 프랭스 드 보몽
변신 모티프의 전형을 완성 / 미야자키 하야오와 디즈니 애니메이션 원작

78 79 80 | **웃는 남자 1~3** | 빅토르 위고
빅토르 위고가 최고로 자부한 걸작 / 출간 당시 전 유럽을 충격에 빠트린 문제작
뮤지컬, 영화 등 여러 매체로 알려진 〈웃는 남자〉의 원작
한국간행물윤리위원회 선정 청소년 권장도서(2007)

81 | **보바리 부인** | 귀스타브 플로베르
사실주의 문학의 거장 귀스타브 플로베르의 대표작 / 서울대학교 추천 도서 100선
외설적이라는 이유로 19세기 교황청 금서목록에 선정된 작품 / 〈뉴스위크〉지 선정 100대 명저

82 | **별**(도데 단편선 1) | 알퐁스 도데
자연주의와 인상주의의 절묘한 조화 / 서정적인 감수성과 아름다운 문체
부산시 교육청 선정 중학생 권장도서 / 포스코 교육재단 선정 중학생 필독도서

83 | **보이첵**(뷔히너 단편선) | 게오르그 뷔히너
세계 최초로 한국에서 뮤지컬화 된 〈보이첵〉의 원작 / 시대를 폭로하는 천재 작가의 현실감 넘치는 작품

84 | **오셀로** | 윌리엄 셰익스피어
　　셰익스피어 4대 비극 중 하나 / 뉴스위크 선정 100대 명저 / 서울대학교 권장도서 100선

85 | **변신**(카프카 단편선) | 프란츠 카프카
　　소외된 인간이었던 작가의 갈등과 고독을 반영 / 서울대 추천도서 100선 / 명사 101명이 추천한 파워클래식

86 | **피노키오** | 카를로 콜로디
　　월트 디즈니 인생 최고의 애니메이션으로 재탄생 / 스티븐 스필버그 감독의 2001년작 〈A.I〉의 모티브 /
　　260개 언어로 번역된 교훈적 내용

87 | **세상을 보는 지혜** | 발타자르 그라시안 · 쇼펜하우어
　　세기를 아우르는 저명한 철학자가 쓰고 철학자가 옮긴 대표적인 작품 /
　　세상을 살아가는 데 꼭 필요한 빛나는 지혜를 전수해 주는 인생 처세서

88 | **마지막 수업**(도데 단편선) | 알퐁스 도데
　　중 · 고등학교 국어 교과서 수록 작품 / 교육청 선정 청소년 권장도서 100선

89 | **키다리 아저씨** | 진 웹스터
　　출간 이래 100년 동안 사랑받아 온 스테디셀러 / 세상의 편견을 뛰어넘은, 편지 형식 소설의 대명사

90 | **키다리 아저씨 2 - 그 후 이야기** | 진 웹스터
　　미국 · 일본 · 한국에서 2차 창작된 작품의 속편 / 여성의 대외 활동을 고양시킨 사회적 걸작

91 92 93 | **피터 래빗 이야기 1~3** | 베아트릭스 포터
　　세상에서 가장 사랑받는 토끼 이야기 / 자연 보호와 동물 존중 사상이 담긴 작품

94 95 | **드라큘라 1~2** | 브램 스토커
　　지금까지 가장 많은 동명의 영화로 제작된 고딕 소설의 대명사
　　2004년 뮤지컬로 만들어져 브로드웨이 초연 이후 세계 각국에서 사랑 받아온 작품

96 97 98 99 | **카라마조프가의 형제들 1~4** | 표도르 도스토옙스키
　　신 · 종교, 삶 · 죽음, 사랑 · 욕망 등 인간 내면의 본성의 문제를 다룬 작품
　　정신분석학자 프로이트가 꼽은 세계문학사 3대 걸작 중 하나

100 | **하늘과 바람과 별과 시** | 윤동주 (양승갑 영작)
　　요절한 천재 민족 시인의 유고시집 / 대중성과 문학성을 겸비한 시인 김경주 추천작

101 | **정글북** | 러디어드 키플링
　　영미권 작품 최초, 최연소 노벨문학상 수상작 / 정글의 생명력을 담은 자연친화적 작품
　　작가의 아버지 존 록우드 키플링이 직접 그린 삽화 및 기타 삽화가들 그림 삽입

102 | **거울나라의 앨리스** | 루이스 캐럴
　　난센스와 판타지의 대표작《이상한 나라의 앨리스》속편
　　거울 속으로 떠난 앨리스의 두 번째 모험 이야기

103 | **마테오 팔코네**(메리메 단편선) | 프로스페르 메리메
프랑스 단편소설의 거장 메리메의 대표 단편선 / 비제의 오페라 〈카르멘〉의 원작자

104 | **빨강머리 앤** | 루시 모드 몽고메리
캐나다의 대표적인 소설가 몽고메리의 데뷔작 / 서울시 교육청 선정 청소년 권장도서
KBS TV '책을 말하다' 추천도서 / 일본 후지 TV 애니메이션 〈빨강머리 앤〉 원작

105 | **삶이 그대를 속일지라도**(푸시킨 시선집) | 알렉산드르 푸시킨
러시아 리얼리즘 문학의 선구자이자 러시아 국민시인 푸시킨의 대표 시선집

106 | **도련님** | 나쓰메 소세키
일본의 셰익스피어 나쓰메 소세키를 인기 작가 반열에 올린 작품
'책으로 따뜻한 세상 만드는 교사들(책따세)' 권장도서
서울시 교육청 '청소년을 위한 고전 콘서트' 도서 / 서울대학교 지정 수능필독도서

107 | **은하철도의 밤**(겐지 단편선) | 미야자와 겐지
일본이 가장 사랑하는 동화작가 미야자와 겐지의 대표 단편선
일본 후지 TV 애니메이션 〈은하철도 999〉의 모티브

108 | **자기만의 방** | 버지니아 울프
20세기 페미니즘 비평의 선구자 버지니아 울프의 수필집
국립중앙도서관 선정 권장도서 / 서강대학교 권장도서 100선

109 | **플랜더스의 개**(위다 단편선) | 위다(매리 루이스 드 라 라메)
멜로 드라마풍의 작품으로 유명한 영국의 아동문학가
서울시 교육청 선정 청소년 권장도서 / 일본 후지 TV 애니메이션 〈플랜더스의 개〉 원작

110 | **크리스마스 캐럴** | 찰스 디킨스
셰익스피어와 함께 영국을 대표하는 작가 찰스 디킨스의 중편소설
'책으로 따뜻한 세상 만드는 교사들(책따세)' 권장도서

111 | **탈무드**
5000년에 걸친 유대인의 지혜가 담긴 책 / 서울대학교 지정 수능필독도서
포스코 교육재단 선정 초등학교 필독도서 / 경북교육청 선정 청소년 권장도서
백인제기념도서관 교양도서

112 | **호두까기 인형** | 에른스트 호프만
1892년 차이코프스키 발레 호두까기인형의 원작소설
2018 디즈니 애니메이션 호두까기 인형과 4개의 왕국의 원작소설

113 114 | **곰돌이 푸 1~2** | 앨런 알렉산더 밀른
2018 영화 '곰돌이 푸 다시만나 행복해' 원작 동화 / 곰돌이 푸가 건네는 따뜻한 감성 메시지

115 | **인형의 집** | 헨릭 입센
여성 평등을 그린 선구자적인 작품 / 페미니즘 희곡의 대명사 / 노벨연구소 선정 세계 100대 문학

＊더클래식 세계문학 컬렉션은 계속 출간될 예정입니다.